竹外集

朱天曙 著

凤凰枝文丛 / 孟彦弘 朱玉麒 主编

凤凰出版社

图书在版编目（CIP）数据

竹外集 / 朱天曙著. -- 南京 : 凤凰出版社，2021.8
（凤凰枝文丛 / 孟彦弘，朱玉麒主编）
ISBN 978-7-5506-3433-6

Ⅰ. ①竹… Ⅱ. ①朱… Ⅲ. ①随笔－作品集－中国－当代 Ⅳ. ①I267.1

中国版本图书馆CIP数据核字(2021)第083129号

书　　名	竹外集
著　　者	朱天曙
责任编辑	郭馨馨
书籍设计	徐　慧
出版发行	凤凰出版社(原江苏古籍出版社) 发行部电话025-83223462
出版社地址	江苏省南京市中央路165号,邮编:210009
出版社网址	http://www.fhcbs.com
照　　排	凤凰零距离数字印前中心
印　　刷	苏州市越洋印刷有限公司 江苏省苏州市吴中区南官渡路20号　邮编:215104
开　　本	880毫米×1230毫米　1/32
印　　张	11.25
字　　数	225千字
版　　次	2021年8月第1版
印　　次	2021年8月第1次印刷
标准书号	ISBN 978-7-5506-3433-6
定　　价	68.00元 (本书凡印装错误可向承印厂调换,电话:0512-68180638)

朱天曙

江苏兴化人。南京艺术学院美术学博士，清华大学艺术学博士后。现为北京语言大学教授、博士生导师，中央美院特聘教授，中国书法国际传播研究院执行院长，中国书法篆刻研究所所长，中国书法家协会理事。主要从事中国书画篆刻创作、艺术史研究和艺术文献整理工作。先后应邀在日本、韩国、美国、德国、法国、奥地利、墨西哥等国著名大学、博物馆访问讲学和举办展览。出版书法篆刻作品集和学术著作多种。

弁 言

“凤凰台上凤凰游”，是李白《登金陵凤凰台》之诗句，昔年我江苏古籍出版社立足南京、弘扬文史，而更名所由也。

“碧梧栖老凤凰枝”，是杜甫《秋兴八首》所吟咏，今日我凤凰出版社为学林添设新枝，而命名所自也。

30多年来，凤凰出版社围绕中华传统优秀文化，彰显传承文明、传播文化、服务大众、贡献学术的出版理念，坚持以整理出版中国文、史、哲古籍及其研究著作为主的专业化方向，蒙学界旧雨新知之厚爱、扶持，渐已长成“碧梧”，招引了学界“凤凰”翩然来栖。箫韶九成，凤翥凰翔！嘤其鸣矣，求其友声！

“凤凰枝文丛”是本社与学界同人共同打造之文史园地，除学术研究论文外，举凡学人往事、经典品评、学术札记之文化随笔，旧学新知，无所不包。是作者出诸性情而诗意栖息之地，读者信手撷取而涵泳徜徉之处。

“凤凰鸣矣，于彼高冈。梧桐生矣，于彼朝阳。”

愿“凤凰枝文丛”成为我们共同的文化家园。

2019.5.22

序

天曙以前是不大写散文随笔的。

实际上，这些年他在艺术创作之外，文章倒没少写，书也没少出。他是一个有研究癖的人，精力主要集中在艺术史和艺术理论的研究上。从2003年以来，陆续整理和出版了《宋克书法研究》《周亮工全集》《感旧——周亮工及其〈印人传〉研究》《鲒埼亭集批注》《中国书法史》《汉魏六朝书论要义》等一批专著，都是些挤了又挤的“干货”，常常被女儿朱湾讥讽为“毫无文采”，这些论文、著作就是我也不能尽数读完。近年来，他尤为关注颜真卿和清初扬州，对颜真卿流派和石涛金农等人的书法研究下了不少功夫。

天曙算得上是个勤奋的人。

无论是在办公室，还是在家中，即便是出差，也从没有停止过对专业的兴趣和思考。他又很投入，我们俩从外面一起回来，常常是我还没反过神来，他就直奔书桌，专注地看书写东西去了。

天曙本科学历史出身，有极好的记录习惯，教育学生最常说的话就是“好记性不如烂笔头”，他自己就是这么做的。他的导师黄惇先生在他硕士毕业展的序言上说他有“三勤”：眼勤、手勤和问勤，黄老师的说法我是最有感触的。大约七八年前，大家刚开始玩微信，他装上微信后，就和其他人的玩法不一样了，每天把读书学艺的心得用微信记录下来，坚持了整整三年，用文言文写成一千多条微语。当时无论多忙多晚，一日不落，后来又用了三年多的时间整理修改出版，由荣宝斋出版社精装成上下两大册，这份毅力和坚持是我天天目睹的。

《艺微》出版之后，颇受好评。中华书局《文史知识》、《中国书画》等多家刊物约他写专栏，报纸杂志不需要长篇大论，要有可读性。我喜欢读文学作品，读到好的文章和片段常常说给他听，也建议他写点轻松的文字，不必全是严谨的论文，可以记录一些生活、游踪和研究的趣事。

看来天曙是接受了我的建议，闲时写了一些随笔。有的写自己的学习读书经历，有的写家乡先贤，有的写读书笔记，这倒激起他新的写作兴趣。这些随笔，没有学究气，灵光闪现，轻松好读。2017 年和 2019 年，社科文献出版社先后出版了他的《且饮集》和《七叶集》两部艺术随笔，辑录了他创作研究之余的点滴。

近几年，我们有意识地多次到日本各地游历、办展，中国书画艺术在海外的影响主要在日本，各大博物馆和私人收藏的中国书画作品精彩者亦不在少数，我们还专门去神保町淘旧书，以补充中国书画研究资料的不足，在日本的所见所闻所思他都有专门的文字记录。

天曙还先后在韩国、美国、墨西哥等地讲学和举办展览，曾写过一些随笔。2019 年秋天，他和北大陈洪捷教授、北语崔希亮校长一起去柏林自由大学和奥地利维也纳大学等地访问，写成《柏林，柏林》《中国书法走进维也纳》等纪行文章。今年初我们全家去巴黎度假，在巴黎参观了卢浮宫、奥赛美术馆、先贤祠等名胜之后，他在巴黎的旅馆里就陆续写了一些观感。我们以前读过朱自清先生的《欧游杂记》，还有梁启超对梁思诚夫妇欧游的建议，也有意记录在海外的见闻。回国之后，国内疫情严重起来，闭门不出，宅在家里，整理笔记，他又陆续写了一些读庄子和古代画论的短文，每天给孩子讲一个庄子的故事。

天曙热爱他的家乡，对扬州、泰州、兴化一带的先贤、文化都颇为关注。《艺微》就是受乡贤刘熙载的《艺概》启发而写成的。他的中国画创作和画论受晚年寓居扬州的石涛影响最大。“扬州八怪”中，他尤其关注金农和郑板桥两人。年后，他天天在家看石涛、金农的书画，读他们的诗，又有很多新的感受。他把这些记录下来，写成了一组关于清代扬州书画的随笔。

每天早饭后，他煮上一壶茶，孩子上网课，我写字画画，他就在我对面的小咖啡桌上，悠然而专注地翻书、写作，或长或短，有时一天能写出一两篇来。他的稿子全是手写的，本子上改得密密麻麻。每次写完后，他都一定求我读一读，提提意见，我只好“被迫”着成为这些随笔的第一读者，也成了宅居一乐了。

每天工作之余，全家在院子里走走。

垄上的春天似乎比其他地方来得慢一些，晚一些，树木迟迟地不肯发芽，只有院门口的一丛青竹，从冬天一直倔强地绿着，成为我们最亲切养眼的伙伴，我们就想起古人所说的“竹外溪边处士家”的句子来。现在，给他出版过《周亮工全集》的凤凰出版社，又要出版他的这些随笔，我们且为这本随笔取名为《竹外集》。

吕欢呼

2020 年 3 月于北京垄上耕香馆

目录

第二辑　一画之法

第三辑　冬心板桥

第四辑　游目骋怀

第一辑　读庄说艺

死学与活学

书法界常常有名家办班，讨论书写技巧，要求学员对照字帖，追求细节，以求和原帖机械的“像”，甚至钤打的印章位置都一模一样，津津乐道所谓的“到位”。这使我想起《庄子·天道》篇中这样的故事。

桓公坐在殿堂上读书。一个名叫轮扁的制轮匠在殿堂下斫木造车轮，他放下锤子凿子走上殿堂来，问齐桓公说：“冒昧问一下国君，您读的都是些什么？”

齐桓公答道：“是圣人之言。”

轮扁问：“圣人还在吗？”

桓公答说：“已经死了。”

轮扁说：“既然如此，那么您所读的，就是古人的糟粕了！”

桓公说：“我在这里读书，你一个做车轮的匠人怎么可以随便议论！说得出来道理来则罢，说不出道理就要处死你!”

轮扁的回答引人深思。他说:“我是根据我所从事的工作来看待这件事的。砍削车轮，孔眼宽松便容易接插，但却因松滑而不牢固;孔眼紧便涩滞难插。不宽松也不紧迫，功夫表现在手上，分寸掌握于内心，这些道理我嘴里说不出来，但其中大有奥妙在。我没法把这些经验和体会用语言直接传授给我的儿子，我的儿子也不能靠我的口传直接学到，因此到了七十岁我还在独自斫轮。古人没法用语言说出来的道理已经随着古人死去了,那么您所读的书，也只是古人的糟粕罢了!”

这个斫轮之悟的故事对我们学习书法很有启发。历代流传下来的墨迹、名碑、刻帖和古代书论等书本上的知识是重要的，需要我们不断学习和实践，深入地领会这些精华。但是把一切书本知识都神圣化、绝对化，临帖临得完全一样，书上怎么说就完全照搬，这是要不得的。学书法临古人，读帖是为了寻找规律，学其“共性”，而不是死学，更不能学死。传南齐王僧虔《笔意赞》就有“神采为上，形质次之”的说法，北宋黄庭坚论书认为学书“不尽临摹，张古人书于壁间，观之入神，则下笔时随人意”，他们都不主张拘泥于形。古往今来，不少人在如何看待前人知识的问题上，都表达过一些深刻的思想。孟子说“尽信书，不如无书”，庄子嘲笑齐桓公在读古人的糟粕，其用意都是反对死学，我们要通过自己的书写实践来体悟古人的智慧，不能学死了，学呆板了。

庄子还阐释了之所以不可“唯书”的原因：“世之所贵道者，书也，书不过语，语有贵也。语之所贵者，意也，意有所随。意之所随者，不可以言传也，而世因贵言传书。世虽贵之哉，犹不足贵也，为其贵非其贵也。”他告诉我们：书不过是一些符号，符号虽有它的重要之处，但更值得看重的是这些符号表达的意义和揭示的真理。在符号和意义、真理之间，后者才是贵中之贵，价值所在。庄子说“古之人与其不可传也死矣”，古人没法用语言说的道理很多是说不来的，要靠学习的人去体悟和实践。我们看古人的碑帖，多临多实践，找到其中的笔法规律，而加以深化和发挥，才能真正学到古代法帖的精神。

《庄子·天运》篇讲了一个大家都熟悉的西施故事。西施因为心口痛在乡邻间总是皱着眉头，乡邻中的一位丑女人见到后觉得这样子很美，回去后也在乡邻间故意捂着心口皱起眉头让人瞧。村里的富人看见她这个样子，都紧紧地关起大门不出来，穷人见了她这个样子，携妻牵子远远地跑开了。这丑女人只知道西施皱眉的样子很美，却根本不了解西施皱眉为什么美。

西施本是天生丽质，即使病心浅颦，也仍然美丽动人；村女本来长得很丑，无病又故作蹙额，更使丑相变成怪相，这就难怪乡邻避之唯恐不及了。

我们在学习书法过程中常常需要临帖，学习前人和当代写得好的人，但如果没有理解，不加分析地模仿，不但学不到好的东西，甚至可能写出可笑的作品。书法界这样的例子很多。北朝时期的《姚伯多兄弟造像记》《杨大眼造像记》《郑长猷造像》有一种古拙的趣味，很多人不加辨析，写出来丑怪难看。宋代有很多刻帖，由于刻手水平不同，学书者机械地临摹，把不好的东西都写出来了，这和村里的丑女效颦有什么区别呢？

和丑女效颦一样，《庄子·秋水》篇中还有著名的邯郸学步的故事。寿陵这个地方有个少年，特意到赵国大都市邯郸来学走路的步态，没有把邯郸人优美的步态学会，却把自己原来走路的步法忘掉了，只好爬着回去。

学习艺术，临摹古人，学习历史上的名家，都要结合自己的情况，有取有舍，而不是生搬硬套，盲目模仿。明代董其昌说得好："临帖如骤遇异人，不必相其耳目、手足、头面，当观其举止、笑语、真精神流露处。"如果把学习别人的优长变成了盲目的模仿，学习还有什么意义呢。学习书法和古代艺术，要避免"邯郸学步"，需要我们独立思考，保持清醒的头脑，了解古人作品的真谛，学什么，取什么，克服什么，注意什么，都是要谨慎对待的，不能盲目跟风，弄巧成拙。

道通于一

《庄子·齐物论》中说，道路是人走出来的，事物的名称是人叫出来的。可以自有它可以的原因，不可以自有它不可以的原因。是有它是的原因，不是有它不是的原因。为什么是？自有它是的道理。为什么不是？自有它不是的道理。为什么可？自有它可的道理。为什么不可？自有它不可的道理。一切事物本来都有它存在的原因，一切事物本来都有它合理的地方。庄子肯定一切人与物都有自身的价值和独特意义。所谓“齐物论”，有三个层面之“平齐”“平等”，它包括了万物平等观、人的平等观以及由此引申出来的不同认识主体的平等性，从而反对将真理绝对化。

在庄子看来，平齐万物的大小差异，提出万物都是“道”的不可分割的部分，而“道”则是一个整体性的存在；平齐人之间的贵贱、美丑，从“道”的观点来看，他们都有自己的价值；平齐人们认识上的“是非”，即认为不同的认识主体所做的“是”“非”判断，都是人为的“我见”。战国时代天下大乱，圣贤隐伏，道德分歧，天下的人各执一端以自炫，这种情况就如同耳目鼻口，各自都有它的功能，却不能互相通用。庄子的中心是阐发“道通为一”的观点。因为“道通为一”才有万物一齐。“齐物论”哲学所说的物之“大小”、人之“贵贱”、论之“是非”三个层面上的平等观，都是建立在“道”是整体性的存在、万物互相依存这样的理论基点上的。

对艺术来说，新风格的创造，最终为人们所接受，也是“道通于一”的。从局部到整体，从幼稚到成熟，从没有到创造都体现了这个道理。

《庄子·齐物论》篇有一个脍炙人口的庄周梦蝶故事。庄周梦见自己变成了蝴蝶，翩翩飞舞的一只蝴蝶，自我感觉非常快意，根本不知道自己原来是庄周。忽然醒了过来，僵卧着的分明又是庄周。不知道是庄周做梦化为蝴蝶呢，还是蝴蝶做梦化为庄周？庄周与蝴蝶一定是有所区分的。它们之间的转变就叫作“物化”。

庄周以现身说法的方式，在这个故事中宣讲物与道的原理。物是现象，道是本真。庄周梦蝶的哲理意蕴和文化内涵值得深入地发掘和解读。一个梦境，引出了后来无数的艺术之“梦”。

庄周梦蝶的“梦”不是单纯的心理学概念，而是一个包容了人生哲学或美学意蕴的概念。“梦”与“觉”是感知

“真”与“幻”的两种情景和心理状态。但是“梦”与“觉”又是相对的、变动的、联结的，“梦”中有“真”，“觉”中有“幻”，果真梦耶？果真觉耶？其间有分，又无分。

庄周梦蝶醒来不知是庄周做梦化为蝴蝶，还是蝴蝶做梦化为庄周。在这里，本来相分的庄周与蝴蝶，各自超越了自己，彼此融入和转化，出现了“周耶？蝶耶？”这种“真”“幻”交融的情境。从“以我观物”的角度看，庄周与蝶是有分的；从“以道观物”的角度来看，庄周与蝶是不分的。它们之间的彼此转变不过是“道”的“物化”。正是“梦”与“觉”、“周”与“蝶”的“有分”与“无分”，造成了“真”与“幻”的“有分”与“无分”。从而，“蝶梦”所引出的有关“道”的“真”与“幻”的哲学辩证，正是艺术创作中的“道”“艺”之间的转换和交融。

庄子把“周”“蝶”彼此的转化称为“物化”。“物化”是庄子的一个基要概念。在庄子看来，这个过程是一种相对幻灭的现象，自然大化，就是“方生方死，方死方生”的“物化”过程。

艺术创作的过程，正是一个“梦蝶”的过程。

《庄子·齐物论》中还有关于天籁的故事。

城南有个叫子綦的人，凭靠躺椅而坐，仰首向天缓缓地呼吸，那木然的样子好像精神脱离了躯体，进入了超越自我的境界。他的弟子子游侍立在他的身前，问道：“怎么了？真可以使躯体像干枯的枝木、使心灵像熄灭的灰烬吗？您今天凭椅而坐的神情和以往凭椅而坐的神情太不相同了！”

子綦回答说：“你问得正是地方！刚才我已经没有了自己，从而摒弃了‘自我’的偏执，你知道吗？你听过‘人籁’的音响，还没有听见过‘地籁’的音响吧？或许你听见过‘地籁’的音响，却没有听过‘天籁’的音响吧？”

子游说：“学生冒昧请问这怎么回事。”

子綦说：“大地吐发出来的气，它的名字就叫风。它要么不发作，一发作，千千万万的孔窍便都会怒吼起来。你难道没有听过长风呼啸的声音吗？那崇山峻岭、高大盘回的地方，大树上的不同洞穴，有的像鼻孔，有的像嘴巴，有的像耳朵，有的像方木，有的像杯圈，有的像舂臼，有的像深池，有的像浅洼。那发出的万种声响，有的像湍流激荡的声音，有的像羽箭发射的声音，有的像大声叱呵，有的像轻轻抽吸，有的像放声呼叫，有的像痛哭号啕，有的像欢歌笑语，有的像哀切感叹。真是此呼彼应，犹如协奏曲，前面的风呜呜地唱‘于’，后面的风呼呼地和‘喁’。清风徐缓相和的声音小，长风疾劲相和的声音大。迅猛的大风一旦停歇，千窍万穴也都空寂无声。你岂不见那树木的枝叶还没有完全停止摇动吗？”

子游说：“看来，地籁就是各种孔穴了，人籁就是笙箫之类的乐器了，那么请问天籁又是什么呢？”

子綦说：“天籁，尽管吹出的声音千殊万异，但都是发声于各个孔穴自身，出于自然，鼓动它们发声的还有谁呢？”

“逍遥”与“齐物”是庄子哲学的核心成分。南郭子綦与学生子游的对话问答生发扩展为关于万物的论述，这是庄子“天人合一”观念的独特阐释，是他以直觉领悟的方式，讲述如何进入“天人”“物我”一体的境界。

在师徒问答中，提出如何认识“三籁”而悟道的问题。其中“夫天籁者，吹万不同，而使其自己也。咸其自取，怒者其谁邪?”正是“道法自然”的形象表达。庄子以“三籁”喻道，观察入微，想象丰富，穷形尽相地状出风木形声，把深邃的哲学思考和生动的感性形象结合得自然巧妙，以形见理，以美启真。天籁集中地展示出一种美的境界，并把哲学的沉思隐藏在这种境界里。

书法作为一门艺术，从最初的书写到艺术的呈现也是一个走向“天籁”的过程。传汉代蔡邕的《笔论》中有：“书者，散也。欲书先散怀抱，任情恣性，然后书之。”“夫书，先默坐静思，随意所适，言不出口，气不盈息，沉密神采，如对至尊，则无不善矣。”苏东坡也有“无意于佳乃佳”的说法，其实都是讲的中国艺术中的自然天趣。清代画家石涛提出“书画图章本一体，精雄老丑贵传神”说的也是艺术上的整体性和贯通性，强调质朴率真之美。庄子“既雕既琢，复归于朴”的思想和这里的“天籁”都有相同的原理。中国艺术强调天然、无意，强调逸品，都是一个追求“天籁”的过程。当然，要达到这个境界，必须以坚实的功力和高超的技巧为前提。

名利如寄

清代刘熙载论书曾有这样一句话："书者，如也。如其学，如其才，如其志，总之曰如其人而已。"说的就是书法是用来表现人的，寄托人的性情的。《庄子·缮性》篇中说，古人所说的"得志"，不是就官位显达而言，而是说自身的快乐无以复加。如今所说的"得志"，多指官位显达了。高官显爵加在身上，并不属于本性真情的东西，只是身外之物偶然来到，暂时的寄托罢了。既然是寄托，它的来到挡不住，它的离去不能阻止。所以，不要因为获得高官显爵而骄纵放肆，也不要因为身陷困境而趋附世俗，其间的快乐都一样。所以不因得失而烦恼。如今，寄托的东西失去便不快乐，即便真有快乐，也未尝不是本性的迷乱。我们不能因为外物而丧失自我，不能因为世俗而丧失本真。

学习书画艺术的人时间长了，在社会上有影响了，就应该知道正确对待名誉、地位、财富等这些“外物”。如果太热衷于“外物”，不可避免地被“物化”和“异化”，忘记“初心”，失掉学习艺术中最值得珍惜的东西。生活中我们常常听到有人问：他在书协、美协是理事还是副主席？他的作品现在多少钱一平尺？拍卖市场什么行情？人们常常关注这些而忽略作品品质如何，这个人学问如何，人品如何。我们可以追求“外物”，但不应丧失自我，不要忘记艺术本身给你的快乐。一个被“物化”的人，无异于一个丧失自我的“物”。快乐需要一定的物质或社会基础，但异化成一个丧失自我的“物”，去追逐艺术之外的东西，在创作中如何能感受和体验到艺术之美和文化滋养给我们带来的快乐呢？大家不难理解庄子所说的“名利如寄”这个道理。

《庄子·秋水》篇中还有鹓雏之志这样一个故事。

惠施在梁国做相，庄子前去看望他。

有人对惠施说：“庄子来，目的是要取代你做相。”

为此惠施很紧张，就在城内搜查起来，搜查了三天三夜。

庄子听说就跑去见惠施，说：“南方有一种鸟，名字叫鹓雏，你知道吗？鹓雏这种鸟，由南海飞往北海，沿途除了梧桐树，决不栖息。若不是竹子一样的果实一概不吃。碰不到甘泉，一概不喝。正在这时，猫头鹰捡到了一只腐臭的老鼠，见鹓雏从它头上飞过，便仰起头来大叫一声‘吓’！现在，你是想拿你的梁国来吓我吗？”

这个故事也给我们学艺术的人很多启发。人各有志，不可相轻相妒，每个人都有自己的追求，惠施有惠施的理想，庄子有庄子的情操。很多人对艺术是纯粹的热爱，有赤子之心，对艺术之外的东西并没有多少兴趣。如果以自己热衷名利之心，猜度他人鹓雏之志，甚至百般设防，唯恐被贤者取代，那就会变得猥琐，心胸狭窄，不可能有什么大的成就的。

《庄子》里还讲了齐桓公在沼泽地里打猎的故事。管仲为桓公驾车，遇到了鬼。桓公抚摸着管仲的手问道：“仲父见到什么了吗？”

管仲回答说：“我什么也没见到。”

桓公回到宫中，梦言呓语而患上了病，好多天不出见群臣。齐国士人皇子告敖对桓公说：“是您自己伤害了自己，鬼神怎能伤害您呢！人体内愤急而郁结的气，如果突然涣散而收不回来，人就会显得中气不足；郁结的气如果上升而不下降，那就使人好发怒；如果下降而不上升，那就使人健忘；如果既不上升，也不下降，聚结在心中，那就会使人生病。”

桓公说：“这样说来，那么到底有没有鬼呢？”

皇子告敖说：“有。脏水污泥之处有鬼叫履，灶上有鬼叫髻。房舍里最吵闹的地方有鬼叫雷霆。东北方的洼地里有名叫倍阿、鲑蠪的鬼跳来跳去。西北方的洼地里有名叫泆阳的鬼盘踞在那里。水里有鬼叫罔象，丘陵有鬼叫莘，山上有鬼叫夔，旷野有鬼叫彷徨，大泽有鬼叫委蛇。”

桓公就问他：“请问委蛇鬼的形状是什么样子？”

皇子告敖说：“委蛇，它身躯大如车轮，长如车辕，穿着紫衣，戴着朱帽。那东西，最怕听雷车之声，一听到就捧着脑袋站起来。看到这种鬼的人很快就要成为霸主了。”

桓公听罢不由得开怀大笑，说：“我见到的鬼正是它。”于是，齐桓公整理衣帽与皇子告敖同坐同语，不到一天，病就不知不觉消失了。

鬼是心之魔。齐桓公在沼泽地打猎遇鬼而患病，是处心积虑的心病所致——生怕不能成就霸业。皇子告敖非常了解齐桓公的心病，所以他能对症下药，以“见之者殆乎霸”的治疗，使齐桓公开怀大笑，病立即无影无踪。信鬼神的齐桓公患的是心病，而大讲鬼神的皇子告敖是高明的医生。学习艺术也是这样，不能有心魔，脚踏实地，心无旁骛，才能达到理想的艺术生活。如果朝三暮四，名利心过重，思虑过度，真正的艺术就会离你越来越远。

艺术的格局

《庄子・逍遥游》开篇就讲了这样一个气势雄浑而壮观的故事。

北海有一条巨鱼，名字叫作鲲。鲲的体积之大，不知道有几千里。变化而成巨鸟，它的名字叫作鹏。鹏的巨大脊背，也不知有几千里。它奋翅而飞，翅膀就像天边的云。当海动风起时，就迁飞到遥远的南海，那南海是个天然的大池，高远深邃。

水若积聚不深厚，那么它负载大船就没有足够的浮力。把一杯水倒在堂前的洼地，那么放进一根小草便可当作船而浮起；倘若放上一个杯子，那就要被粘住，这是水浅而“船”大的缘故。如果风力积聚得不强劲，那么它承负鹏的巨大翅膀就没有力量。所以，大鹏只有飞上九万里的高空，大风才能积聚在它的身下。然后才能乘着风力，背负青天，再没有什么可阻遏它，然后才飞往南海。

蝉和小鸠却讥笑大鹏，说：“我们用尽气力飞了起来，撞到榆树、檀树梢头，有时或许还飞不到，投落到地上也就算了，为什么要到九万里的高空再往南飞呢？”

到郊野去的人，只要吃下三团饭出行，回来后肚子仍然很饱；到百里之远的地方去，头天晚上便要备好干粮；到千里之遥的远方，就需要出行前三个月备集干粮。蝉和小鸠这两只虫鸟又知道什么呢？

小智不会了解大智，短寿不能了解长寿。那朝生暮死的菌虫，不懂得早晚之分；那春生夏死、夏生秋死的寒蝉，不知道什么是一年的时光。楚地的南方有一只灵龟，以五百年为一个春季，五百年为一个秋季；荒古时代的一棵大椿树，以八千年为一个春季，八千年为一个秋季。世人只知道有个彭祖以长寿而闻名，一说到长寿，大家都拿他来比，这岂不是太可悲了吗？

学习艺术的人应该想象一下这个鲲鹏展翅的场景。在天高海阔的浩瀚背景中，鲲鹏展开它那遮天蔽日的巨大翅膀，水击三千里，扶摇直上九万里，由北海向遥远的南海飞迁，这样的形象、意象和境界是何等的令人心胸开阔，意气昂奋啊！

大鹏能够壮飞、远徙，不仅仅在于它有“图南”的远大志向，还在于它凭借了翼下厚积着的强劲风力。“风之积也不厚，则其负大翼也无力”，这就是“积厚”的重要意义。学艺的人要有高远的志向，才有“积厚”的动力。

大鹏凭借翼下巨大风力而凌飞的形象，正是讲这个道理。历史上著名的大书画家，无论是东晋的二王，唐代的颜真卿、张旭、怀素，还是近代的吴昌硕、黄宾虹，哪个不是像鲲鹏一样，在书画艺术的世界里积累着个人的艺术实践和学养，最终取得杰出的成就。

与大鹏的壮飞形成鲜明对照的是蝉与鸠可笑的态度。这两只虫鸟自我满足于榆、枋上下的腾跃，讥笑大鹏海天万里的壮飞，表现出封闭和浅薄，可笑又可悲。这个故事是《庄子》中开篇的故事，让我们以大鹏自勉，立高远之志，蓄“积厚”之力，行壮飞之举，勇往直前，遨游在艺术的天空之中。

《庄子·秋水》篇还有“望洋兴叹”的故事，大家都很熟悉。

故事里说，秋汛应时到来，百川之水都汇流到黄河。主流河道变得极为宽阔，两岸及河中水洲之间，连牛马的形状都分辨不清了。这景象令河伯扬扬自得，以为普天下的盛美都集中在这里。他顺着河流向东而去，抵于北海，向东方纵目瞭望，竟看不见大海的边际。

这时河伯收敛起扬扬自得的笑容，仰望海神而感叹：我看见您这样浩淼无涯，博大深邃，倘若我不是来到您的门口，可就太危险了，我要永远被晓悟大道的人所取笑了。

北海之神说过一段话，很深刻。他说：井底的蛤蟆，之所以不能和它谈论大海，因为它拘囿于自己狭小的天地里；夏季的虫子，之所以不能跟它谈论冰雪，因为它受到生存时间的限制；孤陋寡闻的书生，之所以不能跟他谈论大道，因为他所受的片面教育，桎梏了他的思维。现在你从河岸下走了出来，看到了浩淼无涯的大海，才认识到自己的渺小和鄙陋，这才可以跟你谈论大道。

天下的水，没有比海更大的，千万条河川都流归到这里，不知什么时候才停歇，可大海却不盈满，海水不知道什么时候停歇，大海从未枯竭。无论春季还是秋季，它的水量始终没有什么变化；不管洪涝还是大旱，对它都没有影响。大海从天地运化中具有了形体，从阴阳交感中获得了生气，自己在天地之间的位置，就如同小石头、小树木在大山上一样。

四海存在于天地之间，不就像蚁穴在大泽里一样吗？九州存在于四海之内，不就像小米粒在太仓里一样吗？庄子的讨论汪洋恣肆，“海波连天，浪花无际”，他的哲学也有一种涵江负海之气，《秋水》中河海气象的描写以及河伯与海神的对话，显示了其博大、深邃的视野和境界，这就是格局。艺术创作和研究的人需要有大格局，不计较一时得失，不与小人争一时名利，潜心艺事，才能真正走远，走高。

秋汛时，百川汇流到黄河，出现了河宽水阔，“两涘渚崖之间，不辨牛马”的情景，这情景让河伯“欣然自喜”。但是，当他洋洋自得，顺流而行，进入海域时，却因“东面而视，不见水端”不由望洋兴叹，在与海的对比中发现了自己的封闭和局限。由此，引起了海神若与河伯的对话，把我们的视野和思考引入一个时空无穷、认知无涯的世界。艺术表达个性，很多人取得某一方面的成绩，或入展，或得奖，常常目中无人，自以为是，不知山外有山，楼外有楼，格局狭小，不容易突破。从庄子的故事中，我们要有所悟。

庄子巧譬妙喻，善于将纷然杂陈的自然现象与社会现象联系起来观察和思考，特别是《秋水》中把海的气息与有关时空无穷性的哲学联系起来，这种深邃思想和超越精神值得我们反思。

大海意象和艺术精神的超越具有某种相似性。黑格尔说过：“大海给了我们茫茫无定、浩浩无际和渺渺无限的观念。人类在大海的无限里感到他自己有限的时候，他们就被激起了勇气，要去超越那有限的一切。”对于我们学习书画而言，超然的精神和格局尤其重要。

《庄子·秋水》篇中井底之蛙的故事是格局小的典型。住在浅井里的青蛙对东海的大鳖说：“我真快活啊！出来活动，就可以在井栏之上蹦蹦跳跳；进去休息，就回到井壁的破砖之间。入水而游，水架着我的两腋，托着我的下巴；踏入泥中，深泥只能淹没我的脚背。环视那些螃蟹啊，蝌蚪啊，有谁比得上我呢；况且我独占这一坑子水，叉开腿站在浅井里所感受到的乐趣，也可以算是达到极点了。先生你为什么不经常到我这里看看呢?”

东海大鳖的左脚还没踏进浅井，右腿的膝盖就被绊住了。于是犹豫了一阵只好退出来，把大海的情况告诉它说：“千里的遥远，不足以表述它的广大；千丈的峻高，不能穷究它的幽深。夏禹时候，十年九涝而海水不增多；商汤时候，八年七旱而海水不减少。不因时间的长短而改变，也不因雨量的多少而增减，这就是住在东海的最大快乐!”

浅井里的小青蛙听了这一番话，惶惶不安，手足无措，茫茫然像失了魂一样。坎井之蛙与东海之鳖各有不同的天地，但坎井之蛙居然向东海之鳖炫耀自己狭小的天地，真是可笑。这个故事和上面“望洋兴叹”的故事道理是一样的。艺术家小有成绩就沾沾自喜，头上长角，很可能是在思维与认识上走进“坎井”，我们要有大海的气象，才能有所大成。

鱼之乐

濠梁观鱼是《庄子·秋水》篇中一个有名的故事。

庄子与惠子一道在濠水的桥上游玩。

庄子说："白鲦鱼悠哉悠哉地游来游去，这就是鱼的快乐啊！"

惠子说："你不是鱼，怎么知道鱼的快乐？"

庄子说："你不是我，又怎么知道我不知道鱼的快乐？"

惠子说："我不是你，当然不知道你；你也不是鱼，所以你不会知道鱼的快乐，这是完全可以断定的。"

庄子说："请把话题从头说起吧。当初你说'你怎么知道鱼的快乐'这句话，就是已经知道了我知道鱼快乐才来问我的。我来告诉你：我是在濠水的桥上知道鱼的快乐的啊。"

庄子与惠子的"濠梁之辩"是一个讨论认知与审美关系的对话。在是否知道"鱼之乐"的问题上，庄子是"可知论”，惠子是“不可知论”。表面上，惠子“不可知论”层层推理，逻辑严密。但是，这些不是“濠梁之辩”的真意所在。是否知道“鱼之乐”，在庄子看来，实际上是人与自然、人与物是否能够彼此交融的问题。庄子以一种审美的心灵来通融自然万物，在观赏中感知了“鱼之乐”，而惠子的“不可知论”则否定天人、物我之间的通融，他是从纯认知的角度来看待一个属于审美的问题。“鱼之乐”的命题，充分显示出庄子哲学是一种重视生命体验、感悟思维和审美能力的哲学，这在我们的艺术学习中十分重要。

我曾多次说过，中国书法有四个方面的属性，技法属性、审美属性、人文属性和哲学属性，技法问题解决之后，重要的就是后面三个属性的问题，现在人往往重视不够。“濠梁之辩”实质上就是讨论这方面的问题。艺术上的很多问题是不能量化的，需要感悟，需要体验，需要用心来点燃艺术之光，探求艺术之源。“鱼之乐”其实就是艺术之乐，书写之乐。

《庄子·至乐》篇中还有一个故事。

有一只海鸟停落在鲁国都城的郊外，鲁国国君把它迎进太庙里，大摆酒宴，为它奏《九韶》之乐，备上牛、羊、猪三牲供它享用。海鸟却目眩心悲，不敢吃一块肉，不敢喝一杯酒，三天就死了。

庄子感慨鲁国国君的这种做法，是用供养自己的方式来供养鸟，不是用供养鸟的方式来供养鸟啊！

在庄子看来，事物的特性也就是自身之性，自然之性。违背自然之性，把人的愿望意志强加于他物，就会扼杀物的生命。鲁侯以养己之道对待海鸟，全然不顾鸟的自然习性，结果夺取了它的生命。就像鱼儿离不开水，在水中才有“鱼之乐”。庄子通过这些故事，强调艺术之美要依循自然、尊重物性，这样才能真正体验到这种美。我们在学习书法的过程中，要遵循书法的规律，感知书法之美，如果违背了艺术规律，这种创作是没有意义的。

大用和小用

《庄子·达生》篇中讲了这么一个事。颜渊问孔子说："有一次我从觞深那个渡口经过，那摆渡的人驾船的技巧妙极了。我问道：'驾船可以学会吗？'他回答说：'可以。会游泳的人很快就可以学会。至于那些会潜水的人，即使从未见过船，一旦见到，便能够轻巧地驾驶。'我再问他为什么，他就不告诉我了。请问他的话到底是什么意思呢？"

孔子说："会游泳的人很快就会驾船，是因为不把水放在心上。至于那会潜水的人从未见过船也能轻巧驾驶，那是因为他把深渊看作陆地上的山丘一般，看待翻船如同车子打滑倒退几步。即使翻船退车这样的险情出现在面前，他都能镇定自若，不会心慌意乱，到哪里不能保持从容的心态呢？一个赌博的人，用瓦块当赌注的时候，心思灵巧；用铜钩作赌注的时候，心中便有所顾忌；用黄金作赌注的时候，赌输的恐惧会使他心神迷乱。赌的技巧本来是一样的，但是由于心里有所顾惜，就看重外物。凡是看重外在之物的人，内心一定是笨拙的。”

这个故事对我们学习书法技法很有启发。技巧与技能都要经过反复学习、长期实践、总结经验，最终才能娴熟地掌握。但是娴熟地掌握，就能够每次都充分发挥吗？不一定的。平日熟练地掌握，有时却难以充分地发挥，甚至留下遗憾和痛惜。这是为什么呢？

庄子在这则故事中回答了上面的问题：当一个博弈者用瓦片作赌注的时候，他的技艺就能够发挥得淋漓尽致；当他用铜钩作赌注的时候，他的心理负担就开始影响技艺的正常发挥；而当他用黄金作赌注的时候，胜负的结果就使他的心在颤抖，岂有不败之理？庄子通过“以瓦注者巧，以钩注者惮，以黄金注者殙”这个例子，揭示了上述失败的秘密：“凡外重者内拙。”

一个人做事太看重结果，心里太紧张，意念太集中，反而会将平素可以轻松做好的事情搞糟。庄子把它叫作“有所矜”，“有所矜则重外也”。我们学艺术、学书法的人也经常参加各种比赛和考试，有时太想在竞技中胜出，心在颤抖，发挥不出好的水平。这个故事提醒我们，不要对“外”看得太重，太重则失去你的本真。

《庄子・逍遥游》篇中还讲有一个“特效药”的故事。

宋国有一家善于配制防治皮肤冻裂药膏的人家，世世代代靠在水上漂洗丝絮谋生。有个外乡人得知这事，请求以百金购买他们家的制药秘方。于是他们召集全家族商议，说："我家凭着这种特效药，祖祖辈辈干着漂絮的活儿谋生，所得不过几金，现在，一旦售出这个秘方，就可得到百金，就卖给他好了。"

那个人得到了秘方，便拿去游说吴王。正赶上越国有内乱，吴王派他领兵去伐越。冬天，和越军进行水战，大败越军。吴王因此拿出大片土地赏给这个献药方的人。

同样是能防治皮肤冻裂的药，有的人靠它得到封赏，有的人还是世世代代漂洗丝絮，这就是所派用场大不相同的缘故。

这个故事给我们学习艺术的人很多思考。同样是一样东西，虽有其固有的效能，但却有大用和小用之不同，这不同的结果就缘于两种不同的思维和实践。元末明初解缙在《春雨杂述》中论书法，就提出有"用大"和"小用"之分，"用大"是经世之伟业，为国家服务。"小用"就是私人的艺术活动。庄子故事里，同样的不龟手之药，用封闭、保守的态度对待它，其价值不过是世世代代可赖以从事水上漂洗丝絮的职业谋生；如果以开放的视野和创造性的思维发挥它，则可保护水兵的健康，增强其战斗力，从而取得一场战争的胜利。

在很多人看来，艺术就是写写画画，文人之余事或谋生之职业，没什么了不起的。有的人学了书画专业，就回老家教几个小小蒙童写写画画，度其一生。同样学书画专业，有的人潜心研究，在艺术上取得卓越的成就，产生了世界性的影响。中国艺术史上这样的名家例子很多，清代的邓石如是个职业书法篆刻家，书印为生，因为自己的刻苦钻研，终于成为碑学史上的开派人物。同样是学书画，结果大异，关键在人。清代学者刘熙载说：“书者，如也，如其学，如其才，如其志，总之如其人而已。”学、才、志各有不同，产生了不同的艺术成就和影响。庄子这个小小药膏的故事，启发我们开拓思维，赢得自己的艺术人生。

由技入道

由技入道，是中国艺术中的永恒主题。

《庄子》记载了孔子这样一件事。孔子到楚国去，从一片树林中经过，看见一位驼背老人正拿着一根竹竿在粘蝉，就好像从地上拾取东西一样容易。

孔子说道："您真灵巧啊！有什么诀窍吗？"

驼背老人回答说："我当然有门道。经过五六个月的训练，能在竹竿顶端累叠两个弹丸而不掉下来，那么粘捕蝉就很少失手；若能累叠上三个弹丸而不掉下来，那么失手的情况最多不过十分之一；若能累叠上五个也不掉下来，那我从树上粘捕蝉就像在地上拾取东西一样了。我的身躯站得这样稳定，就像竖着的木桩一动不动；我的手臂拿得这样平稳，就像干枯的树枝一样纹丝不动。天地虽大，万物虽多，我心目中只知有蝉翼。我从不左顾右盼，纷繁的万物也干扰不了我对蝉翅膀的注意力，怎么会捕捉不到呢?”

孔子听了，回过头来对他的学生们说：“用心专一，便会凝神聚精，说的不就是这位驼背老人嘛!”

这是庄子在《达生》篇中的一个生动的例子。学习艺术，学习书法要做到这一点，专心致志，循序渐进，持之以恒，就会得法，掌握书法精微的技巧。“用志不分，乃凝于神”不只是佝偻老人的捕蝉经验，而且是古往今来一切能够获取高超技巧者的普遍经验，书写中的技术更是这样，中锋侧锋的转换、提按的变化、翻折的处理、结构的摆布、章法的安排，都需要专心学习、揣摩。要真正做到“用志不分”，不仅需要时时排除外在的各种干扰，更要有内心的长期的执着和专注。所以，当技巧达到出神入化的境地时，必有一个内心境界的支撑。

《庄子·达生》篇还中有个“呆若木鸡”的故事。故事讲的是一个叫纪渻子的人，他替国王驯养斗鸡。

过了十天，王问道：“鸡驯养好了吗?”答道：“不行，正浮躁骄傲而仗气呢。”

过了十天 ，王又问。他回答说：“不行，它听见别的鸡啼叫就应和，看见别的鸡扑来就应战。”

过了十天，王又问。他回答说：“还不行。它看见别的鸡还怒目而视，且气焰很盛。”

过了十天再问他。这时，纪渻子答道：“差不多了。它听见别的鸡在周围鸣叫，神色毫无变化了。走向前去一看，就像一只木鸡，它的性情已经修炼成熟了。别的鸡没有敢与它应战的，见到它转身就逃跑了。”

这是一个有名的故事，我们今天把“呆若木鸡”这个词作为贬义词，其实原义不是这样的。“呆若木鸡”绝不是丧失斗志，而是彻底除掉浮躁骄满之气之后的一种锋芒内敛。一个好的艺术家，不是外在的张扬，而是能收敛锋芒，蓄势待发。技艺与修养，内力与外力，水平与境界，始终是密不可分的。三年前，我在东京访问东京碑帖收藏家伊藤滋先生，伊藤先生的书房正中就挂着江户时代书家所写的“木鸡室”的牌匾，显然，伊藤先生就是希望自己如庄子所说的“木鸡”，除去烦躁，潜心研究。

《庄子·养生主》篇中还有一个庖丁解牛的著名故事。庖丁替梁惠王宰牛，他手所触、肩所倚、足所踩、膝盖所顶的地方，无不发出清晰的声音，牛刀一进，每个动作都跟一定的音调相和，合乎《桑林》之舞的旋律，合乎《经首》乐章的节奏。

梁惠王问他，你的技艺怎么达到了这样高超的地步呢？

庖丁放下刀，回答说：我所喜爱的是道，已经远远超过了技艺。当初我刚学宰牛的时候，眼中所见到的都是整头的牛；三年之后，在我心目中已没有完整的牛了。现在我宰牛，只用心神来领会，而不用眼睛来观看，感官停止了功能，精神心智活动在自如运行。顺着牛体骨肉的自然构造，把刀插进筋肉的间隙中，导向骨节间的一个个窍穴，全都顺着其固有的结构来解剖，凡是筋络骨肉交错聚结之处，我的刀刃从未碰过，何况那些大骨头呢！

技艺优良的人一年更换一把刀，因为他用刀只是割肉；一般的厨师一月就得更换一把刀，因为他们用刀不是砍便是剁。如今我的刀已经用了十九年了，用它宰过的牛也有数千头了而刀刃还像刚从磨刀石上磨出来一样。那牛体的筋肉骨节间自有它的间隙，而我的刀锋却比它还要薄；用这样薄的刀锋切进骨节的空隙，真是宽宽绰绰，对于刀刃的运转回旋来说是有足够的活动余地啦。

所以，这样用了十九年，而刀刃还像是刚从磨刀石上磨过一样。尽管如此，每当遇到筋腱骨节聚结交错的地方，我看到不易下刀，便格外小心，不敢大意，目光为之而专注，动作为之而缓慢。我微微运刀，牛的骨肉就分离开，像一堆泥土散落在地上了。我才提着刀站起来，为此而环顾四周，为此而悠闲自得、心满意足，把刀擦拭干净藏入鞘中。

《庄子》庖丁解牛的故事，长期被艺术家们广泛传诵引用，成为“由技入道”的经典。庖丁解牛的过程，是一个“神遇”的过程，得“间”的过程，典范地表现出“技”与“道”深刻的内在联系：“技”赋予“道”以外在形象和实体，“道”给“技”以深度和灵魂。由技入道是一种高超的艺术创作活动，需要极高的艺术修养和哲学睿智。

庖丁解牛的经验还告诉我们一个道理：从事艺术创

作，都有一个掌握规律、精益求精的问题；艺术创作都有内在的规律，只要潜心探究，反复实践，善于总结，像庖丁解牛那样，“依乎天理”“因其固然”，就能够在操作上游刃有余。庖丁虽积累了丰富的经验，具有了娴熟的技巧，然而“每至于族，吾见其难为”，便会高度警惕，格外小心，精神专注，精细入微，完成解牛所有过程，才会轻松下来，从容地“为之四顾，为之踌躇满志”。这些感受和经验，对于学习艺术的人来说，是非常深刻而有启发性的。

顺应艺术规律

常常在艺术界听说某某人小时候就得过什么大奖，长大后艺术水平却平平。也听说什么人在书画上发明了一个什么技法，自称什么派，但却没有什么人认可。这和仲永的故事是一样的。为什么他们没有潜力再发展？没有顺应艺术规律，必然不可能取得艺术上真正的成功。

《庄子·达生》篇中讲了一个蹈水的故事。

孔子在吕梁观赏山水，瀑布高悬三十仞，水花远溅四十里，鼋鼍鱼鳖都无法游经这里。忽见一个男子跳了下去，孔子以为他是有什么痛苦而想自杀，便让他的学生顺着水流赶到下游救他。却看见那人在数百步远的地方又浮了出来，披散着头发，唱着歌谣，从容地游浮到堤岸边。

孔子赶忙跟上去问他，说："我还以为你是鬼呢，仔细一看，原来你却是人。请问，你游水有什么秘诀吗？"

那人答道："没有，我没有什么秘诀。我凭着人的本能开始了我的生活，又依靠人的适应性而成长，顺乎自然而成功。和漩流一起没入水底，和涌流一道浮出水面，完全顺从水性而不自己妄为。这就是我能自如地进出急流的缘故。”

孔子又问：“什么叫凭本能开始生活，靠适应性而成长，顺乎自然而成功呢？”

回答说：“我出生在山地，安于山地的生活，这是固有的本能；后来在水边长大，安于水上浮游，这便养成了水性；我不知道自己为什么能这样，这就是顺乎自然。”

吕梁人在为孔子师徒演出惊心动魄的一幕后，又以现身说法的方式讲出了他对蹈水之道的深刻体会，即“始乎故，长乎性，成乎命”，达到“从水之道而不为私”的境界。

“始乎故”，是指人与生俱来的适应本能；“长乎性”，是指人能够依靠这种适应性而在任何后天环境下成长；“成乎命”，是说在顺乎自然规律中获得成功。人与外在环境的关系，主体与客体的互动，就在“始乎故”“长乎性”“成乎命”这三个层次中展开。吕梁丈夫顺着水势沉浮，“不为私”，是说他经过长年实践完全驾驭了水流运动规律，因势利导，不强行逆水流而动。因此，这种高超水性的获得，不言而喻地肯定了把握自然规律的重大意义和作用。我们学习艺术常常讲天赋、勤奋、环境、名师指导等，对学习有影响的因素，庄子讲的吕梁人蹈水的故事提到的这三点已经概括了一个人掌握本领的三个规律。“始于故”强调艺术上的天赋，“长乎性”强调个人在专业上的努力和环境；“成乎命”强调要符合艺术成长的规律。书法也好，绘画也好，基本离不开这三点。在庄子“同于自然”的思想中，重视人在艺术创作中的主体作用，他所强调的“不为私”，指顺应时代潮流，不要妄自尊大，违背规律，实际上包含着他对主客体关系、人与物关系的深刻理解。

《庄子·达生》篇还提到木匠梓庆。

有个灵巧的木匠梓庆，他砍削木头做乐器的木架，做成后，看见的人都惊讶它如鬼斧神工。鲁国国君见了梓庆便问道：“你凭什么妙法做成这个呢？”

梓庆回答说：“我只是一个工匠，哪有什么妙法！不过，有这么一点我可以说说。我在做之前，从来不敢耗损精神，一定要斋戒，让心神宁静。斋戒到第三天，内心便不敢怀有领取赏赐爵禄的念头；斋戒到第五天，便把他人一切有关毁誉巧拙的议论不放在心上了；斋戒到第七天，有一种超然之感，连自己还有四肢形体也忘掉了。在这个时候，一切朝廷之事都忘记了，我的技巧高度专一，外界的任何干扰都消失了。然后，我进入山林，细心观察大自然中鸟兽的天然情状，一旦心有所得，我的眼前便呈现出一个完整的、饰有鸟兽图形的钟磬架子，然后才动手制作。这就是以我的自然心性去契合鸟兽的自然神形，制成的器物被惊疑为鬼斧神工，恐怕就是这个原因!”

“梓庆为鐻”的故事描述的是艺术创作的全过程，它凝聚了艺术实践所积累的宝贵经验，和蹈水之道一样，对我们学习书画很有启发。在艺术创作之前的一段时间，就要在精神与心理上逐渐进入一种高度宁静和谐的状态，不仅要抛掉外在的名利之心，甚至超越到连自己的存在都忘掉了，这就是所谓“物我两忘”的境界。

在这种境界中，来自外在与内在的一切干扰，都纷纷被排除了，这样不仅使技巧能够在心志高度专一的情况下得以施展和发挥，而且能使精神处于虚静澄明的状态，产生所谓“妙悟”，进而和审美感知发生联系。以自己静心得来的自然心性去观照万物之情性，从而在心目中“成见”，然后才动手创作，在“外师造化，中得心源”中使作品达到传神的境地。

蹈水之道中提到的“长乎性”的问题，《庄子·山木》篇讲了一个关于成长环境的故事，也能给我们以思考。故事这样说：

大王您没有看见善于腾跃的猿猴吗？当它处在楠、梓、豫、樟之类的大树上时，便可以随意攀枝引条，自由活动，在其间神气得很，即便是后羿、蓬蒙那样的神箭手对它也无可奈何。等到它来到荆棘灌木丛中，便左顾右盼小心翼翼地走着，风吹草动都会引起它内心的惊恐；这不是它的筋骨受到束缚而不敏捷了，而是所处的环境条件变得不利了，不能让它充分施展自己的才能啊。

猿猴在乔木之间随意攀援，能够充分发挥腾跃的本领，而在灌木丛中则“危行侧视，振动悼栗”，这说明不同的环境对于才能的施展起到了完全不同的作用。人施展才能，也需要良好的外部环境，需要一个可以充分发挥才华的平台。我们学习艺术，尤其需要好的平台。什么是好的平台？有外部建立的环境和机遇，促进个人成长，也有个人营造的专业氛围，促进自己水平不断提升。没有平台和环境，个人才华再高，也得不到施展。

《庄子·外物》篇还提到一个“屠龙之术”。有个人叫朱泙漫，在叫支离益这个人那里学习屠龙的技术，耗尽了千金的家产，三年学成技术，却没有机会施展学到的技巧。脱离社会需求的本领再大，也是空有其术，英雄无用武之地。学到一种根本无法实践的技巧，其实是什么也没学到。既然无龙可屠，“无所用其巧”，又怎么能“技成”呢？书法也好，绘画也好，有了好的技术和审美感，能够创作作品，要能“长乎性”和“成乎命”，创造好的环境，使自己的艺术有用武之地，顺应艺术成长的规律，更好地为社会服务。

不做空头的艺术家

《庄子·知北游》篇中有个锻打带钩工匠的故事。

大司马家锻打带钩的工匠，八十岁了，制作的钩竟分毫不差。大司马说："您的手艺真是巧妙啊！有诀窍吗？"

工匠回答说："我一直遵守一条原则。我二十岁时就爱好锻打带钩，对别的东西从来不看，不是带钩就不去关心。这就是所用心的地方，因为心无旁骛，以至于能长久获得那用心之处的功效，更何况全部精力都用上了呢！在这种情况下哪个不帮助他呢！"

一个人有艺术上的爱好，能够几十年如一日地坚守这种爱好，把心思和精力都用于自己所爱的专业上，他必然会在这方面取得突出的成绩，成为此专业领域里的佼佼者。一个人的精力是有限的，而面对的领域又是不可穷尽的。所以，要想在艺术上取得卓越的成就，就应该处理好"有所不为"和"有所为"的关系。锻钩老工匠总结出的"用心”与“不用心”、“有所为”与“所有不为”的辩证法，“有守”，即在应该用心之处专注，在不该用心之处放松，成功的艺术家都应做到这一点。

《庄子·外物》篇还提到任公子垂钓。

任公子制作了一个巨大的钓钩，系上粗而长的黑丝绳，用五十头阉割过的肥牛作钓饵，蹲在会稽山上，甩动钓竿把钓钩投入东海，天天下钩，整整一年也没有钓上鱼。

过后不久，一条大鱼吞下了钓饵，牵拉大钩沉入海底，四处奔窜，张起鱼鳍，搅得海面白浪如山，水波震荡，涛声犹如鬼哭神号。千里之内，人们被吓得胆战心惊。

任公子钓到这条鱼，把它剖开晾成鱼干，自浙江以东，苍梧以北，所有的人都饱餐了一顿鱼肉干。

不久后，那些才智短浅、喜好道听途说的人，都惊奇地奔走相告。那些扛着小竿细绳，跑到小沟浅渠边，等着小鱼上钩的人，要他们来钓取大鱼是太难了！那些文饰浅薄之学而企求高名美誉的人，他们和大智的距离实在是太远了。未曾领教过任公子这样风度气魄的人，是不可让他们参与经邦治世的，那差距真是太大了。

“蹲乎会稽，投竿东海”，放长线，钓大鱼，是志向远大的人开阔的思维，不计较一朝一夕的得失，而是以宏大的气魄，超常的毅力，不懈的努力，来成就大事，好比“旦旦而钓”，期年不得，一朝得鱼，众人皆惊。古往今来，在艺术上大有成就的书画家都是像任公垂钓一样的学习和创作，才取得成功的。

《庄子·田子方》篇讲到庄子去见鲁哀公，他们的对话很能发人深思。

哀公说："我们鲁国有很多儒士，学先生道术的却很少。"

庄子说："我在鲁国很少看到什么儒士。"

哀公说："全鲁国的人几乎都穿儒士的服装，怎么能说很少看见呢？"

庄子说："我听说，儒士头戴圆顶的帽子，表示上通天文；脚穿方形的鞋子，表示下晓地理；身上佩带玉玦，表示遇事处置果断。其实，真正具有这些知识才能的人，未必都穿着这样的服装；穿着这样服装的人，未必就真正有这样的知识才能。您当然一定不相信，那么为什么不在国内发布这样一项命令：'凡是没有这种道术修养而穿这样服装的人，一律处以死刑！'"

于是，鲁哀公发布号令五天，鲁国便没人敢再穿儒士服装了，唯独有一男子穿着儒士服站在朝门之外。哀公立刻召见他，问以国家大事，无论问题多么复杂他都能对答如流。

庄子说："鲁国这样大而真正称得起儒士的只有这一个人，可以说是多吗？"

鲁哀公眼里的儒士是身着儒服的人，所以，在周公所封之国、儒学所兴之地的鲁国，自然是“举鲁国而儒服”——儒士多得很。

与只重其表不看其实的鲁哀公不同，庄子认定儒士的标准是重其实——看是否有道有术，是否有真才实学。如果只看重其表，而不重其实，弄虚作假、名不副实的现象就会大量出现，真正的人才反而会由于“假货”的充斥泛滥而受到挤压和排斥。艺术界这种穿着“儒士服装”的人很多，有的甚至名头很大。我们要名副其实，不要做空头的艺术家，为人们所不齿。

有容乃大

《庄子·庚桑楚》篇有这样的话：

以空虚的胸怀来对待外物的人，万物都将纳入他的胸怀；与外物格格不入的人，他自己尚且无处容身，又怎能容纳别人！不能容人的人没有亲近者，没有亲近者的人就自绝于人。武器没有比心志更厉害的了，镆铘利剑还在其次；伤害人的大敌莫过于阴阳，它让你在天地之间无所逃避。其实并非阴阳在伤害你，而是你的心志未能顺应阴阳的变化，使自身受到伤害。

有“空虚”之处，才能容纳外物，比如一间房子、一个箱子、一只袋子，因为里面有“空虚”才能住人、置家具、放物品。这“虚能受物”的道理也适用于人的胸怀，有了“虚怀”，才能不断受纳外物，从而兼收并蓄，博采众长。这个虚怀若谷的故事不仅是很高的境界，也是极高的智慧。

从事艺术的人不仅要有“虚怀”，还要有心志。能否有成就，虽有内在外在的种种因素，但心志和志向却是方向性的、根本性的，我们首先要成为艺术上的有志之人，在实其“志”的同时还要学会虚其“怀”，广泛吸收各种流派、各种风格的长处，形成有个人特色的艺术作品。

《庄子·徐无鬼》篇有这样一个故事。庄子去为一位死去的朋友送葬，途中经过惠子的坟墓，便回头对跟随的人说：“郢都有个人，鼻尖上涂了一滴白泥，就像蝇翅一样细薄，让姓石的匠人替他削掉。匠石抡斧生风，郢人任他砍削，白泥被削得干干净净，而鼻子没伤掉一根汗毛，这个郢人站在那里神态自若。宋元君听说了这件事，把匠石召去说：‘试试替我表演一下在鼻子上斫泥的技巧。’匠石说：‘我确实曾经可以把别人鼻尖上的泥点削掉。但是，我的搭档已经死去很久了。’自从惠子死了以后，我再没有对手了，我再没有可以与之论辩究理的人了。”

“运斤成风”和《庄子》中的“佝偻承蜩”、“桓公见鬼”、“呆若木鸡”的故事一样，强调技术的重要性。我们艺术上要追求的完美技术，准确而到位，这体现的是艺术在技法上的属性。

庄周与惠施为了究理而诘难论辩，既是对手，又是朋友。庄子对惠子的深切怀念，体现了他们之间的理解和宽容，这种理解和宽容也就培植了深厚的友谊。庄子在怀念惠子时，引用了匠人运斤成风而郢人立不失容的故事，寄寓他失友的悲痛，这又非常生动地说明了艺术上出现的论争，表面上看是对立与排斥，实际却是在探索艺术真理的道路上的相互配合和通力合作。

《庄子·则阳》篇讲了这么一个故事。卫国贤大夫蘧伯玉活了六十岁，而六十年来随年变化与日俱新，起初认为是对的，到后来又认为是不对，但没有因此而抛弃；如今认为是对的，就是五十九岁前所认为不对的。万物都有它的诞生，但没有谁看见它的根源；万物都有它的出处，但没有谁看见它的门径。人们都看重自己所知道的，却没有谁懂得，正是凭借着自己所不知道的，然后才有所知，能不说这是最大的迷惑吗？

艺术也是一样，与日俱新，一方面是由于艺术本身在不断变化，另一方面是缘于事物的发展，认识也在不断深化。要在艺术上有所突破和创新，仅仅依靠自己现有的经验框架或认识模式是远远不够的，甚至会导致僵化，阻碍创新思维。了解“恃其知之所不知而后知”的道理，就可以防止思想的僵化，突破个人经验的局限。中国古代书论史上关于“通变”的理论，如唐代孙过庭说“通会之际，人书俱老”，亚栖说“凡书通即变。王变白云体，欧变右军体，柳变欧阳体，永禅师、褚遂良、颜真卿、李邕、虞世南等，并得书中法，后皆自变其体，以传后世，俱得垂名”，明代董其昌说“书家妙在能合，神在能离”等等，都强调书法上的变化和革新，只有突破个人的经验和思维，求新求深，才能有所创造。

庄子之道与艺术

庄子是一个什么样的人？他的思想如何影响我们的艺术？

战国中期的庄子，宁愿在一个叫漆园的地方做个隐居的小吏，也不肯接受楚威王的重聘。他说过：他不愿当一只死了的神龟，被盛装供奉，而宁可拖着尾巴在泥巴里自由地爬行；他也不愿当牺牛，生前被细心供养，宰杀后被披上锦绣，抬到太庙里，他宁可当一头任性奔走的野牛。由于有这样的思想，他长期在讲学、论道、著书中过着游心自然、适情顺性的生活，以至于“衣弊履穿”。然而，正是这样一个人，在哲学与艺术上有着独特的思考。作为艺术哲学的巨匠，庄子是老子的继承者，却个性鲜明，别开一宗。

老子自然无为的“道”，是高悬在人之上的客观的、外在的存在，“有物混成，先天地生”。庄子通过消解物我对立的“逍遥游”和“齐物论”哲学，把老子“独立不改”、外在于人的“道”，内化为一种人格心灵的境界。所谓“天地与我并生，而万物与我为一”。

老子以“道”为体，以社会政治为用，他的“无为而无不为”是用世的；庄子追求心灵自由，拓展精神空间，不以实用功利为目的，而以思辨和审美为旨。庄子在与“人为物役”的现实进行抗争，又为渴望自由的人类心灵营造了一个“逍遥游”的境界。

“与天为徒”“天人合一”，是诗性的艺术表达。

在庄子眼里，“道”的真谛就显现在“天地之美”中。自然界不仅以其无限丰富性和深邃性成为美的化身、自由的象征和“道”的体现，而且，人的生命也化入自然，达到与自然融通相与的境界。庄子的生命和精神在自然山水中徜徉，“钓于濮水”“游于濠梁之上”“游于雕陵之樊”，在“得至美而游乎至乐”中，进入了人与自然默契的境界，发出了“山林与！皋壤与！使我欣欣然而乐与”的怡畅之情，把对人生和生命的深深眷恋，借助于对自然的赞美而传递出来。而他对自然的深情呼唤，也得到了自然的深切回应。

畅游于自然的庄子，把天地万物当成生命存在，并把自己的生命移植给它们。他在“齐物论”哲学中对自然本体与人本体同化为一的思考，表达为“天地与我并生，而万物与我为一”。

庄子“坐忘”“吾丧我”的悟性方式，在“以道观物”和“独与天地精神往来”中，便能臻至人与自然的融洽，达到物我之间的突破。庄子与惠施游于濠梁之上“知鱼之乐”，庄周梦蝶“不知周之梦为胡蝶与，胡蝶之梦为周与”的情境，都是在“以道观物”，接通天人和物我之间，获得了“与物有宜”“与物为春”的感应，在虚静澄明的精神状态中，把握宇宙生命的律动，妙悟自然的意蕴与人生的真谛。

庄子创造的大量寓言故事，极见艺术光华。《至乐》中庄子妻子过世，惠子前来吊唁，在本应大为悲恸的情境里，庄子却没有痛哭流涕，反而鼓盆而歌，一派欢欣，惠子为此不满，由此也引出了庄子视死生为气变的论述。《达生》中写孔子观水，“鼋鼍鱼鳖之所不能游”的地方却有一男子，便以为是寻短见之人。直至男子出水，才发现是长于水边、习于游水之人，由此告诉人们不同的人各有其习性自然，非他人所想当然耳。这些寓言故事，或出于生活体验，或出于志怪传说，无论是尘世之事，还是虚幻之物，庄子的叙述都能发人之不能见，想人之不能想，带来奇妙独特的艺术体验与生命思考。

庄子之“道”，崇尚率情任性，葆真全性，追求超脱自由。他所追求的“乘云气，骑日月，而游乎四海之外”的精神境界，存在于艺术营造的美好世界里，其灵魂既是哲学的，也是艺术的。庄子擅长通过变换视角，拓宽视野，进行辩证思考，多维分析。《逍遥游》中“覆杯水于坳堂之上，则芥为之舟”，展现出小大的相对性；《齐物论》中认为毛嫱、丽姬是人之所美，但鱼、鸟、麋鹿见之立逃，天下真正的美丽难以判断，这样的观念将人视作自然中的一员，天人合一。

庄子的诗意既来自艺术哲学的思考，更来自于真切情感的领悟。面对人性的丑陋，而借“曾不如早索我于枯鱼之肆”之语加以讥讽；面对好友的坟墓，慨叹“自夫子之死也，吾无以为质矣，吾无与言之矣”。面对生命，总有无尽的追问：“天下有至乐无有哉？有可以活身者无有哉？今奚为奚据？奚避奚处？奚就奚去？奚乐奚恶？”“父母岂欲吾贫哉？天无私覆，地无私载，天地岂私贫我哉！求其为之者而不得也。然而至此极者，命也夫！”种种沉重与悲哀，映衬出摆脱束缚、回归自然的超脱。

《天下》中概括庄子其人其思：“以谬悠之说，荒唐之言，无端崖之辞，时恣纵而不傥，不以觭见之也。以天下为沉浊，不可与庄语，以卮言为曼衍，以重言为真，以寓言为广。独与天地精神往来，而不敖倪于万物，不谴是非，以与世俗处。”他所说的“独与天地精神往来”，是何等的超越，是何等的艺术！中国艺术的写意性和人文性正在于此。

第二辑　一画之法

何为“一画”

《石涛画语录》是清初书画家石涛（1642—1707）论画的代表作，也是中国传统艺术哲学的经典名作。其中有很多艺术思想，是他一生艺术创作的经验总结，也是关于中国艺术创作理论集大成的名篇，其核心内容就是“一画”的理论，对我创作很有启发。

什么是“一画”之法？石涛首先进行讨论。在上古的时代，本来没有什么“法”的。为什么没有“法”呢？因为天地之间，浑然一体，这叫作“太朴”。“太朴”最初没有分散，等到后来分散了，而“法”也就立起来了。艺术中首先要讨论的就是“法”，“法”对于艺术有着根本的意义。

“法”开始立在什么地方？就从“一画”开始。

在石涛看来，“一画”就是形形色色物象的根本。无论神也好，人也好，都要用它，有着极大的用途。但世人对什么是“一画”并不了解。所以，石涛自信地认为“一画”的方法从他开始成立。他之所以能立“一画”，是因为从没有法生出法来，“一画”从无到有，有了“一画”的“法”，以后就可以贯通“众法”了。

画是植根于人心的。但主观的“心”，必须与客观的“物”相结合。否则，对于山川人物的秀丽、鸟兽草木的性情、池榭楼台的结构，都不能深深研究它的道理，不能细细探讨它的状态，因而就无法惟妙惟肖地加以表现，也就不能领会到“一画”的根本作用。

因而，石涛主张：无论走多远，登多高，总要从近处和低处着手，“一画”就是笔墨中最根本的方法。看似简单，但它能把天地间的东西都容纳进来。意思就是，在画上虽然有无数的笔墨，但是没有不是从“一画”开始，以“一画”结束的。要少就少，要多就多，在于画家灵活的掌握和运用。

人能用“一画”表现万物，使它具体而微，必须主题鲜明而笔力透彻。用笔的方法，全在使腕虚悬。腕不虚悬，则笔画就不灵动，不自然，也就不对了。用笔要回旋，使它生动；要婉转，使它润泽；要从容，使它妥帖。出笔要斩截，收笔要明显。要能画圆的，也能画方的；能画直的，也能画曲的。上下都能，左右相对。有凸有凹，有突有兀。或断或截，或横或斜。出入自然，行止如意，不能勉强。如果用笔能到这种地步，无论怎么用都能神妙，无论什么法都能贯通，没有什么理不能透彻，也就没有什么形态不能描写详尽了。

掌握了用笔这一核心的方法，似乎随手一画，就能如意。无论山川、人物、鸟兽、草木、池榭、楼台，都可以取它的形态，用它的姿势，写它的生意，表达它的思想，运神情而摹景致，有显露，有隐含，无论方圆曲直，上下左右，各种形态，都能充分表现，出之自然，毫不勉强。别人也看不出画是怎么画成的，画家心手相应，随心所欲，不违其心。

石涛认为，“太朴”分散以后，“一画”的方法就成立了。“一画”的方法成立了，天下万物就没有不能画的了，因而主张“吾道一以贯之”。一切画法，都可以用“一画”来贯串起来。“一画”的方法虽然看起来简单，但是一切画法的根源，我们必须加以重视。

“一画”之法，实际上说的是天地万物所蕴含的生命创造精神。石涛论画以“一画”贯之，就是强调画家要以自我体验去发掘自身的创造力，归复自我的真性，创造艺术的形象。

石涛在《画语录》中认为，只有“了法”，才能真正理解他所提出的“一画”的内涵。“法”是佛学的概念，既指有形存在的物象，又指人的情感认识。石涛论画用“法”，正来源于佛学思想。

人能用“法”，“法”为人用。人如果不能用“法”，反而会为“法”所束缚，就不能创造，不能进步。要敢想，要敢做，要敢于打破陈规的限制，创造发明，艺术才能蓬勃发展。

规矩是方圆的最高原则，天地也是依照规律在运行的。世人只知有规矩，而不知天旋地转也有规矩。天地用“法”来束缚人，使人在“法”中糊里糊涂，不知“法”究竟在何处。人被规律所支配，而茫昧不知“法”的作用，虽然有先天后天的“法”，也终究不知它的道理何在。这就是知有“法”，而不知所以为“法”，反而为“法”所遮蔽了。

从古到今，“法”的遮蔽去不掉，是因为“一画”的道理没有明白。“一画”的道理如果明白了，就会眼光锐敏，不会再为成法所遮蔽，而画可以从自己心中发出来。画如果能从心，“法”自然就没有遮蔽了。

石涛认为，画是一种造型艺术，是描写天地万物的形状的。不用笔墨，怎么能描写他们的形状呢？墨有表现自然的功能，浓淡枯润随自然的形态而有变化。笔是人在操纵，勾皴烘染也随具体情况而不同。古人作画都有画法，没有方法，怎么作画呢？“一画”这个方法，并不是无所限制，也不能因为有了“法”而再加限制。

有“法”，但不能有障，有障则“法”就失去作用。“法”是从画生出来的，没有画也就没有画法。“法”既然从画生出来，那么障就必须从画中退出去。障不退出去，则“法”成教条，反而阻碍画的进步。“法”与障必须分离，而不能相掺杂。大自然天旋地转的原理明白了，“画”的道理也就明白了，“一画”的原理也就明白了，这就是石涛所说的“了法”。

石涛所说的“了法”，就是要让画家以创造的精神建立规矩，不立一法，不舍一法，是变与不变的统一，也是“一画”精神的内核所在。画家作画不是向外寻求，以期合于外在的某种法度，而是除去心中的遮蔽，将内在的创造力得到充分发挥。

石涛在《画语录》中还说，画是“天下变通之大法”，“一画”作为生命创造的精神，“变化”就是这种创造精神的韵律所在。

古代文化的积累，能帮助我们求得新知识，古画也是如此，我们可以用古画作工具再创造新的画法。变化，就是融化，就是消化，是古代成法求得新法的工具，而不是固守成法。既具有古人成法而又有新的创造，这种人是不多见的。

我们看到不少画画的人，泥古不化，就是由于为旧的知识所拘束，自己不能独立思考，只是盲目地崇拜古人。人如果为知识所拘，不能独立思考，而只是满足于像古人，就永远不能进步，不能发展。我们学习书画，一定要能“借古开今”，推陈出新，在传统基础上向前推进。

我们学习古人，不是为了恢复古人，而是为了发展自己，充实自己。做到“借古开今”，才能突破前人，创造出古人没有过的新艺术风格。我们要“借古开今”，不要“厚古缚今”；要“推陈出新”，不要“崇陈阻新”。

有人说：“至人无法。”这种无法，并不是真正的没有法，而是表面看来似乎无法，其实是“无法之法”，庄子所说的“庖丁解牛”“郢匠运斤”就是这个意思。方法熟练到了化境，看似无法，却是积了几十年的艺术经验，才能达到这种最高境界，所以说：“无法而法，乃为至法。”

凡事有正经，必有权变；有法则，就有变化。知道正经，不能固执不通，就要注意它的权变。知道法，就不能墨守成规，要研究它的变化。

石涛说，画是天下变动的一种大法，功能是强大的：能凝炼山川形势的精华，能体现古今造物的陶冶，能表现阴阳气度的流行，借着运用笔墨，描写天地万物，进而使画家有自我陶冶的快乐。这是石涛对中国画本质的认识和概括。

现在一般画家，不明白这个道理，动不动就说：“某家的皴点，可以立脚作基础，要是不像某家，就不能传诸久远。某家清淡，可以立品，不庸俗。不像某家工巧，只足娱人，不能成家。”这类说法，是自己为某家所役使，做了他人的奴仆，而不是某家为我所用。纵然画得特别像某家，学到了乱真的地步，也不过是吃点某家残羹剩饭，对自己有什么好处呢？

常常听到有人说：“某家使我广博，某家使我简约。我将在那宗那派，在那种阶级，怎样比拟模仿，怎样取法效仿，用哪一种点染，用哪一种形势，能使我就是古人，古人就是我。”你的画和古人的画一模一样，没有区别，有什么意思呢。说就这种话的人，是只知有古人而不知有自我。

在石涛看来，我之所以为“我”，是有“我”的存在。古人有古人的须眉，只能生在古人的脸上，不能生在我的脸上。古人的肺腑，只能生在古人的肚子里，不能生在我的肚子里。我发自自己的肺腑，揭示自己的须眉。有时和某家有点相似，这是某家来就我，并不是我故意像某家。是得之天授，自然而然。能如此，又怎么会师古不化呢？

石涛的“一画”之道，不是捕捉外象，而是在变化的世界中呈现自我的生命，强调呈现天地精神的“一画”，突出个人的实践体验。这种体验，是一种师造化，天然的，内在的。今天的美术教育，重视“模件化”的学习，忽略了“心性”在艺术中的重要性，艺术的人文属性也就逐渐被稀释了。重读石涛的“一画”说，能给我们很多启发。

尊受生命

石涛在《画语录》中提出“尊受”一词，强调尊重直接的生命感受，尊重艺术家个人的创造精神。

感受与认识，是先有感受，而后有认识。有了认识以后，再去感受，较未认识以前的感受就更深，体会就更真切。古今聪明的人，借了认识来发挥感受的作用，凭着感受来启发自己的认识。感性认识与理性认识虽有先后，但交互为用，不可分离。

感受与认识的范围没有限制。懂得一件事情，不过是小的感受和小的认识，还不是大的感受和大的认识。石涛所说“一画”的作用之大，范围之广，要认真将自己的感受和认识加以扩展才能体会到。

石涛看来，“一画”表面上看起来很单纯，但运用起来，能把万物都包含其中，无所不能表现。画受之于墨，墨受之于笔，笔受之于腕，腕受之于心。心使腕，腕运笔，笔用墨，墨成画，层层相受。这宛如天地自然生成，丝毫不勉强，这就是“受”的道理。

感受人人都有，时时都有。有了感受，我们必须加以珍视。有了感受而不珍视，就是自弃。得到画法而不变化，就是自缚。所以，对于感受的作用，画家必须遵守勿失，加强使用。对外要不断感受，内在要不断分析，将感性的、具体的认识，组织成理性的、抽象的认识。《易经》说：“天行健，君子以自强不息。”我们要学习自强不息的精神，不断地努力，才能算是真正尊重我们的感受。

石涛说的“尊受”，是自然而然的感悟，含万物之中，一切自在显现，天地创造精神也就毫无滞碍地得到呈现。石涛的这种理论，重视“内在”，却是我们现在艺术界所缺失的。写字画画和做学问，实际上是把一个人的生命摆在里面，能够“尊受”，生命才有元气，才会源源不绝。

蒙养笔墨与运腕之理

《石涛画语录》中论“一画”的方法，专门讨论笔墨问题。笔墨是中国书画的表现手法，也是中国书画整体生命的组成部分。石涛在题跋中也多次讨论笔墨问题，这是他对中国书画的重要贡献。

古人所作的书画，也不完全都是好的。最好的作品是有笔又有墨的，次之是有笔无墨的，再次之是有墨无笔的。之所以有这些区别，并不是山川有笔无墨或有墨无笔，而是画家的禀赋能力不同，笔墨兼擅的固然有，但偏长一种的人更多。

墨蘸到笔要灵活，笔运用墨要神化。用墨不练习就不能灵活，用笔不深入生活就不能神化。只有用墨的灵活，而不懂生活的神化，就是有墨无笔；能受生活的神化而不变蒙养的灵活，就是有笔无墨。

石涛说什么叫“生活”呢？山川万物，都是具体实在的东西。具体的东西形状不一样。有反的也有正的，有偏的也有侧的，有聚的也有散的，有近的也有远的，有内的也有外的，有虚的也有实的，有断的也有连的，有层次多种的，有剥落不全的，有丰致美妙的，也有飘渺无际的，形形色色，怪怪奇奇，这就是生活的大体。画家必须深加体会，详为分析，才能深入生活并充分表现出来。

对山川万物了解透彻，画起来才能头头是道，毫无滞碍。似乎山川万物都向画家贡献它的灵妙一般。这就是因为人操着生活蒙养的能力，才能运用自如。如果不是这样，怎样在笔墨之下，可以画出各种不同的物象，能有胎有骨，有开有合，有体有用，有形有势？又怎能把许多不同的物象，画得活灵活现，精神十足呢？可见笔墨的运用与生活的体验是非常重要的。

笔墨的运用是为表现生活服务的。不能表现生活，虽笔力挺拔，墨色淋漓，也将变成玩弄笔墨的形式主义，虽然满幅笔墨，仍然算是无笔无墨的坏画。石涛关于笔墨“蒙养”与“生活”的讨论，各有其独特的价值。墨受蒙养，体现天地混蒙之象。笔受生活，以虚灵之腕，表现生命的精神。

有人说：“绘谱画训，章章发明，灿然明白；用笔用墨，处处精细，无微不至。自古以来，山的形状大势，很难画出具体的东西，只用语言文字写出来供人探讨。石涛和尚性灵天分太高，从世外极高奥处立法，不屑于从浅近处下手吧？”

石涛说这话很奇怪。凡事都有远近，禀受很远，下手很近；知识很近，运用很远。“一画”是写字画画的浅近功夫，“变画”是用笔用墨的浅近法度，山海是一丘一壑的浅近标本，形势是轮廓皴法的浅近纲领。这些都是浅近的东西，并不是高深的东西。但是没有浅近的东西，就不能达到高深的地步。

假使知识只限于一个地区，则眼光所及，仅及一个地区。比如这个地区，有一座山，一座峰，画家看见这座山，就始终画这一座山；知道这一座峰，就始终变不出另一种峰。这个山、这个峰，始终脱不出这个画家的手，就无异于被这个画家雕凿了，这样好不好呢？

不在形势上求变化，仅注意于轮廓皴法的皮毛小节；在画法上不求变化，仅拘泥于形势的表面现象；在蒙养上不求熟练，仅结列山川的前后位置；在林木上不求完备，仅知画面的空虚薄弱。知其外不知其内，求其粗而遗其精，顾其小而失其大，都不能画出好画来。

石涛认为，要想去掉这些缺点，发挥自己的优点，必先从运腕入手。若能运腕虚灵，则画就能转折变化。若能用笔斩截，则形就不痴呆模糊。腕若用实则笔力沉着透彻。腕若用虚，则笔力飞舞。腕若用正，笔力中直藏锋。腕若用侧，则笔力欹斜尽致。腕若用快，则笔力操纵得势。腕若用迟，则笔力拱揖有情。腕若能运化，则浑合自然。腕若能变化，则笔力参差谲怪。腕若能奇，则笔力有如鬼斧神工。腕若能神，则山岳献灵而能传神。欲求用笔，先重运腕。运腕灵，则用笔妙。

“一画”是腕下最浅近的道理。运腕具体的“虚”“实”之变的实践，才能落实“一画”的原理。石涛在为友人作画的诗中说“足迹不经十万里，眼前难尽世间奇。笔锋到处无回顾，天地为师老更痴”，进一步讨论运腕在笔墨之间的自由变化。

笔与墨会，产生絪缊。笔墨之行，犹如阴阳之气相融相生。《石涛画语录》从生命创造的哲学来论笔墨相融的妙蕴。

书画不外乎笔墨的运用，笔墨分离，不能成作品。笔墨相会，有如天地元气的相合，浑然一体。絪缊相交，有如混沌未辟。要使混沌开辟，必须从“一画”开始。

一画开始，众画随之。所画万物固然象形重要，然尤贵得神。所以画山必须得其灵秀之气，画水必须得其流动之致，画林必须得其生意，画人必须得其秀逸。得笔墨相会的原理，解絪缊分离的方法，由我创造，开辟混沌，画出万物。传为古今，历久不灭；自成一家，独树一帜。这是智者所得，而非庸碌者所能达到的。

书画不可雕凿，雕凿伤其自然；不可板腐，板腐缺乏情趣；不可沉泥，沉泥毫无新意；不可牵连，牵连远近不分；不可脱节，脱节支离破碎；不可无理，无理则似是而非。

如何能做到这些呢？石涛提出，必须在墨海中立定精神，能作充分的表现；笔锋下决出生活，能作深刻描写；画面上换去毛骨，独存精华；混沌里放出光明，精神焕发。

书画艺术能如此，是多高的境界啊！纵使笔不同于他人的笔，墨不同于某家的墨，画不同于古人的画，其中自有我的精神存在，其不同于人，正是我的价值所在。画中有我，始能传诸古今，自成一家。这是由于“我”来运“墨”，不是“墨”自运，更非“墨”来运“我”；“我”来操“笔”，不是“笔”自操，更非“笔”来操“我”；“我”来脱“胎”，不是“胎”自脱，更非“胎”来脱“我”。

石涛说，自“一画”以至“万画”，从最单纯到最复杂；“万画”仍归于“一画”，从最复杂到最简单。化一而成氤氲，辟氤氲而成画，天下的能事不过如此而已。石涛这个思想，超越形式上似与不似的斟酌，归于“浑熔一气”，在变幻神奇间追求氤氲的真性之妙，永远值得玩味。

发现山川

山水画家面对自然的山水，如何表现？在石涛看来，不是画出外在客观的山水，而是在人的真性中发现内在所理解的山水。

得到山川的原理是山川的本质，因为山川本是天地的一部分。得到笔墨的画法，是山川的装饰，因为笔墨只能表现山川的表面。装饰与原理虽有表里之分，但还是一致的。两者只能交相用，而不能交相非。知道装饰而非议原理，那原理就很危险了。知道本质而非议画法，这画法也就衰微了。只知其一，不知其二，就会理危法微。理法是不能分离的，表里要一致。一致不明，则万物障；一致明，则万物齐。石涛认为画的原理和笔的方法，不过是为了表现天地的本质与形式。

山川是天地的一种形势，变化很多。山川的气象有风雨晦明，约径有疏密深远，节奏有纵横吞吐，凝神有阴阳

石涛《山水册》

浓淡，联属有水云聚散，行藏有蹲跳向背。风云是天用以束山川的，水石是地用以激跃山川的。天地权衡，使山川变化不测。虽有风云的束缚，但山川不是一个模子，各有变化。水石激跃，也不一定能在笔端分别山川的形势。

山川是巨大的，占地可达千里之广，结云能至万里之远。峰嶂罗列，岩壑幽深。以如此伟大繁复的山川，用一管窥测名山大川，不要说人，就是飞仙也无法看得清楚周全。但是石涛认为用“一画”的方法去测量它，就可以参天地的化育，尽得其中的奥妙。

测量山川的形势，度量地土的广远，审视峰嶂的疏密，洞识云烟的变化，千里之远，万重之深，这一切归于天地的权衡，受自然的支配。天有这种权力，能变化山川的精灵；地有这种平衡，能运山川的气脉。石涛认为，以“一画”的方法，就能贯串山川的形体与精神。

石涛自己说他在五十年以前还不能脱胎于山川，现在已有了把握，山川使他代它们说话。“山川脱胎于予，予脱胎于山川”，搜尽天下奇峰，目的是为自己的画打草稿。山川与画家精神相遇而形迹融化，所以石涛的山水画法与众不同。

石涛的山川论，是超越“一管窥之”的理论，是“一画贯之”的哲学思考。石涛一生爱黄山，画黄山，自称“黄山是我师，我是黄山友”，“黄山之性”是他生命体验中呈现的山川风景，因而是鲜活的，澄澈的，丰富的。常听今人奢论写生，不知山水发乎天性，一草一木，都是生命的印记，而不是僵化的外形。

皴法与境界

《石涛画语录》不光从墨色晕染的角度讨论“一画”的法则，还从用笔作皴的方法上谈“一画”的实现。

皴的作用在于使山峰分面以显示它的立体感。山的形状万有不齐，所以分面的方法也不止一种。世人只知法而不知法是为了分面，那么这种法与山又有什么关系？

山有石山，有土山，只能写石写土，这是一方一隅的皴，不是名山大川自具的皴。山川自有的皴，有各种不同的峰，体既奇，而分面亦随之而生，所具的形状，千差万别，各不相同，当然皴法也就有许多不同。石涛举例说，卷云皴、斧劈皴、披麻皴、解索皴、鬼面皴、骷髅皴、乱柴皴、芝麻皴、金碧皴、玉屑皴、弹窝皴、矾头皴、没骨皴等等都是皴，这些皴是随着山峰的形体不同，为显示峰的分面而产生的。峰与皴一致，皴是从峰生出来的。峰有峰的形体作用，不能变成皴的形体作用，但峰的形状态势又必须借助皴而画出来。

不得峰，就不能变；不得皴，就不能现。峰的变与不变也在于皴的现与不现。两者相互为用，不可分离。石涛也举出峰的许多形状，如天柱峰，明星峰、莲花峰、仙人峰、五老峰、七贤峰、云台峰、天马峰、狮子峰、蛾眉峰、琅琊峰、金轮峰、香炉峰、小华峰、匹练峰、回雁峰等。峰是形状的大体，皴是山峰的分面。在运用笔墨作画的时候，不要有峰皴之间的成见。一笔落纸，众笔随之而画。一理有了，众理也附之而来。看一画的来去，就明白了众理的范围。

石涛看来，山川的形势在于笔画。笔画的运用在墨，墨的生动在于操纵，操纵的作用在于保持。善于运墨的，内容充实而外表空灵。能运用“一画”的原理，应付万方，就不会出错。内容空虚而外表质实的，是因为画法的变化并未经过考虑，仅有外形不是一件好作品。

石涛总结古代大家的画，认为都是虚实合度，内外合于一定的界限的。画法变化而又完备，就不会有什么毛病，墨法能得蒙养的灵妙，笔法能得运用的精神，画起山峰来要正就正，要侧就侧，要偏侧就偏侧，无所不可，也无所不好。相反，如果画家见其小而不见其全，为尘所蔽，见其粗而不审其精，画法不明，所画与造化相悖，怎么还能为山川传神呢？

石涛将皴法等一切形式因素放在“一画”论的大范围

讨论，不是讨论古今皴法的优劣和具体方法，而是要超越皴法，峰中变与不变，归于皴之现与不现，最终归于心灵的体验。皴是画山的语言，能够“开生面”，所谓“峰也居其形，皴也开其面”。这种“开其面”的本质，归于“一画”的作用。

石涛专门讨论画的构图，也就是经营位置的问题，他称为“境界”。

山水画的构图常见有两种分疆的方法：一是分为“三叠”，一是分为“两段”。这种分法，古人诗中就有“到江吴地尽，隔岸越山多”这样的句子。一般画家画山水，在构图上的开阖分破，如无生活体验，只搬搬古人的成稿，那种公式化的构图，使人一望而知，绝无新意。

什么叫“三叠”呢？第一层是地，第二层是树，第三层是山，平平排去，没有变化，望过去哪能分出远近？写这样的三叠，与印刷刻板有何不同？

什么叫“两段”呢？景在下边，山在上边，一般把云放在中间，把景和山分明隔做两段，彼此不相关联。要画这三样东西，总要把它们贯通一气，成为有机的统一体，不可拘泥成稿的古法，不敢独立思考。分疆三叠两段，是一般的方法，没有什么新意。石涛认为要有特别的手法，打破陈规，独出心裁，才能看出笔力，不落旧套。如果能这样画，就是在千峰万壑最复杂的构图上，也不会有一点俗迹。在一幅画中把重要的地方画得入神，就是在细碎的地方有些缺点，也不碍其为好画了。

石涛作画，一直主张要有浑然一体的结构布局，画中有诗，境趣时生。同时也无固定的构图，或秃，或扁，或盘纡，或开合，自用其法，自有其形。今天很多人画画，常常面面俱到，抓不住要表现的核心内容，纠结于局部，而不能从整体来把握山水画的精神。从石涛的讨论中，我们能有所启发。

蹊径

石涛提出画山水的方法，有六种门径：

对景不对山——山的古貌似冬天，但是山下的境界却像春天一样。

对山不对景——树木的古朴似冬天，但是山上的情况却像春天一样。

倒景——如树木正直而立，山石却有倒立之势。如山石直耸而立，而树木却倒垂。

借景——空山荒寒缺乏生气，在山下借用疏疏杨柳，青青嫩竹，临水桥梁，平冈草阁，以增加山中生气。

截断——境界清幽，毫无尘俗。山水树木，剪头去尾，不露全形，处处笔笔都加以截断。但截断的方法易流于枯燥，必须用极为松灵之笔，始能入其奥而得其神。

险峻——人迹所不能到，也无路可通，像神话中所说的岛山、渤海、蓬莱、方壶等海上神山，非神仙不能住，非世人所可测，这是一种山海的险峻。若一般图画中，只在峭峰插天，悬崖无地，栈道凌空，崎岖难行等处表示它的险峻。画险峻必须有挺拔的笔力，若笔法绵软，就无法表现险峻的气势。

石涛的这六种方法，示人以脱离具体空间的法门，与传统画谱“平入式”的思维模式不同，是一个“重构”的山水世界，是在法度之外创造一个新的生命空间，是一种非凡的“蹊径”。

《石涛画语录》中专门讨论了林木在画面中的布置问题。古人写树，或三株、五株、或九株、十株，不论树有多少，必须使它有反正，有阴阳，参差高下，各有不同的面目。必须照顾有情，生动有致。石涛自己写松柏古槐古桧的方法，如画三五株，俯仰高下，如蹲如立，蹁跹回旋，如排如宕；用笔或软或硬，用笔运腕，大多都用写石的方法写树。

石涛提出，作画时要随腕转动，用笔越重，运腕越灵，在极重的时候，不可着纸，要飞提纸上，又要消去猛气，宛转流利而不剑拔弩张，能浓能淡，虚而能灵，空而能妙。石涛写树如此，写大山也是这种方法。他说，用笔不能过熟，用墨不能过甜，要有生辣气味。在生辣中又不可过于浑，还要有点破碎的地方，所谓“生辣之中求破碎之相”，这就是他作画的窍门。浑朴之境由细碎中得来，大成若缺，支离破碎而有生拙之趣。

石涛有题画诗说：“惯写平头树，时时易草堂。临流独兀坐，知意在清湘。”“知意”是他林木之法的特点。又说“务先精思天蒙，山川步武，林木位置，不是先生树后布地，入于林出于地也。以我襟含气度，不在山川林木之内，其精神驾驭于山川林木之外。”这种“精神驾驭”是他表现林木布置的关键。

山即海　海即山

石涛论海和山的关系，谈山水画中的节奏问题。海水有洪流，山势有潜伏。海水有吞有吐，山峰有揖有拱。海能呈献灵迹，山能贯通龙脉。山有层峦叠嶂，邃谷深崖，岚气雾露，烟云毕至，好像海的洪流吞吐一样。这不是海献灵于山，而是山自居于海。

不光山能自居于海，海亦能自居于山。海的汪洋，海的含泓，海的激啸，鲸跃龙腾，都能体现在山上。海潮像山峰，海汐像山岭。这是海以山自居，并不是山自居于海。

这种山海的互相自居，我们人用眼睛也可以看出来。不但一般的山水，就是瀛洲、阆苑、弱水、蓬莱、元圃、方壶这些所谓的神山，棋布星分，也可以用水源、龙脉推测而知其究竟。

得山而失海，得海而失山，这是很多人不知山海相通的道理而妄加分别。在石涛的眼中，山就是海，海就是山，山海虽殊而气势相似，山海似乎也能知道他的感受。

石涛主张一笔一墨的自由挥洒，为山和海传神。他以“海涛”来讨论大海与高山相通的特性，突出各自“自居”的特性，这是天地造化精神的体现。仁者乐山，智者乐水，这种山海相通的特质，画家由自我深心去体验，超越外在表现，体察内在的创造精神。

满目云山四时变

石涛论“一画”，还从时间的角度论四时之变，进而讨论中国画求变化的道理。

画山水，必须有春夏秋冬和风雨晴雪等时令气候的变化。不光是树木花草有所不同，山水的形态气象也因时令不同而有所变化。画家要“审时”，要“度候”，体验自然，详审物象，春夏秋冬，一目了然；风雨晴雪，一望可知。

古人写景诗，多注意时令气候的变化。以诗作画，也可以有很好的表现。石涛举出古人写景诗的例子。如春天“每同沙草发，长共水云连”。沙草生长，水云相连，一片春日景象。夏天“树下地常荫，水边风最凉”。树下憩荫，水边乘凉，确是消暑胜地。秋天“寒城一以眺，平楚正苍然”。寒城远望，平林苍茫，秋意已极萧森。冬天“路渺笔先到，池寒墨更圆”。用笔墨写出荒寒之景，宛然三冬在目。冬天“雪悭天欠冷，年近日添长”。应下雪而不下雪，应冷而欠冷。年近日应短而反长，这是时令不正。也有虽是冬天，但无寒意，“残年日易晓，夹雪雨天晴”。这种气候在画中极难表现。

石涛拿古人的诗意以为画意，没有景不随时的，满目云山，随时令而变化，以此吟咏起来，就可知画就是诗中的意思，而诗岂不是画里的禅机吗？

石涛说：“予拈诗意以为画意，未有景不随时者。”“随时”而变，是一种时空合一的体验，打破时间的界限，超越外在的感知，直溯生命和内心的真实，这也是“一画”变通的原理所在。从王维以来，文人画一直追求诗画一体，石涛是将诗书画有机融合的杰出代表，对后代的“扬州八怪”和文人画创作有深远的影响。

世俗中的脱俗

石涛论画反对俗，提出“远尘”的重要思想。人为物欲所蔽，则与尘俗相交。人为物欲所使，则心受其劳苦。劳心力在刻画上，使自己毁坏精力；笔墨为尘俗所蔽，使自己的思想受到拘束，这是一种局量狭隘的人。只有损害，没有好处，不能使人心快然自得。

石涛看来，心中有主，有物则随着物蔽，不为物蔽；有尘则随着尘交，我不与尘交。如此，则心中泰然，而画兴自然而来。画是一般人能画的，但掌握“一画”的思想，却不是一般人所能有的。

作画贵有思想。思想集中，则心有所寄托而愉快，以此心情作画，自能精微入于不可测的妙处。石涛认为他说“远尘”的看法，古人也未必说过，所以特别加以讨论。

石涛曾自称“出尘非所托”，远离尘世不是其所想。身在尘中，心中无尘，这便是他远尘的大境界。他在诗中说："落落江湖一散臣，萧然放艇学渔人。随波欲觅桃花瓣，不信尘埃亦有春。"石涛论"一画"，是性灵流淌出的精神世界，直泻空灵之境，是超然物外的。

与石涛的"远尘"说法一样，他讨论"一画"，强调从古法里脱出新生，在世俗世界里洗练风神。直面世俗的世界，而求得脱俗，这是石涛"一画"理论的经验和智慧。

愚鲁与尘俗，见识是相同的，都是同被人所讥诮的。愚鲁而不蒙蔽就明智了，尘俗而不纷扰就清楚了。俗自愚来，愚自蒙昧。所以，至人就不能不达，不能不明。明白通达就能变化。能变能化，就能掌握原则而不露形迹。画起画来，运墨天然而不假思索，任其自然。在一件作品中能以管领天地万物，表现极为复杂的内容，但心中淡然无事，这是由于除去愚鲁而生明智，除去尘俗而得清气。

石涛提出了"淡若无"的境界，继承了老庄的思想，不事雕琢，平淡无为，真性抒发，这是他"一画"说在艺术审美上的要求，也是他生命率真的体验。

“画”与“字”

《石涛画语录》中的“兼字”理论，由书法追溯到汉字，探讨中国画不能忘记“字”的创造精神，强调人要汇入大化洪流之中，融入天地化育的精神。

石涛指出，墨能栽培山川的形，笔能倾覆山川的势，任何形势的山川，都可用笔墨表现，并不限于一丘一壑，必须使墨的抱负如海，笔的驾驭如山，然后能广其用于无穷。即使八极之表、九土之变、五岳之尊、四海之广，都可以放大起来，大到其外无物，收小起来，小到其内无物。大到不能再大，小到不能再小。世上不固执一种方法，天不固执一种能力，所以不但显于画而又显于字。字与画，具体是两种，但功用却是一体的。

“一画”是先于字画而有的一种根本。字画是“一画”后天的发展而来。知道后天的发展而忘了“一画”的根本，就像子孙失其宗支，等于数典忘祖。由“一画”

而至“字画”，不能知“字画”而忘“一画”；由古以至今，不能知今而忘古，古今俱存而不泯，是历史上的客观存在。

在石涛看来，天能给人以方法，不能给人以运用，运用在人不在天。天能给人以画，不能给人以变化，变化在人不在天。人舍弃方法而只矜夸自己的运用，或者离开画法而只追求变化，这就是只有人没有天，犹之只有枝叶没有根本，虽有字画也不足以传世。

天之给人以法以画也不是随便的，也要因能给才给，不能给就不给。有大智的人就给的多，有小智的人就给的少。古今的字画，都是本之于天而全之于人的。天之有所授，所得并不一律，有偏有广，所以石涛提出画与字相兼的说法。

石涛从“一画”而论“字画”，是在字画一体、书画相通的基础上，提出的“天人相兼”的创造精神，由画到书，由书论字，进而观天地之文，观照“字”的创造精神，小中见大，从笔墨同法中求得字画中呈现出的“大全”之道。

资天地之任

石涛提出“资任”说，强调资取万法，自体任持，效法天地随运任化的精神，进行艺术上的创造，这是“一画”论的总结和升华。

古人把兴趣寄托在笔墨上，把道理赋予在山川上，以不变而应万变，以无为而统有为，自己并不炫耀而名誉自立。古人所以能有如此的成就，是因为他具有修养之功。对生活有深刻的体验，对事物有透彻的了解，能把握到山川的本质，实至名归。

石涛说，从运墨来看可知修养的作用，没有修养则墨法不妙；从运笔来看可知生活的作用，没有生活则笔法不灵。从山川可知胎骨的作用；从皴法来看可知画变的作用；从沧海来看可知天地的作用；从坳堂可知时间的作用；从无为可知有为的作用；从一画可知万画的作用，从虚腕可知颖脱的作用。这些道理是很深刻的。

因此，从小的地方可以看出大的，从最简单的可以看出最复杂的。大小不一而作用不殊，繁简不同而原理则一。要有这种作用，必先借助于它所担负的任务，认识到它本身具有的作用，然后施行到笔上表现这种作用。若不借助于它本身所具有作用，就局隘不能开拓，浅陋不能深刻，就不能完成所应负的任务。

在石涛看来，自然界赋予山的作用是无穷的：山的体积固定，有地位的作用；山的呈献灵妙，有神奇的作用；山的变幻无穷，有变化的作用；山的生养众物，有仁德的作用；山的纵横高低，有动荡的作用；山的潜伏深藏，有静止的作用；山的拱揖有情，有礼节的作用等等。所有这些作用是山受了大自然的任命。对于人所起的作用，不是山受了大自然的任命而仍作用于大自然。人能受了大自然的任命而起作用，并不是用山作为人的作用。由此我们认识到大自然中山的作用，自有它自己的任务，不能把这种作用的任务，加以变迁。所谓“仁者乐山”，是因为山的蒙养本来有仁的作用，仁者与山都有仁的作用。

山既然有这种作用，水就没有作用吗？水也不是没有作用的。水的汪洋广泽，如有德者之无所不包；水的卑下循礼，如有义者之甘于退让；水的潮汐不息，如有道者之动静有节等等。水如果不是平时就履行它的任务，山川怎能通达天下的血脉呢？

人如果只利用山而不利用水，就好像沉在沧海之中而不知海岸，也好像海岸不晓得有沧海。所以，智者对于水，知道它的边岸，看见它流于河中，听见它潺潺流淌的声音，自然而然就乐水了。

不是山的作用，不足以见天下的宽广；不是水的作用，不足以见天下的博大。不是山依靠水，就不足看见周流；不是水依靠山，就不能看见环抱。山和水彼此的作用不明显，周流环抱也就不能实现。周流环抱不能实现，则蒙养生活也就无法体验。要使蒙养生活有把握，则必须周流环抱，山水的作用也就在这里。

石涛认为，画家利用真山真水作画，不在利用它的宽广，而在利用它的制约；不在利用它的繁多，而在利用它的简易。以简御繁，非简易不能驾驭众多；有条不紊，非制约不能处理宽广。

作画虽在描写形体，但最主要的还是在表达精神。用笔作画，作用不在笔，而在借笔以传神情；用墨作画，作用不在墨，而在用墨以显体积。画山是为了表现静气，画水是为了表现动态。

石涛进而提出了学习古人和现实的意义。学古人不是为了古人，而是使我们所画能继承传统，不是凭空捏造；学现实，不是为了现实，而是为了打破障碍，解放思想，从事创造。古人的画有古人的长处，今人的画也有今人的优点，时代不同，面貌各异，古今不能乱。笔能传神，墨能显质，时间虽久，而笔墨的神采常存，这是各种作用融洽调和的结果。

这种作用，才是蒙养生活的原理。

石涛提出“以一治万”和“以万治一”的原理，即用最简单的“一画”以治最复杂的万画，将最复杂的万画，复归最简单的“一画”。积一以至万，总万以统于一。画山不拘于山，画水不拘于水，使用笔墨而不拘于笔墨，不受古今的限制，不受经典的束缚。

石涛的“资任”说论创作途径，论创造活力，论造化颐养，最终强调资任在“我”。这种对于艺术家自身创造力的资取，“我用我法”“画吾自画”，是其“一画”论的核心内涵。今天很多的展览画，为展览而展览，形式单一，笔墨苍白，已无“我”可言。石涛的“资任”说值得在当代语境下思考。

石涛书法与诗画一体

石涛是清初最有影响的书画家之一，他从十岁开始学习书法，取法颜真卿、苏东坡、董其昌等人，尤擅小楷和隶书。历来对石涛在绘画和画论上的成就关注较多，对其在书法上取得的成就却少有人专门讨论。北京故宫博物院收藏的石涛书画作品是研究石涛书法的一批重要资料。故宫出版社出版的《故宫藏四僧书画全集》一书收集了石涛书画作品七十六件，是研究石涛书法的重要作品。我以这批作品为例，讨论石涛书法创作及其与诗画的关系。

清代李驎《大涤子传》称其“得古人法帖纵观之，于东坡丑字法有所悟，遂弃董不学，冥心屏虑，上溯晋魏，以至秦汉，与古为徒”。他的小楷取法魏晋，古意生动，变化多端。行书飘逸飞动，晚年更加烂漫，尤其是以隶入行的参差错落开启了新的书法风气。他的隶书秀润自然，生动古拙，开清初碑派风气之先。洛杉矶美术馆藏有石涛赠鸣六八开山水册，石涛在一则题诗中说：“画法关通书法津，苍苍莽莽率天真。不然试问张颠老，解处何观舞剑人?”他强调书法与画法贯通，注重天真自然。在《行书论画轴》中，石涛称“作书作画，无论老手后学，先以气盛，得之者精神灿烂，出之纸上”。石涛书法正是如此，不拘于一招一式，以得“精神灿烂”为上。

石涛在画上有一段有名的以书法论画，称:“画有南北宗，书有二王法。张融有云:‘不恨臣无二王法，恨二王无臣法。’今问南北宗，我宗也?宗我也?一时捧腹曰:‘我自用我法。’”在《画语录》的《兼字章》中，他把笔墨、天地万物和心灵统一起来，提出“一画者，字画先有之根本也;字画者，一画后天之经权也”，主张用“一画”之理统领书画创作，并提出“书画图章本一体，精雄老丑贵传神”。他在《大涤子山水花卉扇册》第十幅《柴门徙倚》自题中还称:“余之用笔钩勒，有时如行如楷如篆如草如隶等法，写成悬之中堂，一观上下体势，不出乎古人之相形取意，无论有法无法，并随乎机动，则情生矣。”这种以书法体势论画法的内容在石涛的作品中时有出现，这是石涛自觉把书画审美内容结合一起，无论是“精雄”，还是“老丑”，都形成一个艺术的整体，以形传神，这种诗书画的融合构成了石涛作品的重要特点。

石涛在《梅竹双清图扇面》作品中，梅花和墨竹画了寥寥数笔，而行楷书法题款占了画面的一大半。他在画中题诗云:“昨年作别銮江城，闻来相向邗江明。邗江之水何其清，朝朝暮暮寒潮生。作书作画乘潮起，芒鞋竹杖图身轻。与君父子交三代，骨肉同盟朴素情。欲去不去五湖客，欲眠不眠老大行。放眼高歌一曲短，情真那不说生平。”他有意把书法放大，突出诗在画中的位置，有机地把诗书画融合。类似的作品还有《蕉菊图轴》，上面的粗笔行楷书题诗和芭蕉、竹叶、菊花连成一片，丰富了画面的内容。《竹菊石图轴》也是这样，以行草书为款，字在菊花叶和兰花之间，使款字和画面融为一体。

石涛的画作强化诗书画结合的形式语言，很多作品有意淡化画的内容，而突出书法和诗在作品中的表现力。

在《高呼与可图卷》中，石涛以东坡题《文与可画筼筜谷偃竹记》一文和《墨竹卷》相配，卷首以“高呼与可”隶书为题，正文中题有粗笔草书诗：“老夫能使笔头憨，写竹犹如对客谈。十丈鱼罾七寸管，搅翻风雨出莆龛。”写下他当时的创作感受，卷尾以小楷书东坡文。《梅花》的画面由墨梅和行书构成，上面为石涛自题诗并记：“和清先生真处士，风流怀抱近无闻。谁将一石春前酒，漫洒孤山雪后坟。牢落空嗟余古木，萧条虚度几浮云。平生有梦思来往，倘或梅花得似君。广陵探梅归，灯下把酒，漫图遣兴为乐。清湘大涤子阿长共得十二纸。”书法占画面的五分之二，和墨梅融为一体。这类诗书画一体的创作方法，在石涛作品中极为典型。

《太白诗意山水轴》是石涛山水画的名作。他在题跋中用极大的篇幅钞录了李白的《将进酒》名篇原文，并在跋中写道："李白《将进酒》，此诗何可画？虽似任达放浪，然太白素抱用世之才而不遇合，亦自慰解之词耳。吾亦借此诗，写此画，消吾之岁月云。用范宽学荆浩笔意。荆云：'吴道子有笔无墨，项客有墨而无笔。'今大涤子作画，聚诸公一堂，观者自是鼓掌。己卯秋日青莲阁下。"石涛的这段话和他《画语录》中的"兼字""笔墨"思想是一致的，突出诗意，强调笔墨。

《诗画合璧卷》是石涛一件以书法为主体的画卷。画占的比例比书法小，在梅花和竹的题款中，他分别用行书、隶书和隶行书写，最后一部分用行草书写，这种"字"大于"画"的手卷在石涛作品中为数不少。在《墨醉杂画图册》中，石涛以隶、行、草、楷数体和画中山水、水仙、茄子、兰花、菊花、莲藕、梅花等合在一个画面中，随形而变，强化书与画的融通。

石涛诗文书画一体的创作观并不是他独有的创造，早在元代赵孟頫就有"石如飞白木如籀，写竹还应八法通。若也有人能会此，须知书画本来同"的诗，强调书画内在的关联。到了明代，经过沈周、徐渭、陈淳、董其昌等人的发展，诗书画的结合愈发成熟，到了清初石涛时发展到了新的高度。这个传统被后来的"扬州八怪"金农、郑板桥等诸家继承下来并加以发挥。金农的画中，也常常是题诗的书法大于画的内容，自称"画诗书"，郑板桥则将题画诗穿插在竹石之间，诗书融于画中，传递画外的诗情书趣。

石涛的小楷与钟王传统

北京故宫博物院所藏的石涛书画中，小楷很有特色。石涛《临阁帖卷》收录他临晋卫夫人、秦程邈、梁萧子云、三国魏钟繇的小楷四种，从这些临写作品中可以看到石涛小楷的取法。从存世石涛小楷来看，他取法多的还是钟王之法。钟繇书法外在有质朴之美，内在灵动，成为王羲之书风的渊源。钟王小楷书风横竖起笔一拓而下，结体在扁方向正方转变。到了元代倪瓒以隶意入楷，深得魏晋笔意，看似茂密，整体又有疏朗之致，秀媚中饶有古味。石涛的小楷源于钟王而意常近于倪瓒书风，在清初诸家小楷中极有个人面貌。

石涛画卷中常用多字粗笔小楷题款，既独立成篇，又与画形成一个整体，这是石涛小楷创作的重要特色。

在《高呼与可图卷》中，石涛以东坡《文与可画筼筜谷偃竹记》小楷书于《墨竹卷》后。这件小楷为钟王一路的古拙书风，间以灵动的笔触，通篇数百字，一丝不苟，毫无板滞。在《为蒋恒画南皋垂纶像补景卷》和《采石图轴》中，石涛小楷题款均为多字，也取钟王法。《水灾感事诗意图》和《对菊图轴》以及《山水四段图卷》中的第二开和第三开上的楷书也与此相类。《为阆翁作山水册》中第三开至第十开，全部用小楷题款，基本风格是钟繇一路，其中第五开字数较多，在章法上撑满画面的上部，后半段行书笔意明显，第八开略增清峻之气。《梅花册页》上为赐翁先生所题七言绝句二首长款小楷，字形略扁，点画精到，得钟繇和王献之《十三行》的神髓，天然古秀。

石涛《山水四段图卷》中的第二段和第三段，均用小楷写成，记录了这样两首诗："老木高风著意狂，青山和雨入微茫。画图唤起扁舟梦，一夜江声撼客床。""泽雉樊中神不旺，白鸥波上梦相亲。一鞭斜日归来晚，只有青山小慰人。"这两首诗对画面内容进行注释，使画面赋予更多的人文内涵。而题款小楷生动不拘，古意盎然。清人曾熙题此卷后有"知石涛法古，然后知石涛变古"语，其小楷书法来源钟王，而合以己意，可谓"变古"。

石涛小楷常常在同一卷中有风格上的差异。《山水真谛图册》十开中有六开是小楷，风格各不相同。其中第二开论画："牛首土山多平台，台上土人皆种菜麦。远望平林，始信大痴、黄鹤山樵苍苍点法。"第四开论形："春夏游泾川桃花潭，舍舟登岸。龙门道上，诸峰草林如兽，谁云不以形似之。”第五开论景：“曲路松杉迴，平田菜麦肥。南湖烟际之中，瞎尊者偶意。”第八开论法：“响山背后，恰如我法。”第十开论人：“倦客投茅补，枯延病后身。文辞非所任，壁立是何人。秋冷云中树，霜明砌外�。法堂尘不扫，无处觅疏亲。庚申闰八月初得长干之一枝，写此遣之。”这五开的小楷书风相对较近，小楷中略有行意，字形微扁，取钟繇古拙一路书风尤多。第七开款云：“游黄山初上文殊院，观前海珠峰，夕阳在山，山色皆紫，用卷云法图之。”此开小楷极为精到，古拙天然，多有隶法遗意。小小尺幅中，字数多达上百字。此外，《山水人物卷》中《雪庵和尚》篇小楷字形略扁，大小相参，点画在古质中有生动活泼之感，和画面中的古人、船、水相得益彰。

除了多字粗笔小楷外，石涛还有一路细笔小楷，融入隶书和行书笔意，和粗笔一路拉开距离，这是石涛小楷的又一特色。

石涛《山水花卉卷》十二开均用细笔小楷题款，字数或多或少，意在钟王之间，和画面相得益彰。其中第五开和第十二开为多字，行间茂密，点画生动，是石涛小楷的精品。《兰竹图卷》第四开有石涛的小楷题诗：“几年未许错相干，一纸书成忽介繁。随世随人频吐玉，无风无雨尽安澜。天开名畹何常设，地结兰荪那得乾。不是野夫多曲护，寒心多被热肠看。”虽为小楷，但石涛书写中多夹杂隶、行笔意，这种方法后来为“扬州八怪”之一的郑板桥吸收尤多。郑板桥的“六分半书”，取篆隶法、行书法和楷法杂糅，大小有参差之变，这种变化的手法正来源于石涛。

石涛《南归诗画合璧册》中的第七开、第八开、第十开均为小楷，粗细不同，第六开、第九开则为行楷，在小楷中融入了行书的方法，这也是石涛写小楷常用的方法。《梅花》单页、《山水》扇面上的小楷略带行意，与《梅花册页》上的茂密谨严相比，则更多的是自然萧散，气质上和结体上与元代倪云林较为接近。意近倪云林的还有《唐人诗意山水册》中的细笔小楷《李白黄鹤楼送孟浩然之广陵》。

石涛小楷中，常常把粗笔和细笔混合运用，增加艺术上的对比，这种写法和前人一件作品中同一书体“一以贯之”的写法不同，尤其在长卷题跋中大量运用。《南归诗画合璧册》和《清湘书画卷》就是这种混合的代表作。

《南归诗画合璧册》第七开为“庚申八月初得一枝即事七首”，细笔轻盈，自然放松，吴湖帆题“大涤子题画小楷中此亦有数之品，大有晋唐风格，可爱也。”第八开为《客真州许园读书学道处柳色成章惊喜幽绝漫兴五首》，粗笔多横势，横画一拓直下，多见古意。吴湖帆题“此有六朝楷法，骨肉兼顾，款书一行似隋人书法”。此开款字变细，方法如第七开，与正文拉开距离。《清湘书画卷》

中的《南归赋别金台诸公》《舟泊泊头，丁允元、郑延庵诸子，清言雅论，复索予书画，作书以赠，订方外交》《临清过闸口号》等均为多字粗笔小楷，意在钟王之间。而卷中《大司农王人岳属写仙霞岭及古松树并悉命意》和《舟中九日夏镇与诸同人遣兴笑作》则为细笔小楷的代表。

《自书诗扇面》中的小楷也以粗笔为主，间以细笔。《金山龙游寺图册》纯用粗笔作行书，间以楷书和草书。《行楷书录李白诗五首扇页》也将粗笔和细笔合在一件作品上，有意将粗笔与细笔分开，形成一组粗、一组细的艺术效果。在这件扇面中，石涛把粗笔的内容上下缩短，而细笔的内容上下撑满，这样形成粗细、长短的变化。扇面最后的落款一行，石涛仍用粗笔，和前面的细笔形成鲜明的对比。

此外，石涛行楷细笔如《山水人物卷》中《石户农》《湘中老人》,《山水扇面》中的题款从“客广陵十月”到“丁卯十月清湘石涛济山僧”行书细笔错落有致，和画面的粗笔形成对比。粗笔如《奇峰图扇面》中以行楷粗笔落款题诗：“夜梦文殊座上，白云涌出青莲。晓向笔头忙写，恍如乙未初年。”此款用笔重提按，锋棱清晰可见，字形上偏扁，有东坡行楷书风之趣味。

历史上，魏晋书法的先导者钟繇被视为小楷书风的代表。其《荐季直表》用笔醇厚而朴拙，结体呈扁状，存有隶意，在点画的微妙变化中得灵动之姿，以内敛之态为主，以外拓之形相佐，后世习楷者多用其法。其《贺捷表》字的横画较长，结体取横势，减弱波磔之势，下笔滞重。其他作品如《宣示表》《还示表》《墓田丙舍帖》《力命表》等，结体更方，或浑穆、或宽雅，这些小楷对王羲之有重要的影响。对同时代的人而言，他的楷体是“新妍”，有所创造，多有异趣，对于王羲之而言，则保留了“古质”，有隶书遗意。他的书法总体给人以质朴之美，但内在蕴含着灵动多姿的用笔，是王羲之萧散书风的渊源之一。石涛小楷正是追慕钟繇和王羲之的书风而发以己意，形成其古拙生动的小楷书风。从传世的作品中，我们还可以看到石涛小楷从“古质”到“新妍”的微妙变化。

纸本水墨《对牛弹琴图》是石涛最有代表性的作品之一。作品中画面极小，多为留白。一高士操琴，对面坐着一头牛。留白部分由小楷题款组成。除标题“对牛弹琴图”为隶书外，皆以不同风格的小楷组成。其题款分四段，前三段题于画的上方，第四段题于画的左方，和画面构成一个整体。四段均为小楷，然书风不尽相同。《曹子清鹾使原韵》点画较粗，稳健而不失生动，多用古隶字形，得钟繇《宣示表》之意。《杨耑木太史原韵》一段则以细笔触写成，点画稍加灵和。最左侧的《和杨》一段则在小楷中加入行书笔意，呈飞动之势，字形大小参差变化，和第一段、第二段既统一，又有变化。作品左侧小楷题跋比上部的小楷长度更长，风格融合了上面三种小楷的特点，茂密

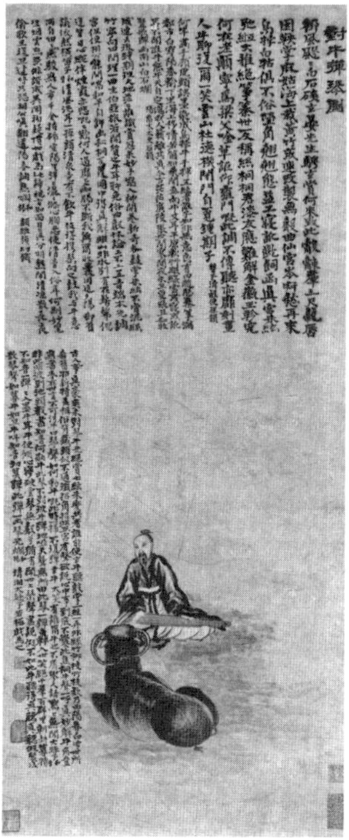

石涛《对牛弹琴图》

天然，粗细变化丰富，墨色浓淡干枯自然而富于节奏。

《对牛弹琴图》中的小楷是石涛小楷中重“古质”的代表，《梅竹图卷》则是石涛小楷中变“新妍”的代表。石涛在此卷的跋中说：“丙戌春得宋罗文纸一卷，闲书《梅花吟》六首，复写梅于后，又得五言《写梅》十首。”这件《梅竹图卷》为石涛康熙四十五年（1706）所作，其年六十五岁。卷中收录了石涛十首咏梅诗，均以娟秀挺劲的小楷写成，取法王羲之一路，和《对牛弹琴图》中小楷的“古质”不同，有鲜明的“新妍”风格。此外，石涛《小楷自书诗扇面》也是新妍一路小楷的精品。作品以长短式书写，每篇诗题以更小的小楷书写，通篇点画精到，取法二王而又不囿于法，有清新灵秀之美，字的大小统一而有变化，有鲜活的生命动感。作品中“草”“丘”“流”“楼”等字用篆意字形，时见古意。《黄砚旅诗意山水册》共四开，第一开、第二开的题画诗均以妍美的小楷写成，比常见的石涛小楷更为精致。

石涛小楷善用锐笔一拓直下，而又不浮薄，有力透纸背之感，从传世有小楷的书画作品中都可以清晰地看出。《云山图轴》是他于乌龙潭上观桃花后写成的作品，作品上方淡墨中有石涛所题论笔墨的内容。前一段“大涤子江上阻风题此”用粗笔楷书，后一段“过真州友人欲事笔索余再题”用细笔，变化丰富。他在题画中论笔法称“笔不华而实，笔不透而力，笔不过而得”，“用尖而不尖，则力得矣。用尖而识尖，则画入矣”。以此而论石涛小楷书风，十分恰当。

值得提出的是，石涛的粗笔楷书很多得力于颜真卿书风。清代李驎《大涤子传》称“暇即临古法帖，而心尤喜颜鲁公”。对于颜真卿的楷书笔意，石涛心领神会。如《搜尽奇峰打草稿》卷后的石涛楷书长跋，意在钟王之间，时有颜楷粗壮的用笔方法，如“者”“南”“断”“滴”“何”“之”“郭”“尔”等字结体明显脱胎于颜楷。

石涛《山水卷》茂密厚重，水墨淋漓，自题此卷称“颜鲁公书笔力直透纸背，东坡书转折间不能无铁石之疑。移手腕作画，当别是一番境界，不必如经生辈左规右矩，自足千古，此余大涤堂对雪乐事”。其对颜真卿书法笔力雄强至为佩服，其作画也用这种用笔方法，“移手腕作画，当别是一番境界”正是石涛以书入画的追求。《山水花卉册》第六开石涛题“此如鲁公书”，画面中是山石和房子，用笔厚实粗重，纯为中锋，多篆籀笔法，和颜真卿楷法是息息相通的。

石涛隶书与清初碑学的实践

清代碑学的兴起首先从师法汉碑开始，清初写隶书代表性的书家有郑簠、程邃、傅山、周亮工、石涛等人。清人李驎在《大涤子传》中说石涛“集古人法帖纵观之，于东坡丑字法有所悟，遂弃董不学，冥心屏虑，上溯魏晋至秦汉，与古为徒”。其隶书直溯源头，在题画诗中多用隶书，取法《曹全碑》一路古秀之风，风格与郑簠相通，用笔生动活泼，结体聚散有致，常常是不衫不履之态，比郑簠更加纵肆，时见奇趣。这种风格的形成，与其绘画上的逸兴和率意密切相连。

石涛隶书和他的小楷写法一样，有粗笔和细笔两种，常常和楷书、行书穿插起来写。

石涛细笔隶书的风格集中体现在《唐人诗意山水册》中。这套册页共八开，其中五开都是以细笔隶书写成唐诗题于画面中，墨色淡雅，点画灵动。或横式，每行三至五字，多行排列；或竖式，每行十字以上，多两行或多行排列。这种隶书章法和画面合成一个整体，富于装饰性。《山色无边图册》第五开的诗“一望湖平水远，峰危秋路无人。书声与雁齐起，黄叶飘飘树身”也用细笔隶书写成，取纵势，古朴而见灵动。此册的第三开“入天犹石色，穿水忽云根。清湘老人济”也用细笔隶书写成，与第五开书风略有区别，“天”“水”“人”等字用古隶法，极见古拙之趣。

石涛这种运用古隶字形的写法在他的隶书中极为常见，也是清初人写隶书的特点。石涛《山水四段图卷》中第一段和第四段均为隶书细笔书写，第一段诗“在涧幽人乐考槃，南山白石夜漫漫。空林无风万籁寂，长啸一声山月寒”中的“幽”“人”“山”“长”“子”等字均用古隶字形。第四段诗“遥山近山青欲滴，大木小木叶已疏。斜日疏篁无鸟雀，一湾溪水数函书”中的“山”“日”“鸟”等也用古隶字形。这两段题款是石涛隶书典型的面貌，也是由这种隶书快写后生发出隶行书风的。

此外，石涛《山水人物卷》中《湘中老人》一段也用细笔隶书书写，区别于卷中的楷、行两体。《湘中老人》全篇共六行，都用细笔书写，字形为秀逸一路，多灵动自然之趣，取纵势布局，异于常见隶书章法中的横成行、竖成列的排列方法。书写中，石涛还多用渴笔，有很强的书写性。在字形上也多用异体字或篆法的字形，如“吕”“人”“中”“草”“深”“道”等。《墨梅图轴》、《为阆翁作山水册》第二开《重过太白祠并画》也同样是这类风格。

除细笔秀逸一路的隶书外，石涛还有粗笔古拙一路的隶书书风，常夹入篆法字形和行书笔法。

《松竹石卷》是石涛粗笔山水的代表作。在这件松竹石卷后，石涛大胆地以大字粗笔隶书书于卷中，成为这件长卷的重要内容。石涛写道："李元礼谡谡如劲松下风，稽叔夜岩岩如孤松独立。予每恨不得复见其人。时写一二本，披襟相向，俨然具景行仰止之思矣。"这件隶书古朴雄健，和画面中的苍劲松石相呼应，石涛成篇的大字隶书并不多见，这是粗笔隶书的代表。

和石涛的细笔隶书一样，为增加古拙感，粗笔隶书也常常运用篆隶的古字形，使作品的艺术内涵更加丰富。《兰竹图册》第十一开有石涛用隶书的题诗，也是他粗笔隶书的代表。其内容为："簪花无地正怡然，贱买云间另一天。夙草也来经墨水，新诗何不继芝田。骚人落落春风散，古迹遑遑夕照怜。寄予羲之亭子上，黄鹂蝴蝶乱飞仙。"这段隶书只有两行，但极有装饰趣味。石涛强化长宽对比，书写速度快，自然生动，不拘于法，其中"怡""云""草""继""人""子""上""仙"等字均用古隶字形，"骚""也""飞"等字参以行书笔意。《山水真谛图册》第六开题有五言绝句："经冬松不改，梅花春乱生。悠然独□望，孤鹤下云横。"小字款又以小楷写道："道过华阳，似点苍山，客狮子岩，予以篆法图此，苦瓜和尚济。”这件粗笔隶书在书写中，“不”“春”“下”等字都运用了古篆隶字形，他在落款中介绍这件作品称“予以篆法图此”，此款也以隶书来写，追求篆籀古意，和画面相得益彰。

此外，《搜尽奇峰打草稿》卷首“搜尽奇峰打草稿”七字也用粗笔的隶书写成，笔力雄健，奇古而生动。相类的还有《高呼与可图卷》卷首的“高呼与可”。《墨醉杂画图册》中第二开和第八开均以粗笔隶书题款，如“中”“眉”“草”等字运用古字形强化篆意。《诗画合璧卷》中的《谢辅国将军博尔都问亭见赠》一段的粗笔隶书也运用篆字字形，如“人”“愧”“山”等字都是这个手法。石涛写隶，如同写行书，求纵式整齐而横无列，末笔的波磔多上挑，个性鲜明。

无论是细笔秀逸的隶书，还是粗笔古拙的隶书，都是石涛自然书写中的创造。运用篆隶的古字形，也是为了强化作品自身的古意，和他的画面也是紧密结合。神州国光社 1911 年《风雨楼扇粹》第六集影印石涛赠徽商汪兆璋题扇云：“我以分书通作画，公书早已入黄庭。两间会为一家旨，江南江北何惺惺？”他突出自己的“分书”即隶书的笔法融入他的画法中，书画“会为一家旨”，隶书的笔法和画皆是其胸臆所出。

清初师碑风气兴起，程邃、郑簠、周亮工、石涛等人所实践的隶书为汉隶法，和这一时期继承唐宋隶书之法的写法不同。清代王澍在《竹云题跋》中曾指出：

张彦远《法书要录》论隶书云："长毫秋劲，素体霜妍，摧锋剑折，落点星悬。"隶虽变繁趋易，要其用笔，必沉劲痛快、斩钉截铁，而后可以为书。故吾衍《三十五举》有"方劲古拙，如折刀头，方是汉隶书体"之语。自郑谷口出，举唐宋以来方整气习，尽行打碎，专以汉法号召天下，天下靡然从之。

和清初郑簠、朱彝尊等人学隶书的方法一样，石涛隶书也是靠学汉碑起家的。他们一改明人师蔡邕、钟繇、梁鹄等名家碑刻为目标，而转向师法汉碑的。石涛的隶书师法《曹全碑》一路，不再用"折刀头法"，也不写托名为魏晋名家的隶书之碑的方法了，而是取法汉碑，有圆古之劲，在书写中大小相参，糅入行书笔意，沉着而有飞动之势，在章法上也作了改造，取纵势而非横势。在书写中多用干笔、渴笔，接近篆法，表现鲜明的金石气。这种师法汉碑不以名家为限，用篆法又有金石趣味，在当时是一种新的审美风尚，开碑学书风之先。后来"扬州八怪"中的金农写《华山碑》，用"渴笔八分"法，实和石涛的隶法是一脉相承的。

“隶行”流派和石涛的“隶行”

行书是中国书法史上最重要的书体之一。其脱胎于隶书，萌生于东汉而成形于魏晋，至东晋趋于成熟。它的形成过程十分复杂，早在汉代，隶书在简化和快写的嬗变中渐而形成。东晋二王之后，历史上形成了多种行书流派，其中影响最大的有四大流派：一为以东晋二王为典范的“二王”艺术流派；一为以唐代颜真卿为代表的“颜行”流派，可视为王羲之流派的分支；一为以清初石涛、金农为代表的“隶行”流派；一为清末的赵之谦为代表的“魏行”流派。这四大艺术流派都不同程度地受到二王体系的影响，但隶行流派和魏行流派是清代碑学发展后不同阶段的产物。

清代书法一方面延续着明代帖学一脉，另一方面由于学者对金石学的研究，碑版日益受到人们重视。碑学的兴起，逐渐改变了人们的书法观念，形成了碑学兴盛的局面，使行书一体在清初发生变化。清代前期，以郑簠、朱彝尊等人为代表，学习汉碑、汉隶之学复兴。清初的程邃、石涛、周亮工、金农等人，在行书上也直接师法汉碑，以汉隶之形快写，渐而形成“隶行”，奇崛古拙，又不失流畅，追求苍茫、支离、残破的金石趣味，从隶书中溢出天真之趣，行书字形多独立，有外拙内秀的审美趣味。其中，石涛的“隶行”一体较程邃、周亮工相比更为自觉，作品多在画的题跋中，和画相得益彰。他的隶行创作方法开启了后来金农、伊秉绶等人的隶行一体创作的风气，渐而形成“隶行”一派。到了晚清，何绍基发展了“颜行”流派，赵之谦则把魏碑融入行书，开启了“魏行”一派。这些行书流派打破以“二王”流派为中心的艺术创作思路，丰富了行书一体的创作，直到今天都有重要的影响。

石涛《赠粲兮山水册》中的《庚申秋仲以小册十纸持赠粲兮先生复书一绝其后》一开中，有石涛于一枝阁中所书诗一首：“君家鉴赏清且闲，不凭耳目凭溪山。为君十出尘埃思，明月清尊一解颜。”这是石涛“隶行”一路书风的代表。他在隶书古朴的字形上融入了行书的快写连笔，其中“君”“溪”“册”“枝”等字直接用隶书的书写方法，其他字则将行书笔意和隶书结合，这种结合尚未完全成熟，有一种“生趣”，在当时是很有新意的。早在石涛之前，周亮工就有了这种“隶行”的写法，但到了石涛的笔下，“隶行”一体的书写更为自觉和生动。

值得注意的是，石涛的行书多数是以“隶”为体，以“行”为用，也有一些是以“行”为体，以“隶”为用的。《赠粲兮山水册》中《梅渊公题予放鹤图歌知己同堂，阙一不可》一开中的行书就是以“隶”为用的代表，书写率真不拘，并无严格的法度。石涛《山水人物卷》中《铁脚道人》篇为行书，但其多用隶法，字形多扁方，末笔时用波磔，如“或”“香”“峰”“登”“海”等字。《行书自作诗三首扇面》也在行书中融入了“隶意”，结体上为求古拙感而多用横势，字形上也多用篆隶之法，追求大小、参差、错落的变化。其中如“去”“前”“水”“世”“问”“别”“鼓”“古”“照”“诗”等有鲜明的隶字字形，是其将行书一体融合隶书的字例。这些字例，并不是无可挑剔，甚至还不成熟，但能体现他探索“隶行”一体的轨迹。这种创作方法对后来“扬州八怪”中的郑板桥有很大影响。

此外，石涛《行草书自书诗册》，包括《题雪江卷子》《赠翁山》《坐前澥观莲花峰》《西津桥上作》《丁卯夏日客三槐堂诗》《金山御书留云亭唱和韵》《对雪次韵》《登金山绝顶是日波平浪静》共八开，此册行书作品亦多隶意，直抒胸臆，笔墨流畅，是石涛隶行的典型书风。《蕉菊图轴》上题有石涛的七言诗：“绿天分数本，移补竹篱疏。雨滴闻新砌，风鸣忆旧庐。开轩心乍敛，把酒意同舒。纵有苏髯句，含毫未肯书。”此轴上面的字形略扁，时有奇险，也是石涛“隶行”常见的写法。

石涛的“隶行”一体常常是他写完隶书后快写而成，是自然书写速度加快后有意无意之间形成的面貌。《诗画合璧卷》中《南归赋别金台诸公》部分在石涛隶书《谢辅国将军博尔都问亭见赠》一段之后，是石涛写完隶书后直接写成“隶行”的代表作。

《南归赋别金台诸公》的题款，字形上还是隶书，但增加了连笔，形成了“隶行”的基本样式，夹隶夹行，古质中有连贯之笔。这种书风在石涛的其他作品也不断被运用，可见其是自觉运用这种手法的。在《诗画合璧卷》的后一段《丁巳夏日，石门钟玉行先生枉顾敬亭广教寺，言及先严作令贵邑时事，哀激成诗，兼志感谢，录正不胜惶悚》中，石涛又用常见的行草来书写，有意将《南归赋别金台诸公》中的“隶行”部分和前面的隶书与后面的行草书隔开，体现其创造的轨迹。

《行书赠高翔刻印七古诗轴》也是石涛隶行书风的代表，以隶书为基，溢而为行，古朴而见生动。他在作品中，没有通常隶书的“整饬”，而是取纵势，字形大小多变，参差而和谐，其在诗中云：“书画图章本一体，精雄老丑贵传神。秦汉相形新出古，今人作意古从新。灵幻只教逼造化，急就草创留天真。”这件隶行正是以汉隶之形急就而成，率真自然，表现了“精雄老丑”的味道。作品中保留有隶书的波挑，而又加以“行化”，让隶书生动起来。一方面，和其隶书平正的书风保持一致，另一方面又有意制造欹侧的特征。这种书风，后为“扬州八怪”之一的郑板桥进一步发挥，形成其著名的“六分半书”。郑板桥称“石涛画法，千变万化，离奇苍古而又能细秀妥帖”，又论石涛画兰“学一半，撇一半，未尝全学，非不欲全，实不能全，亦不必全也。”其“隶行”一体也是这样学习石涛的，求离奇苍古，又不失细秀妥帖；求石涛“隶行”之变，又不全学，融入篆、楷和己意，进而变化为个人面貌。

石涛以隶入行不是一蹴而就的，而是有一个长期的探索过程。如《黄山游踪六景图册》上的题款也是隶行，有意将隶书的笔法、扁方的字形和行书飞动的书写相结合，创造出一种区别于二王行书的面貌。其中如“野”“翁”“神”“破”“者”“冷”“深”等字有意运用波磔、掠笔和行书书写速度快相结合，创造出一种新的艺术面貌。石涛《花卉册》中的题款第五开中的“此中似觉有油无盐，正合苦瓜道人意味”十六字也以隶书法入行，“此”“盐”“味”等字仍保留有隶书的波磔。第六开“逆浪迟千里，春江花乱波”句大小相参，错落有致，而隶意十分鲜明。从这些传世作品中，我们可以细细琢磨出石涛在“隶行”一体上的艺术实践。

石涛的行书还有一路是较为常见的，不用隶书笔意，有时偏行楷，有时偏行草，如《闲来写生山水图册》《陶诗采菊图轴》《山水图轴》等。故宫博物院收藏的石涛行书书法中，有一批手札，较典型的是除自书诗外，还有致亦翁、退翁、望绿主人、滋翁、肃翁、岱翁等人的作品，其中又以致岱翁手札最多。这些作品用行书和行草书写成，大小相参，是石涛“隶行”之外的一路常用的。

石涛的“杂书”卷册

元代以来，书家常以“多体合卷”和“多体千字文”作为文人书家创作的一种形式，或一人多体，或多人一卷。这类杂书卷册，是书家在一段时间内用两种以上不同书体随意写成。这种创作样式和传世的《三体石经》及传为赵孟𫖯所作的《六体千字文》不同，不是有规律的排列组合，大小一致，而是以同一书体或不同书体“杂写”，同一书体则有粗细和长短变化，不同书体也主要是隶、行、楷、草等。这种风气从元代开始兴起，到明初宋克达到一个高峰。宋克的《定武兰亭八跋》《录子昂兰亭十三跋》等作品即是这种风格的代表。明初的沈度、沈粲也继承了这种形式。到了明末清初，这种“杂书”卷册在石涛、王铎、傅山等作品中得了进一步的创造和发展。

北京故宫藏《临阁帖卷》是石涛一件杂临楷书和行书的作品，分别收录了隋僧智果的行书、晋卫夫人楷书、秦程邈楷书、梁萧子云楷书、唐褚遂良行书、三国魏钟繇楷书等六种。不仅各家书体相杂，在临智果和褚遂良的行书中，也是楷、行、草相杂书写，这是故宫所藏唯一一件石涛临古代法书的手卷。可以看到，石涛不光创作中“杂写”，在临习法帖时也用这种方法，这是他艺术创作的基本手段。

北京故宫所藏《清湘书画稿》是石涛杂书卷最重要的代表作之一。这些“杂书”原本是作为题款内容而写，但在整幅卷中，书法又有着独立的形式。开头的引首“清湘书画稿”用隶书写成，这是石涛作品中常见的标题方法，《搜尽奇峰打草稿》引首也是这个方法。正文书法由八个部分组成，第一个部分《南归赋别金台诸公》为楷书，取法钟王，点画刚健挺拔；第二部分是三首诗连成一体，分别是《大司农王人岳属写仙霞岭及古松树并悉命意》《卧病慈源，值大司寇图公见访，尔时不知主人月公往便，感赋以谢》和《寄梅渊公宣城天延阁》，这一部分的前一首诗用细线小楷，后两首用粗线小楷，置于画面的上部，占近一半的位置，和画面融合在一起。第三部分《舟泊泊头，丁允元、郑延庵诸子，清言雅论，复索予书画，作书以赠，订方外交》为楷书，与第一部分书风相近，只是他将诗的题目放在前面，和画面中的岸堤相呼应。第四部分《舟中九日夏镇与诸同人遣兴》为细线小楷，题在菊花的左上方，和第二部分第一首诗风格相近，多有隶意，与倪云林小楷为同调。第五部分《故城河口号》为行草，题款压在渲染的画面中，多飞动之势。第五个部分由四种书体组成，《临清过闸口号》为小楷，《舟过八闸为友人作画》为隶书，《雪中怀张笨山》为大字行草书，《辛未冬日雪中张汝作先生见招，才人杰士拥座一时，公来日有都门之行，赋谢兼赠》为小字草书。这一部分由楷、隶、行草组成，书风对比强烈，是石涛杂书卷中以诗为变化单位的一种杂写。第六个部分为草书，题于墨竹左侧，兰花的右上方，有补白之意。第七个部分诗稿为小楷，与倪云林同出一辙，第八个部分用篆书写“老树空山，一坐四十小劫”十字，篆法为汉篆法，意在篆隶之间。后用小楷书款，内容为：“时丙子长夏六月，客松风堂，主人属予弄墨为快，图中之人可呼之为‘瞎尊者后身’，否也。呵呵。”石涛在这件山水卷中，用“杂书”的形式对每一部分的内容加以补充，书体因画面而变，或长或短，或正或奇，和诗画有机地融合在一起，这是石涛在审美形式上的伟大创造。这件作品也是石涛自觉把“杂书”与山水长卷结合最重要的力作。

除《清湘书画稿》的“杂书”外，故宫所藏他的山水画名作《搜尽奇峰打草稿卷》也是“杂书”卷的一件代表作。卷后有石涛跋文，以楷书为主，时杂以行书、草书，楷书字形也有大有小，参差错落。其中“之”“也”等字用的草法，在作品中尤为显目。楷书中也杂以钟、王、颜等小楷字形。《丹崖巨壑图轴》上的题款，运用楷、行、草三体相杂的书体，参差变化，和画面融为一体。《行书李白诗卷》以行书为主，时夹草书，强化大小对比，其中的“倒”“津”等字字形夸张，“归”单占一行，如《自叙帖》中的“戴”字。《清湘书画卷》是石涛以细笔楷书、楷书、隶书、篆书、行草等杂写的一件长卷，书体变化而统一，和画面相得益彰。这种“杂书”卷的创作方法，在石涛手卷中较为常见，尤其是花卉卷中运用最多。

故宫藏石涛《山水图册》中的六件山水作品，他用隶书题款三件，用小楷题款三件。其中，楷书款分别为“竦石频当谷，飞梁忽接溪”“言携青玉杖，千折上云霄”“野饭芝泉冽，秋衣竹翠浓”，隶书款分别为“人烟含乱石，瀑影出寒松”“天逐青峰转，人随白鸟回”“三秋观海日，半夜逐江潮”，粗细变化自然，这种以隶书和楷书相杂于同一册页中的题款手法，也是石涛杂书的一种形式。

第三辑 冬心板桥

冬心先生“画诗书”

金农最常用的号是“冬心先生”，汪曾祺就曾用“冬心先生”的题目写过他。他在《冬心先生集》的自序中曾说自己“病痁江上，寒宵怀人，不寐申旦”，于是用崔国辅“寂寞抱冬心”句子中的“冬心”做自己的号。他的画风简约奇古，十分独特，自称“画诗书”，自觉把画和诗书结合起来，这也成为“扬州八怪”的一个特色。

我见过湖南省博物馆藏杂画册，其中的菖蒲款写道：“石女嫁得蒲家郎，朝朝饮水还休粮。曾享尧年千万寿，一生绿发无秋霜。曲江外史画诗书。”另一开墨竹双钩题款称“清瘦两竹如胡玉，首阳山下见夷齐。七十二翁杭郡金农画竹并书旧时所作”。广西博物馆藏的金农一部杂画册，其中一开金农题了诗，并署“稽留山民画诗书”。

在北京故宫，我见过他的人物山水册，其中一开金农题诗后称“曲江外史画诗书”。上海博物馆藏有他的一件梅花册，其中一开上面题了一首梅花诗，落款写的是“稽留山民画诗书”。还有一开则题写的更加明白：“仿宋张龙池画并作小诗题写其上。稽留山民。”南京博物院藏有一张牵马图，画的是一个穿着红衣，带着高帽的一个大胡子，牵了一匹白马，落款上录诗后写着“七十五叟杭郡金农画诗书”。“稽留山民”“曲江外史”都是金农常用的号，他反复在他的画中题“画诗书”三个字，他是有意要把诗书和画相融的。

冬心先生不光把诗和画结合，把词、曲、文也和书画结合在一张画中。上海博物馆有一件墨竹图，金农题写“金农画并题记及书”，可见他对这件墨竹上的题记和书法是满意的。在他杂画册的一张芍药图上，题有“杭人金农画并赋芍药曲一篇”，他把《芍药曲》和画结合在一起。浙江博物馆藏的他的《梅花册》一件作品上，金农题了一首“雀查查，忽地吹香到我家。一枝照眼，是雪是梅花。曲江外史小笔并题”。他把小曲题到画上。美国大都会博物馆也有一件他的梅花图，上面题了同样的词。

金农《梅花册》中还有一件题上这样的内容：“画梅须有风格，风格宜瘦不在肥耳，杨补之为华光和尚入室弟子，其瘦处如鹭立寒汀，不欲为人作近玩也。客窗仿拟以寄胜流。曲江外史笔记。”他又用“笔记”的方法把题记的文字和画结合在一起了。《杂画册》上又题：“莫轻折，上有刺，伤人手，不可治。从来花面毒如此。曲江外史画并题句。”有时候一两句话也成了他画面题款的内容。

沈阳故宫也有件他的《杂画册》，画的是一幅采莲图，金农题了一首诗，落款上说：“此诗余题赵承旨采菱图之作也。今与画合，又复书之。曲江外史记。”赵承旨就是赵孟頫，他把题赵孟頫画的一首诗题到自己的采莲图上，把诗和书都运用到自己的画上，十分合拍。同一册页还有两件作品也有意思。一张是荷花图，画的是一片荷塘开满了荷花。他把一首词写到画上，款上说：“曲江外史画荷乡清暑图，并自度新词。”还有一张是萱草图，画的是几根墨色萱草，赋了一首萱草曲。他在款中写道：“冬心先生小笔并赋萱草曲。”这首曲子挺有趣味，是这样写的：“花开笑口，北堂之上。百岁春秋，一生欢喜。从不向人愁，果然萱草可忘忧。”

青年时期的冬心先生就有诗名。二十岁时曾到浙江萧山访毛奇龄，得到激赏。和西泠八家之一的丁敬和诗人杭世骏并称浙西高士。他的诗清峻奇丽，每有新鲜活泼的生机。《雨窗清意录》记有金农“廿四桥边廿四风，凭栏犹忆旧江东。夕阳返照桃花渡，柳絮飞来片片红”的诗，是他在平山堂的酒桌上即兴写的。他的题画字清瘦峭古，是隶非隶，是楷非楷，有点像美术字，但题在他的画上十分谐调。他常常用“小笔”两个字，把题字和画面融合起来，有的作品中书法占的篇幅比画还要大。画面寥寥数笔，而题字十分淳古方整，奇古和清逸之气扑面而来。

冬心先生是个有趣的人，他把诗词曲等广义上的“诗”和画，和书法自觉的融合。求得文心诗意，这是他特别的地方。郑板桥也将诗书画融合到一件作品中，他画竹、画兰、画石头，多配诗文一起，形成一个整体。但他没有像金农明确写上“画诗书”三个字，只是在一副自撰对联中说“三绝诗书画，一生归去来”。金农多次在画中这样写，是想让人注意他这一特点。检遍中国绘画史，明确用“画诗书”三字题款的也只有金农一人。既然他有意让我们注意，我们就把他拈出来，让大家知道，他是有意这么写的。他的画中，对诗，对书是多么看重啊，不光是画本身。或许正如张彦远《历代名画记》所说，“意不在于画”啊！

冬心画竹

金农的画有异趣，作画没有框框，构思独特，和清初四王等正统派的画法完全不同，另开一途。他的画，没有大山大水，常常是人人可见的一景一物，喜闻乐见而又气格高逸。尽管学者们提出他的画曾有陈彭、罗聘、项均等人代笔，但他的画风和书风合在一起，前人没有这样画的。一方面，他从汉魏六朝古物中求得生冷古拙，另一方面以其高度的抽象走向现代。秦祖永说："冬心翁古朴奇逸之趣，纯从汉魏金石中得来，晋唐以下无此风骨。"

冬心作画是无师自通。六十岁才开始画竹。他在家的周围种上万竿翠竹，目接神会。他写有《画竹题记》，有很多见解。他说："先民有言曰'同能不如独诣'，又曰'众毁不如独赏'。独诣可求于己，独赏罕逢其人。予于画竹亦然，不趋时流，不干名誉，丛篁一枝，出之灵府，清风满林，惟许白练雀飞来相对也。"又称："予之竹与诗，皆不求同于人也。同乎人，则有瓦砾在后之讥矣！”可见他不趋时流，不步人后尘。时人称他“目无古人，不求形似，出乎町畦之外也。”他讲究“象外体物”，提醒别人看他的竹子，要领略画中的“高岸之气”。他说他的竹“无潇洒之姿，有憔悴之状”，这是他生活的写照。

郑板桥比金农小六岁，他们两人在扬州相亲相洽，“若鸥鹭之在汀渚也”。金农学画竹的时候，郑板桥画竹已经很有名了。金农很希望他画的竹得到板桥的认可，他素性爱竹，自称“不学而能”，有了好作品，“恨板桥不见我也”。他还喜欢板桥的字，称他“狂草古籀，一字一笔，兼众妙之长”。金农曾赠一幅字给郑板桥，诗是这样写的：“乱发团成字，深山凿出诗，不须论骨髓，谁得学其皮。”郑板桥把金农的诗悬挂在书房里，称“以启后贤，非标榜也”。故宫还藏有一张板桥谈金农题汪士慎画竹的题咏。金农题句称：“清瘦两竿如削玉，首阳山下立夷齐。”板桥称：“自古今题竹以来，从未有孤竹君者，盖自寿门始。寿门愈不得志，诗愈奇，人亦何必汩富贵以自取陋！”金农以竹喻君子抱节守志，《史记·伯夷列传》中提到孤竹君的两子伯夷和叔齐，板桥赞金农题竹用了这个典故，惺惺相惜可见也。

金农的竹多瘦，不上色，纯用墨写。他认为“瘦多寿”，自然能饱风霜。他传世的竹，我见过有水墨和双钩两种。水墨竹很整饬，只画两三竿，或浓或淡，不拘一格。

他的画法和板桥不同，板桥潇洒出尘，但多有雷同，不外竹、石、兰和题跋的组合。金农古拙生奇，逸气扑面，取一局部，而见生机。把诗文书画有机融合在一件作品上，文心诗境，意在画外，这是他们共通的手法，也是“扬州八怪”的基本特点。他的双钩竹边上常加几个墨色小石头，和双钩形成虚实对比。他自称以“梅竹”为师，和画梅相比，他画竹则相对少一些。

“竹里清风竹外尘，风吹不断少尘生。此间干净无多地，只许高僧领鹤行。”这是金农的题竹诗。他画竹，正是要传递出自己清高远尘的一面。

古笺画野梅

北宋后期的文人好水墨梅竹，以表现各自高雅的趣味。与精工的院体画不同，他们追求散逸的清气。南宋时期的扬无咎，擅长雪梅、墨梅，繁花如簇，有清雅闲逸、出尘绝俗之致。我在上海博物馆见过元代王冕的梅花，学杨无咎而有自己的特色。他的画，繁枝欲放，千丛万簇，风神绰约，珠胎隐现，枝干一笔而成，真是神来之笔。王冕在梅花的“圈”上有突破，改杨无咎的“一笔三顿挫”为“一笔两顿挫”，又去掉花须上的点，形成“破蕊之法”，借梅花抒发其高致。

金农的梅花画法，继承了扬无咎和王冕的画法而多有创造。他多次提到扬补之和宋代不知名的白玉蟾、元观道士、石门僧、释氏泽禅师、丁野堂等，以说明他梅花的来路和高古。时人则论汪巢林、高西唐，要和他们比高低。

金农画梅，自称可“遥遥相契于千载”。他画梅，冷香清艳，意在笔先，借梅花而寄其高致。他曾记载画梅的场景：“山僧送米，乞我墨池游戏，极瘦梅花，画里酸香扑鼻，松下寄，寄到冷清清地，定笑约溪翁三五，看罢汲泉斗茶器。”他晚年喜欢瘦梅，认为“瘦”即“寿”，画梅花是可以长寿的，所以他传世的作品中，墨梅最多。

金农家有个亭子，叫“耻春亭”，他自称是“耻春翁”。为什么叫“耻春”？这也缘于梅花。上海博物馆藏有一件他七十一岁时画的《梅花册》，上面有一首诗：“雪比精神略瘦些，二三冷朵尚矜夸。近来老丑无人赏，耻向春风开好花。”这就是他眼中“耻向春风”的梅花，“老”、“丑”而不失风骨。他在家前后种上老梅三十株，天寒地雪，写冻萼一枝，聊寄清梦，这就是他的梅花生活。

金农画梅，或一株两株，或一片梅花，都能冷香透骨，如鹭立空汀，不欲为人作近玩。我见过浙江博物馆所藏他的《梅花册》，有十几开，诗书画相融，极有趣味。或题“一枝照眼，是雪是梅花”，或题“水边林下，清香嚥墨，白白朱朱，数不尽，是花须”，或题“手捧银查唱落梅”，或题“为梅兄写真”，或置于白墙边，或染底写夜色，或突出老梅枝干，文心佳思，极为可人。

野梅如棘满红津，别有风光不爱春。画毕自看还自惜，问花到底赠何人？我想，金农笔下冰清玉洁的梅花，是赠给他冬心先生自己吧？

秃笔扫骅骝

马是古代人们生活中的交通和娱乐工具。唐代的风俗兴盛养马和驯马。曹霸和韩干在中盛唐时画马最有名。曹霸画的马笔墨沉着，有神采。杜甫多次赞他，称其“一洗万古凡马空”。韩干画马肥硕雄壮，姿态高迈，曾受到王维的赏识。《宣和画谱》曾记载说，玄宗让他师法当时的名家陈闳，韩干赶紧说：“臣自有师，陛下内厩马，皆臣之师。”此传为笑谈，可见韩干是重实物写生的。

我在东京国立博物馆见过北宋龙眠居士李公麟的《五马图》。李公麟画马，不着色，完全以墨笔线描作画，后人称此为“白描”。《五马图》是纸本，表现的五马毛色状貌各不相同，简约自由，用笔精炼，五个牵马人和神气的马相得益彰，典雅而沉静。这种简练、朴素的艺术形式和画面的自然洗练，丰富了中国画的内涵，后来文人画马多来源于龙眠山人。元代赵孟頫也画马，有《秋郊饮马图》

传世，画中有十几匹马，或饮水，或嬉戏，一片江南初秋之景。

金农画马，继承了古代文人画马的传统。他在《冬心先生画马题记》中提到，他见过隋朝胡瓌的《番马图》，“骨格雄伟”；见过石刻昭陵六马，“惨澹中有古气”，见过唐人画马，“用笔雄俊”，这些对他画马都有影响。他画马，不画马群，只画单匹马。他自己说：“予画非专师，爱其神骏，偶然图之。昂首空阔，伯乐罕逢。”他还说喜欢韦候《红鞯覆背图》中的马，称他是“秃笔扫骅骝”，韦候的这张画，他在乾隆元年京师王侍郎的家见过，据说后来被养马的人偷走卖掉了。他画马，正是学的这种画马的方法。

我见过南京博物院藏金农的《牵马图》，两平尺大小，画的是一个戴帽子的红衣居士牵着一匹白马。构图方法与李公麟《五马图》的方法相近，只是用笔不同。李公麟用的是精准的细墨线，金农用的是粗线秃笔，除马的鬃毛和马尾巴有很多笔触外，其他都是单一的墨线。画中的居士是个大胡子，身上的衣服皱褶都是秃笔线画成，和他一件有名的红色佛像的画法是一样的。

这是金农七十五岁时的一件作品，上面题有他的一首诗：“龙池三浴岁骎骎，长抱驰驱报主心 。牵向朱门问高价， 何人一顾值千金 。”金农画马，苍苍凉凉，有顾影自怜之态。不用说，这个大胡子的牵马人正是他自己。

从技法上来看，他和李公麟的精准完全不同，金农要表现的不是绘画手法的高明，而是他晚年还有“壮心”，这张图离他去世只有两年。他曾说过：“写此老骥，尚有壮心，譬之于人，不无日暮途穷之叹，世间罢羸者睹之，踖踖然，同一伤感乎？”金农晚年借画马言志抒怀，求得通灵之意。如果以历史上精于画马的人来看他的马，并不有什么出色的笔墨手法，但他画马古拙的艺术气质和“神骏”的文心寓意，却是一般画家少有的。

佛光上下

金农一生别号很多，涉及信佛的就有冬心居士、心出家庵粥饭僧、小善庵主、苏伐罗吉苏伐罗、莲身居士、枯梅庵主等，这些都是他晚年的号，这些号正是他的佛像。他自己说："余年逾七十，世间一切妄念种种不生，此身虽属秽浊，然日治清斋，每当平旦十指新沐，熏以妙香，执笔敬写，极尽庄严。"他晚年画佛题材的作品，和他的人生密切联系在一起了。

金农六十岁以后作画，先画竹，继又画江路野梅，又画马，转而画佛。他为何画马转而画佛？这是学的宋代的李公麟。李公麟中年画马，堕入恶趣，后转而画佛，忏悔前因。金农学李公麟画马，后老骥之志，不能千里，不复画马，自称"如来最小之弟也"，工写诸佛，在墨池中修行，笔墨中作佛事，画菩萨妙相，奇柯异叶，以壮庄严，享受太平，一切烦恼也就顿释了。

金农画佛

他的莲花、菖蒲、水仙、秋林、南天竺、桐荫、枯藤、无忧林、松影、秀竹，华滋而含和气，无不透出禅意。达摩图古拙奇相，芭蕉佛像坚固变相，礼佛图虔诚谦恭，药师佛像沉思低眉，红衣佛像大气庄严，都是沙门妙相，得大自在。

历史上，六朝陆探微甘露寺画宝檀菩萨像，张僧繇天皇寺画卢舍那像，谢灵运天王堂画炽光菩萨像，唐阎立本画思维菩萨像，李公麟画长带观音像，都各有特点，好多我们已经看不到了。金农画佛，得奇古之相，全是自出己意，看画的人不要以笔墨之形观之，而当观其古意所在，如看龙门山中的石雕。有个和尚说他是“丹青家鼻祖，开后来多少宗支”，虽是玩笑话，确也说出金农画佛的妙处。

与荷花，慢慢商量

金农画荷我见过两种，一种是折枝，一种是一片荷塘。

折枝的荷花有的是花头，有的是莲蓬。辽宁博物院藏有他一部《杂画册》，上面有葡萄、玉簪、牡丹和荷花。全是绢本，重墨平涂，很少有人这样画的，有点像明代后期的木板刻画。陈洪绶的水浒叶子也类似这种方法。这种不追求变化的方法和他的书法一样，有一种木板气，呆头呆脑的，十分可爱。他在花头的边上题上整饬的隶楷书法，风格统一，辨识度很高。这种浓重平板的方法和时人的纤巧甜腻的花卉方法完全不同。湖北博物馆藏有另外一个《杂画册》，有一张白描荷花，一张白描莲蓬，没有用重墨平涂的方法，而是用淡墨粗线的方法，古拙而淡雅，极有创造性。

一片荷塘的画荷方法更是金农的独创。

我见过沈阳故宫所藏的一部《杂画册》上，有金农的

金农画荷

这种画法。一张二十厘米高的小册页上，在画面的左下角画了一片荷花，没有荷杆，全部浮在水面上，他用淡淡的花青加上绿色连笔点染，近处的浓，远处的淡，有“接天莲叶无穷碧”的悠远感。花头用淡胭脂和曙红轻轻着在荷叶中间，轻盈而生动。又在左下角用极细的勾线笔勾出江南的回廊，廊内一古人赏荷，极有诗意。他在画面的右上角用小笔仿宋体字的楷书题了一首自度新词：“荷花开了，银塘悄悄，新凉早。碧翅蜻蜓多少。六六水窗通，扇底微风，记得那人同坐，纤手剥莲蓬。”他把画景和词境完美的结合，开创了前人没有的画法，实在是妙手造境。我见过北京画院藏的齐白石勾画稿，其中就有学金农这种画法的。

记得我在扬州读书时，每天走到大虹桥，盆景园里面就有一座红桥，和师院隔了一条瘦西湖。每到夏天，长满荷叶，郁郁清发，正是金农笔下的胜景。

金农喜欢画“红藕花中泊伎船”的诗意，这是白居易在杭州《西湖留别》中的句子。他是杭州人，生活在扬州，此江南两地都盛产荷花，金农一定得心会之意。他在画中题道：“予本杭人，客居邗上。时逢六月，辄想家乡绿波菡萏之盛，因作此图。舟中虽无所见，而衣香鬓影，仿佛在眉睫间，如闻管弦之音不绝于耳也。”这张画藏在广西博物馆，也是这种形式的画荷法，叶片稍大，略加小竿，不如沈阳故宫的那张密，能看清花头。画中的红船半掩在水中，一支长篙，而不见人的踪影。真让人想起管弦之音，余响不绝。

北京故宫也藏有一部金农的《人物山水册页》，上面有一张荷花图和沈阳故宫所藏荷花图的构图极为相似，都是“金一角”法，只是荷叶更清楚些。他画江南采莲图也是这种画法，已经成了他独特的艺术语言。红藕花开，坐饮溪亭，想见友人旷怀之乐。青山满目，无语相对亭中人，亭中人能知道吗？金农所造的，正是这样的荷境。

荷花是中国古人作画的重要题材。宋代黄居寀画晚荷，张激画《白莲社图》，法常画工笔荷，元代钱选画《白莲图》，赵孟頫画《莲塘图》，明代沈周写生《荷花图》，陈淳作《瓶莲图》，徐渭作《墨荷图》，陈洪绶作《荷花鸳鸯图》，清初八大、石涛也都擅长画荷。但金农画出了他心中的荷花图：“三十六陂凉，水佩风裳。银色云中，一丈长。好似玉杯，玲珑镂得，玉也生香。对月有人偷写世界，白泱泱。爱画闲鸥野鹭，不爱画鸳鸯。与荷花，慢慢商量。”这种弥漫着浓郁的文人气和金石气的荷花，像一首好听的新古典流行歌曲，现代感强，自开一派。

金农自己说还画过一种雪中荷花，赠给邻庵老衲，想必是一种奇观。我见过陈洪绶给周亮工画过一张《闽雪图》，画的是雪里芭蕉，金农笔下的雪中荷花是个什么样子？可惜我没看见过。

“华山片石是吾师”

金农的书法是靠隶书起家的。

金农的行书是“隶行”，也是由隶书而变化的，但行书毕竟不是金农最重要的书体，他学王羲之刻帖嫌俗，决定学习无名氏的汉隶。他选择了《华山碑》。他在《鲁中杂诗》中的一首七绝是这样说的：“会稽内史负俗姿，字学荒疏笑驰骋，耻向书家作奴婢，华山片石是吾师。”正是这样的“华山片石”，给他获得了艺术上的灵感。终生潜心临此，一日有一日的境界。

其实，金农三十五岁之前，并不是明确学习汉碑书风的。他先学习一个叫郑簠的人。郑簠的号为“谷口”，人称“郑谷口”。

郑谷口是南京人，他学习汉碑三十多年，知道了一个道理：学隶书不能学唐人平直古板，结体平匀的风格，要把字写生动。他的隶书用笔巧妙，有轻重变化，有聚散错落，一改元明人写隶书学唐隶的传统，在当时影响很大。清初还有个东南诗坛的盟主朱彝尊，也擅长隶书，他们常常讨论，汉隶之学在清初得到复兴。

金农学隶书，最初就是通过郑谷口的书风而上溯汉碑的。今天福建博物馆还有一件金农写范成大诗的立轴，学的就是郑谷口的面貌。

金农一生学习《华山碑》，写出了两种味道：一种是“工”，一种是“写”。“工”的是浓墨圆润，起收严谨工稳。“写”是渴笔毛涩，多用一种“倒薤”的撇法。一放一收，金农从《华山碑》中学到了汉碑中丰富的内容。

天津艺术博物馆藏有一件金农临的《华山碑》，扁形圆笔，横竖变化不大，较为工稳，略露飞白，这一时期金农个人的面貌还不够鲜明，自称“对临”。

上海书画出版社出版过一册黄小松旧藏的金农大字临《华山碑》，每行廿二字，共十行，最后一行十一字，共有二百多个字，后为方便改为册页。这件作品不再求《华山碑》外形的相似，横画变粗，竖画变细，整体简朴厚拙，沉着自然，更强调了撇画的舒展，运用“倒薤叶”法，使其体势上趋于统一和丰富，有浓郁的金石味。黄小松叹称这类隶书“饿隶渴笔，不让古人”。金农晚年书风的创造，正来源于他写意临《华山碑》后的独特创造。“华山片石是吾师”，不是金农的一句空话。

晚清时杨岘有一种说法，说金农有一种“漆书”，是

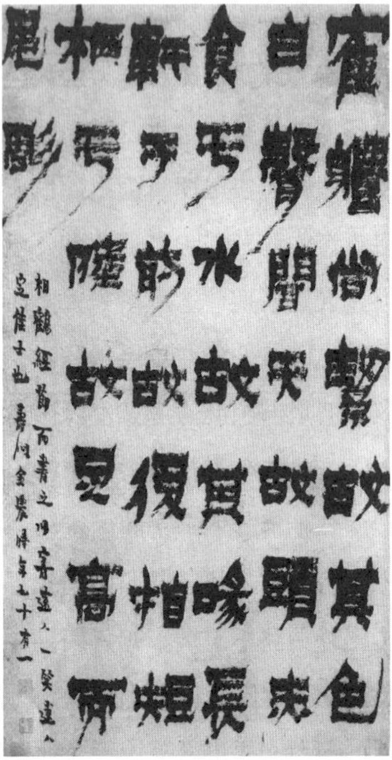

金农漆书

稀有品种。还有说法，说金农“截毫”写字。其实，金农一生写隶书，没有说过他写“漆书”，更没有说过他剪笔头写字。这很可能是根据他书法的整饬浓厚和漆黑如刷而想象出来的。

金农这种传为“漆书”的字是个什么体呢？这实际是他隶书的变种，自称为“渴笔八分”。金农把这种“渴笔八分”看成是他的独创。他在一件“漆书”的跋文中，自豪地介绍他晚年的这个创造：

予年七十始作渴笔八分。汉魏人无此法，唐、宋、元、明亦无此法也。康熙间，金陵郑簠虽擅斯体，不可谓之渴笔八分。若一时学郑簠者，亦不可谓之渴笔八分也。

金农不厌其烦地介绍他的“渴笔八分”的唯一性，就是想说，他七十岁后要从一般的隶书体中变化出来一种新风格，新花样。他曾学过的南京郑谷口虽然也擅长隶书，但没有他这个品种，这是他前无古人的创造。他的学生罗聘对他“渴笔八分”的发明也是佩服不已，称“冬心先生真吾师，渴笔八分书绝奇”。

金农的“渴笔八分”有什么独特之处呢？在金农的笔下表现为：大幅、渴笔、浓墨、挥扫。金农把隶书加以变形，横变粗，竖变细，突出“倒薤叶”的笔法。

金农曾在一首《郃阳褚峻飞白歌》诗中写过：“我闻飞白人罕习，汉世须辨俗所为。用笔似帚却非帚，转折向背毋乖离。”

“飞白”书相传为汉代蔡邕见门下吏垩帚成字而创造出来的，世人很少专门来学。金农在“飞白”书中寄托自己。他从前人的创造中获得新的创造，要用“飞白”的渴笔法对自己的隶书加以变化，写成大幅作品。干墨渴笔，是金农求得“飞白”的方法。干墨即用浓墨，浓墨有神，飞白渴笔有味，这样，金农的“渴笔八分”就有了浓郁的“金石气”。

“用笔似帚却非帚”，既是说渴笔飞白的用笔方法，也是他用“倒薤叶”的手法。

“倒薤叶”，指下垂直长的韭菜叶，这是古人形容篆书的一种笔法。相传汉代曹喜所创，也就是人们常说的“悬针法”。这种笔法，金农在“渴笔八分”中有意强化，似帚非帚，也成为金农书法的重要特色，并运用到他的行书之中。

广东博物馆有一件金农四言联，内容为“汲古无闷，处和乃清”，这件作品是金农“渴笔八分”的代表，运用了“倒薤叶”用笔的方法，但还不够鲜明。四川博物馆所藏金农的《隶书七绝》、扬州博物馆所藏金农的《墨说》和广东博物馆所藏金农的《古谣一首》，书风鲜明，有意强化“倒薤”笔法，把临写《华山碑》的写意精神和独特书风发挥得淋漓尽致。

近代齐白石，崇拜金农的书法，学他的写经体，也学他的“倒薤”手法，今天我们看到的齐白石篆书中还有这个写法。

金农一生写隶不写篆。我至今还没有见过他的篆书。金农自称学西汉《五凤刻石》以下的作品，“汉唐八分之流别，心摹手追”。他推重“扬州八怪”之一的杨法“善奇篆”，但他自己不写。有人说他学过《天发神谶碑》，看起来结体和用笔是有几分暗合，但没有根据说他学过这块碑。

我曾经说过，毛笔的书写速度加快，表现力更加丰富，特别是其中的笔法技巧，构成了中国书法的核心因素。书家的独立书写中，个人性情与精神意味在书画中得到充分体现。以毛笔进行书写与带有工艺性质的碑刻书风有鲜明的不同，这是“书卷气”和“金石气”的分野。在金农的隶书中，既有毛笔书写其文心，形成了“书卷气”，又有师法汉碑漫漶苍茫而运用渴笔飞白，形成了“金石气”。这种“书卷气”和“金石气”的完美结合，为后代碑派书家的创作树立了典范。康有为说金农“参用隶笔”而失之怪，为“欲变而不知变者”，这是他没有看懂金农。金农以古求变，循理出新，是值得敬佩的。

汉隶中溢出行草

我曾经把中国书法史上的行书大概分为四个路数：一是王羲之王献之一路的行书，一是颜真卿一路的行书，一是汉隶中发展出来的一路行书，一是魏碑中发展出来的一路行书。这四路中，二王行书是大宗，包前孕后，其他三路都是从其中生发出来的，在清代最为流行。如颜行的代表书家何绍基，隶行的代表书家金农，魏行的代表书家赵之谦，他们各有特色，又相互关联。

金农写二王是写不像的。他最初是学颜字的。

金农二十一岁到苏州何义门家学习。何义门推崇颜鲁公，曾说："鲁公用笔最与晋近，结字别耳。"金农初学书法就从颜而学王的。少年时的金农学王羲之《兰亭序》，但是学得很差，羞于见人，放在箱中当垫纸。他曾写说："少日曾临摹，搴帷羞新妇，自看仍自收，空箱防污垢。"在清初师碑的氛围里，金农有着写颜写隶的实践，渐而对二王一路的东西失去兴趣，探索一条从隶书变化为行书的写法。

为何金农学二王学不好？一方面是他的天性古拙，与二王书风的遒媚不同。另一方面，他看到当时王字刻帖越刻越差，王羲之的字也被人越写越俗气。他不愿意写这种被刻坏的“王羲之”，而要从汉隶中找古法。他写过一首诗，表达他的主张：“会稽内史负俗姿，字学荒疏笑驰骋，耻向书家作奴婢，华山片石是吾师。”“华山片石”就是金农一生喜欢临写的东汉时期的《华山碑》。他一生以此碑求得变化。他又说自己从《五凤刻石》后，“于汉唐八分之流别心摹手追，私谓得其神骨”。金农行书的变化正是得汉隶“神骨”中产生的。

金农画兰竹时，曾说自己的署名取法隶书。一般人署名都是用行书，金农自己是用隶书，实际是用隶法来写行书，增加字的古意。署名如此，题款也是这样。金农作品中的行书，用隶书化出来的痕迹十分鲜明。

金农的行书，不取隶书的波挑，而是取隶书的横排法。用横粗竖细的“横平画”法，加上“倒薤”的长撇，把隶书写生动起来，加以“行化”，成为金农行书的特色。他的行书体态，或瘦劲，或肥厚，章法取隶书横势，早期学颜字的痕迹在他隶书方法上还能看到。

我看过北京故宫所藏他三十四岁时写的《游禅智寺》，已见隶行之法，细笔瘦写，用隶书的“横排法”，体型方整，取横势错落。此后的几年，他在题款中多用这类细笔瘦写法。北京故宫所藏他写的隶书《王彪之井赋》中的题款就用细笔这样的方法。四十岁后，他的行书转向肥厚。广东博物馆有件十六开大小的行书砚铭，隶书快写，中锋用笔，转折处略存颜楷意，自称“匆匆作字，殊丑潦草”。这件作品中每字独立如隶法，字形如写经，以乌丝分之，不求妍美俗姿，而是用这种自谦为“丑”和“潦草”的方法获得古拙之美。金农晚年写行书，有意右倾，偶尔也题在画中，但字都不多。很可能他晚年弱化了行书而推出他的“渴笔八分”大字了。

金农的行书字多小，写手札所用。撇画用笔重按，后而发力飞出，像篆书中的“倒薤叶”的方法。“薤叶”就是韭菜的叶子，写字的笔画像倒长的韭菜叶子，垂枝浓直，这是一种古老的篆法。相传汉代的曹喜就用这种写法，后世称为“悬针法”。金农的这种写法，他的好友厉鹗说他“颇喜究奇怪”，“奇怪”说的就是他这种特殊的“倒薤”笔法。金农自己也说“款字低行类垂薤”。他是有意把“倒薤”的方法用到行书里面去的。

金农的隶行常常用“飞白”，喜欢“笔似帚却非帚”的感觉。他在《竹石双钩图》中曾评张萱画的“飞白竹”，称其“干墨渴笔，枝叶皆古”。和他运用“倒薤”的笔法一样，他在行书中又运用了“飞白”这种古老的笔法，使他的行书在“二王”之外赋予了新的艺术语言。

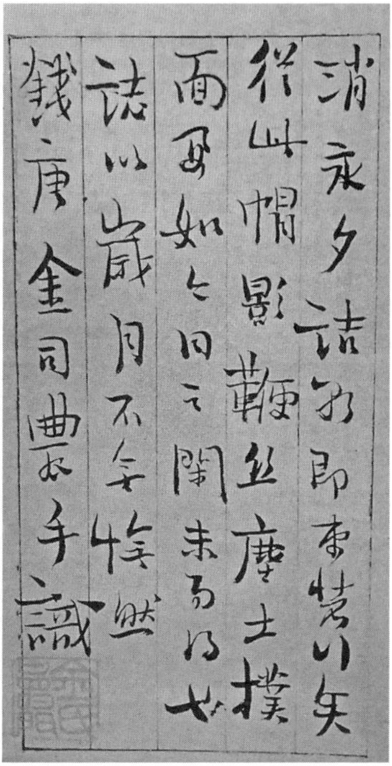

金农隶行书法

金农很少用他的行书写大作品，流传下来的基本上是手札。手札字小，用行书书写方便，速度快。为什么不像他写隶书一样，用行书来写大作品？他对于行书其实是不自信的，而多以隶书、楷隶、写经体楷书、“渴笔八分”等书体创作作品。

尽管在擅长多体创作的金农自己看来，行书不算他最突出的一种，但今天我们重读他从隶书中化出来的行书，更有特别的奇趣和新意。清初以来，程邃、周亮工、石涛等人也都有尝试从隶书中化出行书的实践，但都没有成熟，有点夹生饭的感觉。金农的行书在五十岁之前就已稳定，风格一以贯之。清人江弢叔说：“先生书淳古方整，从汉分隶而来，溢而为行草，如老树著花，恣媚横出。”这个评价是准确的。今天有不少人学他的行书，如果不通汉隶，他那种淳古的味道是写不出来的。

楷隶与写经体楷书

黄惇先生曾把金农的书法分为五种：隶书、行草、楷隶、写经体楷书和“渴笔八分”。他的隶书是靠《华山碑》起家的，行草是隶书生发出来的，“渴笔八分”是隶书的变体。楷隶和写经体楷书也是金农书体中极有探索性的“前卫”作品。

广州市美术馆藏有一部金农五十六岁时的册页，共十六开。前面八开是他的隶书，后面八开是他的楷隶，册页中有乌丝栏，每开都是一行六个字，共十二行。初看字的形式都很像，行距小于字距，细看就知道，前面的是隶书，是后来“渴笔八分”的前奏；后面的是楷隶，把前面的隶书进一步平直楷化，形成新的艺术风格。

北京故宫博物院藏有一件更早的册页，是金农四十八岁临的《华山碑》，这件虽号称临《华山碑》，其实是楷隶，上面的字和《华山碑》隶书不是一回事，是金农有意借这块碑来变化自己的风格。他不再用过去的横粗竖细的写法，而是把横竖写成一样均匀，波挑和撇笔也处理成美术字一样粗细的写法。隶书是扁的，他把扁字改成楷书的方字，有些肥厚，字形完全相同，“如灯取影”。这个写法和我们通常说的写字要变化的思维相反，他以不变而求变，以整饬而求变，在墨法上也统一无浓淡干湿的变化，如木板所刻，平板单一，既没有汉隶波挑的特征，也没有他在隶书行书中运用的“倒薤”笔法，这种似楷非楷，是隶非隶的字，成为金农晚年重要的创作手法。在他的画中，多用这个楷隶的书风题款。辽宁博物馆所藏他的《杂画册页》中，葡萄、荷花、兰花、梅花作品上多用楷隶题写。天津艺术博物馆收藏的《杂画册》中的桃柳、绣球、葡萄、梧桐、月季、松树的题款也是如此。

金农这种“楷隶”风格来源于哪里？我认为至少有两个来源。一是《华山碑》的变形，一是学北齐刻石。金农说过“华山片石是吾师”，他一生以《华山碑》为学习对象，加以变形、创造。北齐刻石也是他学习的重要取法。他自己说“书看北齐字，画爱江南山”。北齐的楷书书体未脱隶意，质朴古拙，横画取平势，刊刻时伴有两端翘起的折刀头法。这在金农的楷隶中常常运用。北齐楷书中，“宽博方整”是其特色之一。如《蔡元兴等造像记》《王怜妻赵氏墓志》都是整肃有余，方板钝滞的特点。金农把这种风格化为我有，形成新的面貌。

早在东晋时期，铭刻书中就有一种方笔的隶书，金农的书风在有些方面和其相近，字形方整，结体茂密。横画起笔处为方头斜截，像楷书的方法。收笔处厚而短，无隶书波挑的方法。竖画两头方而平，撇是尖出，捺是方捺，运用了楷书的方法。这些字方方正正，甚至有些呆板，很像今天的黑体字。如存世的《王兴之夫妇墓志》《王闽之墓志》《王建之墓志》等，棱角分明，笔画方厚。金农的这种楷隶和这种书风暗合，或正是从这种书风中得到启发。金农楷隶起笔的“切头”如刀刻，不同于隶书“蚕头”是圆的，这在他的“渴笔八分”中也常常运用。这种刀刻方出的用笔方法，是否与金农长期刻砚铭有关？我想应该是有关系的。

金农的楷隶书体是有点肥厚的，他曾经得到一本宋代高僧手写《涅经》残本，爱不释手，自称“阅岁六百方我归，如石韫玉今吐辉”，可见他是从中得到启发的。金农晚年还有一种写经体楷书是瘦的。金农字“寿田”，号“寿道人”“寿道士”，他希望自己长寿，“瘦”字是“寿”的谐音，晚年的金农专门把写经体写成长条的瘦字，而且很多次用在画中题跋，成为他“诗画书”的重要组成部分。金农的《梅花册》中多用这种瘦劲的写经体楷书。这种楷书一般比较小，和金农的画十分合拍，他题画常用“小笔”两个字，这“小笔”两个字也是写经体楷书的手法。

金农的写经体楷书，多见于他多字题款中。存世的四

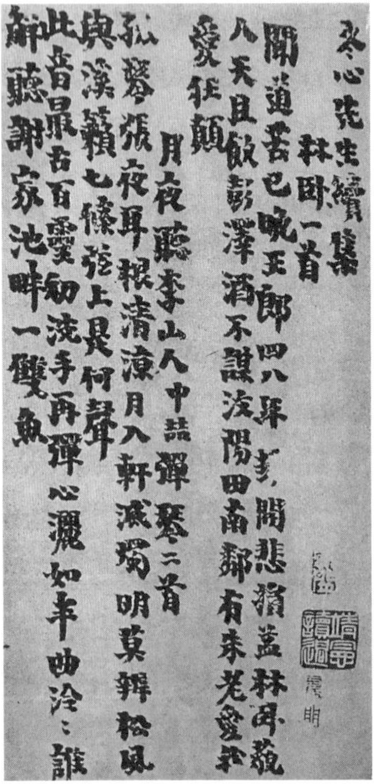

金农写经体稿书

川博物馆藏的《丛竹图》、天津历史博物馆藏的《设色佛像》都是这种写经体字的典型风格。这种书风多按笔起锋，如隋代智永《千字文》中的起笔法。字形瘦长，取纵式，适合题多字。在金农晚年的《花卉册页》中使用最多的就是这种瘦体写经楷书，长长短短，茂密而整饬，和他的松树、芭蕉、梅花、菖蒲等作品融为一体，成为金农书画的基本语言，这是金农的艺术创造。他在一首诗中写道："昙硠村荒非故庐，写经人邈思何如。五千文字今无恙，不要奴书与婢书。"金农取法无名书家，突破二王书风一路的笼罩，挑战经典谱系的书风，从古碑和写经中获得艺术创造力，不要所谓的"经典"，反对"奴书""婢书"，这是前人所没有的。我曾说金农的行书和隶书是"书卷气"和"金石气"的结合，他的楷隶和写经体追求的则是带有工艺之美的"木板气"，又是一种新的审美趣味。

金农的老友全祖望说他"畸士"，丁敬说他的诗"不拾人牙后一字""风调顿挫，别擅酸盐"，看他创造的楷隶和写经体，不都是这样的风格吗？

别号中的金农

金农一生有多少个别号？以前很少人细细考察过，一些辞典和写金农的书上也只是泛泛说说。故宫博物院藏有一件金农七十五岁时的梅花图，他曾谈到自己的别号。在跋中这样写道：

宋白玉蟾善画梅，梅枝戍削，几类荆棘，著花甚繁，寒葩冻萼，不知有世上人。玉蟾本姓葛，名长庚，弃家游海上。号海琼子，又号蟾庵、武夷散人、神霄散吏、紫清真人，殆乎仙者也。昔年曾见其小幅，题诗亦清绝。今想象为之，颇多合处。予初号冬心先生，又号稽留山民、曲江外史、昔耶居士、龙梭仙客、百二砚田富翁、心出家庵粥饭僧，可谓遥遥相契于千载矣。昔予客游无定日，在尘埃中羽衣一领，何时得冲举也。

这段跋中提到金农学宋人白玉蟾，起了很多号，“遥遥相契于千载”。这里提到他有六个别号。他一生是不是就这六个呢？实际他用过的别号还有很多。我留意金农书画作品中的别号，大约有这样四类。

一类是关于金农家世、出生、籍贯身份的。如曲江外史、钱塘钓叟、泉塘钓叟、之江钓师、曲江钓师、稽留山民、不出翁、六十不出翁、山老疾、金二十六郎、金牛湖上二十六郎、三朝老民、寿道人、寿道士等。其中，曲江外史、稽留山民使用最多。金农是杭州人，杭州又称曲江、之江、钱塘、泉塘，稽留山在天竺山，金农曾在此读书，因而自称稽留山民。

一类是涉及金农诗书画创作、心境、审美和收藏的。这一部分的号比较杂，内涵丰富，与他的艺术追求和人生境遇有关。如江湖听雨翁、古泉、井泉、古井生、耻春翁、耻春老人、冬心先生、冬心斋主、古泉居士、竹泉、金牛湖上诗老、百二砚田富翁、纸裘先生、百研翁、金吉金等，其中冬心先生使用最多。“冬心”两字取唐代崔国辅“寂寥抱冬心，裁罗又褧褧。夜久频挑灯，霜寒剪刀冷”。诗句中的“冬心”两字，三十岁时就开始用，一直到去世都用。他的诗集即名为《冬心先生集》《冬心先生续集》《冬心先生三体诗》等，书画作品中多钤此印。

一类是金农晚年住在扬州使用的别号，如惜花人、仙坛扫花人、金老丁、老丁、龙梭仙客、龙梭旧客、昔耶居士、十儿松长者等，其中用得最多的是“昔耶居士”，金农晚年住在扬州天宁寺边上长满青苔、乌韭的潮湿古旧房中，很多书画作品都在这里完成的。

还有一类是涉及金农信佛的别号，如冬心居士、心出家庵僧、心出家庵粥饭僧、小善庵主、苏伐罗吉苏伐罗、莲身居士、枯梅庵主等。金农晚年自称“如来最小之弟”，写经之暇，画佛为事，创作了大批与佛有关的作品，落款多用“心出家庵粥饭僧”。“苏伐罗吉苏伐罗”有点像俄罗斯人的名字，特别的怪，以前没有人把这类词用到名字中，是什么意思呢？金农一生好古，家藏金石文字千卷，有“吉金”之号，金农早年与丁敬、石文友善，丁敬号钝丁，石文号贞石，西泠三大布衣分别叫金吉金、丁钝丁、石贞石，传为美谈。“苏伐罗”为“金”的梵文译音，“苏伐罗吉苏伐罗”即“金吉金”，佛教意味更浓厚了。画佛成为金农晚年作品的代表，别号也因此而生，自称作品“恍如龙门山中石刻图像”，人称他画佛“丹青家鼻祖，开后来多少宗支”，他捋起长胡子大笑。

金农一生约有四十多个别号，每个别号都有特别的含义，写到书画作品中，更增加了作品的人文内涵，值得去细细琢磨。

板桥竹

郑板桥是以画竹而出名的。

板桥的家在兴化，他曾在家中建了一个园子，叫“拥绿园”。他自己说，家有茅屋两间，南面种竹。夏日新篁初放，绿阴照人。兴化人有在院中乘凉的习惯，放一个小桌子在院中，微风吹竹，非常凉适。秋冬之际，人们把竹子砍下来，去掉两头，横放作为窗棂，用白纸糊上。风和日暖时，竹影零乱，印在纸上简直就是一张画。板桥说：“凡吾画竹，无所师承，多得于纸窗粉壁日光月影中耳。”这就是板桥画竹的师承。

板桥画竹，常和历史上的名家相讨论。他把自己和宋代文同相比，称文同画竹是“胸有成竹”，板桥戏称自己是“胸无成竹”。何为“胸无成竹”？板桥自称：“浓淡疏密，短长肥瘦，随手写去，自尔成局，其神理具足也。”“有成竹”是继承，“无成竹”是创造。板桥说，其实只是一个道理，继承中获得创造。

板桥画竹重写意。板桥曾以徐渭画雪竹来讨论。徐渭以瘦笔、破笔、燥笔、断笔为之，以淡墨晕染而出，枝间叶上，都是积雪，竹之整体隐跃其间。很多人画竹，浓枝大叶，无破阙而渲染，雪与竹两不相入，成何画法？他说，不知“写意”误多少事，“必极工而后能写意，非不工而能写意也。”他又以石涛画竹来讨论自己的创作：“石涛画竹，好野战，略无纪律，而纪律自在其中。”板桥模仿石涛的画法，横涂竖抹，笔笔在法中，无一笔逾于法外。

板桥画竹如书法。他说，文同画竹，黄庭坚不画竹，但看黄庭坚书法和竹子的感觉是一样的，瘦而腴，秀而拔，欹侧而有准绳，折转而多断续。书法有行款，竹更要行款；书法有浓淡，竹更要浓淡；书法有疏密，竹更要疏密。板桥以书之关纽，透入于画。他有诗说：“山谷写字如画竹，东坡画竹如写字。不比寻常翰墨同，萧疏各有凌云意。”

板桥画竹专一。这一点和石涛的方法不同。石涛善画，千变万化，离奇苍古而又细秀妥帖，石涛的品种太多，不专事一家。板桥这一点学八大，纯用减笔，比石涛纯粹。板桥学石涛画竹，学一半，撇一半，有自己的面貌，他说：“十分学七要抛三，各有灵苗各自探。”他学石涛之生机而去其繁复。他画竹，懂得减枝减叶的道理，揣摩简练，以少脱多。

板桥的竹子，常配上石头和兰花，取《易经》中“介于石，臭如兰，坚多节”之意。他的画中，竹少石多，竹小石大，以石为君，以数片竹叶点缀一下。昔苏东坡作《枯木竹石图》，有枯木石而无竹。板桥竹石不作枯木，意在强调竹，竹为主，石为辅。他常常把石画得大于竹，多于竹，不泥古法。他曾有诗：“竹石相交万万年，两家节介本天然。请看十月清霜后，一种苍苍笼碧烟。”竹石爱板桥，风中雨中有声，日中月中有影，诗中酒中有情，闲中闷中有伴。有声有影，有情有伴，历久弥新，板桥能不爱竹石？

板桥画兰是有名的，自己有方图章“郑兰”。他的兰花秀劲拔俗，和竹石常配在一起。他说，写兰宜省，写石宜冷，这是板桥清峻的风格，他把竹、兰、石相互穿插，有机结合，题上自己的诗或者画论，形式上也打破前人法。邓拓先生收藏一张板桥墨迹，上面写道：“终日画兰竹而不画石，不过小小局面，即兰竹之精神面目，亦变缺而不全。今为石笋二枝，以兰竹夹杂其中，则石有情而竹兰亦有托矣。”这件墨迹我没有见过，但卞师孝萱先生编的《郑板桥全集》收了这句话，想必是他把兰竹石三君子合在一起的创作手记吧。

“四时不谢之兰，百节长青之竹，万古不败之石，千秋不变之人，写三物与大君子为‘四美’。”这是郑板桥说过的一句话。他笔下的竹石兰，是贞节的象征，性情的象征。他的题竹诗和画竹相互生发，表现从眼中到手中，再到胸中的清高人格。他在题画中有一段有名的句子：

江馆清秋，晨起看竹，烟光日影露气，皆浮动于疏枝密叶之间。胸中勃勃，遂有画意。其实胸中之竹，并不是眼中之竹也。因而磨墨展纸，落笔倏作变相，手中之竹，又不是胸中之竹也。

意在笔先，是板桥画竹的定则；趣在法外，是板桥画竹的化机。他画的竹妙就妙在从眼中之竹转为手中之竹，表现的是胸中逸气。今天我们常常看到好多人学板桥，如果没有领会板桥寥寥数笔、一挥而就的“胸中之竹”，这种竹子必然会俗不可耐。

板桥的“破格书”

板桥的书法有点怪。怪在哪里？他创一种真隶相参的方法，而杂以行草，给人的感觉楷不楷，隶不隶，行不行，草不草，一般人不这样写。清代阮元在《广陵诗事》中说他少时楷书极工，自称世人好奇，因而以楷书杂写篆隶，又间以画法，波磔之中往往有“石纹兰叶”，这种写法确实挺奇怪的。

我看过板桥的一些对子，写法很有意思。乾隆廿三年，他写了一副对子：“藏书何止三万册，种树常教四十围”，“藏”“止”“册”“四”都是隶法，“树”“教”是草法，“书”“何”“三”“十”“围”等用楷法，放在一起，居然还很和谐。还看过另一件乾隆三十年的对子，内容是“琢出云雷成古器，辟开蒙医见通衢”，也是隶、行、草结合，字形敧侧，“雷”“器”都用了异体字，这是板桥字的一个特色。他写“雷”，有时写雨字头加三个田，有时写六个田字，　排两个，写三排，这些字法一般的人哪里认识，真是怪！

郑板桥为什么要写这么怪？为何不写历来推崇的王羲之？不写《兰亭序》？黄山谷有诗说：“世人尽学兰亭面，欲换凡骨无金丹。”在板桥看来，骨不可凡，面不足学，况且《兰亭序》的面貌，被各种刻帖刻来刻去，千翻万变，早已失去《兰亭序》本来的面目，何必再去学呢？他自称“以中郎之体，运太傅之笔，为右军之书，而出己意”。中郎就是蔡邕，善隶法，太傅就是钟繇，善楷法，而王羲之又是善行书的，他把王羲之行书的方法加上了汉魏时期的隶楷古法，而形成自己的面貌。这种夹隶夹楷夹行的书体，他自己称为“破格书”，又戏称“六分半书”，比八分书少一分半。

板桥题清初程邃的印谱说：“楷书必从八分书来，盖今书之母也。点画形象，偏旁假借，皆有名理。”正是这个认识，板桥写字要师碑而破帖，这在清初特别是康乾“扬州八怪”时期是个风气。金农曾写诗说：“会稽内史负俗姿，字学荒疏笑骋驰，耻向书家作奴婢，华山片石是吾师。”也是看到王羲之的字被刻帖刻坏了，不愿意再去写了，而把《华山碑》这样的隶书作为自己学习的内容。高凤翰也主张对王羲之这样的经典名家进行颠覆，主张直接学习碑版：“眼底名家学不来，峄山石鼓久尘埋。茂陵原上昔曾过，拾得沙中折股钗。”这种师碑而不学经典名帖的思想和郑板桥、金农是一致的。

板桥行书是学谁的？他说“以汉八分杂入楷行草，以颜鲁公《座位帖》为行款”，说明他学过颜行的。又说：“平生爱学高司寇且园先生书法，而且园实出于坡公，故坡公书为吾远祖也。坡书肥厚短悍，不得其秀，恐至于蠢。故又学山谷书，飘飘有欹侧之势。”他学过高其佩而追苏、黄两家。看板桥的行书，有颜字的厚，有苏字的扁，又有黄字的放，合在一起，还能妥帖，是不容易的。

板桥书法“杂糅”的写法怎么来的？我以为是从石涛的写法来的。板桥推重石涛的作品，称其“千变万化，离奇苍古而又能细秀妥帖”，又称对石涛的画“学一半，撇一半，未尝全学”，他的书法也应该是受到石涛影响的。石涛的行书来源于隶书，行书中夹杂很多隶书，或者是隶书连笔快写成行书，参差错落，变化有致。有人说板桥的字是“乱石铺街”，也有人说他的字像兴化的垛田，大大小小，连成一片。

看板桥的书法，不光欣赏他的书风，还要看他内容才有意思。板桥的诗，板桥的文，板桥的家书，板桥的题画，都和字相得益彰，自出己意。他说自己“理必归于圣贤，文必切于日用”。正因如此，板桥的字随他的诗文传遍四方。流传最广的是板桥的两件横幅。一件是“难得糊涂”，一件是“吃亏是福”。这两件书法是典型的板桥体，隶楷行杂写，妙趣横生，其中的题款和四个大字相互穿插，相得益彰，和他画竹子的方法一样。题款中的内容更加耐人寻味：

聪明难，糊涂难，由聪明转入糊涂更难。放一着，退一步，当下安心，非图后来福报也。

满者，损之机；亏者，盈之渐。损于己则益于彼，外得人情之平，内得我心之安，即平且安，福即在是矣。

这是充满哲思的板桥书法，不光以字胜，更以文胜，流传极广。清代的钱泳赞“难得糊涂”是极聪明的话。糊涂人难得聪明，聪明人又难得糊涂，需要聪明中带一点糊涂，方为处世守身之道。一味聪明，便生荆棘，必会怨天尤人，反不如糊涂一点好。板桥这些书法中的警句，成为很多人喜欢的内容。有的小商品市场把板桥书法做成工艺品，越弄越俗。

板桥的书法中还有一件影响大的是他的润笔单。板桥写字作画是要收费的。他在笔榜上有这样几句话：

大幅六两。

中幅四两。

小幅二两。

书条、对联一两。

扇子、斗方五钱。

凡送礼物、食物，总不如白银为妙。公之所送，未必弟之所好也。若送现银，则心中喜乐，书画皆佳。礼物既属纠缠，赊欠犹恐赖帐。年老神倦，亦不能陪诸君子作无益语言也。

这就是板桥！又雅又俗！如此性情，率真地写润格，在历史上也是少见的。

板桥的书法，写的是板桥其人。他给人写过一幅对子，内容是："白菜青盐粯子饭，瓦壶天水菊花茶。"这些都是兴化当地的特产，板桥的书法大概就是这样像"粯子饭"一类的土产吧，朴实、率真而受百姓欢迎。康有为《广艺舟双楫》说金农、板桥参以隶笔，失之怪，为"欲变而不知变者"，我想是他没有看透金农、板桥的字，他们似奇而不奇，似怪而不怪的，都是善变者。不同的是，金农是阳春白雪，求书内之变，以一碑而求其变，奇古深美；板桥是下里巴人，求书外之变，以诸体杂糅而得其形，外奇内朴。后来的人学他们的字，如果不懂得开通，一学便俗。

板桥与冬心

“扬州八怪”有各种说法。清代以来，汪鋆、凌霞、李玉棻、葛嗣浵、黄宾虹、陈衡恪等在书中提到“扬州八怪”，名单各有不同，但都把金农和板桥放在其中，他们在“扬州八怪”中影响是最大的，也是最有代表性的。他们两人的关系如何？

金农比板桥大六岁，两人相亲相洽。他在《画竹题记》中对板桥评价甚高：

兴化郑进士板桥，风流雅谑，极有书名，狂草古籀，一字一笔，兼众妙之长。十年前，予与先后游广陵，相亲相洽，若鸥鹭之在汀渚也。又善画竹，雨梢风箨，不学而能。

从这里可以看出，金农对板桥为人、书法、画竹十分钦佩的。尤其画竹，对板桥几乎是崇拜了。金农六十岁以后，才开始学画竹，而且画竹不画石，认为石头不好画。他说：“吾素性爱竹，近颇画此，亦不学而能，恨板桥不见我也。”金农把自己画竹和板桥比，也认为是天性好，不用学而自来成，“恨板桥不见我也”，对板桥的推重可以想见了。他在《杂画题记》中又说：

吾友兴化郑板桥进士，擅写疏篁瘦筱，颇得萧爽之趣。予间写此，亦其流派也。设有人相较吾两人画品，终逊其有林下风度耳。

金农认为自己画的竹子也是板桥一派下来的，称赞板桥的竹子更有“林下风度”。金农认为自己的竹子有新意，宋代文同、东坡都无此法，而认为世人应看重他们的作品，“盖信吾两人画竹，皆见重于世人也。”金农崇拜板桥之竹如此。

金农还曾为板桥题庭前草木小花，十分风趣，自度曲是这样写的：

郑家小婢，草丛一半，新栽红紫；老却关情，爱他容易开花结子。来春分种，看篱落墙根，蔓延不已；野花无比，风味是沣兰湘茝。

板桥对金农也是十分敬佩的，尤其是金农的诗。故宫博物院藏有一张板桥的《题画竹》，上面记录了金农为汪士慎题咏画竹的事：

扬州汪士慎，字近人，妙写竹。曾作两枝，并瘦石一块，索杭州金农寿门题咏。金振笔而书二十八字，其后十四字云："清瘦两竿如削玉，首阳山下立夷齐。"自古今题竹以来，从未有用孤竹君事者，盖自寿门始。寿门愈不得志，诗愈奇，人亦何必汩富贵以自取陋。

板桥称赞金农题竹诗用伯夷、叔齐的典故开咏竹先例。《史记·伯夷列传》记载孤竹国的国君墨胎初看到战乱降至，殷商将亡，自己年迈体衰，难以应付，立诏传位三子叔齐。叔齐坚辞受，要让位给长兄伯夷。伯夷也坚辞不受。兄弟相互谦让的品德受到后人赞赏。金农以此来咏竹之品格，板桥十分推重，以为这种奇思从金农开始的。

《天咫偶闻》卷六收录有板桥致金农的书信三封，谈到了诗词和古董的事。板桥称赞金农《七夕诗》"词严义正，脱尽前人窠臼，不似唐人一派亵狎语也"。论词一道之难，"过方则近于诗，过圆则流于曲"，认为金农新词"俱不减辛、苏"。又称赞金农雅擅博物，曾以"九尺珊瑚照乘珠，紫髯碧眼号商明"诗相赠。

金农曾寄诗给板桥，称赞板桥的书法为"乱发团成字，深山凿出诗。不须论骨髓，谁得学其皮?”，板桥自己写成书法，悬挂在衙斋中，布告山东，以启后贤。自称“非标榜”，实际上也是对金农的崇拜，可谓是惺惺相惜。

金农的《写真题记》还记载了一件趣事。

金农在扬州生病卧床，板桥在潍县做县令，听说金农去世了，“服缌麻，设位而哭”。后来有人告诉他没有死，只是生病，板桥才破涕改容，千里致书慰问。金农感其生死不渝，赋诗报谢。

有人问，板桥书法比之金农如何？我在《艺微》一书中说，板桥重“形外”之融，冬心重“形内”之变，各有风范。板桥俗中见雅，下里巴人；冬心冰清玉洁，阳春白雪。康有为论他们俩为“欲变而不知变”者，谬矣。板桥以新铸古，金农以古出新，都是通古而知变的大家。只是今天的人要学好他们作品的精髓不容易，为什么呢？一是他们变化太奇，开通性小，二是没有他们的综合素养，只能学其外。

板桥与复堂

清代徐兆丰《风月谈余录》说："吾郡兴化，地居下游，四面皆水。然清淑所钟，名人踵接。里谚云：'楚阳有三高，复堂澥陆中板桥'，皆乾隆时人。"澥陆是兴化诗人顾于观，有《澥陆诗抄》传世。板桥、复堂是"扬州八怪"中的两位兴化人。

复堂是李鱓的号。李鱓的"鱓"同"鳝鱼"的"鳝"，有时他也写作"觯"，"觯"是酒器。复堂字宗扬，又有号善夫，取扬善之意。还有个号"懊道人"，常常在画中和"复堂"并用。他比板桥大七岁，都擅兰竹，交情好得很，但两人的画法各有不同。复堂去世后，七十岁的板桥在题兰竹石图中说：

复堂李鱓，老画师也。为蒋南沙、高铁岭弟子，花卉翎羽虫鱼皆妙绝，尤工兰竹。然燮画兰竹，绝不与之同也。

复堂喜曰："是能自立门户者。"今年七十，兰竹益进，惜复堂不再，不复有商量画事之人也。

蒋南沙是宫廷画家蒋廷锡，高铁岭是文人画家高其佩。板桥的画和复堂不同，几枝修竹，几枝兰花，不畏春残，不怕秋寒，笔墨清闲，寓意深刻。板桥是书家法，复堂是画家法，各有门庭。四川博物馆藏有一件复堂《花卉蔬果卷》，板桥在题跋中说，复堂的画有"三变"。复堂初从老家魏凌苍先生学山水，明秀苍雄，超过了他的老师。其后入京都，在宫廷跟蒋廷锡学画，作花卉；后又入都，得画家高其佩指点。后又在扬州见到石涛和尚的画，破笔泼墨，画得奇趣。这一时期的作品，规矩、方圆、尺度，颜色、深浅、离合，丝毫不乱，藏在其中。而外在则挥洒脱俗，笔墨淋漓。六十以后，复堂作品则散漫颓唐，少有筋骨了。在板桥看来，复堂初入都，一变；再入都，又一变；六十以外，又是一变。板桥对复堂画的评价是客观的，复堂最好的作品是再入都到六十岁这一时期的作品。板桥说"复堂之真精神、真面目，千古常新"，这是实话。

板桥为复堂题画甚多。今存世有多种。如题《蕉竹月季图》称："君家蕉竹浙江东，此画还添柱石功。最羡先生清贵客，宫袍南院四时红。""宫袍南院"说的是复堂做过宫廷画师。题《枯木竹石图》称其"力足手横，大是青藤得意之笔"，指出其写意花卉得明人徐渭的真传。题《墨色稻菜图》称："稻穗黄，充饥肠；菜叶绿，作羹汤；味平淡，趣悠长。万人性命，二物耽当。几点濡濡墨水，一幅大大文章。"稻、菜是家乡兴化的特产，板桥看复堂这个题材的画，当有心会之意，因而说"味平淡，趣悠长"。题《红菊图》称"篱菊花开艳，经霜色更红。不畏西风恶，巍然独自雄"，题《老少年图》称"仰天鸿雁唳晴空，立地珊瑚七尺红。惊尔文章成绚烂，从人阅历换霜风"，题《古柏凌霄图》称"古柏苍然挺岁寒，淹留废院气丸丸。画工助尔参天力，故遣凌霄上下盘"。这些都是称赞复堂笔下花卉的精神品格，借物抒情。

复堂曾在宫廷做画师，际遇之荣，是远胜于板桥的。但他们有同乡之谊，往来甚多。清人顾麟士题复堂花卉称"复堂之画优于板桥"，指复堂绘画能力胜于板桥，这是事实。又称"郑画用力量，李画用性灵"，"一由外入，一由内出"，是有些道理的。不过，板桥的画，是诗文书法溢出来的画，文心所寄，这方面也是高于复堂一筹的。

复堂在致友人的信中称"平生以朋友为性命"，板桥是他最重要的朋友，两人在兴化住的地方也很近。刘熙载主持的《重修兴化县志》中曾记录了复堂的浮沤馆和板桥的拥绿园。

浮沤馆在兴化南城内升仙里，沟渠映带，竹树阴森，复堂因其地幽僻，曾构楼阁，缀以花草，赋诗作画，与友人啸傲其间，号为"浮沤馆"。这使人想起唐代诗人"百年如过鸟，万事尽浮沤”的句子来。板桥曾寄复堂诗中有“待买田庄然后归”“草阁南津旧钓矶”句，说的就是浮沤馆。如板桥所说，复堂晚年似乎有些散漫颓唐，从他的馆名和懊道人可以看出来。浮沤馆后来归兴化学者任大椿住，任大椿去世后，渐渐荒废了。拥绿园是板桥在兴化的别业，靠近浮沤馆，原来具体什么样子，不知道了。拥绿园旧址后来归板桥的从孙郑銮后，植竹于园中，颜其门“蓧园”，芍田梅岭，略复旧观。今天仍可以想见，原来他们和朋友在家乡诗酒书画、田园雅集的胜景。

板桥道情

老渔翁，一钓竿。

靠山崖，傍水湾，扁舟来往无牵绊。

沙鸥点点轻波远，荻港萧萧白昼寒。

高歌一曲斜阳晚。

一霎时，波摇金影。

蓦抬头，月上东山。

读到板桥的道情曲子，不禁想起小时候我们常常见到的艺人手持道情说唱的情景。道情是一种击乐器，由竹筒做成，所以也叫“竹琴”或“道筒”，长约八十厘米，筒底蒙上猪皮或羊皮作为护心皮，上面系上一根长短适中的带子。奏时，人的左臂把道情竖着抱起来，用带子系在身上（也有不系带子的），用右手击着筒底，能发出有弹性的共鸣声响。与道情伴奏的常用筒板，有的地方也叫它“搭板”，两块竹片，用左手夹击发出和道情相配的“交响”。

道情原先是一种鼓词，是道士演唱道教故事的曲子，宣扬离情绝俗，后来用一般民间故事作题材。后来唱道情成为民间说唱的一种曲艺。《珍珠塔》中就有小方卿扮成道士到姑母门前唱道情的情景。板桥的道情十首，是散曲的别调。解放前，不但文人喜欢板桥道情，连有些只读过几年私塾的农民也能背诵其中“老渔翁，一钓竿，靠山崖，傍水湾”的句子，流传极广。板桥在民间影响大，也和板桥道情的传播分不开的。

我每次回到兴化，朋友们都会安排我在船厅欣赏一段兴化土话唱的板桥道情，有滋有味，余响不绝。道情开头的旁白是这样子说的：

枫叶芦花并客舟，烟波江上使人愁。劝君更尽一杯酒，昨日少年今白头。自家板桥道人是也。我先世元和公公，流落人间，教歌度曲。我如今也谱得《道情十首》，无非唤醒痴聋，消除烦恼。每到山青水绿之处，聊以自遣自歌。若遇争名夺利之场，正好觉人觉世。这也是风流世业，措大生涯。不免将来请教诸公，以当一笑。

第四辑　游目骋怀

闲读《书目答问》

春节后我从巴黎回到北京，全国疫情严重，宅在家中，不能出门，正好把平时没有做的事做完。闲庭主人年底赠我汉晋唐宋砖文三十种，我一一细读并题跋，订为一册。又临清湘道人山水小幅数件，以及汉金文和米帖数种，写了一些书法作品，略有所得。蛰居舍中，写写画画，也难免沉闷，常常和孩子一起玩印章，教孩子写写刻刻，每天刻上三四方。正月里下了两场小雪，空气变得清新。又看到政府公布的每天感染病人人数越来越少，颇感欣慰。曾作小诗记之："新年少见旧芳华，惨淡愁云系万家。白雪飞来生霁色，一庭竹树满春花。"

我喜欢读目录书。《书目答问》《四库总目提要》和黄虞稷的《千顷堂书目》是我常常翻阅的。闲在家中，又把张之洞《书目答问》取出。陈垣先生常常提到这部书，按其目去读，极为方便。鲁迅先生也说，"我以为要弄旧的呢，倒不如靠张之洞的《书目答问》去摸门径去。”《书目答问》卷一经部小学部分“说文”和“古文篆隶真书各体书”，卷二史部中金石部分的“金石目录”“金石图象”“金石文字”“金石义例”，卷三子部中的“艺术”这几类书目和我们的书法专业有关，我常常找这部分书目中的书去读。十多年前，我看到书目中提到周亮工的《读画录》和《印人传》两部书，才下功夫来专门研究周亮工的。重读这些书目，加上近人范希曾的补正和今人孙文泱先生增订的版本和新书，真是常读常新。

张之洞还有一部《辅轩语·语学》，也专门谈读书的，其中提出的读书方法很是受用。他说：“读书宜求善本，宜先校书，宜博，宜有门径，贵博贵精尤贵通，宜读有用书，忌分门户，不必畏难，勿诿记性不好，勿诿无书、无暇，期于明理而归于致用。”今天的人要读古书，这些话可谓是金针度人。他在《四川省城尊经书院记》中谈读书还提出：学者之要，在“定志”，在“定课”，要“择术”，要“有本”，认为“无师功半，有师功倍”。三言两语，有醍醐灌顶之效。

《书目答问》中的“国朝著述诸家”也是我常常翻看的。这个目录中有经学家、史学家、理学家、古文家、诗家、骈体文家等，我最喜欢看其中的小学家和金石学家。清代的经学家，皆通小学，我们今天学习书法，尤其应通晓一点小学知识。“小学家”中提到的顾炎武、张弨、吴

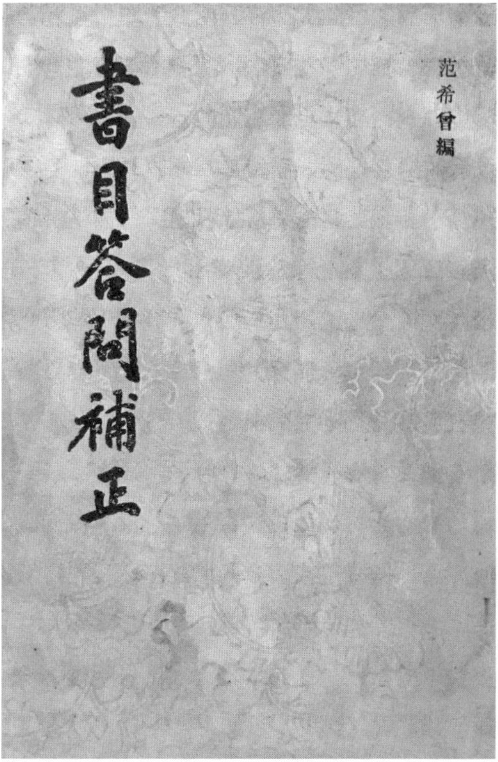

范希曾《书目答问补正》

玉搢、潘耒、江永、钱大昕、钱绎、邵晋涵、戴震、段玉裁、王念孙、王引之、阮元、钮树玉、郝懿行、朱骏声、王筠等人，都是耳熟能详的。其中有两位兴化乡贤，是我过去没有注意的，一位是任兆麟，一位是顾凤毛。任兆麟是任大椿的族弟。任大椿长于《礼》的名物研究，写过《深衣释例》《弁服释例》《释缯》《字林考逸》等书。这位任兆麟可能是受任大椿影响，潜心小学研究，写过《字林考逸补证》，正是对任大椿研究的补充。他的号心斋，后将著述汇刻为《心斋十种》，包括《石鼓文集释》《夏小正补注》《孟子时事略》《心斋诗稿》等。顾凤毛研究音韵学，曾写过《楚词韵考》《入声韵考》和《毛诗韵考》，还计划要写《毛诗集解》《董子求雨考》《三代田制考》，很可惜他二十六岁就病逝了，这几种书都没有写成。

“金石学家”名单中，《书目答问》收了四十六人，如朱彝尊，翁方纲、毕沅、黄易、阮元、严可均、朱为弼、张廷济、张燕昌、莫友芝等，很多人是书法家兼金石学家的。张之洞把金农也收在这个名单中。金农是著名的书画家，“扬州八怪”之一，书法变化丰富，有抄经体、隶楷、隶行、渴笔八分等风格，人们常说的他的“漆书”是隶书的一种变种，并没有截毫书写，而是长锋羊毫写的，他称为“渴笔八分”，康有为说他“欲变而不知变”，其实是没有看懂金农。金农书法尤其善变，和他的号一样，一生用了四五十个。他一生以《华山碑》求得变化，自称“华山片石是吾师”，他的书法是他学金石碑版的产物。

金石学家中，还收录了清末的黄本骥。黄本骥是湖南宁乡人，对经史、地理、目录学都有研究。他喜欢收藏金石、刀布、琴砖、书画，书房以“三长物斋”为名。所著金石著作有《金石萃编补目》《古石志华》等多种。黄本骥还有一个贡献是，编订了《颜真卿集》三十卷，附录一卷，收在《四部备要》中，是研究颜真卿的基本参考书。

这个正月过得很不平常，看看很多医生抗疫在一线，很是感动。居家不出门，创作之暇，翻翻旧书，如对故人，也有“闻多素心人，乐与数晨夕”的乐趣。

洪谷老人谈笔法

五代时期有个山水画家叫荆浩，他写过一篇《笔法记》，写得非常美，很令人神往，有点陶渊明《桃花源记》的感觉。不过，他讨论的是中国画中的笔法，对于我们学习书法也很有启发。他用第一人称的口气，向我们娓娓道来。

太行山中有一个叫洪谷的地方，其中有几亩田地，荆浩曾经在此耕种自食。

有一天，荆浩登上这里的神钲山，举目四望，返回时进入一处如门扉的大岩石地方，露水润湿长满青苔的小径，怪石错落，祥烟缭绕。他快速走了进去，看到里面都是古松。

其中，有一人围抱的大树，树皮苍老，遍布苔藓，挺拔的树枝如飞鸟腾空、虬龙盘结，高耸入云天。有成材的松树，郁郁葱葱；有不能成材的松树，枝节屈曲。有的松树盘根错节，树根露出土来；有的仰卧在溪边，截断水流；有的倒挂在岸边，盘错在溪流中，身披苔藓，撑裂巨石。

他十分惊奇，于是细细赏玩了一遍。第二天，他又带着笔前去描画，这样一共画了数万棵，才达到逼真的程度。

第二年的春天，荆浩来到石鼓岩间，遇到一个老人，老人问他为何在这里作画，他就详细告诉他来此画画的原因。

老人说："你知道笔法吗?"

他说："看您老人家的样子，不过是个山野之人，你难道会懂笔法吗?"

老人说："你哪里知道我的本事?"

他听了老人这话，又惭愧，又惊奇。

老人又说："你年轻好学，终究是可以成器的。但凡画，有六点关键：一是心气，二是韵味，三是构思，四是景致，五是用笔，六是用墨。"

荆浩就说："所谓画，只要好看就行，可贵的是外形逼真，何必说得如此纷繁复杂呢?"

老人说："你说得不对。所谓画，是刻画，观察物象而刻画其精神的逼真。物象本身光彩华丽，就取其华丽；物象本身朴实自然，就取其朴实。不可用华丽的外表取代朴实的本质。如果不懂画理，把外形画得像是可以的，但要画得逼真，就不可能了。"

荆浩又问："什么才是形似？什么才是逼真呢？"

老人说："形似，就是有其外形，但没有生气。逼真，就是风骨与气息都十分饱满旺盛。如果生气只能传达于华丽处，不能传达于本质中，那么这样的形似就是死的。"

听了老人的话，荆浩很惭愧。就和老人说："我本来知道书画是名人贤士所学的，像我这样的耕田之人，画画不是我的本业，我只是游戏笔墨罢了，终究难以有所成就。我很惭愧，受到您的教导，但我得不到的你所说的。"

老人说："追求肉体感官的享受，是养生的大敌。名贤高士之所以纵情游乐于琴书图画，是为了去除人的杂欲。你既然能好学向上，我希望你能坚持所学，不要轻易放弃。"

画画的关键，老人详细地说了六点：

心气，就是心到笔到，对物象有主观的选择，而不被复杂的外象所迷惑；

韵味，就是塑造形象，不着痕迹，取舍之间，气度不俗；

构思，就是去繁就简，取其关键，心中有所画东西的完整形象；

景致，就是观察自然，体会自然，采撷各种奇妙的景象而创出新貌；

用笔，就是依循法则，又要运转变通，不能拘泥刻板，而要笔法飞动；

用墨，就是按高低深浅加以渲染，烘托出层次深浅的变化，使其纹理自然，看上去好像不是用笔画出来的一般。

老人又说，画有神、妙、奇、巧之别：

神，就是若不经意，随意而成。

妙，就是心思通达天地，笔下万物性情生动，物理不亏，眼到笔到。

奇，就是出乎意料，虽与自然真景不同，却能合理；但如果一味求奇，也就徒有笔墨而缺乏思想了。

巧，就是雕琢刻画，取其姿态妩媚，貌似合于常道，实质是勉强凑合，故弄玄虚，这就是朴实不足而浮华有余。

老人又说，用笔有四点关键，就是筋、肉、骨、气：

笔断而意不断称之为筋，笔触起伏变化、厚实不虚浮称之为肉，气度刚正不阿称之为骨，精神饱满不亏称之为气。所以用墨太实就有损形象，色彩太轻就有伤气息，没有筋力的笔触不能算饱满，气息已断的笔触没有筋力，妩媚取巧的笔触没有骨力。

山水画之病有两种，一种是无形之病，一种是有形之病。

有形之病，如花木的生长不合季节，屋子小而人物大，或者树比山高，桥连不到岸上等，是事物造型不准确的错误，这样的病还可以修改。

无形之病，则如气韵全无，物象乖谬，笔墨虽然不缺，但如同死物没有生气，出现了这样的拙劣格调，是无法修改的。

既然喜好画云林山水，必须要明确物象的本源。树木生长，各依本性。松树的生长，弯曲而不邪曲，看似茂密又似疏松，不青不翠，从小秉性正直，志存高远，待长成参天大树后，枝叶又能低伏，向下倒挂但不落于地，层层叠叠仿佛一片丛林，就如君子的道德风范。有人把它画得像飞龙盘曲，枝叶张狂，这是不符合松树的气度的。柏树的生长，富有动态而多盘屈，茂密而不华丽，树节生长有条理，树纹扭转有序，树叶如线结，树枝如披麻。有的人把它画得像蛇身、布匹一样柔软无骨，空虚不坚挺，随意扭转，也是错的。

此外，如楸树、桐树、椿树、栎树、榆树、柳树、桑树、槐树等等，外形和本质皆有不同，如果深思熟虑，体悟其性情，笔下就能表达明确。

老人又说，山水的形态，不同的结构气势互相生发。尖的称“峰”，平的称“顶”，圆的称“峦”，相连的称“岭”，有洞穴的称“岫”，峭壁称“崖”，崖间崖下称“岩”，路通山中的称“谷”，不通的则称“峪”，峪中有水称“溪”，山夹水称“涧”。山顶的峰峦虽有差异，山下的冈岭却相连，树林与山泉相掩映，隐约能分辨远近。如果画山水没有这样的区别，也是错误的。

有的人画流水，下笔狂乱，波纹如断线，没有波浪高低，也是错误的。如画云雾烟霭，轻重依时节而不同，动势借风力而形成，没有固定的形象，必须要去除繁琐，概括大要。画者心中先要有明确的标准，然后才能传授笔法。

荆浩又问老人：“自古以来的画家，有谁比较完备呢？”老人对前人一一评介：

能达到完备的人很少。谢赫品评陆探微，称他最为杰出，但如今已难见真迹了。张僧繇所流传下来的作品，也很欠缺理法。傅色的作品，自古以来多有能者，但如水墨渲染之作，则是从唐朝开始的。

张璪员外的树石，气韵完足，笔墨精微，思想卓越杰出，不以五色取贵，是自古至今所没有的。

麴庭与司马承祯的画气象幽微玄妙，都有自然真气，品格高逸脱俗，深不可测。

王维笔墨含蓄清丽，气韵高清，刻画构思巧妙，也有杰出的思想。

李思训将军精通画理，思维深远，笔墨精致，虽然巧饰而富丽，但很缺少墨的神采。

项容山人树石奇崛滞涩，转折棱角不臃肿，用墨独得其妙，用笔则完全没有骨力，但能放纵洒脱，不失浑圆的真气，十分巧妙而妩媚。

吴道子笔法胜于形象，骨气高妙，但基本不画树，并且有笔无墨。

荆浩取出先前所画的《异松图》呈献给老人看。

老人说：“你的笔法多肉而不得其法，筋骨都不能圆转，怎么来画异松呢？我来教你笔法。”

于是，老人送给这个人几幅素绢，要他当面挥毫。

老人说：“你的手已经能传达我的心意了。我听说，看人要听其言而后知其行，你能把我的话咏成诗吗？”

荆浩推辞道：“我从您身上，看到了圣人以教化为己任，无论生死，都不改初衷，善恶之人都受到感应。您对我如此鼓励，我怎敢不应命呢！”

于是，荆浩写了一篇《古松赞》：

不凋不荣，惟彼贞松。
势高而险，屈节以恭。
叶张翠盖，枝盘赤龙。
下有蔓草，幽阴蒙茸。
如何得生，势近云峰。
仰其擢干，偃举千重。
巍巍溪中，翠晕烟笼。
奇枝倒挂，徘徊变通。
下接凡木，和而不同。

以贵诗赋，君子之风。

风清匪歇，幽音凝空。

诗的意思是说，冬日不凋，夏日不密，只有坚贞的古松。气势高耸，不惧险境，屈节下俯，姿态谦恭。树叶如张开的翠盖，树枝如盘曲的赤龙。树下有蔓生的青草，幽深的树荫底下生机蒙茸。它落根在何处？原来在高耸入云的山峰。仰望它挺拔的枝干，它的枝叶高举千重。它巍然耸立在山溪中，青翠照眼，烟罩云笼。奇崛的树枝倒垂而挂，曲曲折折，相互联通。树下生长着平常的草木，它们之间和而不同。用诗赋来歌咏它可贵的品质，它的身上折射出君子之风。清风吹不止，清幽的声响回旋于空中。

老人听了，感叹惊异很久，对荆浩说：“愿你勤加学习，将来就能超出笔墨之外而达到真景。我所居住之处，就在石鼓岩中间，我的名字就叫石鼓岩子。”

荆浩说：“我愿随从，侍奉于您。”

老人说：“不必如此。”

老人说完告辞而去。

过了几天，荆浩又去寻访这位洪谷老人，但未见踪迹。

这个故事如同神话，洪谷老人所传的笔法，如同神授，说得极有智慧和经验。今天讲这个故事，就是为学习艺术的人提供一些笔法之道，这是学艺的门径，值得重视。

君子爱山水

我喜欢读北宋画家郭熙的《林泉高致》一书，这部书是他的儿子郭思记录下来的，对于我们认识自然山水和山水画十分有益。郭熙流传到今天的《早春图》和《窠石平远图》，能够代表宋代山水画的最高水平和人文精神。我的书房为“熙云馆”，“熙”即郭熙，“云”即倪云林，他们都是山水大家，一代高士，是值得我们学习的。《林泉高致》中的《山水训》，常读常新，其中讨论的画理，正是今天应该汲取的。

君子喜爱山水，其根本的原因在哪里呢？郭熙认为，丘山林园可以滋养人纯朴的本性，是我们平常安身的处所；泉石之畔可以啸傲放怀，是我们平常寻求快乐的地方；渔父樵夫的隐逸之地，是我们经常向往的地方；猿鹤鸣叫飞翔，是我们经常愿意亲近的。而尘世的喧嚣和束缚，是人们内心所厌倦的；山林烟霞中的神仙圣人，是人内心向往但常常无法达到的。太平盛世之时，尊君主、敬父母是世人推崇的道德标准，我们是出仕，还是隐居？是持节，还是守义？他认为，我们不必都去效仿仁人高士超迈高远、离世绝俗的行为，不一定与许由为伍、与四皓齐名。

为什么这么说呢？在他看来，《诗经》有《白驹》诗，四皓有《紫芝曲》，这些人都是在乱世不得已而隐居的。对于山林泉石之志、烟霞神仙之侣，常人仍梦寐以求，但无法得于耳目。如今，如果能有好的画家生动地描绘出来，使人可以足不出户亲近山水丘壑，猿声鸟啼仿佛隐约在耳，山光水色同样浩瀚夺目，这岂不是大快人心，深合人意吗？这就是世人之所以喜爱山水画的本意。

他说，如果我们用轻狂傲慢之心来看山水画，岂不是惑乱人的精神，污秽人的志趣吗？所以，画山水要得体，铺排舒展为巨幅，而不觉得有穷尽，消减缩小为小景，而不觉得局促。欣赏山水的人也要得体，用林泉虚淡之心看它就很高明，以骄傲奢华之眼看它就很低俗。

郭熙说到看山水的方法。山水是宏大的，人看山水，要从远处看，才能看出一幅画中山川的形势气象。仕女人物之类，小小的笔墨，只要放在手中或几案上，一展开就能看见，一眼就能看尽。

人们有一种精彩的说法，说山水有“可行”“可观”“可游”“可居”。凡能达到这几种境界，都可以算作妙品。但“可行”与“可望”的山水终不如“可游”和

"可居"的山水妙。为什么呢？看今天的山水，数百里之地，其中"可游""可居"的很少。我们之所以渴望林泉，正是因为它有引人入胜的地方。所以，画山水的人和看山水的人，都要从这一角度来体会，才能不失画画的本意。

郭熙认为，画要厚重，如看人相。五代后期，画家李成后世子孙昌盛，看他的画中山脚和地面都浑厚阔大，上部秀挺而下部丰隆，是"人之有后"之相。

我们学画，与学书法的道理是一样的。

学书法的人，以钟繇、王羲之、虞世南、柳公权的书法为范本，学习久了自然能大概相似。而才能高超的通达之人，不局限于一家，兼收并蓄，广泛综合，使自己的字自成一家。郭熙说齐鲁一带的人只学习李成，陕西关中一带的人只学习范宽，只学习一个人，这是一种没有前途的模仿，更何况齐鲁、关陕地区有数千里，各州各县人人都作同样的面目呢！过于专一的学问，自古以来就以之为病，正因为其出于一律。人的耳目都是喜新厌旧的，这是天下人共通的特性，他认为那些有大才的通达之人能够不局限于一家，就是不狭隘，能广泛吸收各家之长。

郭熙还强调创作中的专心。凡是布置一景，经营一画，不论画的大小繁简，必须全神贯注来完成。不集中精力则精神不专一。必须使精神和笔墨两者兼备，精神不足则精气不出。

郭熙主张创作必须严肃郑重地对待，不严谨则思想难深入。我们必须恭敬勤勉地使画面完善周全。如果不恭敬，则画面不完备。意气消沉、勉强而成的作品，必然黯淡猥琐，缺乏神采。用轻率之心随意而成的作品，形体必然疏略而不够严谨。他反复提醒人们：以散漫之心粗疏而成的作品，其画面必然草率而缺乏整体感，这是我们要注意的。创作不严谨是今天人的通病。很多人借“写意”之名随意发挥，对作品少了敬畏之心。郭熙对中国画创作的看法，在今天十分值得思考。

看山水的方法

《林泉高致》中专门讨论了看山水的方法。中国人独特的观察方法使中国山水画艺术的创作方法区别于西画。郭熙主张的是一种从整体到局部，从动态到静态，从现实到写意的结合。

学画花卉的人，将一株花放置在深坑中。从上而下俯瞰它，就可以看到花不同角度的姿态。学画竹的人，取一枝竹来，借助月光，将竹影投射到洁白的墙壁上，竹的真实形态就显现出来了。学画山水的人，道理与这个有什么两样呢？

郭熙认为，亲身进入山川之中观察，才能体会山水的真情实态。真山水中的山川峡谷，远望可以体会它的深度，近游可以把握它的层次。真山水中的岩石山峰，远望可以感受它的气势，近看可以看清它的质地。

真山水的云雾之气四季各不相同。春天和乐舒缓，夏天浓郁多变，秋天疏朗轻薄，冬天深沉黯淡。画画要表达总体的感觉，不能死板地刻画，这样才能将云气的姿态画得活灵活现。真山水的烟云山岚四季不一样，春山素雅秀丽，如人的笑脸；夏山苍翠浓密，如水将要滴落；秋山明快洁净，如人的淡妆；冬山萧索惨淡，如人的睡态。画要传达四时的精神，不能显露刻画的痕迹，这样烟云山岚的景象才能表达纯正。

真山水的风雨之态，可以远望观察。如果深入山川之中，那就连眼前的水道路径都不能分辨了。真山水的阴晴之貌，可以远望而观察清楚。如果近看，局限于其中，就连一座山的明暗和显隐都不能分辨了。我们作画时，山中的人物，用以标出道路；山中的亭台楼阁，用以标出美景；山中林木，或显或隐，用以分别远近；山中溪谷，有断有续，用以分别深浅；水有渡口、舟楫、桥梁，用以显现人的活动痕迹；水中有渔船、钓者，用以显出人的生气。

郭熙有个形象的比喻。他说，大山堂堂正正，是其他众山的统帅。据此得以分布山冈、树林、丘壑等。远近大小的景物，都以它为主帅。它的形象如帝王，显赫光明，诸侯百官都奔走而来朝会它，没有委曲叛逆的姿态。大松亭亭玉立，是其他树木的领袖。据此得以分布藤萝、草木等等，仰仗依附于它的植物都以它为主，它的形象如君子，器宇轩昂，其他小人物都受它的驱使，没有屈辱愁苦的样子。

山，近看是一个样了，离开几里看又是一个样子，离开几十里看又是一个样子。每离开一点，景物就有变化，这就是所谓的“山形步步移”；山正面看是一个样子，侧面看又是一个样子，背面又是另一个样子，各个角度看都有所不同，这就是所谓的“山形面面看”。这样看一座山，就如看数十百座山的形状，怎么能不仔细看呢？

山，春夏看是一个样子，秋冬看又是一个样子，这就是所谓的“四时之景不同”；早晨看山是一个样子，傍晚看又是一个样子，阴天和晴天看山又是不同的样子，这就是所谓的“朝暮之变不同”。这样看一座山，就如兼看数十百山的意态，怎么能不深入研究呢？

郭熙谈到“画中”和“画外”的艺境问题。看画中的春山烟云连绵，能使人心欢欣；夏山美木繁茂，能使人心舒畅；秋山明净、落叶缤纷，能使人心肃穆；冬山昏暗沉重，能使人心清寂。看画能令人产生这样的感受，仿佛真在此山中，这是画中所传达的。看画中青烟道路而想行走，看画中平川落日而想眺望，看画中幽人山客而想定居，看画中岩洞泉石而想游赏，看画能让人有这样的想法，仿佛想要真的进入画中，这是画外所传达的。

在郭熙看来，东南地区的山多奇秀，天地并非对东南地区有所钟爱，只是因为东南地区地势低下，是河流山川汇聚之所，雨水冲刷露出了地表，所以土地薄，水泽浅，山多奇峰峭壁，而耸立于云霄之外；水多瀑布千丈，而飞落于云霞之间。像西北地区的华山飞瀑，不是没有千丈之高，但毕竟像华山这样的是少数。东南的山纵然有浑厚的，也只是显露在地上，而并非从地中长出的。

西北地区的山多浑厚，天地并非对西北地区有所厌弃，只是因为西北地区地势高峻，是水源所出的地方，土层山冈层层拥叠，所以土地厚，水流深，山多高耸蹲踞而绵延至千里之外，大山都有平顶，逶迤耸立于空旷的平原上。嵩山的少室山，也很峭拔，但是像少室山的毕竟是少数。纵然有山势显得峭拔的，也是从地中生长而出，并显露在地表上的。

大自然赋予人类很多馈赠：嵩山多好的溪流，华山多好的山峰，衡山多好的洞穴，恒山多好的叠嶂，泰山是主峰突出，天台山、武夷山、天柱山、雁荡山、峨眉山、长江巫峡、天坛山、王屋山、林虑山、武当山，这些都是天下的名山，是天地宝藏所出之地，是神仙圣人隐居之所，奇崛神秀，让人难以穷尽其妙。郭熙提出画家表达自然山水的方法：想要得自然造化，就要以专注传达其神采，以勤奋刻画其精微，以饱览扩充胸襟，将山川罗列于胸中，作画时眼前不知有绢素，手中不知有笔墨，丘壑万千，变化莫测，这样，一切才可以入我画中。他说，怀素夜里听见嘉陵江的水声而草法大进，张旭看到公孙大娘舞剑器而笔势更加迅捷，就是这个缘故。

山水画家的修养

郭熙在《山水训》中专门讨论一个山水画家的修养。一个作画的人，胸中的蓄养不丰富，眼中所见不纯熟，平生的阅历不丰富，笔下的选择不精粹，仓促落笔，如何能取美景于烟霞之外，发幽兴于溪山之巅呢？

这些画家的毛病在哪里？胸中修养怎么才能丰厚呢？

郭熙举例说，画家作《仁者乐山图》，就画一个老叟手支着下巴坐在山旁；作《智者乐水图》，就画一个老叟坐在岩石前侧耳倾听水声，这就是蓄养不丰厚的毛病。画仁者乐山，可以画白居易的《草堂图》，这样，山居之意才能表达充分。画智者乐水，可以画王维的《辋川图》，这样水边之乐才能充分展现。仁者和智者之所乐，怎么可以从一个人的形态中看出呢？

什么是眼中所见的不纯熟？有画家画山只能画三五种山峰，画水也只能画三五层波浪，这就是所见不纯熟的毛病。画山要有高的、低的、大的、小的，山脊山脉的走势有向背之分，山顶山头的姿态有进让之意，画中各部分浑然一体，遥相呼应，那么山的美就传达了。画水有平静的、有涌动的、有翻卷飞扬的、有舒缓悠长的，其形态要曲折圆满，这样，画出水的形态才能丰富多变。

什么是平生的阅历不丰富呢？画家生在吴越地区的就只会画东南一带高耸险峭的山水，住在咸阳的就只会画关中、陇西一带的壮阔之景，学范宽的缺乏李成的秀媚，学王维的就缺乏关仝的风骨，凡是这样的毛病，错在阅历不众多。

什么是笔下的选择不精粹呢？山长千里，画不能全部展示它的奇景，水流百里，画不能全部展示它的秀丽。太行山横亘于华夏大地，林虑山是它的门面，泰山雄踞于齐鲁境内，最精彩的也只有飞龙岩等处，如果全部画出来，跟地图还有什么差别呢？诸如此类的，错在选择不精粹。

所以，专意于山坡山冈就失之粗糙，专意于幽僻小景就失之琐碎，专意于人物就失之世俗，专意于亭台楼阁就失之繁冗，专意于画石太露骨，专意于画土多赘肉。笔触不能浑然一体就称之为粗疏，粗疏就无法传达真趣；墨色不滋润就称之为干枯，干枯就没有生气。水不流动就是死水，云不自在就是冻云，山没有明暗变化就是缺乏日光，山没有显隐变化就是缺少烟霭。自然中的山，太阳照到的地方明亮，太阳照不到的地方阴暗，这是山在日光下的正常状态，明暗不分，所以说是没有日光。自然中山有烟霭就看不见，没有烟霭就可以看见，这是山在烟霭中的正常变化。没有显隐，就是没有烟霭。

山是庞大的物体，形态要峻拔，要高耸，要开阔，要稳重，要磅礴，要浑厚，要雄豪，要精神，要庄严，要顾盼，要呼应，上要有云霞遮盖，下要有土地承载，前要有凭依，后要有依靠，要居高临下如君王降临，要盘桓周游如大将指挥，这是山的大体特征。

水是活动的物体，它的形态要深静，要柔滑，要浩瀚，要回环，要滋润，要喷薄，要激射，要脉细，要流远，要瀑布垂天，要飞溅入地，要有渔人钓者的悠闲，要花草树木的生机，要在烟云之中显出秀媚，要在溪谷之中照射光辉，这是水活的特征。

郭熙提出，山以水作为它的血脉，以草木作为它的毛发，以烟云作为它的神采。山有了水才能鲜活，有了草木才能茂盛，有了烟云才能秀媚。水以山作为外表，以亭榭作为眉目，以渔钓之人显出精神，所以水有了山的衬托才显现，有了亭榭的衬托才明快，有了渔钓的衬托才高旷。这就是山水的布置之法。

山有高有低，高山血脉在下，它的肩膀和躯干开张，根基雄厚，峰峦洞穴，山冈坡势连绵涌动，互相映带，这是高山。只有这样的高山才能不孤立，才能不扑倒。低山的血脉在上，它的山顶只有高山的一半，颈部相互连接，根基庞大，土石肥沃，山虽直但不能垂直插入土中，山的深浅也可以分辨，这就是浅山。只有如此，浅山才能不薄，才能不外泄。孤立的高山，在于其主干立身不稳；轻薄的浅山，在于其精神有所泄露，这是山水的基本样式。

山有了水才能鲜活，水有了山才能秀媚。石，是天地的骨骼，骨贵在坚硬而深藏不露；水，是天地的血液，血贵在流动而不凝滞。

山没有烟云，就如春天没有花草。山中没有云就不秀丽，没有水就不妩媚，没有道路就不通畅，没有树木就无生机，没有深远就浅薄，没有平远就局促，没有高远就低下。

郭熙提出著名的山有“三远”：从山下仰视山顶，称之为“高远”；从山前看到山后，称之为“深远”；从近山望见远山，称之为“平远”。“高远”的山清晰明朗，“深远”的山沉重阴暗，“平远”的山有明有暗。“高远”山势突兀，“深远”峰峦重叠，“平远”意境恬淡缥缈。三远山水中的人物，“高远”山水中人物明了，“深远”山水中人物细碎，“平远”山水中人物幽淡。人物明了不能短，人物细碎不能长，人物幽淡不能大。

他又提出山水中还有“三大”：山大于木，木大于人。如果山没有数十百倍于树木之大，山就显不出大；如果树没有数十百倍于人物之大，树木就显不出大。树木与人物的大小比较，以树叶为标准；人与树木的比较，以头部为标准。若干树叶的大小，相当于人头的大小，从若干树叶开始来确定人物的大小，再推定树木的大小，再推定山的大小，这样，所有的物体都能大小合适了。

郭熙说到画山水中有三个“没有”，即远山没有皴笔，远水没有波纹，远处的人物没有眼睛。不是真的没有，而是看不清，像没有一样。要表现山的高，完全画出来就不显得高，而用烟霞遮蔽其腰部就能显出山之高。要表现水之远，完全画出来就不显得远，让它被山石掩映遮盖才能显出水流之远。山因为遮藏其腰部而显得高，水因为截断其湾流则显得远。所以，山完全画出来不仅无法显出其雄秀挺拔，而且与舂米的木杵有何差别？水完全画出来不仅无法显出其曲折盘错，而且与画蚯蚓有什么不同？郭熙对山水画的分析是十分精到的。

总的来说，郭熙提出画山水的基本方法就是：正面的溪山林木，要曲折多变、反复铺陈而不厌其详，这是为了经得起目光的仔细探寻。旁边的平远峤岭，要重叠钩连缥缈而去不厌其远，这是为了给人以心旷神怡的瞭望之感。

画家的创作状态

郭熙讨论到画家作画的状态，和诗人作诗道理是一样的。

世人只知道落笔作画，却不知道画画并非易事。庄子说真率的画家解衣而坐不拘形迹，这才是真画家的状态。

作画的人需要酝酿胸中的豁达畅快之意，心情愉悦舒适，如古人所说的“易直子谅”之心油然而生。此时，人的悲笑哀乐之状，物体的尖斜倾侧之形，自然罗列于心中，不知不觉地传达于笔下了。南朝顾骏之一定要登上高楼作为画室，这是古来罕见的旷达之士，不这样，人的意志抑郁，精神萎靡，局促在小屋中，怎么能描绘出物体的精神面貌，抒发人的思想感情呢？

郭熙认为这就如同制琴的工匠雕制名琴，先有了峄阳产的上好桐木，精巧的构思立意了然于心，此时纵然一段浑朴的材料还横卧在地，枝叶尚且没有砍去，但雷氏名琴的样了，已经如在眼前了。那些心烦意乱、四体不安、笨拙粗鲁的人，纵有锋利的刀凿，却无从下手，这样的人，怎么可能将焦尾、玉磬的清音，传送于清风流水之间呢？

“诗是无形画，画是有形诗。”这是哲人的至理名言。我们在闲暇之日，遍阅晋唐以来古今诗篇，其中有的佳句说尽了人心中的真切感受，有的则描绘出了眼前之景。但如果不是在明窗净几静居安坐、一炷炉香万虑皆消的状态下，就算有佳句妙意也是看不出的，有幽情美趣也是想不成的。画中的生机不是可以轻易获得的，需要境界纯熟，心手相应，才能纵横驱使，不离规矩，左右逢源。岂是世人随意生情、草草从事便能有所得的？

山水画的笔墨

郭熙《林泉高致》中有《画诀》一篇，专门讨论山水画创作中的问题，尤其是笔墨的问题。

作画构思经营之时，必须预留天地之位。什么是天地？就如不论一尺半幅的画作，上面都要留天的位置，下面都要留地的位置，中间才可以构思布景。初学者常常仓促捉笔，何处当行，何处不当行，草率立意，随意生情，满幅涂抹，看这样的画只觉眼前拥塞，令人心中不快，哪里还能从中欣赏潇洒之笔，动人之情呢！

画山水要先经营大山，大山称作主峰。主峰确定后，才可画其次的山，近的、远的、小的、大的，因它是这一片中的主角，所以称作主峰。

画林石要先经营一棵大松，大松称为“宗老”。“宗老”确定后，才可以画其次的树，有杂树、有荆棘、有藤萝、有碎石，因为大松是其中最突出的，所以称作“宗老”。

有的山上多土，有的山上多石。土山上有石，其上的林木必定瘦劲高耸；石山上有土，其上的林木必定肥壮茂盛。树木有的在山上，有的在水边。在山上的，土厚之处有千尺青松；在水边的，土薄之处有数尺黄檗。水有流水，石有磐石；水有瀑布，石有怪石。瀑布像一条素带飞挂在林木之外，怪石像一条猛虎蹲踞于道路之旁。

雨有欲雨，雪有欲雪；雨有大雨，雪有大雪；雨有雨霁，雪有雪霁；风有急风，云有归云；风有大风，云有轻云。大风有吹沙走石的气势，轻云有薄纱软绮的容貌。

郭熙提出了许多具体的画法。如小店屋舍可以布置在溪边，但不能布置在水势冲击的方向，在溪边是为了靠近水源，不在水势冲击的方向是为了避免自然灾害。有时或许也布置在水中，但即使受到水的冲击，也必定不会酿成祸害。村庄可以布置在陆地，不能布置在山上，在陆地是为了便于耕种，不在山上是因为人去耕种路途太远。有时或许也布置在山上，那么山中必定有可以耕种的地方。

画大松大石，必定画于大坡大岸之上，不可以画在浅滩平渚边。

有些人不会用笔，反而受笔的牵制，有些人不善用墨，反而受墨的制约。用笔和用墨，对于画家来说都是很容易，这两件事如果不能操纵自如，怎么能画出绝妙的作品来？

与画相近的是书法，两者是相通的。所以有人说王羲之喜欢鹅，关键是喜欢鹅颈的圆转姿态。鹅颈的姿态似人执笔转腕的写字一样。书法的用笔，与作画的用笔道理相通。人们常说，善画的人往往善书，这主要是由于转腕用笔的流畅。

有人会问用墨的诀窍是什么?

郭熙说墨只要用精制墨就好，不必一定要用东山和西山出产的好墨。笔可以用尖的、圆的、粗的、细的、像针一样的、像刷子一样的。用墨之法有时用淡墨，有时用浓墨，有时用焦墨，有时用宿墨，有时用退墨，有时用厨房中烟灰所调的埃墨，有时取青黛色调墨水一同使用。用淡墨加至六七遍就成深色，这样的墨色滋润而不枯燥。用浓墨、焦墨只是为了刻画边界，不用浓墨或焦墨则松树、石头的棱角无法明确。明确以后，再用青墨水重叠润几次，这样就不仅能墨色分明，而且看上去像在雾中露中一般朦胧滋润。

用淡墨反复多次顺着笔势圆转纷披，这称之为“斡淡”；用尖笔横卧轻轻地在纸上掩画，这称之为“皴擦”；用水墨反复多次淋染，这称之为“渲”；用一色的水墨排刷，这称之为“刷”；用笔头直下而露出笔锋，这称之为“捽”；用笔头垂直顿下而不露笔锋，这称之为“擢”。用笔端注下称之为“点”，“点”用于画人物，也用于画树木的叶子；用笔顺势引导而下称之为“画”，“画”用于画楼屋，也用于画松针。雪色用浓淡不同的墨表现浓淡不同的层次，但墨色不是一次染成的。烟色就用绢素的本色，用极淡的墨水在外烘托出烟的淡淡痕迹，不可以看出用笔用墨的迹象。风色用黄土或埃墨画，土色用淡墨或埃墨画。石色用青黛调墨而分深浅不同的层次，瀑布用绢素的本色，但用焦墨在旁烘托以显现出来。

郭熙还谈到水和天的色彩问题。他说，水的颜色春天绿、夏天碧、秋天清、冬天黑，天的颜色春天晃、夏天苍、秋天淡、冬天暗。又说，作画的地方要冬暖夏凉，房屋宽敞，构思立意要没有任何世俗的烦愁干扰，神情开朗。杜甫诗所谓“五日画一水，十日画一石”，画家有真本事而不受逼迫，这样才能留下好作品。今天的画家，疲于应展，哪能有精品力作呢。

傅山的“四宁四毋”

清初遗民中傅山精于书法，博通经史诸子及佛学之道，又精医学，存世有《霜红龛集》。他的书法以草书著称，笔墨恣肆，雄奇跌宕，清郭尚先《芳坚馆题跋》称：“先生学问志节，为国初第一流人物，世争重其分隶，然行草生气郁勃，更为殊观。”

傅山论书重人。他认为作书之本在于作人，极推崇柳诚悬（公权）“心正则笔正”之说。以为书法之好坏关键不在于笔力而在于人本身的品格、修养，一旦大节有亏，则笔墨不可补，他又推崇颜平原（真卿）之书，“平原气在中，毛颖足吞虏”。他认为颜真卿为平原太守时有抵御安禄山叛乱的凛然正气，笔下自然有威吞山河之气。

傅山所处的时代，正是董其昌、赵子昂书风交替风行的时期。董字得康熙赏识，赵字为明代遗风，入清后也普遍受到尊崇，傅山对赵字嗤之以鼻，对董字不屑一顾，提出了“学书之法，宁拙毋巧，宁丑毋媚，宁支离毋轻滑，宁真率毋安排”的“四宁四毋”思想。

艺术批评中的巧和拙、美和丑是一对相辅相成而又相互转换的审美范畴。巧极见拙，拙中寓巧，丑中含美，美极变丑。在《家训 · 字训》中，傅山指出：“写字无奇巧，只有正拙，正极奇生，归于大巧若拙已矣。”拙，指朴素自然的风格，摒去心机，以求质朴率真之意。“媚”原指一种妩媚而有新意的风格，如羊欣评小王的字说的：“骨势不及父，而媚趣过之。”即指此意。但后人评论书艺时用的“媚”字则发展为柔弱滑俗之意。傅山极力以骨力矫姿媚，主张丑中寓真美。曾举例说，小篆虽流利貌美，然过分圆熟，所以要上溯石鼓文与峄山石刻。在明后期轻滑流俗的帖学盛行之时，傅山提出“宁支离毋轻滑”“宁真率毋安排”的观点，主张书写的自然流露，不事雕琢，更能体现“书为心画”的真谛。

巧、媚、轻滑、安排都是刻帖发展后的流弊，傅山提出的“四宁四毋”之说是这些流弊的良药。他的书法美学思想冲击着元明以来以妩媚工巧的帖学作为书法审美标准，是清代碑学崛起前的启蒙思想，“四宁四毋”思想正是其理论精华，为后代崇碑观提供了有力的思想武器。

常有人讨论“四宁四毋”写法的来源，我的看法是来源于《论语 · 子罕》篇，里面提到“子绝四，毋意，毋必，毋固，毋我”的“四毋”，傅山用来论碑学，希望引起人的注意。

刘熙载论书

刘熙载是我的同乡。

他是清代一位学识博通、注重实践的学者。其主要著作有《艺概》《游艺约言》《昨非集》等，这些论艺之作，多为语录体或随笔式，形式自由，但其内在也显示出严密的逻辑性。《书概》二百四十六则就是《艺概》中的一篇，我在《中国书论史》中称它是中国古典书论的“集大成之作”。

刘熙载论书，抓住了书法的本质特征，溯本求源，周到精妙地概括了中国书论中书体、书家、笔法、美学等方面，纵横捭阖，以札记的散文论形式对书艺进行了辩证的分析，如“意”与“象”、“微”与“大”、“益”与“损”、“奇”与“稳”等成对出现，给人以交相辉映之感，在中国书论史上，这种论述方法也是前人所不及的。

他从“意”与“象”出发，提出形与质、内容与形

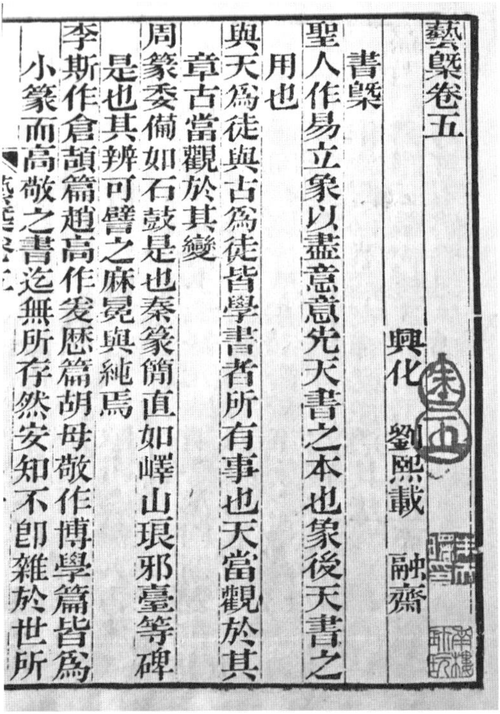

藝槩卷五

興化 劉熙載 融齋

書槩

聖人作易立象以盡意意先天書之本也象後天書之用也

與天爲徒與古爲徒皆學書者所有事也天當觀於其章古當觀於其變

周篆委備如石鼓是也秦篆簡直如嶧山琅邪臺等碑是也其辨可譬之麻冕與純焉

李斯作倉頡篇趙高作爰歷篇胡母敬作博學篇皆爲小篆而高敬之書迄無所存然安知不即雜於世所

刘熙载《书概》

式的关系："圣人作《易》，立象以尽意。意，先天，书之本也；象，后天，书之用也。"由于书法艺术的内容含有"意"与"象"的关系，因此，学书者须从这两方面努力。刘熙载指出，学书的人必有"二观"：观物和观我。观物以表人之情感，观我以通人之德行。就是说，观物就是把握"象"，观我就是把握"意"，这样，"意"与"象"的就成了“我”和“物”的辩证统一了。这对书者在情、德上提出了要求：学书者要博物怡情，修德养性，要的是人格的修炼和灵魂的升华。

刘熙载论书，注重汉字书法的源流和沿革，具体而深刻地阐述了分书、正书及与其他书体的关系。如正书与草书，刘熙载用“动”与“静”的关系来说明二者的不同特征：“正书居静以治动，草书居动以治静”，说明正书含有动的因素，但表现出静的姿态；草书含有静的因素，但表现出动的姿态，正书以静为主，草书以动为主，二者皆是动静的结合体。动与静互相依存，互相促成，形成了正草不同形式的美学特征。

在谈到历代法书时，刘熙载折中各家，持论公允。他认为北碑以骨力取胜，而南帖是以气韵居上，但它们又相互贯通，相互渗透，北碑有南帖之韵，南帖含北碑之骨，还引用唐代书论家孙虔礼的两名论书名言“篆尚婉而通”和“隶欲精而密”来分别比喻南书温雅、北书雄健。基于这种认识，他又列举了诸多南北朝的碑刻，逐一分析，其用功之勤在此也可见。他还以“钟究拙中之趣”“张得放中之矩”来概括钟繇和张伯英的书法，今天看来，其对历代书法及书家的评论，既是中肯的，又是精到的。

用笔的问题是书法中的基本问题，历代书论家对此都有其独到的见解，刘熙载的论述也有其精到之处。他认为用笔的好坏要靠书者自己把握，善书者应注意用笔，不善笔者只能为笔所用，“笔画要坚而浑，体势要奇而稳，章法要变而贯”，运笔时要做到“起笔欲斗峻，住笔欲峭拔，行笔欲充实，转笔则兼平住起行”。此外，还特别注重其实践性、可行性，他并没有把书法同唐、魏晋那样，说得很玄乎和奥不可及。相反，他把书法化为常人能够接收的东西，因人、因物而变化，不是僵化的、教条的。他兼收并蓄和充满辩证法的文艺观念，是在清代扬州学派活跃的学术氛围下所生的。

刘熙载论书法，常以诗文论书理，极见深刻之理。他提出“劲气、坚骨、深情、雅韵四者，诗文书画不可缺一”。又说：“如兰，如玉，如金，如石。文章书画兼此四如，那得差?”我曾仿其例，作《艺微》四卷，论书画印艺，正是受刘熙载论书的影响。

谈“以诗论艺”

中国有以诗论艺的传统。唐代杜甫曾作《戏题王宰画山水图歌》，留下了“十日画一山，五日画一水”“能事不受相促迫，王宰始肯留真迹”“壮哉昆仑方壶图，挂君高堂之素壁”“尤工远势古莫比，咫尺应须论万里”等千古名句。此后代不乏人。我一直想学习古人用诗论艺的方法，来学习艺术、研究艺术。近人黄宾虹先生曾作《画学篇》长诗一首，用诗来讨论画史。现代启功先生有《论书绝句》一百首，对书法史进行讨论，琅琅上口，印象很深。

我写完《艺微》上下册后，闲时就琢磨古人的艺术精华，五年来陆陆续续写了一些绝句，最后编成七十二首，取王维“静者亦何事，荆扉乘昼关”语，编订为《昼关集》。和黄宾虹、启功的写法不同，我以书画家、印人、书画史家为题，一个人一首，从汉代到当代，选了七十二个人，这些人是艺术史上的代表人物，都是对我创作和研究有影响的，所以关注比较多。比如，在书法创作上，颜真卿、米南宫、吴昌硕等对我影响最大；山水画创作上，黄公望、石涛、黄宾虹对我有很大启发；篆刻上，吴让之、黄牧甫和齐白石我都潜心研究；书法研究上，张怀瓘、阮元和刘熙载都有直接影响。还有很多人成就很高，但我不是太关注，或对我影响不太大，就没有写。

我选的人，或书家、画家、印人，或学问家，他们都是我研究和学习的榜样，见贤思齐。其中有不少是家乡的名家，如张怀瓘，郑板桥，阮元，吴让之，刘熙载，高二适等，家乡艺术家、学人给我渊源，给我力量，给我信心。我相信，一个有文化传统的地方还会产生新的文化传统，影响后人。

我写的时候是没有顺序的，读书有感觉了就写，断断续续，写了五年。有时是即兴的，有时一首诗要改好多次。我力求联系历史史实，把书画印家最重要的特点、贡献和影响在诗中提炼出来。一首绝句才二十八个字，比较难写，只能取其要而论其概。

“以诗论艺”很不容易，体现的是一个人的全面的学识和素养。既有诗学方面的平仄问题、押韵问题、用典问题、史实问题等，又要全面准确地用一两个字提炼出这么多大家的精神所在和独特之处。

学然后知不足。我通过学诗，知道学养对于艺术家太重要了。今天的书画家都成了职业美术家，缺乏古人所说的“士气”，也就是文气。没有文心，没有诗境，中国艺术就失去了魂魄，是没有生命力的。清代金农题画称自己“诗画书”，郑板桥撰联说“三绝诗书画，一生归去来”都说诗书画是一体的。我主张中国艺术要“诗书画印一体”，做不到“一体”，这种艺术是不完整的。我希望通过自己的努力和实践，把传统文化和艺术创作紧密结合，加强古典的人文修养，走远走深。现在书画界的艺术和人文分离得太厉害，一定要匡正这个风气，否则中国艺术没有前途。

我出生在兴化，扬泰文化一直滋养着我。这里有两大传统：艺术创作传统和学术研究传统，中国艺术史上曾产生过一流的大家，我相信还会有更好的大家出现。清代康有为周游世界后，主张向西画学习，要其形而贬其“意”，认为中国画“味同嚼蜡”。他担心的，其实就是今天的现实。我认为中国书画印是有生命力的，如何保持这种新鲜，茁壮生长，就需要重视自己的文化传统。中国诗文化是根，根深自然会叶茂。我们要做到“正见力学、深美闳约、文心诗境、圆融神明”，中国艺术一定会在世界艺术舞台上展示其独特的风格和韵味。

中国画“味同嚼蜡”吗

年前全家去巴黎，在振铉、祎凡、晓霞学弟的陪同下，先后在卢浮宫、奥塞、橘园、蓬皮杜艺术中心等博物馆，看了法国所藏各个时期的艺术品，眼界大开，也由此关注起中西艺术之异同。这使我想起了康有为在《万木草堂藏画目》中说，“今欧美之画，与六朝唐宋之法同”，提出“以着色界画为正，而以墨笔粗简者为别派”，“士气固可贵，而以院体为画正法”的看法。在康有为看来，中国画至五代和宋时期是高明的，画至五代，有唐之“朴厚”而新开“精深华妙”之体，到了宋代集其成，“无体不备，无美不臻”，欧美发达国家也是赶不上的。康有为感叹：“中国画学至国朝而衰弊极矣。岂止衰弊，至今郡邑无闻画人者。其遗余二三名宿，摹写四王、二石之糟粕，枯笔数笔，味同嚼蜡，岂复能传后，以与今欧美、日本竞胜哉？”

果真如康有为所说，宋代之后的中国画一无是处吗？中国画真是“味同嚼蜡”吗？我看了巴黎所藏的历代欧洲经典作品后，和康有为有了不同的认识，相信潘天寿先生所说的中西是两座高峰，难分高低的。

中国画用线和西洋画不一样，是经过高度提炼加工的。中国书法中高度艺术性的线用在中国画上，形成千变万化的笔墨趣味，富于哲学性和文学性，是东方文化的代表。中国绘画特有的书法性和“气韵生动”，是西方绘画所没有的，值得珍视。我在东京国立博物馆看到北宋李公麟《五马图》，寥寥几根淡墨细线，力能扛鼎，高度精练，简约概括，极为传神，放在现代展厅里丝毫不让巨大的西画。西方绘画以光线明暗来显示人物的形象，用面来表现形体，从艺术成就来说，达到极高的水平，也是十分宝贵的。线条和明暗是东西绘画各自的特色，不能因为西画的优点就批评中国画“味同嚼蜡”，倘若把西方的明暗技法用在中国画上，就会容易不伦不类，失去灵活概括的中国人自己的笔墨语言。现在很多画家采用墨线和明暗兼用的方法，折中起来，画得好的可以融合，画得不好的，则中国画风格的鲜明性减弱，也不可取。康有为推举出用西法的郎世宁为中西而成的大家，把他当“世祖”看待，今天来看，郎世宁这种画能成为中西合璧的代表而效法吗？为了维新而变法，不能把中国民族文化中的精华抛弃了。

我在卢浮宫，深深被 15 和 16 世纪文艺复兴时期的名画所吸引。如让·库赞的《夏娃–佩玛·庞马拉》、安托万·卡隆《西碧乐·德蒂比》、西蒙·维特《献堂瞻礼》、路易·勒南的《农户》、新古典主义的雅克·路易·大卫《奥拉斯英雄宣誓》《萨宾妇女》《雷卡米太太》、安妮·路易·吉隆德《阿塔拉的葬礼》等名作，让人应接不暇。这些西方的艺术精品和中国是完全不同的，中西文化的差异性也是很明显的。西方艺术中的热烈、宏大、宗教、科学和中国艺术中的冷静、文学、写意、抒情的审美内容是互为补充的，各有各的表达方法，不能因西而废中。坚持我国的民族艺术传统，才能在世界艺术之林占有独特而不可代替的地位。近二三十年来，中国画的发展不尽如人意，也是不争的事实。最大的问题，不是中西的问题，而是要深入研究中国传统的问题。

谈毛笔

毛笔是作为一种工具，它主要表现什么呢？我想主要表现的是两个方面。第一个是用毛笔来表现笔法的内容，第二个就是用毛笔来表现审美的内容。什么叫笔法？赵孟頫说："书法用笔千古不易，结字因时相传。"就是说用笔是不变的。用笔不变指的是什么？是指笔法。这笔法怎么产生的？是用毛笔书写而产生的，毛笔神奇的力量就在这个地方。一支毛笔，把毫聚起来，能够形成各种丰富的笔法，蔡邕在他的《笔势》里说："笔软则奇怪生焉。"正因为笔头软，才能产生奇怪的东西。奇怪的东西是什么？就是笔法。我们今天都知道中锋、侧锋、偏锋、转折、提按、使转、起收、平移等，这些都是笔法里面的内容。笔法怎么产生的？是毛笔在运动过程当中完成的。毛笔作为一个表现笔法的工具，在今天是值得重视的。没有这样一个工具，我们的中国书法就不能和其他的艺术门类区别开来。我们看到好多朋友的展览作品，对毛笔运用都非常自如。这就是毛笔的功能，是毛笔作为一个工具的功能。

毛笔作为一个工具，还有表现审美的功能。字光写得好看不够，方法对了，还要形成风格，这就需要审美。现在美术院校和高校里面培养学生，很重视培养学生的审美能力。审美能力的提高，也是在毛笔的运用中形成的。书法史上一个是传统帖学阶段，一个是清代碑学兴起后宣纸和长锋羊毫的普遍使用阶段，审美观念是不一样的。如果没有宣纸，没有长锋羊毫，就不可能产生新的审美。

我曾看到有人写康有为书风，你如果用像王羲之的这样一个传统的眼光来看，他写的这个字就没有一处合意。用王羲之的一路的审美观念看康有为的字，简直是粗糙至极。但是为什么我们还学习康有为？因为康有为的字有金石味道，他是写碑的一个代表。这种风格只有用长锋羊毫在宣纸上才能表现出来，所以说，审美风格也是由我们工具的改变而产生。

书法当中的粗细、长短、大小，参差、高低，虚实、干湿、快慢等，都是通过毛笔在宣纸上运动而产生的不同审美效果。毛笔是表现审美的一个工具，对我们创作者来说，是区别于其他书写工具的，是用来表现笔法和审美的。

毛笔还是一种文化。毛笔不是一个简单的技术的问题。写字也好，笔法也好，审美也好，它实际上是跟文化密切相连。毛笔的价值远远不在制作上。毛笔很大程度上是中国文化的一种象征。我在柏林访问，雷德侯先生跟我开玩笑说："毛笔是中国的第五大发明。"他是用毛笔来象征中国文化的。把毛笔作为一种文化，我们可以从三个方面来认识。第一，它是中国笔墨文化的一种象征。美国人福开森，曾经说过一句话："中国书法是中国一切艺术的延长。"所有的中国艺术，实际上都是从中国书法发展出来，由中国书法笔墨精神发展而来。江西进贤这个地方，产生了董源、巨然这样的南派山水画的大家，如果没有毛笔，怎么来表现这种山水画？所以毛笔是中国笔墨文化的一种象征。中国的中国画、书法、绘画、篆刻等等这些中国艺术，都是由笔墨延伸出来。当然，我们现在的中国画发生了很大的变化，向造型艺术靠拢，笔墨精神已经越来越稀释了。但是我们要知道，中国艺术本来的精神，是一种笔墨精神，这种文化传统是不能丢失的。第二，它还体现在中国碑帖文化之中，碑帖文化也是从毛笔这个特殊的工具中产生，非常丰富。第三，还体现了中国的人文和哲学精神。创作不是一个孤立的、呆板的、机械的过程，而是一个生动的、鲜活的东西。

早在东汉时期，蔡邕在他的《笔论》中写过一句非常有名的话："书者，散也。欲书先散怀抱，任情恣性，然后书之；若迫于事，虽中山兔毫不能佳也。"很清楚地说到，我写字时要心情好，有感觉了，我马上就写得好。假如逼着我要写，即使是中山兔毫就这样的好毛笔我也写不好。

是强调书法不是一个机械的东西，而是一个心灵表现的艺术。蔡邕《笔论》里面还讲了一句话，他说写字的时候应该怎么样？“夫书，先默坐静思，随意所适，言不出口，气不盈息，沉密神采，如对至尊，则无不善矣。”早在汉代的时候，我们的古人就认识到，写字是很神圣的，“如对至尊”，你像我们进到寺庙里面，见到菩萨我们不能大声讲话，你觉得有一种神秘感。我们写字也是这样，要有一种“如对至尊”的崇高感。

大家不要小看一支毛笔，它的内容特别丰富。今天流传下来的蔡邕《笔赋》是歌颂毛笔的名篇，里面有四句话，我觉得非常有道理。他说毛笔“上刚下柔，乾坤之正也”，毛笔上面应该笔杆子是刚的，下面那个毛是柔的，叫上刚下柔，这体现的是一个乾坤。第二句话，他说“新故代谢，四时之次也”，毛笔新的用完了，就用旧的，旧的完了，用新的，就像我们天体之间四季的变化一样。第三句话叫“圆和正直，规矩之极也”，毛笔写的字，笔画是圆的，写的是很和谐的，也很中正，很规矩的。小小的一支笔，它里面充满了规矩。第四句话是“玄首黄管，天地之色也”。玄就是黑的意思，毛笔头的是黑的，毛笔杆子是黄的。竹子管子都是黄的，黄颜色和黑颜色配在一起是有意思的，这叫“天地色也”。大家读过《千字文》，其实第一句话就是“天地玄黄”，毛笔丰富的文化内涵也在里面。

《书概》里面有一句有名的话，叫“书如其人”。为什么把一个人写的字比喻成这个人呢？这是中国文化里面很高级的一个内容。苏东坡就讲一个人，看这个人的字写得好不好，要联系这个人来看。如果不联系这个人看，字写得再好也没用。他说“苟非其人，虽工不贵”，苏东坡就强调书法一种文化，这是中国特有的文化。为什么英文字母阿拉伯文字，也有号称书法的，为什么他们不能成为一种真正的艺术？为什么只有中国的汉字能表现出来？这跟我们用毛笔表现汉字书写文化有关系。

毛笔还是中国文化走向世界的交流工具。小小的笔里面充满了无穷大的力量。从工具到文化，从人跟人交往到作品之间的交流，甚至国家和国家之间交流，都是一个很重要的一个载体。北京语言大学 1962 年成立，现在在校的有 140 个国家的留学生，有 7000 人同时在学校学习。他们到中国来学什么呢？两大任务：学习汉语和中国文化。书法艺术正好是介于汉字教学和文化之间，我们也在不断地向学生介绍毛笔这样一个工具，让更多的外国人了解中国的毛笔，了解中国毛笔产生的中国艺术，特别是书法艺术。让全世界更多的人了解中国毛笔，让毛笔文化走向国际舞台。

访丹阳南朝刻石

丹阳是南朝齐梁两代君王的故里。南朝齐梁帝王在南京称帝，死后大都葬在丹阳。丹阳南朝齐梁陵墓的刻石，代表了我国南北朝时期刻石艺术的最高水平。我一直希望有机会来看一看，2017 年 4 月，正是天朗气清之时，春年兄给了我们这个机会，我和华学诚教授作了一次丹阳之行。

丹阳南朝陵墓石刻，古书上早有记载。《南齐书》、《梁书》、唐《元和郡县图志》、宋《太平寰宇记》、南宋陆游《入蜀记》、清代莫友芝《金石笔识》都记载了丹阳南朝陵墓刻石的情况。丹阳如今能确认的南朝陵墓刻石有十一处，主要地点在陵口镇萧梁河两岸、狮子湾、仙塘、前艾庙、金王陈村、烂石垅、三城巷、水经山村等地，其中有齐宣帝萧承之的永安陵、齐景帝萧道生的修安陵、齐武帝萧赜的景安陵、齐明帝萧鸾的兴安陵、梁文帝萧顺之的建陵、梁武帝萧衍的修陵等，我们选了几处实地看看。

丹阳南朝刻石一

车子把我们带到荆林乡的三城巷，这里有梁文帝萧顺之的建陵。萧顺之没有做过皇帝，公元502年，萧衍称帝后，追其父顺之为文皇帝，庙号太祖。建陵坐西向东，陵前神道进口陈列有石兽、石础、神道石柱、石龟趺座各一对，都为青石，石兽分别为天禄和麒麟，威严而有神采，两翼上扬，连珠状的装饰作为兽脊，有典型的南朝风格。

神道石柱是建陵刻石的鲜明特色。同行的友人告诉我，国内现存的六朝陵墓华表有十二处，只有梁文帝建陵一处是帝陵华表，华表与石兽、石础和石龟趺四对八件的刻石群，也是现存数量和品种最多的。这里的神道柱有两根，为瓦楞纹，柱上有隶书“太祖文皇帝之神道”八个字，此时的隶书没有汉代的敦厚古朴，却又有楷书的几分姿媚，是南朝隶书的典型。石础上圆下方是一对环状的螭龙，口内衔珠，头有双角，石龟趺座。有意思的是，另一柱上也刻有“太祖文皇帝之神道”八个字，但字是反的，和另一柱对称。左为正文，从右往左读，右文反文，从左往右读。这块刻石让我想起南朝时期梁代的其他石刻。清代同治年间，张肇岑在南京访得南康简王萧绩东南神道阙的刻石。萧绩死于梁大通三年（529），阙当在其后所立。此刻石和丹阳梁文帝建陵的神道石柱相似，东西两阙文同，西阙文左行，东阙文右行且反书，与西阙完全对称。康有为《广艺舟双楫》中著录过萧绩神道阙的这块刻石，类似的反文还有《萧景神道阙》。一次在南京开会，曾和华人德、白谦慎、刘涛等先生在南京郊外的田野里访过这块刻石，上面刻有“梁故侍中中抚将军开府仪同三司吴平忠侯萧公之神道”共二十三个字，阴文，从右往左行，上面的书法用笔熟练，为南朝楷法，朴拙简劲而透出新妍之美。这个正反刻石的品种，其他朝代很少见，一般刻官衔和谥号，相当于碑额和墓盖上的文字。这里离茅山很近，在离开梁文帝萧顺之建陵的车上，我即兴作了一首七言绝句记之：奇峰送翠作云帆，万顷青波碧水间。烟雨楼台观石刻，南朝旧梦到茅山。

我们又来到丹北镇胡桥北狮子湾的齐宣帝萧承之永安陵、仙塘湾的齐景帝萧道生修安陵、云阳街道荆林三城巷的齐明帝萧鸾兴安陵、田家村的齐武帝萧赜景安陵转了一下，风格和建陵相似，都是典型的南朝刻法。这些刻石造

丹阳南朝刻石二

型繁复，和汉代的简古不同。雕刻中的圆雕、浮雕和线雕结合，增加了几分华贵和装饰。可惜的是，我们只是匆匆浏览，未能细细体味其中的妙处。

印象较深的还有这里刘家村梁武帝萧衍的修陵刻石。修陵是梁武帝及郗后的合葬陵寝。作为梁代的开国皇帝，在位四十八年，去世时八十六岁高龄。陵前仅存天禄一只，但十分完整。这块刻石刀法纯熟，长高都有三米多，光颈部就有一人高，远看如一只高傲的猛兽，在大地上雍容前行，十分雄伟和华美。

梁武帝萧衍不光是文学史上的名家，也是书法史上的重要人物。他曾经指使御府搜集法书庋藏，提倡学钟繇，同时珍爱二王，对王羲之评价极高。在他的《古今书人优劣评》中，称“王羲之书字势雄逸，如龙跳天门，虎卧凤阙，故历代宝之，永以为训”。梁武帝和附近句容的茅山道士陶弘景交往密切，陶弘景作《与梁武帝论书启》，与梁武帝讨论钟王书法，一时传为美谈，也在汉魏南朝书论史上留下重重的一笔。

季子庙也是来丹阳必看的地方。相传季子在这里避居，传为佳话。我有小诗记之：季子避耕久，芳馨远到今。残碑连树影，古篆见文心。沸井奇观尽，长桥天地阴。茅山回九里，千载一沾襟。

很多地方还没来得及细细揣摩，天色已经暗下来了。回来的路上，我的头脑中不断涌现出丹阳南朝神兽刻石威严、华美和装饰的形象，其圆雕的小辟邪、衔珠双螭、浮雕中的莲瓣纹、交龙纹、绳辫纹、线刻龙凤纹、花草纹和独特的南朝书法铭刻书体刻法，体现了南朝刻石的杰出成就。这些不朽的作品是什么人做的，历史并没有记录下来。这让我想起南朝刘宋时期著名画家陆探微，谢赫在《画品》中称他“穷理尽性，事绝言象。包前孕后，古今独立”，陆探微运用草书的体势，形成了“一笔画”的笔法，古人评其“精利润媚”“新奇妙绝”，其画“动与神会”“笔迹劲利如锥刀”，这不正是丹阳南朝刻石的风格特征吗？这些神兽刻石的创造者，不正是和陆探微一样的伟大而不知道名字的艺术家创造的吗？

古阳洞造像记

我去过龙门石窟两次。第一次是在 2000 年，我还在南京艺术学院跟随黄惇教授读研究生，当时是从陕西汉中考察完石门古栈道，专门来洛阳看龙门石窟的。同行的有黄惇先生和师母，以及朱爱娣、方小壮、王霖等几位同学。2019 年 10 月这次来龙门，我是以老师身份带北语书法专业的同学来考察的。相隔近二十年，第一次来看龙门石窟的兴奋感记忆犹新，具体的内容已经记不得了。这一次带学生考察，对龙门石窟有了更加具体的了解。

龙门石窟在洛阳城南的伊阙，伊水北流，两山夹岸对峙，形如门阙，因而得名。龙门石窟雕凿在伊水两岸的崖壁，这些窟龛，大部分在伊水两岸。第一次来看石窟是在东岸，看到的是龙门石窟的一个整体，极为壮观。最近的这一次是从西岸直接进入石窟边上，看到的一个个具体的洞窟。据说，两岸的龙门石窟大大小小的洞窟有一千多座，

河南龙门石窟

佛龛也有大几百个。东岸多是唐代的洞窟，大大小小也有十来个，比两岸少得多。

这么大规模的龙门石窟什么时候开始建的？根据史书的记载，龙门石窟开始凿造于三国魏时的太和年间。北魏晚期是龙门石窟凿造最盛的时期，此后的东魏、西魏、北齐、北周、隋都在前代未完成的洞窟中继续凿刻，新开的洞窟则较少。唐代贞观以后，龙门又逐渐成为贵族、皇室造像活动的中心，盛唐后才沉寂下去。今天走在龙门石窟的游观小道上，魏晋南北朝佛教的传承史仿佛就在眼前。我想，眼前的一切是佛教艺术史上最壮观的一件作品。

两岸的洞窟中，古阳洞、宾阳洞和莲花洞是最具有代表性的石窟。印象最深的就是古阳洞。

古阳洞是龙门石窟中最早开凿，规模又很大的洞窟，也是保存造像铭最多的。洞内四壁满布佛龛，多数刻有造像记，记录了修造者的姓名、修造时间和动机。其中有孝文帝的堂兄弟比丘慧成、齐郡王元祐，兄弟北海王元详以及元洪略、杨大眼等造像铭，很多是古代书法史上有代表性的作品。洞里中间圆雕的主尊，原来是尊佛像，因为风化剥蚀严重，清代后期被人用泥塑改为道教天尊形象，现在又剥去泥皮，重现原来的佛像。本尊两侧的菩萨像保存完整，厚重而又匀称的造型以及上身微微后倾的姿态，可以看出当时制作大型石像的艺术水平。

古阳洞的大小佛龛里，有多尊佛像的造型，有释迦摩尼坐像，有弥勒交脚坐像，有释迦的多宝二佛并坐像。在两壁大龛之间以及上部，加雕了很多小佛，也称“千佛”。这些佛像，是北魏晚期流行的瘦削型，下垂的衣裙作极为规则的叠纹。龛额和龛里佛像身上都雕有各种装饰，是极富变化的图案纹样。龛额上的故事画像极为精细，与龛下部的供养人画像风格统一，是这一时期绘画和雕像的精品。

古阳洞是北魏贵族发愿造像最集中的一个洞窟，是这一时期贵族流行佛教活动的见证。在古阳洞开凿之后，北魏皇室又继续在龙门进行了雕刻活动，宾阳洞、莲花洞都是此后凿刻而成的，唐代石窟中，最有影响的则是奉先寺的雕像，代表了唐代的最高水平。

最引发我兴趣的是古阳洞刻石。清代黄易访碑，曾专门收集到古阳洞的造像记，我们常说的“龙门二十品”就有十九品集中在这个洞中。我们在古阳洞门口，探头看刻于最底层直到洞窟穹顶上的造像题记，但光线太弱，根本看不清楚，我们只能在洞口拍照留念。所幸的是，在古阳洞向南出口的地方，管理处在这里复制了龙门二十品题记的原样，使我们对龙门造像记有了更清晰的了解。

在古阳洞刻石中，《牛橛造像记》的开头有“太和十九年十一月”几个字，这一年是孝文帝从平城迁都洛阳的第三年。刻于太和十九年（495）的《牛橛造像记》的书风和刻工的刀法有着特殊的意义，以后的造像记大体运用这种手法刊刻。

把《牛橛造像记》和北魏刻石《大代华岳庙碑》《嵩高灵庙碑》相比，魏体楷书发展是很快的，已经十分成熟。过去我们都认为它们是民间刻工所刻，重新细读这些作品，可以看到这些造像记的刻手，在孝文帝推行汉化的过程中，都在努力学习南方成熟的楷书。也可以说，这批造像记是北魏贵族佛教活动的产物，值得我们珍视。

在古阳洞的代表刻石中，最有名的是龙门四品：刻于北魏太和二十二年（498）的《始平公造像记》《北海王元详造像记》，景明时期的《杨大眼造像记》以及景明二年

（501）的《云阳伯郑长猷为亡父等造像记》。这四品中，只有《始平公造像记》是阳刻，其他都是阴刻。阳刻在北魏刻石中是比较少见的。

古阳洞这些造像记上的书法能不能学？书法界有很多的争议。我曾在《书法答问》一书中把楷书分为晋楷、唐楷、魏楷三大类，不是太主张初学者学魏楷的。这些造像记的书手和刻手受北朝通行楷书用笔和铭刻手法与条件的制约，形成刚健奇肆、刀锋明快、雄奇角出的风格，这种风格和晋楷与唐楷的手法有明显差异。其中除《元详造像记》《孙秋生造像记》《司马解伯达造像记》有南方成熟楷书平和的特点外，《郑长猷为亡父等造像记》《比丘惠感造像记》《贺兰汗造像记》的用笔和结字都相当的“拙劣”，不善写出新妍的风格，和《杨大眼造像记》《元详造像记》的手法相同。可以说，古阳洞龙门造像刻石有着较统一的刻工铭石手法，风格相对统一，而书手的书写水平差异又很大，这其中杂糅着新与旧、笔与刀、古拙与生僻的内容，值得我们反复揣摩。我主张学书不要先学魏楷，就是因为其中有很多不成熟的结体和用笔，初学者不能准确地判断，常常会学坏了。

我们从西岸的古阳洞过桥走到东岸，来到香山寺。这个寺庙建于北魏熙平元年（516），因白居易曾住于此而得名，寺中的“自在圆通”四字牌匾甚得我意。白居易在这里煮茗烹茶，宴游赋诗，与胡杲、吉皎、刘真等人有著名的“九老会”，他自称“香山居士”，隐居这里，凝望西岸的龙门石窟，一定十分满意这种诗意生活吧？我有小诗记之：

柴门寂静袅蒹葭，曲径幽深品苦茶。
顿悟清空为佛事，神游艺道得僧家。
香山却是华严偈，伊水常开智慧花。
龛里千年禅意在，龙门旧色映光华。

嵩山访碑

嵩山所在地是登封。这里最有名的是少林寺，二十年前我就去过。2019 年的秋天，我又故地重游。印象最深的是它的塔林。小时候看《少林寺》的电影，就有塔林习武的场景。塔林多是青砖建成，塔身或圆或方，塔林有上百座砖塔，大大小小，高高低低，很是壮观。这些塔林是少林寺的高僧圆寂后的陵园，用这个方式纪念，极有特色。

登封还有个嵩阳书院，建于北魏太和年间，原为寺院，隋代还改名嵩阳观，又变成道教活动的地方。宋代文风兴盛，文人经五代战乱后，喜欢在山林中找个安静的地方读书讲学，嵩阳书院就成了讲学的好地方。宋代学人范仲淹、司马光、程颢、程颐、杨时、朱熹等都在这里讲过学。据说司马光的《资治通鉴》有几卷就在这里写的。书院里有三棵古柏树，郁郁葱葱，千年不衰。院内还有一块御碑亭，是为纪念乾隆十五年（1785）皇帝来书院而建的。

记得乾隆的诗中有这样几句：“书院嵩阳景最清，石幢犹记故宫名。虚夸妙药求方士，何似菁莪育俊英？山色溪声留宿雨，菊香竹韵喜新晴。初来岂得无言别，汉柏阴中句偶成。”诗中称赞的就是书院的好环境和育人的好传统。

嵩山南麓的太室山脚下，有个著名的中岳庙。中岳庙远不如少林寺喧闹，十分安静。这座庙是道教全真道的圣地，汉武帝时候就有了，原来叫太室祠，是祭祀嵩山太室山神的地方，后来慢慢变成道教活动的地方。这个地方位置极好，背倚黄盖峰，面对玉案山，西边有望朝岭，东有牧子岗，群山环抱，规模宏大。走进中岳庙，越走越高，很有意思。庙里有个中轴线，峻极殿是它的主殿，两侧有古神库、四岳殿、东廊房、火神宫、祖师宫等院落，是道士们生活和祀典的地方。庙里有几百棵老松柏，虽然不如嵩阳书院的大，但这里如松林一般，容易让人想起五代荆浩《笔法记》中记载的那片古老松林。庙里有块大石刻，上面刻有“岳立天中”四个大字，颜体书风，很是遒劲大气。

在中岳庙中轴线的东侧，有一块《中岳嵩高灵庙碑》。这是北魏早期的重要碑刻，书法史上谈到北魏书法都会提到。我带着学生一起来看这块名碑。

《中岳嵩高灵庙碑》的碑体有两米多高，现在用青砖建了一个拱形的碑台，把这块碑保护起来。今天看到的碑，没有我想象的好，因为碑石刻字的一面约有五分之四都残破铲平了，只有开头和结尾部分保存的一些字。所幸的是，这个碑的碑额较完整地保存下来了。碑额为阳刻，上面用篆书刻有“中岳嵩高灵庙之碑”八个字，中间有界格分开。这几个篆字很有意思，用的是装饰性的笔画，字头或圆或方，圆如蚕头，方如刀刻。收笔处则更加丰富，有的挑笔，有的直接收笔，有的方折收笔。如“中”字的竖笔如蝌蚪，有一个小小的尾巴露出来。唐代韦续《五十六种书》中曾提到古人有仙人篆、麒麟书、刻符书、符信书、金错书、鹤头书、偃波书、蚊脚书、花书等多种，这种刻法也不知算哪一种。不管把它归到哪一类，其用篆法的装饰性来美化汉字这一点是值得肯定的。碑额的刀法也十分精巧，每个字头尾的刊刻刀痕起讫明显，一定是精湛熟练的老刻工所刻。碑额上的这八个字在章法上安排妥帖，“之”字在篆字基础上加上了一横，以前的字书上没有这个写法，《说文》上更不会有，或许是刻工为了装饰多加了一横。

东汉有名的阳文碑额很多，大多刊刻精良。如《鲜于璜碑》的碑额为细线汉篆，规整装饰；《白石神君碑》的碑额文字为粗线，虽神情呆板，亦有一种别趣。《中岳嵩高灵庙碑》的碑额和《白石神君碑》的碑额有几分相似，而更增加了装饰性的笔画和刊刻方法，尤其是“折刀头”的刀法是魏晋南北朝时期的典型刻法，与汉代的刊刻完全不同。

《中岳嵩高灵庙碑》碑身的正文漫漶不清，只有不多的文字能看清楚，字边上的界格也还能看清。碑文中的文字结构多变，或重心高举，舒展横竖撇捺，或字形压扁，以横势相映成趣。横画波挑有魏晋时代刻工的时尚，用的是“折刀头”法，在其碑额文字上也能看到这种刀法。碑上的结字尚未定型，有一种“生拙”的感觉，加上刀刻的锐利和笔的圆润相结合，有一种新鲜的美，也和云南边陲的《爨宝子碑》《爨龙颜碑》的手法是一致的。其中如“而”“圣”“灵”“德”“民”等字字形和“二爨”很接近。可以看出，北魏楷书多用旧体隶书的方法影响着走向成熟的楷法，字势中透露出新妍和奇趣。我在陕西汉中看过北魏后期的《石门铭》，和这块碑相比，少石工装饰和用刀之痕迹，能更多地表现书写者的意趣，随石势而刻，自然之态与纸上书写明显不同。清代碑派兴起后，康有为大力表彰北魏刻石，《中岳嵩高灵庙碑》和《石门铭》就是北魏早期和后期的代表。

这块碑相传为北魏道士寇谦之所写。寇谦之是个道学家，曾向魏太武帝献道经而得宠。碑中的内容写的就是他修岳中庙和宣传道教的内容。史书中记载这块碑有碑阳和碑阴。康有为在《广艺舟双楫》中称其碑阳“奇古”，碑阴为“神品”，可惜我们在这里看到了碑阳而没有看到碑阴，只能看到“奇古”而看不到“神品”了。

看完《中岳嵩高灵庙碑》，在回头的路上，同行的当地友人告诉我，中岳庙前还有神道阙值得一看。我知道嵩山有个太室阙是现存最早的庙阙，一直想去看看，没有想到机会就在眼前，兴奋极了！这个太室阙平时极少有人来，存放石阙的房子也没有人看。当地友人迅速联系管理人员，专门为我们一行打开了石阙之门。沿着中岳庙正门往南走约二十分钟，我们说说谈谈就来到了石阙处。

石阙是汉代刻石艺术的重要代表，阙身有鲧像、倒立图等几十幅画像和赞颂中岳神君的铭文，是汉代社会风格和信仰的见证。这里的光线很暗，管理人员用手电筒照着给我们细细欣赏。其中一块阙石上阳刻有“中岳泰室阳城”字样的篆书，字口很浅，但十分工稳而有古意，清人伊秉绶隶书有点像这个风格。在几块有文字的刻石上，均刻有篆书，并有纵式界格分开，古朴自然。

少室石阙铭刻石文字很多已经模糊，只有几块是很清楚的。它的篆法是秦系篆书一脉传下来的，明显受到汉篆的影响。不知道是不是刻石坚硬的原因，篆法不太工整，还有不少讹误。但也因为书手率意，界格整齐的刻石排列线里，不受约束的书写反而有生拙的感觉，这种刻石上风化后的艺术美感被后人称为“金石气”。康有为在《广艺舟双楫》书中称这些刻石“茂密浑劲”，为“稀世之鸿宝，篆书之上仪”，评价特别高。客观来说，和《袁安碑》《祀三公山碑》《延光残碑》相比，这件篆书刻石虽然很有价值，但还算不上极品。

在我即将离开少室石阙时，有一块刻石引起我的注意。这块刻石上用隶书刻有“嘉庆十三年阮元来观阙下”十一个字。阮元是我扬州的先贤，祠堂至今还在扬州文昌阁边上。他所编的《积古斋钟鼎彝器款识》十卷是我学习金石学常读的书。与先生嵩山先后同访少室阙，何其幸哉！我甚至遥想，芸台先生有灵得知，定会开心地呼出“吾道不孤”这样的话来。虽是玩笑，但无论如何，嵩山访碑是很值得回忆的。

云居石塔和石经

穿过北京城内的雕梁画栋、繁华市井，绕过重峦叠嶂，我们来到房山著名禅林云居寺。寺名云居，不走一趟真不能领悟到其中真意。寺宇坐西朝东，依地形之高下筑建殿堂。遥望石经山，郁郁蓊蓊，气象万千。寺在山中，云雾缥缈，仙气四溢，不禁让人想起王右丞的“山色有无中”的佳句了。

寺中南北对峙的双塔，首先映入我们的眼帘。南塔是辽代的建筑，密檐式，十三层。据说抗战时被日军拆毁成断垣残壁，近些年才修复。此塔为阁楼式，中间漏空，有蹬道上去。塔的上部宝顶相轮如钟，中部为覆钵形如鼓，下边楼状如梯。北塔为唐代建筑，与南塔的辽人风格交相辉映。

接着我们见到的是一些小石塔，西北角和东南角都有。塔中有龛、浮雕释迦像、神王等，辽人建的还有“开山琬公大师之塔”和“续秘藏石经塔”，这些石塔造型有趣，古拙而秀逸，或如亭亭玉女，或如谦谦长者，游人们至此，驻足瞻仰，拍照留念。我们几个也乘兴拍了一张以唐、辽塔身作背景的照片，留下了美好的瞬间。

北塔东北角的一个小石塔极为别致。此塔为开元年间建成的方形建筑。塔顶重檐六层，有两人多高。它的檐廊线刻画圆熟流畅的程度令我惊讶：刀法张弛有度，轻松而显韵味，刀笔之间风采相现，让人不知是刀刻的还是人工画的。我不由得佩服这些民间工匠。我端详着四腿腾空的奔象、驰鹿，它们全身充满了张力、活力和动感！匠人们丰富的想象把我们带进了奇妙的境界。再看那朝北的塔门，两尊力士雕像分列左右，肌肉突兀，威武刚健，似乎在向我们展示有唐一代的强盛与繁庶。寺中主人告诉我，这座塔是唐塔风格中最为经典的，东西两壁分雕的两组供养人像，是胡人形象。这些雕像高鼻深目，丰髯重须。在唐代的石塔雕像中出现胡人，恐怕也是当时汉人和胡人友好团结的见证吧。

早听说云居寺中藏有石经，但都没有机会见到。我们游览了寺中五座辽代石塔之后，踏上级级石阶，在幽静葱郁的竹林里，找到了石经处。然而我没想到的是，这贮藏一万多块石刻经书的藏经地，居然是如此简陋的灰色旧平房。

佛家“法难”后，人们一直寻找一种不易毁灭的载体传承佛学经典。后来，北齐南岳慧思大师的弟子静琬在房山的白带山下发愿刻经。从《涅槃经》到《华严经》，一刀接一刀，一帙接一帙。之后，弟子玄导、仪公等秉承师愿，使得石经永恒，劫火不焚，慧灯常照。再后，房山石经轰动幽燕十六州，到明末董其昌为第五藏经洞题写“宝藏”二字门楣时，刻过的石块已到了一万四千多块，足足可以排成一道从扬州到仪征的文化长廊吧？

这一块块留着历史尘埃的石块，浓缩了从静琬法师到董其昌一千多年的背影。这石块上的文字，不仅有经名、卷数，甚至连施主、刻工、字数都有记载，从石经的上下端还可以看到丰富的艺术形象如菩萨、天王、飞天等。从经末题记中可以了解到刻经事业不仅得到帝王和地方长官的支持，同时还有信徒和团长的资助。在静琬发愿后的几百年，西域的敦煌也有一批不知名的士人在洞中埋下了文化经典的硕果，千年之后一出土便惊动世界，这西域的敦煌和房山的石经同样向世界证明了中华文明的火种有如火中凤凰，多灾多难而又一次次地奇迹般地获得生存。

陪同的寺主介绍了这石经发掘的情况后，又告诉我们，这些石经极易风化，北京市文物局决定将这些石经回埋地穴。我们感到很庆幸：亲眼看见了如此壮观的风景。这些石经都已经被拓印出来供后人研究。今天的人们会更好地保护石经，到时，静琬法师在九泉之下定会收起惴惴之心，笑看石经归穴。

走近褒斜道

秦蜀山万重，褒斜一线通。褒斜栈道是古人艰难蜀道上的一条交通要道。诗人所说的“难于上青天”，有了这条栈道，穿山越岭不再是难事了。我们一行七人在汉中朋友的精心安排下，一大早便出发，走近那“风雨接危峦”的古栈道了。

从市区往北四十余里，到了褒斜栈道的南口——褒谷口。车子徐徐沿褒谷向北，到了五里坡，也就是古代的衙岭山，再经斜谷到关中的斜峪关，这就是古栈道了。尽管眼前的一切只是古迹残骸，悠悠山水仍挡不住我们凭吊旧观的心情。在盘旋陡峭的山路上，耳边的山风飕飕作响，我的身子不禁要打个寒颤。绕过弯弯曲曲的山路，跃入眼帘的不再是如油画般的明丽，放眼望去，层峦叠嶂，山岚氤氲，近处只是湮没在荒芜的杂草和云雾中的白墙青瓦——这破旧的老屋——还有那低垂的檐口和成年放在门前的那只旧葫芦，默默地伫立于这山野之中。距褒谷六七里左右的路上，有座七盘山，是我们走过的最为险峻的一段了，车子在蜿蜒的山道上一波三折，我们的心都被提了起来，仍谈笑风生，羡慕那山坡上吃草的小牛悠然自得，难怪古人感叹：“七盘蚁旋转，百折马行空！”

两峡之间峭壁上的古栈道，古人又称它为阁道——果真如“阁”一般！看那上中下三排石洞，在中排孔洞插木枋为梁架，上铺木板为路，下排石孔插以木枋作挡护用。勤劳智慧的古代人民在这里开凿了一段穿山隧道，称其为“石门”，使得栈道穿行其中，顺畅不息。

石门大体呈南北向，与褒谷河平行。隧道内岩石裸露，岩石表面平整，几乎看不见斧凿的痕迹。我惊诧于这石门的外形，陪同的老梁告诉我，这石门大约是以火烧水激后开凿的，有栈道歌云“积薪一炬石为圻，锤凿既加如削腐”，就是对古人开凿方法的记录。古人用积薪烧火的方法，使坚硬的石崖疏松，再浇上冰冷的江水，而后裂石再凿，使得古道一寸一寸地向前拓展，一尺一尺地向前延伸。此时此刻，我的耳际间仿佛听到那雄壮而沉郁的开山号子和那陡峭石崖淬火爆裂的“喀嚓”声响。这条通道曾有“穹窿高阁，有车辚辚，咸夷石道，肆壮其驷”（《石门铭》语）的盛况，那来来往往的马铃声，怆然低回，没有归人，谁非过客？只有那镌刻进青云山石深处如串串马蹄印窝般的年轮散发出它的古老与苍浑，定格成历史的永恒歌谣，千年咏唱。凝望古栈道，我承受着来自陌生而久远的时空隧道的洗礼，只要轻轻触摸这风化的皱纹，它的血脉便在我身上流淌。

石门开凿后，曾有《石门铭》《石门颂》《杨淮表记》等摩崖刻石详实地记载着这千古不朽的人工交通隧道史，这些刻石，每一块都是艺术精品，在书法史上有它的灿烂的一页。古往今来，多少文人书家曾受其感染！这里建成水库后，将被淹没的刻石由人们移至博物馆永久保存。今人更知道应保存历史的记痕和珍惜古代的文明，这一块块饱含着文化和智慧的刻石精品重新被珍视，我们也应收起惴惴之心，观赏这些刻石的玄妙之处。

第五辑　域外之眼

在东京国立博物馆看颜真卿

王羲之和颜真卿是中国书法史上最重要的书家。2013 年 1 月，东京国立博物馆就策划了“书圣王羲之”大展，展出了从汉字起源到晚清 163 件作品，全面体现王羲之书风承前启后的巨大影响。2016 年 4 月，大阪市立美术馆曾举办“从王羲之到空海——中日书法名作大展”，展出了王羲之《孔侍中帖》《十七帖》《乐毅论》《兰亭序》《黄庭经》《集王圣教序》，王献之《地黄汤帖》以及张芝、钟繇、智永、欧阳询、苏轼、米芾、文徵明、董其昌、王铎等中国书法家名作 90 件作品和空海、最澄、嵯峨天皇、良宽等日本名家作品 120 件作品。2018 年，九州国立博物馆又举办了“王羲之与日本书法”特展，在中日书法界产生了重要影响。

日本书法史家神田喜一郎把王羲之和颜真卿并称为中国书法的“两大潮流”，这种说法也不算过分。王羲之的

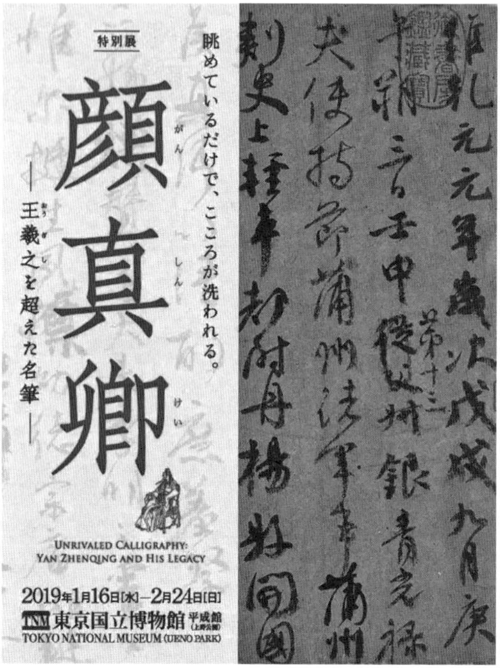

日本东京国立博物馆颜真卿大展的海报

影响固然很大，但作为“天下第一行书”的《兰亭序》真迹毕竟已不在人间，和王羲之相关的重要作品和传世可靠的作品也都在唐代。颜真卿作为书圣之后的又一位书圣，其作品在后代影响尤大。为此，东京国立博物馆又在2019年1月推出了“超越王羲之的名笔——颜真卿及其时代书法特展”，藏于台北故宫的颜真卿名作《祭侄文稿》也首次在日本展出，在中日书法界引起了极大的反响。我们一行来到东京国立博物馆参观了这次极有意义的展览。

展标中“超越王羲之”这个提法，曾引起了很多人的讨论，一次去看望中国书协名誉主席沈鹏先生，他就问我怎么看这个问题。其实这个提法，正如策划人富田淳先生所说的那样，在展览的主题中加入王羲之，是为增加展览吸引力所采取的一种学术上的策略。

东晋时期，王羲之、王献之的书法成就达到了中国书法的高峰。到了唐代，从唐初欧阳询、虞世南、褚遂良到中唐颜真卿，中国书法呈现出新的高峰。这次展览虽然聚焦于唐代，但展览从甲骨文开始，介绍了书法文化的发展历史，尤其是书体的变迁；同时因为这个展览在日本举办，特意展出了颜真卿书法对日本书坛的影响，特别是对日本书法史上的“三笔”“三迹”以及江户时代的影响。

从书法史来看，颜真卿的书法在唐代并没有受到特别的重视。到了宋代，以欧阳修、苏轼和黄庭坚为代表的宋代文人给了他一个全新的评价。苏轼的“诗至于杜子美，文至于韩退之，书至于颜鲁公，而古今之变，天下之能事毕矣”为颜鲁公的书法作了历史性的文化定位。东坡在《书唐氏六家书后》又一次把颜真卿和杜甫并称，认为他们改写了历史：“颜鲁公书，雄秀独出，一变古法，如杜子美诗，格力天纵，奄有汉、魏、晋、宋以来风流，后之作者，殆难复措乎。”他们之所以改写了历史，是因为建立了自己新的风格，是历史的文化变革者。展厅在宋代这一部分，除了苏东坡、黄庭坚、米芾等人的书法作品外，还展出了北宋李公麟的《五马图》，这件名作过去极少展出。

这次展览从早期甲骨文一直到清代书法都有作品，突出了东晋和唐代两个历史时代。在东晋，王羲之成了“书圣”，自觉地把书法作为一种艺术美的存在。到了唐代，书法更加走向自觉和完美，唐代怀素的《自叙帖》在这次也专门展出。我是第一次看到台北故宫《自叙帖》的原作，原作点画灿然，翰逸神飞，很多草法的细节是印刷品所看不出来的。2004 年，台北曾有这件作品的专题讨论会，多数学者认为此帖为真迹而非摹本，此帖首六行早损，由苏舜钦补书而成。此次看到真品，确信应是怀素原作。

正如策展人所说的那样，王羲之创造了书法之美，而唐代书法为这种书法美定下了规则。王羲之的书法在清代碑学兴起后，其神话被瓦解，但唐代书法所定的规则今天大家仍在遵守。

展览在东京国立博物馆二楼的两个展厅举行。第一展厅的第一件作品是《说文解字》唐写本残卷，其后是甲骨文，《说文解字》是文字学的经典著作，这样展出是一个象征：有汉字才有书法，学习书法离不开汉字。继承中国经典文化和文字、书法密不可分。

书法最初的刻划是甲骨文。甲骨文最初发现于 1899 年，它虽然书写的载体是甲片和骨头，不是用毛笔书写，而是用刀来锲刻，但却内含书风，在书法史上有着初始的意义，它向人们表明：书法风格存在于汉字结构之中。本次展览即以《说文解字》和甲骨文开始，意在说明汉字的意蕴和最初的书法形成。

本次展览的重点是颜真卿的二十七件作品。《祭侄文稿》是全展中最为核心的作品，专门给他安排了一个专场，并且用了很多红色的绶带，营造了一种庄严而神圣的氛围。

《祭侄文稿》是颜真卿为其侄颜季明在“安史之乱”中惨遭杀害，以十分悲痛的心情所写下了一篇祭文。此件作品参观的人特别多，需要排队徐徐进场观看，且到作品前不能驻足很久，看这件作品每人需要排队一刻钟左右，排队过程中，博物馆专门设置了动画设备，对《祭侄文稿》的书写过程进行模拟，使观众对书写过程中字迹在纸上的呈现过程有一个直观的体验。这是现代科技在传统艺术展示中的运用，避免排队人多而无聊。

我走到《祭侄文稿》面前，看到颜行用笔遒劲浑穆，凝重苍涩，轻重缓急随文而就，一种金石逸气扑面而来。其字大小相间，变化丰富，增删、涂改、浓淡、虚实，相互映衬，看似狼藉的点画中表现出精妙而丰富的笔法，用墨开始淡，后又浓，忽枯忽润，营造了气势雄浑、遒劲流丽的书法典型。米芾说颜字“忠义愤发，顿挫郁屈”，不看原作真不能体会到。

《祭侄文稿》后面的跋文，除熟知的鲜于枢外，清代有两位书家的跋文颇引人注意。一位是王顼龄，一位是徐乾学。王顼龄，号松乔老人，上海金山人，其字学赵孟頫一路，写得很端谨，其中有一句话说："祭侄文尤为忠愤所激发，至性所郁结，岂止笔精墨妙可以振铄千古者乎？"我深以为然。徐乾学是顾炎武的外甥，曾主持编修《明史》，大藏书家，他的"传是楼"是藏书史上的名楼。徐氏书迹特为娟秀，文末称"公言皆实录，后假书体，益复激昂忠愤勃发，神气震荡，公千古第一种人物，亦善千古第一种书体"，表彰尤为突出，崇敬之情溢于言表。

看完《祭侄文稿》，我不禁想起颜真卿七十六岁高龄因被派赴叛军阵营宣召而被杀，心情难以平静。这件被历史洗练过后的书迹，寄托着中国人多少哀思和情感？

《兰亭序》在唐太宗时期被埋到了昭陵，从东晋到这个时期，其存世的时间只有 296 年，但颜真卿的《祭侄文稿》存世至今已有 1260 多年，而且是现存的真迹。如果说王羲之是一个"神话"，颜真卿则打破这个"神话"，走向现实。王羲之实际上是没有真迹存世的，人们所说的"天下第一行书"《兰亭序》也是不存在的，从这个角度来说，颜真卿确实有"超越"书圣的意义，我想，这也是策展人的主旨所在吧。

展厅还陈列了东京国立博物馆藏《千福寺多宝塔碑》、中国香港中文大学文物馆藏《麻姑仙坛记》、日本台东区书道博物馆藏《干禄字书》等颜真卿碑刻，全面展示颜真卿的书法成就。大厅中还有一件唐玄宗时期的《纪泰山铭》，占了展厅重要的一面。《纪泰山铭》拓片极大，字口清晰，是唐代隶书的重要标本，碑额上的“纪泰山铭”尤其醒目。“安史之乱”由玄宗而起，与《祭侄文稿》的出现有着密切的联系，这两件作品在展厅中占地最大，也是最值得关注的。我和同学们都在这件作品前拍了照片，留作纪念。

王羲之书法没有真迹传世。现存的王羲之摹本多在唐代。展厅中专门有一块关于王字摹本的展示，如中国台北故宫藏褚遂良黄绢本《兰亭序》、日本九州博物馆唐摹本《妹至帖》等都是难得的精品。唐太宗对王羲之的字非常喜欢，不惜代价地把当时能够找到的真迹全部收到宫中，请虞世南等人来临摹，唐初兴起学王的风气，唐太宗利用王羲之的字把全国人整合一起学习王字的经典，是有其历史功绩的。

我们匆匆看过两个展厅，虽说是走马观花，但面对颜真卿的名作和历代名家作品，真正有游目骋怀之乐。从东京国立博物馆出来，已经是下午闭馆的时间了。穿过上野公园，看到印着《祭侄文稿》的展览海报和彩旗在微风中轻轻飞动。我在想：一张千年的书迹，在异国他乡，人们崇拜而深情地来学习和观赏，书法中究竟含有什么伟大的力量？

中村不折先生藏中国出土的墨宝

从东京都上野公园北侧的莺谷车站沿根岸附近的小路前行约十分钟，有一个以收藏书法文物为主的书道博物馆。这座博物馆本来是中村不折先生的私邸，后改造成台东区的区立博物馆开放。2015 年 2 月，我在日本友人草津佑人先生和博士生程小轩陪同下参观了这个博物馆，看到很多他收藏的实物。

中村不折先生是日本著名的美术家、文物收藏家，年轻时留学法国学习油画，回国后又学习南画。1895 年，他在中日战争中获得一册《淳化阁帖》，自此对收集中国书画、文物产生浓厚兴趣，并得到各类敦煌吐鲁番写本。1927 年，他编成《禹域出土书法墨宝源流考》一册在东京刊印，由西东书房发行，2003 年，中华书局将这本书列入“世界汉学丛书”重新出版。

中村不折先生认为，大凡学习书法都有“三要诀”，其一为临摹法帖，其二为搜访碑碣，其三为搜求真迹。法帖虽

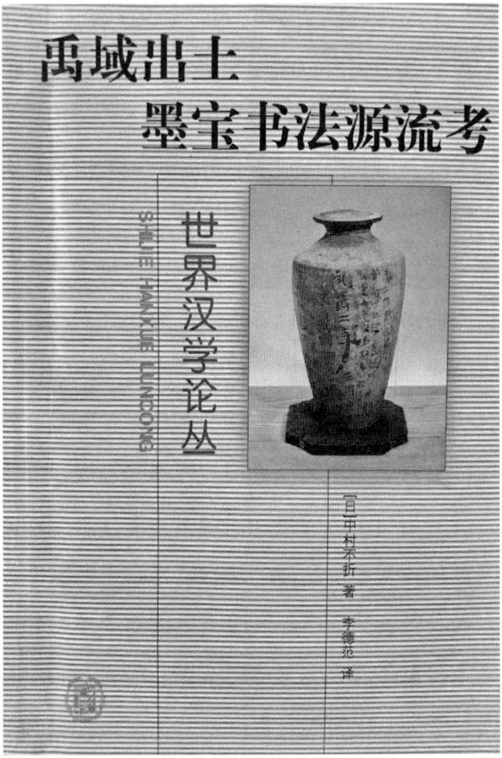

中华书局版日本中村不折《禹域出土墨宝书法源流考》

有易于入门的长处，但不足以至深，有时甚至是误人的。法帖是专门为习字而辑，虽对初学者便利，但原样经过多次钩摹，几乎失真。即使是王羲之的字，笔意也多失真。碑碣多是当时人刊刻，然而经年久远，出现漫漶缺损、模糊不清，再经后人补凿，真相也常常被破坏。真迹的价值最值得尊重，是最好的学习渠道。然而古代墨迹来之不易，需要有条件搜访才行。中村不折先生搜集到新疆布政使王树楠在吐鲁番、鄯善等地收集的出土经卷文书以及甘肃布政使何孝聪、同道台孔宪廷、同吏许际唐以及日本藏家的若干藏品。

中村先生所编他收藏的中国出土墨迹分为三卷，卷上为汉至北凉末期的墨迹，卷中为南齐至隋末的墨迹，卷下为唐及五代墨迹。并附录有刻经、史料、圣典、子类，日本经卷及各类刻本等。现分述如下。

卷上编录的锡壶和瓮，出于西安和洛阳。佛经、圣典、子类、史料等，都是纸本墨写，其中有朱写五代经一卷，杂有小片六朝的佛经麻布题鉴一件。纸多为麻纸，谷皮纸次之，千佛洞所出的丈长经卷，纸墨完好。新疆各地所出的则多是断简零墨，多为北魏之前的，千佛洞所出年代多是北魏之后的。目次分别为：

汉　锡壶

永和六年瓮

永寿二年二月瓮

永寿二年三月瓮

建宁四年瓮

熹平元年瓮

熹平四年瓮

光和二年瓮

初平四年瓮

三字瓮

般若部经

魏　譬喻经

戒本注

晋　泰始三年瓮

太康三年瓮

宋　刘写经跋字

北凉及其同时代　法华经方便品

佛说菩萨藏经第一

十住论后款

华严经第廿八

法静题名等共七十二种

卷上有《书体辨》和《草书论》两篇，对古文、大篆、籀文、小篆、古隶、八分和草书进行介绍。其中对古隶、八分辨证尤多，如认为地节二年《杨量买山记》、《五凤刻石》、河平三年《鹿孝禹碑》、同期《朱博碑》有波磔。东汉建武丨二年《三老讳日记》、永平六年《开通褒斜道碑》等承续不断。这些充分说明：汉隶字体有明显的波磔之意，既含小篆的气质，又与秦隶和东汉诸碑不同，甘肃出土的墨迹与之相通，应是隶书及古隶的绝好标本。康有为名之为“八分书”，他并不赞同。在论八分时，他通过分析唐玄度《十体书》、张怀瓘《书断》等文献，认为唐代还没有楷书之称，但正字、楷书之语唐代就有，非指书体，是秘书监所属的官名，如“正字毕彦雄文”“秘书省楷书贾敬本写”等，记的都是官名。称为楷书，是指楷式之书，其本来的意义是指间架结构方正之书。在汉时称八分书为楷书，非指一种书体，而是书的格式。作为一个科目，本义应称为隶书。

卷中南齐至隋末的墨迹部分，讨论碑刻中的隶法、章草和智永的书法。所收墨迹目次为：

齐　萧　佛说欢普贤经

梁　南朝　摩诃般若波罗蜜经卷第十四

华严经第二十九

金刚经

北魏　大般涅槃经第卌

律抄壹卷

摩诃衍经卷卅一

护身命经

观世音经

大般涅槃经卷第卅八

西魏　小乘戒律注疏

大般涅槃经卷八

法华经化城喻品

诸尊陀罗尼

哀叹品第四

法华经功德品

法华经

般若波罗蜜多经等二十二种

北齐　观音像

韩宝晖墓志

北周　建首故首故称第一

十方千五百佛名经

大比丘尼羯磨一卷

地藏十轮经

道科

法华经第四

摩诃般若波罗蜜经叹等品

隋　沙弥塞戒本

开皇九年碗

大方等大集经

大方广佛华严经如来光明觉品第五

大智度论第二

僧伽吒经卷第二

佛说妙好宝车经一卷

深密解脱经第三

大智度经六释论卷第三

大般涅槃经卷第八

残经释

佛名经

在碑刻的隶法讨论中，中村不折先生认为，碑与真迹形成于同一途径，不会向其他方面转变。魏景元四年《李苞阁道碑》、吴凤凰四年《谷朗碑》、西晋太始六年《郛休碑》、东晋隆安二年《枳阳府君神道》、义熙元年《爨宝子碑》、义熙十年《好大王碑》、建元三年《邓太尉祠碑》、建元四年《广平将军碑》、北凉承平三年《沮渠安周功德碑》等，书风不同，但其汉隶波磔笔意明显，其倾向与写经文字相同。北魏太安二年的《中岳灵庙碑》、《大代华岳庙碑》、刘宋大明二年《爨龙颜碑》、大明七年的《刘怀民墓志铭》等，便成了新隶法的代表。至此，波磔之意减弱。到了龙门二十品，汉隶遗意很难再现了，写经中的现象与此也完全吻合。其后，新隶法以梁、北魏的古劲开始，至梁末、西魏和北周，进入了浑熟的境界，最终产生了隋代匀整优美的书法。至初唐，勃兴的气势又影响了书法，唤起了刚健之风，虞世南、欧阳询等书，可代表六朝书风的复兴。这种碑刻“新隶法”和波磔变化以及写经墨迹对比的讨论，是很有价值的。

在《论章草》中，中村不折先生认为，法帖中称为章草的，没有一种与近代出土的汉代人的草法相适应，北魏时代的《维摩经疏》似法帖中所说的汉人草书。今隶书的草体，经过魏晋的演变，或许就是这个模样。他狂热收集中国出土的墨迹，对于深入了解书体演变有着重要的意义。在讨论智永书风时，他认为，通过学习宋代大观年间薛文昌所刻《千字文》及隋《龙藏寺碑》《赵芬碑》《贺若谊碑》等碑刻，可悟出智永流派血脉流淌的路径。学习存世的《僧伽吒经》，体会其体格气势、练习其运笔点画，对于智永笔法的研究，当大有收获。

卷下收录唐代墨迹六十四种，包括《药师琉璃光如来本愿功德经》、《维摩诘经卷》第三、《法华经》第六、《黄仕强传》、《阿毗昙毗婆沙卷》第六十及序等；五代墨迹六种，包括《诸经摘录》、《佛名经》第二、《佛名经》第六、《阎罗王受记》、《法华经普门品》、《礼忏文》；宋代墨迹《戒律》一种。中村不折联系中国书法史上的名迹，对这些墨宝一一作讨论，时有新见。如论《妙法莲花经玄赞》第四函：“此经书体为独草。凡草书两字不相接，而又无波磔，八分之书《升仙太子碑》最胜，观此卷之书风，笔端变化入神，姿态雄浑，让人想起明宣宗《草书歌》之佳迹。草写佛经，在我国虽然能见到《鼠心经》等不少后代的作品，但此卷墨光如漆，纸墨相辉映，有扑人面目之气概。”论《千手千眼观世音菩萨广大圆满无碍大悲心陀罗尼》称“西天竹园沙门伽梵达摩译。二丈六尺四寸。一卷完整，凡十九纸，首一纸为后笔，字虽不朽，但有奇趣，可谓宋徽宗瘦金书之先驱”，这些看法虽然还可以讨论，但都是有其见地的。

中村不折先生在其所藏我国出土的墨迹录中，除了这三卷还收入了“刻经”，包括《十诵尼律卷》第四十六、《宝箧印陀罗尼经》；“史料”包括《北馆牒》《北馆第二牒》《北馆第三牒》《圣历二年户口册》《开元四年户口册》《乞粮牒》《天宝解粮残檄》《唐人日课习字卷》；“圣典及子类”，包括《老子道德经》残卷、《老子道德经》残字、《抱朴子》残卷、郑注《论语》残卷、《庄子·天运》篇、《庄子·知北游》篇、《左传》残卷和《搜神记》一卷。此外，还收录日本《四自侵经》《兴福寺烧经》等十种，刻本《根本陀罗尼》、《六朝写经》残字卷第一至第五、《流沙碎金》一卷、《唐写经》残片卷一至卷三等。

中村不折先生不光是一位古代书法墨迹的收藏家，更重要的是他联系书法史对这些墨迹进行了细致的研究工作。他对书法史上“汉兴有草书”、关于甘露元年《譬喻经》年代之异说、笔的制造、漆书、纸的制造等说法进行辩证，提出了自己的看法。如论“汉兴有草书”，在他看来，所谓草书，其形圆而用笔润，进一步则为独草、连绵草，以至今日。世之所谓“草书”，一般来说都指圆润的一类。既然是草书，即有草率之意，是对真书的严格烦琐而言，汉以前其实就已产生。秦代的隶书，是秦篆的草体，所谓“不同”，只是形貌方而用笔疏而已。通行于春秋战国时代，钱币的文字方而简，亦可见草书的面目。周铜器的铭文，也有省略笔画的草体。返溯殷代，龟甲兽骨上的卜辞文、铜器上的款识文，笔意鲜明，用笔巧妙，书法率意颇多，笔画省略，反而有趣。因而，他认为殷代也有“草书”，虽然与汉以前方而简、汉以后的圆且润的草书有很大的区别，但其运笔以便捷为目的是共同的，彼此都应可以用“草书”为名。

他又通过实物说明，晋代并非碑碣书之时代，而是尺牍书法的时代，如果将碑碣中严正骈列的文字，作为文人悠游弄管的晋代书风的代表，是很不恰当的。《兰亭序》正是在这种氛围中，一觞一咏，畅情悦意，挥笔而成的。书圣王羲之在最得意的瞬间写出的神品，如以写碑碣书的严格态度写《兰亭序》，终究不成。

关于笔的制造，他认为，秦以前的石鼓文字，可明显辨认出使用毛笔的痕迹。又从其所藏汉代锡壶、陶瓮上所见浓淡粗细之痕，毛颖集合分离之际，肯定是漆书所写，而不是用玉石和金属等书写。这些认识，都是他通过反复观察古人墨迹实物后所得，而不是人云亦云，其价值是不应忽视的。

空海：日本“三笔”之一

日本书道史上，空海（774—835）、橘逸势（？—842）、嵯峨天皇（786—842）并称为“三笔”。橘逸势于延历二十三年（804）与空海同船随遣唐使藤原葛野麻吕来唐，在唐学习中国文化两年，传笔法于柳宗元，回日本以书法名师。嵯峨天皇为日本第五十二代天皇，书法学唐人，时与空海并称“书圣”，空海从唐朝带回到日本的诗文和名迹，曾献给嵯峨天皇。空海流传的佛教题材的书法作品有哪些？中国书法对他的作品有哪些影响？他的书体有何特色？

一、空海佛教题材的作品

根据日本学者饭岛太千雄先生的统计，日本现存空海作品有二十七件，其中佛教题材的有四件，即《聋瞽指归》《灌顶历名》《金刚般若经开题残卷》《破体心经》。

《聋瞽指归》是延历十六年（797）十二月，空海二十四岁时作品，这是日本最初的汉文学书。《聋瞽指归》所录的是六朝盛行的四六句式的骈俪体，引用大量的中国佛典故事和传说。空海读后用书法抄录，以王羲之为基本书风，加上李邕书法风格，作品中的行书、楷书、草书、杂体合用，被称为“破体书”。

空海从唐回到日本所写的《灌顶历名》是在高野山实施真言密宗灌顶时所写受法者的名簿，今藏京都神户寺。弘仁三年（812）十一月十五日和十二月十四日，空海为前来受金刚界灌顶的僧人书写名录，受灌顶的僧人有一百多人，其中前面的二十二位僧人还标写了数字，第一位是最澄。空海这件《灌顶历名》是空海信手所写，多处进行涂改，大字小字相映成趣，行间的长短和空白也极见艺术之美，作品中纸头的衔接处也写了汉字。

《金刚般若波罗蜜经》即《金刚经》，是来自印度的佛教经典，主张“应无所在而生其心”。空海从密宗立场上解释了《金刚经》，即所谓的“深秘释”，是了解空海解释《金刚经》的最好资料。这件《金刚般若经开题残卷》是空海四十岁时的作品，通篇草书，草法娴熟，得力于王羲之草书犹多。作品一丝不苟地写成，没有连绵的气势，却体现其对《金刚经》的虔诚。

今存京都太都广隆寺的《破体心经》也是流传至今的空海佛教题材的作品。在元正天皇（715—724）时，日本即传有《心经》，奈良时代开始盛行。空海所书的《心经》为破体，把《心经》从密宗立场上加以注释，是空海解释《心经》的珍贵手迹。

二、空海作品中的晋唐笔意

空海三十一岁入唐，吸收了东晋王羲之的书法，曾把王羲之《兰亭序》和《诸舍帖》等法帖放在船上带回日本。空海还把李邕的真迹从唐带到日本，做成屏风，奉给淳和天皇。

前面提到的《聋瞽指归》行书一卷，全文834字，长20米，共一万八千字，作品取法王羲之一脉的智永《真草千字文》尤多 。其中的“成”“使”“神”“论”等字取法唐怀仁《集王羲之圣教序》、《兴福寺断碑》、李邕《麓山寺碑》、《法华寺碑》。

日本东寺藏《风信帖》是空海寄给最澄的三件书信合成卷，为空海四十岁前后所书，纵29.5厘米，宽157.9厘米。第一封《风信帖》是他给最澄的回信，讨论佛法教义和因缘；第二封《忽披帖》和第三封《忽惠帖》是他写给最澄的书信。最澄自唐回日本后在延历二十四年（805）向桓武天皇呈上《请来目录》，其中的《僧最澄佛具经典奉纳状》中有《书法目录》《大唐圣教序》和《王羲之八帖》，都奉献天皇。空海用东晋王羲之一路的书风给最澄回信，最澄是能体会其晋人笔法妙处的。《风信帖》中“风”“常”“及”“总”等字明显来源于《集王圣教序》。

前面提到的《灌顶历名》，是空海的行书名作，纵 28 厘米，宽 266.85 厘米。这件作品书风取法晋唐人。其中“光”“仁”“范”“十”“雄”“延”“高”等字明显来源于颜真卿《争座位稿》和《祭侄文稿》中的写法，其用笔的厚重和笔法的多变是空海入唐以前所未见的。

在日本书法史上，空海最大的功绩是把从唐代学过来的草书和杂体书进行灵活的运用和推广。空海之前日本也有草书和杂体书，但影响很小。空海入唐后学习到唐代优秀的草书和杂体书，使其书法表现极为丰富，被称为“大师流”，对日本书法产生了很大的影响。此后空海草书变成“假名书法”的起源，形成了日本独特的文字文化。

空海书法形成个人风格，首先是行书，其次是楷书，草书最迟。在《聋瞽指归》中，他的草书还不成熟。入唐后，空海才真正学习草书，小草主要学习唐代孙过庭《书谱》。《书谱》是东晋王羲之草书一脉在唐代传承的代表，有极高的艺术成就。重视王羲之书风的空海入唐后，特别重视对《书谱》的学习。现存晚年空海以杂体字和破体书融合的书法中就有《书谱》的作品。日本阳明文库中存有空海临摹的《书谱》残章断简，其中从“五十指命”到“然后”之间的 32 字，完全学习《书谱》的草法。空海入从唐回日本后，多次临写《书谱》，并将破体和杂体融为一体。现日本宫内厅藏空海《御物本书谱》，纵 29.3 厘米，宽 45.8 厘米，草法均以《书谱》为基础，并加入王羲之和李邕的笔法，形成空海个人的面貌。

空海学习唐代大草的代表作是《崔子玉座右铭》。其书写的内容是东汉崔瑗的《座右铭》，纵 28.6 厘米，宽 107.2 厘米。卷头“无道人之短，无说己之长”十字今藏日本高野山宝龟院，“施入慎勿念”等十六字藏在东京大师会，其他断简共 22 行 44 字。《崔子玉座右铭》中的“慎勿”“含光”的笔法与唐代张旭的草书接近，总体的大草笔法和字形的处理，与怀素《自叙帖》中“戴公”“玄奥”“固非虚”“颠”等字的写法十分接近。日本施福寺所藏空海的《中寿帖》中，也能发现唐代张旭、怀素的连绵草法在其作品中的运用。

晋唐楷书对空海书法的影响，有日本阳明文库所藏空海《千字文》和日本醍醐寺所藏空海《狸毛笔奉献表》两件作品为证。

空海的《千字文》笔法得力于王羲之一系，而对其直接影响的是智永的《千字文》和欧阳通的《道因法师碑》，如其作品中的“洛”“邑”“持”“京”“背”等字，将智永《千字文》楷书中平和秀润的书风和欧字中方峭内紧的笔法相结合，形成空海楷书基本的面貌。

《狸毛笔奉献表》是空海楷书的名作。弘仁三年（812）六月七日，空海让笔工坂名井清川做四本狸毛笔献给天皇，其中有楷书、行书、草书和写经四种，每种笔的做法也不同。

他向坂名井清川传授在唐代的见闻，强调应该注重选择笔的材料，根据文字的大小、粗细，考虑笔的大小、长短、硬软和齐尖，强调选毛的方法、笔头整齐的技术以及毛笔的染墨法和保存法。这份《奉献表》体现了空海对书写不同书体的毛笔的认识。此表纵 27.6 厘米，宽 20.6 厘米，共 9 行小楷，其笔法与王羲之《乐毅论》《黄庭经》等极为接近，空海得力于晋人小楷笔法是显而易见。

三、空海的杂体、破体和飞白书法

空海晚年依据汉代许慎《说文解字》和南朝梁顾野王所撰的《玉篇》编纂了《篆隶万象名义》三十卷，以汉字注音和释义而闻世。

这是日本最初的字典，体现了空海对文字学的关注。空海在其中的《献梵字并杂文表》中，空海说：

茶汤坐来。乍阅震旦之书。每见苍史古篆。右军今隶，务光韭叶，杜氏草势，未尝不野心忘忧，山情含笑。

这里提到上古苍颉的篆书，王羲之楷书、务光的韭叶篆，杜度的章草。空海在《性灵集》中论书体时还提到汉代的曹喜、蔡邕、张芝，三国钟繇，南朝梁武帝，唐代欧阳询、褚遂良和李邕等人；列举到的书体有龙爪、蛇书、虫书、风韭、垂露、悬针、鹤头、偃波、麒麟、鸾凤、瑞草、芝英、鹄头、倒薤和飞白十五体以及许慎《说文解字》序中提到的“秦书八体”。今从京都毗沙门堂存空海献给嵯峨天皇的萧子良《篆隶文体》的摹本，可知南朝时期的书体面貌。《篆隶文体》收录了四十三体，在空海《性灵集》卷三《敕赐屏风书了即献表并诗》中提到六十余体，不限于萧子良的《篆隶文体》。他说：“古人笔论云：书者，散也。非但以结果为能，必须游心境物，散逸怀抱，取法四时，象形万类，以此为妙矣。”

在他看来，拟鸟迹而挥翰，想龙爪而染笔之类，都是从自然物象中得到发挥，得到如“垂露悬针之体”“鹤头偃波之形”“麒麟鸾凤之名”“瑞草芝英之相”一类的书法形态，是从自然万象中获得的艺术形式和手法，是人本性的发挥和表现。因此他认为“六十余体者，并皆人心感物而作也”。空海自己认为，他提到的六十多种杂体书法是表人心、感万物而产生的，不是空穴来风。

中国古代书论上记载的书体，除萧子良《篆隶文体》的四十三体外，还有南朝宋王愔《文字志》记载有三十六体，梁庾元威《论书》记载有一百体，梁庾肩吾《书品论》记载有二十四体，唐孙过庭《书谱》记载有八体，唐元度《十体书》记载有十体，张怀瓘《书断》记载有十体，韦续《墨薮》记载有五十六体。空海《性灵集》所记载的有六十余体，仅次于南朝梁代庾元威的记载。中唐时期，杂体书呈衰落之势，而空海是十分重视的。空海何以对杂书体如此重视？这与空海研习密宗有关。密宗重自然与智慧相通，空海认为，书法的最高境界是体现密宗，最能体现密宗的书法是杂体书法，日本释迦文院藏空海《盖池碑铭》运用多种杂体进行创作，在空海的《聋瞽指归》中吸收智果《书评帖》中的“字母体”，《篆隶文体》里创作的“一笔书”也吸收了张芝的连绵草法，都是其杂体书的代表。

空海不光重视“杂体”，还善于用“破体”。唐张彦远《法书要录》的《徐浩论书》中说：

锺善真书，张称草圣。右军行法，小令破体，皆一时之妙。

所谓“破体”，就是掺杂几种书体书写，如东汉《永寿二年陶瓶》、东晋王羲之《姨母帖》、王献之《中秋帖》，以及唐代颜真卿《裴将军碑》《守政帖》《文殊帖》等。日本假名书道和现代日本的“汉字假名掺杂书”就运用的破体。

空海流传于世的《破体千字文》《聋瞽指归》《真言七祖像赞》《越州帖》《二荒山碑铭》《南圆堂铜灯台铭》《真言七祖像赞行状文》《真言三祖像赞》《破体心经》《益田池碑铭》《综艺种智院式并序》《篆隶万象名义》《御物本

书谱》《真书千字文》《崔子玉座右铭》《三十帖策子》等作品都运用了破体和杂体。其中《破体心经》《真言七祖像》中的不空像，在梵字边上以细字楷书加入写梵号的音。空海《篆隶文体》中的第三十七有“天竺书”，即是梵字。朱千乘《送日本国三藏空海上人朝宗我唐兼贡方物而归海东诗》序中称其“能梵书，工八体”，空海精通密宗经典，梵字在作品中运用，有着特殊的宗教意味。

“飞白”一体从汉末到魏初题额中曾被使用到，唐代有实物传世，如唐太宗《晋祠铭额》（646）、唐高宗《大唐纪功颂额》（659）、《考敬皇帝睿德纪额》（699）、唐中宗《赐卢正道敕》（707）等，唐代帝王爱好飞白书可见于此。

被刻入了北宋《淳化阁帖》卷七的有王羲之《省飞白帖》等，李嗣真《书品后》把王羲之作为“飞白的仙”来称赞，列蔡邕、王羲之、王献之的飞白为“神品”。空海来到长安后，学习唐代流传下来的飞白书，并带回日本。《篆隶文体》中有“骞”“翥”“斐”“尾”的飞白书，类似《晋祠铭》中的“月”“日”；又有《真言七祖像》中的“汉名”“不空”“龙”“号”“梵名”“梵号”“汉翻”“龙猛菩萨”等行草飞白，与《晋祠铭》中的题额“贞观”，武则天《升仙太子碑额》等飞白杂体极为相似。空海把这种写飞白书法的风气传到日本，一方面是文字本身的装饰作用，另一方面，是这些文字蕴含某种密宗的特征，被空海作为信仰而传承。

近代日本对王羲之书风的取法

日本大阪市立美术馆2016年曾举办“从王羲之到空海”的大型中日书法展览，西岛慎一先生作为日本资深书法史学者和出版家，曾对近代日本取法王羲之书风进行讨论，对于研究今天的日本书坛颇有意义，值得我们关注。

日本书道肇始于王羲之书法的传入。在最澄的《久隔帖》里可以看到效仿《集王圣教序》而写的字。空海也深受王法的感化，从其年轻时所作《聋瞽指归》中，已经能够窥见《集王圣教序》风格的构架，而《风信帖》《金刚波若经开题》等作品也显然是遵循王法所作。小野道风奉王法为祖，藤原佐理、藤原行成等人则尊王法为宗。此外，在《万叶集》中甚至有将“羲之”“大王”直接训读为“手师”的例子，由此可见“王羲之成为书法家的象征”的观点在当时就已广为流传。

藤原行成是小野道风的忠实信奉者。据传，藤原行成经常在梦中谒见小野道风，足见其对“道风流”的虔诚。藤原行成书法的基础也是王法。在其日记《权记》宽弘八年（1011）六月八日中有“归还宽弘五年（1008）四月十四日借于皇宫宜阳殿的书法作品六件”的记载。这六件作品分别为张芝的作品两件和《乐毅论》《黄庭经》等王羲之的楷书四件。借览这些作品的三年，藤原行成的年龄是三十七岁到四十岁。这一时期，他正在担任“权中纳言”这一重要政务。可见，藤原行成即便在公务繁重之中，仍对这些作品研习不辍。

藤原行成对由王法中领悟到的古朴雅致加以提炼，并运用日本自身的艺术感受进行吸收，最终形成了其华美的书法风格。在此基础上，藤原行成的书法风格被广为接受，并成为“世尊寺样”而风靡一时。此后，伟大的后继者尊圆亲王将王法发扬光大，使之成为“清莲院流”而席卷了日本。进入江户时代后，王法成为“御家流”的鼻祖，继续占据着江户时代书道的主流。江户时代流行的“唐样书道”取法学习的对象是赵孟頫、文徵明、董其昌等人，因此其奉王法为祖的倾向十分明显。所谓的“假名书道”，究其源流，是由汉字的草书转化发展为平假名的形式而来。在《秋荻帖》《自家集切》等作品中，就能够清楚地看到这种转化发展的过程。正是由于认识到假名明显来自于王羲之的汉字，所以日比野五凤才会明确指出，“王羲之某些笔法丰富的草书的用笔，与假名的用笔是直接相通的。”

在日本书道的发展过程中，无论是汉字还是假名，都与王羲之笔法始终保持着不即不离的关系。然而，到了近代，日本书道却并未呈现出“王法一边倒”的面貌。这一点，西岛慎一先生曾作专门讨论。

大正四年（1915）一月二十四日，在东京西神田俱乐部召开的谈书会上，日下部鸣鹤曾经说：“内府御藏的右军《丧乱帖》、冈田氏所藏的《孔侍中帖》、乾隆《游目帖》等双钩填廓的珂罗版开始为世人所知以来，可以看到一种趋势，那就是在推崇王羲之之余，京都大阪地区逐渐开始盛行唐派书法。”

明治十三年（1880），杨守敬来到日本，日下部鸣鹤与岩谷一六、松田雪柯等人一同前往拜访，并尝试着通过笔谈的方式观摩其携带的拓本。此后，在杨守敬的指导下，日下部鸣鹤逐渐成为尊崇北派的“六朝书道论”的主要倡导者。

日下部鸣鹤曾经论述过他赞同北派论调的理由。他认为，日本自“三笔三迹”以来，始终以王法为中心的书法盛行，但“物盛极则必生弊”，其末流就已堕入御家流的琐俗之中。对此，日下部鸣鹤甚至断言称，“能够治疗这一积弊的，除了让气骨苍劲、力遒韵高的六朝及初唐诸大家的书法流行于世之外，别无他法。因此，这也是吾辈多年的夙愿。”由此可以看出，日下部鸣鹤之所以会在谈书会上作出对推崇王羲之的趋势表示担忧的发言，正是其推进“六朝书道论”的初衷。

日下部鸣鹤的推重北碑的主张风靡日本全国，逐渐演变成轻视王法的潮流。其中，中村不折组织的“龙眠会运动”在反对王法的潮流中最为激进。他们认为，书法应该具有不受造形主义限制的、强烈的设计感。

与日下部鸣鹤、中村不折等人的“六朝书风论”主张针锋相对的是京都帝国大学的内藤湖南。明治四十四年（1911）三月二十六日，大阪《朝日新闻》刊登了内藤湖南撰写的稿件，题为《北派的书论》。在这篇文章中，针对日下部鸣鹤信奉的“六朝书风论”，内藤湖南指出了作为碑派理论根据的阮元、包世臣、康有为等人主张的局限性，并予以驳斥。其中，内藤湖南对中村不折的批判最为严厉。他说，“那些虚浮追慕六朝风格的人，只会拘泥于对碑本的形似，作无谓的刻画而已。”

对于日下部鸣鹤所担忧的王羲之书法双钩填廓本的出版，内藤湖南也给予了很大的关注。

明治三十九年（1906）十月的《国华》一九七号首次刊印了《孔侍中帖》，明治四十四年（1911）五月的《国华》二五二号刊载了《丧乱帖》，此后，国华社于明治四十四年（1911）八月将《孔侍中帖》和《丧乱帖》以近乎原尺寸的珂罗版进行了印刷，并命名为《王右军书记》予以出版。其中，内藤湖南作了详细的跋。不过，《丧乱帖》首次被复印，是明治四十三年（1910）八月审美书院刊行的《支那墨宝集》。在该书中，插有以珂罗版印刷发行的《丧乱帖》的折页。

大正二年（1913）四月，内藤湖南效仿王羲之在《兰亭序》中所描绘的永和九年（353）的雅集，在京都组织了“大正癸丑兰亭会”。在会上，《游目帖》在日本首次被公开展出。作为纪念品，还以珂罗版印刷了原尺寸卷轴形式的复制品，内藤湖南也作了详细的跋。

西岛慎一先生指出日下部鸣鹤所称“京都大阪地区逐渐开始盛行唐派的书法热”，正是由于内藤湖南所主导的上述这一系列彰显王羲之书法的出版所致。内藤湖南对王羲之书法的敬仰无以复加。在为博文堂以珂罗版印刷出版的《上野本十七帖》所作的跋中，内藤湖南坦诚地表达了其对于王法的尊崇和挚爱：“尽管阮元等人贬南褒北，颂扬北碑，独我一人一心景仰拜服王羲之，甘为右军之仆役，笃信至深，矢志不移！”

内藤湖南在《北派的书论》中指出，自明代中期以来，书法观逐渐出现了两大流派。他认为，“虽然想要说清楚二者的区别十分困难，但也许可以借用董其昌的说法，其一可称为‘作意’，另一可称为‘率意’。”

从明代中叶开始，在书法中重视“率意”的一派开始出现，董其昌就是其中之一。董其昌曾经将自己的书法与元代的赵孟頫相比较，称“赵书因熟得俗态，吾书因生得秀色”，进而还指出，“赵书无弗作意，吾书往往率意。”

内藤湖南十分重视董其昌的书学思想。他认为，中国书法是在不断对王法进行吸收和消化的过程逐步发展的，而从中能够窥见某些质的变化。内藤湖南指出，所谓“作意”，是指重视“形状、形态”等表面性的外在形式，并采取形式主义，进而对王法墨守成规。而所谓“率意”，则是指着眼于充实内在的本质层面，以期创造出超越外在形式的表现。内藤湖南认为，这正是王法传承的两面性。在此基础上，他进一步指出，正是由于对“率意”的重视，王法才得以复苏。

《晋书·王羲之传》相传是由酷爱王羲之书法的唐太宗亲自执笔而成。在这篇传记的最后，唐太宗总结称：“心慕手追，此人而已。其余区区之类，何足论哉!”

自唐太宗尊崇王羲之之后，“心慕手追”四字便成了追求书法理想的代名词。董其昌曾评论道：“晋人书取韵，唐人书取法，宋人书取意。”其中的“韵”字，则可谓是“心慕手追”的具体成果。

王羲之在世时，便向世人展现了如何通过“韵”的实现来达到书法理想。进入唐代以后，王法却逐渐被法度化。孙过庭《书谱》就是其中的代表。在该文中，将易于学习作为评价王羲之书法的基础。因此，韩愈在《石鼓歌》中发出了“羲之俗书趁姿媚”的批判，这就是批评王羲之书法“形骸化”而少其真意。进入宋代以后，展现人性的“意”受到重视。苏东坡及其艺术主张就是“意”的象征。

对于王羲之书法的评价也随着时代的发展而不断变化。王羲之书法已经脱离了王羲之本人的存在，而被抽象化成为“王法”，并随着历史的进程而毁誉浮沉。进入明代以后，董其昌所言“率意”才逐渐得到重视，并被拿来与“作意”进行对比。“率意”的书法重视章法。董其昌提出：“古人论书，以章法为一大事”，并将章法定义为“盖所谓行间茂密是也”。董其昌还将《兰亭序》品评为“章法为古今第一”的神品。重视“率意”和章法的另一典型，就是王铎、傅山等人的书法中所呈现出的某种浪漫主义。

对于董其昌所主导的中国书法鉴赏的变迁史，内藤湖南予以充分理解。而日下部鸣鹤缺乏这种洞察，只能囫囵吞枣地接受杨守敬的观点。由此也可以看出，日下部鸣鹤等人的“六朝书风论”所存在的时代局限性。

然而，与中国书法史上所经历过的鉴赏变迁相适应而产生的多重性构成，在日本书道史中并不存在。日本是将接纳和吸收“三笔三迹”的那个时代的人们对王羲之的“意象”固定下来加以传承，在尊奉创始者既定风格为祖的道路上疲于奔命，最终陷入了虚无的流派书道这一窠臼。从这个角度来看，日下部鸣鹤所言“物盛极则必生弊”的状况也是事实。

日本的文化环境以昭和二十年（1945）为分水岭而发

生剧变，对中国书法史的介绍也发生了前所未见的变化。有见地的书家开始具备了内藤湖南思考书法鉴赏史那般的洞察力。日本书家面临着艰难的选择：是充分肯定并积极推动王羲之书法的发展，还是认识到王法的局限性，并投身于旨在超越王法局限性的金石书法？

内藤湖南所倡导的奉王羲之书法为祖而加以发展的观点，在关西的书坛得到了忠实地贯彻。村上三岛是战后风靡关西书坛明清风格的实践者。他在《拟山园帖后记》中强调："学习王铎，就是在学习更加久远的米芾，同时也是在学习王羲之"。村上三岛指出，黄道周、张瑞图、倪元璐等人，每一件作品和用笔方法都有某种固定模式，学习他们不过是学一种癖好而已。而王铎则没有这种问题，因此，学习王铎是继续学习米芾、王羲之的切入口。

与内藤湖南关系亲密的中野越南，是一位彻头彻尾地尊奉王法为祖的学者。中野越南认为，书法的生命在于"线"。为此，他不断修炼能够产生充实线条的运笔，其目标直指"率意"的书法。

与此相对，主导关东书坛的则是金石书法的理论。青山杉雨以古文字为主题的表现主义手法就是其中的代表。青山杉雨认为，在篆隶书法中必须中锋用笔，而这种用笔方法产生了强烈的线条质感。因此，即便在理解行书之时，也必须认识到行书亦应该具有有力而深邃的线条。而被公认为"八面出锋"的王法则多用侧笔，为此，青山杉雨专门针对王法论述称，中锋用笔所产生的饱满线条更加重要。

但是，青山杉雨的书学亦遵循董其昌的书法理论。他将董其昌强调的“古人作书，必不作正局，盖以奇为正”“作书所最忌者，位置等匀。且如一字中，须有收有放，有精神相挽处”作为自己创作的指南。他也许已经自觉认识到了古文字的表现主义会导致设计感过重，这也从另一个侧面体现了青山杉雨对于王法的尊重。

青山杉雨的老师西川宁也是一位坚定的金石书法派。他曾经放言称：“邓完白、包世臣、吴让之、赵之谦的学统直接传给了本人！”他又指出：“书法不从属于文学。”在造型艺术的自觉中，西川宁也在思考书法艺术独立性这一问题，他是现代主义的彻底奉行者。

西川宁的王羲之书法研究也不容忽视。他说，“《圣教》《丧乱》《孔侍中》等作品中，无一字形态均匀、落入俗套。董其昌正是看到了这一点，才会说‘晋人书取韵，唐人书取法’。我认为，这正是所谓的‘晋人风流’。”

西岛慎一先生认为，今天应该重新回溯和再次确认作为中国书法正统的王法，从古至今是如何被接受、吸纳、继承和发展的历史历程。如宋代四大家和唐代书法有何区别？如何将赵孟頫、祝允明、文徵明与董其昌乃至明末诸家进行对比？如何在书法发展的历程中对陈淳、徐渭加以定位？圆悟克勤、虚堂智愚与宋代书法有何关联？通过日本的展览，对于这些问题我们也应当有所认识。

西岛慎一先生提出，在日本的这次展品中，加入白隐的作品有何意义？良宽的价值何在？这些问题也值得深入思考。尤其需要指出的是，日本书道与王法之间有何关联？又是如何遵循日本式的审美观而加以发展的？对于研究这些问题而言，良宽的书法极其重要。良宽是日本唯一能够将人们对王羲之的意象加以抽象化的书家。他并不是从外在形式上来把握王法，而是从内在本质上来品评王法。良宽有众多王法的临书作品留存于世，从中可以窥见其已彻底领悟了西川宁所言“无一字形态均匀、落入俗套”的真谛。可以说，良宽完全理解董其昌所指出的“晋人风流”，并在清净爽朗的书风中结出硕果。

通过日本的展览，我们还有必要对日本平假名与王羲之书法的关联加以确认。不能只研究王羲之书法被运用于假名创作，也应该去研究整个假名古典的序列。

西岛慎一先生还提出，中国书法出了个王羲之，在日本古代的优秀墨迹中，有没有能够与之匹敌的、无论何人都能够普遍认可的作品？王羲之书法到底美在造型？还是线条质感？妙在其点画？还是情趣？这些问题都应引起我们加以思考。他举例说，铃木翠轩以褚遂良的《孟法师碑》为自己打下基础，但其中年以后开始厌弃《孟法师碑》的规则性，遂转而学习钟繇的《宣示表》。他曾断言称，《宣示表》的点画以及其运笔，无处不渗透着王羲之书法的

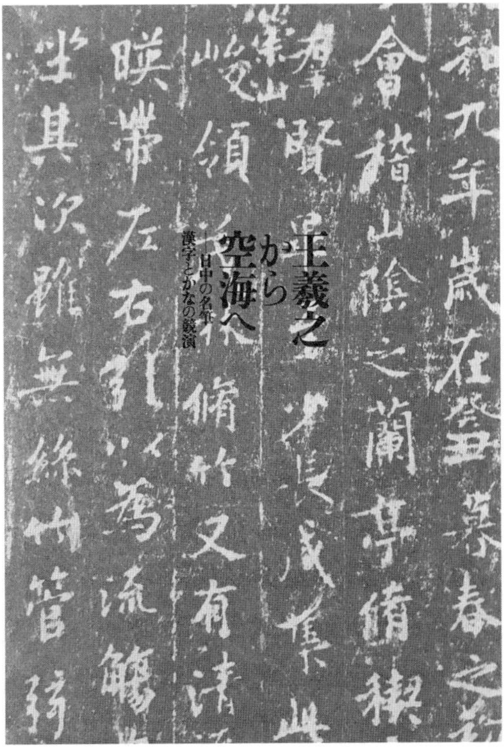

日本“从王羲之到空海”展览图录

“意象”。

在西岛慎一先生看来，正是因为有了每一个书家自觉地做出各种尝试，王羲之书法才得以在现代再放光芒。他衷心地期望，以“从王羲之到空海”的展览为契机，能够造就 21 世纪人们对王羲之的重新认识。

近代日本学者谈六朝书风

清代后期中国和日本书法界的相互往来十分普遍。以前日本江户时代由于闭关政策，外来文化输入较少。进入明治时期（1868—1912）以后，日本对外来文化广泛接受，光绪三年（1877），清政府在日本设立公使馆，两国书法家交往越来越多，对日本明治时期的书法产生了极大影响。这一时期的书法，日本学者是如何认识的？在他们眼中当时的中国书法界是如何影响日本的？1931年，二松堂书店出版的中村不折和井土灵山共译的《六朝书道论》一书中，收录有日本学者日下部鸣鹤、内藤湖南、前田默凤三位学者讨论六朝书风的内容，对于了解六朝书法对日本明治时代书风影响有重要的参考价值。

日下部鸣鹤是日本近代最有影响的书家，他曾向吴昌硕请教书法，吴昌硕为其刻印。他认为，明治时代的书风变迁大体上可以分为王政维新时期和明治十三、十四年这两个阶段。德川幕府末期的书风是尊圆亲王所创造的、被称为“御家流”的书风。在当时一般人的眼中，对“御家流”是有偏见的，认为“御家流”根本不是书法。当然，在明治维新前“御家流”盛行的时代，已有中国的唐代书法存在，但这种风格多为文人墨客、儒者、医家等人所推崇。而当时的公文书法只限使用“御家流”，民间书风也是以“御家流”为主，那时的日本书坛完全是“御家流”的天下。日本书坛的变迁是明治年间与维新一起到来的。随着幕府的倒台和明治政府的建立，当时的政治中枢成立了太政官文书课。其奉职者中，写唐代风格的人居多，严谷、长松、菱田、北川及他这一辈的书家也都是崇尚唐风书法的。

明治初年，还没有实行废藩置县时，地方政治还实行旧时的藩政制度。随着太政官的文书不断向唐代书法风格，这种现象不断向各藩渗透，各藩的文书从旧式的“御家流”向唐代书法风格转变。这是近代日本书风变迁的重要原因，其代表人物有海屋流、东有菱湖流、米庵流等。在此后的十年时间几乎没有什么变化，逐渐形成了唐风书法盛行的时代。日下部鸣鹤认为，明治十三年（1880），中国清代公使馆随员杨守敬的到来，使明治时代的日本书坛发生了质的变化。

杨守敬来日后，严谷一六、松田雪珂和他本人同时登门拜访并随其学习。那时，随杨守敬学习书法成为他们的乐趣。这成了六朝书风最早传入日本的途径。而在此前，潘存的弟子、清朝驻长崎领事余琼曾介绍中林梧竹到中国学习。梧竹在中国学习两三年书法，回到日本长崎后也大力提倡六朝书风。梧竹留学与杨守敬来日本是在同一时期，他们传播六朝碑派书风，尽管见解不尽相同，但大大推动了日本明治时期六朝书风的兴盛。明治维新初年的“御家流”在被唐代书风所代替后，又盛行起六朝书风。

内藤湖南是近代日本著名的汉学家，在日本形成了著名的“支那学派”。他认为，道光年间，中国书法分为南北两派，北派书风逐渐流行起来，倡导北派书风的阮元《南北书派论》和《北碑南帖论》是北派书论之源。包世臣的《艺舟双楫》和康有为的《广艺舟双楫》为北派书论的发扬增加了强大的气势。从这些书论中可以看出碑派书风在清代百年之内的变迁过程。汉代蔡邕、魏钟繇，东晋王羲之被认为是中国书法笔法的正宗，明代初年的解缙有关于王羲之笔法传承的讨论。从元代的赵子昂到明代的文徵明，都有自己的书写方法，祝枝山以后的书家在创作上有很大的不同。董其昌认为中国书法有“尚意”和“率意”之分，上古以来书风多以“尚意”为主，明代中期以后的书法出现了“率意”的书风。

内藤湖南进一步指出，六朝到唐宋元明时期的书法总体上沿袭古法，以学习古法为基础，表现“尚意”的书风，最终达到熟练的状态，祝枝山以后的书家则逐渐向“率意”

的书风转变，多重视书家自己的个性和自然情绪的表达。从唐宋代开始盛行的“尚意”是以习古为主，发挥书家的个性，最后自成一家，但最终往往造成了极力的学古人而失去了自己的个性。后来，书家逐渐重视发挥个人特色，形成“率意”的书风，这种书风从祝允明开始到明末盛行起来，其中最具代表性的书家是张瑞图。他重个性，形成了自己独特的风格。董其昌以“尚意”书风见长，偶尔用些“率意”的笔法，他的“率意”极为精妙。清代初期的王铎等诸多书家，完全放弃了“尚意”的书风，崇尚“率意”书风。康熙皇帝喜欢董其昌的书法，但是他并不完全喜欢董其昌“率意”的书风，而仍把“尚意”的书风放在重要的位置。追溯董其昌一派书风形成的根源，是重在对米芾书法的学习。清代王梦楼、梁山舟、张照等人都属于“率意”派。

在内藤湖南先生看来，“尚意”和“率意”两派书风区别明显，但是崇尚“率意”的书家逐年增多，南派书法中多样书风的风靡是近代北派书法形成的基础，也是日本明治时期书坛形成“率意”书风的重要原因。

日本著名学者、书法家前田默凤认为，日本明治年间书风的巨大变革，完全出乎世人意料之外。明治维新之前的德川幕府时代，尊园亲王的末流即“御家流”一派，盛行天下，世人争相效仿。特别是当时的公用文书全部用“御家流”的书体书写，令该书体俨然成为习书者的范本。然而，仍有一些传统的人推崇颜、柳、苏、米等人的书法，并对当时盛行的“御家流”进行批判。崇尚“御家流”的人反过来又对当时推崇唐风书法的学者们进行嘲讽，认为他们推崇唐风就好像当时在中国盛行学习董其昌的潮流一样。在这种批评声中，日本书法的变革随着明治维新这一时代剧变一同到来。

“御家流”废除之后，取而代之的是盛极一时的“卷菱湖”书风。此书风严整规范，简单易学，老少妇孺皆能掌握，因而迅速席卷全国。但这种书体笔法过于简单单一，人们逐渐开始研究赵子昂、董其昌乃至颜真卿和柳公权等人的笔意。此时，杨守敬来日本，使日本人接触到了中国的六朝碑刻书法。同一时期，中林梧竹从清朝学习六朝书风精华归国。从此，日本人学习六朝碑刻，是日本书坛在明治时期的重大变化。

前田默凤先生说，当今所能看到的六朝碑刻大约有四百种，其中《爨宝子碑》《中岳灵庙碑》等碑刻属于奇峻一脉，其它大多是方正一脉，奇峻一脉仅占不到百分之一。奇峻的风格并不是六朝专属，在同一时代，既有推崇方正严谨书奇峭之风的人，亦有欣赏飘逸之风的人。那个时代的书法作品也如此，奇形异状的字和方正严谨的字同时存在。许多人轻率地形容六朝书风是奇峭文字，其实是对六朝文字的误读。实际上，要学习笔画森严的书体，六朝书法是最适合的风格。书法史上，日本明治时期对六朝书法的学习，不能仅理解为学习“雄奇角出”的峻峭书风。

近代日本的印学

从幕末至明治时代，文字学兴起。明治时代前田默风著有《印文学》。明治及大正时代，高田竹山著有《古籀篇》《汉字详解》《朝阳字鉴》等著作，为印人创作提供参考。

明治以后，中国古印的鉴定与收藏成为日本印人关注的内容。杨守敬明治十三年（1880）东渡日本后，日本人开始关注中国汉印的收集与整理，乡纯造著有《松石山房印谱》六卷，收罗了秦汉以来的官印、私印和明清印人作品，光绪八年即明治十五年（1882）杨守敬为其印谱作序，其中收录有杨守敬旧藏的古铜印六十余方。明治二十八年（1895），日本出版了《松石山房印谱续集》，以后又陆续出版了《随意庄印剩》《松石山房铜印考》《法眼居印赏》等书。

大正时期，藤井氏静堂收藏有约九千方中国印章，其中包括御玺、古玺、秦汉印和飞鸿堂汪启淑的旧藏印等，其中部分藏品由园田湖城氏整理成《蠹蠹庄藏玺》一书。大谷大学图书馆秃盦文库收录有东本愿寺大古秃盦的藏品，作品辑入大正十三年(1924)编成的《梅华堂印赏》一书中。昭和三十九年（1964），这些作品又被重新编成《中国古印图录》一书中。

印谱的收藏在近代日本十分丰富。著名的有三井文库、秃盦文库、藤井氏有邻馆、太田氏梦盦、园田氏平盦、横田氏漠南书库、日比谷图书馆加贺文库、名古屋蓬左文库、小林氏斗盦、松谷氏三娱斋等。此外，北村春步兰室收藏的中国、日本印谱数量也相当可观。

大正时代后，日本编辑了不少中国古印印谱，可以了解到日本现存中国古印的大致情况。著名的古印谱如太田孝太郎的《梦庵藏印》《枫园集古印谱》《枫园集古印谱续集》，大谷莹诚《梅华堂印赏》、藤井静堂《蠹蠹庄藏古玺印》、林熊光《磊斋玺印选存》、园田湖城《平盦考藏古玺印选》等。对于古铜印谱的研究，日本太田梦庵的《古铜印谱举隅》和《古铜印谱举隅补造》影响最大。罗福颐《印谱考》，收录一百四十四种印谱作品提要和序跋，在日本有重要影响。

将古印谱和近人印谱编辑一起出版的有曾之唯《印籍考》、乡纯造的《印谱考略》、中井敬所的《续印谱考略》、叶舟的《叶氏印谱存目》、李文綺的《冷雪盦知见印谱目录》、北村春步的《兰室收藏印谱目》、《兰室收藏日本印谱略目》、横田实的《漠南书库印谱目·中国部分》、《漠南书库印谱目·日本部分》等。这些印谱，对于研究中日印章艺术有重要的参考价值。

近代日本印学中，中井敬所对日本近代印学兴起有重要贡献，中井敬所幼时喜好篆刻，曾向滨林藏六和益田学习篆刻，初攻明代苏宣的印风，后学汉印，博涉明清诸篆，遍览印谱，精于鉴赏，曾评定乡纯造编成的《印谱考略》，著有《续印谱考略》，著有《日本印人传》《皇朝印典》等，日本印人冈村梅轩、冈本椿所、田口逸所、群司梅所等都出自他门下，组成“菡萏印状”，在日本印坛有重要影响。

河井荃庐是近代日本最杰出的代表印人。他生于明治四年（1871），京都人，二十岁时从蓧田芥津学习篆刻，后仰慕西泠印社社长吴昌硕印风，于明治三十三年（1990）游学中国，与吴昌硕结下深厚友谊。他的印章取法秦汉，汲取吴昌硕、赵之谦印风。渐而形成个人面貌。他多次来中国，学习中国书法篆刻，迁居东京后，热情参与吉金文会、说文会、丁未印社、读书会等，在金石学、文字学、书画鉴赏上有突出的成就，编辑有《龟甲兽骨文字》《书道全集》《南画大成》《墨迹大成》等，印谱有《荃庐印存》《继述堂印存》《荃庐印谱》等。

河井荃庐的弟子松丸东鱼也是日本著名印人，致力于出版古今书籍、金石、印谱等书籍，为后人所称颂。我曾在东京访问过松丸东鱼之子，东京大学松丸道雄教授，看到过不少松丸东鱼的原作。

值得一提的是，昭和四十一年（1966）日本书学家中田勇次朗先生编成《日本篆刻》一书，介绍了日本篆刻史，特别是明治印坛印人中井敬所事迹、河井荃庐生涯及其学问，对日本近代印坛作了全面的介绍。

柏林，柏林

柏林街头

经过十个小时的飞行，我们的海航 HU489 从北京首都机场到达柏林机场，住在柏林市区西南公王大街边上的 SI HOTEL。

柏林位于德国东北部，四面被勃兰登堡州环绕，施普雷河和哈弗尔河流经该市。柏林菩提树下大街两旁，有最具普鲁士典型的建筑风格。整个城市遍地是花园，还有大片的森林，随处可见秋末冬初的美意，柏林冬天天气常常阴森，见到太阳的时间不多，据说柏林人经常到西班牙晒日光浴。圣诞节快到了，到处流光溢彩，人们准备着圣诞节的礼物。

柏林国会大厦位于柏林中心区——蒂尔加藤区，这是一座老建筑，原为德意志第二帝国的帝国议会，后来在

柏林街头

魏玛共和国时期是共和国议会会址。五年一次的德国联邦大会曾在这里选举总统，现在是德国联邦议院的会址。在国会大厦这一古老庄严的建筑中有一座现代的新建筑，建筑底层及两侧的空间安排有联邦议院主席团、元老委员会办公室及议会党团厅和记者大厅，中央为两层高的椭圆形会客厅。我们旁听了议会大厅的介绍，工作人员用德语义务讲解，可惜我不能听懂，同行的北京大学陈洪捷教授不断帮助解释，才大致知道这个大厅的功能。大厅能容纳五六百人，不同党派分席而坐，按党派人数多少决定发言时间，有高级书记员，记录所有议员发言和提问的内容。

国会大厦的穹形圆顶是最受欢迎的游览胜地。我们登上玻璃穹顶，俯瞰全城，柏林的初冬景色尽收眼底。柏林国会大厦是一座古典的建筑艺术，经过多次的修复，把古典艺术和现代设计结合，用 16 世纪和 17 世纪文艺复兴风格来装饰门上方的扇形，又用方尖塔装饰主柱和栏杆。入口起山墙上的帝国国徽、拱顶顶部的皇冠以及入口上方的日耳曼尼亚雕塑等构成了这座古老建筑的魅力，也是德国人的伟大创造。

柏林墙是柏林城市的一道风景。这道墙曾是东德和西德的分界线。第二次世界大战后，城市被分割为两个区域，东柏林成为东德的首都，而西柏林成为西德在东德的一块飞地，被柏林墙围住。1990 年，两德统一后，柏林墙被拆除。今天的柏林街头仍悬挂有一张德国士兵在两德统一后，从东德飞奔到西德的瞬间照。柏林人邀请各国画家在墙上画上和平鸽等各种现代作品，为这个城市装点打扮。其中最有名的一张作品是“兄弟之吻”，画的是两位老人亲密深情相吻的表情。我还看到有张作品，在橘黄的底色上写着一行黑色的字：

Nie wieder Zensur in der kunst !（艺术品永远不要审查！）

18 世纪后期由 C.G 朗汉斯设计的勃兰登堡门是柏林标志性的建筑。随着 1961 年柏林墙的建造，这个门一直是不可逾越的象征，直到 1989 年东西德合并。作为德国重新统一的标志和象征，这座门凝聚着德国的历史和现实。勃兰登堡门以六根多立克式立柱为支撑，上面有女神四铜马的雕像，展示维多利亚女神驾驶四马两轮战车的英雄形象。19 世纪初，拿破仑统治柏林。莱比锡大会战拿破仑战败后，他又把掳走的勃兰登堡门上的胜利战车雕像送回，就是今天矗立在勃兰登堡城门上的雕像，城门边上古典而壮丽的建筑群，和这座古老的城门连成一片。

威廉大街北端，靠近勃兰登堡门附近的欧洲犹太人纪念碑在近二万平米的广场上，竖立着由纽约建筑师 Peter Eisenman 设计的两千七百多根碑柱。波浪式的碑柱再现了犹太人遭到迫害的惨境。碑石为灰色的水泥铸成，表面光滑，高的有四米多，一部分平趟，多数是直立着的，全碑上没有一个文字，似乎是一个无言的控诉。

洪堡大学

洪堡大学位于柏林中心菩提树下大街。

洪堡大学依据创始人洪堡“研究教学合一”的精神而设。他认为，现代大学应该是“知识的总和”（Universitas litterarum），要有“寂寞”和“自由”的精神，两者相互关联，相互依存，没有独立就没有自由，强调大学在管理和学术上的民主性。这里所在地海因里希王子宫，是普鲁士国王腓特烈二世为其弟弟 Henry 王子修建的宫殿。

洪堡的人文哲学学科特别发达，哲学家费希特、谢林、黑格尔、叔本华都在此任教，共产党理论的创始者马克思、恩格斯，哲学家费尔巴哈，诗人海涅等都曾在此就读，可谓是欧洲人文精神的象征地。

我们来到洪堡大学的主楼，进门墙上刻着卡尔·马克思的名言："Die Philosophen haben die welt nur verschieden interpretiert es kommt aber darauf an sie zu verandern"， 大致意思是："很多人在思考这个世界，我们应该创造这个世界。"二楼还陈列着爱因斯坦、韦伯、叔本华、黑格尔、波思、赫兹、哈伯等二十九位该校诺贝尔奖获得者的黑白照片。校园里陈列各种雕塑和艺术品，令人应接不暇。这是一所没有围墙的大学，到处散发着贵族的精神气质。我们还来到该校的黑格尔广场，在广场前黑格尔的头像前，和这位哲人合影留念。

天渐渐要黑了，我们在博物馆岛看到了黑夜中的柏林大教堂，这是典型的巴洛克风格，也是意大利文艺复兴鼎盛时期的代表风格，在夜色中显得更加雄伟而神秘。

雷德侯教授谈中国书法的"时间性"

11 月 26 日，中德学者汉字书法论坛在柏林自由大学孔子学院举行。

这个论坛是配合我们在柏林视觉艺术中心举办的“汉字：沟通与审美”展览而进行的。柏林自由大学的顾安达教授是一位欧洲汉学家，他从《说文解字》谈起，比较楔形文字、玛雅文字和中国汉字，并从金文、六书、形声、会意等角度讨论中国汉字。同行的崔希亮教授从汉字与中国书法的关系、不同书体与汉字书写谈了自己的看法。雷德侯教授作了“时间性：书写与历史”的重点发言。

雷德侯教授是慕尼黑人，高大的身材，黑色的外套，围着一条深红的围巾，格外有“中国味”，一口流利的汉语让我们对这位汉学家持有敬意。20 世纪 60 年代，他在科隆、波恩、巴黎、台北、海德堡学习东亚、欧洲艺术和中国古典书法艺术。1969 年，他又以清代的篆书为题，获得海德堡大学东亚艺术史博士，随后在美国普林斯顿大学和哈佛大学修学。20 世纪 70 年代曾在柏林国立博物馆和东亚艺术博物馆工作，继而在科隆大学和海德堡大学专门研究中国艺术和书法。曾出版《米芾与中国书法的古典传统》《兰与石——柏林东亚艺术博物馆藏中国书画》《万物——中国艺术中的模件化和规模化生产》等著作，是欧洲最有影响的汉学家和艺术史家之一。

雷德侯教授说，中国书法是世界上独一无二的一门艺术，中国历史上曾出现了“废汉字”“和西方艺术结合”的运动，但都没有成功。在世界艺术中，中国书法非常独特，其独特性在于书写的“时间性”和历史的“时间性”，而世界上的其他艺术看不出这一点。

雷德侯教授和我开玩笑说，毛笔是中国的伟大创造，是中国的“第五大发明”。他说，毛笔能表达中国书法独特的东西，一点一画的书写都体现了时间性。书法是人们沟通中国文化的媒介，首先要认识，才能够交流。有的艺术往抽象方向走，缺少了交流的功能。20 世纪初期，有人试图将西方艺术和中国书法结合，但并不成功。他强调只有在中国书法内部变化，才是成功之路。唐朝书论有“飞鸟出林，惊蛇入草”“屋漏痕”“折钗股”等形象的比喻，体现了中国书法在笔法上的魅力。

雷德侯教授一再强调，中国书法创作只有从中国历史中寻找规律才是正确的道路。汉字的抽象是在具象基础之上的，有可读性和笔法上的变化。如当代书家王冬龄的抽象作品，能看出其用笔和中国古人有相通的地方，是有意义的。明代徐渭的作品从局部来看，也像抽象画。19 世纪初日本就有行为艺术，中国山东佛经有“岩佛”大字，有“飞白”书，和王冬龄的当代创作有同工之妙。

“历史时间性”也是中国书法的独特之处。米芾和王献之相差七百年，但我们从米芾的作品中就能联想到王献之的创作。董其昌学习倪瓒，也是一种历史的继承，有着时间性，这种古典风格的传承在欧洲艺术中是没有的。

雷德侯教授又以我们在柏林的展品为例进行分析。有意思的是，他认为我的作品充满了“时间性”和“历史性”的关联。隶书来源于两千年之前的汉代砖文，雷德侯教授认为从我的作品中能看到对历史的追溯，看到“现代”和“历史”的统一和联系。他还以我的“稿书”为例，说我的稿书也可以看出中国书法的“时间性”“连续性”和“差异性”。我的稿书用秃笔来写，有章草的笔意，是从汉代到西晋的笔法，和传世的《平复帖》的用笔方法一脉相承，但我用这种笔法写唐诗，既可以看到时间上的差异，又有着丰富的历史内容。吴昌硕写《石鼓文》，在笔法上和字形上也有同一性，但相差千年，有着历史时间上的差异性。我是第一次听到欧洲汉学家对我作品的解读，视角是与中国的艺术评论家不一样的，充满了哲理和新奇。

雷德侯教授还认为，中国书法与空间的关系也很重要。“空间”是20世纪的新概念，其实在古代就已经存在，他列举了中国古代摩崖、刻石和墨迹的例子来说明，当代艺术家寻求在公共空间书写是有历史渊源的。又谈到，中国书法不用颜色，只有黑色，体现阴阳，十分巧妙。有人想改造中国书法，用多样的颜色来书写，但这不是书法。中国书法有时也有颜色，但这种颜色是纸张的底色，他说这次展览中我的红色对联作品就是这类代表。

和雷德侯教授见面时，还有幸见到了法国艺术史学者李慧闻女士。李慧闻和我一见如故，因为我们都关注明代书法家董其昌的研究。第二天晚上，我们在柏林视觉艺术中心举办了汉字书法展，共展出言恭达教授、崔希亮教授、陈洪捷教授、德国艺术家施安笛先生、斯洛伐克艺术家石渝霖先生和我的作品六十件。我一直陪着雷德侯教授和李慧闻女士参观展览，在此期间，他们还观摩了现场创作。我即兴书写了“且饮”两字的篆书，他们饶有兴致地看我用笔和落款。展厅中欢声笑语，是中国书法给全世界艺术爱好者带来了快乐。

施安笛的艺术工作室

施安笛（Andreas Schmid）是我们柏林展的艺术家之一。应他的邀请，我们来到施安笛在柏林的艺术创作工作室。他的工作室分创作室和书房，创作室做的是当代艺术，书房则用来做中国传统的书法艺术。

施安笛生于斯图加特，自 1987 年以来，在中国和柏林两地生活和工作，是德国有名的当代艺术家、策展人，他的两个男孩也从事艺术和哲学的学习和研究。20 世纪 70 年代，他就读于斯图加特美术学院，1983 年至 1984 年在北语学习汉语，1984 年至 1985 年在杭州西湖边上的中国美术学院学习书法篆刻，师从沙孟海、王冬龄两位先生。他是德国活跃的艺术家，是国际艺术家协会（IKG）和德国艺术家协会（DKB）的董事会成员，多次在德国、法国和中国举办个展，参与群展。其作品多与时间概念相关，常常用灯光来表现他的艺术思想。在他看来，时间作为不断变化着而可测量的单位，影响和推进着他生命的价值。他要用艺术来主宰自己的命运，将过去和当前的文化，用他生命的体验，做成各种各样的作品，在历史洪流中显示时间的价值。

施安笛是一位执着的艺术家，他的汉字书法不像很多外国人一样工稳而严谨的书写，而是在瞬间的书写中表现艺术的灵光。因而，他的作品常常是少字书写，或厚重，或空灵，都十分自如和悠然。

施安笛收藏了很多中国古代法帖的用书，包括中文版、英文版和德文版。我在他工作室见到1974年出版的德文版唐代孙过庭的《书谱》。《书谱》是中国古代的书论经典，中文不过几千字，德文却翻译成厚厚的一部书。他还收藏了他20世纪80年代在北京、杭州读书时的大量照片，其中有沙孟海、陆俨少、钱君匋、费新我等前辈的生活照片，是很难得的图片资料。

我们在施安笛工作室时，这次参展的斯洛伐克艺术家Peter kocak先生也赶来助兴。他的中文名字是石渝霖，毕业于布拉迪斯拉发美术学院，师从于奥宾（Allbin）、布鲁诺夫斯基教授（Brunovsky）学习自由艺术，获取艺术学博士学位。他是一个狂热的汉字书法爱好者和艺术家，从甲骨文、金文到小篆、隶书、行书等无不临摹，所写《兰亭序》十分精到，作为一个欧洲艺术家，很不容易。我曾建议他专攻一二种书体，不要太杂。他说他太喜欢中国汉字书法了，各种书体都爱学习。真心祝福这位可爱的斯洛伐克朋友。

柏林的森林

到了柏林，就被大片的森林所吸引。我们从国会大厦边上城市中心的森林，一直走到勃兰登堡。28 日上午，还在柏林自由大学古老的植物园看到了各种不常见的植物和树木。但印象最深的，还是陈洪捷教授带我们去的柏林绿色森林（Green inferno）。

德国人有逛森林的传统。著名哲学家海德歌尔 20 世纪 50 年代退休后，就避居在家乡黑森林的山间木屋中，和亲近的朋友一起讨论哲学，思考人类的活动。他的名言“诗意地栖居”“人安静地生活，哪怕是静静地听着风声，亦能感受到诗意的生活”，或正是与德国的森林有关吧？

柏林的森林十分原始，有云杉、银杉等典型的植物，在秋深初冬时，别有一番萧瑟的景象。林木没有任何人工的痕迹，任其自生自灭，日复一日，年复一年。在这里，能感受到最原始的自然力量。经常见到大片的树木倒在地上，树干上长满了苔藓、地衣和蘑菇，树干里面隐藏着勃勃生机的小生命。由于这里雨水丰沛，苔藓生长速度很快，它们不知疲倦地生长，层层堆积，形成了独到的风景。我们来到森林里的“狗湖”——这里是狗戏水的地方，人们戏称为“狗湖”。湖面清澈见底，和森林的茂密构成一道天然的风景。

在回来的路上，我即兴写了一首小诗，记录了这次初至柏林的心情：

不识柏林路，今知有旧桥。
白楼临绿水，勃堡到青霄。
林场丰碑古，城墙绘艺高。
吾侪怀幽兴，未惜万里遥。

中国书法走进维也纳

艺术之都

从柏林机场到达奥地利首都维也纳机场不过一个多小时。在维也纳的几天，我们住在 Hernalser Hauptstraße 187 号的 Hotel Sager。这个花园式的酒店建于 1917 年，有一百多年的历史了。

维也纳位于多瑙河畔，是欧洲主要的文化中心，有“世界音乐之都”的美誉。维也纳也是世界上说德语的重要城市，仅次于柏林。这里有着悠久的历史，经历了巴本堡时代、哈布斯堡王朝以及巴洛克的兴起时代。维也纳经历了土耳其人的两次围攻之后，开始了辉煌建设时期，贵族们纷纷在城墙内建造花园和宫殿，展现巴洛克艺术风格。

维也纳市内街道并不规则，是辐射型的现状，内城是卵石街道，纵横交叉，很少看到有六层以上的高楼，多为巴洛克风格和哥特式建筑。圣斯特凡大教堂和双塔教堂在城市中心极为醒目。歌剧院、博物馆、市政厅、国会和维也纳大学主楼连成一片。我们在维也纳大学孔子学院李夏德院长的朋友黑尔穆特先生的陪同下，来到老城中心的斯蒂芬大教堂。

斯蒂芬大教堂是世界最著名的哥特式教堂，其尖塔高达一百三十七米，和乌尔姆教堂、科隆大教堂并称“三大尖塔教堂”。这个教堂几乎没有中断过修造，黑尔穆特先生说我们很幸运，能够看到它的正面，因为多少年来，这个教堂的正面一直在维修中。

斯蒂芬大教堂是 14 世纪典型的建筑艺术风格，在哈布斯堡的鲁道夫四世公爵的倡导下建成的。我们走进教堂，深深为其建筑的浩繁和雕塑工艺的精美所折服。左侧的布道坛是教堂中最精美的雕塑。1515 年，教堂建筑师皮尔格拉姆塑造了四个布道师的半身像，还把自己以“倚窗眺望人”的形象放在布道坛的底部。在窗户边，他半倚在半开的窗上，手上握着雕塑用的刻刀，十分形象。教堂精美彩色的玻璃窗画射进缕缕光线，为神秘的教堂增添了几许温暖。二战中，斯蒂芬教堂的屋顶、铜钟、管风琴和玻璃窗都被破坏，后来渐渐得到修复。在教堂中，我们还看到教堂为了修复管风琴，希望人们捐款的倡议。

维也纳老城内著名的维也纳国家歌剧院、霍夫堡皇宫、贝尔佛第宫、维也纳博物馆等雄伟而古老的建筑群，欧式皇家式样的马车常常从身边走过。流光溢彩的圣诞树和圣诞市场均琳琅满目，令人应接不暇。我们边走边看，有时不想进房间，只从外面看看建筑，就很满足。

中国书法走进维也纳大学

29 日上午，我们来到维也纳大学孔子学院，院长李夏德教授热情地接待了我们。

李夏德教授是奥地利和欧洲地区著名的汉学家和汉语教学专家，是维也纳汉学系的教授，至今还在上课。他 20 世纪 70 年代初在北京语言大学学习，与顾彬、白乐桑等著名汉学家同期。在他的带领下，我们参观了维也纳大学的主楼。

维也纳大学（University of Vienna）是奥地利的最高学府，也是德国最古老的大学之一，成立于 1365 年，是欧洲最大的大学之一，在校师生有八万人。漫步维也纳大学如同徜徉在艺术王国。具有欧洲文艺复兴式的古典风格的主楼占地约二万平方米，由两幢教学楼组成，面对环城大道，两侧有长廊相接，背靠马路，地下是雄伟的大礼堂。二楼中央是庆典礼堂。这幢两层的建筑是一座集建筑、雕刻和绘画艺术于一身的博物馆。主楼正面是雕刻大师的杰作，所刻既有历史故事、古代神话，又有现代科学巨匠，

奥地利维也纳大学夜景

生动地描述着西方的教育、文化和科技的历史。大楼的中央是一个大大的庭院，约有三千平方米。院中矗立着一座巨大的山林水泽女神卡斯泰利娅的雕像喷泉，象征着智慧的源泉。

我们在维也纳大学礼堂大厅举行了汉字书法观摩展，吸引了多名来自欧洲各国的维也纳大学文化研究者和中国艺术爱好者前来参观。李夏德院长主持了开幕仪式。他在致辞中说，中国文化有着丰富多彩的内容，值得全世界文化爱好者重视。中国书法在中国文化中最为独特，也是中国人书写汉字中形成的一门高超的艺术，让更多的世界朋友了解汉字书法文化，特别是在西方语境下欣赏中国书法，学习中国书法，可以开阔视野，更好地了解中国文化。北京语言大学是我的母校，20 世纪 70 年代我就来到中国学习汉语，研究中国文化。近年来，中国书法国际传播研究院的成立，把中国书法作为世界汉学的重要内容，更加扩大了中国书法在世界各国的影响。维也纳是艺术之都，文化之都，希望能进一步加强维也纳大学与中国书法国际传播研究院的合作，以维也纳大学孔院作为交流平台，开展高层次的学术研究与艺术交流。

我在礼堂大厅见到一位波兰的同学，她被我们的书法作品深深吸引。她告诉我，看到中国书法中美丽的线条，甚至能让她感到忧伤，这是一种诗的意境，也是中国汉字艺术的魅力。

美丽的蓝色多瑙河

维也纳有一条母亲河——美丽的多瑙河。

多瑙河在欧洲仅次于伏尔加河，全长近三千公里，是欧洲第二条长河。它发源于德国西南部，自西向东流经九个国家：奥地利、斯洛伐克、匈牙利、克罗地亚、塞尔维亚、罗马尼亚和乌克兰，在乌克兰中南部注入黑海。维也纳的多瑙河有新河和旧河之分，我们乘坐地铁，先来到新河。新河类似我家乡的运河，两岸有不少旧围墙，墙上是各种各样的涂鸦作品，同行的黑尔穆特先生告诉我，真正的多瑙河还不在这里，我们又继续寻找原先的多瑙河。

多瑙河的得名，还源自奥地利著名音乐家小约翰·施特劳斯的乐曲《蓝色多瑙河》。这首乐曲全称为“美丽的蓝色多瑙河旁圆舞曲”，曲名取自诗人卡尔·贝克的名诗：

你多愁善感 / 你年轻美丽 / 温顺好心肠 / 犹如矿中的金子闪闪发光 / 真情就在那儿苏醒 / 在多瑙河旁 / 美丽的蓝色的多瑙河旁 / 香甜的鲜花吐芳 / 抚慰我心中的阴影和创伤 / 不毛的灌木丛中 / 花儿依然开放 / 夜莺歌喉啭 / 在多瑙河旁 / 美丽的蓝色的多瑙河旁

《蓝色多瑙河》是按照典型的维也纳圆舞曲的结构写成，由序奏、五个小圆舞曲和尾声组成。序奏开始时，小提琴轻轻发出徐徐的声音，如同黎明的曙光拨开河面上的薄雾，唤醒了沉睡的大地，多瑙河的水波轻柔地翻动。小圆舞曲让人联想到人们陶醉在大自然中翩翩起舞的情景。这是对多瑙河春天的赞美，是人们欢快自然的流淌。

小约翰·施特劳斯这部象征维也纳生命活力的作品，写于 1866 年奥地利帝国在普奥战争中惨败后，维也纳民众陷于沉闷的情绪之时。《蓝色多瑙河》圆舞曲让人们摆脱了这种失败低靡的情绪。现在，我们漫步在多瑙河边，不由地忆起这段历史。据说，施特劳斯在创作这件作品时，写在了衣袖上，差点被洗掉，他的妻子从洗衣房抱走这件脏衣，从衣袖上录下了这段珍贵的乐谱。

走着走着，我们来到传说中的多瑙河边，水面清澈发蓝，在夕阳下波光粼粼，耳边回响着施特劳斯的乐曲。这条母亲河，就是维也纳人精神和艺术的源泉吧？

美泉宫

哈布斯堡王朝在维也纳的美泉宫是这个城市的皇室记忆。我们专程坐地铁来到这里。

美泉宫的德语名为 Schloss Schönbrunn，在维也纳的西南部。这里曾是神圣罗马帝国—奥地利帝国—奥匈帝国和哈布斯堡王朝家族的皇宫。传说神圣罗马帝国皇帝马蒂亚斯狩猎于此，喝了这里甘洌的清泉，后来在这里大兴土木，建立了皇家花园，称为“美泉宫”。拿破仑战败后，反法联盟国曾在此举行了著名的维也纳会议，商讨瓜分欧洲。

马蒂亚斯之后的王族经常把这里作为狩猎之地。17世纪后期，神圣罗马帝国在这里建造了皇宫，后来的奥地利女皇玛利亚·特蕾西亚下令在这里营建巴洛克式的花园，今天的花园中，巍然耸立着这位女皇的圣像。

美泉宫采用了奥地利少见的洛可可艺术风格。花园的林荫路成星状，在美泉宫中心的中轴交汇。巴洛克艺术的花园中树立了德国艺术家威廉·拜尔（Johann Christian Wilhelm Beyer，1725—1796）关于希腊神话、罗马神和古罗马历史的人像雕塑。

我们一直走到美泉宫的最高点——凯旋门。凯旋门前是一座“海神泉”。从海神喷泉向东，是“美丽泉”，在美丽泉正对面是一片罗马废墟。海神泉西侧是动物园和热带植物的温室。我们站在凯旋门上，眺望整个花园和宫殿，还可以看到整个维也纳的城市全景。可惜天色渐暗，我们匆匆从凯旋门回到宫殿正门。圣诞节快要到了，维也纳的居民和游客都集中在大殿门口，边上是琳琅满目的圣诞礼品，人们有说有笑，喝着热的淡红酒。我们每人也来了一杯，酸爽而热乎的味道在这寒冷的夜晚果然很提神。

贝多芬和舒伯特

维也纳是欧洲最重要的艺术中心，海顿、萨列里、莫扎特、贝多芬、舒伯特、勃拉姆斯、马勒等音乐家将维也纳的古典主义音乐推向高峰。

在维也纳大学主楼对面的一幢白色居民楼的四楼，我们沿着一条幽僻的小道，来到贝多芬的故居。1804—1815年，贝多芬一直居住在这里，阳光从高高的天井映射进来，给寒冷的白楼增加了暖意。

贝多芬22岁开始，在海顿等人的鼓励下，离开波恩，定居在维也纳。故居中陈列着大量贝多芬的手稿和肖像，介绍了他在交响曲上的成就。他的作品有英雄性、戏剧性的，又有风俗性、抒情性的，还有大众性的、舞蹈性的，一生创作了大量交响乐、协奏曲、奏鸣曲和弦乐曲，其中交响乐《英雄》《命运》《田园》，钢琴协奏曲《悲怆奏鸣曲》《月光奏鸣曲》已成为世界音乐的代表作。正如罗曼·罗兰所说的那样："贝多芬的一切，他的敏锐，他对世界的感受，他那独特的智慧和意志，天公对他的独特构造方法，他的理想，还有他身体中的特有物质，他的脾性等等，都是欧洲那一特定时代的代表。"

贝多芬二十六岁时听力明显下降，直到两耳失聪后，仍然写下了大量名作。贝多芬曾说："我的艺术应当只为贫苦的人造福。啊，多么幸福的时刻啊！当我能够接近这地步时，我该多么幸福啊！"他的一生，是与命运顽强斗争的一生，他有一颗强烈的想要造福人类的心，相信在天堂的他一定还在谱写伟大的交响曲华章。

维也纳在贝多芬之后，还有一位音乐家舒伯特。

舒伯特是维也纳音乐大师中唯一出生在维也纳的。他死于贝多芬去世之后的一年里，人们根据他的遗愿，埋葬在贝多芬身边，他的墓碑写着：

音乐的艺术在这里埋藏了丰富的瑰宝，以及更美的希望。

舒伯特一生只有三十一岁。除创作的交响曲、钢琴奏鸣曲外，最突出的是艺术歌曲。舒伯特一生生活在黑暗的封建复辟年代里，经常使他感受到生活在陌生的地方。他曾说：“谁也不了解别人的苦难，谁也不了解别人的欢乐，人们以为他们能相互了解，实际上他们只是萍水相逢而又各奔东西而已。”舒伯特的歌曲多以流浪汉作为艺术歌曲的重要形象，是他自身的写照。

我记得他的作品《冬之旅》，描写了一个孤独失恋者流浪的景象。其中有诗人缪勒写的“菩提树”，是这部套曲中的一首，诗人以古井旁的一棵菩提树勾起艺术家的感伤，人生好似枯叶飘零。舒伯特给诗歌营造一种音乐的力量，缓缓流淌，几分忧伤，几分悠远：

门前有棵菩提树 / 生长在古井边 / 我做过无数美梦在他的绿荫间 / 也曾在那树干上刻下甜蜜诗句 / 无论快乐和痛苦 / 常在树下流连

今天像往日一样我流浪到深夜 / 我在黑暗中行走 / 闭上了双眼 / 好像听见树叶对我轻声呼唤 / “同伴，回到我这里，来寻找平安” / 凛冽的北风吹来 / 直扑我的脸 / 把头上的帽子吹落 / 我仍坚定向前

如今我远离家乡 / 转眼有许多年 / 但我仍然听见呼唤 / 到这里寻找平安

舒伯特的创作中，音乐就是诗，这种音乐把我们引入一种境地，使我们忘却了以前有过的东西。他的《小夜曲》自然朴素，悠扬缠绵，婉转深情，还流传于西班牙、意大利等国家。

行走在维也纳的石板路上，不由地想起这些艺术家的作品。

在卢浮宫看画

卢浮宫在塞纳河的北岸，始建于12世纪末期，当时只是菲利普·奥古斯特的城堡，四周环绕着带塔楼的围墙，用于保护巴黎。

“卢浮宫”一词从英军出发地演绎而来，这个词原来有很多意思，其中最生动的是“狼窝”。卢浮宫以收藏丰富的古典绘画和雕刻而闻名于世，是法国文艺复兴时期最珍贵的建筑物。

我们穿过杜乐利公园，来到卢浮宫。卢浮宫是一个建筑群，呈“U”字型，外部是克洛德·佩罗尔设计的朴素柱廊风格。20世纪，卢浮宫在法国总院密特朗的“大卢浮宫计划”下得到修建和完善，门口由华裔建筑师贝聿铭设计和构思的玻璃金字塔用于采光，就是这一时期完成的，地下场所的规划使参观者活动范围更大，也更加便利。

到了卢浮宫，到处可以看到蒙娜丽莎的海报，我们都

法国巴黎卢浮宫

迫不及待去看这件作品。14 世纪前期，法国国王弗朗索瓦一世收集了大量绘画珍品，其中最有名的就是《蒙娜丽莎》。据说这件作品是弗朗索瓦在达芬奇生前所购买，也有说是达芬奇去世后不久购买的。

卢浮宫专门有一面墙陈列这件作品，参观的人特别多，要专门排队才能看到。以前在画册上多次看到印刷品，以为画很大。看到原作时，才知道，这件木板油画才高七十七厘米，宽五十三厘米。在达芬奇的很多画上都能看到类似的著名微笑，如他的《岩石上的圣母》中跪着的圣母用手保护着小圣让 · 巴蒂斯特。在圣母右边，一个天使扶着小耶稣，耶稣抬起胖乎乎的小手，作祝福的手势。圣母的这个表情和蒙娜丽莎的微笑就有几分相似。在达芬奇的《圣母子与圣安娜》和《圣让·巴蒂斯特》等作品中都有相似的微笑。

有人推测，这幅画画的可能是佛罗伦萨贵族弗朗侧索之妻丽莎蕉贡妲，所以这张画又有个名字——《蕉贡妲》。也有人说，这是达芬奇的女性自画像。但画上的人究竟是谁，至今还是个谜。达芬奇用了四年时间还没画完这幅画，就把它带到了法国。这件作品所塑造的“微笑”长期影响意大利绘画界的理想女性形象。

卢浮宫展出了大量文艺复兴时期的作品，其中最有影响的是拉斐尔作品。

拉斐尔曾到佛罗伦萨学习达芬奇、米开朗基罗、弗拉·巴尔托罗麦的绘画，钻研解剖学、光线控制和情感表达。他画了很多圣母题材的画像。其中《美丽的园丁》概括了拉斐尔在佛罗伦萨时期的画风：画面明亮、笔触清晰、轮廓微妙、情感纯洁。画的题材是圣母与圣子，背景是田园。画中圣母的脸形画法受佩鲁吉诺的影响，而锥形构图体现了达芬奇的画风。画中圣母目光与圣子的交流和母爱的手势表现了圣母温柔的力量。

《巴勒塔扎尔·卡斯僴戈里肖像》也是拉斐尔的代表作，是文艺复兴时期人文主义贵族肖像的范例。画中的主人巴勒塔扎尔·卡斯僴戈里是法国驻英国大使。拉斐尔极为崇尚黑色衣服，他在画中把黑色、灰色和米色做到完美而有质感，画中主人蓝色的眼睛投射出敏锐的眼神。

我在大厅中还看到拉斐尔的《圣乔治与龙搏斗》《神圣的家庭》等名作。其中《神圣的家庭》是法国国王弗朗索瓦一世为自己定购的。这幅画上有七个人物，构图复杂，画面上黯淡的色彩和华丽的衣褶，也反映了拉斐尔后期转向矫饰主义的画法。拉斐尔这位天才的艺术家 37 岁就猝死，是划时代最优秀的天才画家和传奇人物，他在法国的影响长达三个世纪。

除了拉斐尔，卢浮宫还展出大量的文艺复兴时期的代表画家，他们成功地把完美的绘画新规范传遍意大利和欧洲。佛罗伦萨古典画家安德利亚·德尔·萨尔托吸收了拉斐尔的力度和达芬奇的精细，在这一时期画家中很有代表性。萨尔托曾被弗朗索瓦一世召到法国，他在法国画了名为《慈爱》的作品。这张画高有一米八，宽近一米四，这幅寓意神学道德画的锥形构图与达芬奇画的《圣安娜》风格相近。我仔细端详画中母亲和三个稚子的形象，人物极为自然，衣褶十分华贵，造型精准，虽稍有矫饰主义的倾向，但并不夸张。

16 世纪威尼斯画坛的代表人物提香的作品在卢浮宫也特别引人注目。

提香的《田园合奏》描绘乡村露天音乐会的场景，表达音乐与灵感、人与大自然的关系，具有“诗神”般的气质。画中的两位裸体女人刻画细腻，是古典主义风格的代表。有人认为，19 世纪著名画家马奈受他的启发，画了《草地上的午餐》这件名件。我在奥赛博物馆看到《草地上的午餐》这件作品，在画面表现和思路上确实和提香这件作品有一致的地方。展厅中还有提香的《戴手套的男人》《镜子前梳妆的女人》《下葬》《夜宵》《圣热罗姆》《戴刺冠的耶稣》等名作，把形象、光线、色彩自然融合和对比，极为丰富。

在《蒙娜丽莎》的对面，有一件豪华的大幅作品占满整个墙面。这件作品是提香的学生委罗内塞的《加娜的婚宴》，宽近十米，高近七米，十分醒目。

这件巨幅画上，委罗内塞画了一百三十个人，其中有文艺复兴时期的王公贵族，前排有打扮成乐师的威尼斯绘画大师提香、丹托雷、巴萨诺。画面上身穿白袍的正是画家本人。画家用巨幅画来表现加娜的婚宴，画面除了耶稣的信徒，似乎无人注视坐在中间的耶稣。画面场景宏大，运用了高大的立柱建筑为背景。用 16 世纪台式的场面，两侧楼梯通向有围栏的阳台，十分壮观。画家委罗内塞自己认为，“在这样的大幅画上，画家和诗人一样，可以自由地增加一些人物。”这件作品正是这种思想指导下创作而成，我看了好久，深深被画家精湛的绘艺所折服。

“印象派”在奥赛

奥赛博物馆是一家国立博物馆，1986 年由法国一个闲置的火车站改造而成。它位于塞纳河的左岸，与卢浮宫、蓬皮杜艺术中心一道称为巴黎三大艺术博物馆。馆内主要陈列的是 1848 年至 1914 年间创作的西方艺术精品，可以说这里聚集了法国近代艺术的精华，填补了法国艺术发展史上从古代到现代之间的空白。在这里的五层，集中展示了印象派画家的作品，是世界上收藏印象派画作最多的地方，可谓是印象主义画家的殿堂。我第一次来到这里看到这些原作，被他们深深吸引。

马奈是 1870 年印象主义起源的代表画家。马奈曾在工作室中对他的老师说过：“我多画我自己看到的，而不是画取悦于别人的东西，画真实的而不是凭空想象的东西。”他主张以真诚的眼光观察世界和自然，也不摒弃古典主义的传统。因而，他的作品带有明显的意大利文艺复

巴黎奥赛博物馆

兴的痕迹。马奈的好友、诗人波德莱尔在《现代生活的画家》中写道：

美是由两种元素组成，一是绝对永恒不变的事物，其数量之大无法估计。一是相对环境而变化的事物，如果愿意的话，可以将他们一个个，或者整体置于美的当中，包括时代、时尚流行、伦理道德、激情等等。

以马奈为代表的印象派画家以此为信条进行创作，这种新的创作理念使他的表现技术有所发展，摒弃了虚幻的形式，使用具有活力的笔调，呈现强烈的对比，笔触清晰可现，色调平坦，无隆起或凹陷的体积与深度的手法，这样的创作和大胆的表现在当时是没有的。

《吹短笛的男孩》是马奈的代表作，曾经在上海美术馆展出过，我是第二次看到。这个男孩是近卫军乐队中的一员，正在吹奏军乐，他的黑上衣和酒红色的裤子给人留下深刻的印象。马奈在画中除去人物的背景，使年轻的主人公以十分显目的形式出现。作家左拉认为这是“充满活力的世界中独特而有力的生命”，我有同感。这件作品差不多有一米六长，一米左右宽，画面不算大，但却是印象主义的代表作。

《奥林匹亚》是马奈画的一个妓女形象，他用古典主义的创作形式，描绘了画中主人半卧于床上的场景。这种形式，在乔尔乔内·提香的作品中十分常见。但马奈刻画的是一个妓女形象，旁边的黑人女侍手捧一束鲜花。画面中包含诸多表现情色的元素：黑色的猫、头花、珠宝和解开的鞋子，这些元素，增加了时代和时尚流行的内容，也隐喻了画面人物的特殊身份，增强了作品的艺术表现内容。这种世俗的内容正是马奈作品中描绘现实社会鲜明的题材。

展厅中，马奈最有名的代表作《草地上的午餐》陈列在展厅正中央。这件作品原名为《沐浴》，多次印刷在外国各种美术史书上。画家看到一些妇女在阿让特伊附近的河水中沐浴后受到启发，创作出裸体人像。在他之前，画家提香《田园音乐会》和拉斐尔《巴黎审判》类似的表现给了他以启发。但这件作品和这两件相比，有很大的颠覆性。午餐地点完全在野外，整个画面是金字塔式的结构，顶部正是在河水中沐浴的女子。画面是画家的想象，但充满了戏剧感和表现力：右边的纨绔子弟侧面坐着，穿着灰色的裤子，打着大花结的领结，拿着手杖，带着平顶帽，帽子上应放在内侧的装饰物却留在了外面。这名男子与另一个戴领带的男子聊天。边上的裸女皮肤白皙面朝观众，是马奈喜欢的女模特。边上有很多午餐的食物，是这次活动的象征。这位女子为何要裸露身体，有什么样的喻义？曾引起人们的各种解释和无尽想象。

1863年法国沙龙画展中，这件作品曾遭到拒绝，成为评论界嘲讽的对象，被看作下流猥亵的作品，他的画风也认为具有“挑衅”的特征。还有评论家认为他的作品没有思想，只有颜色的拼接组合，完全是令人费解的颜色游戏。今天，我们在奥赛博物馆看到这件差不多有二米宽，二米六长的布面油画，还是被他精湛的技艺和丰富的画面所感动。

1874年，摄影师那德工作室举办了三十五位长期遭到正式沙龙排挤的画家作品，“印象主义”一词首先在艺术史上出现。当时的记者利用莫奈《日出·印象》进行讥讽：“因为给我留下了印象，一定有印象在里面。”印象主义画派就这样在讥讽中诞生。

印象派画家大多出生于1840年前后，代表人物莫奈、雷诺阿、毕沙罗、西斯莱、塞尚、莫里索的画风当时已相当成熟。他们相互认识，在巴迪侬和皮嘉尔等咖啡馆中碰面，分享经验，尝试新的绘画技法。他们不屈服于官方的欣赏品味，坚持自己独特的画风，竭尽全力举办独立的展览。继 1874 年画展后，到 1886 年十二年间，他们成功地举办了七次展览会。

印象主义画家之间的风格迥异，这一画派的独特之处在哪里？首先是颜色的淡化，这是为了更加逼真地展现光线的变换。雷诺阿曾经这样说："如果一天早上，我们中的哪位因为没有了黑色颜料而采用蓝色代替，印象主义就诞生了。"其次，笔触的"雾化"，更具活力和表现力，这是为了更好地记录转瞬即逝的自然景色，尤其是天空和水面。最后，绘画的主题不再重复，往往随心所欲，多主张在户外创作，只有德加赞成在工作室内创作。塞尚开玩笑说，哪怕画一个苹果，也可以"震惊巴黎"。

莫奈的画作在展厅深深吸引了我。

《虞美人》是一件五十厘米左右长宽的小幅作品，莫奈试图描绘景物的变化之美。他在一望无际绵延绿色之中点缀了无数红色的虞美人，以明快的方式游离于两个互补的颜色之间，展现出两个全新的强烈互动。画家的夫人卡密尔和儿子让在茂密的草丛间漫步。这里土地肥沃，地势低洼，画面中被星星点点加入几笔，在风景之中勾勒出人物的形象。远处的天空布满厚重的云朵，这是他熟悉的自然景象。

莫奈说过："我要描绘出流动于格间、房屋中及船上的空气，只有空气可以在事物中自由存在，其他任何事物都无法比拟。”在他的作品中，确实可以体会到这一点。莫奈为了他的《喜鹊》画中的雪景，身体曾被冻僵。画面中，平衡、亮度、对比效果及构图都十分纯熟而冷峻，画面中白色围绕着蓝色、黄色、淡紫色，使这幅画成为莫奈冷逸一路的名作。

19世纪后期，巴黎迎接了她的现代化过程，新技术的发展，使城市改造美化。这些让画家们兴奋不已。莫奈曾绘制了一系列《圣拉托尔火车站》的作品。为了创作这件作品，他竟然向西部铁路公司经理请求，让火车停下来，并清空站台。作家左拉曾称赞说：“艺术家就应该找到火车站蕴含的诗意。”当时的人也都称赞莫奈的艺术胆识。

1880年后的十年，莫奈用他柔和亮丽而令人陶醉的睡莲、干草垛和教堂，使印象派画风有了根本而复杂的转变。六十岁前后，莫奈名声大振，很多人想来拜访他。然而莫奈并不喜欢接待访客，他主要精力在创作他的“睡莲”系列作品中。他在水上花园精心设计栽培他的睡莲，三十年间竟创作了两百多幅作品，我们在桔园看到八件为庆祝第一次世界大战胜利后震撼人心的睡莲巨作，构图紧凑，没有远景，色彩丰富充实，给人带来平静和谐之美，他说，这些作品是他“分享胜利的唯一方式”，今天，在协和广场上，看到他捐赠的作品，确实能代表印象主义作品的最高成就。

德加和雷诺阿也是这一时期的代表画家，他们有声有色的表现出他们所熟知的巴黎资产阶级优雅风情、社交活动和民间的娱乐活动。德加的《咖啡馆》刻画了爱伦·安德蕾女士的面孔，在苦艾酒的作用下显得迷蒙，右边蓬头垢面的男孩是版画家马赛兰·台斯色丹，是巴黎显赫人物，放荡不羁的神态十分逼真。《上楼来的女芭蕾舞演员》《巴黎歌剧院的乐队席》《舞蹈班》等德加的几件名作都出色地描绘了巴黎社会的音乐生活。雷诺阿的作品也展示了一个现代化的巴黎生活。著名的《城市之舞》和《乡村之舞》两件作品，对两个舞会场景进行了对比：一边表现的是巴黎上流社会的沙龙舞会，优雅而庄重；一边表现的是布日瓦勒乡间的舞会，轻盈而放松，画家和妻子翩翩起舞。《加莱特磨坊的舞会》也是他的代表作。“加莱特磨坊”是一个歌舞咖啡馆，栅栏上挂着球型灯，人们陶醉在音乐之中。画面人物丰富。近景处是一位女士和她坐在凳子上的女儿，正和一位背朝观众的男士闲聊。边上有两位先生在吸烟，喝饮料。这幅画展现了光影和变化的效果，充斥着不计其数的细节：茂密的森林、衣衫的荷叶花边、转瞬即逝的人物表情。画家在画中突出了露天咖啡馆的狂热，展示了真实的巴黎生活场景，奔放而欢快。

相对于其他印象主义画家，雷诺阿更长于裸体人物的创作。他的《半身像：阳光效果》中的模特，脸庞甜美可爱，下巴小巧，性感十足，在微光闪烁下极为迷人，具有鲁本斯笔下的女人形象。印象派画家没有运用夸张和悲情的手法，真实地描绘了小手工业者及工人的生活状态。这些画家描绘了具有巴黎特点的咖啡馆，如《波格瓦》《新雅典》《死老鼠舞会》以及妓院、夜总会的情景，为人们展示了底层人物的活动和社会弊病。

印象派画家描绘的地理区域也十分有限，主要表现的是塞纳河右岸的景象：从歌剧院到蒙马特高地，包括巴迪侬、波嘉尔和圣拉扎尔地区，这里为画家们提供了丰富的绘画主题。我们居住在圣拉扎尔边上老佛爷旁的酒店，很能感受到当时这种现代化的巴黎生活。不过，他们也到布洛涅森林中寻找灵感，由于奥斯曼的巴黎改造，有很多种植的树木成为画家表现的内容。

至于塞尚，我们看到了他的《圣维克多山》《苹果和橙子》《咖啡壶旁的女人》等作品，虽然他已被划入印象派，但他的作品，如书法中的碑派，貌似粗鲁，但笔触极有活力，其富于个性的构图方式，使他打破古典主义的束缚，成为现代新艺术的开创者。

奥赛博物馆除了印象派大师作品之外，以罗丹的雕塑、古典主义与学院派绘画、巴比松画派、塞尔曼为代表的装饰艺术等在馆中处处可见。我们从奥赛出口出来，看到两尊显目的雕塑：一尊是奔马，一尊是雄狮。我们在徐悲鸿笔下常常看到这两个艺术形象，可以想象，这里的艺术品，包括这两尊雕塑，对年轻时期的徐悲鸿带来多大的影响！

先贤祠：法兰西的荣耀

早听说巴黎有个先贤祠，来巴黎之前，朋友们就建议我来这里看看。在振铉的带领下，我们来到了这里。

先贤祠是巴黎城市的象征，是一座标志性的复古教堂建筑，既有古希腊式的纯粹，又有哥特式的轻盈。路易十五时期，设计师索弗洛作为新古典主义的代表者，设计了一座宏伟的广场，在广场上建起了一座法学院，就是今天的巴黎第一大学。法学院和广场上的神学院与基督教堂连成一片，体现了 18 世纪法国强调理性的启蒙运动哲学思潮所尊崇的探索精神。

先贤祠的前身正是这座教堂。

远远望去，先贤祠外观仿照欧洲古代的柱廊式神庙，采用了欧洲古建筑的装饰图案以及科林斯和托斯卡纳柱式，整体布局呈希腊十字架形。建筑师吸纳了拱顶和飞扶殿的设计元素，发挥了哥特式结构的轻盈感。大殿是一个穹顶，

法国巴黎先贤祠大厅

汲取了文艺复兴时期的经典建筑范例。为了让建筑内部充满阳光，设计者在建筑顶上开凿了不少窗户来采光。

公元 507 年，克洛维一世皈依基督教后，建造了这座教堂。曾帮助巴黎躲过蛮族入侵一劫的圣女日南斐法曾安葬于此。据说，路易十五曾生有一场大病，病愈后，他认为是圣女日南斐法的庇佑，决定请建筑师索弗洛主持修建雄伟的神殿来纪念她。教堂于 1755 年开始建造，

1790年竣工。1885年，著名文学家维克多·雨果的葬礼在先贤祠举行，这里从基督教教堂最终变成先贤祠，供人们瞻仰。

我们在先贤祠的正面，看到仿效罗马万神殿的造型，有一个巨大的列柱廊，上面的三角楣上有大卫·昂热创作的英雄人物群雕，其中伏尔泰和卢梭两位思想家最为醒目，上面有一排法文，写道：

向伟人致敬，祖国感激你们。

先贤祠的穹顶是巴黎最高的穹顶，主殿规模庞大，在主殿与耳堂的交叉处，四根巨柱将穹顶牢牢托住。

走进大厅，主殿墙壁上的绘画为我们展现了圣女日南斐法的一生，颂扬圣女的榜样精神。如夏凡纳创作的《圣女的童年》《保护匈人围攻的巴黎》、劳伦斯《圣女之死》、格罗《圣女日南斐法的辉煌》。这些作品着力刻画了圣女的抵抗和奋斗的一生。

大厅墙壁上还绘有法国历史上的基督教英雄，包括托尔比亚克之战、查理曼大帝的加冕、圣路易的司法改革以及圣女贞德与百年战争的胜利，每幅作品都反映了法国国家发展史的重要事件，体现了17世纪末兴起的历史理想化的风格。

法国雕塑家卡尔创作的《国民公会》是大厅东部的

重要作品。作品以玛丽安娜为中心，周围聚拢着共和二年的士兵及著名改革派的代表。主殿和耳堂交接处的巨柱周围的雕塑颂扬了承载法兰西价值观的著名历史事件与人物，特别是狄德罗与他领导的百科全书派及波旁复辟时期演说家们的言论和自由思想成为法国精神的重要内容。

先贤祠的地下部分，是法兰西伟人的棺椁，这是一座纪念法兰西民族伟人的圣殿。遵照拿破仑的旨意，把为法国做出贡献的伟人遗体安葬在先贤祠的地下，地面上的穹顶主殿用于举办祭礼。现在，根据法国总统的意愿，这里成为法国政治家、文学家、艺术家、科学家等法国伟人的长眠之地和供奉之地。

地下圆形大厅的墙壁为白玉板大理石，十分厚重，犹如一双臂膀，将法国伟人的墓室环抱其中，革命家米拉波成为第一位安葬于此的著名人物。最显目的是伏尔泰和卢梭两位启蒙运动思想家的棺椁。

卢梭的木质棺椁前雕有一只持有玫瑰花的手，上面刻有一行文字："这里长眠着自然与真理之人。"伏尔泰棺前有一尊他的雕塑，宽容而慈祥，和卢梭相对。享有"平等之父"美誉的卢梭和他的老对手伏尔泰安葬在一起，这两位启蒙运动的领军人物对法国大革命有深远影响，他们的著作推动了新体制的诞生。

先贤祠中，维克多·雨果、左拉和大仲马等伟大的作家也让我们特别感兴趣。1885年，雨果去世，举国哀悼。他的遗体被放在这里。他们这些作家的作品捍卫了公正和宽容的价值观。

为争取平等而战的伟大人物在这里也能看到。废奴百年之际入葬的维克多·舍尔歇、在1914年遭暗杀的法国社会主义之父让·饶勒斯、弘扬黑人文化传统的诗人艾梅·塞泽尔、《法国民法典》的编写者波塔利斯和特龙谢、推广博爱和平等精神的女战士安东尼奥兹和婕曼·缇隆、联合国《世界人权宣言》的编写者勒内·卡森等这些伟大人物在法国播下民主的种子，是法国价值观的践行者。

入祠的科学家中，我们注意到有皮埃尔和居里。这两位镭的发现者和诺贝尔得主入祠，体现了法国人重视人类进步的观念。

除了入葬先贤祠这一荣耀外，祠里的石碑题刻和镶贴在石碑上的青铜铭文也是人们对先贤的一种纪念形式。我们不时看到，人们带上鲜花，来祭奠这些为法兰西奋斗的民族伟人。行走在祠堂中，深深为这些为法兰西作出杰出贡献的文学、艺术、文化、科学和政治伟人而自豪，他们不光属于法兰西，更属于世界。

从基督教教堂到法兰西民族的圣殿，先贤祠承载着法兰西最伟大的荣耀。

朱天曙主要著作目录

1.《宋克书法研究》，荣宝斋出版社，2011 年版

2.《感旧——周亮工及其〈印人传〉研究》，北京大学出版社，2013 年版

3.《周亮工全集》（编校整理，中文繁体字版，十八册），凤凰出版社，2008 年版

4.《周亮工年谱长编》（中文繁体字版，编著），上海书画出版社，2021 年版

5.《明清印学论丛》，北京联合出版公司，2020 年版

6.《印说》（明周应愿撰，编校整理），北京大学出版社，2014 年版

7.《中国书法史》，中华书局，2020 年版

8.《中国书论史》，商务印书馆，2021 年版

9.《汉魏六朝书论要义》，商务印书馆，2021 年版

10.《艺微》（中文繁体字版，上下册），荣宝斋出版

社，2018年版

11.《书法答问》，上海人民出版社，2020年版

12.《且饮集》，社会科学文献出版社，2017年版

13.《七叶集》，社会科学文献出版社，2019年版

14.《艺术学记——近现代名家与艺术史研究》，社会科学文献出版社，2019年版

15.《鲒埼亭集批注》（编校整理，清全祖望撰，陈垣批注，中文繁体字版，上下册，收入陈智超主编《陈垣全集》第十九册和第二十册），安徽大学出版社，2009年版

16.《颜真卿书法研究文集》（主编），河南美术出版社，2021年版

17.《书为心画》（中文繁体字版，中国文化基本丛书之一），香港三联书店，2014年版

18.《中国当代书法名家新作——朱天曙》，荣宝斋出版社，2011年版

19.《朱天曙篆刻集》，社科文献出版社，2014年版

20.《中国当代书法名家——朱天曙卷》，荣宝斋出版社，2018年版

凤凰枝文丛

三升斋随笔	荣新江　著
八里桥畔论唐诗	薛天纬　著
跂予望之	刘跃进　著
潮打石城	程章灿　著
会心不远	高克勤　著
硬石岭曝言	王小盾　著
云鹿居漫笔	朱玉麒　著
老营房手记	孟宪实　著
读史杂评	孟彦弘　著
古典学术观澜集	刘　宁　著
龙沙论道集	刘　屹　著
春明卜邻集	史　睿　著
仰顾山房文稿	俞国林　著
马丁堂读书散记	姚崇新　著
远去的书香	苗怀明　著
汗室读书散记	王子今　著
西明堂散记	周伟洲　著
优游随笔	孙家洲　著
考古杂采	张庆捷　著
江安漫笔	霍　巍　著
简牍楼札记	张德芳　著

他乡甘露	沈卫荣	著
释名翼雅集	胡阿祥	著
壶兰轩杂录	游自勇	著
己亥随笔	顾　农	著
茗花斋杂组	王星琦	著
远去的星光	李　庆	著
梦雨轩随笔	曹　旭	著
半江楼随笔	张宏生	著
燕园师恩录	王景琳	著
鼓簧斋学术随笔	范子烨	著
纸上春台	潘建国	著
友于书斋漫录	王华宝	著
五库斋清史存识	何龄修	著
蜗室古今谈	丰家骅	著
平坡遵道集	李华瑞	著
竹外集	朱天曙	著
海外嫏嬛录	卞东波	著
耕读经史	顾　涛	著
南山杂谭	陈　峰	著
听雨集	周绚隆	著
帘卷西风	顾　钧	著

大家小书

大一统与儒家思想

杨向奎 著

北京出版集团公司
北京出版社

图书在版编目（CIP）数据

大一统与儒家思想 / 杨向奎著 . — 北京 ：北京出版社，2016. 7
（大家小书）
ISBN 978-7-200-12101-8

Ⅰ. ①大⋯ Ⅱ. ①杨⋯ Ⅲ. ①国家统一——政治思想史—研究—中国 Ⅳ. ①D092

中国版本图书馆CIP数据核字（2016）第077139号

总策划：安　东　高立志　　责任编辑：莫常红　邓雪梅

· 大家小书 ·
大一统与儒家思想
DAYITONG YU RUJIA SIXIANG
杨向奎　著
*
北京出版集团公司
北　京　出　版　社　出版
（北京北三环中路6号　邮政编码：100120）
网　址：www.bph.com.cn
北京出版集团公司总发行
新　华　书　店　经　销
北京华联印刷有限公司印刷
*
880毫米×1230毫米　32开本　10.625印张　175千字
2016年7月第1版　2018年5月第3次印刷
ISBN 978-7-200-12101-8
定价：32.00元
质量监督电话：010-58572393

序　　言

袁行霈

“大家小书”，是一个很俏皮的名称。此所谓“大家”，包括两方面的含义：一、书的作者是大家；二、书是写给大家看的，是大家的读物。所谓“小书”者，只是就其篇幅而言，篇幅显得小一些罢了。若论学术性则不但不轻，有些倒是相当重。其实，篇幅大小也是相对的，一部书十万字，在今天的印刷条件下，似乎算小书，若在老子、孔子的时代，又何尝就小呢？

编辑这套丛书，有一个用意就是节省读者的时间，让读者在较短的时间内获得较多的知识。在信息爆炸的时代，人们要学的东西太多了。补习，遂成为经常的需要。如果不善于补习，东抓一把，西抓一把，今天补这，明天补那，效果未必很好。如果把读书当成吃补药，还会失去读书时应有的那份从容和快乐。这套丛书每本的篇幅都小，读者即使细细地阅读慢慢地体味，也花不了多少时间，可以充分享受读书的乐趣。如果把它们当成补药来吃也行，剂量小，吃起来方便，消化起来也容易。

我们还有一个用意，就是想做一点文化积累的工作。把那些经过时间考验的、读者认同的著作，搜集到一起印刷出版，使之不至于泯没。有些书曾经畅销一时，但现在已经不容易得到；有些书当时或许没有引起很多人注意，但时间证明它们价值不菲。这两类书都需要挖掘出来，让它们重现光芒。科技类的图书偏重实用，一过时就不会有太多读者了，除了研究科技史的人还要用到之外。人文科学则不然，有许多书是常读常新的。然而，这套丛书也不都是旧书的重版，我们也想请一些著名的学者新写一些学术性和普及性兼备的小书，以满足读者日益增长的需求。

“大家小书”的开本不大，读者可以揣进衣兜里，随时随地掏出来读上几页。在路边等人的时候，在排队买戏票的时候，在车上、在公园里，都可以读。这样的读者多了，会为社会增添一些文化的色彩和学习的气氛，岂不是一件好事吗？

“大家小书”出版在即，出版社同志命我撰序说明原委。既然这套丛书标示书之小，序言当然也应以短小为宜。该说的都说了，就此搁笔吧。

序

吴　锐

杨向奎先生，字拱辰，1910年1月10日出生于河北省丰润县（今唐山市丰润区）丰登坞镇杨家庄。1929年考入北京大学预科。1931年转入历史系，受教于顾颉刚、傅斯年、钱穆诸先生，也选修过钱玄同、胡适、熊十力等前辈的课程。其间，与同学孙以悌、高去寻、胡厚宣、张政烺、王树民成立读书会——“潜社”，出版《潜社史学论丛》。1935年，毕业留本校文科研究所任助理，整理明清档案。1936年，赴日本东京帝国大学留学，跟加藤繁教授（KATō Shigeshi，1880—1946）学习隋唐史。1937年，七七事变时回国。1938年，任甘肃学院讲师、教授。1940年，到成都齐鲁大学国学研究所任职。1941年，任城固西北联合大学历史系副教授。1943年秋，任四川三台县东北大学历史系教授。1946—1956年，任青岛山东大学教授及中文与历史两系主任、文学院院长，创办《文史哲》。1956年，调到北京，任中国科学院历史研究所二所（现中国社会科学院历史研究所）研究员、清史研究室主任，兼任中国社会科学院研究生院教授、博士生导师。先生是中国人民政治协商会议第五、第六届全国委员会委员。2000年7月23日，在北京去世，新华社、《人民日报》、《光明日报》、《中国社会科学院院报》等媒体誉之为“史学界一代宗师”。

杨先生在1949年前已经是古史辨学派的一员，古史辨学派的标志性出版物《古史辨》和《禹贡》，杨先生都是其中的作者。杨先生后来脱离了古史辨派，实际已经自成一派，本人已有论述。[1] 作为盖棺定论的史学界一代宗师，杨向奎先生留下了800多万字的高水平著作。自然科学方面的著作如《自然哲学与道德哲学》、《哲学与科学——〈自然哲学〉续篇》、《墨经数理研究》，社会科学方面的著作如《中国古代社会与古代思想研究》、《绎史斋学术文集》、《宗周社会与礼乐文明》，经学方面的著作如《儒家思想与大一统》、《缮经室学术文集》、《清儒学案新编》等。

---

① 吴锐《百年树人怀拱辰——丰润杨先生学案小引》,《古史考》第八卷，海南出版社，2003年；吴锐《丰润杨向奎学派的得与失》，载唐山市《杨向奎研究会会刊》创刊号，2007年6月10日。

杨先生是我国屈指可数的经学专家。“经学”，顾名思义，是研究古代经书的一门学问。我国的经书由最初的五种（《诗》、《书》、《礼》、《易》、《春秋》）演变到“十三经”，儒家认为里面包含着宇宙间一切真理，是大学问；而帮助理解经学的文字训诂功夫，是小学问，就叫“小学”。杨先生在北京大学读书时与张政烺先生友善，他们二位当时就被认为是研究经学的年轻学人。抗战时期，顾颉刚先生还与杨先生通信讨论经学研究计划。1945年，杨先生将前两年写的讲义出版，书名是《西汉经学与政治》，对当时指控刘歆伪造古书的风气驳正较多，受到顾颉刚、傅斯年、董作宾等先生的好评。1949年后，大陆研究公羊学的几乎绝迹。1978年，吉林省社会科学院请杨先生去讲《公羊春秋》。1988年，杨先生写成专书，后于1989年6月由中国友谊出版公司出版。

儒家是在春秋末年产生的学派，属私学，到汉朝才抬高为官学。汉朝建立之初，经济凋敝，将相或乘牛车，在意识形态领域，无所建树，这与统治阶级尊奉黄老之学、与民休息有关。到汉武帝亲政时，形势大变。他采纳董仲舒的建议，罢黜百家，独尊儒术。由于董仲舒是传授《公羊传》的，于是公羊学大盛。当时还没有出现《左传》等“古文”，因此公羊学属于今文学。按照儒家的正统说法，《春秋》是孔子所修，三传为解释《春秋》而作。因此，左丘明作的叫《左氏春秋》，即今天通称的《左传》；公羊高作的叫《公羊春秋》，即今天通称的《公羊传》；谷梁赤作的叫《谷梁春秋》，即今天通称的《谷梁传》。“鲁君子”左丘明与孔子同时，当然是春秋晚期人。齐人公羊高的老师卜商字子夏，是孔子的学生，小孔子四十四岁。谷梁赤相传也是子夏门人。如此，则公羊高、谷梁赤晚至战国。关于左丘明、公羊高、谷梁赤的生平，特别是绵绵不绝的传授系统，都非常可疑。

《公羊传》一开头就将《春秋经》记“王正月”解释为“大一统也”。“大”是表彰的意思。杨向奎先生认为，公羊学派最主要的理论是大一统。杨先生在本书中首先追溯了华夏统一的实体是如何形成的这个大问题。《国语·晋语》记载：“昔少典娶于有蛴氏，生黄帝、炎帝。黄帝以姬水成，炎帝以姜水成。成而异德，故黄帝为姬，炎帝为姜。”黄帝、炎帝实为华夏族两支之始祖。黄帝发祥于姬水，炎帝发祥于姜水。姜水，一般认为即今过陕西岐山县，东经扶风、武功入渭水。姬水，无论是文献、考古以及地方传说都无踪迹。杨先生独树一帜，认为姬水即漆水，发源于今麟游西偏北之杜林，而在今武功入渭。周人自称“我姬氏出自天鼋”，郭沫若认为“天鼋”即轩辕，也就是黄帝。青铜器屡见族徽，下半部分是龟的象形，杨先生赞同郭沫若的释读，释为“天鼋”。夏族是姒姓，“以”即“已”，小篆的字形还像盘蛇。夏族的后裔有褒国，西周末年立国于今天的陕西汉中。《周语·郑语》叙述二龙交配，化为“玄鼋”，后来变为褒姒。“玄鼋”，古注以为象龙蛇者，杨向奎先生认为即金文之，下半部分也是龟的象形。这样就从图腾崇拜上证明了黄帝—夏—周是一系。这一系发展为宗周灿烂的礼乐文明，因此儒家特别重视礼学。

黄帝—夏—周一系融合了东夷集团，形成华夏集团，即“中国”，代表文明；中国的对立面是“夷狄”，代表野蛮。《春秋·桓公十四年》记“邾娄人、牟人、葛人来朝”，《公羊传》认为之所以称“人”，是“夷狄之也”。《春秋·庄公十八年》：“夏，公追戎于济西。”《公羊传》写道：“大其为中国追也。”《春秋·昭公二十三年》：“戊辰，吴败顿、胡、沈、蔡、陈、许之师于鸡父。胡子髡、沈子楹灭，获陈夏啮。”《公羊传》：“此偏战也，曷为以诈战之辞言之？不与夷狄之主中国也。然则曷为不使中国主之？中国亦新夷狄也。”《公羊传》作者虽然不赞同夷狄主中国，但也痛斥有夷狄之行的“中国”，将这样的“中国”贬斥到“新夷狄”的行列。换言之，“中国”不是靠血缘天然成就，而是后天的文化有以生成。东汉公羊学大师何休接着发挥道：“中国所以异乎夷狄者，以其能尊尊也。王室乱，莫肯救，君臣上下败坏，亦新有夷狄之行，故不使主之。”鲁国是周公封国，堪称最正宗的“中国”，何休痛斥它有“夷狄之行”，因为鲁国多次围取邾娄邑，邾娄未曾加非于鲁国。“中国亦新夷狄”这样石破天惊的议论在《谷梁传》、《左传》里是完全看不到的。因此，杨先生高度评价《公羊传》的思想，认为公羊学实际是继承孟、荀两家学说而有所发展，孟、荀两家其历史学说虽然与孔子不同，但同倡一统。先秦公羊学本来是新兴地主阶级思想意识的反映，而新兴地主阶级和过去的宗法贵族有着千丝万缕的关系。因此，公羊学派的历史哲学能向前看，但有时回顾，未免徘徊于两者间，法后王而好古。西汉社会所创造的现实，实现了公羊学派向往的大一统，适当地解决了他们的矛盾观点，而今文学派也取得了经师中的正统地位。卓越的史学家司马迁也鼓吹三统，提倡三世，充分肯定了公羊学派大一统的学说。

杨先生认为《公羊》义法之变始于东汉《白虎通》，它反映了豪门地主阶级的强大而企图削弱天子的地位，不倡大一统了。至东汉末何休的《春秋公羊解诂》，是两汉《公羊》义法的总结。何休是前期公羊学集大成的人物，如果没有他的总结，公羊学恐怕无法表现其系统的历史哲学。没有这种历史哲学的流传，则清儒无法发现公羊学的价值所在。《公羊》富于大义，而大一统及尊王攘夷为其要义。时至南宋，四夷交侵，迫于形势，理学家侈谈尊王攘夷，不谈大一统而谈正统。宋代学者并没有重视《公羊》，也没有发现何休的总结。迟至清代常州学派之创始人庄存与，发现了《公羊春秋》，但没有发现何休的总结，孔广森发现了何休的总结，但偏离了方向。至刘逢禄，始能比较正确地理解何休。清末廖平大张今文旗帜，惊于《公羊》之非常异义，而多变其说。至南海康有为，乃大有发展，于是《公羊》家喻户晓，成为救世变法之良方。杨先生认为他的顾老师（颉刚）开创的古史辨派，也受有清代今文学的影响。在顾先生的思想体系中，也可以找到大一统的思想成分及各民族平等的进步思想。——这也是公羊学的光辉所至。

我国伟大的历史学家司马迁自述撰写《史记》的抱负是"究天人之际，通古今之变，成一家之言"，这三个方面是历史学家的最高境界，杨先生是达到了。《大一统与儒家思想》篇幅不大，却不愧"究天人之际，通古今之变，成一家之言"。

2011年3月

目　录

序言

十年前，吉林省社会科学院院长佟冬同志邀我去该院讲《公羊春秋》。他说，吴承仕先生曾经说过，清末，满朝满野讲《公羊》，因而促进了变法维新运动，当时虽然变法不成，但《公羊》的精神未泯，所以我答应了邀请而说《公羊》大一统义。当时，在座者有张璇如、蒋秀松、郭建文等同志。今春，璇如等三同志来访，重谈《公羊》，约我写《大一统与儒家思想》，应之，遂有此作。

大一统义倡自《公羊》，汉末何休发扬光大之，千百年来此义深入人心，变成我国民族间之凝聚力，都是炎黄子孙，华夏文明，始终应当一统。魏晋以后，政权分崩，实不一统，但任何一族之当道者，都以一统为己任而以炎黄之后自负。十六国时代，后赵石勒本羯人，当他意欲移都洛阳而飨酒，谓徐光曰："朕方自古开基何等主也？"对曰："陛下神武，筹略迈于高皇，雄艺卓荦，超绝魏祖，自三王以来，无可比也，其轩辕之亚乎？”勒笑曰：“人岂不自知，卿言亦以太过。朕若逢高皇，当北面而事之，与韩彭竞鞭而争先耳。朕遇光武，当并驱于中原，未知鹿死谁手！……朕当在二刘之间耳，轩辕岂非拟乎！”（《晋书》载记第四石勒）石勒属于当时之少数民族，臣下乃比之于华夏轩辕，而自处于二刘之间，逐鹿中原以统一天下。无任何民族隔阂，都是大一统之负荷者。后来宋人欧阳修、朱熹等先哲，又倡正统说，以补大一统说之不足。

近来陈桥驿教授在《郦道元生平考》一文中也曾经指出，在“《水经注》这部巨著中，却相当充分地反映了作者的思想观点，从全书来看，他最主要的思想，即是前已述及的南北统一，恢复一个版图广大的中华帝国的愿望”。这说明了大一统思想之深入人心，变作无比的精神力量。陈教授又曾说：“在《水经注》以前的一切地理著作中描写祖国各地的自然风景的，实在凤毛麟角，但郦道元却在这方面如此殚精竭力，逾格重视，这只能说明他如何地热爱祖国的大好河山。一个生来就从未见到过统一祖国的人，而却要从历史上一个伟大王朝的疆域作为他的写作范围，这也只能说明他是如何向往着一个统一的祖国。在南北朝这样一个国家分裂，山河破碎，战争频仍，人民流离的时代里，但郦道元却能写出这样一部把当时这个支离破碎的国家融合成一体的巨著，而又以如此美好的描述，歌颂祖国各地的自然环境和人文环境。由此可以说明，《水经注》是一部伟大的爱国主义著作，而郦道元则是一位值得崇敬的爱国主义者。”（《郦道元生平考》见《地理学报》43卷3期）

陈桥驿教授称赞郦道元是一位值得崇敬的爱国主义者，因为他是一位祖国统一的向往者。我们钦佩桥驿教授的卓识，同时也认识到，即使在中国分崩离析的时代，无论朝野，这统一的思想始终浸润在人们的心间。

杨向奎

1988年12月5日于北京

一　先秦儒家之一统思想
——兼论“炎黄”“华夏”两实体之形成

一统和大一统思想，三千年来浸润着我国人民的思想感情，这是一种向心力，是一种回归的力量。这种力量的源泉不是狭隘的民族观念，而是一种内容丰富，包括有政治、经济、文化各种要素在内的“实体”，而文化的要素有时更占重要地位。“华夏文明”照耀在天地间，使人们具有自豪感和自信心，因而是无比的精神力量。它要求人们统一于“华夏”，统一于“中国”，这“华夏”与“中国”不能理解为大民族主义或者是一种强大的征服力量，它是一种理想，一种自民族、国家实体升华了的境界。这种境界有发达的经济、理想的政治、崇高的文化水平而没有种族歧视及阶级差别，是谓“大同”。当然，这种升华的概念是逐渐形成的。夏商时代，文献不足，我们自宗周说起。宗周人自称为“夏”，比如《尚书·君奭》：

惟文王尚克修和我有夏。

“夏”即三代“夏、商、周”之夏，周自称为夏，“诸夏”即属于相同文化类型的国家。这些国家统一于周天子而构成“天下”。天下有“四国多方”，这“多方”不必属于华夏国家，如宗周初年，对殷商之与国即称之为“四国多方”，《周书·多方》有：

周公曰，王若曰，猷告尔四国多方。

告诉他们如果臣服于周，尚可以保留土地人民，否则将“致天之罚”。我们因此看出宗周一统是有层次的：四方、诸夏与中国。中国即王都所在，乃天下之中心。因为有不同层次，后来遂有“五服”制的产生。《诗·大雅·民劳》：

民亦劳止，讫可小康；惠此中国，以绥四方。

使中国与四方并列，中国即王都与诸夏国，而四方则包括有商及东夷及原来宗周之同盟国。周灭商后，疆域扩大，已经是一统的多民族国家。因而，当时人们的思想中遂有：

普天之下，莫非王土；率土之滨，莫非王臣。

即大一统思想之初步形成。

统一，统一于华夏，“华夏”本身也不是单一的民族集团，而是多民族的复合体。徐旭生先生在《中国古史的传说时代》中指出，华夏集团“是集团中最重要的集团，所以此后它就成了我们中国全族的代表，把其他的两集团几乎全掩蔽下去。此部族中又分出于两个大亚族，一个叫做炎帝，一个叫做黄帝”。（《中国古史的传说时代》第40页）华夏族诚然是中华民族的最重要的集团，可以作为中国全民族的代表，但不能说华夏族仅由炎、黄两族所构成，它开始就是一个多民族的复合体，炎、黄、夏、周外，东夷集团，尤其是虞与殷商，在构成华夏族中起了骨干作用。虞、夏、商、周四代构成了华夏族，孕育着灿烂的华夏文明。虞殷代表了东夷集团，以鸟作图腾，夏周代表了夏族集团，以龙蛇作图腾。但周代实际承袭了夷、夏两系文明。孔子曾经说：

殷因于夏礼，所损益可知也；周因于殷礼，所损益可知也。其或继周者，虽百世可知也。（《论语·为政》）

广义的“礼”，泛指社会文明，这是自古至今最正确的对待传统文化的态度。“损”是去掉，“益”是增加，对待传统有损有益也就是批判地继承发展，因此才出现了“周监于二代，郁郁乎文哉，吾从周”（《论语·八佾》）的良好局面。“从周”是法后王，这为后来荀子之“法后王”及公羊学派之“张三世”的理论建立了基础。夷、夏两系都不是孤立的、封闭的系统，他们彼此交往，互相渗透，于是逐渐融合一体。夏代初期少康以前一段动乱的历史，即夷、夏交争而互相渗透以至融合的历史。夷、夏之争，在当时来说，已经不是异族间互相侵略，罗泌在《路史》中就曾以羿、浞之乱比之于安史之乱，后羿、寒浞实在是夏之叛臣，虽然傅斯年先生反对这种说法而认为夷羿是“敌国之君”。（见《夷夏东西说》）我们研究这一段历史过程，知道当时夷、夏之间的关系本来密切。史实见于《左传》襄公四年及哀公元年，襄公四年有：

昔有夏之方衰也，后羿自钼迁于穷石，因夏民以代

> 夏政，恃其射也，不修民事而淫于原兽，弃武罗、伯因熊髡，圉，而用寒浞。寒浞，伯明氏之谗子弟也，伯明后寒弃之，夷羿收之，信而使之，以为己相。浞行媚于内，而施赂于外，愚弄其民，而虞羿于田。……羿犹不悛，将归自田，家众杀而烹之，以食其子。……靡奔有鬲氏。浞因羿室，生浇及豷……使浇用师，灭斟灌及斟寻氏。处浇于过，处豷于戈。靡自有鬲氏收二国之烬，以灭浞而立少康。少康灭浇于过，后杼灭豷于戈，有穷由是遂亡，失人故也。

靡是夏遗臣而臣于后羿者，虽臣于二代而不以为忤，终复夏政，说明当时夷夏已少民族隔阂，而后来之《虞箴》有云："在帝夷羿，冒于原兽，忘其国恤，而思其麀牡，武不可重，用不恢于夏家。"（见《夷夏东西说》）《虞箴》要夷羿而恢于夏家，是以夷夏为一体。又哀公元年《传》记此事有："昔有过浇杀斟灌以伐斟鄩，灭夏后相。后缗方娠，逃出自窦，归于有仍，生少康焉，为仍牧正……浇使椒求之。逃奔有虞，为之庖正，以除其害，虞思于是妻之以二姚，而邑诸纶，有田一成，有众一旅……以收夏众，抚其官职……遂灭过戈，复禹之绩，祀夏配天，不失旧物。"虞思妻少康以二姚，是虞夏两氏之族外婚；而虞属东夷，是夷、夏两族在夏代已融为一体。所以我们说，在华夏族及华夏文明之形成过程中，东夷与夏周都是其中重要的组成部分，夏周文化不过是华夏文化之一支，田昌五先生的意思是可取的：“从部落王国到夏朝建立也是华夏族的形成过程，而夏文化则为华夏文化的一支，并不能成为单一的民族文化。”（见《古代社会形态析论》第202页）夏代文化不能代表整个华夏文化，因为其中融合了虞殷东夷系统的文化内容。这在考古发掘上看到的“文化叠压关系”中也可以得到说明。上引田氏著作于此指出：“这种联合和兼并的过程在考古文化中是有反映的。明显的如仰韶文化的氏族部落和大汶口文化的氏族部落，后期有在中原地区交错而处的现象。交错而处必然要发生斗争和联合，后来在这种斗争和联合中形成了所谓河南龙山文化。”（同上）虽然此所谓“形成了所谓河南龙山文化”的论断，是否即夷、夏两族交融的结果，还有待进一步论证，但作为民族融合而反映出文化之推陈出新，因而有考古上之反映，是没有疑问的。华夏民族文化之融合，自虞夏开端，至宗周而成熟，“郁郁乎文哉”之周文明，实在是光辉灿烂的华夏文明。战国而后，在中国范围内新民族崛起，于是重新组合，而有汉族及汉文明。民族之融合，不断发展，代表本民族之文明亦不断在发展中，遂有中华民族及其所代表的中华文明。

华夏文明，在当时世界上是一种伟大的文化体系，对于中国人民，它是一种向心力，回归的力量。它是统一中国的凝集力，因为它不是狭隘的民族意识，也不是并吞一切的大民族意识，它是民族意识的升华，它是一种标准，一种水平，这标准、水平用以衡量一统中国的各族，达标者为中国为华夏，落伍者为夷狄、为野蛮；中国可以退为夷狄，夷狄可以进为华夏！这是圣洁的词汇，华夏，据此内容，遂有公羊学派之大一统。

我们说华夏文明是夷、夏文明之融合体，其实即以夏族论，它也是多民族的复合。在部族时代，夏族实行族外婚，因而有姬、姜两氏，而姬、姜两氏之始祖为黄帝、炎帝。黄帝是夏、周始祖，《国语・晋语》说黄帝、炎帝同出少典氏，而《史记・五帝本纪》说：

> 轩辕之时，神农氏世衰，诸侯相侵伐，于是轩辕乃习用干戈，以征不享……而蚩尤最为暴，莫能伐。炎帝欲侵陵诸侯，诸侯咸归轩辕，轩辕乃修德振兵……以与炎帝战于阪泉之野，与蚩尤战于涿鹿之野，遂擒杀蚩尤，而诸侯咸尊轩辕为天子……披山通道，未尝宁居，东至于海……

及岱宗，西至于空同……南至于江，北逐荤鬻，合符釜山，而邑于涿鹿之阿，迁徙往来无常处。

《史记》开始于五帝，是具有卓识的，这是中国历史进入文明时期，黄帝曾与蚩尤争，与炎帝争。黄帝、炎帝实为华夏族一支中之始祖。我们从《史记·五帝本纪》的记叙中，追寻黄帝的足迹，他东至海，西至空同，南至江，北逐荤鬻；虽邑于涿鹿而“迁徙往来无常处”。但我们还是可以找到黄帝活动的中心：一是与炎帝战于阪泉之野，《史记正义》以为阪泉在今河北保定境；二是与蚩尤战于涿鹿之野，《史记集解》以为涿鹿在今河北宣化保安境内；三是合符釜山而邑于涿鹿，《史记正义》以为釜山在“妫州怀戎县北三里”，与阪泉邻。那么黄帝活动中心在今北京及河北保定一带地区。但据《国语·晋语》云“黄帝以姬水成，炎帝以姜水成”，所谓以某水成即生长于某水域，而姬水、姜水均不在今河北、北京一带，今陕西尚可以找到以上两水。徐旭生先生说：“比较可靠的是姜水所在，《水经注》渭水条下说：‘岐水又东，经姜氏城南为姜水。’按《世本》炎帝姜姓。《帝王世纪》曰，‘炎帝神农氏姜姓，母女登游华阳，感神而生炎帝于姜水，是其地也。’岐水在岐山南面，当在今陕西岐山县城东面，就是地图上西出岐山，东过武功，折南流入武功的小水。此水南面隔着渭水，就离秦岭不远。……姜水与古华山很近，炎帝的传说或可以传播到山的南面。皇甫谧所说的‘炎帝母游华阳’来源颇古。……现在宝鸡县城南门外就临着渭水，过渭水南一、二里，在黄土塬边上有一村，叫做姜城堡，堡西有一小水，从秦岭中流出，叫做清姜河。……这一个姜城堡，《宝鸡县志》说它就是《水经注》所说的姜氏城。……姜城堡与姜氏城虽有两个字的相同，一定不能是一个地方。虽然如此，姜城堡附近却有很好的彩陶遗址，在我国历史的黎明时期，就有人居住。……并且，周弃的母亲姜原（或作姜嫄）明白为姜姓的女儿。周弃所居的邰就在今武功县境内，西离岐山也不过几十里。……姜姓其他的一个神话中所说的磻溪水也在这一带。《水经注》渭水条下说‘渭水之右，磻溪水注之。水出南山兹谷。……兹中有泉谓之兹泉。……即《吕氏春秋》所谓“太公钓兹泉”者也。其投竿跽饵，两厀遗迹犹存，是有磻溪之称也’。……磻溪的名字应当不是妄传。这条水在现在宝鸡县城东四、五十里处的渭水南岸，为一小溪，北流入渭水。……这以上所述文献内的材料，考古方面的材料，民间传说的材料，似乎完全符合，足以证明炎帝氏族的发祥地

在今陕西境内渭水上游一带。”（《中国古史的传说时代》第41—42页）

以上徐旭生先生对于姜水及有关地区的考证颇细致，用以说明姜氏族的发祥地。但姜、羌本为一体，他们的来源去路遍及黄河上下游，山东境内先秦时代多姜姓古国，而太公望于封齐前，在东方的传说并不比西方少。而姜为四岳后，四岳乃其发祥圣地。那么说，炎帝姜姓氏族发祥在今陕西渭水上游问题颇多。我们低估了古人的活动力量，他们尚非农业，迁徙无常，发祥地云云，是很难确定的，但姜氏曾活动于姜水流域是无问题的，一如姬氏之曾活动于姬水流域。但姬水所在却不易追寻，徐旭生先生就曾经说，不知道是现在的哪一条水。（《中国古史的传说时代》）但徐先生也曾指出，姬姓的周弃就住在邰，姬姓最初祖先黄帝的坟墓相传在桥山。桥山，近代的书全说它在今黄陵县（旧中部县）境内，实则北宋以前记载全说它在汉阳周县境，阳周县在今子长县境，在黄陵县北偏东数百里。又黄帝的传说同崆峒很有关系。《新唐书·地理志》原州平高县下有崆峒山，当即此地。平高在今甘肃镇原县境内，离陕西界不远。看古代关于姬姓传说流传的地方，可以推断黄帝氏族的发祥地大约在今陕西的北部，它与发祥在陕西西部偏南的炎帝的居住地相距并不很远。

徐旭生先生治学谨严，不作泛滥的推断，但谓黄帝氏族发祥于陕西北部的说法，与炎帝氏族发祥于陕西西部偏南的说法，同样有问题，不能以活动过的地区当做发祥地。上面已经说过，黄帝是华夏族的一支祖先，他的故事遍及中国，我们曾经引用《史记·五帝本纪》的记载，说明黄帝的活动中心在北京保定一带，而他们是“迁徙无常”的。研究中国古代史，任何情况下，也不能抛弃《史记》的记载而不顾：一来，司马迁，他比我们早生两千多年，接近上古；二来，他是有眼光而谨严的史学家。以此关于黄帝与姬周的发祥问题需作进一步推敲。

先论姬水，徐旭生先生说不知其所在。我也曾到周原作过调查，无论文献或考古，在当地都没有姬水的名称，但姬水必定是周原一水，因姜水在，与之相伴的姬水就不会失踪。现在《诗经》之《大雅》与《周颂》，是西周时代对先人及当时的歌颂与怀念，虽有神话夹杂其间，那是传统的史诗，有夸张而无编造，我们可以从中觅得姬水踪迹。《诗·大雅·緜》有：

> 緜緜瓜瓞，民之初生，自土沮漆。古公亶父，陶复陶穴，未有家室。

古公亶父，来朝走马，率西水浒，至于岐下。爰及姜女，聿来胥宇。

周原朊朊，堇荼如饴。爰始爰谋，爰契我龟。曰止曰时，筑室于兹。

又《诗·周颂·潜》：

猗与漆沮，潜有多鱼，有鳣有鲔，鲦鲿鰋鲤。以享以祀，以介景福。

此外在《小雅·吉日》中也有“漆沮之从，天子之所”。《大雅》、《周颂》都是西周诗歌，从《大雅·緜》中可以看出，周人最初，土居沮漆，自公亶父开始，自西沿水浒而至岐下。他们长期没有离开这条水，这条水养育了他们。所以《周颂·沮》说“猗与漆沮，潜有多鱼！”美哉漆水而多鱼。《小雅》则进一步说“漆沮之从，天子之所”，这是定鼎的地方，真正是周人的发祥所在。我们以为漆沮水即姬水，漆、姬古韵部虽远，但声纽接近，姬属见纽，漆属溪纽，可以通假。“漆沮”实即姬之缓言，急读为姬周人姬姓，沿漆沮为生，即以漆沮为“本生水”，漆沮水即姬水无疑。

关于漆沮所在，历来有许多考证。《毛诗正义》云：“禹贡雍州云‘漆沮既从’，是漆、沮俱为水也。或言漆、沮为二水名。”《汉书·地理志》云：“右扶风有漆县，云漆水在其县西，则漆是一水名，与沮别矣。”而汉末许慎之《说文解字》漆字云：“漆水出右扶杜陵岐山，东入渭。”段玉裁注：“杜陵当作杜阳，杜阳今陕西凤翔府麟游县是其地。周公刘居豳，今陕西邠州是其地。汉之漆、栒邑二县也。太公迁郏，今凤翔府岐山、扶风二县是其地。汉之杜阳南，美阳北也。《大雅》曰‘民之初生，自土漆沮’。《传》曰‘漆，漆水；沮，沮水也’。又曰‘周原漆沮之间也’。《周颂·潜传》又曰‘漆、沮岐州之二水也’。据毛说则漆沮二水实为岐周之地。《小雅·吉日传》但云‘漆沮二水，麀鹿所生’。其解必同《大雅》、《周颂》。许云‘漆水出杜阳’，正岐周地也……玉裁谓《水经》曰‘漆水出扶风杜阳县俞山，东北入于渭’，正与《说文》合，惟‘岐’作‘俞’耳。郦氏引《开山图》曰‘岐山在杜阳北长安西，有渠谓之漆渠。漆渠合岐水与横水合，东注雍水，又合杜水，南注于渭’。郭璞《山海经》云‘今漆水出岐山’，皆与《水经》合。”以上段氏遍引有关漆水著作，详明周密。今人王献唐先生在《炎黄氏族文化考》第五章附录中引《武功县志》云“古斄城在县南入里漆村东”，又云“县东门外有漆水，自豳岐之间东去”。斄即邰。颜注《地理志》以为斄、邰古音同。刘师培亦有相同意见。漆水在邰，而邰是姬周发祥地，则漆亦即姬，可无疑义。否则不可有漆水，亦无姬水。现谭其骧先生主绘的《中国历史地图集》第一册《西周时期中心区域图》有漆沮水，发源于麟游县西偏之杜林，在今武功入渭，与过去说法相合。我们结合徐旭生先生所云“可以推断黄帝氏族的发祥地大约在今陕西的北部，它与发祥陕西西部偏南的炎帝氏族居住地相距并不很远”的论断，而稍加改动：把黄帝氏族改为姬周，陕西北部改作西北部，就更合乎史实了。

我们所以要作这些改动，因为姬周虽然出自黄帝氏族，但时代遥远，中隔夏、殷，其中迁徙频繁，有许多问题，须待澄清。上面说过，黄帝氏族活动中心在今北京附近，不能因姬氏在陕，黄帝亦随之西北移。而且以黄帝为华夏祖，华夏亦不能仅以姬周为主。徐先生在论述华夏集团时，只是把黄帝与姬周氏族联系起来，关于夏则另立章节，从洪水说起，说到大禹治水，以及其他发现与发明，但没有说明夏与华夏集团关系之所在，夏与黄帝，夏姒与姬周以至夏与姜氏的关系都未涉及，以致找不到他们之间关系的纽带，而强把他们说成一个集团，未免有突然之感，没有说服力。其实通过图腾崇拜，已经可以说明黄帝、夏周之间的氏族关系，况且周自称继夏。图腾是他们的族徽，少康中兴后，所谓“祀夏配天不失旧物”之物即族徽，族有族徽，一如现在之国旗，是不容紊乱的。《国语·周语》有：

> 昔武王伐殷岁在鹑火，月在天驷，日在析木之津，辰在斗柄，星在天鼋。星与日辰之位皆在北维，颛顼之所建也，帝喾受之。我姬氏出自天鼋，及析木者有建星及牵牛焉，则我皇妣大姜之姪，伯陵之后，逄公之所凭神也。

上面两及“天鼋”，“天鼋”在周金文中多见，郭沫若先生隶定为“天鼋”，他说：“‘天鼋’二字……器铭多见，旧释为子孙，余谓是天鼋即轩辕也。《周语》下‘我姬氏出自天鼋，犹言出自黄帝。十二岁之单于，即十二次之天鼋’。”（《两周金文辞大系图录考释》第31页）这是卓识，出自天鼋即出自轩辕，而轩辕即黄帝，也就是姬氏出自黄帝。“单于”即“天鼋”之音转，实为一。

“天鼋”即氏族的图腾崇拜，亦即夏周氏族之崇拜龟、蛇，以之为图腾。曾有古文字学家如唐兰先生不同意郭解，释“天鼋”为“大黾”，而黾为蛙，非龟、蛇也。其实，古人造字，象形亦非写生，就字形及字义说，字实黿而非蛙，我曾有详考，今不具论。龟、蛇在水，被视为神物，故夏族于水患频仍时崇拜之以为族徽，而夏鲧、夏禹，就名字，就传说，他们都是龟、蛇化身，而姒字亦蛇形也。我们以为夏族以天黿为族徽，姜氏亦曾有此崇拜。韦昭注《国语·周语》之"我姬氏出自天黿，及析木者有建星及牵牛焉，则我皇妣大姜之姪，伯陵之后，逄公之所凭神也"。时说：

伯陵大姜之祖有逄伯陵也。逄公，伯陵之后，大姜之姪，殷之诸侯，封于齐地，齐地属天黿，死而配食，为其神主，故曰凭，凭依也，言天黿乃皇妣家之所凭依也。

这段注解符合史实。姜姓，伯陵之后，殷之诸侯，而以天黿为神主，亦崇拜天黿，当为姬、姜两姓合为周族合之史实，姜氏出自四岳，本有自己之族徽，这种族徽与姬氏天黿融合后，更有巧妙的联合，我们将叙及。

轩辕即天黿，上面已谈到，亦即玄黿，玄黿与轩辕，音更近，更可以说明问题。《国语·郑语》有云：

训语有之曰：夏之衰也，褒人之神化为二龙以同于

> 王庭，而言曰“余褒之二君也”。夏后卜杀之与去之与止之，莫吉。卜请其漦而藏之吉。乃布币焉，而策告之。龙亡而漦在，椟而藏之，传郊之，及殷周莫之发也，及厉王之末发而观之。漦流于庭不可除也，王使妇人不帏而譟之，化为玄鼋以入于王府。府之童妾未既龀而遭之，既笄而孕。当宣王而生，不夫而育，故惧而弃之。为弧服者方戮在路，夫妇哀其夜号也而取之以逸逃于褒。褒人褒姁有狱而以为大于王，王遂置之，而嬖是女也，使至于为后而生伯服。

以上叙褒姒之来历，褒姒姓以龙、蛇为图腾，故云“褒人之神，化为二龙”，而龙漦化为玄鼋。“玄鼋”韦注以为“象龙蛇者”，是知玄鼋即天鼋之别称，古音本同。《史记·周本纪》此一故事即本《国语·郑语》，有云：“宣王之时，童女谣曰：‘檿服箕服，实亡周国。’于是宣王闻之，有夫妇卖是器者，宣王使执而戮之，逃于道而见乡者后宫童女所弃妖子，出于路者，闻其夜啼，哀而收之。夫妇遂亡奔于褒。……弃女子出于褒，是为褒姒……生子伯服。竟废申后及太子，以褒姒为后，伯服为太子。……又废申后去太子也，申侯怒，与缯、西夷、犬戎攻幽王。”幽王之乱由褒姒而涉及申、缯、西夷、犬戎。申，姜姓四岳后；缯，姒姓，夏后，可以说明姜氏与姒氏结盟而反周。在夏朝，姜、姒似已结合，此于中国古代文献中可以得到证明。

夏为姒姓，姒字原作“”，本象盘蛇，亦图腾标志。而鲧、禹名字亦与龙蛇有关，天黿之作为黄帝称号（轩辕），说明黄帝与夏之密切关系。天黿多见于古代铜器中，而无道玄黿者，其实在古金文中多见。容庚先生的《金文编》中有下列各字：

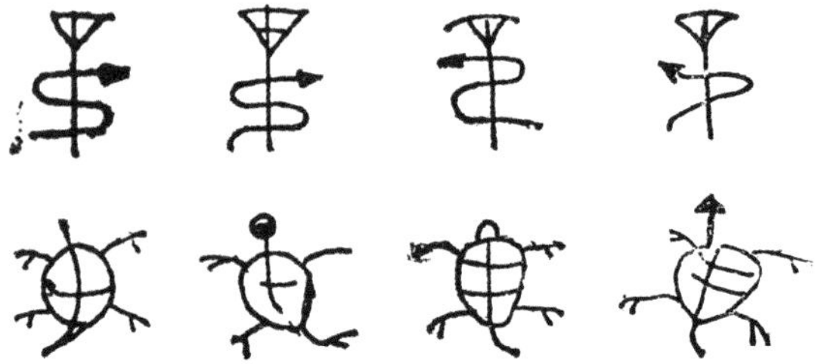

爵文

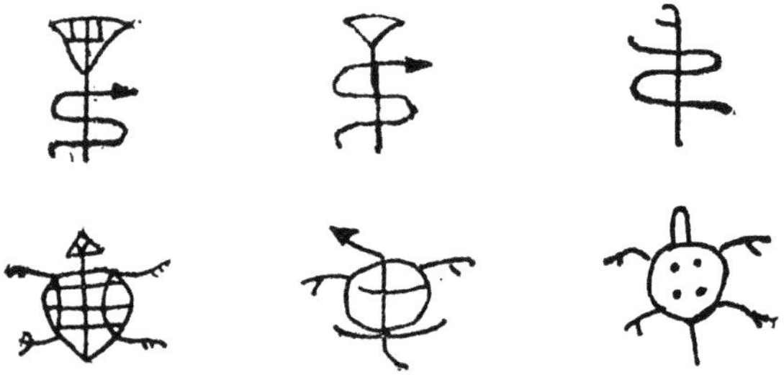

鼎文　戈文　作父丙簋

以上诸字，历来无解，故容庚先生列为图形文字中，言不解也，无法隶定。其实下一字与天黿之黿字铭文相同而有尾，正象龟短足而有尾。黿字有解，而上一字即“玄”字，实象龙蛇盘柱，或即华表，乃用以悬“物”者，所谓“祀夏配天不失旧物”，物即族徽，一如后来之旗帜。“玄”为象形字，用作族徽，未免夸张，故作

等形，甲骨文中玄作“ဒ”，金文作“8”，而《说文》古文作“ȣ”，《玉篇》作“糸”，与上面图形字都有相似处，图形作盘旋状，而文字作环形，后来之解“玄”或“玄冥”者都与龙蛇有关。是知“玄黿”本与“天黿”并行，特后人不解图形之玄黿，于是天黿遂独行于世。

邹衡先生在《夏商周考古学论文集》中《论先周文化》时称：“天黿器传世者多，作者曾收录100件左右，但有出土地点的仅成王时的……二器……出于陕西乾县。从时代来说，天黿器也有属于先周时代的。……除此以外，还有天兽的

族徽。这些兽类很难准确地判明其种属，只能依其形状分类如下……”邹先生共分为六类。此外，在洛阳传说有出土的天兽器群。虽然我们没法判断天兽的种属，但就其笨拙形象，加上文献记载，我们可以断定天兽是熊。鲧、禹都有化为黄熊的记载，而黄帝亦号有熊氏。有熊、天黿（轩辕）都是族徽，但两者不同，这需要进一步解释。《楚辞·天问》：

焉有虬龙，负熊以游。

龙而负熊游，这象征着两种族徽之结合，族徽之结合反映了两氏族之融合，姬姒以龙、蛇为族徽，我们以为天兽（熊）族徽属于姜氏，姜氏出自四岳，四岳为大山，为野兽出没之地，故姜氏以熊为族徽。洛阳逼近四岳，故有出土天兽之传说。龙负鱼熊游与黄帝、鲧、禹之与熊紧密相关，说明姬姒与姜氏之结合，而夏族之源于炎黄，处处合符。

夏与虞殷结合，成为华夏集团，因为周属于夏族体系，故华夏又以诸夏为中心，但在孔子的思想中，从来不排斥夷狄。《论语·八佾》有孔子云：

夷狄之有君，不如诸夏之无也。

朱熹注引程子曰："夷狄且有君长，不如诸夏之僭乱，反无上下之分也。"因春秋时各国都有僭乱行为，君不君，臣不臣，而夷狄且有君。程朱之言，盖深得孔子之旨。又《论语·子罕》有：

> 子欲居九夷，或曰陋，如之何！子曰：君子居之，何陋之有？

朱熹注"君子所居则化，何陋之有？"夷狄而可以化，是夷狄可以进为华夏；相反，华夏僭乱，亦可以退为夷狄。华夏、夷狄是可变的实体，这"可变"的概念，为后来公羊之"三世说"建立下良好基础。夷狄、华夏都具有可变因素，因此在后来儒家思想中，尤其是公羊学派，夷狄、华夏等概念，具有极为丰富的内容，由民族的实体升华为可变的概念，因而为后来的大一统思想创造了广阔的前景，为中国人民增添了无比的凝集力量。

夷夏可变，但不变的夷狄仍然是不文明的象征，所以在孔门讨论桓公与管仲之功过时：

> 子曰：晋文公谲而不正，齐桓公正而不谲。

子路曰：桓公杀公子纠，召忽死之，管仲不死。曰：未仁乎？

子曰：桓公九合诸侯，不以兵车，管仲之功也，如其仁，如其仁。

子贡曰：管仲非仁者与？桓公杀公子纠，不能死，又相之！

子曰：管仲相桓公，霸诸侯，一匡天下，民到于今受其赐，微管仲吾其被发左衽矣，岂若匹夫匹妇之为谅也，自经于沟渎而莫之知也。（《论语·宪问》）

孔子对齐桓公评价颇高，而管仲相桓公"霸诸侯，一匡天下，民到于今受其赐，微管仲吾其被发左衽矣"。一匡天下，即匡天下于一统，一统于周，亦即一统于华夏，于是而免于被发左衽，是以"被发左衽"为不文明的象征。但春秋时代，王纲已坠实不一统，所谓"南夷与北狄交，王室之不坠若线"者，《公羊》僖公四年，桓公之霸亦所谓"实不一统而文一统"者，但文一统究胜于无，后来并此亦不可得，于是孟子、荀子之有关华夏、夷狄之观念与孔子不同。因此我们认为，孔子虽然反对夷狄，但"夷狄"的概念是可变的，君子而可以居于九夷，"夷狄之有君，不如诸夏之无也。"都是积极有益于中国之大一统的。但历史是发展的，过去的时间只能是“记忆”，战国时代，局势已变，旧日的夷狄已成华夏，而新夷狄生，一统于周的局面不复存在，周天子已沦为附庸，而旧附庸都成大国，一统于谁，尚待分晓，但在新的夷狄交侵时代，孟子、荀子在一统问题上遂有新的起点。

在思想体系上孟子、荀子都发挥了孔子之一体，孟子谈仁而荀子重礼，但在政治思想上他们对管仲评价不同于孔子。当孟子与公孙丑评价管仲的时候：

> 公孙丑问曰：夫子当路于齐，管仲晏子之功，可复许乎？
>
> 孟子曰：子诚齐人也，知管仲晏子而已矣。或问乎曾西曰：吾子与子路孰贤？曾子蹴然曰，吾先子之所畏也。曰：然则吾子与管仲孰贤。曾子弗色然不悦曰：尔何曾比予于管仲。管仲得君如彼其专也，行乎国政如彼其久也，功烈如彼其卑也，尔何曾比予于是。曰：管仲、曾西之所不为也，而子为我愿之乎？
>
> 曰：管仲以其君霸，晏子以其君显，管仲、晏子犹不足为与？
>
> 曰：以齐王犹反手也。（《孟子·公孙丑》上）

战国时代已不同于春秋，春秋时代，齐桓尚可以尊王攘夷相号召，霸天下虽实非一统，尚可以文为一统。战国，周天子沦为附庸，王无可尊，而夷已为夏，当时需要新王而非周天子，诸侯不求霸而求王，所以孟子也说“以齐王犹反手也”。齐可以王，晋可以王，楚、吴、越亦可以王，而不必王于周。这是新的一统，但谈何容易，公孙丑也有疑问说：

若是则弟子之惑滋甚，且以文王之德，百年而后崩，犹未洽于天下，武王、周公继之，然后大行，今言王若易然，则文王不足法与？

曰：文王何可当也，由汤至于武丁，贤圣之君六七作，天下归殷久矣，久则难变也。武丁朝诸侯有天下犹运之掌也。纣之去武丁未久也，其故家遗俗，流风善政，犹有存者，又有微子、微仲、王子比干、箕子、胶鬲皆贤人也，相与辅相之，故久而后失之也。尺地莫非其有也，一民莫非其臣也，然而文王犹方百里起，是以难也。齐人有言曰：虽有智慧，不如乘势，虽有磁基，不如待时，今时则易然也。夏后殷周之盛，地未有过千里者也，而齐有其地矣，鸡鸣狗吠相闻，而达乎四境，而齐有其民矣，地不改辟矣，民不改聚矣，行仁政而王莫之能御也。且王者之不作，未有疏于此时者也，饥者易为食，渴者易为饮，孔子曰："德之流行速于置邮而传命。"当今之时，万乘之国，行仁政，民之悦之，犹解倒悬也，故事半古之人，功必倍之，惟此时为然。(《孟子·公孙丑》上)

孟子志在新王，夏、殷都已过去，周亦过去，所以说"王者之不作，未有疏于此时者也，饥者易为食，渴者易为饮……当今之时，万乘之国，行仁政，民之悦之，犹解倒悬也"。霸者只是维系王纲于不坠，貌为一统，实不一统，时至战国，王纲已坠，而民在倒悬，人民之望新王犹大旱之望云霓，所以王者易作，而孟子跃跃欲试，故云"以齐王犹反手也"。孟子求王而不许霸，孔子尚望周之复兴，故云"如有用我者，吾其为东周乎"！周不可东而求霸，故重齐桓而仁管仲。孟子之时，霸已无所作为，一不能尊王，二不能攘狄。旧王式微，旧夷已夏，而新夷非先王之道，距华夏尚远，所以孟子说：

吾闻用夏变夷者，未闻变于夷者也。陈良楚产也，悦周公仲尼之道，北学于中国。北方之学者未能或之先也，彼所谓豪杰之士也，子之兄弟事之数十年，师死而遂倍之。……今也南蛮鴃舌之人，非先王之道，子倍子之师而学之，亦异于曾子矣。吾闻出于幽谷，迁于乔木者，未闻下乔木而入于幽谷者。鲁颂曰：“戎狄是膺，荆舒是惩。”周公方且膺之，子是之学，亦为不善变矣。

从此看出孟子对于所谓“戎狄”的态度，不同于孔子，虽然他也说“吾闻用夏变夷者，未闻变于夷者也”。其实在孔子的思想中以及在后来的公羊学派中，夷夏是可以互变的，夷狄可以进为中国，中国可以退为夷狄。夷夏是可变的实体，不是不变的顽石。孟子之“用夏变夷”仍是居高临下之施教，相反，夏不能变为夷，夏高于夷，周公攘夷，但孟子不与齐桓之霸业。霸业倡尊王攘夷，王即周天子，而战国时代，周天子实不存在，孟子意在新王，诸侯行仁政者可以当新王，因此孟子薄齐桓而轻管仲。荀子后于孟子，天下重新一统的趋势明朗，天下一统的要求更加强烈，荀子说：

古者天子千官，诸侯百官。以是千官也，令行于诸夏之国谓之王；以是百官也，令行于境内，国虽不安，不至于废易遂亡，谓之君。（《荀子·正论》）

“令行于诸夏之国谓之王”，即王天下，此天下以诸侯为主，而四裔各族因文化形态不同，而有不同之服制。故战国时代有所谓五服制度。五服、五等爵及天下六官制，都为战国时代根据不同时期、不同地区的各种制度而典型化，统一化的政治、经济以及礼乐制度，制成法典，是为《三礼》，即《周礼》、《仪礼》及《礼记》中之若干篇。《荀子·正论》又云：

世俗之为说者曰：汤武不能禁令。是何也？曰，楚越不受制。是不然，汤武者，至天下之善禁令者也。汤居亳，武王居鄗，皆百里之地也，天下为一，诸侯为臣，通达之属，莫不振动从服以化顺之，曷为楚越独不受制也。彼王者之制也，视形势而制械用，称远迩而等贡献，岂必齐哉！……土地刑制不同者，械用备饰不可不异也，故诸夏之国，同服同仪，蛮夷戎狄之国，同服不同制，封内甸服，封外侯服，侯卫宾服，蛮夷要服，戎狄荒服。甸服者祭，侯服者祀，宾服者享，要服者贡，荒服者终王。日祭月祀，时享岁贡，夫是之谓视形势而制械用，称远迩而等贡献，是王者之至也。彼楚越者，且时享岁贡终王之属也，必齐之日祭月祀之属，然后曰受制邪，是规磨之说也。沟中之瘠也，则未足与及王者之制

也。（《荀子·正论》）

这是因形制不同，远近各异，而有不同的服制。在宗周时代，在现存文献中，无完整之五服制，但周天子对于诸侯国，因远近亲疏而有不同的要求，则有明证，管仲之责楚包茅，是楚与周之关系不同于鲁晋。服制是存在的，一如爵位之存在，但未如后来之整齐规划。荀子之“天下为一”是大一统，但大一统内并不等齐，荒服、要服不同于日祭月祀。荀子未能使荒服、要服与日祭月祀者互相变易，与后来公羊之大一统比，未达一间，但犹胜于孟子之排斥夷狄者。公羊学派盖由此发展并采纳孔子之夷夏之可变说，大一统理论遂至完善无尤的境界。

二　一统天下的理想制度

——兼论宗周之礼乐文明

孔子曾经说："郁郁乎文哉，吾从周。"（《论语·八佾》）盖自夏殷以来之传统文化至宗周而发扬光大，以为礼乐文明之典范。到春秋时代，孔子还要东方各国发扬这种文明，他曾经说："如有用我者，吾其为东周乎？"（《论语·阳货》）孔子不是师古而是法今。司马迁是理解孔子的，他在《史记·孔子世家》中指出，"孔子之时，周室微而礼乐废，诗书缺，追迹三代之礼，序书传，上纪唐虞之际，下至秦穆，编次其事，曰：夏礼吾能言之，杞不足征也；殷礼吾能言之，宋不足征也，足则吾能征之矣。观殷夏所损益曰，后虽百世可知也，以一文一质，周监二代，郁郁乎文哉，吾从周，故书传礼记自孔氏。孔子语鲁太师，乐其可知也，始作翕如，皦如、纵之纯如，绎如也，以成。吾自卫返鲁，然后乐正，《雅颂》各得其所。古者诗三千余篇，及至孔子，去其重，取可施于礼义，上采契、后稷，中述殷周之盛，至幽厉之缺，始于衽席。故曰：《关雎》之乱，以为《国风》始；《鹿鸣》为《小雅》始；《文王》为《大雅》始。三百五篇，孔子皆弦歌之，以求合《韶、武、雅、颂》之音，礼乐自此可得而述，以备王道成六艺。孔子晚而喜《易》，序《彖》、《系》、《象》、《说卦》，《文言》。读《易》韦编三绝，曰：'假我数年，若是，我于《易》则彬彬矣。'孔子以《诗》、《书》、《礼》、《乐》教，弟子盖三千焉，身通六艺者七十二人"。这一段正好是《论语》"子所雅言，诗书执礼，皆雅言也"（《述而》）的疏证。《书》是中国古代史，虞夏商周四代的典章制度、礼乐文明，俱备于此，所以说，"追迹三代之礼，序书传，上纪唐虞之际，下至秦穆"。次及《乐》，其次言《易》，孔子深于《易》，儒家遂有《十翼》，孔子以"诗书礼乐教，以六经传六艺"，遂构成两千年来中国封建社会礼乐文明的核心，而儒家乃以学术宗派代替了宗教的职能。《诗》、《书》、《礼》、《乐》对于孔子来说都是"故"，"故"即"古"，在春秋时代，"中国"代表了天下，是最先进地区，学术来源，除实践外，来自古昔虞夏商周，故孔子求学之道是“温故而知新”，损益传统文明而发扬光大，这“故”或“古”主要是宗周时代的礼乐文明，所以孔子说“郁郁乎文哉吾从周”。

宗周承袭过去而创造了自己的灿烂文明，在这种文明的创造过程中，永远不能忘掉周公，周公、孔子都是创造中国文明的不祧祖先。《左传》文公十八年有云：

> 先君周公制周礼，曰：“则以观德，德以处事，事以度功，功以事民。”

“先君周公制周礼”是有关周公制礼的最早记载，事情出自季文子之口，他是鲁国世家子，鲁为周公及伯禽封国，且春秋文公时去西周不远，而周礼在鲁，这种记载是可信的。礼的内容广泛，包括当时的典章制度，礼乐文明。《礼记·明堂位》也说，“武王崩，成王幼弱，周公践天子之位以治天下。六年朝诸侯于明堂，制礼作乐，颁度量而天下大服”。更明确地提出周公曾“制礼作乐”。“礼”不止今传《三礼》，《三礼》为《周礼》、《仪礼》及《礼记》。《周礼》一名《周官》，相传为周公“所建官政之法”，而《仪礼》相传《经》出周公，《礼记》则出于孔子及后学。《礼记》内容庞杂，体系非一，盖出自孔门各派之手，用以发挥孔门学说及礼之蕴藉者。《三礼》内容丰富，而问题实多，是两千年来，经学史上争论未决的问题，也是经师儒家潜心研究的中心问题,盖“礼”为封建社会道德伦理寄托所在,无“礼”是为“无德”或“无理”。

通论中国古代之发展，虞夏以来，至于春秋，与当时经济要区相结合之文化要区，约略言之如下：

1. 齐鲁区：《左传》有“周礼在鲁”的记载（昭公二年），其实周礼亦在齐，今传《周礼》出于齐，《管子》一书实多周礼。

2. 秦晋区：秦为炎黄活动地区，亦为姬周氏族之发源地，而晋为夏区，文化传统源远流长。

3. 吴越区：吴为周后，越为夏裔，至春秋时代观子吴公子季札之如鲁观乐，堂哉皇哉，固深于礼乐者。

4. 楚与二南区：二南乃周召之移民，即所谓“汉阳诸姬”及四岳后，而楚之文化渊源所自或与四岳有关，《吕刑》内容与楚之礼俗息息相关。

5. 中原郑卫区：平王东迁，晋郑是依，晋为大国，春秋初年郑亦强梁，东周固宗周礼乐之继承者，而郑卫之乐亦新声也。

我们说是“要区”，是说主要由它们构成西周以来的华夏文明，这种文明实为儒家思想中之典型的“一统制度”。“一统”必有归宿，统一于夏，或统一于夷？要统一于夏，诸夏即中国，中国即华夏，在大一统思想体系中，遂冲破夷、夏界限，而夷可以变夏，夏可以变夷。统一于夏，即统一于夏的礼乐文明，这种文明即以周礼为指归，因为孔子曾经说过“郁郁乎文哉，吾从周”，宗周礼乐文明虽不限于《周礼》及《仪礼》，但《仪礼》实多为宗周之礼制条文，而《周礼》一书乃根据先秦礼制而加以扩张，亦即根据一统规模之理想而制造，它不完全是实录，是根据实录而理想化的著作。

就《周礼》中记载的经济基础——井田制说，这是春秋以前部分地区的实录。其中关于井田有四处记载，就性质论，可以分作两类：《大司徒》和《遂人》一类，是记载授田数目；《小司徒》和《大司马》一类，是记载每家可供力役的人。据《大司徒》，地有不易、一易和再易的区别。据《遂人》，地有上、中、下和菜的差异。而《大司徒》开头就说“凡造都鄙”，可知是指都鄙田制，“都鄙”即贵族的采邑。《遂人》所载是六遂制度；六遂、六乡，据《小司徒》郑玄注，其制相同，都是附郭郊区。《小司徒》有“上地家七人，可任也者家三人；中地家六人，可任也者二家五人；下地家五人，可任也者家二人”。又《大司马》说，“上地食者参之二，其民可用者家三人；中地食者半，其民可用者二家五人；下地食者参之一，其民可用者家二人”。郑注《小司马》云：“一家男女七人以上，则授之以上地，可养者众也。男女五人以下，则授之以下地，所养者寡也。正以七人六人五人为率者，有夫有妇，然后为家。……可任，谓丁强任力役之事者，出老者一人，其余男女强弱相半，其大数。”是一夫受田，“余夫丁壮者不受田亦供力役”，但《遂人》云：“上地夫一廛，田百亩，莱五十亩，余夫亦如之。中地夫一廛，田百亩，莱百亩，余夫亦如之。下地夫一廛，田百亩，莱二百亩，余夫亦如之。”余夫亦受田，上、下地之别，在于受田者得莱之亩数，而非如《小司徒》所云上地家七人，中地家六人，下地家五人。在宗法社会，一夫受田，尚有余夫，所谓七人、六人、五人中除老者及妇女外有余夫，不受田而任力役，将无生活来源，故《小司徒》与《大司马》之记载当有别解。盖当时田制，田野有别，郑注《周礼·小司徒》之“乃经土地，而井牧其田野……”云，“此谓造都鄙也，采地制井田异于乡遂”。采地以九夫为井，“夫”为依附农或农奴；乡遂十夫为井，“夫”为士。在战争中农民为徒卒而士为甲士，士为余夫可任公职，而农民余夫亦受田为依附农民。惠士奇《礼说》以为："民之无事者为闲民，公族之无事者为游倅。等闲也而贵贱分，故公族之无事者，诸子掌之，国征弗及。而民之无事者，入卫于宫，则宫伯有徒役之事；出耕于野，则载师有夫家之征。夫家犹徒役也。……稾人职外内朝有冗事，即宫中之人民，而谓之冗事者，许氏《说文》云，'人在屋下无田事'。然则冗食即闲民也，康成谓留治文书，若今尚书之属，诸直上者。则凡外内朝之散吏趣走给召呼之属，亦皆闲民为之矣。此民无家事而服公事者，乡大夫舍而弗征，则载师亦不得而征之也。"清初惠士奇一汉学名家而能有阶级区划，世间罕有。"等闲也而贵贱分"。公族之游倅，诸子掌之，国征弗及而留治文书，若汉之尚书。而农之无事者则入卫于宫，出耕于野，盖井田余夫虽授田仍有闲民之游离出井。

其实乡遂闲民亦授田，惠士奇《礼说》云："康成谓'六遂之民，奇受一廛'，疏云，余夫奇别更受廛，备后离居之法。然则闲粟者余夫受一廛之粟也。《鲁语》：'籍田以力而底其远近，赋里以入，而量其有无；任力以夫，而议其老幼。'籍谓锄，夫谓屋，里谓廛。赋入以里，谓税人以廛，廛谓之户。赵简子使尹铎为晋阳尹，铎损其户数。盖损其户则民优而税少，是古者税以廛也。一说地有上壤、闲壤、下壤。管子相壤定籍，其法本《周官》。上壤者上地不易之田百亩，是为正夫，故曰锄粟。下壤者下地再易之田三百亩，是为三夫，故曰屋粟。闲壤者中地一易之田二百亩，在上下之间，故壤曰闲壤，粟曰闲粟。乡遂分上中下授田，故旅师亦分上中下敛粟。管子以此法行之齐，故能报贫补不足，下乐上而民不移。旅师以地之媺恶为之等者盖如此。土均平政亦以地媺恶为轻重之法而行焉。盖土有三壤，税有三粟，力有三科。”闲壤亦名闲田，《管子》曰：“高田十石，闲田五石，庸田三百；其余皆属诸荒田。”惠士奇在《礼说》中多以《管子》证《周礼》，结论谓管子本《周官》，其实此种制度本齐固有，管子而承其制以调正之，《周官》作者遂整齐成书，非管子法《周官》，乃战国时齐人学者本齐制以成《周官》。此议，今人多知之。

在政治制度方面，《管子》与《周礼》亦多相同或相似处。《周礼》中的周王不同于春秋以后的周天子，实在等于“告朔之饩羊”，对当时各诸侯国不特没有制裁的大权，而且被强大的诸侯所制裁，战国时之周王更沦为三等以下小诸侯。《周礼》则要建立起强大的统一的王朝，虽然在九服内分布着许多大小诸侯，然而这些诸侯已在周王统辖下，他们不是独立的国家，一切生杀予夺的大权都操在周王的手内，《天官·大宰》说：

以八柄诏王驭群臣，一曰爵，以驭其贵；二曰禄，以驭其富；三曰予，以驭其幸；四曰置，以驭其行；五曰生，以驭其福；六曰夺，以驭其贫；七曰废，以驭其罪；八曰诛，以驭其过。

此所谓“驭群臣”，不仅指王朝群臣，诸侯及诸侯国卿大夫也包括在内。所谓五等诸侯，公、侯、伯、子、男，是春秋时代根据当时情况而整齐化了的结果，整齐的结果使职变为爵，而侯、甸、男、采、卫变为公、侯、伯、子、男。在《周礼》中周王有授爵封侯大权，也有剥夺与诛杀的大权。“八柄”归纳起来就是刑、赏二柄，《韩非子》的《二柄》说，“令人主非使赏罚之威利出于已也，听其臣而行其赏罚，则一国之人皆畏其臣而易其君，归其臣而去其君矣”。此之谓“太阿倒置”。《周礼》八柄即韩非《二柄》的前身，而《管子·小匡》有《六秉》，同于二柄与八柄，《小匡》云：

管子曰：“昔者圣王之治其民也，谨用其六秉，如是而民情可得，而百姓可御。”桓公曰：“六秉者何也？”管子曰：“杀、生、贵、贱、贫、富，此六秉也。”

《国语·齐语》有这段作“六柄”。从管子以后一直到李斯，都有这种主张，他们主张中央集权，因而这是一统的国家，因此它不容许有许多独立的侯国存在，这是后来大一统思想的来源，它反映了井田制崩溃后，地主阶级出现，强大的诸侯国逐渐消失，这当然和旧的领主阶级愿望相矛盾。在楚汉相持的时候，项羽是领主的代表，而刘邦却代表了新兴的地主阶级。结果新的战胜旧的，汉一统后至武帝而有大一统的要求，董仲舒出现，公羊派随之抬头。

《周礼》的著者在经济基础上虽然维持着井田公社制，上层自然是诸侯领主制。这是他根据西周以来的井田制加上宗周至春秋时代的诸侯领主制。这种制度不可能有真正的一统，因为诸侯经济独立，政治独立，周王地位与诸侯等耳，不可能有真正的一统。但《周礼》著者的思想却反映了时代的要求，我们以为《周礼》出于儒家左翼，即接近法家的一派，这派儒家多在齐国，《公羊》出于齐，荀子的思想近于法家也近于《公羊》，因此我们说“周礼在齐”。“周礼在鲁”，是儒家的正统派，以孟子为代表；“周礼在齐”，是新兴的儒家，有法家色彩，以荀子为代表，《公羊》为齐学，《周礼》亦为齐学。《周礼》提倡一统，而《公羊》主张大一统。“一统”需要一强有力的中央，中央君主掌握赏罚的大权，是谓“二柄”，或“六柄”、“八柄”。在《周礼·秋官·司寇》中表现出一个严刑峻法的国家。我们从其中可以归纳出几个要点来，一、每年正月大司寇要颁刑法于天下，原文是：“正月之告，始和，布刑于邦国都鄙，乃县刑象之法于象魏，使万民观刑象，挟日而敛之。”“象魏”即宫门外左右有楼以悬刑象，挟日自甲至癸十日。这在古代不是一件平常的事，春秋晚年诸侯国开始公布刑法，第一次是公元前535年郑子产铸刑书，第二次是公元前513年晋赵鞅铸刑鼎，都曾引起当时名人的反对，《周礼》却公开刑法，用以巩固一统国家的社会秩序。但在大一统的思想体系中却不如此，《公羊》虽属齐学不尚兵刑而尚文教，我们可以说《公羊》思想集齐鲁两派之大成，立大一统是齐学一统学说之发展，而尚文教是鲁学传统的礼乐文明。

宗周相传的礼乐文明在今传《仪礼》中还保留着许多。古代礼仪多源于民族间流行的风俗习惯，经过加工改造，以适应当时的社会需要，比如由原始社会礼仪之交易性质变作宗周之货物交易而带有浓厚的礼仪色彩，我们在“礼尚往来”中还可以找出它的来源。宗周初年，对于礼乐的改造工作可能是长期的集体的工作，而后人多推之于周公，因此谓《周礼》、《仪礼》出自周公。个人著述事业，就现在我们能看到的材料说，春秋以前还不存在，虽然史官秉笔可以记录，但不能说是著作，若《三礼》之有体系的大著作，在宗周时代还没有这种体裁，也没有人有这种才能。为文而作系统著作，战国时大盛，《周礼》、《仪礼》只能根据宗周的礼乐制度而系统化及理想化。《周礼》有理想化的部分，因为在宗周我们看不出整齐的六官制及五等爵封制，但《仪礼》中的许多条文，我们可以得到实证，而不是后人的理想。因此我们说《仪礼》为周公"制礼作乐"的结集著作，是说得通的，虽然这结集者不是周公，但《仪礼》内容却是自西周至春秋时代曾经实行过的条文。杭州的沈文倬教授曾有《略论礼典的实行和〈仪礼〉书本的撰作》一文，曾经作过这方面的探索。他曾经指出，在先秦典籍中涉及各种门类的礼典，和《仪礼》的记述绝大部分是一致的，凡在《仪礼》成书以前的记载，都属略述一个具体典礼的举行，在《仪礼》成书以后的记载，始援引其原文。先秦文献《诗》、《书》记载多在《仪礼》成书前，都属略述一个具体礼典的举行，文字与礼书虽有差异，但内容仍然相符。《左传》、《国语》中即有许多此类文字，即使《左传》出于后人手，其事则非虚构。沈先生并引曹元弼先生的话道："考文《左氏》，卿大夫论述礼政，多在定公初年以前，自时厥后，六卿乱晋，吴越迭兴，而论礼精言，惟出孔氏弟子，此外罕闻。”沈文倬教授以为曹说深刻，说明鲁定公时社会性质开始变革，对礼典的举行，前后截然不同，可见《左传》、《国语》所记，都是可信的。曹先生又曾说“按聘、食、觐礼，皆见《左传》而聘礼尤备”。（《礼经学》卷四）《左传》、《国语》所记，主要是朝聘、飨礼，其次是丧礼、冠礼。

沈先生并叙述冠礼、丧礼、聘礼等之见于《左》、《国》而与《仪礼》相符者。朝礼、飨礼已失，今十七篇中有觐礼而无朝礼。诸侯臣属于天子有朝觐之礼。春秋时天子微弱，诸侯不朝，朝觐礼废。但诸侯间，小国屈于大国，间用朝礼，《左传》定公十五年“春邾隐公来朝，子贡观焉。邾子执玉高，其容仰，公受玉卑，其容俯”。这些仪容动作的叙述，正是当时实行朝礼的证据。又十七篇中有食礼而无飨礼。飨礼是高级贵族款待低级贵族来见时宴会，飨即享，西周时实行此礼，春秋时实行可疑。《左传》庄公十八年“春，虢公晋侯朝王，王飨醴，命之宥”。僖公二十五年，“四月戊午，晋侯朝王，王飨醴，命之宥”。又二十八年，“五月己酉，王享醴，命晋侯宥”。《晋语》“（襄）王飨醴，命公作侑”。《左传》宣公十六年：“冬，晋侯使士会平王室，定王享之，原襄公相礼，殽烝。武子私问其故。王闻之，召武子曰：‘王享有体荐，宴有折俎，公当享，卿当宴，王室之礼也。’”又僖公十二年：“王以上卿之礼飨管仲，管仲辞，受下卿之礼而还。”周惠王、襄王、定王都为诸侯或陪臣举行过飨礼。飨礼用兵，《左传》襄公四年，“穆叔如晋，晋侯享之，金奏肆夏之三，不拜；二歌文王之三，又不拜；歌鹿鸣之三，三拜”。穆叔所以不拜，《鲁语》比《左传》讲得明白，说：“夫先乐金奏肆夏樊、遏、渠，天子所以飨元侯也；夫歌文王、大明、绵，则两君相见之乐也。今伶萧歌及歌及鹿鸣之三（即鹿鸣、四牡、皇皇者华）君之所以贶使臣，臣敢不拜贶。”是因爵位，等级上不可差忒的缘故。对于飨食，《周语》记有定王的赞词：

> 择其亲嘉，选其馨香，洁其酒醴，品其百笾，修其簠簋，奉其牺象，出其尊彝，陈其鼎俎，净其巾幂，敬其祓除，体解节折而共饮食之，于是乎有折俎加豆，酬币宴货，以示容合好。

这阐发的典礼意义是明确的。至于《左传》僖公二十二年，“丁丑楚子入飨于郑，九献，庭实旅百，加笾豆六品”。《晋语》：“（晋文公）遂如楚，楚成王以周礼享之，九献，庭实旅百。”都在宾主等级关系上不合规程，但可借以知道王飨元侯是用九献，庭实旅百和加笾豆六品。

以上对比《左传》、《国语》所述冠礼、丧礼、聘礼与《仪礼》相应，而朝礼、飨礼也获得充分根据，证明这些典礼在春秋时的现实生活中经常举行。沈先生的意见是正确的，宗周实行过的典礼，到春秋时仍然流行，无论《尚书》、《逸周书》、《毛诗》，或《左传》、《国语》都可以证明；而最能证明典礼先于礼书而存在的事实莫过于孔门《论语》，孔子重礼，《论语》述礼不下四十余章，可以看出，当时礼书还没有制成，而由礼仪和礼物构成的典礼在普遍实行。在沈文倬教授所叙述外，我们还补充一点，即有现在规模的《仪礼》一书，当时虽没有成书，但有关条文，即典礼条文，不能没有，否则实行无据，不能以意度之。典礼规格严，条例细，相礼者都是专业人员，都是根据典礼条文行事。比如《左传》鲁文公六年，“秋季文子将聘于晋，使求遭丧之礼以行”。如果无典例条文，季文子将何所求？礼文藏于官府，不在私人手内，故须求之以行。《仪礼》之成书，亦根据礼文，加以整齐而行于世。沈文倬先生曾经以先秦古籍证《仪礼》，说明它不可能出于后人伪造，我也作过相似工作，曾经举出几十条礼文，说明《仪礼》曾实行于西周及春秋时，虽然所举例证仅及《仪礼》三千之一小部，但通过《聘礼》之“聘遭丧，入竟则遂”之见于《左传》文公六年；季文子聘于晋使求遭丧之礼文，以及孔子及其弟子之为摈，都可以说明当时通行之礼文渊源有自。

《周礼》、《仪礼》表现了宗周以来的礼乐文明，《礼记》内容比较庞杂，本身内容并不协调一致，盖合齐鲁诸儒之有关著作合编为一者，其中《礼运》一篇，经清末康有为以之与《公羊》三世学说相结合，其中之大同学说，遂为大一统思想之极致，《礼运》开头道：

> 昔者仲尼与于蜡宾，事毕出游于观之上，喟然而叹。仲尼之叹，盖叹鲁也。言偃在侧曰：君子何叹？孔子曰：大道之行也与三代之英，丘未之逮也，而有志焉。大道之行也，天下为公，选贤与能，讲信修睦，故人不独亲其亲，不独子其子，使老有所终，壮有所用，幼有所长，矜寡孤独废疾者皆有所养，男有分，女有归。货恶其弃于地也，不必藏于己，力恶其不出于身也，不必为己，是故谋闭而不兴，盗窃乱贼而不作，故外户而不闭，是谓大同。
>
> 今大道既隐，天下为家，各亲其亲，各子其子，货力为己，大人世及以为礼，城郭沟池以为固，礼义以为纪。以

正君臣，以笃父子，以睦兄弟，以和夫妇，以设制度，以立田里，以贤勇知，以功为己，故谋用是作，而兵由此起。禹汤文武成王周公，由此其选也，此六君子者未有不谨于礼者也。以著其义，以考其信，著有过，刑仁讲让，示民有常。如有不由此者，在势者去，众以为殃，是为小康。

这是一篇千古不朽的杰作，自禹汤文武周公起为“小康”，这是中国阶级社会的开端，这是“天下为家，各亲其亲，各子其子，货力为己，大人世及以为礼，城郭沟池以为固，礼义以为纪。以正君臣，以笃父子，以睦兄弟，以和夫妇，以设制度，以立田里，以贤勇知，以功为己，故谋用是作，而兵由此起。禹汤文武成王周公，由此其选也”。无论从任何角度看，这是有关中国社会发展史的最佳论述，可贵之处，这是两千年前的论述。无论在文献记载上，考古发掘上，或者是民族学的比较研究上，我们都可以说明夏代是中国古代阶级社会开始的时代（或者上及有虞），而商是奴隶制社会，宗周是领主封建；因为虞夏商周是不同的民族系统，不必是前后相承的关系，也就是说，周代之领主封建不是由殷商奴隶制演变的结果。在《礼运》中，在两千年前学者中已经确认夏、商、周是阶级社会，已经是礼乐文明时代，但这是“小康”，因为“天下为家，各亲其亲，各子其子，货力为己，大人世及以为礼”！它不能比于“大同”，那是“天下为公，选贤与能，讲信修睦……老有所终，壮有所用，幼有所长”。这是理想世界，在社会发展史上，这是“大道之行也”的阶段，“大道既隐”而有小康。“大道”即理想世界，这是无阶级社会，当属原始氏族社会，氏族社会虽无阶级而不文明，当然难称“大同”，所以他们的“大同”或者是“大道之行”是无阶级加上文明，是“大道复兴”，而不是“返祖”或者倒退。他们使“过去”变作“未来”，这时间上的颠倒，是儒家富于想象的结果。“过去”不可能是“未来”，但过去变作未来，是发展的历史观，不能说儒家是复古主义。这种思想构成公羊学派的主要思想内容，“三世”的理论以过去为“据乱”，现在为“小康”，将来为“大同”，都是在以时间代表历史，而历史是时间坐标，如今时间变成历史的坐标！

孔子虽然慨叹夏、商两代文献不足征，但究竟还是有文献可言，在《礼记》中关于虞夏以来的描述是：

> 鸾车有虞氏之路也，钩车夏后氏之路也，大路殷路也，乘路周路也。

有虞氏之旂，夏后氏之绥，殷之大白，周之大赤。

米廪有虞氏之庠也，序夏后氏之序也，瞽宗殷学也，泮宫周学也。

有虞氏祭首，夏后氏祭心，殷祭肝，周祭肺。

有虞氏官五十，夏后氏官百，殷二百，周三百。有翣氏之绥，夏后氏之绸练，殷之崇牙，周之璧翣，凡四代之服器官，鲁兼用之，是故鲁王礼也，天下传之久矣，君臣未尝相弑也，礼乐刑法政俗未尝相变也，天下以为有道之国，是故天下资礼乐焉。（《礼记·明堂位》）

祭法，有虞氏禘黄帝而郊喾，祖颛顼而宗尧。夏后氏亦禘黄帝而郊鲧，祖颛顼而宗禹。殷人禘喾而郊冥，祖契而宗汤。周人禘喾而郊稷，祖文王而宗武王。（《礼记·祭法》）

昔者有虞氏贵德而尚齿，夏后氏贵爵而尚齿，殷人贵富而尚齿，周人贵亲而尚齿。虞夏商周天下之盛王也，未有遗年者，年之贵乎天下久矣，次乎事亲也。（《礼记·祭义》）

子曰，虞夏之道，寡怨于民，殷周之道，不胜其敝。子曰：虞夏之质，殷周之文至矣。虞夏之文，不胜其质；殷周之质，不胜其文（《礼记·表记》）

在《礼记》中涉及古代帝王者绝不止此，但有具体文化事业可言者，仅此四代；有时说夏、商、周三代。这四代或三代的古代文明不是后人的编造或伪托，它出于史官或者是更早的神、巫，在史家史书以前，是神、巫传史的神代，也就是史诗的阶段："诗亡然后春秋作"，说明了史诗与史书的递嬗。以上所谓"虞夏之质，殷周之文"也就是文化之由初级到高级的发展。

四代或三代为中国阶级社会之小康阶段，结合到荀子的历史学说，"大同"是大儒之效，"小康"是雅儒之效。荀子的政治历史学说近于《公羊》，因之其俗儒、雅儒、大儒之说亦近于《公羊》三世说。在《荀子·儒效》篇中荀子反复说明"三儒"的区别，如：

> 彼大儒者虽隐于穷阎漏屋，无置锥之地，而王公不能与之争名……用百里之地而千里之国莫能与之争胜。笞棰暴国，齐一天下而莫能倾也，是大儒之征也。其言有类，其行有礼，其举事无悔，其持俭应变曲当，与时迁徙，与世偃仰，千举万变，其道一也，是大儒之稽也。……通则一天下。穷则独立贵名。……仲尼子弓是也。故有俗人者有俗儒者，有雅儒者，有大儒者。不学问，无正义，以富利

为隆，是俗人者也。逢衣浅带，解果其冠，略法先王而足乱世术。缪学杂举，不知法后王而一制度，不知隆礼义而杀诗书，其良冠行伪，已同于世俗矣。……其言议谈说已无从异于墨子矣。……是俗儒者也。法后王，一制度，隆礼义而杀诗书，其言行已有大法矣！然而明不能齐，法教之所不及，闻见之所未至，则知不能类也，知之曰知之，不知曰不知，内不自以诬，外不自以欺，以是尊贤畏法而不敢怠傲，是雅儒者也。法先王，统礼义，一制度，以浅持搏，以古持今，以一持万，苟仁义之类也，虽在鸟兽之中，若别白黑。倚物怪变，所未尝闻也，所未尝见也，卒然起一方，则举统类而应之，无所儗怎，张法而度之，则晻然若合符节，是大儒者也。故人主用俗人则万乘之国亡，用俗儒则万乘之国存，用雅儒则万乘之国安，大儒则百里之地久，而后三年，天下为一，诸侯为臣。用万乘之国则举措而定，一朝而伯。

接着荀子叙述了这几种人物的区别，用不同人物导致不同的政治效果。用俗人俗儒的效果最差，雅儒近于法家，“法后王，一制度，隆礼义而杀诗书”。俗儒而如子思、孟轲，“略法先王而不知其统”。法先王本是荀子的理想，是“大儒之效”；在现实政治上他虽然主张“法后王”，这是不得已，因为后王之灿烂者也只能“小康”。法先王与略法先王是有严格区别的，子思、孟轲“略法先王而不知其统”，杨倞注，“言其大略虽法先王而不知体统”，“统”谓纪纲也。我们研究孟子的理想社会也只是“五亩之宅树之以桑，五十者可以衣帛矣。鸡豚狗彘之畜，无失其时，八口之家，可以无饥矣。谨庠序之教，申之以孝悌之义，颁白者不负戴于道路矣。七十者衣帛食肉，黎民不饥不寒，然而不王者，未之有也。”（《孟子·梁惠王》）孟子所描绘的只是一个温饱的社会，尚不及“小康”，所以荀子批评他是“略法先王而不知其统”。法后王可以小康，法先王可以大同，而“略法先王”，尚不及雅儒之小康，只是俗儒之温饱社会而已。在政治思想上思孟一派之鲁儒不及公羊荀子一派之齐儒，《礼运》、《公羊》之极致，固不仅小康而及大同。荀子谈大儒之效：

若夫总方略，齐言行，一统类而群天下之英杰，而告之以太古，教之以至顺，奥窔之间，簟席之上，敛然圣王之文章具焉，佛然平世之俗起焉。六说者不能入也，十二子者不能亲也。无置锥之地而王公不能与之争名，在一大夫之位，则一君不能独畜，一国不能独容，成名况乎诸侯，莫不愿以为臣，是圣人之不得势者也，仲尼子弓是也。（《荀子·非十二子》）

只是说大儒本人之声名所及而未及大儒之效的政治效果，在《儒效》篇中也只是说“用大儒则百里之地久，而后三年天下为一，诸侯为臣。用万乘之国则举措而定，一朝而伯”。以“天下为一，诸侯为臣”，和“一朝而伯”，说成是“大儒之效”，未免不广。禹汤文武都是小康，告之以“太古”的大儒之效，应是大同，但荀子也描绘不出大同世界的具体面貌来，虽然孟子的理想不过小康，荀子的一统天下也不是大同，这是一统，不是大一统，大一统应与大同结合，它是无阶级社会中的礼乐文明。在《公羊》中大一统的境界是“王者无外”，“王者无外”近乎墨子的兼爱。

荀子实在进退于先王、后王之间，先王之治固为大儒之理想，但他以为周公之所为亦大儒之效，“故以枝代主而非越也，以弟诛兄而非暴也，君臣易位而非不顺也。因天下之和，遂文武之业，明枝主之义，抑亦变化矣。天下厌然犹一也，非圣人莫之能焉，夫是之谓大儒之效。”（《儒效篇》）以周公为一代大儒，但周公之治并不是理想的大儒之效。这是后王，后王之治只能小康。我们说过，荀子的政治理论近于公羊，由之儒之效而有三世之说。用《公羊》的三世说可以解决荀子思想中先王、后王，太古、现世说中之互相矛盾处。公羊三世说使《春秋》中鲁昭公、定公、哀公为所见世；文公、宣公、成公、襄公为所闻世；隐公、桓公、庄公、闵公、僖公为所传闻世。并以所见世为太平世，所闻世为升平世，所传闻世为衰乱世。是想象中的社会发展史观，但昭、定、哀时何曾太平，文、宣、成、襄亦非小康，隐、桓、庄、闵、僖亦非如后来之衰乱者，以空想做蓝图，以后世胜于先世来想望未来。在政治理论上，公羊之三世说遂取代荀子之三儒说而风行天下。

《礼记》除《礼运》外，在思想界发挥作用者尚推《大学》、《中庸》，在几十年前钱玄同先生曾经说过"如《易》之《彖》、《象》、《系辞传》；如《小戴礼记》中之《礼运》，《中庸》，《大学》诸篇，如《春秋》之《公羊传》与《繁露》，如《周礼》，这都是极有价值的'托古'著作。但不能因其价值，便说是姬旦、孔丘所作，也不能因其非姬旦、孔丘所作，便说是无价值"。（《古史辨》第一期答顾颉刚先生）钱先生的意见部分正确，但不能说这些书是"托古"著作，托之于古是后人的事，书本身并不负责。在春秋以前，中国无著作家，诸子出于王官，学在官府，史是世职，神—巫—史相传，也是由史诗到史书的过程。上述诸书都有其渊源所自，在学术思想上，《中庸》近于孟子，而《大学》近于荀子。《中庸》传尧、舜、禹之道，朱熹在《中庸章句序》中指出："盖自上古圣神继天之极，而道统之传有自来矣。其见于经则'允执厥中'者，尧之所以授舜也。'人心惟危，道心惟微，惟精惟一，允执厥中'者，舜之所以授禹也。……夫尧、舜、禹，天下之大圣也……以天下之大圣行天下之大事……则天下之理，岂有以加于此哉。自是以来，圣圣相承。……子思惧夫愈久而愈失其真也……作为此书。……其曰天命率心则道心之谓也。"对于《大学》，则朱熹的《章句序》说，"古之大学，所以教人之法也"。盖《中庸》天学，是"诚者天之道也"，《大学》人学，是"诚之者人之道也"。由《大学》至《中庸》是由人以至于天，这是儒家"天人之学"，"天人之学"也包含在礼的范围内，礼涉及上层建筑中各个领域。

原始的礼，比较狭义的礼包括"礼物"、"礼仪"两部分。礼仪本是原始社会中互相交往中的规范行为，《仪礼》中多属于"仪"，在《左传》中我们曾经看到关于"仪"的叙述：

卫侯在楚，北宫文子见令尹围之威仪，言于卫侯曰……令尹其将不免。公曰：子何以知之。对曰：《诗》云，敬慎威仪，惟民之则。……公曰……何谓威仪？对曰：有威而可畏谓之威，有仪而可象谓之仪。君有君之威仪，其臣畏而爱之，则而象之，故能有其国家。（襄公三十一年）

“有威可畏，有仪可象”，就是在规范行为（仪）中加上显示身份的威严来。法国莫斯（Mouss）在论述“保特拉吃”（Potlatch）时指出，在初民社会内，无所谓商业交易，仅有一种友谊的强迫的赠借。即因此种制度是强迫的、相互的、集合的。在此种制度内，应给予者必须给予，应接受的亦必须接受，而接受者在经过相当时间后仍必须予原来给予者以报酬。而此种必须给予，必须接受与必须报酬之种种手段，均须在一盛大的节日与公共的宴会之下举行。在此种典礼与宴会之内，一方面常有极浓厚的宗教或巫术的色彩，另一方面亦有财富的，技术的或美术的竞赛意味。又因为这种竞赛式的赠借制度与初民的整个社会有关，故莫斯先生始名之曰“竞赛式之全体赠借”。〔参考杨堃先生《论保特拉吃（Potlatch）》〕

原始的礼包括两方面：赠给与仪式。在北美印第安人的馈宴中明显地表现出这种仪式来。这是一种精心安排的宴会风气，其间伴以主人或主人的男亲属向其他血统或别的部落来宾铺张浪费地馈赠礼物的活动。它的最初的作用是为了表明主人的家庭和主人个人身份地位，从而客人们可以通过亲眼目睹证明主人们自称的某种身份地位。（参考*Anthropology*，*The study of Man*）我们在中国古代史中也可以找到这种例证，在《仪礼》中到处可以看到表示自己身份地位的场合，所以荀子曾经给礼定义为“分”，每人有自己的一分，守其分即达礼，这定分也就是显示了各人的身份地位。《仪礼·乡饮酒》有“工歌《鹿鸣》、《四牡》、《皇皇者华》”。胡培翚《正义》云：“……两君相见，得歌《大雅》，则士大夫相见，得歌《小雅》，差之宜也。”歌诗各得其宜，亦即各得其所。孔子所谓，“吾自卫返鲁，然后乐正，各得其所”。

周初统治者尤其是周公，改变了过去“礼”之商业交换性质，而有所谓“制礼作乐”，礼必有乐，而乐与舞合，是谓仪，故吴季札得以观乐。《左传》襄公二十九年，孔颖达疏吴季札于鲁观乐云，“乐之为乐，有歌有舞。歌则咏其辞，而以声播之，舞则动其容而以曲随之。……季札请觐周乐，鲁人以次而舞，每见一舞各有所叹，故以见舞为文，不言为之舞也。且歌则听其声，舞则观其容。……礼法歌在堂而舞在庭，故《郊特牲》云，歌者在上，匏竹在下，贵人声也。以贵人声，乐必先歌后舞，故鲁为季札先歌诸诗而后舞诸乐。”因此顾颉刚先生说《诗经》所录全为乐歌，《墨子·公孟》篇曾经说：“弦诗三百，歌诗三百，舞诗三百。”司马迁《史记·孔子世家》中也说：“三百五篇，孔子皆弦歌之，以求合韶武雅颂之音。”

《诗经》是乐歌，而贯穿于士的日常生活中，在《仪礼·乡次酒》、《乡射》及《燕礼》各篇中，我们可以看到其中的礼乐程序：

> 乡饮酒之礼：……
>
> 众宾序升，即席……

设席于堂廉东上。工四人二瑟，瑟先。相者二人皆左何瑟，后首挎越，内弦，右手相。乐正先升，立于西街东。工入，升自西阶，北面坐。相者东面坐，遂授瑟，乃降。工歌《鹿鸣》、《四牡》、《皇皇者华》。……工不辞洗，笙入堂下磬南，北面立。乐《南陔》、《白华》、《华黍》。……乃间歌《鱼丽》，笙《由庚》；歌《南有嘉鱼》，笙《崇丘》；歌《南山有台》，笙《由仪》。乃合乐，《周南》：《关雎》、《葛覃》、《卷耳》；《召南》：《鹊巢》、《采蘩》、《采蘋》。

> 工告于乐正曰，“正歌备”。乐正告于宾，乃降。……
>
> 宾北面坐，取俎西之觯阼阶上，北面酬主人。……主人曰：请坐于宾。宾辞以俎，主人请彻俎……众宾皆降。脱屦，揖让如初，升，坐乃羞，无筭爵，无筭乐。宾出奏《陔》。……
>
> 明日，宾服乡服以拜赐，主人如宾服以拜辱。主人释服，乃息司正。无介，不杀，荐脯醢，羞唯所有，征唯所欲，以告于先生君子可也，宾介不与，乡乐唯欲。

顾颉刚先生解释说：“读了这一段，可以知道典礼中所用的乐歌有三种：① 正歌，② 无筭乐，③ 乡乐。正歌是在行礼时用的；无筭乐是在礼毕坐燕时用的；乡乐是在慰劳司正时用的。正歌义取严重，无筭乐则多量的演奏，期于尽欢，犹之乎‘无筭爵’的期于‘无不醉’；乡乐则随便，犹之乎‘羞唯所有’，有什么是什么了。乡乐，郑玄注道：‘周南、召南六篇之中唯所欲作，不从次也。’他为什么这般说呢？贾公彦疏道，‘上注以《二南》为卿大夫之乐，小雅为诸侯之乐，故知二南也。’他这话如果是确实的，那么，乡饮酒原是卿大夫之礼，他们为什么要在正歌中奏诸侯用的《鹿鸣》诸篇呢？为什么宾出时要奏天子用的《陔》呢？所以这乡乐一名，我以为应该作乡土之乐解，才对。因为慰劳司正是一件不严重的礼节，所以吃的东西，只要有什么是什么，听的东西也只要点什么是什么。乡土之乐是最不严重的，故便在那时奏了。”（《古史辨》第三册《论诗经所录全为乐歌》）

先生的解释有许多正确的东西，但“乡乐”不能解作“乡土之乐”，乡土之乐同于野乐，郑玄注《周礼·旄人》之《散乐》说，“野人为乐之善者，若今黄门倡矣。”顾先生正是作这种理解。其实，在周代，乡与野正好对立，乡之居民为士，而野之居民为庶人；士、庶之分正好是乡、野之分，即国、野之分。《仪礼》是士礼，亦乡礼，故多以乡名篇，如《乡饮》、《乡射》，或以“士”名篇，如《士丧》、《士虞》；其实都属士礼，即封建贵族礼，“士”其中最低级，人数多，故以士礼说封建贵族礼。原来，士之职为自由农民，以别于依附农民之野人，于是“士庶人”乃农民之“大名”。乡礼乡乐不同于野人礼乐，战国而后，士庶不分，乡乐野乐也渐混淆。

诗乐作为礼仪通行于士大夫中，赋诗亦是交换思想的一种工具，故云“诗言志”，他们在交际上、宴会席上都是如此。在春秋时代，我们可以看到许多这种故事，如《左传》昭公十二年：

宋华定来聘，通嗣君也，享之，为赋《蓼萧》；弗知，又不答赋。昭子曰：“必亡，宴语之不怀，宠光之不宣，令德之不知，同福之不受，将何以在。”

华定愚蠢，不通于诗，不谙于礼，故云“必亡”！又如襄公十六年《左传》有：

晋侯与诸侯宴于温，使诸大夫舞。曰：歌诗必类，齐高厚之诗不类。荀偃怒且曰：“诸侯有异志矣。”使诸大夫盟高厚，高厚逃归。于是叔孙豹、晋荀偃，宋向戌、卫宁殖、郑公孙虿、小邾之大夫盟曰：“同讨不庭。”

“歌诗必类”是外交场合下的原则，必有类于其身份地位，否则必有大祸，所以当时在外交宴会时，选择人才，以期“歌诗必类”，《左传》僖公二十三年记普重耳到秦：

> 公享之，子犯曰：“吾不如衰之文也，请使衰从。”公子赋《河水》，公赋《六月》。赵衰曰：“重耳拜赐。”公子降拜稽首，公降一级而辞焉。衰曰：“君称所以佐天子者命重耳，重耳敢不拜。”

对此颉刚先生解释说重耳“所以拜赐的原故因为《六月篇》是周宣王命尹吉甫帅师伐猃狁的事，诗上有‘王于出征，以佐天子’的话，秦穆公赋它，是表示他对重耳的一番期望，所以重耳应该拜谢他的厚意。可见宴会赋诗是要主宾互相称美和祝颂，使得各人的好意从歌诗里表现出来，同时要受的方面知道赋诗的人的好意，表现出受诗以后的快乐和谦谢”。先生的意思是对的，这也符合于民族学家所说“Potlatch”原则，在“Potlatch”的宴会上，主会者要表示出自己的威严和身份，使对方承认，其意义是相同的。又如《左传》昭公二年有：

> 春，晋侯使韩宣子来聘，且告为政而来见，礼也。观书于大史氏，见易象与鲁春秋曰：“周礼尽在鲁矣，吾之今知周公之德与周之所以王也。”公享公，季武子赋《緜》之卒章，韩子赋《角弓》，季武子拜曰：“敢拜子之弥缝敝邑，寡君有望矣。”武子赋《节》之卒

章。既享，宴于季氏有嘉树焉。宣子誉之，武子曰："宿敢不封殖此树，以无忘《角弓》。"遂赋《甘棠》。宣子曰："起不堪也，无以及召公。"

季武子赋《緜》之末章，是赞美韩宣子懂道理和有能力。所谓"无忘《角弓》"，因《角弓》有"兄弟昏姻，无胥远矣"。季武子是感谢他联络两国的美意。《甘棠》是以召公来比韩宣子，而宣子逊谢不遑说"无以及召公"！

《左传》襄公二十七年的一段记事更是有名的赋诗会：

郑伯享赵孟于垂陇，子展、伯有、子西、子产、子大叔二子石从。赵孟曰："七子从君，以宠武也。请皆赋以卒君贶；武亦以观七子之志。子展赋《草虫》……伯有赋《鹑之贲贲》……子西赋《黍苗》……子产赋《隰桑》，子大叔赋《野有蔓草》……印段赋《蟋蟀》……公孙段赋《桑扈》。……"

卒享，文子告叔向曰："伯有将为戮矣！诗以言志，志诬其上，而公怨之，以为宾荣，其能久乎！……"

以上子展赋《草虫》，子产赋《隰桑》，都是借此表示对于赵孟的思慕。子西赋《黍苗》是赞美召伯的功劳，并借此以表示赵孟是召伯一流。印段赋《蟋蟀》，其中有“好乐无荒，良士瞿瞿”，意为赵孟行不荒淫，而赵孟亦称赞对方赋此为“保家之主”。公孙段赋《桑扈》，称颂君子“受天之祐”为“万邦之屏”，末句为“彼交匪敖，万福来求”。所以赵孟答曰：“匪交匪敖，福将焉往！若保是言也，欲辞福禄得乎！”而伯有赋《鹑之贲贲》是奇怪的事，本诗主旨，有“人之无良，我以为兄”，“人之无良，我以为君”。只有怨恨而和谐，所以赵孟说，“床笫之言不踰阈”，而结果是“其能久乎”！

顾颉刚先生在《诗经在春秋战国间的地位》一文中，详细地说明了诗经流行的情况，这种情况是从西周流传下来的。由此我们知道，当时的士族皆熟于诗，用诗达礼，而构成当时的“礼乐文明”！这和“文明”加上儒家之理想，遂成为一统天下的理想制度。

三　公羊学派之形成与大一统思想

公羊学派属于儒家体系，因此有关本学派之形成必须从孔子谈起。《史记·孔子世家》记鲁哀公十四年春西狩获麟后，子曰："君子病没世而名不称焉，吾道不行矣，吾何以自见于后世哉！""乃因史记作《春秋》，上至隐公，下讫哀公十四年，十二公。据鲁亲周故殷，运之三代。约其文辞而指博，故吴楚之君自称王，而《春秋》贬之曰'子'。践土之会，实召周天子而《春秋》讳之曰'天王狩于河阳'。推此类以绳当世贬损之义，后有王者，举而开之，《春秋》之义存，则天下乱臣贼子惧焉。……至于为《春秋》，笔则笔，削则削，子夏之徒，不能赞一辞。弟子受《春秋》，孔子曰：'后世知丘者以《春秋》，而罪丘者亦以《春秋》。'"《春秋》为中国古代史籍之共名，《左传》昭公二年记晋韩宣子聘于鲁，"观书于大史氏，见《易象》与《鲁春秋》曰，'周礼尽在鲁矣’。”是鲁有《春秋》，《国语·晋语》云羊舌肸习于《春秋》，《楚语》申叔时论傅太子曰“教之以春秋”。晋楚当时本以《乘》及《梼杌》，名史，而《墨子·明鬼》又有“周之春秋，燕之春秋，宋之春秋，齐之春秋”，《史记汇注考证》作者说，“岂列国之史，皆曰春秋乎？或曰，春秋者，史记大共之名，故《释名》云，春秋立人事，卒岁而究备春秋”。（见《史记·孔子世家》注）

“春秋”本为史书之共名，故孟子云，“诗亡然后春秋作”。（《孟子·离娄》下）《诗》指史诗，世界各国多有史诗，为巫史之专职，社会进入文明阶段后，巫变为史，而诗变为春秋。孔子之《春秋》则因鲁史而重修，此后各国春秋亡，《春秋》遂为孔子书之专称。史诗与春秋之大别有二：

1. 史诗神人不分，神话与史实无别。

2. 史诗无义法，而春秋别善恶。

《公羊传》，哀公十四年记西狩获麟后，孔子修《春秋》曰：“吾道穷矣，春秋何以始乎隐，祖之所逮亡也，所见异辞，所闻异辞，所传闻异辞。……君子曷为为春秋，拨乱世反诸正，莫近诸《春秋》。”《春秋》而可以拨乱反正，是《春秋》为王者立法，为后王立法。为王者立法乃圣王事，而孔子圣而非王，故有“素王”说，诸多非常异议可怪之论自此起矣。

公羊学实际是继承孟、荀两家学说而有所发展，孟、荀两家虽然历史学说与孔子不同，但他们同倡一统，比如“孟子见梁襄王……卒然问曰，‘天下恶乎定？’吾对曰，‘定于一’”。朱注曰，“必合于一，然后定也”。在夷夏的问题上，孟子的理论也为公羊之可变体系建立下建筑，比如孟子说，“吾闻用夏变夷者，未闻变于夷者也”。（《孟子·滕文公》上）“用夏变夷”是夷可变为夏，虽然他不承认夏可变为夷。荀子更多谈“一天下”，如《荀子·非十二子》篇有“一天下，财万物”，《荀子·仲尼》篇说“文王载百里而天下一”。公羊发展了“一天下”的说法，而倡大一统。但公羊与孟子最大不同处，是公羊盛道齐桓而孟子说，“仲尼之徒，无道桓文之事者，是以后世无传焉，臣未之闻也”。（《孟子·梁惠王》上）当公孙丑问曰：

> 夫子当路于齐，管仲，晏子之功，可复许乎？孟子曰：子诚齐人也，知管仲、晏子而已矣！

其实仲尼本人道桓文之事，尤其是桓公与管仲，更是他称许的人物，时当春秋，王纲已坠，而齐桓公因管仲之力得以一匡天下，使中国免于被发左衽，因之许管仲以“仁”。时至战国，周王已沦为附庸，七国并立，昔日夷狄已成华夏，故孟子云，“吾闻用夏变夷者”，夷已变夏，但新夷又出；此时此地，以周天子为中心，而提倡霸主事业，已不可能，必须有新王出，一统天下，而不是恢复宗周之旧传统，是以有“公羊学派”出，新王出，一天下，非复宗周之“文一统而实不一统”，故号为大一统。大一统思想之深入人心，遂为后来废封建建立郡县之大一统，建立了思想基础。法家与公羊本相近，公羊为齐学；齐学、鲁学同属儒家，鲁学遵传统，而齐学贵创新，新的儒家遂多法家气息，公羊如此，荀子如此，故云公羊虽继承孟、荀，在政治思想上则以荀子为主，汉代公羊大师董仲舒亦复如此。

《公羊传》在开宗明义中首创大一统，隐公元年：

> 元年春王正月。元年者何？君之始年也。……王者孰谓？谓文王也。曷为先言王而后言正月？王正月也。何言乎王正月？大一统也！

这是“实不一统而文一统”，春秋初绝对不是一个一统天下，相对一统，西周式的一统，已不存在，何况大一统。何休《公羊解诂》，于“大一统也”下云：

统者始也，揔系之辞，天王者始受命改制，布政施教于天下，自公侯至于庶人，自山川至于草木昆虫莫不一一系于正月，故云政教之始。

何休诂“一统”虽然与今人诂“一统”之义有别，但其大一统实真正之大一统，自公侯至于庶人，自山川至于昆虫草木，莫不系于“正月”，也就是系于“王纲”之政令，正月为政教之始，统一于王朝者必奉王朝正月颁布之正朔法令，故《公羊》云：

王者孰谓，谓文王也。

何休《解诂》云，“文王周始受命之王，天之所命，故上系于天”。以周文王为一统之象征，实行一统，当别求新王。依后来公羊家说，公羊学说是孔子为新王立法，当周之世，作新王之法，权假文王，实际以《春秋》当新王，《春秋》何以当新王？《春秋》为新王立法，亦“法王”也。后来西汉形成大一统，于是“法王”落实为汉代立法。立法为王职，孔子非王，故孔子有“素王”之称。西汉盛时的确是大一统的天下，公羊的理想实现了，尤其是武帝时代，内实统一而外攘匈奴，完成了大一统事业，但如何充实这大一统的局面，使之灿烂辉煌，如儒家之所以鼓吹，于是有公羊学家董仲舒之对策。

虽然公羊学者以《公羊》为汉立法而一统于新王，在《公羊传》中大一统，仍然是统一于周，文公十三年传云：

> 然则周公之鲁乎？封鲁公以为周公主然则周公曷为不之鲁，欲天下之一乎周也。

是假托周公之欲统一于周，在《公羊》则为一种理想。

理想的一统是"王者无外"。（《公羊》隐公元年传）但当时表现在《公羊》中者，仍然是"中国"与"诸夏"有别，"诸夏"与"夷狄"有别。这是三个层次的种属，《公羊》成公十五年传云：

> 曷为殊吴会？外吴也。曷为外也？《春秋》内其国而外诸夏，内诸夏而外夷狄。

何休《解诂》云："内其国者，假鲁以为京师也。诸夏外土诸侯也，谓之夏者，大总下土言之辞也。不殊楚者，楚始见，所传闻世，尚外诸夏，未得殊也。至于所闻世可得殊，又卓然有君子之行，吴似夷狄差醇，而适见于可殊之时，故独殊吴。”《公羊》张三世，所传闻世内中国而外诸夏，夷狄尚不在殊外之内，故不殊楚，况其有君子之行；所闻世内诸夏而外夷狄，吴适见于可殊之内，虽吴似夷狄而差醇。至所见世则天下无外矣。《公羊》义实不俗，夷狄而有君子行，是夷狄可变为中国，于是在所见世，遂有天下无外之大一统。

《公羊》三世，以传闻世为据乱世，所闻世为升平世，而所见世为太平世。在据乱世，“中国”、诸夏、夷狄有别，在太平世才是“王者无外而夷狄进于爵”。《公羊》产生的时代尚是战国晚年的乱世，而《公羊》却说所见世为“太平”，似为理想而非现实。但以吴楚为夷狄，乃传闻时事，故《公羊》云“南夷与北狄交，中国不绝若线”，时至战国，吴楚皆为中国进于爵，已属王者无外，距秦之统一亦在咫尺间，故《公羊》有大一统之预言。《公羊》多道桓文之事，继承孔子而不同于孟子，亦以其志在一统，而“欲天下之一乎周”，孟子则有待于新王。三世有别，所传闻世，虽主一统而实不一统，夷夏有别，保卫中国乃是大一统的先决条件，以“中国”为中心，而诸夏而夷狄，然后完成大一统的事业，层次是清楚的，这是机械的历史发展学说。所以《公羊》僖公四年有云：

楚屈完来盟于师，盟于召陵。……其言盟于师，盟于召陵何？师在召陵也。师在召陵则曷为再言盟？喜服楚也。何言乎喜服楚？楚有王者则后服，无王者则先叛，夷狄也而亟病中国。南夷与北狄交，王室不绝若线。桓公救中国而攘夷狄，卒怗荆，以此为王者之事也。

时无王者，则南夷与北狄交，中国不绝若线，而齐桓公北伐山戎南伐楚，是行王者事，能行王者事即大一统的事业，以此《公羊》于桓公北伐山戎虽有微词，但实际予以肯定评价，亦"文不与而实与之"。《公羊》庄公三十年云：

齐人伐山戎。此齐侯也，其称人何？贬。曷为贬。子司马子曰："盖以操之为已蹙矣。"此盖战也，何以不言战？《春秋》敌者言战，桓公之与戎狄驱之耳。

桓公之与山戎，不必言战，直言驱之可也，这是在"大"桓公之驱山戎，虽因操之过急而贬称为人，亦"文不与而实与"。此时凡能抵御戎狄入侵，《公羊》都与之，如庄公十八年云：

夏，公追戎于济西。此未有言伐者，其言追何？大其为中国追也。此未有伐中国者，则其言为中国追何？大其未至而豫御之也。其言于济西何？大之也。

当夷狄未进于爵时，只能是严夷夏之别，不能用夷变夏，故《公羊》云：

大其为中国追。

“中国”是庄严的称号，但是可变的称号，所传闻世，以王室为中国，诸夏为外；所闻世以诸夏为中国而外夷狄；所见世则夷狄进于爵而王者无外，无外为大，是为“大中国”，亦即大一统。

《公羊》庄公十年：“秋九月，荆败蔡师于莘，以蔡侯献午归。荆者何？州名也。州不若国，国不若氏，氏不若人，人不若名，名不若字，字不若子。蔡侯献午则何以名？绝。曷为绝之？获也。曷为不言其获？不与夷狄之获中国也。”时楚为“夷”，蔡为“中国”，楚获蔡侯，是“夷狄之获中国”，这是《公羊》所不许，于是获者，被获者都遭贬绝。“不与夷狄之获中国”是反对“夷狄”之侵略中国；但“不与夷狄之主中国”有时却是“文不与而实与”，因为《公羊》中的夷夏之分是可变的，不是种族上的区别，而是政治和文化上的分野，在政治与文化接近“中国”时，夷狄也就接近华夏，夷狄而入主“中国”，如有利于大一统也会加以肯定，如《公羊》哀公十二年云：

> 公会晋侯及吴子于黄池。吴何以称子？吴主会也。吴主会则曷为先言晋侯？不与夷狄之主中国也。其言及吴子何？会两伯之辞也。不与夷狄之主中国则曷为以会两伯之辞言之？重吴也。曷为重吴？吴在是，则天下诸侯莫敢不至也。

“不与夷狄之主中国”而重吴，吴当时为夷狄，曷为重夷狄之主中国？吴在是，则天下诸侯莫敢不至，这是虚拟的一统，实不一统而文一统，一统则夷狄进于爵，大一统则天下无外，这是《公羊》书法中之最可取处。

我们多处强调，在《公羊》中的“中国”、“夏”与“夷狄”，不是狭隘的种族概念，它定义于政治与文化的水平，夷狄可进为“中国”，华夏可退为夷狄，所以在《公羊》中多处称许夷狄，如昭公二十三年有云：

> 戊辰，吴败顿、胡、沈、蔡、陈、许之师于鸡父。胡子髡、沈子楹灭，获陈夏啮。此偏战也，曷为以诈战之辞言之？不与夷狄之主中国也。然则曷为不使中国主之？中国亦新夷狄也。

于此，何休有最适当的《解诂》说："中国所以异乎夷狄者，以其能尊尊也。王室乱，莫肯救，君臣上下败坏，亦新有夷狄之行，故不使主之。""中国"、"夷狄"之别在乎"尊尊"，尊尊是伦理概念，也是政治概念。时王室已乱，而左右上下莫能正，败坏无行，是"中国"而有夷狄行，亦新夷狄也，夷狄不能主中国，是"中国"不能主中国。反之，如"夷狄"能匡王室而尊尊，"夷狄"亦新中国，中国当然可以入主中国。这是《公羊》之最胜义，而何休发挥得当，两千年来，何休为《公羊》之第一解人，其功在董仲舒上。这种理论对于维护中国之一统，以及民族间的团结与融合都起了无比的作用。

夷狄而安于夷狄，永远是儒家排斥的对象，自孔子起，即严夷夏之防，孟子、荀子莫不如此，所以孔子盛道齐桓、管仲，而许管仲以仁，以其能解救"中国不绝若线"的危险局面，但孔子的立场是维护一统，维护周天子之一统，是为"尊尊”。孟子时代，王室沦为附庸，遂主张以新王而一统天下；荀子时代，大一统的局面更加成熟，韩非、李斯，出于荀门，一统局面由他们促成，但法家思想不同于儒家，秦的一统非儒家理想中的一统，汉继秦立，汉高、文、景，都非儒家，于是儒家之大一统有待汉武帝之完成，而董仲舒出。

一统而排斥“夷狄”，只能是“小一统”，《公羊》的理想是大一统，所以在《公羊》中称许“夷狄”者，随处可见，贬“中国”的亦有多处，不存在狭隘的民族思想，华夏族及汉族的形成以及其所代表的灿烂文明，都是综合群体而不单纯。但《公羊》的主张只是理想，因为当时不存在“一统”，更没有大一统，于是《公羊》只能为后王立法，为后王立法是寄希望于将来，《公羊》哀公十四年有云：

> 制《春秋》之义，以俟后圣。以君子之为，亦有乐乎此也。

于此节何休引纬书作证曰：“得麟之后，天下血书鲁端门曰：‘趍作法，孔圣没，周姬亡，彗东出，秦政起，胡破术，书记散，孔不绝。’子夏明日往视之，血书飞为赤乌，化为白书，署曰《演孔图》，中有作图制法之状。孔子仰推天命，俯察时变，却观未来，豫解无穷，知汉当继大乱之后，故作拨乱之法以授之。”“立法”本来为现在和以后，“现在”既不可行，只好俟诸异日，但落实为汉立法，必须孔子先知，于是纬书在这方面有充分发挥。纬书内容复杂，但不乏有用处，未可厚非也。的确《公羊》大一统的思想没有落空，汉武帝时代真正出现了大一统，《公羊》理想实现了。但实现了的理想并不等于一个理想的现实。这个现实仍然存在许多问题，公羊大师董仲舒曾经想用儒术粉饰这个现实，但粉饰的儒术只是一种鼓吹而无当于现实，于是武帝失望，董仲舒无术，汉代始终是儒法并用的天下。

《公羊》产生于新旧交替之间，矛盾重重，反映在公羊学的理论上也是前后不一。它一方面不能忘记诸侯割据的现实，一方面又在规划大一统，理想与现实的矛盾，是任何一位改革者都会遭遇到的现实。《公羊》于此遂调停于两者之间，倡为“实与而文不与”的义法。社会的发展，封建割据逐渐萎缩，天下趋向一统，新兴的地主阶级要建立大一统的天下取代诸侯之割据，《公羊》代表了这种倾向，充分肯定了这种理想；但现实是封建诸侯，现实的影响并不示弱于未来的理想，有时《公羊》也首鼠两端，在义法上遂有“实与而文不与”，如《公羊》僖公元年云：

> 齐师、宋师、曹师次于聂北救邢。救不言次，此其言次何？不及事也。不及事者何？邢已亡矣。孰亡之？盖狄灭之。曷为不言狄灭之？为桓公讳也。曷为为桓公讳？上无天子，下无方伯，天下诸侯有相灭亡者，桓公不能救，则桓公耻之。曷为先言次而后言救？君也。君则其称师何？不与诸侯专封也，曷为不与？实与而文不与。文曷为不与？诸侯之义，不得专封也。诸侯之义不得专封，则其曰实与之何？上无天子，下无方伯，天下诸侯有相灭亡者，力能救之，则救之可也。

僖公二年也有类似记载，狄灭卫，齐桓公城楚丘，封卫，而《春秋》讳言之。《公羊》发挥道："桓公城之，曷为不言桓公城之？不与诸侯专封也。曷为不与？实与而文不与。文曷为不与？诸侯之义，不得专封。……上无天子，下无方伯，天下诸侯有相灭亡者，力能救之，则救之可也。"此类事尚见于僖公十四年，文公十四年，宣公十一年，定公元年等《传》。我们比较《春秋》三传的记载。《左传》于诸侯救邢迁于夷仪也是肯定的，说：

> 夏，邢迁于夷仪，诸侯城之，救患也。凡侯伯救患分

灾讨罪，礼也。（僖公元年）

这是“实与而文亦与”，“凡”是五十凡，乃《左传》中的主要义例。“文”是原则，“实”是当时的实际，《公羊》之“文不与”，是依传统原则表示反对，但按实际情况说，亦只能如此。《左传》则原则、实际两可之。是《公羊》与《左传》之原则有别，《公羊》原则是传统，而《左传》则迁就实际。《谷梁》也完全肯定，“齐师、宋师，曹师城邢，是向之师也，使之如改事然。美齐侯之功也。”这里不存在“实与而文不与”，而美桓公。于僖公二年事，则《谷梁》部分同于《公羊》而措辞不同，原文云：

> 其不言卫之迁焉，何也？不与齐侯专封也。……故非天子不得专封诸侯。诸侯不得专封诸侯，虽通其仁，以义而不与也，故曰，“仁不胜道”。（《谷梁》僖公二年）

《谷梁》与其仁而不与有义，我们很难理解《谷梁》关于“仁”、“义”的定义，无法估价，但不完全肯定可知。为什么《公羊》有这种“文”、“实”之间的矛盾，当然还是过渡期间的新旧交错，理想与事实之别。《公羊》的理想是建立大一统，在这种大一统的局面下，虽然建立诸侯，但诸侯上统于天子，而不得割据专封，不得相互吞并，夷狄而灭诸夏，尤为不许。但发生了诸侯兼并，夷狄入侵的事实，齐桓公出，能够北伐山戎南伐楚，代行天子方伯的职权，“天下诸侯，有相灭亡者，力能救之则救之可也”。《公羊》实际赞成这种举动，也就是说希望维持一个表面一统的局面，因之诸侯有能行方伯职权者，实与之，但诸侯不得专封，而文不能与。但这种局面不仅发生于诸侯间，而在侯国大夫间亦曾发生，《公羊》文公十四年传云：

> 晋人纳接菑于邾娄，弗克纳。纳者何？入辞也。其言弗克纳何？大其弗克纳也。何大乎其弗克纳？晋郤缺帅师革车八百乘以接纳菑于邾娄，力沛若有余而纳之。……郤缺曰：“非吾力不能纳也，义实不尔克也。”引师而去之。故君子大其弗克纳也。此晋郤缺也，其称人何？贬。曷为贬？不与大夫专废置君也。曷为不与？实与而文不与。文曷为不与？大夫之义不得专废置君也。

诸侯已不得专废置，何况大夫。但大夫有实力可以专废置，可以专废置却引师去，于是《公羊》有：

> 大其弗克纳。

是赞赏其“弗克纳”，赞赏其“弗克纳”，而贬之称“人”，究竟是“大夫不得专废置”，不得专废置而文与。全篇共有三个层次：其一，大其弗克纳；其二，贬其为大夫而专废置；其三，大夫可专废置而不专，故实与而文不与。曲折婉转，是《公羊》之多姿，但亦未免深文周纳，《春秋》果如是乎？文不与是经，实与是权，《公羊》义法是可以行权的，虽然权有悖于经，《公羊》桓公十一年许祭仲以知权。祭仲为保存郑国，能自贬损以行权，《公羊》称赞道：

> 古之人有权者，祭仲之权是也。权者何？权者反于经，然后有善者也。权之所设，舍死亡无所设。行权有道，自贬损以行权，不害人以行权。杀人以自生，亡人以自存，君子不为也。

权反于经，经是最高原则，但可以有条件地行权，因之行权有道，自贬损以行权，不害人以行权。杀人以自生，亡人以自存，既反于经，又不合于权，君子所不为。儒家经典，《公羊》外无道行权者，因为它违背了传统的道德规范：经。但在社会发展中，经偏保守而权应现实，不能违背现实而行权，行之既久，权可变为经，“文不与而实与”，文即经，而实即权，《公羊》是肯定现实也掌握现实的。

现实与传统的矛盾有时是复杂多端，比如定公十二年鲁“隳三都”，《左传》、《谷梁》于此无评，《公羊》则颇有议论：

> 季孙斯，仲孙何忌帅师堕费。曷为帅师堕郈，帅师堕费？孔子行乎季孙，三月不违，曰：“家不藏甲，邑无百雉之城。”于是帅师堕郈，帅师堕费。

以上“孔子曰”，不见它书，仅见《公羊》，正好代表了公羊学派的观点。邑有百雉之城，是新兴力量在膨胀，也就是说，新过程在酝酿中。当时是阳虎专季氏，季氏专鲁国，表面看起来新兴者是分裂因素，是和大一统的要求不相容的。其实大一统要求新王，而不是统一于旧王周，新王是建筑在新生力量基础上的，旧贵族是当时的割据者，新王则是铲平旧割据的力量，新兴力量才是大一统的负荷者。

《公羊》主张大一统，反对分裂，因之主张“隳三都”，但新的一统不能建筑在旧过程的基础上，对旧的分裂，正好是新统一的基础，没有“三家分晋”、“田氏代齐”这一系列新生事物的发生，不会有田齐、三晋后来的强大及秦汉的大一统。对鲁国的“禄去公室，政在大夫”也应作如是观。《公羊》和《周礼》虽然在经学上分为今、古，也只是经学上的问题，在政治主张上，两书都有大一统的要求，《公羊》在理论上阐述，而《周礼》在制度上说明，一文一质，正好是相辅相成，两者也同为齐学。但他们都是在不清算旧基础上建立新的一统，以致有时自相矛盾，而无法解脱。比如《公羊》“讥三军”云：

> 作三军何以书？讥。何讥乎？古者上卿、下卿；上士，下士。（襄公十一年传）

因鲁为次国，本无中军，只有上、下二军。又昭公五年《公羊》云：

> 五年春，王正月，舍中军。舍中军者何？复古也。

“作三军”非古，故讥；“舍中军”复古，故褒；公然“复古”，何有于新王之大一统？在“立子”的问题上，《公羊》理论也是自相矛盾，它一方面讥世卿，一方面主张立子为立嫡立贵；立嫡立贵与世卿制密切相关，讥世卿则应当尚贤，否则，卿何自而来？总之，《公羊》要建立一个大一统的国家，公羊派的理解是新王的一统，但它并没有清算已经存在的旧基础，在旧的基础上，也就是在诸侯林立的基础上建立新一统，新王而旧基础，是没法建立大一统的。秦始皇出，以万钧之力，打破封建，建立一统！项羽出，以更大的雷霆之力，打破一统，恢复割据，而刘邦出，遂使天下复定于一。几次反复，新旧相争，新生力量终于胜利，但历史的发展曲折多变，此后事实，并非一帆风顺。

四　汉武帝之大一统与董仲舒的对策

项羽、刘邦灭秦后，项羽兵四十万，号百万；刘邦兵十万，号二十万，力不敌项羽，故项羽当时实为天下盟主，乃引兵屠咸阳，杀秦降王子婴，烧秦宫室，火三月不绝，收其货宝妇女而东。曾有人说项王，以为关中阻山河四塞，地肥沃，建都可以霸，但羽以为秦宫室皆坏，又心欲东归，曰："富贵不归故乡，如衣锦夜行。"说者以为"楚人沐猴而冠耳"。项羽一战将，无统一大志，起兵亡秦亦为个人富贵计，定天下后遂分天下，立诸将为侯王，而自立为西楚霸王，王九郡，都彭城。历史发展非直道向前，始皇以万钧之力，破灭关东诸侯而一统，死后不久而天下乱，农民起兵，项羽继之，灭秦又复以天下为侯封，于是复乱。楚汉相争，刘邦居关中，既有甲兵，又富辎重，立于不败之地，垓下之战项羽亡而刘邦王矣。刘入都关中，后逐渐削除异姓侯王，集权式的一统初见萌芽，而汉初大敌实为匈奴，匈奴不服，汉将无以为家也！

汉兴，匈奴亦大盛，冒顿单于枭雄也，立后不久，破灭东胡，西击走月氏，南并楼烦、白羊河南王，悉收秦使蒙恬所夺匈奴地与汉关故河南塞，至朝那、肤施，遂侵燕代。是时汉方与项羽相拒，中国罢于兵革，以故冒顿益强，控弦士三十余万。后北服浑窳、屈射、丁零、隔昆、新䔾之国；于是冒顿之威信日著于匈奴。适韩王信降于匈奴，因引兵南下攻太原至晋阳下，汉高帝自将兵往击之，至平城，而步兵未尽到，冒顿遂纵精兵三十余万骑围高帝于白登，汉兵中外不得相救，高帝厚遗阏氏，得出与大军合，冒顿引兵去，汉遂使刘敬结和亲之约，而终高祖世，匈奴固未止侵夺也。孝惠高后时，冒顿益骄，乃为使使遗高后曰："孤偾之君，生于沮泽之中，长于平野牛马之域，数至边境，愿游中国。陛下独立，孤偾独居，两主不乐，无以自虞，愿以所有，易其所无。"当此大辱，汉庭无奈，高后报以书曰："单于不忘弊邑，赐之以书，弊邑恐惧，退日自图。年老气衰，发齿堕落，行步失度，单于过听，不足以自污。弊邑无罪，宜在见赦，窃有御车二乘，马二驷，以奉常驾。"辞卑而甘，亦不得已，冒顿得书，遂和亲。

汉文帝即位，复修和亲，后冒顿死，子稽粥立，号老上单于，不断寇边。老上单于死，子车臣单于立，复绝和亲，大入上郡、云中各三万骑，杀略甚众。文帝崩，景帝立，而赵王遂阴使于匈奴，吴楚反，欲与赵合谋入边。汉围破赵，匈奴亦止。自是后，景帝复与匈奴和亲，通关市，给遗单于，遣翁主如故。终景帝世，时时小寇边，无大患。武帝初立，羽毛未丰，明和亲约束，匈奴自单于以下皆亲汉，往来长城下，汉武固非安于现状者，曾伏兵三十余万马邑旁，诱匈奴单于入，因雁门尉史之泄谋，而单于还。自是后，匈奴绝和亲，攻当路塞，往往入寇于边，不可胜数。然匈奴贪，尚乐关市，嗜汉财物，汉亦通关市不绝以安辅之。（参考《汉书·匈奴传》）

雄才大略必须伴有丰富的物质基础，而武帝正具备这种条件。《汉书·食货志》称，“武帝之初七十年间，国家亡事，非遇水旱，则民人给家足，都鄙廪庾尽满，而府库余财。京师之钱累百巨万，贯朽而不可校。太仓之粟，陈陈相因，充溢漏积于外，腐败不可食。众庶街巷有马，仟佰之间成群，乘牝牝者，摈而不得会聚。守闾阎者食粱肉，为吏者长子孙；居官者以为姓号。人人自爱而重犯法，先行谊而黜媿辱焉。”既富而后，“外事四邑，内兴功利矣”。大一统必以夏变夷，而匈奴传统与汉相去甚远，史称，“匈奴，其先夏后氏之苗裔，曰淳维。唐虞以上有山戎、猃狁、薰粥，居于北边，随草畜牧而转移。其畜之所多则马、牛、羊，其奇畜则橐驼、驴……逐水草迁徙，无城郭常居耕田之业。然亦各有分地。无文书，以言语为约束。儿能骑羊，引弓射鸟鼠，少长则射狐兔，肉食。士力能弯弓，尽为甲骑。其俗，宽则随畜田猎禽兽为生业，急则人习战攻以侵伐，其天性也。其长兵则弓矢，短刀则刀铤，利则进，不利则退，不羞遁走。苟利所在，不知礼义。自君王以下，亦食畜肉，衣其皮革，被旃裘。壮者食肥美，老食饮食其余。贵壮健，贱老弱。父死，妻其后母，兄弟死，皆取其妻妻之。"（《汉书·匈奴传》）这种记载是真实的，每个民族都曾经历过的阶段，"妻其后母，兄弟死，皆取其妻妻之"是奴隶社会普遍存在的转房制度，中国在春秋时代，尚有孑遗。而匈奴人之"士力能弯弓，尽为甲骑……急则人习战攻以侵伐"，壮丁皆兵，人尽甲骑，急则人人可以攻战，适逢汉兴，匈奴亦强大，而冒顿单于挟虎狼之勇狠，汉庭无宁日矣。白登之围，吕后之辱，皆婉转忍受，亦不得已。文景时代，休养生息，未暇旁顾，武帝出而形势变。

《史记》于武帝无好评，《孝武本纪》自开始至《纪》终以求神始，以求神终，结果是：

方士之候祠神人，入海求蓬莱，终无有验。而公孙卿之候神者，犹以大人迹为解，无其效。天子益怠厌方士之怪迂语矣，然终羁縻弗绝，冀遇其真。自此之后，方士言祠神者弥众，然其效可睹矣。（《史记·孝武本纪》）

一似武帝终身事神而无所得，其实太史公未免偏颇，武帝乃中国历史上最有为帝王之一，乃大一统之实现者，文德武功，固可与唐太宗比美。唐太宗之对突厥，一如汉武帝之对匈奴，都是两国相遇，非彼则此者。而匈奴尤强悍。突厥与唐，匈奴与汉，两强相争，胜者可以大一统而称雄于当时世界，结果唐胜突厥而汉克匈奴，汉唐遂为当时之世界帝国，而文明灿烂，固光照千古者。除汉武帝、唐太宗之雄才外，大将卫青、霍去病及唐之李靖、苏定方皆不世出之良将也。汉武帝即位后，元光元年五月，诏举贤良，曰：

朕闻昔在唐虞，画象而民不犯，日月所烛，莫不率俾。周之成康，刑措不用，德及鸟兽，教通四海。海外肃眘，北发渠搜，氐羌徕服。……麟凤在郊薮，河洛出图书。呜乎，何施而臻此与！今朕获奉宗庙，夙兴以求，夜寐以思，若涉渊水，未知所济。猗与伟与！何行而可以章先帝之洪业休德，上参尧舜，下配三王，朕之不敏，不能

远德，此子大夫之所睹闻也。贤良明于古今王事之体，受策察问，咸以书对，著之于篇，朕亲览焉。（《汉书·武帝纪》）

于是董仲舒、公孙弘等人出，而元光二年春，又诏闻公卿曰：

朕饰子女以配单于，金币文绣赂之甚厚，单于待命加嫚，侵盗亡已。边境被害，朕甚闵之，今欲举兵攻之，何如？（《汉书·武帝纪》）

武帝非偏废者，诏贤良后，即欲举兵攻匈奴。大行王恢建议宜击。是年夏六月以御史大夫韩安国为护军将军，卫尉李广为骁骑将军，太仆公孙贺为轻车将军，大行王恢为将屯将军，大中大夫李息为材官将军，将三十万众屯马邑谷中，诱致单于，欲袭击之。单于入塞，觉之，走出。六月，军罢，将军王恢坐首谋不进，下狱死。首师未遇单于而死王恢，亦说明击匈奴之不易。匈奴无城郭，在茫茫大漠中逐水草居，飘忽而来倏然而去，彼之扰汉，若鹰击长空，一搏则去，而汉将之击匈奴，则如大海探宝，无处可寻，必诱之使来而不来，于是出击亦多不遇，李广之数奇，亦以出击多不遇，遇则如狂风骤雨，攻防不及，卫青、霍去病出，匈奴之末路矣。

卫青、霍去病，出身贱，都因卫子夫而贵显，但勇武知兵。元光六年春匈奴入上谷，遂遣车骑将军出上谷，骑将军公孙敖出代，轻车将军公孙贺出云中，骁骑李广出雁门。青至龙城，获首虏七百级。广、敖失师而还。卫青以速战匈奴胜利。元朔年间，即军中拜车骑将军卫青为大将军，当大将军极盛时霍去病出，年十八为天子侍中，善骑射，再从大将军为票姚校尉，“票姚”劲疾之貌，以票姚对匈奴之飘忽不定者，遂百战百胜，史称“骠骑所将常选，然亦敢深入，常以壮骑先其大将军，军亦有天幸，未尝困绝也”。敢于深入大漠而败强敌，亦智勇兼及者，唐人诗“借问大将谁，恐是霍票姚”，票姚固千秋歌咏者，而“楼头少妇鸣筝坐，遥见飞骑入建章”或亦票姚之写照欤?

汉武帝雄才大略，志在大一统，严夷夏之防而挞伐匈奴，在即位之初又反黄老而启用儒家。《汉书·武帝纪》记其大略云：

> 建元元年冬十月诏丞相御史列侯中二千石诸侯相，举贤良方正直言极谏之士，丞相绾奏所举贤良，或治申、商、韩非、苏秦、张仪之言，乱国政，请皆罢。

这是儒家以外的学派受到排挤了，同年七月，又：

议立明堂，遣使者安车蒲轮，束帛加璧，征鲁申公。

鲁申公是当时有名的儒生，这次受到朝廷尊荣的敬礼。事情的发起者是外戚田蚡与窦婴。《汉书·窦婴田蚡传》说：

孝景崩，武帝初即位。……于是乃以婴为丞相，蚡为太尉。婴、蚡俱好儒术，推毂赵绾为御史大夫，王臧为郎中令。迎鲁申公，欲设明堂……以兴太平。

他们的举动太急进了，不特要施行他们的政治主张，并且要排除在政治上、学派上的敌人，于是支持儒者又遭失败。同上传："（婴蚡）举谪诸窦宗室无行者除其属籍。……以至毁日至窦太后，太后好黄老言，而婴、蚡、赵绾等务隆推儒术，贬道家言，是以窦太后滋不悦。二年，御史大夫赵绾请毋奏事东宫。窦太后大怒曰：'此欲复为新垣平邪？'乃罢逐赵绾、王臧，而免丞相婴、太尉蚡。"这次儒家的失败有两种原因，第一是学术的，迎鲁申公和设明堂，是儒家的主张，最为崇尚黄老学派的窦太后所反对。建立明堂是儒家的政治理想，是天子布政之宫及祭天所在，国之大事，一般人不能轻议，河间献王就因为奏对三雍宫而被黜，何况赵绾、王臧。第二是政治的，窦婴、田蚡打算实行他们的主张，必得皇室允许，而当时掌大权者是窦太后而不是武帝，于是他们要求不要奏事于窦太后，并且除掉她的心腹爪牙。其实武帝初即位也莫奈何他的祖母，儒生们遂遭逢失败。还是在景帝时，窦太后就曾经和儒家有过纷争，当辕固生于景帝朝为诗博士时，窦太后曾经征询他对《老子》一书的意见，他刻薄地答道：

> 此家人言耳！

结果辕固生几乎被杀。这样一位笃信黄老的顽固老人当道，儒家是很难有所作为的。此外，对鲁申公等这批经师，汉武帝本人的冷淡也是一个原因。当朝廷以蒲轮安车迎接他来之后：

> 至见上，上问治乱之事。申公时已八十余，老，对曰："为政者不在多言，固力行何如耳。"是时上方好文辞，见申公对，默然。然已招致，即以为大中大夫，舍鲁邸。（《汉书·儒林传》）

在武帝的意想中，鲁申公一定有一番冠冕堂皇的大道理说出，想不到他竟说出“为政者不在多言，固力行何如耳”的话来。“多言”是为了说出一番治国的道理，而经师无能，除背诵外，无思想可言，于是武帝只好沉默，失望，悔恨，即使没有窦太后的反对，这些经师也不会有什么作为！

汉武帝建元六年五月窦太后死，武帝在政治上去掉了掣肘的人，第二年，元光元年五月，遂诏举贤良，董仲舒、公孙弘等人出而局势变。我们说过，汉武帝是大有作为的人物，他希望作为一个大一统的统治者而君临天下，不同于他父、祖两代的无为而治。我们从有名的“天人三策”中可以知道武帝思想要略。第一策道：

> 制曰：朕获承至尊休德，传之亡穷，而施之罔极，任大而守重，是以夙夜不皇康宁，永惟万事之统，犹惧有阙。故广延四方之豪俊，郡国诸侯公选贤良修絜博习之士，欲闻大道之要，至论之极。今子大夫褎然为举首，朕甚嘉之。子大夫其精心致思，朕垂听而间焉。
>
> 盖闻五帝三王之道，改制作乐而天下洽和，百王同之。当虞氏之乐莫盛于韶，于周莫盛于勺。圣王已没，钟鼓筦弦之声未衰，而大道微缺，陵夷至乎桀纣之行，王道

> 大坏矣。夫五百年之间，守文之君，当涂之士，欲则先王之法以戴翼其世者甚众，然犹不能反，日以仆灭，至后王而后止，岂其所持操或誖缪而失其统与？固天降命不可复反，必推之于大衰而后息与？乌乎！凡所为屑屑，夙兴夜寐，务法上古者，又将无补与？三代受命，其符安在？灾异之变，何缘而起？性命之情，或夭或寿，或仁或鄙，习闻其号，未烛厥理。伊欲风流而令行，刑轻而奸改，百姓和乐，政事宣昭，何修何饬而膏露降，百谷登，德润四海，泽臻草木，三光全，寒暑平，受天之祜，享鬼神之灵，德泽洋溢，施乎方外，延及群生。
>
> 子大夫明先圣之业，习俗化之变，终始之序，讲闻高谊之日久矣，其明以谕朕。科别其条，勿猥勿并，取之于术，慎其所出，乃其不正不直，不忠不极，枉于执事，书之不泄，兴于朕躬，毋悼后害。子大夫其尽心。靡有所隐，朕将亲览焉。（《汉书·董仲舒传》）

这种理想，这种策问是他的祖、父，文、景时代没法想象的，也不可能提出的，那时的一统天下还不稳定，只能是休息生养，谈不到复兴三代的礼乐太平。这是些夸大而富于理想的策问：“盖闻五帝三王之道，改制作乐而天下洽和……圣王已没……陵夷至乎桀纣之行，王道大坏矣。”武帝提出改制的问题，但他对于改制的含义模糊，不知道要改些什么制，如何来改制。于是他问道：“盖闻五帝三王之道，改制作乐而天下洽和……王道大坏矣。夫五百年之间，守文之君……欲则先王之法以戴翼其世者甚众，然犹不能反，日以仆灭……岂其所持操或誖缪而失其统与？固天降命不可复反，必推之于大衰而后息与？”这些问题无所不包，灾异之变，天人之际更是武帝关心的所在。如果被问的是法家，他们将回答：“五帝不相复，三王不相袭。”只有变法而不是改制。如果被问的是道家，他们将回答：“子所言者，其人与骨皆已朽矣，独其言在耳。”就是拘守章句的经师也将回答：“为政者不在多言。”而董仲舒的对策使汉武帝为之惊奇，乃复册之曰：

> 盖闻虞舜之时，游于岩郎之上，垂拱无为，而天下太平。周文王至于日昃不暇食，而宇内也治。夫帝王之道，岂不同条共贯与？何逸劳之殊也。
>
> 盖俭者不造玄黄旌旗之饰。及至周室，设两观，乘大路，朱干玉戚，八佾陈于庭，而颂声兴。夫帝王之道岂异指哉？或曰，良玉不琢；又曰，非文无以辅德，二端异焉。

殷人执五刑以督奸，伤肌肤以惩恶。成康不式，四十余年，天下不犯，囹圄空虚。秦国用之，死者甚众，刑者相望，耗矣哀哉！

乌乎！朕夙寐晨兴，惟前帝王之宪，永思所以奉至尊，章洪业，皆在力本任贤。今朕亲耕籍田以为农先，劝孝弟，崇有德，使者冠盖相望，问勤劳，恤孤独，尽思极神，功烈休德未始云获也。今阴阳错缪，氛气充塞，群生寡遂，黎民未济，廉耻贸乱，贤不肖浑，未得其真，故详延特起之士，庶几乎！今子大夫待诏百有余人，或道世务而未济，稽诸上古之不同，考之于今而难行，毋乃牵于文系而不得骋与？将所由异术，所闻殊方与？各悉对，著于篇，毋讳有司，明其指略，切磋究之，以称朕意。（《汉书·董仲舒传》）

根据以上策问，武帝提出一些矛盾而不容易解决的问题。汉文帝、景帝是近乎“垂拱无为”的人，窦太后更是笃信黄老学说。而武帝本人则是“欲闻大道之要，至论之极”的雄才大略帝王，他要有所作为，但历史事实是虞舜无为而天下太平，周文日不暇食而宇内亦治。那么他究竟是应当守“虞舜之无为”还是效法“文王之日昃不暇食”？文帝、景帝是比较节俭的，武帝则富于理想而铺张。究竟应当作“良玉之不琢”，还是作“非文无以辅德”？景帝任用晁错，近于申韩，而武帝则景仰于成康之刑措。何去何从，是当时也是历史上的大事，是颇费斟酌的文题。武帝谈论的虽然是历史，其实是他要解决的切身问题。

这切身实际问题的产生，是由当时的社会和历史所决定的。汉初高祖刘邦时代，时当变乱之后，天下初定，物质基础不雄厚，天子不能具钧驷，而强敌在外，以致受困于白登，吕后时犹有冒顿之辱。于是文景时代不得不休息生养，黄老学派抬头，内政上近于垂拱无为而外对匈奴和亲。武帝继位后，经过汉初几十年的休息生养，社会经济日益繁荣，《汉书·食货志》说：

> 至武帝之初七十年间，国家亡事，非遇水旱，则民人给家足，都鄙廪庾尽满，而府库余财。京师之钱累百巨万，贯朽而不可校。太仓之粟，陈陈相因，充溢漏积于外，腐败不可食。众庶街巷有马，仟佰之间成群，乘牝牝者，摈而不得会聚。守间阎者食粱肉，为吏者长子孙，居官者以为姓号。人人自爱而重犯法，先行谊而黜媿辱焉。

于是武帝“外事四夷，内兴功利”。（《汉书》）其实武帝不是功利主义者，他是一位雄心勃勃，要恢复三代之治的人。他控制着财富，控制着甲兵，外事四夷而挞伐匈奴。富于理想的汉武帝在内政上更要有所作为了，他不甘心于无为，不甘心于黄老的玄默，他要开创一个崭新的局面，他熟习历史，而历史上的名帝圣王，作法与风度并不一致，但都有作为，于是他心中无数，无所适从。不能求教于申韩与黄老，申韩导致秦始皇的统一，也导致秦二世的灭亡；也不能求教于黄老，那是他父、祖的作风，窦太后的遗产，是他要抛弃的思想体系；也不能求教于章句经师，他们是无话可说的。而董仲舒海阔天空的议论使他惊奇，这正好是投其所好。关于人事的策问，已如上述，武帝进而追求“天人之际”了。《汉书·董仲舒传》说：

于是天子复册之。

制曰：盖闻“善言天者必有征于人，善言古者必有验于今”。故朕垂问乎天人之应，上嘉唐虞，下悼桀纣，寖微寖灭寖明寖昌之道，虚心以改。今子大夫明于阴阳所以造化，习于先圣之道业，然而文采未极，岂惑乎当世之务哉？条贯靡竟，统纪未终，意朕之不明与？听若眩与？夫三王之教所祖不同，而皆有失，或谓久而不易者道也，意岂异哉？今子大夫既已著大道之极，陈治乱之端矣，其悉之究之，孰之复之。《诗》不云乎？“嗟尔君子，毋常安息，神之听之，介尔景福。”朕将亲览焉，子大夫其茂明之。

武帝认为董仲舒关于“天人之应”说得太少，而问他，你既然懂得阴阳造化，习于先圣道业，然而未尽文采。你以为我不能理解，或者是我听不明白？那么你为什么不痛快地说出来？出于黄老申韩之家的少年统治者，在国富民强之后，不甘心于玄默，不甘心于无为，他似乎醉心于公羊学派的大一统理论，醉心于儒家的天人之学，从此出发，遂有后来的一切措施，他要求文采，要求富丽堂皇。于此董仲舒曾有逐条答复。

董仲舒对一策曰：

陛下发德音，下明诏，求天命与情性，皆非愚臣之所能及也。臣谨案《春秋》之中，视前世已行之事，以观天人相与之际，甚可畏也。国家将有失道之败，而天乃先出灾害以谴告之；不知自省，又出怪异以警惧之，尚不知变，而伤败乃至。以此见天心之仁爱人君而欲止其乱也。自非亡道之世者，天尽欲扶持而全安之，事在强勉而已矣。强勉学问，则闻见博而知益明；强勉行道，则德日起而大有功，此皆可使还至而有效者也。……

道者，所由适于治之路也，仁义礼乐皆其具也。故圣王已没，而子孙长久安宁数百岁，此皆礼乐教化之功也。王者未作乐之时，乃用先王之乐宜于世者，而以深入教化于民。教化之情不得，雅颂之乐不成，故王者功成作乐，乐其德也。乐者所以变民风，化民俗也；其变民也易，其化人也著。……

臣闻天之所大奉命使之王者，必有非人力所能致而自至者，此受命之符也。天下之人同心归之，若归父母，故天瑞应诚而至。……及至后世，淫佚衰微，不能统理群生，诸侯背畔，残贼良民以争壤土，废德政而任刑罚。……邪气积于下，怨恶畜于上。上下不和，则阴阳缪戾而妖孽生矣。此灾害所由起也。

臣闻命者天之令也，性者生之质也，情者人之欲也。或夭或寿，或仁或鄙，陶冶而成之，不能粹美，有治乱之所生，故不齐也。……故尧舜行德则民仁寿，桀纣行暴则民鄙夭。夫上之化下，下之从上，犹泥之在钧，唯甄者之所为；犹金之在镕，唯冶者之所铸。……

臣谨案《春秋》之文，求王道之端，得之于正。正次王，王次春。春者，天之所为也；正者，王之所为也。其意曰，上承天之所为，而下以正其所为，正王道之端云尔，然则王者欲有所为，宜求其端于天。天道之大者在阴阳，阳为德，阴为刑；刑主杀而德主生。是故阳常居大夏，而以生育养长为事；阴常居大冬，而积于空虚不用之处。以此见天之任德不任刑也。天使阳出布施于上而主岁功，使阴入伏于下而时出佐阳；阳不得阴之助，亦不得独成岁。终阳以成岁为名，此天意也。王者承天意以从事，故任德教而不任刑。刑者不可任以治世，犹阴之不可任以成岁也。为政而任刑，不顺于天，故先王莫之肯为也。今废先王德教之官，而独任执法之吏治民，毋乃任刑之意与？孔子曰："不教而诛谓之虐。"虐政用于下，而欲德教之被四海，故难成也。臣谨案《春秋》谓一元之意，一者万物之所从始也，元者辞之所谓大也。谓一为元者，视大始而欲正本也。《春秋》深探其本，而反自贵者始。故为人君者，正心以正朝廷，正朝廷以正百官，正百官以正万民，正万民以正四方。四方正，远近莫敢不一于正，而亡有邪气奸其间者。是以阴阳调而风雨时，群生和而万民殖，五谷孰而草木茂；天地之间被润泽而大丰美，四海之内闻盛德而皆徕臣，诸福之物，可致之祥，莫不毕至，而王道终矣。

孔子曰："凤鸟不至，河不出图，吾已矣夫！"自悲可致此物，而身卑贱不得致也。今陛下贵为天子，富有四海，居得致之位，操可致之势，又有能致之资……然而天地未应而美祥莫至者，何也？凡以教化不立而万民不正也。夫万民之从利也，如水之走下，不以教化堤防之，不能止也。是故教化立而奸邪皆止者，其堤防完也。教化废而奸邪并出，刑罚不能胜者，其堤防坏也。古之王者明于此，是故南面而治天下，莫不以教化为大务。立大学以教于国，设庠序以化于邑，渐民以仁，摩民以谊，节民以礼，故其刑罚甚轻而禁不犯者，教化行而习俗美也。

圣王之继乱世也，扫除其迹而悉去之，复修教化而崇起之。教化已明，习俗已成，子孙循之，行五六百岁尚未败也。至周之末世，大为亡道，以失天下。秦继其后，独不能改，又益甚之，重禁文学，不得挟书，弃捐礼谊而恶闻之，其心欲尽灭先王之道，而专为自恣苟简之治，故立为天子十四岁而国破亡矣。自古以来，未尝有以乱济乱，大败天下之民如秦者也。孔子曰："腐朽之木不可雕也，粪土之墙不可圬也。"今汉继秦之后，如朽木粪墙矣，虽欲善治之，亡可奈何。法出而奸生，令下而诈起，如以汤止沸，抱薪救火，愈甚亡益也。窃譬之琴瑟不调，甚者必解而更张之，乃可鼓也。为政而不行，甚者必变而更化之，乃可理也。当更张而不更张，虽有良工，不能善调也；当更化而不更化，虽有大贤不能善治也。故汉得天下以来，常欲善治而至今不可善治者，失之于当更化而不更化也。古人有言曰："临渊羡鱼，不如退而结网。"今临政而愿治七十余岁矣，不如退而更化；更化则可善治，善治则灾害日去，福禄日来。《诗》云："宜民宜人，受禄于天。"为政而宜于民者，固当受禄于天，夫仁谊礼知信五常之道，王者所当修饬也；五者修饬，故受天之佑，而享鬼神之灵，德施于方外，延及群生也。（《汉书·董仲舒传》）

现在看，在历史上的帝王中能够作出武帝策问者，是绝无仅有，这不是他的臣下代庖，当时的群臣没有这种水平。武帝首先自改制作乐谈起，其次谈"天人之际"，"三代受命，其符安在？灾异之变，何缘而起？性命之情，或夭或寿……习闻其号，未烛厥理。""天人"是人与自然的关系，中国古代哲学家首先提出天人之际，然后是人人之际。当时他们不了解"天"，但知道天能降灾或降福于人，而认为人的作为可以改变天的态度，而不是通过努力来克服自然，荀子有改变自然的想法，但思孟一派则使天神秘化，降至汉初，遂有董仲舒的天人之学，此后，谶纬学兴，天人之学更向宗教方面发展。中国古代有受命之说，以为人君受天命而王，故武帝问，“三代受命，其符安在？灾异之变，何缘而起？”遂有董仲舒之长篇议论，实无高见，但开西汉灾异、阴阳之先，“国家将有失道之败，而天乃先出灾害以谴告之；不知自省，又出怪异以警惧之，尚不知变，而伤败乃至。以此见天心之仁爱人君而欲止其乱也。”这是对于失道者的警告；对于有道者，则“天之所大奉命使之王者，必有非人力所能致而自至者，此受命之符也。天下之人同心归之，若归父母，故天瑞应诚而至”，如《书》之“白鱼入于王舟”。这种理止于巫术，所以仲舒实近大巫。但于巫术的思想迷漫于以后的朝野社会，董仲舒的再传弟子眭弘，他更夸大其说道：

> 孝昭元凤三年正月，泰山莱芜山南匈匈有数千人声。民视之，有大石自立，高丈五尺，大四十八围，入地深八尺，三石为足。石立后有白乌数千，下集其旁。是时昌邑有枯社木卧复生。又上林苑中，大柳树断柱卧地，亦自立生，有虫食树叶成文字曰：“公孙病已立。”孟推《春秋》之意，以为石柳皆阴，类下民之象。泰山者，岱宗之

岳。王者易姓告代之处。今大石自立，僵立复走，非人力所为，此当有匹夫为天子者。枯社木复生，故废之家，公孙氏当复兴者也。……汉家尧后，有传国之运，汉帝宜谁差天下，求索贤人，禅以帝位，而退自封百里，如殷周二王后，以承顺天命。孟使友人内官长赐上此书。（《汉书·睦弘传》）

这真是“与虎谋皮”的谬论，在家天下已久的封建社会，而鼓吹汉帝让位于当时贤人，而退自封百里，如殷周二位后之为“三恪”。这是因灾异而至禅让，本来礼乐文明之极致，在政治上也未尝不以禅让为目标，此尧舜故事，所以为儒家所乐道，历史在发展，退后不可能，在当时未免是儒生的妄想。但此为政治野心家所利用，于是西汉晚期，灾异频繁，山雨欲来的局面形成，哀帝不得表示禅位于董贤，而王莽究竟取代孺子婴！

因为武帝问到改制作乐，所以董仲舒畅谈教化问题。我们以为这是对策中的积极因素，董氏迂腐而近于巫，但其教化理论实多精彩处。他说当时“天地未应而美祥莫至者……凡以教化不立而万民不正也。夫万民之从利也，如水之走下，不以教化堤防之，不能止也。是故教化立而奸邪皆止者，其堤防完也。……古之王者明于此，是故南面而治天下，莫不以教化为大务。立大学以教于国，设庠序以化于邑，渐民以仁，摩民以谊，节民以礼，故其刑罚甚轻而禁不犯者，教化行而习俗美也”。这是“富而后教”理论的优良传统，万民从利，如水之走下，这是历史时代各种社会的普遍现象，但富而不教，必至万民不正，万民不正则奸邪当道，是远于礼乐文明者，秦统一后即如此，他们“重禁文学，不得挟书，弃捐礼谊而恶闻之，其心欲尽灭先王之道，而专为自恣苟简之治，故立为天子十四岁而国破亡矣。自古以来，未尝有以乱济乱，大败天下之民如秦者也”。

不能学秦，必须更化，董仲舒一策的核心是劝武帝更化，以达到礼乐文明的“三代”世界。他说：“今汉继秦之后，如朽木粪墙矣，虽欲善治之，亡可奈何。法出而奸生，令下而诈起，如以汤止沸，抱薪救火，愈甚亡益也。窃譬之琴瑟不调，甚者必解而更张之，乃可鼓也。为政而不行，甚者必变而更化之，乃可理也。”董仲舒的对策实在是夸大而思想混乱，但这种对策为武帝所醉心，此所以能为武帝所赏识，它不同于黄老申韩，不主张寒酸的恭俭而要富丽堂皇地有所作为，是重要原因。董仲舒在第二次的对策中说：

孔子作《春秋》，先正王而系万事，见素王之文焉。由此观之，帝王之条贯同，然而劳逸异者，所遇之时异也。孔子曰：“武尽美矣，未尽善也。”此之谓也。

臣闻制度文采玄黄之饰，所以明尊卑，异贵贱，而劝有德也。故《春秋》受命所先制者，改正朔，易服色，所以应天也。然则宫室旌旗之制，有法而然者也。故孔子曰：“奢则不逊，俭则固。”俭非圣人之中制也。臣闻良玉不琢，资质润美，不待刻琢，此亡异于达巷党人不学而自知也。然则常玉不琢，不成文章；君子不学，不成其德。

臣闻圣王之治天下也，少则习之学，长则材诸位，爵禄以养其德，刑罚以威其恶，故民晓于礼谊而耻犯其上。武王行大谊，平残贼，周公作礼乐以文之，至于成康之隆，囹圄空虚四十余年，此亦教化之渐而仁谊之流，非独伤肌肤之效也。至秦则不然，师申商之法，行韩非之说……又好用憯酷之吏，赋敛无度，竭民财力，百姓散亡，不得从耕织之业，群盗并起。是以刑者甚众，死者相望，而奸不息，俗化使然也。……今陛下并有天下，海内莫不率服，广览兼听，极群下之智，尽天下之美，至德昭然，施于方外……此太平之致也。然而功不加于百姓者，殆王心未加焉。……愿陛下因用所闻，设诚于内而致行之，则三王何异哉！

陛下亲耕借田，以为农先，夙寤晨兴，忧劳万民，思惟往古，而务以求贤，此亦尧舜之用心也，然而未云获者，士素不厉也。夫不素养士而欲求贤，譬犹不琢玉而求文采也。故养士之大者，莫大乎太学，太学者，贤士之所关也，教化之本原也。……臣愿陛下兴太学，置明师，以养天下之士，数考问以尽其材，则英俊宜可得矣。今之郡守、县令，民之师帅，所使承流而宣化也；故师帅不贤，则主德不宣，恩泽不流。今吏既亡教训于下，或不承用主上之法，暴虐百姓，与奸为市……是以阴阳错缪，氛气充塞，群生寡遂，黎民未济，皆长吏不明，使至于此也。

夫长吏多出于郎中、中郎，吏二千石子弟选郎吏，又以富訾，未必贤也。……臣愚以为使诸列侯、郡守，二千石各择其吏民之贤者，岁贡各二人以给宿卫，且以观大臣之能；所贡贤者有赏，所贡不肖者有罚。……遍得天下之贤人，则三王之盛易为，而尧舜之名可及也。……（《汉书·董仲舒传》）

我们曾经在灾异学说上指责董仲舒思想之混乱，但也指出他的“富而后教”主张之可取，在第二策中他又重点谈选贤与教育问题。从历史说起，尧舜时代之所以教化大行，在于得贤，尧有舜、禹、稷众圣之辅佐，于是“万民皆安仁乐谊，各得其宜”。周文王亦因得太公而安天下。孔子作《春秋》行素王之事，其谊与古圣王同。汉继秦后，并有天下，而功未加于百姓者，关键在于未能养士求贤。“夫不素养士而欲求贤，譬犹不琢玉而求文采也。”必先养士而贤有来源，而养士在于教育，养士之教育，以“大学”（太学）为主，“太学者，贤士之所关也，教化之本原也。”在秦以前，私人讲学盛行而国学不张，董仲舒之重视大学教育以养士，实属卓见。“士”字之定义因历史发展而有不同，其初为从事耕种之农民，后为自由农民之甲士者，士遂为有文化有道德之贤才，故选士实为选材，而选材是为了改良政治，如果“诸侯、郡守、二千石各择其吏民之贤者，岁贡各二人以给宿卫……天下之士可得而官使也。遍得天下之贤人，则三王之盛易为，而尧舜之名可及也”。大学教育为了养士，而养士为了选贤，选贤为了充实各级政府，改良政治。这是三王之政，则三王之盛易为，而尧舜之名可及。致君尧舜始终是封建社会有为的政治家之最高目标，这是良性循环，从根本处着手，在任何一个社会，任何时代，欲求政治上的清明，都必从“选士”开始，不选而任，贵者世袭，未有不亡者！而选才出自教育，教育为立国之本。董仲舒究竟是经学大师，儒家发展中之杰出代表人物，于此我们对他怀有敬意。

三代之治是非文无以辅德，高文化一定有丰富的文采，所以董仲舒也说“俭非圣人之中制也。……常玉不琢，不成文章”，适当的文采玄黄之制是允许的。这是对武帝问“俭者不造玄黄旌旗之饰，及至周室，设两观，乘大路……”之不同作风而提出问题。历史上以为殷质，周文，是本实，周之文化物质水平已超过殷商，比较起来，殷为质朴而周有文采，一文一质正好代表了社会发展水平。汉代统治者归之为作风不同而各有所得，而董仲舒重文亦有见识。

在第三策内，汉武帝复究心于“天人之应”。本来在第一策中已谈天命问题，于此复问“善言天者必有征于人，善言古者必有验于今。故朕垂问乎天人之应。……今子大夫明于阴阳所以造化，习于先圣之道业，然而文采未极……意朕之不明与？听若眩与？”你不说，是怕我听不懂吗？或者越听越糊涂？于是董仲舒道：

> 臣闻天者群物之祖也，故遍覆包函，而无所殊。……天人之征，古今之道也。孔子作《春秋》，上揆之天道，下质诸人情，参之于古，考之于今。故《春秋》之

所讥，灾害之所加也；《春秋》之所恶，怪异之所施也。书邦家之过，兼灾异之变，以此见人之所为，其美恶之极，乃与天地流通而往来相应，此亦言天之一端也。古者修教训之官，务以德善化民，民已大化之后，天下常亡一人之狱矣。……天令之谓命，命非圣人不行，质朴之谓性，性非教化不成，人欲之谓情，情非度制不节。是故王者上谨于承天意，以顺命也；下务明教化民，以成性也。正法度之宜，别上下之序，以防欲也；修此三者，而大本举矣。人受命于天，固超然异于群生，人有父子兄弟之亲，出有君臣上下之谊，会聚相遇，则有耆老长幼之施；粲然有文以相接，驩然有恩以相爱，此人之所以贵也。生五谷以食之，桑麻以衣之，六畜以养之，服牛乘马，圈豹槛虎，是其得天之灵，贵于物也。故孔子曰："天地之性人为贵。"明于天性，知自贵于物；知自贵于物，然后知仁谊；知仁谊，然后重礼节；重礼节然后安处善；安处善，然后乐循理；乐循礼，然后谓之君子。故孔子曰："不知命，亡以为君子。"此之谓也。（《汉书·董仲舒传》）

这是关于册命："善言天者必有征于人，善言古者必有验于今”的对策。他还是从灾异谈起，虽然天人相应，灾异之说，贯穿于西汉社会中，但实属巫术迷信，我们说董仲舒于此思想混乱，无价值可言。但下面他谈道：“人受命于天，固超然异于群生……粲然有文以相接……是其得天之灵，贵于物也。”却是对于人生价值之新估计，是“人”的重大发现，人为万物之灵，贵于万物，不能自小，所以孔子说：“天地之性人为贵！”没有人就没有天地，没有宇宙，没有空间、时间。没有人，宇宙中没有灿烂的文化，文化、文明是人类的创造；没有这种创造，是蛮荒，是木石，蛮荒的木石无知觉，不存在任何认识，时间、空间、宇宙万物存在等于不存在，不存在等于无。儒家发现了“人”，董仲舒强调人为万物之灵，万物之中人为贵，我们不能小看了这种发现。发现人，重视人，才有人文，才有文明，使人们了解是人主宰世界，而不是神！后来儒家又提出人为天地立心，更使宇宙活跃起来，宇宙才是一个完整的宇宙，而不单纯是星河！

武帝又问，“三王之教所祖不同，而皆有失，或谓久而不易者道也，意岂异哉？”仲舒答道：

臣闻夫乐而不乱，复而不厌者谓之道；道者万世亡弊，弊者道之失也。先王之道必有偏而不起之处，故政有眊而不行，举其偏者以补其弊而已矣。三王之道所祖不同，非其相反，将以捄溢扶衰，所遭之变然也。故孔子曰，“亡为而治者，其舜乎！”改正朔易服色，以顺天命而已；其余尽循尧道，何更为哉！故王者有改制之名，亡变道之实。然夏上终，殷上敬，周上文者，所继之捄，当用此也。孔子曰，“殷因于夏礼，所损益可知也；周因于殷礼，所损益可知也；其或继周者，虽百世可知也”。此言百王之用，以此三者矣。夏因于虞，而独不言所损益者，其道如一而所，上同也。道之大原出于天，天不变，道亦不变，是以禹继舜，舜继尧，三圣相受而守一道，亡救弊之政也，故不言其所损益也。由是观之，继治世者其道同，继乱世者其道变。今汉继大乱之后，若宜少损周之文致，用夏之忠者。（《汉书·董仲舒传》）

他首次提出“道之大原出于天，天不变，道亦不变”这为后人所诟病的理论。“道”指天道，天道指什么，董无定义，当然指礼义之天，所以为三圣所守而不变。以礼义为天的性质不变，从儒家的“天人之际”的立场言，不能说错。天非恶，如果是恶，不会有万物生长及人类的繁殖。“人受命于天”而超出群生，有父子之亲，长幼之序，灿烂有文，驩然有爱，此皆为天地之性之表现于人类者。从逻辑上讲，从自然本身的性质来说，这都是卓识，相反，不会有人生，不会有人类文明，如果不是有这么一个合理的宇宙。这种“天道”不能变，变则人类无生存的环境，除非它越变越好，变好不可能，希望不变坏，于是天道不变的理论是符合人类的要求与希望的。我们从现在科学、哲学的角度看，都应当同意此时的儒家和后来的理学对于天的形容。

道不变，而朝廷政治可变，这就是“殷因于夏礼，所损益可知也；周因于殷礼，所损益可知也；其或继周者，虽百世可知也”。孔子原意是正确的，夏、商、周之文化发展，是有损有益的过程，而董仲舒则以此三代为典范不能越。这一方面说明道之不变；另一方面说明“损益”是在一定的范围内，在一定范围内就符合“天不变道亦不变”的最高原则。这就是董仲舒的理论陷入机械循环，使其天道观为之减色。这种理论又见于《春秋·繁露·三代改制质文》篇，其中说：

《春秋》曰：“王正月。”《传》曰：“王者孰谓？谓文王也。曷为先言王而后言正月？王正月也。何以谓之王正月？曰，王者必受命而后王。”王者必改正朔，易服色，制礼乐，一统于天下……王者受命而王，制此月以应变，故作科以奉天地，故谓之王正月也。王者改制作科奈何？曰：当十二色历，各法而正色，逆数三而复绌三之前曰五帝，帝迭首一色顺数，五而相复，礼乐各以其法象其宜，顺数四而相复，咸作国号，迁官邑，易官名，制礼作乐，故汤受命而王，应天变夏作殷，号时正白统，故亲夏虞绌唐谓之帝尧，以神农为赤帝……爵谓之帝舜。轩辕曰黄帝，推神农以为九皇。……武王受命，作宫邑于鄗，制爵五等……周公辅成王受命作宫于洛阳，成文武之制，作勺乐以奉天。……故《春秋》应天作新王之事。时正黑统，王鲁尚黑、绌夏亲周故宋，乐宜亲招武……合伯子男为一等。然则其略说奈何？曰，三正以黑统，初正日月朔于营室，斗建寅，天统气始通化物……是月不杀，听朔废刑发德，具存二王之后也。亲赤统故曰分平明，平明朝正。正白统奈何？曰正白统者历正日月朔于虚，斗建丑……其色白，故朝正曰白。……正赤统奈何？曰正赤绕者，大节绥帻尚赤，旗赤，大宝玉赤。……而三代改正必以三统天下曰，三统五端化四方之本也。天始废始施，地必待中，是故三代必居中国，法天奉本执端要以统天下朝诸侯也。……其谓统三正者，曰，正者正也，统致其气，万物皆应而正。统正其余皆正。凡岁之要在正月也，法正

> 之道，正本而末应，正内而外应，动作举错，靡不变化随从，可谓法正也，故君子曰："武王其似正月矣。"《春秋》曰"杞伯来朝"。王者之后称公，杞何以称伯？《春秋》上黜夏下存周，以《春秋》当行新王。《春秋》当新王者奈何？曰，王者之法必正号，绌王谓之帝，封其后以小国，使奉祀之，下存二王之后以大国，使服其服，行其礼乐，称客而朝，故同时称帝者五，称王者三，所以昭五瑞通三统也，是故周人之王尚推神农为九皇，而改号轩辕，谓之皇帝，因存帝颛顼、帝喾、帝尧之帝号，绌虞而号舜曰帝舜，录五帝以小国，下存禹之后于杞，存汤之后于宋，以方百里，爵号公，皆使服其服，行其礼乐，称先王客而朝。《春秋》作新王之事。变周之制，当正黑统，而殷周为王者之后，绌夏改号禹谓之帝，录其后以小国，故曰绌夏存周，以《春秋》当新王。

我们说董仲舒的天人之应的理论混乱不清，以致下狱当死，不敢复言灾异。表现在改制问题上亦迂腐难通，但这是当时的大学问，非公羊家不能道。其说有三统，黑统、白统、赤统，一如五行之循环往复，新王必有新统，是谓"三王之道，所祖不同"。统正则其余皆正，而正统之要在正月，故《公羊》

称“元年春，王正月……大一统也”。以奉行正朔表现为人一统之体现。在三统体系下，春秋时代，以《春秋》当新王，而新周，故宋。当代及其上两代为“三王”，三王之上继之五帝，五帝之上为九皇，皇之上绌为民矣。而王者之制，一商一夏一质一文，商质主天，夏文主地，《春秋》主人，是谓四法，四法如四时，周而复始。然后谈大一统，他说“春秋大一统者，天地之常经，古今之通谊也”。此所谓大一统亦天人合一之大一统。《汉书·董仲舒传》师古注：“一统者，万物之统皆归于一也。”万物归于一统，是真正的大一统！

五　司马迁与公羊学

司马迁是我国划时代的史学家，也是卓越的思想家，这我在《司马迁的历史哲学》一文中已经谈过。中国古代史家，可以分作三个阶段，即：神的时代、巫的时代及史的时代。孟子说，“王者之迹熄而诗亡，诗亡然后春秋作”（《孟子·离娄》下）也道出部分史实，《诗》指史诗，是巫的专职，历史保存在巫的口中、手中，至少数百千年，我们的《楚辞·天问》及《诗经》中的《雅》、《颂》，还保存了许多史诗，这时还是神人不分的历史，神是人，人也是神。原来神人杂处，人可以为神，神职人员是当时学者，无所不知，当然亦是史家，到后来人神不分，神职亦有变化，于是巫出。重黎可以说是中国古代社会巫之祖先，《国语·楚语》中曾经有关于重黎的记载。楚国是一个文化发达而保存古老传统比较多的地区，楚昭王知道有关人神杂处的许多传说，但他不明白其中究竟，所以问道：

>《周书》所谓“重黎实使天地不通者”，何也？若无然，民将能登天乎？

观射父为之详细地解释道：

> 及少昊之衰也，九黎乱德，民神杂糅，不可方物，夫人作享，家为巫史，无有要质，民匮于祀而不知其福，烝享无度，民神同位；民渎齐盟，无有严威，神狎民则不触其为，嘉生不降，无物以享，祸灾荐臻，莫尽其气。颛顼受之，乃命南正重司天以属神，命火正黎司地以属民，使复旧常，无相侵渎，是谓重黎绝地天通。其后三苗复九黎之德，尧复育重黎之后不忘旧典者，使复典之，以至于夏商，故重黎氏世叙天地而别其分主者也。

这是我国远古时代的“天人之学”，楚昭王已经不清楚了，由渊博的观射父作解答。当少昊时代，九黎乱德，使民神杂糅，“夫人作享，家为巫史”。这两句的解释是“现代化”了的结果，当时还不存在巫史，只能是“民神同位”。颛项继立后乃使神人分开，使南正重司天以属神，命火正黎司地以属民。也就是使重代表天，而黎代表了人，使人神分开，各有专职，可以说是神职专业化，是巫的起源，而重黎是最早的巫。楚昭王所谓《周书》是指《尚书·吕刑》，《吕刑》中有“苗民弗用灵……民兴胥渐，泯泯棼棼，罔中于信……上帝监民，罔有馨香德，刑发闻惟腥。皇帝哀矜庶戮之不辜，报虐以威，遏绝苗民，无世在下。乃命重黎，绝地天通”。和观射父的解答并不相符，但观射父的话补充了古史中最重要的一段，即神、巫、史演变的由来，而司马迁的世系正好上始重黎，他说：

昔在颛顼，命南正重以司天，北正正黎以司地。唐、虞之际，绍重黎之后，使复典之，至于夏商，故重、黎氏世序天、地、其在周，程伯、休甫其后也。当周宣王时，失其守而为司马氏。司马氏世典周史，惠、襄之间，司马氏去周适晋，晋中军随会奔秦，而司马氏入少梁。自司马氏去周适晋，分散或在卫，或在赵，或在秦，其在卫者，相中山，在赵者以传剑论显，蒯聩其后也。在秦者名错，与张仪争论，于是惠王使错将伐蜀，遂拔，因而守之。错孙靳，事武安君白起……靳孙昌……昌生无泽……

无泽生喜……喜生谈，谈为太史公。太史公学天官于唐都，受易于杨何，习道论于黄子，太史公仕于建元、元封之间，愍学者之不达其意而师悖，乃论六家之要指曰：……太史公既掌天官，不治民，有子曰迁。……卒三岁而迁为太史令，紬《史记》、《石室金匮》之书。……太史公曰：先人有言，自周公卒，五百岁而有孔子，孔子卒后，至于今五百岁，有能绍明世，正《易传》，继《春秋》，本《诗》、《书》、《礼》、《乐》之际，意在斯乎，意在斯乎，小子何敢让焉。上大夫壶遂曰：昔孔子何为而作《春秋》哉？太史公曰，余闻董生曰：周道衰废，孔子为鲁司寇，诸侯害之，大夫壅之。孔子知言之不用，道之不行也，是非二百四十二年之中，以为天下仪表。贬天子，退诸侯、讨大夫，以达王事而已矣。……夫《春秋》上明三王之道，下辨人事之纪，别嫌疑，明是非，定犹豫，善善恶恶，贤贤贱不肖，存亡国，继绝世，补敝起废，王道之大者也。……拨乱世，反之正，莫近于《春秋》。《春秋》文成数万，其指数千。万物之聚散皆在《春秋》。……故《春秋》者，礼义之大宗也。夫礼禁未然之前，法施已然之后，法之所为用者易儿，而礼之所为禁者难知。壶遂曰：孔子之时，上无明君，下不得任用，故作《春秋》，垂空文以断礼义，当一王之法。今夫子上遇明天子，下得守职，万事既具，咸各序其宜。夫子所论，欲以何明。太史公曰，唯唯，否否，不然。余闻之先人曰……《春秋》采善贬恶，推三代之德，褒周室，非独刺讥而已也。汉兴以来，至明天子，获符瑞，封禅，改正朔，易服色，受命于穆清，泽流罔极，海外殊俗，重译款塞，请来献见者，不可胜道。臣下百官，力诵圣德，犹不能宣尽其意，且士贤能而不用，有国者之耻，主上明圣，而德不布闻，有司之过也。且余尝掌其官，废明圣盛德不载，灭功臣世家贤大夫之业不述，堕先人所言，罪莫大焉。余所谓述故事，整齐其世传，非所谓作也，而君比之于《春秋》，谬矣。（《史记·太史公自序》）

这是司马迁自传的一部分，作为一个历史学家，这是具有充分自信的自传，他相信自己，更相信历史。中国几千年来的史学发达在世界上是无与伦比的，我们要归功于孔子与司马迁。正如这篇自传所说，在原始社会以及阶级社会初期，巫史是知识界的权威，他们通晓天人之际，因而他们是当时的哲学家，也是“宗教家”，他们知道人类事业的发展过程，因而他们是历史家，这人类事业的过程，巫史们认为许多出于天造，通天意者是神，而神无专职，人人可以为神，于是秩序混乱，遂有重黎之绝地天通。这是历史上的大事，不绝天地间的交通，历史始终散乱无序，也就是对于人类历史的发展，言人人殊，有专业巫的出现，逐渐有文字有记载，是真正历史的萌芽，但仍多依于巫的口诵，史在巫的头脑里、口头上，而家族相传，成为世袭，且人不能离天而独立，四时变迁，阴阳寒暖都是“天意”，而通晓天意者也是巫，这是天人之学的第二步，也是史学发展史上的第二步，即史诗时代。诗亡然后《春秋》作，西周开始，史与巫分，正太史公所谓“当周宣王时，失其守而为司马氏。司马氏世典周史，惠、襄之间，司马氏去周适晋”之事实。各国都有春秋，孔子因鲁史而修《春秋》，太史公发扬其义曰：“余闻董生曰：周道衰废，孔子为鲁司寇，诸侯害之，大夫壅之。孔子知言之不用，道之不行也，是非二百四十二年之中，以为天下仪表。……夫《春秋》上明三王之道，下辨人事之纪，别嫌疑，明是非，定犹豫，善善恶恶，贤贤贱不肖，存亡国，继绝世，补敝起废，王道之大者也。”是为史学发展之第三步，史学与伦理结合，以儒家之道德标准评价历史是非，而天人之学与之同步发展，第一步，天人不分；第二步，巫为天人媒介；第三步，史官学通天人。因人事以知天意，故太史公掌天官，不治民事。至此，古代之史，职司天人，汉代学者，遂以《易》代天，以《春秋》代人，《易》与《春秋》遂为天人之学的象征。而《春秋》主要是《公羊春秋》。

司马迁是前期公羊学派的重要人物，我们不能忽视这一点，否则，我们对这位伟大的历史学家就很难正确评价他。司马迁是把他的《史记》比做孔子的《春秋》的，在《太史公自序》中他曾经说："先人有言，自周公卒，五百岁而有孔子，孔子卒后，至于今五百岁，有能绍明世，正《易传》，继《春秋》，本《诗》、《书》、《礼》、《乐》之际，意在斯乎！意在斯乎！小子何敢让焉。"他是在继孔子之后，续作《春秋》了。"五百岁"在先秦儒家看来是历史循环发展法则，到司马迁的时代又是"至今五百岁"，他应当"当仁不让"了。但他还是表示了谦逊之意，当壶遂问他是否打算作一部新的《春秋》的时候，他却说，"唯唯，否否，不然……余所谓述故事，整齐其世传，非所谓作也，而君比之于《春秋》，谬矣。"在当时的经师看来，孔子是因为"上无明君，下不得任用，故作《春秋》，垂空文以断礼义，当一王之法"。《春秋》本来世据乱世而作，以明一王之法，这一王之法即《春秋》，本来"非天子不议礼，不制度，不考文，"孔子“素王”，故可以为王立法，后来公羊学家遂说《春秋》为汉立法，而孔子能够先知；这仍然是“天人之学”。可太史公继《春秋》而作，又是为了什么？是据乱世为新王立法，壶遂对此是不肯放过的，所以他追问道：

> 今夫子上遇明天子，下得守职，万事既具，咸各序其宜，夫子所论，欲以何明。（《史记·太史公自序》）

《春秋》是据乱世而作，今“夫子上遇明天子……咸各序其宜”，你究竟是为了什么？司马迁只好退却了，他说：“唯唯，否否，不然。余闻之先人曰，伏羲至纯厚，作《易》八卦，尧舜之盛，《尚书》载之，礼乐作焉。汤武之隆，诗人歌之，《春秋》采善贬恶，推三代之德，褒周室，非独刺讥而已也。汉兴以来，至明天子，获符瑞，封禅，改正朔，易服色，受命于穆清，泽流罔极，海外殊俗，重译款塞，请来献见者，不可胜道。臣下百官，力诵圣德，犹不能宣尽其意，且士贤能而不用，有国者之耻，主上明圣，而德不布闻，有司之过也。且余尝掌其官，废明圣盛德不载，灭功臣世家贤大夫之业不述，堕先人所言，罪莫大焉。余所谓述故事，整齐其世传，非所谓作也，而君比之于《春秋》，谬矣。”（《史记·太史公自序》）《春秋》本来是“上无明君，下不得任用，故作《春秋》，垂空文以断礼义，当一王之法。”如果他在继作《春秋》，是“欲以何明”？想干什么呢？太史公只好说：① 他不是在继作《春秋》，而《春秋》也是在褒周室；② 他生当圣世，正是应当歌功颂德的时代，假使不如此，是“堕先人所言，罪莫大焉”。司马迁在回避问题，其实他还是要继作《春秋》。对于汉朝，他有歌颂的一面，他也有心怀郁结而不满的一面，这正是《春秋》之有褒有贬。虽然他说不是在作《春秋》，是在“述故事”。但孔子自己也说“述而不作”，孔子的《春秋》是在立一王之法，司马迁的《史记》是否也有此意图？

西汉，尤其是武帝时代，是大一统的封建帝国，虽然秦也有过短暂的统一，但在统一前后都是战火纷飞的时代，他们无暇，也没有意图粉饰这个一统局面。秦始皇是一位务实的帝王，他一生忙于战争与建设，信任法家，没有想到儒家大一统的辉煌局面，这辉煌的局面表现了“天人的一统”，真正的大一统，要改正朔，易服色；这虽然无当于事实，但一统必须有一统的历法与服色；儒家，尤其是公羊学派，正是这种一统的鼓吹者，这是扩大了的一统，包括天、人，所以是大一统。秦一统而没有一统的铺张，而且不久即亡，不为后来儒家所承认，说他是一个“闰统”，未能完成历史上一统的大业，未完成的事业要由汉来完成。太史公是歌颂一统的，而汉之大一统，是由秦末农民起义奠基，所以在《史记》中他曾经反复谈此问题，比如他说，“桀纣失其道而汤武作，周失其道而《春秋》作，秦失其政而陈涉发迹，诸侯作难，风起云蒸，卒亡秦族。天下之端，自涉发难。”（《太史公自序》）所谓“天下之端，自涉发难”也就是说“新的天下一统之端，自陈涉发难始”。又说，“太史公读秦楚之际，曰：初作难，发于陈涉，虐戾灭秦，自项氏；拨乱除暴，平定海内，卒践帝祚，成于汉家，五年之间，号令三嬗，自生民以来未有受命若斯之亟也。”（《史记·秦楚之际月表》）可以看出太史公对于陈涉首难曾经反复强调。因为没有这一首难，推不倒暴秦，也就没有汉代的一统。在《自序》中他更把陈涉与汤、武、孔子并列，这是一个绝不平凡的历史地位，虽然在《史记》中没有《陈涉本纪》，但商汤、周武、孔子是历史上的“圣王”和“圣人”。《史记》对于汤武的评价说，“昔夏之兴，积善累功数十年，德洽百姓，摄行政事，考之于天，然后在位。汤、武之王乃由契、后稷修仁行义十余世，不期而会孟津八百诸侯，犹以为未可，其后乃放弑。”（《史记·秦楚之际月表》）汤、武都是“累世积德”的圣王，而《史记》

对于孔子的称赞是“诗有之，‘高山仰止，景行行止，’虽不能至，然心向往之。……天下君王至于贤人众矣，当时则荣，没则已焉。孔子布衣，传十余世，学者宗之。自天子王侯，中国言六艺者折中于夫子，可谓全圣矣”。（《史记·孔子世家》）太史公使陈涉与汤、武、孔子并列，好像不伦，却是最高的历史地位。汤、武伐桀纣，孔子作《春秋》，与陈涉之首难，代表中国历史发展之不同阶段，他们都是划时代的人物，是改写历史的大人物。《春秋》不是一个朝代，是指一部史书，但《公羊春秋》是为大一统的天下立法，而中国大一统天下的形成是建基于垄亩之间的陈涉、吴广，这是“王迹之兴，起于闾巷……乡秦之禁，适足以资贤者为驱除，难耳，故愤发其所为天下雄，安在亡土不王”。（《史记·秦楚之际月表》）“安在无土不王”是划时代的大事，过去是“无土不王”，而今是“无土而王”。这是陈涉、吴广起义的奇迹，肯定这“无土而王”，也就是肯定了地主封建，只有地主封建社会，才能有当时的大一统。这一方面是太史公的卓识，一方面是《公羊春秋》的传统。在中国，肯定农民起义之历史作用，自《公羊》起。

但中国大一统的过程，在思想上，在过程中，是经过反复的。一直到项羽，农民起义已经摧毁秦政权后，他并没有重建大一统帝国的宏图远略，他是旧六国贵族出身，仍然保存着旧贵族的传统思想，他要恢复诸侯割据的局面，史称“项王欲自王，先王诸将相，谓曰：……灭秦定天下者，皆将相诸君与藉之力也，义帝虽无功，故当分其地而王之”。（《史记·项羽本纪》）于是形成这么一种局面，曾经是一统的国家，又为许多诸侯所分割，但历史不会退转，刘邦战胜了项羽，汉朝终于建立了大一统的天下。刘邦继续陈涉、吴广的传统，他们是无土而王，无土者无宗，他们不具备宗法贵族的身份。太史公肯定了陈涉起义，肯定了项羽灭秦，更加肯定了汉朝的一统。这一统是经过几百年的战争，多少代的思想家舆论鼓吹出来的，而最有力的鼓吹者是公羊学派。我们说公羊义颇不俗，适应历史发展，为社会先导，过去说这先导思想是为后王立法，为汉代立法：大一统法。

司马迁是一位伟大的历史学家，历史家的作用不仅是总结过去，还要指示未来。他对于当时许多新生事物都加以肯定，这种肯定和公羊有一定的关系。司马迁曾经说：“余闻董生曰：周道衰废，孔子为鲁司寇，诸侯害之，大夫壅之。孔子知言之不用，道之不行也，是非二百四十二年之中，以为天下仪表。……善善恶恶，贤贤贱不肖，存亡国，继绝世，补敝起废，王道之大者也。……《春秋》辨是非，故长于治人。……《春秋》以道义，拨乱世，反之正，莫近于《春秋》。《春秋》文成数万，其指数千。万物之聚散皆在《春秋》。……故有国者不可以不知《春秋》……为人臣者不可以不知《春秋》……为人君父而不通于《春秋》之义者，必蒙首恶之名，为人臣子而不通于《春秋》之义者，必陷篡弑之诛，死罪之名。……故《春秋》者，礼义之大宗也。”（《太史公自序》）这段文字包含着许多今文《春秋》的义例问题，后来经过公羊学派的发挥，在我国历史上产生了很大作用与影响。当社会处于变革时期，各种社会关系随之有所变动，于是出现过去未曾有过的现象。旧统治者为了维护这即将崩溃的社会秩序，适应这种环境新现象，遂强调封建道德与伦理思想，于是儒家在《公羊春秋》中制定出新的道德标准以为社会准则，后来经过公羊学派的不断发挥，越走越远而漫无边际，以致多“非常异义可怪之论”。司马迁在《自序》中首先提出，“自周公卒，五百岁而有孔子，孔子卒后，至于今五百岁，有能绍明世，正《易传》，继《春秋》，本《诗》、《书》、《礼》、《乐》之际，意在斯乎！意在斯乎！小子何敢让焉。”这是司马迁接受了董仲舒的影响而在鼓吹“天人之学”。所谓“五百岁”的问题，也就是“五百”的问题。什么是“五百”？这是战国时代五行说的繁衍，子思、孟子和邹衍的五行说都和“五百”有关。《中庸》有过“仲尼祖述尧舜，宪章文武，上律天时，下律水土”等记载。后来注疏虽然没有把“上律天时”解释成五行说，但只有五行说的天时为可律，否则当时的学术水平还找不到他种自然律。《十二纪》和《月令》中的五行律正是由此而来。《论语·尧曰》也有“天之历数在尔躬，允执其中”的文字，这些也见于伪《古文尚书·大禹谟》，伪《孔传》以为历数即天道，是指历运之数。什么是历运之数？这种运数以五为纪，可以称作“五运”，而通称“五行”，“运”、“行”在字义上是相通的。这是一种历史发展规律，或者说是自然发展规律，而应用于社会历史；这又是一种“天人之学”。“五百岁”是以五为纪的大五行论，是以五为纪的历史发展周期。孟子多言“五百”，曾经说：

五百年必有王者兴。（《孟子·公孙丑》）

又：

由尧舜至于汤，五百有余岁……由汤至于文王，五百有余岁……由文王至于孔子，五百有余岁。（《孟

子·尽心》）

后来的司马迁也在说，“孔子卒后，至于今五百岁……小子何敢让焉。”（《太史公自序》）他也以“圣王”自居，在续《春秋》了。于此，如果我们不以五行说来解释，那么他们的“五百”有些什么内容，就是简单的“五百”？汉贾谊在《新书数宁》中也有“圣王之起，大以五百为纪”的话，“以五百为纪”是明确的五行说，其后扬雄在《法言》中更有专文讨论这“五百”问题，他说：

圣人聪明渊懿，继天测灵，冠于群伦，经诸范，譔五百。（《法言·序》）

可见“五百”是以“五”为纪的五行说的扩大，可以称之为“大五行”。后于思、孟的邹衍所鼓吹的“主运”说，正是这种以“五”为纪的五行说，而说明天道以及人事依此演变不已。“行”、“运”与“历”的意义都相同，所以“五行”可称为“主运”，又可以称之为“历数”，《论语·尧曰》的“天之历数在尔躬”，用现代的话说，是：“按照五行的发展规律，该你当天子了。”

虽然先秦诸子以及两汉经师多说“五行”，但五行说的大师是邹衍，在《史记》中曾经介绍他的学说道：

> 邹衍睹有国者益淫侈，不能尚德，若《大雅》整之于身，施及黎庶矣。乃深观阴阳消息而作怪迂之变，《始终》、《大圣》之篇十余万言。其语闳大不经，必先验小物，推而大之，至于无垠。先序今以上至黄帝，学者所共术，并世盛衰，因载其机祥度制，推而远之，至天地未生，窈冥不可考而原也。……称引天地剖判以来，五德转移，治各有宜而符应若兹。……然要其归，必止乎仁义节俭，君臣上下六亲之施，始也滥耳。……作“主运”。（《史记·孟子荀卿列传》）

在这段记载内可以看出邹衍的五行说是用以说明历史演变法则的，他的历史法则是以黄帝作中心，推测到天地未生，窈冥不可考而原的时代，这是“学究天人”的理论，“天地剖判以来，五德转移”是天学；“仁义节俭，君臣上下六亲之施”是人学；而“五德转移，治各有宜而符应若兹”是天人相应。这种天人之学是历史的传统，它深入人心，也是自然与人之间关系的探索。这种探索不是无益的。人不能脱离自然而创造社会，两者之间人为枢纽。人如何适应自然的演变是最大的问题，不适应将招致灾难，此所以在汉代的天人之际，变作阴阳灾异之学，《公羊》也受此影响而发展下来，董仲舒、司马迁都是如此。邹衍虽然没有明确提出“五百”，然而他的“主运”就是“五德终始之运”，中心思想离不开“五百”，因此邹衍既是“大九州”的提倡者，也是“大五行”的提倡者。这是非同小可的事业，这是哲学史上的大问题，也是科学史上的重要问题。五行是时间运转，九州是空间区划，宇宙即空时，邹衍是墨家后讨论空时的大家，他的时代当于希腊的亚里士多德；他也是这方面的大家。

《盐铁论》中曾经介绍邹衍的“大九州”说。其中说：

> 邹子疾晚世之儒墨，不知天地之弘，昭旷之道，将一曲而欲道九折，守一隅而欲知万方，犹无准平而欲知高下，无规矩而欲知方圆也。于是推大圣终始之运，比喻王公列士，中国名山通谷以至海外，所谓中国者，天下八十分之一。（《盐铁论·论邹》）

大五行虽然是扩大了的五行，还只是有限的时间概念；大九州是扩大了的九州说，也是有限的空间概念，因为这总的数量是确定的。但在现实的领域，时空有限，在理论上他的时空是无限的，所以他说：“其语闳大不经，必先验小物，推而大之，至于无垠。”无垠即无限。这是邹衍在哲学史上的贡献，实际上，人所接触的时空是有限的，而理论上或者是理想上的时空无限，是富有想象力的假设，在逻辑上，也许在事实上是驳不倒的。司马迁受邹衍的影响而鼓吹五行说，他也说“五百”是大五行，并且以为是孔子以后五百年应运而生的人，有绝对自信，因而说，“小子何敢让焉”。这种自信的态度未免使人难于接受而引起后人的讥评。司马贞的《史记索隐》就指责说：“太史公略取于《孟子》，而扬雄孙盛深所不然，所谓多见不知量也。”这里的“略取于《孟子》”是指“五百”说，而“多见不知量”是指责他不应以当代孔子自居，这是不知自量。其实司马迁相信这种学说，因而有这种自信。事实上，《史记》在中国史学史中的地位不下于《春秋》，就此而论，司马迁是可以自负的。孔子修《春秋》并学《易》，是学究天人的。司马迁也是史学家而讲五行，历史不能只讲人而不知天，所以他说《史记》是“凡百三十篇，亦欲以究天人之际，通古今之变，成一家之言”。（《史记·太史公自序》）他也使《易》和《春秋》联系起来。他曾经说：

> 《易》著天地阴阳四时五行，故长于变……《春秋》辨是非，故长于治人。……《易》以道化，《春秋》以道义。（《史记·太史公自序》）

后来刘歆继承了这种思想，把《易》与《春秋》更紧密地结合在一起。他出自今文学派，但又表彰古文，因之他以《公羊》义法来说《左氏》。他也是第一个正式沟通今古经学的人，《汉书·律历志》曾经引述刘歆的学说道："《经》元一以统治，《易》太极之首也。《春秋》二以目岁，《易》两仪之中也。于春每月书'王'，《易》三极之统也。……象事成败，《易》吉凶之效也。朝聘会盟，《易》大业之本也，故《易》与《春秋》，天人之道也。"可知刘歆的"天人之学"也是来自公羊学派而不是来自古文经。公羊学派既然多讲"天人之际"，但这种学术，过去没有得到恰当的解释。其实他们是以《易》代表天道，以《春秋》代表人事；《易》以道天地阴阳的变化，《春秋》以辨人间是非，而人间是非与天道变化是相互感应的，有感有应是为"天人感应"，后来遂发展为阴阳灾异之学。这就是汉代的"天人之际"的内容，也就是他们的"天人之学"。

司马迁之所谓"天道"也是变化不已，他说：

《易》著天地阴阳五行，故长于变。（《史记·太史公自序》）

天地在变，阴阳在变，四时在变，五行在变。这是“天道”。因而太史公的天道观并没有完全限于五行说的循环论，当然其中也有五行说的内容。有五行而不限于五行，是其天道观之可取处，自然与社会都在变，不是静止在某一现象或某一处。这是真理，有此真理认识，是千百年不断认识再认识的结果。天道变，社会也在变，司马迁说：

安宁则长庠序，先本绌末，以礼义防于利，事变多故而亦反是。是以物盛则衰，时极而转，一质一文，终始之变也。《禹贡》九州，各因其土地所宜，人民所多少而纳职焉。汤、武承敝易变，使民不倦，各兢兢所以为治，而稍凌迟衰微。齐桓公用管仲之谋……用区区之齐显成霸名，魏用李克，尽地利，为强君。自是之后，天下争于战国，贵诈力而贱仁义，先富有而后推让。故庶人之富者或累巨万，而贫者或不厌糟糠，有国强者或并群小以臣诸侯，而弱国或绝祀而灭世，以至于秦，卒并海内。（《史记·平准书》）

他提出“物盛则衰，时极而转，一质一文，终始之变也”的历史发展法则，归纳为“一质一文”，质是质朴，文是文采；历史的发展总可以归纳成两种范畴，但这并不是历史循环论。文、质，前后也有不同，汉之文不同于周之文。司马迁是重视经济发展的，齐桓公用管仲因山海之利而成霸业，魏用李克尽地利之教以成强国。此后转入战国，井田制破坏而兼并起，“庶人之富者或累巨万，而贫者或不厌糟糠，有国强者或并群小以臣诸侯，而弱国或绝祀而灭世，以至于秦，卒并海内”。他用经济的发展来说明社会的发展。

“一文一质”的理论出自公羊学派，在《春秋繁露》内《三代改制质文篇》是董仲舒思想之核心内容。司马迁曾经说：“夏之政忠，忠之敝，小人以野，故殷人承之以敬。敬之敝，小人以鬼，故周人承之以文。文之敝，小人以僿，故救僿莫若以忠。三王之道若循环，终而复始。周秦之间，可谓文敝矣。秦政不改，反酷刑法，岂不缪乎。故汉兴，承敝易变，使人不倦，得天统矣。”（《史记·高祖本纪》）由一质一文而联系到三统，故云“汉兴……得天统矣”。董仲舒曾经发挥此种理论道：“春秋三等，春秋何三等？曰，王者以利，一商一夏，一质一文。商质者主天，夏文者主地，春秋者主人，故三等也。”（《三代改制质文》）三统是天、地、人三统，三统来自《公羊》，因此，我以为：

1. 西汉公羊学是“天人之学”的大本营，天人感应，阴阳灾异说盛行，这都与三统说结合，而《公羊》没有明显的五行说。

2. 三统说与《公羊》所说的三世说相近，以此为主，与五行说结合，遂成三统论。

3.《公羊》三世说以所见为太平世，所闻为衰乱世，含义近于荀子的后王主义，其实孔子也是法后王，他始终向往西周，《公羊》于此发挥了孔、荀的传统。董仲舒的“三王、五帝、九皇”以王为尊的历史学说也受有后王主义的影响。荀子不谈五行，和荀子思想相近的《公羊》遂改头换面，不谈五行而唱三统，这三统是由五行变来的。

4.《小戴礼记》中多三统说，它也是荀子一派的书，因而多说三统。

《三代改制质文》中的三统是：黑统、白统、赤统。得到某一统而为王的朝代，那时的礼乐制度就照着那一统的制度去作。他把本朝和前两代列为三王，三王之前五代为五帝，五帝之前一代为九皇，共九代。此外，有夏、商、质、文四法，因为三统以三为纪，四法以四为纪，所以历经十二代才是一周。这是董生对于历史演变的看法，有循环论色彩，我以为太史公并没有继承这种循环理论。但他也鼓吹三统，提倡三世，《史记·孔子世家》内曾经说："乃因史记作《春秋》，上至隐公，下讫哀公十四年，十二公。据鲁，亲周，故殷、运之三代。"这是《公羊春秋》，据鲁，亲周是法后王，是比较进步的历史观，他肯定了战国时代之权变，也肯定了秦代之变革多、成功大，他重视"变"，天道在变，社会也在变，社会变化就是在发展。对于多变的社会，保守的史学家总是否定，班固如此，后来的司马光也是如此，但司马迁不然。社会在变，历史在发展，才有西汉的大一统，这在中国古史上是空前的。

大一统是公羊义，以此我们说公羊义颇不俗。司马迁充分肯定这大一统，他在称赞秦一统的时候说："秦并海内，兼诸侯，南面称帝，以养四海，天下之士，斐然乡风，若是者何也？曰，近古之无王者久矣。……令不行于天下，是以诸侯力政……兵革不休，士民罢敝，今秦南面而王天下，是上有天子也。既元元之民冀得安其性命，莫不虚心而仰上。"（《史记·秦始皇本纪》）战国时代"兵革不休，士民罢敝"，因此人人欢迎大一统，这大一统是后王的事业，因为"近古之无王者久矣"。"王者无外"，王是大一统的王，这种思想是由儒家播种而公羊学派萌芽发展，以后遂深入人心，今日犹然！炎黄子孙，华夏文明，固一统而照耀千古者。司马迁的法后王主张和他的歌颂大一统可以结合起来，这是司马迁历史哲学中的精华所在!

六　何休对于公羊学的总结

公羊学经过两汉经师的发展，至东汉末何休的《春秋公羊解诂》，是两汉公羊义法的总结。应当说，何休是前期公羊学集大成的人物，如果没有他的总结，则公羊学无法表现其系统的历史哲学。没有这种历史哲学的流传，则清儒无法发现公羊学的价值所在。这种发现也并不是轻而易举的事，常州学派之创始人庄存与，发现了《公羊春秋》，但没有发现何休的总结，孔广森发现了何休的总结，但偏离了方向，至刘逢禄，始能比较正确地理解何休。清末廖平大张今文旗帜，惊于公羊之非常异义，而多变其说，至南海康有为，乃大有发展，于是《公羊》家喻户晓，以为救世之良方，变法之指针矣！

何休，字邵公，任城樊（今山东瑕丘县）人。父豹为少府。休为人质朴，讷于言，而雅有心思，精研六经，世儒无及者。太傅陈蕃辟之，与参政事，蕃拜，休坐废锢，乃作《公羊春秋解诂》，覃思十七年，又注训《孝经》、《论语》，风角七分，皆经纬典谟，不与一般经师同流。又以《春秋》驳汉事六百余条，妙得公羊本意。休善历算，与其师博士羊弼，追述李育意以难二传，作《公羊墨守》、《左氏膏肓》、《谷梁废疾》。（见《后汉书·儒林传》）据《汉书》，齐胡母子都传《公羊春秋》，授东平嬴公，嬴公授东海孟卿，孟卿授鲁人眭孟，眭孟授东海严彭祖、鲁人颜安乐。彭祖为《春秋》严氏学，安乐为《春秋》颜氏学。

何休《春秋公羊序》云："昔孔子有云，吾志在《春秋》，行在《孝经》，此二学者，圣人之极致，治世之要务也。传《春秋》者非一，本据乱而作，其中多非常异义可怪之论，至有背经任意，反传违戾者。……是以讲诵师言，至于百万，犹有不解，时加酿嘲辞，援引他经，失其句读，以无为有，甚可闵笑者，是以治古学贵文章者谓之俗儒。至使贾逵缘隙奋笔，以为《公羊》可夺，《左氏》可兴。恨先师观听不决，多随二创，此世之余事，斯岂非守文持论败绩失据之过哉。余窃悲之久矣，往者略依胡母生条例，多得其正。"公羊经师多言灾异，以实其"天人之学"，加以五行、三统，衍变多端，其中乃多非常异义可怪之论。遂使经师讲诵言百万，犹有不解，甚至援引他经，失其句读。而古学贵文章者，讥之为俗儒，遂使贾逵奋笔，以为《公羊》可夺，《左氏》可兴，稍后郑玄，更入室操戈矣。今古文艺争，方兴未艾。

何休在《公羊春秋解诂》中，于所谓非常异义可怪之论，更多所发挥而不乏精义。《公羊》虽有异义，但属于历史学派，它通过自已所理解的法则解释《春秋》，也就是解释历史，因而影响政治；而它的政治理论渊源于它的历史学说。传世的儒家讲“天人之学”，天人之学自古以来有许多变化，但可以一言概括，即自然与人际关系，中国古代哲学家以此为本，是唯一正途，没有自然，人民无所依附，利用自然，征服自然，是后来的事。其初，是服从自然，希图了解自然，有所了解后，于是利用自然。这是科学发展的道路。墨家于此有伟大的贡献。但何休避开“天人之学”，他理解自然，但不谈自然，抛弃了天人之学的联系，《易》与《春秋》的结合，而讲《春秋》与《孝经》，这是人际关系。以人际关系代替天人之际，是后汉学者一种转变。这种转变，一方面摆脱使人厌烦的阴阳灾异，一方面也使儒家失去对宇宙的兴趣，失去了宇宙的儒家与经师即变为章句儒，于是魏晋大师章句学兴，而唐宋集其成，于是有经书的注疏之学，注疏学兴，儒家之哲学思想沉沦。没有哲学思想的儒家，不能与外来的佛及内地的道相竞争，于是转入乡野，经师变作人师矣。

《公羊春秋解诂》中有许多“非常异义可怪”的历史学说，这些历史学说又集中在何休的《春秋文谥例》中，他曾经归纳《春秋》的文例，指出：

> 此《春秋》五始、三科、九旨、七等、六辅、二赞之义，以矫枉拨乱为受命品道之端，正德之纪也。

以上之“三科、九旨”又是全书之主旨所在。何休说，“三科九旨者，新周故宋，以《春秋》当新王，此一科三旨也。所见异辞，所闻异辞，所传闻异辞，二科六旨也。内其国而外诸夏，内诸夏而外夷狄，是三科九旨也。”这是何休根据经师传统，总结出来的《公羊传》有关历史学理论，也是政治理论。这些理论有他继承的传统学说，比如自胡毋子都以及严、颜两家的公羊学，也有他自己的理解与创造。他把历史分作三个阶段，即：所见异辞阶段、所闻异辞阶段、所传闻异辞阶段。我们依照过去的大五行及大九州说，也可以把这三阶段分作大小：大三阶与小三阶。大三阶，传闻世也就是上古史的阶段，所闻世是中古史，而所见世是近现代史。但又以为传闻世，上古史阶段是衰乱世，由衰乱升平以及太平，是他们的历史发展法则。他们把理想的太平世放在现代而不是托诸上古，这是和思孟派言必及尧舜的历史观不同的地方，而接近于荀子的法后王。孔子主张“从周”，他说：

> 周监于二代，郁郁乎文哉，吾从周。（《论语·八佾》）

孔子把西周理想化了，但也接近于历史事实，历史在发展，周比夏商进步，可以说“郁郁乎文”，而且说西周初步达到了大一统。荀子一派以及公羊学派的经师受此影响而具有比较进步的历史观。

三世说究竟是一种机械的历史发展学说，他们一方面把理想的太平世界放到现代，但当时的“现代”并不是理想的太平世界，而且他们一面主张“张三世”，一方面还是鼓吹复古。昭公五年，《公羊传》有：

> 舍中军者何？复古也。

因为过去诸侯无中军，所以去中军为复古。何休在《公羊春秋解诂》中也说：

善复古也。

他也称赞“善复古”。但在他们的理论中又以古代为乱世，古代为乱世而复古，其义何为？公羊派的历史理论于此自相矛盾而不能自圆其说。和他们相近的荀子也是如此，他一方面提倡法后王，但大儒之效还是法先王。一直到近代的康有为还是如此。他一方面主张变法维新，一方面还在保皇；这种矛盾和今文经学的传统史观有关，他们向前看，但又频频回顾。历史哲学决定他们的政治理论，政治理论又规约着他们的具体措施。

由宗周的宗法领主逐渐过渡到地主封建社会，宗法削弱了，封建贵族体系趋于瓦解，是公羊学派发生的历史背景，因之在他们的思想体系中既有新兴阶级的思想意识，旧的宗法领主制度又仍在他们的头脑中萦回，于是他们在徘徊，在反顾，但历史在发展，新的一面仍是主流在引导他们前进。但历史发展道路不是直线前进，也是在迂回，有时反顾。东汉时代，地主阶级逐渐强大而变为豪门世族，他们当政，他们是潜在的割据势力，于是大一统的局面遭逢到敌对力量，《白虎通》的出现，代表了当时的公羊学，一如清代的孔广森，他是公羊大师，但出身于豪门世族，他所理解的《公羊》，绝不同于同时的刘逢禄。何休时代，东汉晚年，大一统的政治局面逐渐难于维持，世族豪门正进行割据的准备。这时何休总结的公羊义法、大一统的学说，只能是“书面总结”，没有丝毫意义，也只能是为后王立法了。

关于“三科九旨”的详细内容，何休曾经有过解释说：

所见者：谓昭、定、哀，已与父时事也。所闻者：谓文、宣、成、襄，王父时事也。所传闻者：谓隐、桓、庄、闵、僖，高祖、曾祖时事也。异辞者，见恩有厚薄，义有深浅，时恩衰义缺，将以理人伦，序人类，因制治乱之法。……于所传闻之世，见治起于衰乱之中，用心尚粗粗，故内其国而外诸夏，先详内而后治外。录大略小，内小恶书，外小恶不书。大国有大夫，小国略称人；内离会书，外离会不书，是也。于所闻之世，见治升平，内诸夏而外夷狄，书外离会，小国有大夫。……至所见之世，著治太平，夷狄进至于爵，天下远近小大若一，用心尤深而详，故崇仁义，讥二名。……所以三世者，礼为父母三年，为祖父母期，为曾祖父母齐衰三月。立爱自亲始，故《春秋》据哀录隐，上治祖祢，所以二百四十二年者，取法十二公，天数备足，著治法式，又因周道始

坏，绝于惠、隐之际。（隐公元年）

以上所谓“三世”，可以称之为“小三世”，这具体的三世是以春秋时鲁昭公、定公、哀公作为“所见世”；文公、宣公、成公、襄公作为“所闻世”；隐公、桓公、庄公、闵公、僖公作为“所传闻世”。即以春秋二百四十二年间事为三世。所见世为太平世，所闻世为升平世，所传闻世为衰乱世。衰乱世的时候，诸侯割据，未能一统，表现在《公羊春秋》的义法上是“内其国而外诸夏”，以王都畿内为主。升平之世，逐渐华夏一统，于是进一步“内诸夏而外夷狄”。太平世界则是天下大一统，“夷狄进至于爵，天下远近小大若一”。以春秋当三世，完全是假托，春秋无此事实，亦无此可能。公羊学派以春秋为模式作示范说明而已，但此种假想却具有非常积极的意义，其中抛弃了《白虎通》中“夷狄者……非中和气所生，非礼义所能化，故不臣也”的狭隘的种族立场，持这种立场以为可以防夷狄，其实夷狄正伺机而起，汉后不久，神州瓦解矣。《白虎通》所云非《公羊》原有义，《公羊》义颇不俗，夷狄之别不以种族论，而以政治文化所达到的境界论，因此夷夏之间可以互相转化，夷可以进为夏，夏可以退为夷，这是中国古代处理民族关系的最好方针，中国之所以有大一统，无此方针则不可能。至今天壤之间所有华人，无敢背此方针者，《公羊》义颇不俗也！

《公羊》三世义与现实及史实有矛盾，是何劭公所理解的，比如以春秋昭、定、哀之际为太平世，而太平世必是夷狄进于爵之大一统，但现实是各国交争不已，南夷与北狄交王室不绝若线，他也知道这种矛盾，于是指出昭、定、哀间定为“太平世”也只是“文致太平”而已。《公羊春秋解诂》有云：

> 《春秋》定、哀之间，文致太平，欲见王者治定，无所复为讥，唯有二名，故讥之。此《春秋》之制也。（定公六年）

定、哀之间本不太平，只能是“文致太平”，根据《公羊》书法，这也是“文然实不然”。公羊学派把《春秋》当做一种政治纲领，对于朝政具有指导性权威。他们说《公羊》代表着新王太平之治，宣公十六年说：“成周宣榭灾何以书？记实也，外灾不书此何以书？新周也。”何休于此《解诂》：

> 孔子以《春秋》当新王，上黜杞，下新周而故宋。……示周不复兴，故系宣榭于成周。……

是以周为三恪之一，杞是夏后，宋是殷后，故黜杞故宋而新《春秋》，新王尚无所属，故以《春秋》当新王，王者立法，无新王，而因《春秋》为新王立法。《春秋》具“法人”的资格，实在是“法王”的资格，所以《解诂》又说：

《春秋》有改周受命之制。（隐公二年）

《春秋》而可以改周受命，是周后之新王。但《春秋》究竟是一部历史书，不是人王或者政府，于是又以鲁当新王，以鲁当受命的新王，《解诂》有云：

不言公，言君之始年者，王者诸侯皆称君，所以通其义于王者，惟王者然后改元立号。《春秋》托新王受命于鲁，故因以录即位。明王者当继天奉元，养成万物。（隐公元年）

以上“《春秋》托新王受命于鲁”语义含混，于此徐彦疏有云：

问曰：《公羊》以鲁隐公为受命王，黜周为二王

> 后，按：《长义》云，名不正则言不顺，言不顺则事不成。今隐公人臣，而虚称以王，周天子见在上而黜公侯，是非正名而言顺也。……如此若为通乎？答曰：《孝经》说云，孔子曰，《春秋》属商，《孝经》属参，然则其微似之语，独传子夏，子夏传与公羊氏。五世乃至汉胡母生，董仲舒推演其文，然后世人乃闻此言矣。孔子卒后三百岁何不全身之有。又《春秋》藉位于鲁以托王业，隐公之爵不进称王，周王之号不退为公，何以为不正名，何以为不顺言乎？又奉天命而作，何不谦让之有。

这是《春秋公羊经传解诂》开宗明义时的问答，以《春秋》当新王，又托命于鲁，本来是含混的概念。以上答问曰“《春秋》藉位于鲁以托王业”，以《春秋》当新王，但《春秋》不可能王，于是藉王位于鲁。所以《春秋》在三世学说中，据鲁、新周而故宋黜杞。据鲁而不进隐公为王，不退周王为公，仍名正言顺。以鲁当新王，而以昭、定、哀之世为太平世，并且以大一统国王看鲁君，所以说“明王者当继天奉元，养成万物”。其实这只是书面上的要求，是“文致太平”，是“文然而实不然”，当时中国并不太平，鲁国不过是面临灭亡的小诸侯。因此《公羊》多非常异义可怪之论。何休把《公羊春秋》当做一部理想的政治典范，太平、升平、据乱，是《公羊》社会发展规律，这是大的规律，在具体历史事件中，比如在春秋二百四十二年中，他也指出各种模型，如以昭、定、哀为太平世，但与事实不符，他们不是讲事实，他们讲理论，在历史理论方面应该如此。理论脱离事实，所以我们说何休仅是在作书面的总结。

公羊学派的历史哲学决定他们的政治理论。如今我们分析他们有关政治理论中有关问题。公羊学派最主要的理论是大一统，这，他们曾经有过许多发挥。何休于此没有进一步的说明，只是强调了“一法度，尊天子”。这是因为时代变了，东汉末年，大一统的局面正在瓦解，天子不尊，法令不一，诸侯割据的形势正在形成，于是遂有“一法度，尊天子”的呼声，同时他也在讥世卿而赞扬孔子的“隳三都”。但何休之解释大一统，究不同于过去，他在隐公元年“何言乎王正月，大一统也”条下云：

> 统者始也，总系之辞。夫王者始受命改制布政施教于天下，自公侯至于庶人，自山川至于草木昆虫，莫不一一系于正月，故云政教之始。

以往，公羊学者之论大一统，是“天人之学”，一统于天人，要改正朔，易服色以应天。如今何休抛弃天而及草木昆虫。

《公羊》义法之变始于《白虎通》，它反映了豪门地主阶级的强大而企图削弱天子的地位，天子不是一尊，天下并非一家，如云：

> 王者所以存二王之后，何也？所以尊先王，通天子之三统也。明天下非一家之有，谨敬谦让之至也。（《白虎通·三正》）

王者存二王之后，与本朝为三，所以通三统，是《公羊》古义，但“明天下非一家之有”，却是新说，传统儒家及古经典都是说“普天之下，莫非王土，率土之滨，莫非王臣”。如今却说“天下非一家之有”，是公开主张分裂，是反映当时豪门世族政治要求，“几人称帝，几人称王”的局面呼之欲出了。《白虎通》不循《公羊》原有义，在走回头路。天子不尊，于是诸侯对于天子有“不纯臣”之义：

> 王者不纯臣诸侯何？尊重之，以其列土传子孙，世世

称君，南面而治……异于群臣也。（《白虎通·王者不臣》）

其实在东汉并不存在强大的诸侯，列侯虽然享受优厚的待遇，但不许他们参与政治。建武二十四年（公元48年），光武曾下诏重申“阿附蕃王法”，凡附益诸侯王者都要受到严厉的处分，以后又下诏逮捕王侯宾客，牵连至死者达八千人。这说明一种事实，列侯虽受限制，但具有潜在力量。不过在当时具有强大实力者不是这些名义上的诸侯，而是豪门世族，后来取得割据地位的正是他们。《白虎通》在迁就他们而贬低天子，也不倡大一统，但何休并没沿《白虎通》的路子走下去，他在提倡正本抑末。《公羊》隐公三年“讥世卿”何休《解诂》云：

礼，公卿大夫士，皆选贤而用之。卿大夫任重职大，不当世为，其秉政久，恩德广大，小人居之，必夺君之威权……君子疾其末则正其本。

“公卿大夫士，皆选贤而用之”，代表先秦新兴地主阶级的要求，是后来科举制度的理论根据，是中国古代政治制度中最为人称道的所在。这和代表宗法贵族的世禄世卿制度是不相容的，但何休的时代是豪门世族兴起的时代，这些选贤的办法已行不通了。魏晋以后世族大家变为世袭贵族，而寒门无法与之争，“九品中正”也是上品无寒门。

“隳三都”是《公羊传》中所肯定的一件大事，事见于定公十二年传，从孔子维护一统的角度看，三都的建立是削弱鲁公的举动，所以他主张“隳三都”。我们知道孔子的思想与公羊派的思想不完全一致，《公羊》发挥了孔子思想的一面而靠近法家，它所主张的大一统也不同于孔子，这新的大一统设想不同于宗周的一统，而何休的时代又不同于《公羊》产生的时代，一个是向着一统方面发展，一个是向着分裂。战国以后，秦汉一统已经维持了数百年，可以说公羊派的理想实现了，故云《公羊春秋》为汉立法。但何休的时代不同了，世族强大，豪门拥兵，少数民族崛起，出现了新的割据现象。何休之所以鼓吹“隳三都”，弱臣势，不能不反映当时的具体情况。他在《解诂》中说：

郈，叔孙氏所食邑；费，季氏所食邑。二大夫宰吏数叛，患之，以问孔子，孔子曰：“陪臣执国命，采长数叛者，坐邑有城池之固，家有甲兵之藏故也。”季氏悦其

言而堕之。……书者，善定公任大圣，复古制，弱臣势也。（定公十二年）

虽然《公羊传》与何休的议论相同，但出发点并不一致。他们也都不理解，三都强大，陪臣执国命，是社会发展必然结果。宗法领主没落了，新兴统治者从陪臣执国命始，他们是新制度的创造者及负荷者，新的一统思想自此萌芽，没有新兴的阶级，没有新兴的力量，不会有新的大一统。何休的时代与《公羊》产生的时代不同，战国末产生的新兴地主阶级，到何休时代已变为世族豪门，本来是要求一统的力量，如今异化，变作割据的力量。过去是宗法贵族妨碍了大一统，如今是世族门阀破坏了大一统。不同的时代遭遇到类似的问题，本应有不同的解决方案，但何休是不理解的。

汉代经师都说谶纬，讲阴阳灾异，在何休的思想中也不免此，但已是末路了，非其主流。何休是今文学派大师，不同于古文学派，也不同于今古合流的郑玄，因此他们之间，经常发生争论，这种争论对于学术发展是有益处的。东汉末期，政治上日趋腐败，世族割据，农民起义蜂起，但学术事业颇为繁荣，这是战国百家争鸣后，又一个繁盛时期，就经学论，有不同学派之争鸣，形成所谓“汉学”，在经学外，汉末思想也是活跃的，为魏晋玄学开了先路。何休与郑玄曾经展开过激烈的争论。郑玄是汉末汉学大师，他的渊博的学识，求实的作风，为后代经师注疏事业建立下坚实基础，当然，汉学建树不仅郑玄一人，服虔、贾逵、郑兴、郑众、马融、许慎等都是。他们继承汉代经师传统，走向平实，以其渊博的知识，疏解中国经典，丰富了古经典内容，保存了中华文化，没有他们的成就，我们似乎没法谈古代华夏文明，清代朴学，继承了汉末传统，一反明末浮夸不实作风，走向平实，使汉学水平达到一个新高峰，但时代已变，朴学脱离现实更远，而公羊复兴，于是维新变法之声起，《公羊》为清末改革者立法矣。

何休是坚定的今文经学者，曾著有：《公羊墨守》、《左氏膏肓》、《谷梁废疾》等书，用以鼓吹《公羊》，批判《左》、《谷》。于此郑玄反驳而著：《发墨守》、《箴膏肓》、《起废疾》等书，针锋相对。何休看到这些书后，慨叹道："康成入吾室，操吾戈，以伐我乎！"（《后汉书·郑玄传》）"入室操戈"遂为学术论争中之佳话。但因他们的学派不同，理论各异，彼此之间缺乏共同语言，因而争论侧重于考辨史实。公羊学虽富于理想，长于历史哲学的发挥，但有时未免曲解史实以附会他们的理论。郑玄则是一位渊博的学者，因为学识渊博，所以在史实争辩中可以左右逢源，何休遭遇到学术上的硬敌，以致有“入室操戈”之叹！

在《左氏膏肓》中，何休曾经抨击《左传》隐公元年“春王周正月，不书即位，摄也”的理论说：

> 古制诸侯幼弱，天子命贤大夫辅相为政，无摄代之义。昔周公居摄，死不记崩。今隐公生称侯，死称薨，何因得为摄者。

何休反对鲁隐公居摄说，以为《公羊》无居摄义，因为隐公“生称侯，死称薨”，乃正式即位，非居摄者。郑玄针对何休的议论，加以驳斥，说：

> 周公摄政，仍以成王为主，直摄其政事而已，所有大事，禀王命以行之，致政之后，乃死。故卒称薨，不记崩。隐公所摄，则位亦摄之，以桓为太子，所有大事，皆专命以行。摄位被杀，在君位而死，故生称公，死称薨，是与周公异也。且《公羊》以为诸侯无摄，宋穆公云：“吾立乎此，摄也。”以此言之，安得非《左氏》。（《箴膏肓》）

郑玄举出几点理由：① 周公摄政，仍以成王为主，摄政而不摄位；鲁隐公摄政亦摄位，所有大事皆专命以行。② 周公致政而后死，不死于摄政，所以卒称薨，不记崩；鲁隐公在位而死，故生称公，死称薨。③ 当时诸侯有居摄义，宋穆公云云，可以为证，就上述争论来评论，何劭公是以史实迁就《公羊》，有歪曲处，郑康成的说法据史实为证，无曲解处，是朴学本色，劭公于此有“入室操戈”之感矣。

何劭公还有曲解史实的例子，如关于季武子作三军。《左传》襄公十一年云：

> 季武子将作三军……三分公室而各有其一。

这是鲁国的大事，等于后来的三家分晋，田氏夺齐，虽然他们还没有废除鲁公，但这是卑公室而不是尊公室，《左传》也没有说这是“尊公室”，但劭公说：

> 《左氏》说云，“尊公室”。休以为与“舍中军”义同，于义《左氏》为短。（《箴膏肓》引）

这完全不是事实，所以郑玄驳斥说：

《左氏传》云“作三军，三分公室，各有其一”，谓三家始专兵甲，卑公室。云《左氏》说者“尊公室”，失《左氏》义远矣。(《箴膏肓》)

郑玄即以《左氏》作证，指出这是何休的曲解，失《左氏》义。又《公羊传》桓公十一年有：“古者郑国处于留”的记载，郑玄说：

郑始封君曰桓公者，周宣王之母弟，国在宗周畿内，今京兆郑县是也。桓公生武公，武公生庄公，迁易东周畿内，国在虢郐之间，今河南新郑是也。武公生庄公因其国焉，留乃在陈守之东，郑受封至此适三世，安得古者郑国处于留，祭仲将往省留之事乎？(《发墨守》)

以上是相当精彩的考据小品，置之清人朴学集中毫无逊色。虽然结论并不正确，但方法正确，而何休一派的今文家言，有时曲解史实，一直到清末的康有为先生仍然如此，我们敬爱的古史辨派，执今文家言，亦有此弊。历史学派而不顾历史事实，所以他们的理论有精华亦有不可取处。对郑玄的抨击，何休无法作答，何休实际上也结束了早期的公羊学派。

何休是为前期公羊学派作总结的人，如今我们可以为何休的公羊学作总结了。自战国至东汉末，公羊学有了许多变化与发展，积累了许多义法、公式。但后来的公羊学随着社会的发展与演变，违背了过去的义法，过去的义法亦脱离了当时的现实，因此何休有时进退失据，因此歪曲事实，曲解历史，变作公羊学派一种消极作风。先秦公羊学本来是新兴地主阶级思想意识的反映，而新兴地主阶级和过去的宗法贵族有千丝万缕的关系，因此公羊学派的历史哲学能向前看，但有时回顾，未免徘徊于两者间，法后王而好古。西汉社会所创造的现实，适当地解决了公羊派的矛盾观点，这时实现了他们向往的大一统，而今文学学派也取得了经师中的正统地位。东汉社会发展到一个更新的阶段，世族地主出现了，新兴力量变作旧的堡垒，原来公羊所鼓吹的大一统，有被抛弃的危险了，因为世族豪门都是割据诸侯的候补者。《白虎通》的出现，使公羊学走上背叛自己的路。于是早期公羊学处于日暮途穷的境地，何休就是在这种情况下作《公羊春秋》义法的总结，这总结脱离了当时的社会实际，因而只能是书面上的总结，无现实意义。不过他究竟保存了公羊学派的精华，这是在我国古代少有的历史哲学，在后来的长期封建社会内，当地主阶级无路的时候，他们又想到公羊，想到何休。清代乾嘉以来，公羊学派复兴的原因，根源在此，他们找到了公羊，找到何休的总结，但这种寻找并不是坦途，乃是：

> 众里寻他千百度，蓦然回首，那人却在灯火阑珊处！

七　宋儒之“春秋学”

（一）

汉末在何休时代，今古文经学合流，而佛教传入，道教形成。儒家经学在思想意识方面已不能发挥巨大作用，逐渐从统治思想地位退而潜流于野；于是经师变作人师，无论其社会地位如何、信仰如何，入手教育总是自儒家经学开始。以此在魏晋南北朝时期，佛、道俱有大师，而儒家经学虽不寂寞，却步入训诂注疏，沿汉末服郑的道路前进。所谓“南学简约，得其英华；北学繁芜，穷其枝叶”者，盖南学承玄学流风，北学袭服郑余荫。经学注疏，短于思想而长于名物制度，但亦为唐宋经学之“正义”工作奠定基础。儒、佛、道虽然分流，但思想交浸，而南学本有玄思，于是在唐宋经解中，渗透佛玄思想，遂有理学之萌芽。理学由萌芽而结硕果，于是中国哲学再次出现高峰。哲学家之永恒课题，不外：① 天人之际；② 人人之际。盖人类生存于世，依托于自然，所谓“认识”，所谓“本体”，不外人类对于自然本体的认识过程，二十世纪的哲学，我们的新理学，新唯识，外国的存在主义，都是如此。而人人之间，构成社会，小国寡民是社会，大一统的天下也是社会，人是自然人也是社会中人，如何处理人际关系，是“人人之际”。天人之际发展成自然科学，认识自然是基础理论，改造自然是应用科学。而人人之际发展成社会科学，历史学是研究人际关系的历史，通过人际关系的历史来认识人际关系，改善人际关系，就此而论，历史学是基础理论，也是应用科学。无论天人，无论人人，它们的关系都在发展中，发展即时间，没有时间没有发展，没有发展就不存在一切，存在主义也就不存在了。时间是历史，而中国古史，统名《春秋》，所谓“诗亡然后春秋作”，即史诗亡而史书兴起，两宋时期又是“春秋学”的鼎盛时期。

两汉是中国经学的鼎盛时期，两汉经师变天人之际为天人感应，于是阴阳灾变说兴而少哲学上探讨。今文经学，公羊学派遂欲统一天人，而倡大一统学说。《春秋经》：隐公元年有云：

元年春，王正月。

而《公羊传》云：何言乎王正月，大一统也。以“王正月”表示为天人之一统，故自天文历法起。天人一统当然包括人人一统在内，此为儒墨两家之共有义，墨子“兼爱”，未尝与人际关系之大一统无缘，而儒家自孔子起，虽以宗周为一统象征，但不排斥四夷，虽然他盛称齐桓管仲之霸业，以为“微管仲吾其被发左衽矣”，但不鄙视夷狄，而有“夷狄之有君，不如诸夏之无也”之叹！《公羊春秋》发挥孔子义，辉煌无垠，遂多非常异义可怪之论。而其论夷狄，诸夏，中国为可变因素，非不变之僵化实体，夷狄而可进于爵，中国可以退为夷狄。是夷狄、诸夏，中国之内涵定义为政治文化，而非种族或民族之分歧，无狭隘之民族概念，坦荡胸怀，于是《公羊》之大一统学说，遂照耀千古，为《公羊》之最盛义，以是吾人谓《公羊》义不俗，乃中华民族文明之精华所在。

宋儒长于思考，理学家出，更使中国哲学思维达到高峰，他们注意天人之际而谈“理”，“天理”即自然法则，认识自然法则是自然科学基础，中世纪，无论中外，哲学思维止于直觉与经验，直觉变为理性，而认识来自经验，此即朱路两派认识论与本体论之不同，亦即欧洲大陆理性主义及英伦经验判教之所由分。宋儒理学有精华，有糟粕，但我们始终认为宋代大程一派的理学有特长，他们以天道（亦即自然）为诚为仁，因而有生有长，宇宙是一个生气勃勃的世界，因为是一个既诚且仁的世界。诚则有物，而仁是物之本质，有仁则生，无仁则灭；由此发展遂有近代之自然科学。但后来理学未能沿此发展，而往返于理气之含混概念中，理无可捉摸，气不能实验，止于概念，而外人已在原子及引力之探索中发展为近代科学，我们的理气停于中古，他们的原子引力走向近代，于是中外之科学界遂有中古与近代之别；在过去几百年我们落后了一个历史世纪，就是他们进入近代我们停在中古。

在人际关系上理学家更以所谓“三纲五常”加诸人，并说历史。纲常是“君君、臣臣、父父、子子”之说的发展，本义在维护封建社会秩序，但社会在发展而纲常不变，以不变应变，于是纲常化为社会发展阻力。但宋儒见不及此，遂以纲常绳人际，并以说历史，于是宋儒之春秋学遂多理学家之思想内容。近来出版的《宋明理学史》于宋初理学家《孙复思想》中，指出：“需要建立一种以大义名分进行善恶褒贬的理论体系，凡是违反了封建社会等级名分和道德伦理规范的，都要按照一定的褒贬书法，一一宣布其罪状。孙复说，‘春秋之义，非天子不得专杀，专杀之柄，天子所持也。但是弑逆之人，诸侯皆得杀之。因为称人以杀，讨乱贼也’。孙复在当时以讲《春秋》著称，他认为孔子著此书的中心思想，就是要正大义名分，‘专其笔削，损之益之，以成其大中之法’。他在《春秋尊王发微》第一卷开宗明义解‘元年春，王正月’。明确地说，‘孔子之作《春秋》也，以天下无王而作也，非为隐公而作也’。他认为‘无王’的表现是，周室东迁以后，诸侯强大，大夫专权，周天子号令成为一纸空文，西周传统的礼乐被破坏后。针对此，孙复又说，‘春秋自隐公而始者，天下无复有王也。夫欲治其末者必先端其本，严其终者必先正其始。元年书王，所以端本也，正月所以正始也。’这就是孙复所谓‘尊王’的意义。在书中他列举许多事例说明怎样才能做到‘尊王’，使诸侯和大夫不致无大小尊卑之分而任意破坏礼乐的传统制度。正因为如此，欧阳修说孙复的这部书对于治道多所发挥，针对性强。这大约就是宋代重视春秋学的一个主要原因吧！”（《宋明理学史》第38页）

上面解释是正确的，宋代“春秋学”的确发达，这不仅表现于关于《春秋》本身书法的探讨及发挥上，而且涉及整个历史学。因此宋代历史学也是中国历史上最为发达时期，欧阳修之《新唐书》、《新五代史》，司马光之《资治通鉴》，朱熹之《资治通鉴纲目》，都是“春秋学”的发挥，他们都是以自己的“大义”加之于过去的历史，《通鉴》作者云不敢续《春秋》，认为《经》不能续，而后人遂以《通鉴》为续《左传》，而《资治通鉴纲目》为续《春秋》，是为先传后经。宋代学者之所以出现“春秋热”，重要原因是：

1. 以历史（主要是《春秋》）来说明理学理论，即以历史证自己的理论，并用自己的理论规范历史，使历史规范化。

2. 强调尊王攘夷，以明纲常。东周天子之所以不尊，一是诸侯强大，王纲已坠，二是四夷纷起，威胁“中国”，所谓“南夷与北狄交，王室之不坠若线”。故尊王必须攘夷而倡大一统。但两宋，尤其是南宋，迫于形势，实非一统而偏安，于是变大一统为正统，正统为大一统之别称，实不能一统而文一统，遂倡正统，以为宋虽非大一统国家，实为正统。

故孙复亦以为尊王在于攘夷，在《春秋尊王发微》卷五，僖公四年，“楚屈完来盟于师，盟于召陵”下云：“此合鲁卫陈郑七国之君，侵蔡遂伐楚。书爵者，以其能服强楚攘夷狄救中国之功始著也。故自是征伐用师皆称爵焉。夫楚夷狄之钜者也，乘时窃号，斥地数千里，恃甲兵之众，猖狂不道，创艾中国者久矣。威公帅诸侯一旦不血刃而服之，师徒不勤，诸侯用宁，讫威公之世，截然中国无侵突之患，此攘夷狄救中国之功，可谓著矣。故孔子曰：‘管仲相桓公霸诸侯，一匡天下，民到于今受其赐，微管仲，吾其被发左衽矣。’是故召陵之盟专与威也。孔子揭王法，拨乱世，以绳诸侯，召陵之盟专与威者非他，孔子伤圣王不作，周道之绝也。夫《六月》、《采芑》、《江汉》、《常武》美宣王中兴，攘夷狄救中国之诗也，使平惠以降，有能以王道兴起如宣王者，则攘夷狄救中国之功在乎天子，不在乎齐威管仲矣，此孔子所以伤之也。”后面这些评论，是孙复的猜想或者曲解，原文并没有“孔子伤之”之意，孔子只是在赞赏，孔子在赞美齐之霸业，在赞美管仲之功，没有他们，中国将失去传统的文明，故云：“微管仲，吾其被发左衽矣。”孔子在维护宗周之一统，故云“元年春，王正月”，《公羊》引申云，大一统也。尊王，但王室不振，故搏而救之于霸，仲尼之徒固多道桓文之事者。“孔子伤之”之说，乃孙氏之深文周纳，“深文周纳”乃当时言《春秋》者之法门，以此表示《春秋》之微言大义，孔门游夏之徒不能赞一辞，况后人乎！于此，朱熹不愧大师，不作凿空之论，依儒家说更作《春秋》，是为《资治通鉴纲目》，以免无的放矢之苦！

孙复在著作中，强调攘夷救中国。“攘夷”与“尊王”联结一起，即外攘夷狄，以救中国。但在孔子以至《公羊》，不以夷狄、诸夏、中国为固定概念而不可变者，夷狄可进于爵变为中国，中国亦可退为夷狄，标准是文化与文明。宋人之夷狄已是固定概念而有所指。迫于当时具体情况，自北宋初，宋王朝即受强邻的威胁，愈演愈烈，而有靖康之变，南宋偏安，更迫于金，宋高宗几于儿皇帝，朝廷屈辱，而民间抗争，儒家之尊王攘夷，实群众呼声。在封建专制时代，思想家仅能以历史影射现实，于是有胡安国之进《春秋传》。宋人遂抛弃原有《三传》，而另创新义，以己意解《春秋》，发尊王攘夷之说，即抗金以救南宋也。北宋尚不至此，但亦以己意说《春秋》而发挥其所谓“微言大义”，但“微言大义”来自《公羊》，不用《公羊》，亦不能摆脱《公羊》。

北宋稍后于孙复而致力于《春秋》之学者，有经学家刘原父敞，他著有《春秋传》、《春秋权衡》及《春秋意林》等书。清初纳兰容若在《春秋传序》中说，“庆历间欧阳文忠公以文章擅天下，世莫敢抗衡，刘原父虽出其后，以通经博学自许，文忠亦以是推之，作《五代史》、《新唐书》，凡例多问《春秋》于原父”。又曰，“原父为《春秋》知经而不废传，亦不尽泥传，据义考例以折衷之，经传更相发明，虽间有未然，而渊源已正”。并说《春秋权衡》“折衷三家，旁引曲证，以析经义，真有权之无失轻重，衡之得其平者”。容若之说来自徐乾学，是知清初博学者于原父“春秋学”评价颇不低。北宋前《春秋经》只有三传流传，《左传》长于史，《公羊》多非常义，而《谷梁》史不如《左传》，义不如《公羊》，虽有誉之者，但无作用。魏晋以后循经传作注疏，章句之学而已。时至北宋，理学家兴起，不重三传而于本经推敲，遂多新传及新义，是为“春秋学”之复兴时期。

原父虽云折衷三传，但于三传俱有讥评，如云，“公及邾仪父盟于蔑。传云，未王命故不书爵，曰仪父，贵之也。非也，诸侯本不得忘盟，盟亦何善哉！乃虞见贬，何贵之有。丘明未尝受经，见仪父称字，心固怪之，又颇闻仲尼立素王之法，遂承其虚说，不复推本道理，直曰‘贵之’云。且是事也，三传皆曰贵仪父，故字之。唯《公羊》以《春秋》当新王，故其说似有理者，而亦终不可通。至于《左氏》、《谷梁》乃未有可贵之道也”。是于《春秋》三传，都有指责，而评《左氏》必及杜预注，于是原父云：“今欲成杜氏说耶？欲从《春秋》耶？必有《春秋》，必无杜氏；必有杜氏，必无《春秋》。”（以上均见《春秋权衡》卷一）必有必无，绝对排中，杜氏可无而无碍于《春秋》，必无《春秋》则无经必无传，无传必无注，何有于杜预哉！原父究竟知《公羊》者，故云，“《公羊》之所以异二传者，大指有三：一曰，据百二十国宝书而作。二曰，张三世。三曰，新周故宋，以《春秋》当新王”。自东汉何休后，能注意《公羊》三世说者已不多见，清人孔广森、刘逢禄开始有所发挥，而康有为光大之。原父虽注意此说实亦不解，他曾经说：

> 又所谓张三世者，本无益于经也。何以言之，《传》曰“所见异辞，所闻异辞，所传闻异辞”。则是言仲尼作《经》，托记传闻而已。说者乃分裂年岁，参差不同，欲以蒙澒其说，务便私学。（《春秋权衡》卷八）

以三世说为孔子作经，因年代不同而有不同之传闻，无非常异议，仅以此论三世，原父说或可取，但结合其他大义，则“三世”说应有广泛含义，原父尚难理解。后来清人于此有所发挥，但孔广森亦非正统，刘逢禄出遂谈经夺席。原父进而谈“新周故宋”：

> 又所谓新周故宋，以“《春秋》当新王”者，亦非也。圣人作《春秋》，本欲见褒贬是非，达王义而已。王义苟达，虽不新周，虽不故宋，虽不当新王，犹是《春秋》也。圣人曰，不怨天，不尤人，知我者其天乎，今天不命以王天下之任，圣人因怼而自立天下之文，不可

训也。且周命未改，何新之说。……即不足以辅经，而厚诬圣人，不亦甚乎！说者又谓，“作《春秋》者为汉制”。迷惑谶书，以伪为真。……今而视之，而不掩口笑也，几希矣。又曰，变周之文，从殷之质。夫《春秋》褒贬本也，文质末也。……居周之世，食周之粟，抎合其爵……抎易其时……岂仲尼所谓“非天子不制度、不议礼、不考文者乎”！此不可通之尤者，而儒者世世守之，意乃欲尊显仲尼而不知陷于非义也。虽然为章句者则守之矣，为道者则未之守也。（《春秋权衡》卷八）

“新周故宋”以“《春秋》当新王”，与“张三世”说，同为说《春秋》者说，是否《春秋》原义，可见仁见智。孔子本人并无以《春秋》当王义，为汉制法，亦后人附会。但《公羊》说实为中国历史哲学之精华，假《春秋》立说，东周以后，无王，非无王也，无大一统之王，故以《春秋》当新王，“春秋”隐公元年“春王正月”，首倡大一统，而隐公不能当王，周天子不能当王，遂以“春秋”当王。大一统者王，“春秋”倡大一统，故“春秋”当王。此为公羊学派之非常异义，源自孔子之以宗周为王，不贬四夷，因演为大一统说。东周以后非一统，秦一统而短命，汉立国后，武帝尊儒术而攘夷，足为大一统之负荷者。前此，文为一统而实不一统，故云《春秋》为汉立法，语虽荒诞，但倡此义者，假《春秋》以倡一统，汉大一统矣，遂以《春秋》与汉合，而说《春秋》为汉立法。原父不解《公羊》，遂有误解，但原父究为宋人首先注意《公羊》之大义者。

《公羊》讲“权”，于不可变易之“经”外，注重“权”，有经无权，则使大义凝于一点而无回旋余地。此义实与“文不与而实与”之说有相同处，“文不与”是经，在形式上不能变通，而实际上可变，“实与”是权。经与权合，文与实并，遂使《春秋》义法，灵活多变。世无不变之事实，事实在变，根据事实归纳之定理，随之而变，故实变在先，而文变在后，此为经必从权之逻辑必然，原父于此有所发挥道：

> 十有四年（僖公）春，诸侯城缘陵。缘陵者何？杞之邑也。曷为城之，封杞也。曷为不曰城杞，不与封杞也。曷为不与？实与而文不与。文曷为不与？诸侯之义不得专封也。诸侯之义不得专封，则其曰，实与之何？上无天子，下无方伯，天下诸侯有相灭亡者，力能救之则救之可也。（《春秋传》）

此亦《公羊传》原有义。《公羊》僖公十四年传："十有四年春，诸侯城缘陵。孰城之，城杞也。曷为城杞，灭也。孰灭之，盖徐莒胁之。曷为不言徐莒胁之？为桓公讳也。曷为为桓公讳？上无天子，下无方伯，天下诸侯有相灭亡者，桓公不能救，则桓公耻之也。然则孰城之，桓公城之。曷为不言桓公城之？不与诸侯专封也。曷为不与？实与而文不与。文曷为不与？诸侯之义不得专封也。诸侯之义不得专封，则其曰，实与之何？上无天子，下无方伯，天下诸侯有相灭亡者，力能救之则救之可也。"原父稍易其文而守其义。《公羊》于僖公元年、二年、十四年；文公十四年，宣公十一年，定公元年，都有类似发挥。时上无天子，下无方伯，一统天下，名实俱亡，有能出而维护秩序，救亡抗暴，内诸夏而外夷狄者，实赞许之，但原则上是不能赞许的，诸侯固不得专封。文不与是经而实与是权，行权者圣而守经者贤。

《公羊》倡"尊王攘夷"，宋代《春秋》贤者，无不加以发挥。盖两宋始终在四夷交侵中。《公羊》尊王，但王纲已坠而不尊，于是以《春秋》当新王，原父虽有异议，但亦倡尊王，云：

十有三年（文公）春王正月。……自正月不雨至于秋七月，世室屋坏。世室者何？鲁公之庙也。周公称太庙，鲁公称世室，群公称宫。……周公何以称太庙于鲁，封鲁公以为周公也。周公拜乎前，鲁公拜乎后，曰："生以养周公，死以为周公主。然则周公之鲁乎！曰，不之鲁也，封鲁公以为周公主。然则周公曷为不之鲁，欲天下之一乎周也。"（《春秋传》）

周公不之鲁而居周，乃"欲天下之一乎周"，"一乎周"是以周天子为大一统主，夷狄而进于爵，天下太平。原父于此持《公羊》义，以夷狄为可变者，夷狄可以进为中国，中国可以退为夷狄。他曾于《春秋传》昭公十二年下，指出，"晋伐鲜虞，其谓之晋何？夷狄之也。曷为夷狄之？其为师之道于此焉，以夷狄为之也"。晋姬姓国，宗周本族而谓之夷狄，因用师无道而致此；是诸夏退而为夷狄。又《春秋权衡》卷十三说：

二十三年（昭公）吴败蔡胡沈顿之师。《公羊》曰："此偏战也，曷为以诈战之词言之？不与夷狄之主中国也。然则曷为不使中国主之？中国亦新夷狄也。"非也，此欲自文饰其短尔。按，战者凶事，非礼让之事，就

> 令夷狄主之，又何不得，而《春秋》不肯乎！又夷狄所以为夷狄者，正以狡诈无义尔。中国所以为中国者，亦正以礼义尊尊尔。今《春秋》所以退中国不使主战者，以其不为中国之行也。而夷狄能结日偏战，不为狡诈，何故不得主中国乎！中国有恶则不得进，狄有善又不得进，岂褒贬之指哉！且王室乱，非蔡、胡、沈、顿所能任其爱也，何故夷之为夷狄乎？故于吴则没其偏战之善，而诬以诈战之恶，于中国则罔以夷狄之行而强诋以罪。此敝由日月为例也，试不用日月之例，则战自战，败自败，了然分矣。

原父不主昭公二十三年《公羊》吴败蔡、胡等国之义，以为中国有恶不进，夷狄有善亦不进，进退失据，非褒贬之指。但原父之大义，亦取自《公羊》，所谓“《春秋》所以退中国不使主战者，以其不为中国之行也。而夷狄能结日偏战，不为狡诈，何故不得主中国乎”！此《公羊》进退中国、夷狄之义，中国有恶则退为夷狄，夷狄有善则进为中国；中国夷狄可以互易，以礼义为之准绳。礼乐文明是大一统的文明，天下一统于礼乐，是谓之为大一统，民族之间无差别境界，无种族之分，仅文野之别，“先进于礼乐野人也”，野人为殷遗氏，国人为周贵族，并不因贵族身份及民族区别而混淆其文野。

两宋理学大师多尊《春秋》而纳之于理学范畴，最著有程颐、胡安国及朱熹，下面将有论述。如今论述左绵赵鹏飞之“春秋学”。清初纳兰容若为赵之《春秋经筌》序曰：

> 《春秋》之传五，邹氏无师，夹氏未有书，列于学官者三焉。《汉志》二十三家，《隋志》九十七部，《唐志》六十六家，未有舍三传而别自为传者。自啖助赵匡稍有去取折衷，至宋诸儒各自为传，或不取传注，专以经解经，或以传为案，以经为断，或以传有乖谬，则弃而信经；往往用意太过，不能得是非之公。呜呼，圣人之志，不明于后世久矣。盖尝读《黄氏日抄》，见所采木讷赵氏之说，恒有契于心焉。……善哉木讷子之言乎！善学《春秋》者，当先平吾心，以经明经，而无惑于异端，则褒贬自见。

纳兰师徐乾学，以上序道出宋人“春秋学”之特色，唐以前未有舍三传而自为传者，唐人啖助、赵匡，于三传始有去取折衷，至宋人则舍三传而各自为传，不取旧传，以经解经；或以传为案而以经为断；或以传有乖谬，则弃传而信经。结果，往往用意太过，不能得是非之公。所论先当，宋儒太过在于信《春秋》过深，以为其中有微言大义，游夏之徒不能赞一辞，于是“用意太过”，即深文周纳，一字一褒，一字一贬，孔子似无暇为此者，此朱子之所以因《通鉴》而作《纲目》，一如孔子之因旧史而修《春秋》。《春秋》非断烂朝报，有书法，先秦史家都有一定法规，故孔子云，“知我者其惟春秋乎，罪我者其惟春秋乎”。知我罪我，亦以有书法在也，但非如宋人所想。

赵氏之《春秋经筌》于三传注训，独取《谷梁》之范宁。他说。“三传固无足据，然公吾心而评之，亦时有得圣意者。若何休庇护其学，吾未尝观焉，唯范宁为近公。至于论三家则均举其失，曰：‘失之诬，失之俗，失之短’，不私其所学也。其师之失，亦从而箴之，故谷梁子之传实赖宁为多。”既主范宁而及《谷梁》，而去书法乃取自《公羊》，如桓公十八年，春王正月，云：

> 孔子非史官，聊寓之于《春秋》，故先虽死，终戮尸于黄壤而不赦，此《春秋》之法也。故曰：“罪我者其惟《春秋》。《春秋》天子之事也。愚因是而知《春秋》之书法，非时王也，夫子自任也。”

非天子不议礼，不制度，不考文，书法兼三者而有之，乃天子事。但赵氏以为立书法者非时王，乃孔子自任之。孔子自任王者事，是孔子自任为王，汉人有孔子为素王说，即非王而任王者事为素王。此义非《谷梁》所能有，范宁虑不及此，长于此道者，乃《公羊》与何休。若然，赵氏口虽云《谷梁》范宁，心实在《公羊》与何休。《公羊》多非常义，其论经、权，亦不寻常，赵氏亦发挥此义，曰："圣人治天下之道不外于《大学》、《中庸》；《大学》、《中庸》皆修内者也；修外者圣人所不录。然于《春秋》若予威公者权也。于《春秋》而不予威公，则天下其胥为夷乎！孔子予之，而孟子鄙之。孔子予之，权也；权以济时为重。孟子鄙之者，正也；正以垂万世之法。孔孟相济，后世可鉴焉。不相济不足为孔孟。"（《春秋经筌》卷七）王者内修而守经，霸者外修而达权；此常人之理解，而赵氏以为，齐桓霸业，孔子许之，乃孔子之达权，无齐桓管仲则吾人被发左衽矣。而孟子鄙桓、文则为孟子之守经。经与权合乃孔孟之相济。而贤者守经，圣者达权！

赵氏又取《公羊》义而倡大一统，《春秋经筌》定公元年，《春王》下云：

> 群公之元年，不以有事无事，皆书“王正月”，谨始也。岁之终，天子颁来岁之正朔于诸侯，诸侯受而行之，所以尊王室而大一统也。王室既微，正朔之颁与否，固不可知，而天下诸侯实用周正，无改也。《春秋》不从其不颁而废一统之义，故于元年必书“王正月”焉。此《春秋》所以行天子之权欤？

以《春秋》书《元年春王正月》，为大一统，乃《公羊》义，今赵氏从之。大一统有广、狭义，最广义为天人之一统，其次为夷狄进于爵，夷夏之一统，再次为诸侯奉正朔，形式上之一统。天王颁正朔，诸侯行之，乃大一统之再次义；但有此一统亦胜于无。

大一统必尊王，否则，何谓“一统”？“尊王”赖有强大之王朝中央，中央在过去即指中国，反对或敌视中国者为夷狄，故尊王必攘夷。依《公羊》义，王者无敌，无敌故王者乃大一统。但春秋时代，王者弱小，沦为诸侯，《春秋》书法，亦只能“文无敌于天下而实弱小”。赵氏于此云：

> 王者无敌于天下，王灵不振，动而取败，无敌之势微矣。而《春秋》尊王之书，不以其势微，而废无敌之义，故

每避就其文，以存其义。王师伐戎，为戎所败，而圣人不与戎之败王师也。书曰，“王师败绩于茅戎”。若王师之自败焉，所以存周室也。不书战，见王者无敌。不地，以志天下皆王土。其尊王也，至矣。尊王所以责天下，不能敌王忾也。（《春秋经筌》卷十）

王者无敌于天下而为戎所败，但《春秋》上“王师败绩于茅戎”，若王师之自败。自败、他败都是败于人而非胜，所谓“王者无敌”，乃空谈，而书法如此。以空谈书法，状王者无敌，故王者乃《春秋》而非周天子，但《春秋》来自孔子，孔子代周王立法，而非王，故云“素王”。宋人谈经不主三传，但谈义法，又不能回避《公羊》，此亦“文不与《公羊》而实与之”。《公羊》固俎豆千秋也。

《公羊》富于大义，而大一统及“尊王攘夷”为其要义。时至南宋，迫于形势，谈《春秋》者众，胡安国、朱熹为其最著者，此外，在绍兴中有关郡叶梦得，梦得亦有《春秋传》，此固北宋之传统，欲扬《春秋》而抛弃三传。叶氏之《春秋传序》云：

自孔子没而三家作，吾不知于孔子亲闻之欤？传闻之

> 欤？至于今千有余岁，天下之言《春秋》者惟三而已。孟子不云乎，“其事则齐桓、晋文，其文则史”。而子之自言，则曰“其义则丘窃取之矣”。夫《春秋》者史也，所以作《春秋》者经也。故可与通天下曰事，不可与通天下曰义。《左氏》传事不传义，是以详于史而事未必实，以不知经，故也。《公羊》、《谷梁》传义不传事，是以详于经而义未必当，以不知史，故也。由乎百世之后，而出乎百世之上，孰能覆事之实而察义之当欤？唯知《春秋》之所以作为天下也，为后世也。其所自比者天也。其所同者尧、舜、禹、汤、文、武、周公也。

《公》、《谷》、《左》三传各有所失，故另作新传以说经，在学术上为进步，徒守旧章，永无新路。在哲学上为创举，以历史说义理，重新论天人之际。过去儒家本以《易》与《春秋》代表天人，如今以《春秋》代表天人合一。叶石林以《春秋》为孔子作《天书》；此外有所发挥，亦不能自外于《公羊》，如云，“《春秋》之义，或与其文，或与其实，楚丘之城非不善，而文不得许其专；吴子之聘未必善，而文不得与其进”，此实自《公羊》之“文不与而实与”处来。

稍后有陈傅良之《春秋后传》。陈氏申《左》，故又有《左氏章指》，南宋宁宗开禧三年（公元1207年）楼钤序《春秋后传》云：

先儒以例言《春秋》者，切切然以为一言不差；有不同者，则曰变例，窃以为未安。公之书不然，深究经旨，详阅世变，盖有所谓隐桓庄闵之《春秋》，有所谓僖文宣成之《春秋》，有所谓襄昭定哀之《春秋》。始焉犹知有天子之命，王室犹甚威重；自霸者之令行，诸侯不复知有王矣。桓公之后，齐不竞而晋霸；文公既亡，晋不竞而楚霸，悼公再霸而又衰，楚兴而复微，吴出而盟诸夏，于越入吴而春秋终矣。自杜征南以来，谓平王东周之始王，隐公逊国之贤君，其说甚详，而公以为不为平王，亦不为隐公，而为威王，其说为据依。……

齐桓公卒，郑遂朝楚，夏之变夷，郑为乱阶，侵蔡遂伐楚，以志齐桓之霸；侵陈遂侵宋，以志楚庄之霸，足以见夷夏之盛衰矣。……首止之盟，郑伯逃归，不盟则书，以其背夏盟也；厉之役，郑伯逃归不书，盖逃楚也。夷夏之辨严矣。自隐公而下，《春秋》治在诸侯；自文而下，治在大夫。有天下之辞，有一国之辞，有一人之辞。于干戈无不贬，于玉帛之使则从其爵，劝惩著矣。文十年而狄秦，又三十年而狄郑，又五十余年而狄晋。狄郑犹可也，狄晋甚矣。贬不于甚，则于事端，余实录而已矣。此皆先儒所未发。

傅良不与《公羊》而用“三世”义，有所谓隐桓庄闵之《春秋》，僖文宣成之《春秋》，襄昭定哀之《春秋》；此亦三世，但无《公羊》三世义之辉煌。《公羊》三世，后来与《礼运》结合，迷使大一统义，更富理想，有无穷义。陈氏说三世，说明当时历史之发展，盖“自隐而下，治在诸侯；自文而下，治在大夫”。政权下移，说明新兴力量之起。而以为夏之变夷，郑为乱阶，且狄郑、狄晋，诸夏可变为夷狄，夏夷为可变，仍《公羊》义。虽然义取《公羊》，傅良固申《左》者。楼氏序中指出，“若《左氏》，或以为非为经而作，惟公以为著其不书，以见《春秋》之所书者，皆《左氏》之力。《章指》一书，首尾专发此意。……公之《章指》，谓‘君子曰’者，盖博采善言礼也者。盖据史旧闻，非必皆合于《春秋》。或曰，后人增益之，或曰后人依效之，或以凡例议浅而不取，或以例非《左氏》意。盖爱而知其恶者，迺所以为忠也”。

《左氏》富于史实，而乏书法大义，所谓书法，凡例及君子曰者，都为今文学派所吐弃，傅良于此议论较平实，谓“君子曰”为博采善言礼者；其说良是。《左氏》原非《春秋传》，盖战国时代，有识文士，剪裁旧史以传《春秋》，而《春秋》有义法，为时人所知，于是《左氏》作者，博采旧礼说以为“君子曰”，当于后史之史评，与《春秋》经义，未尽合拍，但非刘歆之伪，一如今文派说。凡例，书法，不如“君子曰”之有据，乃《左氏》作者，以己意度《春秋》，未必与《春秋》合。其实《公羊》、《谷梁》莫不如此，各以其所理解说《春秋》。《春秋》如能语，《公》、《谷》面如土，传义不必经义，亦各有所见，正不必以此评论三传之是非。《春秋后传》及《左氏章指》此外无新义。

吕祖谦亦有志于《春秋》，虽无新传，但有集解，其《春秋集解》一书，遍引有关《春秋》诸家说，便于读者。清初纳兰容若曾为之序，其中引陈氏之《书录解题》云：“自三传而下，集诸儒之说，不过陆氏，两孙氏，两刘氏、苏氏、程氏、计氏、胡氏数家而已。其所择颇精，却无自己议论。”依《集解》体例说，“所择颇精”已是上乘，因其能收集重要材料，供后人研究。东莱于原有三传中亦重《左传》，盖历史书究系历史，《左传》于此乃中国古史之宝藏。他著有《左氏传说》、《左氏传续说》及《东莱左氏博议》等书。于《春秋》义法，少有发挥，而颇重历史事实之“体统源流相接”。他曾经说：

> 考《左氏》所载本末，可以观春秋天下大势，凡见于征伐会盟之间，皆诸侯自相为谋；盖当时之政自诸侯出，故也。自鸡泽、溴梁之会，大夫专盟，全不见诸侯言语，宋之一会，多是赵武等说话；大夫之事多见于传，盖当时之政自大夫出，故也。及春秋末后一节，陪臣执政，如阳虎，如仲梁怀，如公山不狃，如北宫氏之宰，如乐祁之陈寅，是时家臣事迹言语，多见于传，盖当时之政自陪臣出，故也，以三者观天下大势，可见政在诸侯，纵天子失权，然犹自可。政在大夫，纵诸侯失权，尚可整顿。到得陪臣名字见于书传，当时大势，亦自可知。（《左氏传说》卷十九）

以上本孔子说“天下有道，则礼乐征伐自天子出；天下无道，则礼乐征伐自诸侯出。自诸侯出，盖十世，希不失矣；自大夫出，五世希不失矣；陪臣执国命，三世希不失矣”。（《论语·季氏》）此亦之分春秋，谓当时政权之下移。孔子不解，宗法贵族之逐渐没落，政权下移的过程，而以为“天下有道则政不在大夫；天下有道，则庶人不议”。这违反历史发展法则，东莱亦本之立说。谈《春秋》者不能漠视“尊王攘夷”，无论其主《左》，主《公》或主《谷》。东莱也曾经提出：

> 孔子之时，周虽衰，天命未改，先王德泽尚在，诸侯尚有尊王室之心，孔子出来，多说尊王，至作《春秋》以尊王为本。到孟子时分周为东西，天命已改，孟子出来劝诸侯以王者，盖缘时节大不同了。大抵后世不考其时节不同，欲解说孟子不尊王，强取孟子一二事，终不能胜议论者之口。孔子时尚可整顿，天命未改；孟子时不可扶持，天命已去了。须如此看方公平。（《左氏传说》卷十七）

孔子、孟子评论春秋时事，意见不同，孔子仍尊周王，而孟子则拥诸侯为新王。东莱说有理，时至战国，周王已沦为附庸小国，绝不可能为大一统之国王，而新兴力量尚有可为，希望于诸侯为将来之新王。东莱亦倡攘夷，他曾经说，“楚子之商臣为太子，令尹子上曰，‘楚国之举，常在少者’。观此，见夷狄之与中国本不同，大抵中国之所以为中国，以其有三纲；夷狄之所以为夷狄，只缘无三纲。三纲者君臣、父子、夫妇也。……其上有天王而僭称王号，则无君臣之纲矣。立嫡以长而常在少者，则无父子之纲矣。息妫绳于蔡哀侯而息遂见灭，以息妫归，则无夫妇之纲矣。三纲既绝，此《春秋》所以降楚于夷狄也。”（《左氏传说》卷四）夷夏之别在于三纲，是为宋儒之新说，以伦理说历史，以历史证伦理，乃宋代“春秋学”之特点，有此特点遂使《春秋》义法有别于《公羊》，大一统乃纳四夷于儒家之伦理范畴内。

南宋理宗时，永嘉黄仲炎之《春秋通说》则直以夷狄比禽兽。他曾经说，“昔者圣王之待夷狄也，盖有道矣。于其来也，接之而不伤义；于其叛也，讨之而不伤仁。山川之所限，风气之所移，夷狄蛮戎近于禽兽，奈何使与中国齐也。……自此义不明，而汉世人主，每以夷狄而病中国，往往卑辞麾币，纳女结婚，于相与和亲之时；而暴兵沙漠，梨庭扫穴，于发愤行诛之曰。故其来之则伤义，讨之则伤仁，失义与仁，不惟夷狄有所不服，而中国之分始卑，而力始困矣。此《春秋》之学，所以不可不讲也。”（《春秋通说》卷八）夷狄比于禽兽，但应待之有道，不伤仁义。时至宋末，外族交侵，国将不国，何以自处，实不能纸上谈兵，但当时亦只能作纸上空谈。仲炎有悚靖康耻之重来，往复于《春秋》之义，鲁襄公二十八年十二月“乙未楚子昭卒”下云：

> 《春秋》从逐君之例，于岁正月书，“公在楚”。所以著中国，外夷狄之义，明臣子忧君父之情，垂教于万世者笃矣。呜呼使靖康之臣子能讲《春秋》之义，则安有乘舆北狩之原哉！（《春秋通说》卷十）

“靖康之耻”非讲《春秋》所能解脱者，但明于大一统义，此中国之所以能屹立于世界之林也。

（二）

《春秋》三传，自汉以后，立在学宫，传与经合，结为一体。魏晋以后，经师为之解说，注以解经传，而疏不破注。权威之地位既定，三传虽有今古之分，互相水火，其权威地位，从未动摇。但自唐代啖助、赵匡起，乃有异说，于三传俱有讥评，于是三传之地位，逐渐不稳。时至北宋，“春秋学”兴，理学家重视之，以其伦理讲历史，用历史证伦理。而当时四夷交侵，尊王攘夷之说，刻不容缓。思想家拟以《春秋》解重围，树纲常，三传旧义未能夺席，于是《春秋》新传新说数不胜数矣。

原来儒者学究天人，以《易》代表天道，而《春秋》谈人事；《易》与《春秋》遂为天人之学的代表经典。理学起后，究心于天理人欲之说，乃新的天人之学，重视《春秋》，过于往昔，理学家程颐、胡安国、朱熹俱有关于《春秋》的著作。程朱俱理学大师，只字片语都有作用。程颐曾有《春秋传》，虽未完成，亦具规模。他肯定《春秋》中多微言大义，但其记事简单，于简单之文字叙述中追寻百王不易之大法，实非易事，于是他说：

> 夫子当周之末，以圣人不复作也，顺天应时之治不复有也，于是作《春秋》为百王不易之大法。所谓考诸三王而不谬，建诸天地而不悖，质诸鬼神而无疑，百世以俟圣人而不惑者也。
>
> 先儒之传曰：游夏不能赞一辞。辞不待赞也，言不能与于斯耳；斯道也，惟颜子尝闻之矣。后世以《史》视《春秋》，谓褒贬善恶而已，至于经世之大法，则不知也。《春秋》大义数十，其义虽大，炳如日星，乃易见也。惟其微言隐义，时措从宜者为难知也。或抑或纵，或

与或夺，或进或退，或微或显，而得乎义理之安，文质之中，宽猛之宜，是非之公，乃制事之权衡，揆道之模范也。

夫观百物，然后知化工之神；聚众材然后知作室之用。于一事一义而欲窥圣人之用心，非上智不能也。故学《春秋》者，必优游涵泳，默识心通，然后能造其微也。后王知《春秋》之义，则虽德非禹、汤，尚可以法三代之治。自秦而下，其学不传，予悼夫圣人之志不明于后世也，故作“传”以明之，俾后之人通其文而求其义，得其意而法其用；则三代可复也。是《传》也虽未能极圣人之蕴奥，庶几学者得其门而入矣。

有宋崇宁二年癸未四月乙亥　　伊川程颐序

“崇宁”为宋徽宗年号。以上所谓“《春秋》大义数十，其义虽大，炳如日星，乃易见也”。此炳如日星的大义，不知何所指，孔子没有说过，游、夏不能赞一辞，后人亦言人人殊。《左氏》大义见于《五十凡》，《公羊》大义见于何休总结，而《谷梁》少发挥；是以程氏之说亦难落实。而“其微言隐义，时措从宜者为难知也”。于难知处求大义，学者必须“优游涵泳，默识心通，然后能造其微”。这种功夫，优游涵泳，实近于理学家之修养功夫，以修养功夫体会《春秋》大义，是以《春秋》大义伦理化的结果。治《春秋》义法与理学概念于一炉，为两宋“春秋学”之特色。但以此说《春秋》未免深文周纳，南宋理学大师朱熹，于此颇不同于小程。在理学上朱熹继承北宋二程、张载而集大成，但在“春秋学”上，朱熹表现了求实精神，不于平凡处求玄妙，无微言时求大义。他曾经说：

> 孔子作《春秋》以讨乱贼，则致治之法垂于万世，是亦一治也。当时鲁史，孔子取而笔削之，而其义大明。孔子亦何尝有义用某字使人知劝，用某字使人知惧，用某字有甚微辞隐义，使人晓不得足以褒贬荣辱人来。不过如今之史书，直书其事，善恶了然在目，观者知所惩劝，故乱臣贼子有所惧而不敢犯尔。（六人《春秋集传释义纲领》引）

程颐认为不能以《史》视《春秋》，而朱子以为《春秋》“不过如今之史书，直书其事，善恶了然在目”。看法完全相反。程子又说，“于一事一义而欲窥圣人之用心，非上智不能也。”朱子却说，“孔子亦何尝有意用某字使人知劝，用某字使人知惧，用某字有甚微辞隐义！”一个说《春秋》隐微处非上智不能窥其用心；一个说《春秋》平实如史书，无甚隐微难知处。理解不同，程颐遂据其所知作新传，而朱熹不复在《春秋》本书内穿凿，借《资治通鉴》以为传，本史法直书，作《资治通鉴纲目》以为经。

程颐别有《春秋传》，通过对《春秋》之“优游涵泳”而“造其微”的地方，盖有数端：

1.《春秋》“隐公元年，春，王正月”程氏传云：

> 元年，隐之始年。春，天时，正月，王正。书“春王正月”示人君上奉天时，下承王正。明此义，则知王与天同大，人道立矣。周正月，非春也。假天时以立义尔。平王之时，王道绝矣。《春秋》假周以正王法。隐不书即位，明大法于怡也。诸侯之立，必由王命。隐公自立，故不书“即位”，不与其为君也。法即立矣，诸公或书或不书，义各不同。既不受命于天子，以先君之命而继世者，则正其始，文、成、襄、昭、哀是也。继世者既非王命，又非先君之命，不书即位，不正其始也，庄、闵、僖是也。桓、宣、定之书即位，桓弑君而定，宣受弑贼之立，定为逐君者所立；皆无王无君，何命之受！故书其自即位也，定之比宣，则义有间矣。

程氏说“王与天同大，人道立矣”，所以周王称“天王”，此亦“尊王”之义。《春秋》隐公元年王正月之书法，《公羊》以为义在大一统，程氏则义在“尊王”。两者本为一事，大一统于周，尊周王而后有大一统。程氏义不远于《公羊》，但是否孔子修《春秋》原义，则“脏腑不能语，医师面如土”，孔子不言，《春秋》无论，后人固可以各有理解。桓公弑君而自立，宣公受弑君贼之立，定公为逐君者所立；既无王命，又非继统，而《春秋》书其“即位”何？程氏云：“书其自即位也。”同书“即位”而义各不同；同为“自即位”亦有书有不书，鲁隐公自即位，不书；桓公、定公自即位则书。义例不一，上下乖忤；程氏亦不能为之立论。诚如朱子云，“孔子亦何尝有意用某字使人知劝，用某字使人知惧……使人晓不得还以褒贬荣辱人来！”程氏之说亦只能“使人晓不得足以褒贬荣辱”。

2.《春秋》隐公“二年春，公会戎于潜”。程氏传云：

> 周室既衰，蛮夷猾夏，有散居大国者，方伯大国，明大义而攘斥之，义也。其余各国，慎固封守可也，若与之和好，以免侵暴，非所谓“戎狄是膺”，所以容其乱华也。故《春秋》华夷之辨尤严。居其地而亲中国，与盟会

者则与之；公之会戎，非义也。

程氏于隐公元年首倡尊王义；二年倡攘夷义；乃说《春秋》者之要指，程氏固有识者。但华夷之辨，前后颇有不同，《公羊》义不俗，以华夷为可变者，夷狄可以进于爵，而华夏可退为夷狄。北宋以后，此义渐泯，逐渐以夷狄比于禽兽，远离《公羊》，亦远离《春秋》，程氏于此未能有所发挥。

3.《春秋》隐公“三年春二月，己巳日有食之”。程氏传云：

月，王月也。事在二月，则书“王二月”，在三月则书“王三月”。无事则书时，书首月。盖有事则道在事，无事则存天时；天时备则岁功成，王道存则人理立，《春秋》之义也。“日有食之”，有食之者也，更不推求者何也？太阳君也，而被侵食，君道所忌，然有常度，灾而非异也，星辰陵历亦然。

程氏于隐公三年发挥《春秋》之日、月、时义。宋代《春秋》家多于《春秋》之记载日、月、时处觅微言大义。程氏于此并引入“王道、人理”以明大义。王道即天道，太阳为天为君，天君而被食乃君道之所忌；是王道之不存，有悖于人理者。但日食有常度，乃难免者，是灾而非异。但以此应之于人事又如何？人君之被食亦常度乎！亦灾而非异乎！程氏于此无说。在灾异之变方面，宋儒实进退失据，阴阳之变有常度，此乃宋人胜于汉人之进于科学的理解，但知其然而不知其所以然，遂和天变有常度亦人为之不臧所致；仍然是天人感应说。其所以胜于汉人者在宋人知其然而汉人不知，于是程氏批评汉人说："阴阳运动，有常而无忒，凡失其度，皆人为感之也，故《春秋》灾异必书。汉儒傅其说而不达其理，故所言多妄。三月大雨震电，不时灾也。大雨雪，非常为人，亦灾也。"（《春秋传》隐公九年三月癸酉）"凡失其度，皆人为感之也"。是天人感应说，人为之感，可以使天失其度，如此则所谓天行有常亦为人事所左右。程氏以为汉人虽知天人感应之说而不知其理，即不知其有常。就此而论，宋人已较汉人为进步。但正确理解天人者为大程而非小程，小程于天人感应说实有进退失据处。

程氏在谈《春秋》之进退失据处尚不止此，如《春秋》桓公三年，关于"有年"的记载，程氏传云：

书"有年"纪异也。人事顺于下，则天气和于上。桓弑君而立，逆天理，乱人伦，天地之气为之缪戾，水旱凶灾，乃其宜也。今乃有年，故书其异。宣公为弑君者所立，其恶有间，故大有年则书之。

“有年”即丰收年，“大有年”。即大丰收年，本为史家之平实记录，有则书，否则不书。今程氏于桓公三年之书“有年”，宣公十六年之书“大有年”，以为其义相反，非直书，乃纪异也。桓公弑君而立，宣公为弑君者立，逆天理，乱人伦，天地之气为之缪戾，应有水旱凶灾，而今丰收，是变异，变异则书，故书“有年”及“大有年”。此与上述桓公、宣公之书“即位”，相同，不应书而书之者，纪异也。这种理论违背历史事实，正面书而有完全相反的大义，此朱子之所讥而不从者。但程颐究为理学大师，信奉其说者且誉之为“发明奥旨”。吕东莱在《春秋集解》中引高邮孙氏云：“《春秋》二百四十二年之久而书‘有年’、‘大有年’者，二处而已。其一即桓公是也，其一即宣公是也。宣、桓大恶者，是行何道而致有年乎？书之者，不宜有也。”又引武夷胡氏云，“旧史灾异与庆祥并记，故‘有年’、‘大有年’得见于《经》，若旧史不记，圣人亦不能附益之也。然十二公多历年所，有务农重谷闵雨而书雨者，岂无丰年而不见于经，是仲尼于他公皆削之矣，独桓有年、宣大有年则存二弗削者，缘此二公获罪于天，宜得水旱凶灾之谴，今乃有年，则是反常也，故以为异，特存尔。然则天道亦僭乎！桓、宣享国十有八年，独此二年书‘有年’，他年之歉可知也；而天理不差信矣。此一事也，在不修《春秋》则为庆祥；君子修之，则为灾异，是圣人因鲁史旧文，能立兴王之新法也。故史文如画笔，经文如化工，尝以是观，非圣人莫能修之审矣。‘有年’、‘大有年’，先儒说《经》者，多列于庆瑞之门，至程氏发明奥旨，然后以为记异，此得于书意之表者也”。以上谓，先儒说经，以“有年”、“大有年”为庆瑞，自程氏起，读经有间，有所得于《春秋》之表，遂变庆瑞为灾异。其实程氏说无据，以“有年”为灾，深文周纳，后来朱子不从，亦见其卓识。

程氏之《春秋传》未能完成，南宋初继作《春秋传》而影响较大者为胡安国。胡传出后，几与原来三传并驾而驷矣。最近出版由张岂之、黄宣民等同志主编执笔的《宋明理学史》对于胡传有恰当评述。以为胡氏所以尽毕生之力治《春秋》，意在“经世”，在他看来《春秋》是“经世大典”。《宋史》本传，曾记南宋高宗与胡氏讲论《春秋》事：

> 高宗曰："闻卿深于《春秋》，方欲讲论。"遂以《左氏传》付安国点句正音。安国奏："《春秋》经世大典，见诸行事，非空言比。今方思济艰难，《左氏》繁碎，不宜虚费光阴，耽玩文采，莫若潜心圣经。"高宗称善。寻除安国兼侍读，专讲《春秋》。

所谓"经世大典，见诸行事"者，不外尊王攘夷，此为迫在眉睫的大事。近人张元济先生于《胡安国春秋传跋》中指出，"安国进书表实在绍兴六年十二月……元延祐二年其书始立于学官。……此书成于南渡之后，激于时事，语多感愤。其所贬者，于庄公四年纪侯大去其国，则不与其去而不存。十年荆以蔡侯献午归，则贱其失地。哀公八年，吴伐我，则讳其为城下之盟。其所褒者于庄公十七年齐人歼于遂，则嘉其以亡国余民能歼强齐之戍。昭公十二年楚执蔡世子友以归，则与其与民守国，效死不降，胡氏当日无非对症发药之言，然自今观之，胡氏之言，又岂仅为南渡后宋之君臣发哉！窃愿读是书者，时时毋忘胡氏之苦口也。"张氏跋文当日寇侵华时，与南宋之迫于金人有相似处，故云"激于时事，语多感愤"，而与我国当时之情况同，故又云"毋忘胡氏之苦口"。其实南宋高宗虽讲论《春秋》，实昧于"攘夷"之旨。三传中《左氏》义不及此，而《公羊》意在尊王攘夷，张大其说，高宗固不足语此，胡氏则慨乎言之！

胡传义在“尊王攘夷”，曾于隐公元年，开宗明义，说：

> 谓正月为王正，则知天下之定于一也。天无二日，土无二王，家无二主，尊无二上，道无二致，政无二门，故议常经者黜百家，尊孔氏，诸不在六艺之科者，勿使并进；此道术之归于一也。言致理也，欲令政事皆出中书，而变礼乐革制度，则流于窜殛其刑随其后；此国政之归于一也。若乃辟私门，废公道，各以便宜行事，是人自为政，谬于《春秋》大一统之义矣。

胡氏谈及《春秋》之大一统。大一统义发自《公羊》，《公羊传》于隐公元年即发挥大一统义，《春秋经》文“元年春，王正月”。《公羊传》云：“元年者何，君之始年也。何言乎王，正月，大一统也。”胡氏亦言大一统。归纳《公羊》所有义，大一统即各民族间天时政令之一统，而胡氏之一统似偏于道术及政令之一统。胡氏云“黜百家，尊孔氏，诸不在六艺之科者，勿使并进；此道术之归于一也。……欲令政事皆出中书，而变礼乐革制度……此国政之归于一也”。时当南宋迫于四裔而偏安，实非大一统，胡氏遂背《公羊》而别解一统，至朱子遂以正统说代大一统。

虽然胡传不依《公羊》，但倡政令一统亦尊王义，而有碍于尊王者实为四裔，徽钦北狩，青衣行酒论为厮养，以强邻故。斯时而倡尊王攘夷，实得人心，但对南宋高宗言，攘夷，实违其本意，而理学家高倡之，史学家高倡之，《春秋》家更高倡之。胡氏于隐公二年经："春公会戎于潜。"传云：

戎狄举号外之也。天无所不覆，地无所不载，天子与天地参者也。《春秋》，天子之事，何独外戎狄乎？曰，中国之有戎狄，犹君子之有小人；内君子外小人为泰，内小人外君子为否。《春秋》圣人倾否之书，内中国而外四夷，使之各安其所也。无不覆载者，王道之体；内中国而外四夷者，王道之用。是故以诸夏而亲戎狄，致金缯之奉，首顾居下，其策不可施也。以戎狄而朝诸夏，位侯王之上，乱常失序，其礼不可行也。以羌胡而居塞内，无出入之防，非我族类，其心必异，萌华夏之谐，其祸不可长也。为此说者，其知内外之旨，而明于驭戎之道，正朔所不加也，奚会同之有？书"会戎"，讥之也。

以上云，天子与天地参，天地无所不覆，无所不载，应王者无外，何独外夷狄乎？天不覆载是体而外夷狄是用。《公羊》说“经”、说“权”，而胡传讲“体”，讲“用”，讲“变”，讲“常”，“常”当于“经”而“变”当于“权”。经为不变之道，而权为权宜之计；但安国则以为“贤者守其常，圣人尽其变”。闵公五年，《春秋》“郑伯逃归不盟”，胡传云，“《春秋》道名分尊天王而以大义为主。夫义者权名分之中而当其可之谓也。诸侯会王世子，虽衰世之事，而《春秋》与之者，是变之中也。郑伯虽承王命，而制命非义，《春秋》逃之者，亦变之中也。天下之大伦，有常有变，舜之于父子，汤武之于君臣，周公之于兄弟，皆处其变也。贤者守其常，圣人尽其变。会首止，逃郑伯，处父子君臣之变而不失其中也。噫！此《春秋》之所以为《春秋》，而非圣人莫能修之也。”胡氏此义颇有新意，经为不变之常，守常易而应变难，于疑难之际，为舜之父子，汤武君臣，周公兄弟，圣人皆处其变而当是为义，“义者权名分之中而当其可之谓也。”

但南宋高宗于君臣父子之间，华夏戎狄之间，非经非权，非常非变，固不能以《春秋》义绳之者。王者无外而外夷狄，亦变体为用也。胡传云：“中国之有戎狄，犹君子之有小人；内君子外小人为泰，内小人外君子为否。《春秋》圣人倾否之书，内中国而外四夷，使之各安其所也。无不覆载者，王道之体；内中国而外四夷者，王道之用。”“是故以诸夏而亲戎狄，致金缯之奉，首顾居下，其策不可施也。”结合时事，南宋之于女真有甚于“致金缯之奉，首顾居下”者，胡氏以此义为圣人之应变，盖时至南宋，无一统事实，无从谈大一统，遂以王者无外为经，而外四夷为变，圣人固宜应变不能守常。此义委婉，亦胡氏之不得已，与后来朱子之正统论，均圣人之应变者而非守常，守常固应倡大一统。胡氏比戎狄于小人，华夏为君子，亦《公羊》义之演变，非种族概念，但胡氏以后逼于四裔，憎恶益深，更以夷狄比于禽兽，则远离《公羊》矣。如僖公三十二年有云，“使为人臣者怀利以事以君，为人子怀利以事其父。君臣父子去仁义，怀利以相与，利之所在则从之矣，何有于君父，故一失则夷狄，再失则禽兽，而大伦灭矣。《春秋》人晋子而狄秦，所以立人之道存天理也”。以一失则夷狄，再失则禽兽作喻，可谓严夷夏之别；而严夷夏之别乃立人道存天理，遂使《春秋》义法与理学纲领结合。东汉曾使法令《公羊》化，而有《公羊》治狱，至此又使《春秋》理学化，遂以伦理说历史。

胡氏传《春秋》，谈经夺席，遂使胡传立于学官，旧有《春秋》之传外，并此而四。理学家不满于旧有《春秋》三传，乃抛弃注疏之学，更立新传以说经，说《春秋》亦所以讽当世，迫于强邻，遂严夷夏之别而比夷狄于禽兽，不能力征，只能口伐；不谈大一统而谈“正统”，乃有朱子之《资治通鉴纲目》书，《紫阳纲目》之影响于后世者，使胡安国传失色矣。元程端学在其《春秋本义》中的《春秋纲领》下，引朱子对于《春秋》义法的话道：

《春秋》大旨其可见者，诛乱臣，讨贼子，内中国，外夷狄，贵王贱伯而已；未必如先儒所言，字字有义也。

《春秋》正义明道，贵王贱伯，尊君抑臣，内夏外夷，乃其大义，而以爵氏名字日月土地为褒贬之类，若法家之深刻，乃传者之凿说。

圣人作《春秋》不过直书其事，善恶自见。《春秋》传例，多不可信；圣人记事安有许多义例。

《春秋》本明道正义之书，今人止较齐晋霸业优劣，反成谋利，大义晦矣。

这是实事求是的意见，朱子是一位实事求是的人，“格物”是他的方法，不诈凿空理论。就《春秋》而论其大旨，不过“诛乱臣，讨贼子，内中国，外夷狄，贵王贱伯”而已。并且指出：

> 未必如先儒所言，字字有义也。

《春秋》字字有义，遂使说《春秋》者自缚其手脚，动弹不得，程颐《春秋传》亦复如此。《春秋》不过直书其事，善恶自见。《春秋》传例多不可信，圣人记事安有许多义例！没有那么多的义例，所以朱子不在《春秋》中多作推敲。他又批评旧三传及胡安国传，道：

> 《左氏》曾见国史，考事颇精，只是不知大义，好以成败论人，都不折之以理之是非。《公羊》、《谷梁》考事甚疏，然义理却胜于《左氏》。《胡传》大义正亦有牵强处，然议论有开合精神。（《春秋集传》释义纲领引）

议论平实，其所谓《公羊》、《谷梁》之义理胜于《左氏》，《公》、《谷》之义理亦只代表《公》、《谷》，非《春秋》义。《公羊》义理恣肆，自成一家言，虽多非常异义可怪之论，但富于理想而非妄想，《谷梁》非其俦也，而《左氏》记事，实千古杰作，实中国古史之瑰宝。朱子于《春秋》及四传理解，实胜于两宋诸儒，因不再传《春秋》而别有《资治通鉴纲目》一书。不传《春秋》而自作《春秋》，实朱子之本旨，与其曲解孔子《春秋》，不如自抒己见而别作《春秋》，胡三省在《新注资治通鉴序》中，指出：

孔子序《书》，断自唐虞，讫《文侯之命》，而系之秦。《鲁春秋》则始于平王之四十九年，左丘明传《春秋》止哀公之二十七年赵襄子惎智伯事，《通鉴》则书赵兴智灭以先事。以此见孔子完《书》而作《春秋》，《通鉴》之作实接《春秋左氏》后也。

胡三省是以《春秋》继《书》，而《通鉴》继《春秋左氏》。《左传》为传经书，《资治通鉴》继《左氏》，是司马光不敢续经而续传。《通鉴》比于《左传》，则朱子之《资治通鉴纲目》可比于《春秋经》。宋王柏之《资治通鉴纲目凡例后语》中说：

《通鉴纲目》之惠后学多矣。李果斋《后语》曰：著书之凡例，立言之异同，附于其后。然有是言也，而未见是书也。……朱子推絜矩之道，寓权衡之笔，大书分注，自相错综，以备经传之体，史迁以来，未始有也。苟非发凡释例，一以贯之，则述作之意，孰得而明；劝惩之意，孰得而辨，而大经大法，所以扶天伦遏人欲，修百王之轨度，为万世之准绳者，何以见直书不隐之实，是岂寻行数墨，强探力索者，所可得其仿佛哉。……今诸本所刊序例即此凡例之序也。……凡下有目，目下有类，正统、无统之分甚严，有罪无罪之别亦著。……该核谨严，治乱跃如也。昔夫子之作《春秋》，因鲁史之旧文，不见其笔削之迹，正以无凡例之可证。朱子曰，《春秋》传例，多不可信，非夫子之所为也。今《纲目》之凡例，乃朱子之所自定，其大义之炳如者，固一本于夫子。……盖深以邪说横流，诚有甚于洚水猛兽之害，有不可辞其责。朱子亦谓《纲目》义例益精密，乱臣贼子，真无所匿其形矣。开历古之群蒙，极经世之大用，谓之《续春秋》，亦何愧焉。

王柏以为《纲目》一书，“谓之续《春秋》，亦何愧焉”。当时人如此比拟，朱子本人亦本孔子《春秋》定凡例。本先经后传，如今《通鉴》已比于《左传》，则《纲目》虽后来，因凡例具在，可比于经；是先传后经，不同于《春秋》三传。明人佘以能于《资治通鉴纲目合注序》中，道："吾考亭朱子因司马文正公所辑《资治通鉴》而修《纲目》，盖效吾夫子因鲁史而修《春秋》之法，其为世道计，至矣。"是以《纲鉴》比于《春秋》。元人汪克宽于《资治通鉴纲目考异凡例序》中也指出："子朱子曰，《春秋》之有例固矣，奈何非夫子之所为也。夫子作《春秋》，笔则笔，削则削，游夏尚不能措一词，而三传各立凡例，后之言《春秋》者，又各立例，殆将数十百家，言人人殊，学者将安取衷哉！子朱子笔削《资治通鉴》为《纲目》，褒贬去取，一准《春秋》书法，别统系以明大一统之义。表岁年以效首时之体，辨名号以正名，纪即位改元以正始。"朱子是在笔削《通鉴》，以《通鉴》为未修《春秋》，使内容丰富而文辞绚丽的《资治通鉴》，变作枯干的《资治通鉴纲目》。

《纲目》削《通鉴》而有凡例，自比于经。我们可以比较两者之《经》、《传》关系。《资治通鉴·周纪》一，威烈王二十三年，有：

> 初命晋大夫魏斯、赵籍、韩虔为诸侯。

是为三家分晋得到周威烈王之认可，乃开端事业，《通鉴》中有温公之长篇议论，以为是宗周礼坏之开始。

> 臣光曰，臣闻天子之职莫大于礼，礼莫大于分，分莫大于名。何谓礼，纪纲是也。何谓分？君臣是也。何谓名？公侯卿大夫是也。夫以四海之广，兆民之众，受制于一人，虽有绝伦之力，高世之智，莫不奔走而服役者，岂非以礼为之纪纲哉！……今晋大夫暴蔑其君，剖分晋国，天子既不能讨，又宠秩之，使列于诸侯，是区区之名分复不能守而并弃之也。先王之礼于斯尽矣。或者以为当是之时，周室微弱，三晋强盛，虽欲勿许，其可得乎！是大不然。夫三晋虽强，苟不顾天下之诛而犯义侵礼，则不请于天子而自立矣。不请于天子而自立，则为悖逆之臣，天下苟有桓、文之君，必奉礼义而征之。今请于天子而天子许之，是受天子之命而为诸侯也，谁得而讨之！故三晋之列于诸侯，非三晋之礼坏，乃天子自坏之也。乌呼，君臣之礼既坏矣，则天下以智力相雄长，遂使圣贤之后为诸侯者，社稷无不泯绝，生民之类糜灭几尽，岂不哀哉！

这是温公对于三晋的评论，三家分晋为春秋末大夫执国命的自然结果，是中国古代宗法封建社会之转折点，此后庶族抬头，旧宗法贵族渐趋没落，遂由春秋转入战国。此《资治通鉴》之开端，所谓《左传》终于智伯，而《通鉴》始于智伯，《通鉴》不直续《春秋》而续《左氏》。在此关键时刻，《通鉴》书，“初命晋大夫魏斯、赵籍、韩虔为诸侯”。胡三省注，以为是温公书法所由始，他说：

> 此温公书法所由始也。……三家者，世为晋大夫，于周则倍臣也。周室既衰，晋主夏盟，以尊王室，故命之为伯。三卿窃晋之权，暴蔑其君，剖分其国，此王法所必诛也。威烈王不惟不能诛之，又命之为诸侯，是崇奖奸名犯分之臣也。《通鉴》始于此，其所以谨名分欤？

初命韩赵魏三家为侯，是温公书法之开始。“初命”者，前此所未有，本应为王法所必究，而今命之为侯，是礼坏乐崩的开始。礼乐制度不可乱，而今已乱，其罪当诛，朱子于此，亦只依《通鉴》书“初命晋大夫魏斯、赵籍、韩虔为诸侯”。温公书法亦为朱文公之书法，经依于传。简单明白之记事，褒贬所在，在求温公之长篇评论，不在记事，以此宋末刘友益在《资治通鉴纲目书法》内指出：“初命者何？病周也。三家分晋，各三四世矣……命之为诸侯，则于是始也。以周为固乱，故病之。或曰《通鉴》之托始于是也。朱子于《感兴篇》尝有述先几之疑矣。《纲目》修《通鉴》者，则曷为无改焉。盖夫子之修《春秋》也，曰‘其义则某窃取之。’又曰‘述而不作。’知此则知朱子之《纲目》矣。是故仍温公之文子其首，备胡氏之说于其后；其意概可见也。”这说明了朱子用意之所在，“述而不作”，《纲目》依《通鉴》文而胡三省有所发挥，皆朱子之书法所在。

《资治通鉴纲目》之书法类此，后世之评论此书者，意见不一，但《纲目》中正统之说，实为朱子迫于时势之不得已。《公羊》大一统说流行千载，实不一统之南宋，遂倡正统说，是为大一统之补充。在《纲目》中的重要“凡例标次”是：

统系：正统　列国　篡弑　建国　僭国无统

不成君小国

岁年

名号：正统　僭号　篡弑

即位

改元

尊立

崩葬

等十九项。而关于“统系”的凡例，尤为凡例中之纲要。朱子解释说："凡正统谓周……秦……汉……晋……隋……唐。列国谓正统所封之国（如周之秦晋齐楚燕魏韩赵……诸大国及汉诸侯王之类）。篡弑谓篡位干统，而不及传世者（如汉之吕后王莽，唐之武后之类……），建国谓仗义自王，或相王者（如秦之楚赵齐燕魏韩）。僭国，谓乘乱篡位或据土者（如汉之魏吴，晋之汉赵诸燕……）。无统谓周秦之间（秦楚燕魏韩赵齐代八大国凡二四年），秦汉之间（楚西楚汉三大国，雍以下为小国凡四年），晋隋之间（宋魏齐梁北齐后周陈隋为大国，西秦夏凉北燕后梁为小国凡一百七十年）隋唐之间（隋唐魏夏梁凉秦定扬吴楚郑北梁汉东，以上凡五年），五代（梁唐晋汉周为大国，二蜀晋歧吴南汉吴越楚荆闽南唐殷北汉为小国凡五十三年）不成君谓仗义承统而不能成功者（如刘玄）。"

他又解释道："凡正统全用天子之制，以临四方，书法多因旧文，略如《春秋》书周鲁事，事有相因者连书之。诸国或臣或叛，各以其制处之（如汉自昭烈以后，即内吴而外魏），事各冠以国号不连书。凡无统即为敌国，彼此均敌，无所抑扬，书法多变旧文，略如《春秋》书他国事，事各冠以国号不连书。凡诸国号从其本称，或屡更易，即从史家所称，而于建国之始即注云：是为某国。凡诸国同时同号者，后起者称后，至前国亡则后国去'后'字，而凡追称前国处加前字。凡远方小国，继世迁徙，不能悉书，因事乃见。”“统系”实为《纲目》中最主要凡例，而《正统》之标号更为微言大义之所在，在“岁年”、“名号”、“即位”、“尊立”等凡例中都标出“正统”与非之别。自《公羊》首倡大一统以来，遂使国人无不以“一统”为常，而分裂为变；时至南宋，四裔交争，一统无存，朱子遂倡“正统”说，夷狄虽有君，奈非“正统”，“正统”实为大一统之补充。

正统，天统之义，实渊源有自。在先秦五行系统中，以五行排帝位，已有正统及闰统说。顾颉刚先生在《五德终始说下的政治和历史》（《古史辨》第五册）一文中，曾讨论《夏商周的新法及秦的闰统问题》。以为从前讲五德的人都说夏为木德，商为金德，周为火德。后来因为凑付五德系统而使夏变为金德，商为水德，周为木德；并因此造成些新的符瑞，而使夏商周五德之运适应于五行相生的系统。夏金、殷水、周木已经定了，可是有关秦是水德的证据很多，要完全推翻这些事也有困难，于是想出一个“闰位”的办法，说秦是水德，但介于周木与汉火之间，失去固有的行次，所以其祚不久。又说秦是“任知行以强”，只能是“霸”而不能是“王”；于是秦的一代就不为“正统”而为“闰统”，不为“秦王”而为“秦伯”了。“闰统”是否有先例，正好《国语》、《淮南子》中关于共工的记载，和水有关而称“伯”，因而推为“水德”，成为“秦伯”的先例。这有关“闰统”的安排，是依五德终始的系统而排列的，无法依五德系统安排而已占有某德的帝王只能居闰统地位而称“伯”（霸）。闰统非正统，但秦在朱子的凡例中处于正统的地位，而在五德终始的系统中秦是闰统。前后的安排不同而各有根据，朱子在《纲目》中的根据是什么呢？

在《资治通鉴纲目》处于正统地位者，在宋前有：周、秦、汉、晋、隋、唐；都是大一统的国家，而不及其得国原因及年代之短暂；五德终始的座位安排亦早已抛弃。秦、隋都是汉、唐大一统国家之先趋，所谓为之驱除以待后来者。以此朱子之标“正统”实即大一统之别称。元人汪克宽在《资治通鉴纲目考异凡例序》中，曾经说：“书法另统系以明‘大一统’之义。”明确指出《纲目》统系乃“明大一统之义”。而在《资治通鉴纲目书法凡例》中，于《正统例》云：

> 凡天下混一为正统。正统者，大书纪年。继世虽土地分裂，犹大书之。其非一统，则分注细书之。虽一统而君非正系或女主，亦分注书之。

“凡天下混一为正统”，“混一”是否同于《公羊》之大一统，依《公羊》说，大一统有具体内容及定义，朱子虽不主《公羊》，“混一”亦“统一”之别称，其义盖大体相同。凡正统国家，“继世虽土地分裂，犹大书之”，此例用于汉末之国时，遂以蜀为正统，而《资治通鉴》则主魏，所以在《纲目凡例》夹注中指出：“如汉建安二十五年十月，魏始称帝，改元黄初，而《通鉴》从是年之首即为魏黄初。又章武三年五月，后主即位，改元建兴，而《通鉴》于《目录》举要，自是年之首，即称建兴。凡若此类。非惟失实，而于君臣父子之教，所害尤大。”以此《纲目》屡申义例，以为温公《通鉴》之失。于是《纲目》于魏文帝曹丕黄初元年，仍大书：

> （建安）二十五年冬十月，魏王曹丕称皇帝，废帝为山阳公。

《纲目书法》中指出，“书称废，一削传禅之说，乱臣贼子，始无以自文，《纲目》诛心之法严矣哉！”翌年又书：

> 昭烈皇帝备章武元年。

是年四月刘备始即帝位，而岁首即书“昭烈皇帝备章武元年”。此为《纲目》与《通鉴》及《三国志》观点之最大牴牾处。蜀虽非大一统国家，但继承汉统，魏虽大国，但得来不正；于是正统之称，遂代大一统之实。南宋偏安，但为正统。以正统代大一统，亦多民族国家政权分立时之所必争；史家修史亦因之以区别。盖政权可以暂时分裂，而国家必须一统；暂不能一统，则以正统代一统。朱子之用心良苦，亦足见大一统说之深入人心，盖千古不磨者也。

八　清代前期的大一统论与公羊学

（一）魏僖谈大一统

清初易堂九子之一的魏僖侈谈大一统。僖致力于古文辞，喜读史，好《左氏传》，其为文亦凌厉雄杰，僧无可（方以智）尝至山中，叹曰，“易堂真气，下无双矣”。叔子认为“经世之务，莫备于史，以为尚书史之大祖，《左传》史之大宗。古今治天下之理尽于《书》，而古今御天下之变备于《左传》，明其明，达其变，读秦汉以下之史，犹入宗庙之中，循其昭穆而别其子姓，了如指掌矣”（《左传经世·自序》）。读史所以经世，与读经经世之说相辅而成。盖时当季世，学者治学欲挽狂澜，必有所取法，明、清之际虽有西方传教士东来，但其说难为中土学者普遍接受，法无可法，于是返而求诸古，此种状态颇类西欧之“文艺复兴”，以复古作维新，冲破中古之封建网罗，而求思想解放，于是明、清之际表现在中国学术思想界，出现又一次的“百家争鸣”。魏叔子之读史经世说亦一家言。

《春秋》三传，《左传》纪事，事无义理可言，而微言大义来自《公羊》，《公羊》义颇不俗，倡大一统，鲁隐公元年，《春秋》开始，首先强调大一统。如云：

> 元年春，王正月。元年者何？君主始年也。……王者孰谓，谓文王也。曷为先言王而后言正月？王正月也。何言乎王正月？大一统也。

春秋时代并不存在大一统的局面。而《公羊》强调大一统，可视为“实不一统而文一统”。公羊家说，此孔子为新王立法。当周之季世，为新王法，权假文王，而实际“以《春秋》当新王”。《春秋》何以能当新王？于是有孔子为汉立法说。汉朝确是大一统天下，《公羊》的理想实现了。尤其是武帝时代，真正完成了大一统的事业，但如何使这一统的天下真正“大”起来，还是武帝关心的问题，于是有董仲舒的“天人三策”。

汉武帝实现了大一统，他也曾经想长久维持这大一统的局面，但汉末分崩，魏、蜀、吴鼎立，不再是一统的天下，而中国一统的思想深入人心，“实不一统而文一统”的影响，遂有“正统”说。“正统”说正好是“实不一统而文一统”的体现，但在这表面文章中蕴藏着无穷力量，它是一种精神纽带，绾系人心，分离的政权都以“中国”自居，都以代表“中国”自命，这自居、自命的内在含义，即他们是大一统的担当者，他们是中国的担当者。《公羊》于此亦有卓越义法，他们以为“中国”、夷狄之分本不由种族、民族界限，而以致治、文化为分野，中国可以退为夷狄，夷狄可以进为中国，进为中国者即“正统”，即大一统之担当者，大一统而不可得，于是为“正统”之担当者，夷狄只能纳贡称臣，听“正统”者之颁正朔。此所以《公羊》三世，太平世夷狄进而为中国，天下大一统矣。

实不一统而文一统，于是有正统说，既有正统说，当分崩之际，政权峙立，孰为正统，标准为何？于是在长期中国历史中，当政治上不能统一的时候，遂有长期争论，而持久不休，魏叔子亦参与此项争论者，曾有三篇《正统论》（《文集》）。在《正统论》中，他指出：

古今正统之论，纷纭而不决，其说之近是者有三：欧阳修、苏轼、郑思肖是也。欧阳子之说曰，正统有时而绝，故曰正统之序，自唐虞三代，历秦汉而绝，晋绝之又绝，有唐得之又绝。苏轼之说曰，正统之为言，犹曰，有天下云尔，无其实而得其名者，圣人亦以名与之，名轻而后实重，故曰正统。听其自得者十，曰，尧，舜，夏，商，周，秦，汉，晋，隋，唐。序其可得者以存教，曰，魏，梁，后唐，晋，汉，周。郑氏之说曰：以正得国，则篡之者为逆；不以正得国，则夺之者为非逆。故曰，正统三皇，五帝，三王，东、西汉，蜀晋宋而已。

三者之说，皆近于理，而郑氏为尤正，然各有其偏见，不可以不辨也，辨其非则是者出矣。天下不能一日无君，故正统有时绝，而统无绝，绝其统则彼天下将何属乎？而其予西晋而不与东晋，等后唐，后汉于朱梁，石晋，尤为非是，此欧阳子之蔽也。偏安之主篡窃之人，吾予之以正统，彼正统者孰肯与之。苏氏曰，犹夫大夫士与民也，而或为盗，势不得不与之偕座。夫吾非有诛赏进退之权，则隐忍而偕坐，固其势也，旁观之君子，则必别其为盗而不齿之大夫士与民。且以为举天下而授之魏，晋，汉，魏之过，与之统者何罪？犹舅以妾为妻而妇奈何不以为姑，则大不为然矣，生于篡君之子孙，亲为其臣子，谓之姑可也，然君子有微辞焉。《春秋》于桓公元年书“春王正月”，于三年书“春王正月”之义是也。至于后世之公论，则是以妾为妻，而国人则妾之耳。使当时之名一空而后不可更，则公议无权，乱臣贼子不畏身后之诛，以为吾固可与二帝、三王俨然而并列也，孔子之《春秋》可无作矣，故以为欧阳子重与之而吾轻与之者，此苏氏之蔽也。

郑氏身当宋亡，发愤于心史，虽元魏之修礼乐，兴制度，亦所不取。其尊宋之极。至于黜唐，夫以为不正而得国，则陈桥之变与隋禅唐何异，而唐除隋暴，尤正于宋之取周，故以为三皇，五帝，三王，汉，宋者，忠臣之心，义士之见，非古今之公论，此郑氏之蔽也。然则正统之说恶乎定：魏子曰，古今之统有三，别其三统，而正统之说全矣。曰正统，曰偏统，曰窃统。正统者，以圣人得天下，德不及圣人而得之不至于甚不正，功加天下者亦与焉。偏统者不能使天下归于一统则择其非篡弑，居中国而强大者焉。窃统者，身弑其君而篡其位，纵能一统乎天下，终不与之以正统而著之曰窃统。是故因其实而归之以其名者，正统也，唐，虞，夏，商，周，西汉，东汉，蜀汉，东晋，南宋是也。正统绝而其子孙无足以系天下望而后归之曰偏统，后唐，后汉是也。天下之偏统绝，虽乱贼固已正乎其为天子有天下，则不得不归之窃统，秦，魏，西晋，宋，齐，梁，陈，隋，后梁，后晋，后周，北宋是也。吾故折衷欧阳子正统有时绝，郑氏篡正为逆，夺不正非逆之说，以明三统，三统明，然后天下之统不绝，偏安之正篡弑之人亦终不得以干正统，而正统之论完矣。

叔子引用欧阳修、苏东坡、郑思肖三家正统说，判其是非，而提出“三统说”，此可以名之曰“新三统”。“旧三统”，黑统、白统、赤统因五行而生，主者公羊学派与荀子学派。荀子所谓“道不过三代”及《公羊》的“三世说”，都是三统说的前身。董仲舒接受了这种传统而有三统说，汉武帝的太初改制许多方面是受了他的影响。但魏僖的三统不是董仲舒的三统，魏僖的三统是：正统，偏统，窃统。正统者，圣人得天下，非圣人得天下而甚不正者亦得曰正统。偏统者，不能使天下归于一统，而得国非由篡弑，居中国而强大者属之。窃统者，弑君篡位，纵能一统，终不能称正统而名之曰“窃”！这是儒家正名主义的应用。正统是名正言顺，堂哉皇哉。偏统者，有类于齐桓、晋文之伯业，虽不能一统，但能维护正统的尊严。窃统则乱臣贼子，能统一而其统不正。但叔子的理论亦有漏洞，如同一宋朝，北宋为窃，南宋为正，以北宋得国为篡弑，南宋得国由继承。其实根既不正，嗣位者焉得为正，况宋高宗之对金称臣，焉得曰正。书生之见是难与谈史识者。“食其利者为有德”。“侯之门仁义存”。得国之正与不正，亦难言也。汤武之征伐何殊于莽、操之得国，而一为圣王，一为权奸。其实尧舜禅让，不得不行，汤武之征伐亦不得不行，禅让与征伐亦等耳。此为当时之社会环境所决定，非由人力安排，但与魏禧而谈社会发展规律，亦如夏虫不可与语冰，苏东坡究属达者，其言曰：“正统之为言，犹曰，有天下云尔，无其实而得其名者，圣人亦以名与之，名轻而后实重，故曰正统。”“有天下后得言正统，是大一统也”，无论任何国人能统一中国，即为大一统，即为正统。其后，无其实而有其名亦得曰正统，名重而实轻。郑思肖因亡国之痛，斤斤于“以正得国，则篡之者为逆，不以正得国，则夺之者为非逆”。周武伐暴，但夷齐以为非正，正与不正，亦各有其是非，所谓“以暴易暴”者，乃阶级社会之通则。思肖之言，其情可悯，但于史实扞格难通。

无大一统之实而欲维护大一统之名，故有正统之议，这应当是史家爱国主义的表现，在历史上富有积极意义。须有正统，然后于政权分离之后，仍得云“国家大一统”。春秋战国时之周天子本如告朔之饩羊，但有羊究胜于无羊，有统亦胜于无统。魏僖重视正统，究属有识之士。在“正统论”中，下两篇中主要论述历朝属统及史法、书法等问题，叔子本治《左传》，不治《公羊》，因倡《正统》，亦主大一统，故于《三魏易学》中有：

萃，天下一统也。

（二）清代前期的公羊学派

我们曾经指出，东汉以后，今文经学（公羊学）若潜流地下，默默无闻。宋代学者虽重《春秋》，但不主《公羊》而别作新传。至清代当乾、嘉朴学发皇，垄断一时的时候，公羊学派亦若奇峰突起。溯源导流，清人首倡《公羊》者当推常州庄存与！

庄存与，字方耕，他是中国封建社会末期公羊学的开创者，此后这一学派中的重要人物几乎都受有他的影响，最著者有门人孔广森、外孙刘逢禄等。

庄存与是一位经师，不是一位变法图强的政治家，因此他直接牵涉到政治理论处很少，但在他的著作中，要求巩固旧有阶级秩序的愿望是强烈的。原来公羊学派的历史观和政治理论相结合，其中的历史观有时进退于先王、后王之间，所以他们的政治理论也不彻底，即使要建立地主阶级的新秩序也抛不下旧有的世族地主。因此庄存与不是一位有创见的历史学家！他用以和政治理论相结合的不是传统的公羊学历史观，而引进了宋代理学思想。宋代理学以儒家纲常名教讲《春秋》，庄存与受这派影响，遂亦以理学思想说《春秋》。他在《春秋正辞》的《奉天辞》中引用二程的语言道："天理灭矣，天运乖矣，阴阳失序，岁功不咸矣，故不具四时。"以理学解《春秋》，宋代流行，如今复见。清代乾嘉，汉学鼎盛，常州学派却以宋学讲《春秋》。

庄存与不仅在经学上引进宋学，在经学本身中也不分今古。同是经学，今文与古文一向互为水火，彼此不相容，因之今文《公羊》排斥古文《周礼》，清代康有为更以《公羊》为圣经，而以《周礼》为伪造。但庄存与却以《周礼》济《公羊》之穷。其实这是正确的看法，《公羊》、《周礼》同属齐学，有相通处。庄存与一不主张改制，二不主张变法，他希望巩固原有的阶级秩序，而愿借《周礼》以成其说。在《周官记》中，他说："古先圣王之所以导其民者，先务于农民。农非徒为地利也，贵其志也。民农则朴，朴则易用。易用则边境安，主位尊。民农则重，重则少私义，少私义则公法立，力专一。民农则其产复，其产复则重徙，重徙则死其处而无二虑。民舍本事而事末则不令，不令则不可以守，不可以战。民舍本而事末则其产约，其产约则轻迁徙，轻迁徙则国家有患。皆有远志，无有居心。民舍本而事末则好智，好智则多诈，多诈则巧法令，以是为非，以非为是。”这是庄氏据《周官》作论，以为齐民务农与否，对于封建国家来说，有三利三不利。在《春秋正辞·内辞第三·土功》条中也谈到这一问题道：“王事惟农是务，无有求利于其官，以于农工，谷不可胜，由此道也。”所谓“农工”即从事农业工作的农民。庄存与以经师而谈政治经济，亦本学以经世之义，以《周礼》为鉴，由《公羊》出发，遂与先秦法家殊途而同归。《周礼》尚法重农，与法家相合，而《公羊》学者讲《周礼》亦重农尊法；以此《公羊》、《周礼》虽分属今、古，但内容无不可逾越之鸿沟。晚清康有为出，鼓吹《公羊》而排斥《周礼》，两者又互相水火不相容矣。

庄存与理想一个大一统的天下。这是《公羊春秋》之千古绝唱！庄存与所处的时代正是新的“南夷与北狄交，王室不绝若线”的时代，在南方，英国资本主义势力正在叩关，他们的鸦片烟船停泊以待；在北方俄国势力正在得寸进尺，蚕食而鲸吞。这远不是“夷狄进于爵”的太平世界，而是如何排斥“夷狄”的问题。所以庄存与的大一统不能与“张三世”的理论相结合，而止于“内诸夏而外夷狄”的阶段。在《天子辞·大规天子》条，他发挥道：“周公欲天下之一乎周也，二之以晋制则不可，其不可于是始，君子谨而致之，欲天下之一乎周也。”他没有进一步说明“夷狄”进而为中国的道理，“欲天下之一乎周”，在当时来说也就是“欲天下之一乎清”。“欲天下之一乎周”，而不可得，他转而肯定“二伯”。因为齐桓、晋文是能够抵抗四夷，维持当时统治秩序的人。他曾指出：“诸侯无伯，亦《春秋》之所恶也。则其不主晋何？曰，诸侯之无伯也，晋襄公始为之也。不主晋于是始而王道行矣。桓、文作而《春秋》有伯辞，实与而文不与也。”（《春秋正辞》诸夏辞第五）

“实与而文不与”是《公羊春秋》中重要义法之一。表明在历史转换时期之承认现实，而有碍于旧有原则。“实与”是结合现实而赞赏其维护当时秩序的伯业；“文不与”是不能公开承认这种侵犯王权的举动。在《二伯辞》中他又发挥道：“未有言同盟者，其言同盟于幽何！齐桓自是为诸侯正也。……齐主命则其言同盟何？夺其为正之辞也。……曷为夺之，有天子存在，则诸侯不得主诸侯命也。……盖自是礼乐征伐自诸侯出，天下且见为当然，而相率以安之矣。”（《春秋正辞》诸夏辞第四）礼乐征伐乃王者事，自诸侯出乃僭越而非礼；不得已而有之，有益于“一统”秩序，但还是不能公开赞许。

大一统的天下是理想的和谐的礼乐世界；在不同阶段有不同的“一统”规模，是公羊学“张三世”的理论发挥。庄存与是在公羊学沉沦已久而重新发现它，在清代公羊学派中他是开山的人物，他还不理解全部《公羊》的非常异义。庄存与所处的时代及其理解水平，还只能要求他维护这原有的旧秩序，他没有通过改制来建立一个新社会——资本主义社会的要求。所以他引进理学以济《公羊》，理学与《公羊》结合的结果，使今文经学增添了新的内容，这新的内容不仅使《春秋》为后王立法，并为后王建立道法规范。在《诛乱辞》中他说道：“《春秋》礼义之大宗也，治有司者也。法可穷，《春秋》之道则不穷。”法可穷，因为法有时代的局限性，而《春秋》之道无穷，道是不变之“常”。这种理论，在宋儒讲《春秋》的时代，已经谈起，虽然他们不主《公羊春秋》。

庄存与所处的时代是旧社会，但新的社会形态正在萌芽。新的经济因素萌芽，新的社会力量也在萌芽。这些新的萌芽日见茁壮而冲击旧有的秩序、旧有的经济关系、旧有的思想作风；旧有的道德标准也很难维持。庄存与作为多变的公羊学者，应当适应或者推动这种变换。但如我们曾经指出的，他还不是一位彻底的公羊学者，他是打算维护旧社会秩序的公羊学者，打算以“变”来维持不变。他曾经说道：

> 乱天下之大防者晋也。诸侯以晋为正，实以力为正，自时厥后，苟有利其从之。何知仁义，以享其利者为有德。其机在此，此谓大恶。（《春秋正辞·诸夏辞》第五）

晋为当时强国，公羊学者虽然肯定晋之伯业，但存与仍然以为自时厥后，乱天下之大防，而诸侯以之为正。旧的社会秩序被破坏，于是有新的道德规范。在西汉时，因为新的地主阶级取代旧的宗法贵族，司马迁曾经说，“何知仁义，以享其利者为有德。”事过千余年，庄存与又重复地说，这意味着更新的阶级在生长，旧的道德体系将被扬弃，庄存与和司马迁有同感。在《外辞》中他又提出“窃钩者诛，窃国者为诸侯”。这也是太史公曾经强调的问题，各个时代有不同的价值观，各有各的道德标准。“何知仁义，以享其利者为有德”，既可以为旧有的统治者服务，也可以为新的社会力量服务，只要你能够成功。以后不久，龚自珍更有歌颂“私”的文章，这是新消息，有如春雷。在前资本主义社会，“私有制”不是完整的“概念”，在资本主义社会中，“私有”才是不可侵犯的。以此龚自珍之所谓“私”，只能是在商品交换的过程中去寻找它的道德观念。

庄存与还没有具备龚自珍的思想内容，但庄存与如果只是维护旧的社会秩序而压抑新生事物的发展，这不是公羊学的传统。《公羊》是多变的，在封建地主阶级走到末路而找不到前途的时候，公羊学者是他们的应变哲学。庄存与也打算在不变社会的基础上变，所以他也在“讥世卿”，这是向封建社会世族地主挑战了。他指出：

> 公羊子曰：讥世卿。世卿非礼也。其圣人之志乎！制《春秋》以俟后圣。后世之变，害家凶国，不皆以世卿，故圣人明其忧患与故，岂不知之，则何以必讥？告为民上者，知天人之本，笃君臣之义也。告哀公曰：义者宜也，尊贤为大。……非故非贤，不可以为卿。君不尊贤则失其所以为君。彼世卿者，失贤之路，蔽贤之蠹也。……世卿非文王之典也。无故无新，惟仁之视，尊贤养贤之家法也。（《春秋正辞·天子辞》）

一个时代有一个时代的世族，战国时代之尚贤是反对宗周以来的宗法贵族；以后几经反复，新地主变为旧世族，封建社会存在，世族地主也不断更新。《公羊》之《讥世卿》永远具有新的意义，庄存与之“讥世卿”也有现实意义。

庄存与是中国封建社会后期公羊学派的创始人，但在乾隆时期，还不是中国封建社会的崩溃时期，一切新的因素都在萌芽，还没有取而代之的力量，《公羊》始终是地主阶级的应变力量，很难是资产阶级鼓吹革命的武器。所以《公羊》随封建地主阶级之消失而失去其政治作用；失去政治作用的公羊学，与古史研究结合，遂变成有名的“古史辨派”。

（三）公羊名家孔广森

阮元在《方耕经说》中指出：“通其学者，门人邵学士、孔检讨及子孙数人而已。”其中邵学士不以今文经学名家，孔广森实属《公羊》名家及朴学大师。孔广森乃衍圣公孔传铎之孙。因出自贵族世家，千百年来孔门后裔与封建王朝互相结合，互相利用。但他们之间也存在着矛盾，主要表现在土地所有及依附农民的问题上。封建王朝保护地主阶级土地所有制，不过世族地主的过度膨胀，对于封建朝廷又形成一种对抗力量。当时的王朝能够控制当时的世族豪门，就可以维持一个强盛的统一帝国；相反，世族豪门可以变作强藩，形成分散的割据力量，从而削弱封建王朝的集中统治。

清初，曲阜孔家的世族大家的地位如故，他们和王朝的结合及矛盾也继续下来。清初，当王朝初建的时候，清廷和孔家互争土地与农民，时有纠纷，直到乾隆年间要解决这长久未决的问题，两方面直接抗争了。当时的衍圣公孔昭焕以为地方官额外差徭过多，例应优免差徭的庙户（即孔府的依附农民）也得不到免除，于是他悻悻地说："请将现存户丁酌留五十户，其余户丁，收归民籍，交地方官编审，与民籍一体当差。"这是违反他本意的话，以表示不满。而乾隆帝则毫不迁就，并加以呵斥说，根本不存在繁重的科徭问题；有些水利事业，本为民办，不得谓之差徭。并此等民差亦不应承，使孔氏庙户得以逍遥于一切差徭外，是没有道理的。当时山东巡抚白钟山也说"有粮之家，依托庙户，影射居奇"。（《清朝文献通考》卷二十五《职役考》五）这是指当地中小地主依附孔家而逃避税徭。这一切说明世族豪门的专断行为影响朝廷的政令实施，朝廷不会容忍这种行为，过去的素王后裔与当代帝王在较量中败下来，孔昭焕遭到议处。

乾隆也只是稍抑贵族地主的气焰，使他们一时收敛而已，并没有根本解决问题。封建政权是暂时的，而孔府是“与天并老”的，他们的庙、佃两户仍然继续得到优免，地方徭役也没有得到均平。这些都是孔广森的社会背景，他是这个时代、这种环境下的一位经师，公羊学派的经师。存在决定了他的意识，当他讲这个充满“非常异义可怪之论”的《公羊》时，他将吸取些什么而发挥出什么“微言大义”出来，是值得注意的问题。早期公羊学派的思想主流是：① 鼓吹大一统及尊王攘夷；② 张三世的学说把理想世界放在现在与未来。在庄存与的公羊学中已经失掉了这种思想内容，在孔广森的思想体系中却存在别解。他在《春秋公羊通义》的开端作了如下发挥：

> 天子诸侯通称“君”。古者诸侯分土而守，分民而治，有不纯臣之义，故各得纪元于其境内。而何劭公猥谓，唯王者然后改元立号，《经》书“元年”，为托王于鲁。则自蹈所云，“反传违例之失”矣。

这些话不是在鼓吹大一统，而是在鼓吹分裂。这是自有公羊学以来，从不曾有过的义法，也是公羊学派不能容忍的义法。《公羊传》隐公元年首先发挥大一统义，说：“元年者何？君王始年也。春者何？岁之始也。王者孰谓？谓文王也。曷为先言王而后言正月？王正月也。何言乎王正月？大一统也。”后来历代王朝之强调藩邦“奉正朔”，即以之为大一统的象征。而孔广森不理此义，以为古者诸侯分土而守，分民而治，各得纪元于其境内。这不是《公羊》原有义，孔广森所说是中国古史的真实而《公羊》云云，是历史哲学，是它们的理想，理想虽不等于现实，但可以促进现实的发展。何休也并没有“反传违例之失”。而是孔广森本身的“反传”。（这种“不纯臣”的现象，在清朝乾隆时代不复存在；如果有的话，孔府是唯一的一家，它不是诸侯，但是权力超出诸侯，它可以“分土而守，分民而治”，以致在乾隆鼎盛时，为此还起纠纷。）存在决定意识，孔广森是为自己的贵族豪门争独立地位。

孔广森也似乎不理解《公羊传》的“三世说”。“三世说”是公羊学“三科九旨”中的主要内容；这在何休的《春秋文谥例》中曾有明确交代，一直到清末的公羊学家都集中到“三科九旨”上加以发挥，但孔广森却驳斥何劭公，以为他是“志通《公羊》，而往往还为《公羊》疾病者也”。他说：“《公羊》者，旧有新周故宋之说，新周虽出此传，实非如注解。故宋传绝无文，惟《谷梁》有之，然意犹不相涉。是以晋儒王祖游讥何氏‘黜周王鲁，大体乖硋，志通《公羊》，而往往还为《公羊》疾病者也’。”（《春秋公羊通义》定公十六年）他不相信劭公的“三科九旨”，而另立自己的“三科九旨”道：

> 夫周纲解弛，鲁道陵迟，攻战相寻，彝伦或熄，以为虽有继周王者，犹不能以三皇之象刑，二帝之干羽，议可作而化也。必将因其衰世之宜，定新国之典，宽于劝贤而峻于治不肖，庶见风俗可渐更，仁义可渐明，政权可渐兴。乌乎托之？托之《春秋》。《春秋》之为书也，上本天道，中用王法，而下理人情。不奉天道，王法不正；不合人情，王法不行。天道者：一曰时，二曰月，三曰日。王法者；一曰讥，二曰贬，三曰绝。人情者：一曰尊，二曰亲，三曰贤。此三科九旨既布，而一裁以内外之异例，远近之异辞。错综酌剂，相须成体。凡传《春秋》者三家，粤惟《公羊》有是说焉。（《春秋公羊通义序》）

以上所谓：时、月、日之例；讥、贬、绝之辞；尊、亲、贤之议；都是《公羊》原有义，但以之为《公羊》之“三科九旨”，未免小题大做，不能发挥《公羊》之应有的影响与作用。我们所谓公羊学是指《公羊传》及何休《解诂》。何休实在总结了以往的公羊学，这种总结保存了公羊学的丰富内容，发挥了公羊学的传统而在中国政治史上有过良好的作用。孔广森是朴学大师，是以朴学方法治《公羊》而不本何休。虽然他以为是就《公羊》而论《公羊》，不作“非常异义可怪之论”，但实失《公羊》之宏伟思想内容！

《春秋公羊通义序》是孔广森之发挥《公羊传》义的文章，他以为《公羊》与《孟子》相合，孟子是善言《春秋》的，他说：

> 东汉时帝者号称以经术治天下，而博士弟子因瑞献谀妄，言西狩获麟，是庶姓刘季之瑞，圣人应符为汉制作，黜周王鲁，以《春秋》当新王，云云之说，皆绝不见本传，重自诬其师以召二家之纠摘矣。然而孟子有言，《春秋》天子之事也。《经》有变周之文，从殷之质，非天子之因革耶？甸服之君三等，藩卫之君七等。大夫不世，小国大夫不以名氏通，非天子之爵禄耶？上抑杞，下存宋，褒滕薛邾娄仪父，贱谷邓而贵盛郜，非天子之黜陟耶？内诸夏而外四裔，殆所谓天下之本在国，国之本在家者与？愚以为公羊学家独有合于孟子。乃若对齐宣王言小事大，则纪季之所以为善，对滕文公言效死勿

忘，则莱侯之所以为正，其论异姓之卿，则曹羁之所以为贤，论贵戚之卿又实本于不言剽立以恶衎之义。……故孟子最善言《春秋》。岂徒见税亩、伯于阳西传文句之偶合哉。（《春秋公羊通义序》）

这无异于《孟子》与《公羊》相通考。《孟子》与《公羊》的思想体系绝不相同，也无路可通。其实仅摘录文句，《左传》与《谷梁》都有相通处；这种做法与后来刘师培论孟子、荀子与三传相通的论点相同，都不能说明任何问题。孔与刘在经学上是一今一古，但都长于朴学，因之以朴学类比的方法从事排比。即以《孟子》、《公羊》相通而论，他们之间不相合处甚多。比如《左传》宣公四年云："凡杀君称君，君无道也；称臣，臣之罪也。"这是《左传》中"五十凡"之一，乃《左传》最重要义法，但也为《公羊》、《谷梁》所讥，因为它违反了封建道德传统，而孟子却说：

齐宣王问曰："汤伐桀，武王伐纣，有诸？"孟子对曰："于传有之。"曰："臣弑其君可乎？"曰："贼仁者谓之贼。贼义者谓之残，残贼之人，谓之一夫。闻诛一夫纣矣，未闻弑君也。"（《孟子·梁惠王》下）

这是《孟子》与《左传》相通而不同于《公羊》；所以我们以为，类似的相通说，不能说明任何问题。

孔广森的公羊学有他自己的“三科九旨”，实际与传统《公羊》之“三科九旨”不同，而孔氏之旨主要是维护世族豪门。孔广森不倡大一统，也不倡法后王，主张世族豪门可以割据称王。因为孔府是世袭的豪门地主，朝廷可更，而孔氏与天并老，他们永远是既得利益者，“已享其利者为有德”，是庄存与也提倡的理论，所以孔府自称是与天并老的道德之家，这道德之家半是来自孔子，半是来自世袭贵族。他们要巩固这种局面，但《公羊》讲“变”，原有的“三科九旨”都是讲变的道理，他们以为社会在变，历史在变，因之政治也要变，这是他们思想之可取处。每当封建地主阶级处于困境的时候，公羊学往往应运而生，地主阶级中各阶层遂于其中各取所需。世族地主主张巩固旧有的阶级秩序，维护他们的既得利益，因而有孔广森的“分土而守，分民而治，有不纯臣之义”。他们在向往着教皇的地位。这不是孔广森的个人意识，是同一阶级的共同愿望，清初“三藩”如此，乾隆之与衍圣公的争议，原因也在此。衍圣公府千百年来已经取得“分土而守，分民而治，有不纯臣之义”的地位，他们不愿失去而固守，遂假《公羊》立说。其实原来《公羊》无此异义，孔广森学自庄存与，比庄存与更向后转！

《公羊》接近法家，本是齐学，孔广森治《公羊》亦摄法家说，非儒家正统，他曾经提倡类似于法家的刑赏二柄说：

> 天下者大柄有二：曰威，曰福。二柄举，则天下治矣；一有失矣，不以沦亡，则以败乱。下或擅之，小则以霸，大则以王。然威之为用，足以制人而已，王者之末也。福者积微以为用，以晦而张，以柔而强，及其至也，威不足以言之，是王道之本也。何谓福？恩惠是也？何谓威，甲兵是也。先王经世有赐诸侯弓矢得专征之威，未与臣下得私恩惠之福，故礼家施不及国者，不与大夫得作福于国也。《诗》戒诸侯专封者，不与有国者得作福于天下也。……有威可畏，有惠可怀，此文王之所以造周也。（《春秋公羊通义》）

“二柄”说出自法家，《管子》有“六秉”说，《韩非子》有“二柄”说。“二柄”即刑、赏，孔广森称之为“威福”二柄，意义相同。《公羊》学者而有法家学说，本非意外；但这样公开地提倡刑、赏二柄，在经师中少见，经师本儒家谏言刑赏者。

孔广森以法家解《公羊》具有卓识；但在《公羊》义法

上的发挥甚乖本旨。他究竟是有名的训诂学家，当他以朴学治《公羊》的时候，却有所长。东汉末年的汉学家，本来结合今古，寓义法于朴学之中。孔广森的作风犹是汉学传统，但非乾嘉学派之正统也。

（四）清代公羊学中的关键人物刘逢禄

清代中期最有影响的历史学者是刘逢禄，他是庄存与的外孙。他所处的时代已经是鸦片战争的前夕，也是中国封建社会面临瓦解的前夕，也正是“南夷与北狄交，王室之不绝若线”的时代。这正是封建地主阶级感觉到恐惧危亡非变不可的时代，于是已经兴起的公羊学越发具有茁壮成长的土壤。庄存与、孔广森虽然发现了公羊学，但他们还没有从公羊学中找到应变的方案，也就是说清代前期的公羊学还在摸索前进，刘逢禄却是大步前进了的人！

刘逢禄是清代公羊学中的关键人物，他发现了东汉何休经过十七年的探索而总结出来的“非常异义可怪之论”。何休的总结在当时没有发生实际效果，东汉末是由统一帝国逐步走向瓦解的时代，四裔崛起，到处称王，所谓大一统及尊王攘夷之《公羊》古义与时代乖忤，何休的《公羊》总结只能是一个“书面总结”，但却具有历史意义。这有历史意义的文章淹没已久，真是“众里寻他千百度，蓦然回头，那人却在灯火阑珊处”，刘逢禄找到了，他找到了何休的总结，公羊学的核心思想。他适当地评价了这个总结，而且有他自己的理解，有了他自己的理解，就会有新的内容。此后，公羊学逐步与历史实际相结合而有所发展。鸦片战争后，公羊派风起云涌，谈改制，谈变法，都是在公羊学中找方案，刘逢禄变作提供方案的人。我们曾经指出，在公羊学的思想体系中，大一统的学说及“张三世”的理论是它的核心所在。他们鼓吹一个大一统的天下，这大一统是理想也是事实，因为中国历代有过大一统的事实；虽然在王朝季世出现过分裂，但人们的理想始终是大一统，大一统不可得到，有“正统”说以济其不足。公羊学始终以为理想的天下是大一统，未来的天下一定是大一统。庄存与没有意识到这一点，孔广森更不理会这大一统，他的“三科九旨”和上述主张无关，刘逢禄出而局面为之一变。刘逢禄论大一统：

自王纲不振，小雅尽废，强大兼并，君臣放弑，诸侯奔走，不得保其社稷者不可胜数。极于中国微灭，吴楚狎主，而三代之彝伦法制斁坏，简弃无复存者。盖夏商之末失以强，而周之末失以弱。……厉幽之亡，不生孔子，天将以《春秋》之制统三正而正万世也。周之衰也，始则礼乐征伐自诸侯出而专封专讨，天子不能问也。继则自大夫出而擅作威福，君若赘旒，下至陪臣效尤，而皂隶舆台，自假威坐床之亹，外至四夷乘便，而文身左衽，张僭号争长之心。……夫子遂为之极其义曰："臣弑其君，子弑其父，非一朝一夕之故，其所由来者渐矣，由辨之不早辨也。"……然犹以为托之空言，不如见诸行事之深切著明，于是受命制作，取百二十国之宝书，断二百四十二年之行事，上诛平王而下及于庶人，内诛鲁公而外及于吴楚，虽冒万世之罪而不敢避。……夫医者之治疾也，不攻其病之已然，而攻其受病之处。《小雅》尽废，乱贼所以横行也。《春秋》欲攘蛮荆，先正诸夏；欲正诸夏，先正京师；欲正士庶，先正大夫……欲正诸侯，先正天子京师，天子之不可正则托王于鲁以正之。（《公羊何氏释例·诛绝例》第九）

刘逢禄并没有正面提出大一统问题，但其发挥"王鲁"之义，实际上是主张有强有力的中央王朝以发号施令，以维持王纲之不坠。理想的大一统是四夷进于爵，但在乱世，臣弑其君，子弑其父，政自大夫，王若赘旒，浸假而舆台皂隶假威坐床，四夷乘便文身左衽；阶级矛盾与民族矛盾交织，王纲之不坠若线。清代乾嘉以后，道光年间又出现了类似局面。这不是历史的重演，这时有这时的内忧，这时有这时的外患，而这种内忧外患，将使这古老的封建社会崩溃，使这几千年文明古国沦亡；不仅亡国而且亡天下。这不是四夷进于爵的大一统，而是四夷交攻，王室之不坠若线的时代。于是刘氏据《公羊》而倡“尊王攘夷”，论古以喻今，周天子既不可得，于是有所望于新王，希望有一个新王来扭转这即将崩溃的局面。“新王”之义意味着革新，有一种新的局面而重建大一统。于是由维护一统而理想新王，由立新王而有变法改制的主张。这是原有的公羊义法可以引申出来的新义。虽然刘逢禄还没有一种新社会的蓝图，通过变法以达到新社会的理想，也就是在他的思想中还没有发展资本主义的萌芽。但他的思想体系，是这种思想出现的预备阶段。稍后在今文学派龚自珍的思想中已经看到这种思想的端倪，至康有为出，在他的理论中已经是资本主义社会的色彩，但他称之为“大同世界”。

刘逢禄只是要求一个“新王”，他一再鼓吹“王鲁”：

> “王鲁”者即所谓以《春秋》当新王也。夫子受命制

作，以为托诸空言，不如行事博深切明，故引《史记》而加乎珍焉。孟子曰："《春秋》者天子之事也。"夫制新王之法，以俟后圣，何以必乎鲁？曰：因具史之文，避制作之僭，祖之所逮闻，惟鲁为近，故据以为京师，张治本也。圣人在位如日之丽天，万国幽隐，莫不毕照，庶物蠢蠢，咸得系命。尧舜禹汤文武是也。圣人不得位，如火之丽乎地，非假薪蒸之属，不能抒其光，究其用。天不生仲尼，万古如长夜，故曰：归明于西，而以火继之，尧舜禹汤文武之没而以《春秋》治之，虽百世可知也。（《公羊何氏释例·王鲁例》第十一）

他进一步说明"王鲁"即以《春秋》当新王，因《春秋》乃为新王立法书，非王者不制度，不议礼，不考文，故以《春秋》为新王。更据《公羊》之三世义，以《春秋》当新王，上黜杞，下新周而故宋，以《春秋》当新王。旧周已被新王所代，而时代近故称"新周"，宋为殷后，故称"故宋"，而杞为夏后，时代已远故黜杞；这是向前演变的历史观，他们鼓吹的"新王"，也就是法家的"后王"；所以我们说《公羊》的历史观近于法家。

周不可兴而王鲁，鲁非王国，故又托王于《春秋》，而新王之法亦具于《春秋》，亦即《公羊春秋》。而《公羊春秋》理想社会是大一统，但理想与事实乖忤，大一统的社会是四夷进于爵，而春秋时代是四夷交侵而入主中国，刘逢禄于此只能肯定四夷狎盟的现象，而有《秦楚吴进黜表》，云：

> 余览《春秋》进黜吴楚之末，未尝不叹圣人驭外之意至深且密也。昔圣人序东周之《书》，唯存《文侯之命》及《秦誓》，著其盛衰大旨。其于删《诗》，则列秦于《风》。序《蒹葭》曰，“未能用周礼”，序《终南》曰，《能取周代》。然则代周而改周法者，断自秦始，何其辞之博深切明也。秦始小国辟远，诸夏摈之，比于戎狄，然其地为周之旧，有文武贞信之教，无放僻骄侈之志，亦无淫佚昏惰之风，故于《诗》为夏声。其在《春秋》无僭王猾夏之行，亦无君臣篡弑之祸，故《春秋》以小国治之，内乏也。关通上国最后，而其强也最骤，故亡也忽焉。秦强于内治，败殽于后，不勤远略，故兴也勃焉。楚之长驾远取强于秦，而其内治亦强于吴，故秦灭国而终覆秦者楚也。圣人以中外狎主承天之运而反之于礼义，所以财成辅则天地之道而不过乎物，故于楚庄、秦穆之贤而予之，卒以为中国无桓文则文归之

矣，何待定哀之末而后京师楚哉。于吴光之败陈许，几以中国听之，慨然深思其故曰：中国亦新夷狄也……故观于《诗》、《书》，知代周者秦，而周法之坏，虽圣人不可复也。观于《春秋》知天之以秦楚狎主中国而进黜之义，虽百世不可易也。（《公羊何氏释例》）

《公羊春秋》“于楚庄、秦穆之贤而予之，卒以为中国无桓文则文归之矣。”又于“吴光之败陈许，几以中国听之”。据《公羊》义，据乱世本内中国而外诸夏，而今进夷狄于中国，以当时之中国，“亦新夷狄也”。秦乃西方小国，远于中国而比之于戎狄，但因此为周旧邦，有优良传统而没有淫佚昏惰的风俗，所以《公羊》内之。楚也是有权基的国家，所以后来楚能代秦，秦楚狎主中国，而《公羊春秋》许之，因为此时之中国亦新夷狄。

公羊派之肯定新王朝的出现，说明他们是向前看的历史观，因此我们说他们的理论近于先秦法家，而刘逢禄也曾经使儒家的礼义和法家的刑法互相结合。本来董仲舒曾经认为《春秋》为礼义大宗，但公羊学派有关礼义的含义不同于一般儒家。刘逢禄说：

或称《春秋》为圣人之刑书，又云五经之有《春秋》，犹法律之有断令；而温城董君独以为礼义之大宗何哉？盖礼者刑之精华也，失乎礼即入乎刑，无中立之道，故刑者礼之科条也。《春秋》之道始于元，终于麟，绝于夏之冬而犹系于周之春，威厉而不试，刑措而不用，此亦太平之极轨也。若乃意深于拨乱，故制刑常用重典，无变三代之实而有异文武之文，然其原心诛意，禁于未然，其立法严，其行法恕。匪用为教，覆用为虐，则秋荼也。曲学阿世，缘经文奸，岂非罪哉！抑又闻之董生，《春秋》显微隐权，先德而后刑，其道盖原于天。……夫刑反德而顺于德，亦权之类矣。……矫枉者弗过其正则不能直，故权必反乎经，然后可与适道。（《公羊何氏释例·律意轻重例》第十）

以上所谓“礼者刑之精华也，失乎礼即入乎刑，无中立之道，故刑者礼之科条也”。不同于正统派儒家关于礼的定义，不同于封建社会前期礼刑分别用于不同阶级的传统。这几句话体现了公羊学派理论之近于法家的事实。东汉儒家欲使刑法儒家化而以公羊断狱，当是公羊学派之余风。至此公羊学又与荀子学派之思想相近，荀子是沟通礼、刑之新儒家。儒家不断更新，才能使其生气勃勃，此后理学家又在更新儒家，更加丰富了礼与仁的思想内容。如今更有新儒家之呼声，有其名而未见其实，或其实与名不符，仍难称之为儒家之再次更新。

清代今文经学发展了公羊传统，也可以说发展了新儒家的思想体系，刘逢禄的议论亦颇富辩证的意味，他说，“刑反德而顺于德，亦权之类矣……故权必反乎经，然后可与适道。”刑反于德而顺于德，权反于经而适于道；使刑法、权经都处于对立统一的地位，这样才会有发展的前途。这种崭新的议论是有他的社会基础的，说明阶级关系在变化中，一切价值观念、道德观念也在变化中。于是礼与刑的概念也在变化中，这不再是对立与隔绝的了，它们是对立的统一体，这统一体就是法，于是资产阶级强调法律，刘逢禄也说：“五经之有《春秋》，犹法律之有断令。”法令统一了礼刑，礼与刑都丧失了原有地位而为法令所取代。

公羊学派和荀子及法家接近，他们提倡变法改革，但他们只有理论而没有实施的方案，于是有些改革者遂取古文经《周礼》、《左传》以济其穷。但刘逢禄坚持今文传统而排斥古文经，以《周礼》、《左传》为伪，此论在清朝来自方苞，今文家据为口实，其后今文、古文永远互相攻击不休，至清末康有为、章太炎，两派今古文大师，在政治上彼此不相容，在经学上亦复驳辩不已。为民国成立，经学逐渐脱离政治，在经学界今古文仍攻讦不已，古史辨派即今文学派脱离政治后转向历史研究的学派之一。

（五）陈立、龚自珍、魏源

稍后于刘逢禄的陈立亦《公羊》经师，其所著《公羊义疏》用力甚勤而取材丰富，但缺乏公羊学派之宏阔思想及断制功夫，獭祭材料，殊少义理的发挥。但陈立也没有漏掉公羊学重要的微言大义，比如关于“三科九旨”，他说：

> 旧疏问曰：《春秋说》云，《春秋》设三科九旨，其义如何？答曰：何氏之意，以为三科九旨，正是一物，若总言之，谓之三科，科者段也。析而言之，谓之九旨，旨者意也。故何氏作“文谥例”云，三科九旨者，新周、故宋以《春秋》当新王，此一科三旨也。又云，所见异辞，所闻异辞，所传闻异辞，二科六旨也。又，内其国而外诸夏，内诸夏而外四夷，是三科九旨也。问曰：宋氏之注《春秋说》三科者：一曰张三世，二曰存三统，三曰风外内，是三科也。九旨者，一曰时，二曰日，三曰月，四曰王，五曰天王，六曰天子，七曰讥，八曰贬，九曰

绝。时与日月，详略之旨也；王与天王天子是录远近亲疏之旨也；讥与贬绝则轻重之旨也。旧疏引“文谥例”又云，此《春秋》五始、三科、九旨、七等、六辅、二类之义，以矫枉拨乱，为受命品道之端，正德之纪也。（《公羊义疏》一）

陈立也曾经引用以解《五始》、《六辅》等义。孔广森之所谓“三科九旨”与何劭公不同，其实是杂采《春秋说》宋氏注。“三科”、“三科九旨”陈立都罗列在一起，但这些科旨都意味着什么，他自己有什么理解与发挥，他没有说过。罗列材料而不知究竟，只能是獭祭而已。关于大一统，他也采集了一些材料，比如：

《汉书·王阳传》：王阳曰，《春秋》所以大一统者，六合同风，九州共贯也。《礼记坊记》曰：“天无二日，土无二王，国无二君，家无二尊，以一治之也。”即大一统之义也。《解诂笺》云：“大一统者，通三统为一统，周监夏商而建天统，教以文，制尚文。《春秋》监商周而建人统，教以忠，制尚贤也。”（《公羊义疏》一）

大一统是《公羊春秋》的理想，是开宗明义的首要义法。这种理论在后来中国历史上发生了无比作用，在处理多民族国家之政令统一方面，它发挥了正确理论，因而也取得了理想结果，何休于此义的解诂是恰当的。而“坊记”以中央集权为一统未免偏离；至于以通三统为一统，意义模糊，不知所指。陈立于此应当有说，但他只能罗列众说，既少断制，更无发挥。大一统应当是“太平世”的当然结果。陈立以为：

> 内其国而外诸夏，所传闻世也。内诸夏而外夷狄，谓所闻世也。至所见世则著治太平，夷狄进于爵，天下远近大小若一矣。（《公羊义疏》五四）

这是《公羊春秋》的原始义，夷狄而进于爵是大一统。但关于“三世”的安排，以春秋之昭定哀为所见世，是太平世。而事实上这是最不一统的“世”，也是最不太平的“世”，为什么公羊学家相反，以之为一统，为太平？为什么不依正统儒家之托古，把理想世界放在上古，以中国上古为理想的黄金世界。这是正统儒家与公羊学派最不一致的地方，或者说是齐学、鲁学之分。这种历史观的改变关系到他们的政治思想体系，把理想放到现在与未来，则要求变法改革，把理想放到上古，则要求复古；这是法先王、后王之所由分。《公羊》把理想世界放到后来，但后来的周天子已经沉沦，不具备“新王”的资格，于是以“鲁”当新王，但鲁小而弱，无制礼考文的水平，于是以“春秋”当新王。非天子不议礼，不制度，不考文，而《春秋》有此条件，故以《春秋》当新王。这些内在含义应为陈立所理解加以《义疏》，但陈《疏》于此茫然。

与陈立同时的公羊学者中，可以称作思想家者当推龚自珍。原《清儒学案》曾经指出，“定庵学出金坛段氏，后从武进刘氏受《公羊春秋》，遂大明西京之学。其见于文字者，推究治学本原，洞认周以前家法，同光学者喜治《公羊》，托于微言大义，穿凿附会，浸致恣肆，此则末流之失，未可以议前人也。”（原《清儒学案·定庵学案》）旧案编者，尤其是托名主编徐世昌，本为保皇，对于变法维新，提倡《公羊》，不理解亦不接受，故云，“同光学者，喜治《公羊》，托于微言大义，穿凿附会，浸致恣肆，此则末流之央”。所谓同光末流指康有为等之维新党人，以儒家公羊义鼓吹变法改良，此为中国经学之为政治服务最末机会，因顽固派之反对而流产，徐世昌乃袁世凯党人，其识见居慈禧、袁世凯间，与之谈公羊变法，与虎谋皮矣！

龚自珍是一位有思想体系的公羊学家，不仅是传统的经师，且具有近代风貌的思想家，他曾经探讨过世界观、人生观，基础与上层建筑等各方面的哲学问题，在世界观万物生长生成的问题上，他曾经说：

> 古人之世，倏而为今之世，今人之世，倏而为后之世，旋转簸荡而不已，万状而无状，万形而无形，风之本义也有然。……
>
> 从虫之义，可得闻乎？曰，不从虫，则余无以知之矣。且吾与子何物？固曰倮虫。……天地至顽也，得倮虫而灵；天地至凝也，得倮虫而散。然而天地至老寿也，得倮虫而死；天地犹旋转簸荡于虫，知虫之自为旋转而簸荡者哉。……
>
> 谓天地之有死，疑者半焉；谓天地古今之续为虫之为，平心察之弗夺矣。许慎曰：风生百虫，故从虫。……道家者流，又言无形么虫万亿，昼夜啮人肤，肤觉者亿之一耳，是故有老病死。是说也，予亦信之，要皆臣仆吾说。（《定庵文集》卷七《释风》）

这是一篇很有见识的哲学小品。首先他指出宇宙在发展，古之世变而为今之世，今之世变而为后之世，变化不已，如风之旋转簸荡，万状而无状，万形而无形。“风”一方面说明了宇宙的发展变化，一方面说明这宇宙的根源。宇宙无生命则为一凝固静止的宇宙，风从虫为生，“天地至顽也，得倮虫而灵；天地至凝也，得倮虫而散”。不得倮虫则天地不灵，不得倮虫则天地不活。天地虽老寿，因倮虫而有死亡。这是理学家人为天地立心的发挥；没有人则宇宙凝固不化，冥顽不灵。龚自珍提出更为根本的风与虫。虫是最原始的生命，而风是传播生命的媒介；没有他们宇宙无生气可言。但宇宙有生则有死，“谓天地之有死，疑者半焉；谓天地古今之续为虫之为，平心察之弗夺矣”。这是中外哲学家永远在探索的命题，龚自珍之说，在清代中国实为石破天惊的议论，其理论为时人所不及。后来章太炎詈之为儇薄小生，亦门户之见。

在方法论上，他也有值得称道的地方，他说：

> 万物之数括于三：初异中，中异终，终不异初。一匏三变，一枣三变，一枣核亦三变。大人用万物之数，或用其有，或用其空，或用其有名，或用其无名，或用其收，或用其弃。大人收者一而弃者九也，不以收易弃也。享，弃之积也。……哀乐爱憎相承，人之反也；寒暑昼夜相承，天之反也。万物一而立，再而反，三而如初。
>
> 天用顺数，圣人用逆数。逆犹往也，顺犹来也。生民

顺也，报本始，逆也。冬夏顺也。冬不益之冰为之裘，夏不益之火为之葛，逆也。乱顺也；治乱，逆也。庖栖氏之“易”，逆数也。礼逆而情肃，乐逆而声灵。（《定庵续集》卷二《壬癸之际胎观》第五）

他从万物之数说起，万物之数可以说明万物发生发展的规律，这规律用“数”来表示。万物都有初、中、始三变，在三变中，初与中不同，中与终不同，而终不异于初，他说，“一而立，再而反，三而始初”，这是辩证法的概念，是逻辑体系，一二三是正反合，三而如初，三并不就是初。他又谈顺逆问题，这是辩证逻辑的核心问题，有“有”，有“空”，有“有名”，有“无名”。这是对立统一问题。顺逆相承，天用顺数，天寒而益之冰，夏热而益之火；圣人用逆数，圣人不因冬寒益之冰而为之裘，不因夏热而益之火而为之葛，都是以逆承顺，无顺而圣人亦顺是无为，圣人有为以逆承顺，后世圣人之制礼作乐都是逆。顺犹来而逆犹往，一来一往遂构成一个发展的世界，这生动发展的世界，如风之旋转簸荡。

龚自珍也主张正名，公羊学派近乎荀子与法家，主张正名，本非意外，但他的正名不同于先秦诸子，却来自清代的朴学，以考据方法正名，这是他的外祖段玉裁所亲授；本来朴学主张名实相符。龚自珍要求去掉空谈之聪明，守朴拙之迂回，物物名名，不使有遁。所以他说：“古人文学，同驱并进，于一物一名之中，能言其大本大原，而究其所终极。综百氏之所谭，而知其义例，遍入其门径，我从而筦钥之，百物为我隶用。”（《定庵文集》上《与人笺》一）他要通过训诂小学以明名物之本原而达到正名的目的。因正名而言正心诚意以推极于国家天下，以达到“天下国家名实本末皆治”。清初顾炎武本来具有这种思想，他治音韵朴学所以通经，通经所以致用，他的《日知录》的目的即在于此。他不是一位脱离实际的小学家，他是由小学以上达。但后来的朴学家包括段氏与二王，并没有这种思想，也没有这样做过。从某一方面说，他们是在作正名的工作，但他们并不想下学而上达，他们的小学并不能和治国平天下联系在一起。他们使“纯朴”变为“聪明”，使“小学”变为“大学”，他们皓首穷经，毕生考索，但止于此。龚自珍和他们的意见不同，他认为“大学”中不仅有治国平天下，也有性与天道，他说：

敢问问学优于尊德性乎？曰，否否。是有文无质也，是因迭起而欲偏绝也。圣人之道，有制度名物以为之表，有穷理尽性以为之里；有诂训实事以为之迹，有知来藏往以

为之神，谓学尽于是，是圣人有博无约，有文章而无性与天道也。（《定庵续集》卷三《江子屏所著书叙》）

道问学与尊德性的轻重缓急是中国思想史上有过激烈争论的问题，朱熹、陆九渊于此有相反的看法，而龚自珍重新收拾起来评价，他认为“学问”“德性”是一文一质，一表一里的问题，不能偏重。圣人之道有文物制度为之表，有穷理尽性为之里。如果以“道问学”优于“尊德性”是有博无约，有文章而无德性。但他的“道问学”就是“小学”，而“小学”是上达的根本。自有小学以来未曾有过这样的评价，顾炎武外，龚自珍是这样评价“小学”的第一人。龚自珍时代已经是自然科学发皇的时代，他所评价的“小学”近于自然科学的方法，讲究证据，讲究逻辑思维，但因探讨的对象不同，结果自然歧异。但我们不能忽视这种方法，他说立强记之法是书之始，有书则有文，有文则有字，而字有声、形、义。立测之法是数之始，数始于一，极于九，是谓算。有算法则能测，测日月星，测地；日月星地既可测则有历。民性能辨而有四方，东西南北都以日之出入为标极，是方位之始。（见《定庵续集》卷二《壬癸之际胎观》第二）他这种朴素的方法论，认识到文字的源流，数学的源流，天文历法的源流，地理学及空间的知识；在朴学、义理以外，他发现了近代自然科学，虽然他没有从事这种学科，但他注意到了而且有所认识是应当肯定的。

在政治思想方面，因为他出自公羊学派，所以多新奇可喜的议论。比如对于私有制的“私”字，他持有不同于流俗的见解。

> 敢问私者何所始也？告之曰：天有闰月以处赢缩之度，气盈朔虚；夏有凉风，冬有燠日，天有私也。地有畸零华离，为附庸闲田，地有私也。日月不照人床闼之内，日月有私也。
>
> 圣帝哲后，明昭大号，劬劳于在原，咨嗟于在庙，史臣书之，究其所为之实，亦不过曰庇我子孙，保我国家而已。何以不爱他人之国家而爱其国家？何以不庇他人之子孙而庇其子孙？……圣哲之所哀，古今之所懿，史册之所记，诗歌之所作。……寡妻贞妇何以不公此身于都市？乃私自贞私自葆也。
>
> 且夫子哙天下之王公也，以八百年之燕，欲予子之。汉哀帝天下之至公也，高皇帝之艰难，二百祀之增功累胙，帝不爱之，欲以予董贤。由斯以谭，此二主者，其

视文、武、成、康、周公，岂不圣哉！……

且夫墨翟天下之至公无私也，兼爱无差等，孟子以为无父。杨朱，天下之至公无私也，拔一毛利天下不为，岂复有干以私者，岂复舍我而徇人之谒者？孟氏以为无君。且今之大公无私者有杨、墨之贤耶？杨不为墨，墨不为杨，乃今以墨之理济杨之行；乃宗子哙，肖汉哀；乃议武王周公，斥孟轲；乃别辟一天地日月以自处。（《定庵续集》卷一一《论私》）

他说从天、地、圣、哲到寡妇贞女无不有私；相反，燕王哙无私以八百年之燕让子之，汉哀帝无私以二百祀之汉让董贤；而斥文、武、成、康、周公之为有私。然墨翟、杨朱无私而孟子斥之为无父无君，是有私胜于无私。否则必将斥孟轲而别择一天地日月以自处。他高度评价了私字，因而说，“今曰大公无私，则人耶，禽兽耶？”私有制的起源，家庭和国家的起源是世界文明的开端，龚自珍虽然没有这样联系起来，但是相关的问题。在奴隶社会和封建社会，虚伪的道德学说掩盖了奴隶主与封建主的私有欲，因此他们讳言“私”，以为是不道德的行为。在资本主义资产阶级赤裸裸地提倡“私”字，歌颂私有，以“私”为天下之大公。龚自珍的尚私，无疑反映了这种事实，反映了中国资本主义萌芽期的私有愿望，这是新的价值观念。他又说：“夫天寒暑风雨露雷必信，则天不高矣。寒暑风雨露雷必不信，则天又不高矣。”天不以信或不信示人以高或不高；天且首鼠两端，何况于人！这是对“言必信”的挑战。龚自珍是善于思考的人，有崭新独立的见解，对于阶级社会中的一系列问题，都有所议论，他曾说：

> 有天下，更正朔，与天下相见谓之王。佐王者，谓之宰；天下不可以口耳喻也。载之文字谓之法，即谓之书，谓之礼；其事谓之史职，以其法载之文字而宣之士民者，谓之太史，谓之卿大夫。天下听从其言语，称为本朝。奉租税者谓之民，民之识立法之意者谓之士，士能推阐本朝之法意以相诫语者，谓之师儒。王之子孙，大宗继为王者，谓之后王。后王之世之听言语奉租税者，谓之后王之民。王若宰，若大夫，若民相与以有成者谓之治，谓之道。若士若师儒法则先王、先冢宰之书以相讲究者，谓之学。师儒所谓学有载之文者，亦谓之书。是道也，是学也，是治也，则一而已矣。（《定庵文集》上《乙丙之际著议》第六）

他以为得有天下者颁布正朔，是为国王，佐王者谓之宰。而有法有书有礼，有太史有卿大夫，天下听从其语言，是为朝廷。纳租税者为民，民有识谓之士，士之中有师儒。王之子孙大宗者继立为后王，王与宰与大夫与士与民相与以有所成就者谓之治，谓之道。道也、学也、治也乃成一体。这一系列重大问题，国家之同立，阶级之划分，平实而合理，他没有假借上帝或神权，而前期公羊学者，比如董仲舒说："受命之君，天意之所予也。"（《春秋繁露·深察名号》）两相比较已相去甚远。龚自珍谈有天下颁正朔是为国王而不及大一统，大一统在过去只是政治概念，在前期，即使是法家与"公羊"虽谈一统，谈改革，但鲜及社会性质之变迁，清初学者如顾炎武等大师，以封建郡县制为腐败，但无进一步想法，只要去郡县而复封王，他们没有改变社会性质的想法。龚自珍而后不谈政治上之大一统而注意到社会制度之改革及其变迁，至清末遂以大同代大一统。

龚自珍是一位哲学家，关于宇宙之来源问题，他说：

天地，人所造，众人自造，非圣人所造。圣人也者，与众人对立，与众人为无尽。众人之宰，非道非极，自名曰我。我光造日月，我力造山川，我变造毛羽肖翘，我理造文字言语，我气造天地，我天地又造人。我分别造伦纪。……人也者人所自造，非圣造，非天地造。（《定庵续集》卷二《壬癸之际胎观》第一）

这些意见现在看起来平庸，但在当时却如春雷。人创造了一切，天地人所自造，非圣人所造；人也者人所自造，非圣造，非天地造。而众人之宰是我，即人之自己。“众人之宰，非道非极，自名曰我。”这是地道的人本主义，以我为主，我是一切，我是上帝，我是主宰。天地无人，实等于无物，有人然后有物，有主宰，有圣人。这是一篇向上帝神权，向皇帝君权的挑战书。

根据公羊派的理论，龚自珍也鼓吹“三世说”，但有他自己的三世说。他在《五经大义终始答问》九篇中以各种典章制度配三世。又分据乱、升平、太平三世为大、中、小。《答问八》说：“通古今可以为三世，春秋首尾亦为三世，大挠作甲子，一日亦用之，一岁亦用之，一章一蔀亦用之。”可惜他没有详细论证。在具体的政治设施方面，在今文经中无可借鉴，于是他也向古文经“周礼”中寻求答案，他曾经说，“圣世所用，实是《周礼》”。（《定庵续集》卷二《保申正名》）处在封建后期的学者而谈社会政治之改革，面向未来不易，因为他们看不到新社会的面貌，他们处于闭关时代，无法向外，而只能内寻，面向过去，在历史中找答案，所以龚自珍的政治主张实近于顾炎武而提出宗法封建。他曾经说：“礼莫初于宗，惟农为初有宗。上古不讳私，百亩之主，必子其子；其没也，百亩之亚旅，必臣其子；余子必尊其兄，兄必养其余子。父不私子则不慈，子不业父则不孝，馀子不尊长子则不弟，长子不赡馀子则不义。长子与馀子不别则百亩分，数分则不长久，不能以百亩长久则不智。”（《定庵文集》卷上《农宗》）他使宗法与井田制结合，以为可以维持井田制于不衰，这是他理想的社会制度。虽然他没有提出新的社会制度而复古，他的时代还早一些，清代大门还没有打开，学者的思想还有大的局限，他们惯于纵深探讨，向历史寻出路，而没有横向探索的道路。但我们注意到谈公羊而不涉及大一统，是他们的注意力已从政治制度走向社会改革，至康有为遂以“大同世界”代大一统而完成这一过渡。

魏源也是喜谈今文经的学者，他曾经说：

今世言学，则必曰东汉之学胜西汉，东汉郑许之学综六经。呜呼！二君惟六书，“三礼”并视诸经为闳深，故多用今文家法。及郑氏旁释《易》、《诗》、《书》、《春秋》，皆创异门户，左右今古。其后郑学大行……谶诗盛，经术卑，儒用绌，晏、肃、预、谧、赜之徒始得以清言名理并起持其后。东晋梅赜《伪古文书》遂乘机窜入，并马、郑亦归于沦佚。西京微言大义之学，坠于东京；东京典章制度之学，绝于隋唐；两汉故训声音之学，熄于魏晋，其道果孰隆替哉。（《魏源集》上《两汉经师今古文家法考叙》）

以上云云，是与不是间杂其中，谶纬源于今文经学及传统迷信思想，与郑学不相干，而清言名理之学与古文经无关，又谓微言大义绝于东京，实际公羊之微言，至东京何休而大显；此后才绝，而“汉学”成为与义理之学互相对立的学派。

西汉有西汉的经学，东汉有东汉的经学，两汉同有经学而学风不同。西汉经学大显于董仲舒，他受有先秦思孟一派天命论的思想而使他成为儒教的鼓吹者，因为儒家宗教化而使经与纬结合。他也接受了荀子一派的思想体系，而使他的主张有时近于法家。五行说大兴于思孟学派，三统说则因五行说而产生，它与公羊及荀子学派相近。荀子之所谓“道不过三代”和公羊的三世说，即三统说的前身，而董仲舒的改制主张尊三统，但他也鼓吹五行。魏源也曾经说：

且夫文质再世而必复，天地三微而成一著。今日复古之要，由诂训、声音以进于东京典章制度；此齐一变至鲁也；由典章制度以进于西汉微言大义，贯经术故事文章于一，此鲁一变至道也。（《魏源集》上《西汉经师今古文家法考叙》）

这“齐一变至鲁，鲁一变至道”，也可以说成“据乱、升平、大同”三世。清初顾炎武有志于经世之学，虽治训诂声韵，乃由训诂声韵以通经，由通经而致用。魏源具有类似的见解，他说：“盖自四始之创明而后周公制礼作乐之情得，明乎礼乐而后可以读《雅》、《颂》。自迹熄《诗》亡之谊明而后《春秋》继《诗》之谊章。明乎《春秋》而后可以读《国风》。……礼乐者，治平防乱，自质而之文；《春秋》者，拨乱返质，由文而返质。故《诗》之道，须上明乎礼乐，下明乎《春秋》，而后古圣忧患天下来世之心，不绝于天下。”（《诗古微》）他以为《诗》与《春秋》都是礼乐制度之所托。周公之礼乐存乎《诗》，“诗亡然后《春秋》作”，是孔子继周公而议礼，制度考文。《诗》与《春秋》说明文质反复演变的道理，乃《公羊》之三统说。魏源尊奉董仲舒，以为其“三代改制质文”一篇，乃穷天人之绝学。董仲舒以为一个新王朝建立后，过去的王降王位而为帝皇，其子孙则赐予小国，使祀其祖先；对本朝的前两代，则奉为本朝的国宾，使他们保有原来的服色、礼乐，和本朝并称“三王”。所以以周为新王则夏殷为二王后，而黄帝、颛顼、帝喾、尧、舜叫做“五帝”；“五帝”以前的神农则降为“九皇”；九皇以上则下放为民了。如果以《春秋》当新王，则殷周为二王后，夏就被绌称帝了。这厚今薄古的办法，和《公羊》的三世说相通。这种思想体系进退于儒法之间，魏源的思想正好如此。他尊西京而贬东汉，重董生而轻何休，以此在公羊学上，他祧《解诂》而祖《繁露》。我们以为何休是东汉为《公羊》作总结的人，在《公羊》本身的发展上，这是前进一步；但魏源不作如是观。有此偏斜，遂使今文经学与理学更加紧密结合，因为西汉董生被尊为儒家正统，在道统上，上接孔孟，而下接程朱；西京之学却与宋儒灵犀相通，而宋代理学家亦大谈《春秋》。

《公羊春秋》主旨为“三科九旨”，无“三科九旨”则《公羊》鲜“非常异义可怪之论”。但“三科九旨”仅见于何休之《解诂》，魏源却以为何休书上本于董生、胡母生；董生之书，“三科九旨”大备，是以“抉经之心，执圣之权，冒天下之道生，莫如董生”。尊崇董生的结果，使他的思想进退于儒法之间。他主张变法而不轻言变法，他说：“君子不轻为变法之议，而惟去法外之弊，弊去而法仍复其初矣。”（《魏源集》上《默觚下·治篇四》）法与社会本质相符，变法总是对旧社会有所改革，不变法而欲变社会为不可能，魏源还没有改变旧封建社会的意图，虽然他已经接触到资本主义社会的边缘，但他没有勇气走入这新的社会，他的思想中不具备这资本主义社会的蓝图，所以他主张变，又主张不变。他虽然提倡“师夷人之长技以御夷”，但也只是坚甲利兵，知己知彼的攻守政策。他不理解封建社会不可能产生资本主义的工业生产。

魏源总是在瞻前顾后，进退维谷，他坚持不变之道，不易之易，这就给以后的“中学为体，西学为用”的学说建立下基础，“中学”不变，而西学可为中用。用魏源的话说，他们是以经术治国而不是以法治国，他说：

> 曷谓道之器？曰礼乐。曷谓道之断？曰兵刑。曷谓道之资？曰食货。道形诸事谓之治；以其事笔之方策，俾天下后世得以求道而制事，谓之经；藏之成均、辟雍、掌以师氏、保氏、大乐正，谓之师儒。师儒所教育，由小学进

> 之国学，由侯国进之王朝，谓之士。士之能九年通经者，以淑其身，以形为事业，则能以《周易》决疑，以《洪范》占变，以《春秋》断事，以《礼》、《乐》服制兴教化，以《周官》致太平，以《禹贡》行河，以三百五篇当谏书，以出使专对，谓之以经术为治术。曾有以通经致用为诟厉者乎？以诂训声音蔽小学，以名物器服蔽《三礼》，以象数蔽《易》，以鸟兽草木蔽诗，毕生治经，无一言益己，无一事可验诸治者乎！（《魏源集》上《默觚上·学篇九》）

他以为道之形于事谓之治，道之笔于书谓之经。士在九年通经后，能以《周易》决疑，以《洪范》占变，以《春秋》断事，以《礼》、《乐》服制兴教化，以《周官》致太平，以《禹贡》行河，以《诗经》当谏书并出使专对。此之谓通经致用；相反蔽于训诂小学，服器制度，毕生治经，无益于己，无事可治。魏源以公羊学家而谈通经致用，是其本色，但通经而不及《公羊》，未免数典忘祖。《公羊》主张大一统，主张尊王攘夷，魏源在对待资本主义国家入侵的问题上，未背经旨，他主张抵抗，在鸦片战争问题上，他是禁烟派的代表人物，他支持林则徐等人的抗英斗争，但有不同于林则徐的策略，他说：

《春秋》之义，治内详，安外略。外洋流毒，历载养痈。林公处横流溃决之余，奋然欲除中国之积患，而卒激沿海之大患。其耳食者争咎于勒敌缴烟，其深悉详情者，则知其不由缴烟而由于闭市。其闭市之故，一由不肯具结，二由不缴洋犯。然货船入官之结，悬赏购犯之示，请待国王谕至之禀，亦足以明其无悖心。且国家律例，蒙古化外人犯法，准其罚牛以赎，而必以化内之法绳之，其求之也过详矣。……

夫戡天下之大难者，每身陷天下之至危；犯天下之至危者，必预筹天下之至安。古君子非常举事，内审诸己，又必外审诸时。同时人材尽堪艰巨则为之，国家武力有余则为之，事权皆自我操则为之。承平恬嬉，不知修攘为何事……如此而欲其静镇固守，严断接济，内俟船械之集，外联属国之师，必沿海守臣，皆林公而后可，必当轴秉钧，皆林公而后可。始既以中国之法令望诸外洋，继又以豪杰之猷为望诸庸众，其于救敝，不亦迂乎！（《魏源集》上《道光洋艘征抚记》）

他在论鸦片战争的得失，这是攘夷的事业。他以为林则徐为除中国之积患而卒激沿海之大患。主要原因是不了解敌情，他以为英国本无“悖心”，也就是他们并没有侵略野心，只是要通商。对待他们，应当和清朝对待蒙古那样，蒙人犯法准其罚牛以赎，就是照顾到彼此情况不同。平定天下大难的人，每身陷天下之至危，所以犯天下之至危的人须还筹天下之至安。当时的清廷还没有战胜英人的条件，既不知己也不知彼，既无战备又无人才，没有取胜可能。评论有是处，但知己而不知彼，当时英国正处于发展初期，火与血的时代，野心勃勃，以其区区而欲囊括天下，岂无“悖心”！魏源乃不识资本主义国家之嗜血成性者！

魏源处于一个矛盾百出，朝政腐败而没法解脱的时代，有识之士，只能求之于传统经师，而公羊非保守派，以其恣肆之思想，益以新知，可以有所作为，康梁出而形势变。

九　康有为的今文经学及其大同思想

魏源对于清末公羊学派之维新志士是一位先驱，康有为曾经说过："……始知西人治国有法度，不得以古旧之夷狄视之，乃复阅《海国图志》、《瀛寰志略》等书，购求地理图，渐收西学之书，为讲西学之基矣。"（《自编年谱》）在乾隆时代还是把西洋当做中国古代的夷狄，此后在康有为的时代，关已粉碎，闭不可能，在学问和知识的探索上，除《海国图志》等书外，他又接受了西方最新成就如进化论，民约论，民主议会思潮，空想社会主义以及一些自然科学的知识，并以之结合公羊学派中的三世说，《礼运》中的大同思想；以新知益旧学，遂使其思想具有为新兴的资产阶级改良主义政治服务的内容。这对于传统的今文经学——公羊派来说，发展到一个新的阶段，使今文经学超越自我，由为封建社会服务的学说，变为新兴资产阶级开路者，直至民国年间，经学脱离政治，公羊学说仍然为古史辨派一直沿用的方法论。

以新知益旧学之旧学即今文经学，今文经学自乾嘉以来至清末亦有长足发展，康有为自谓其《新学伪经考》受有魏源《诗古微》及刘逢禄《左氏春秋考证》的影响，这是无可质疑的，为学之道，譬如积新，后人胜过前人，理所当然。但与康有为同时之经学大师廖平，同类著作或早于康，而两人曾有交结，有为习闻其说，因而有所启发。廖平自述说："丁亥（1887年）作《今古学考》，戊子（1888年）成为二篇，述今学为《知圣篇》，古学为《辟刘篇》。庚寅，晤康长素于广州，议论相克。逾年，《伪经考》出，倚马成书，其绝伦矣。"（《经话甲篇》卷二）又说，"外间所祖述之《改制考》即祖述《知圣篇》，《伪经考》即祖述《辟刘篇》。"（《经学四篇记》）康有为的《新学伪经考》及《孔子改制考》问世后，在思想界及政治界引起轩然大波，梁任公曾比之为"飓风"，为"火山喷"，于此廖平曾致函康有为曰："吾两人交涉之事，天下所共闻知，余不愿贪天之功为己功，足下之学自有之可也。然足下深自讳避，使人有向秀之谤，每大庭广众中，一闻鄙名，足下进退未能自安，浅见者又或以作俑驰书归咎，鄙人难于酬答，是吾两人皆失之也。"（以上俱见《廖季平学术思想研究》一书内第七章《廖平与康有为》）迫责颇严。康廖两家同时都是今文经师，各有千秋，廖著在前，康氏上述两书，受有廖氏《今古学考》影响，康氏弟子梁任公亦不讳言，但康氏著作枝叶扶疏，大气磅礴，当时少有。其书受廖著启迪而有所发挥，亦学术界常事，但不必谓之为“祖述”或“抄袭”。

廖平先生具有公羊传统，其说多变。蒙文通先生在《井研廖平师与近代今文学》（见《廖季平年谱》附录）一文，详细描述了季平先生学术发展过程。以为季平先生初治《谷梁》，后乃知《谷梁》与《王制》相通。《王制》者孔氏删经自订一家之制，一王之法。遂以《谷梁》、《王制》为今文学正宗，而《周官》为古学正宗，以《公羊》齐学为消息于今古学之间。就礼制以立言，此廖说之根荄所在。于是变法之议起，潘祖荫、翁同龢当国而《公羊》之说大行，世之学者皆竞言改制。《谷梁》释经本义密于《公羊》，故由《谷梁》而治《公羊》，其事兹易。廖先生遂以《公羊》名家。《谷梁》实为鲁学大宗，而《公羊》为齐学巨擘。《谷梁》乃以礼说今文者为鲁学遗规；《公羊》乃以纬说群经者，为齐学成法。此今文中二派对峙之主干，经学固以鲁人为嫡传，而纬书者乃齐人之大本。何休训《公羊》，改制之说推本于王鲁，王鲁之说推本于隐公元年，以诸侯不得有元年，鲁隐之有元年，实孔子王鲁之义，亦即改制之本。然《左氏》称惠之二十四年，惠之十八年，《晋语》自以献公以下之纪年，诸侯之得改元，《春秋》著之。《白虎通义》谓天子改元，即事天地；诸侯改元，即事社稷，则礼家断其义，安在隐公元年即是王鲁，而衍其说于改制？由改制故言托古，改制之事不实，则托古之说难言。季平先生由《谷梁》而兼治《公羊》，故主礼制而不废神运之说，实以鲁学而兼治齐学，其长在于春秋礼制，神运之说尚非所长。

季平先生之说既推本于礼制，而今古文礼制异教，学判今古，势必进而推明其致异之故。先生初年之学，以为今文者孔子晚年之定论，邹鲁之士实闻之；古文者孔子初年之学，赵燕之士皆闻之。孔子初年之学主从周，远方之士闻而先归者实得之，于后为古文学。晚年修《春秋》，则损益四代之制，自为一王之法，唯乡党之士闻之，于后为今文学。及与康有为相见于广州，康氏遂本廖先生之《今古学考》、《古学考》以作《新学伪经考》；本《知圣篇》以作《孔子改制考》。康氏之学实以龚魏为依归，而未穷廖先生之底蕴。梁任公谓康氏学非自廖氏，而盛推龚魏以及南海，是为实录。唯《伪经》、《改制》二书不能谓非受影响于廖先生。廖先生闻康氏以《左氏》、《周官》诸书皆刘歆所伪作，信而用之，遂作《周礼删刘》，此当廖先生学之一变，是为康氏之学影响于廖先生。然刘歆伪经之说，终有破绽，先生于此，久而不安，复由《大戴》、《管子》上澄《周官》之非诬，则又易而为大统、小统之说。以今文为小统，孔子所以治中国，方三千里学也。以古文为大统，孔子所以理世界，方三万里学也。由《小戴》言小统，由《大戴》言大统；小统主《春秋》，大统主《尚书》、《周礼》。推而致之，文字孔作也。故廖氏之学，《春秋》其大宗，礼制其骨干，而学亦闳远，世之讥笑亦随之。

文通先生为廖氏之入室弟子，所得殊多，蒙先生本身亦为经史大师，旁通释氏书，所述廖氏学，得其英华亦能指其缺憾，而论康廖之争，言论平实，两君乃互为影响者。予壮时亦曾读廖先生书，但所得远不如蒙先生，故撮录其说如上。所谓小统、大统之说，当本于大一统义而有所发挥，《公羊》固多非常异义可怪之论，至廖氏而淋漓尽致。廖宗泽先生之《六译先生年谱》于1913年，先生六十二岁时，曾有：

旅宗同乡举行欢迎会于湖广会馆，请先生讲演，所讲为“孔学关于世界进化退化与大同小康之宗旨”。

廖先生而论大同、小康，是公羊三世说，乃康有为先生学说之骨干处，两先生固互为影响者，惜不见其辞，不知其所发挥。

我们曾经说过康有为以新知益旧学，遂使古老的公羊学派具有崭新的思想内容，他不同于过去的公羊学家用原有的方案医治封建社会的创伤，使之恢复封建社会的活力。康有为用了新方案，这方案是在封建地主阶级的利益不被抹杀的情况下，建立起一个新的资本主义社会。在过去，我们知道龚自珍、魏源都有过朦胧的资本主义社会的蓝图，廖平虽晚，但是传统公羊体系，而康有为对于新社会的要求更加明确起来，这使公羊学派焕发出青春的气息。

康有为的思想，恣肆激荡，一如传统公羊之多非常异义可怪之论。为了变法维新，他知道应当树立思想上的权威，有了权威，以之作为方法向当时的旧势力宣战。他建立起两种权威，以期达到“大同世界”的理想。我认为这两种权威和一个目标是康有为学术思想及政治理论之逻辑发展的必然。他的两种权威是：

① 公羊经学的权威；② 孔子改制的权威。一个理想的目标是：大同世界。

不建立公羊经学的权威，他不仅没有变法维新的理论根据，也没法论明孔子之托古改制；没有孔子的托古改制，那么康有为之鼓吹变法就缺乏传统经典上的依据，这传统的依据是对付顽固派的最佳方案。他把托古改制作为方法手段来抗衡顽固的保守派，“非圣无法”的头衔套在顽固派的头上是最近选择。康有为把孔子说成教主、素王；利用这教主的权威，以达到政治上的目的。这些，康的弟子梁任公看得清楚，他曾经说：

> 有为谓孔子之改制，上掩百世，下掩百世，故尊之为教主；误以欧洲之尊景教为治强之本，故恒欲侪孔子于基督，乃杂引谶纬之言以实之，于是心目中之孔子，又带有神秘性矣。（《清代学术概论》二十三）

康有为以为欧洲之强由于有宗教基督之权威，故引谶纬以造成孔子之教主地位，从而达到变法维新目的，一如欧洲各国之富强。

树立权威不是轻而易举的事。康有为认为在中国历史上曾经有过两次“造经”、“造史”运动，一次是孔子，一次是刘歆。两次之“造”，都是为了他们的政治目的。康有为在《孔子改制考叙》中说：

> 天既哀大地生人之多艰，黑帝乃降精而救民患，为神明，为圣王，为万世作师，为万民作保，为大地教主。生于乱世，乃据乱世而立三世之法，而垂精太平；乃因其所生之国而立三世之义，而注意于大地远近大小若一之大一统。乃立元以统天，以天为仁，以神气流行而教庶物，以不忍心而为仁政。合鬼神山川、公侯庶人、昆虫草木一统于其教，而先爱其圆颅方趾之同类，改除乱世勇乱战争角力之法，而立《春秋》新王行仁之制。其道本神明，配天地，育万物，泽万世，明本数，系末度，小大精粗，六通四辟，无乎不在。此制乎，不过于元中立诸天，于一天中立地，于一地中立世，于一世中随时立法，务在行仁，忧民忧以除民患而已。《易》之言曰："书不尽言，言不尽意。"《诗》、《书》、《礼》、《乐》、《易》、《春秋》为其书，口传七十子后学为其言。此制乎，不过其夏葛冬裘，随时救民之言而已。

以孔子为教主，并创儒教，在《孔子改制考》中有《孔子创儒教改制考》，开宗明义说："凡大地教主，无不改制立法也。……中国义理制度皆立于孔子，弟子受其道而传其教，以行之天下，移易其旧俗。"义理制度皆立于孔子，在制度中主要是：生于乱世而立三世法。这是一种历史哲学，公羊学派中的核心所在。康有为在《礼运注》中曾有所发挥道："大道者何？人理至公，太平世大同之道也。三代之英，升平世小康之道也。孔子生据乱世而志则常在太平，必进化至大同，乃孚素志。至不得已，亦为小康，而皆不逮，此所由顾生民而生哀也。"是以《礼运》中的小康、大同结合《公羊》中的三世说；这在《公羊》学派中是一种突破与跃进，是一种解释上的新潮。从此，三世的概念遂为社会性质上的含义，而大同代大一统，遂由政治上的一统，变作社会性质上的变革。这些都被说成孔子的垂教，这些垂教保存在他的书与言中，书即六经，言即《论语》。六经为孔子所自造，是我国历史上第一次造经造史运动。孔子造经的目的是为了改制，其后刘歆造经也是为了改制，为了王莽篡改汉制。只是第一次造经是真经，而刘歆所造经为伪经，所以有康有为的大著《新学伪经考》以发其覆。康有为说：

孔子为教主，为神明圣王，配天地，育万物，无人、无事、无义不围范于孔子大道中，乃所以为生民未有之大成至圣也！而求孔子之大道乃无一字，仅有弟子所记之语录曰《论语》，据赴告策书钞誊之断烂朝报曰《春秋》耳。若《诗》、《书》、《礼》、《乐》、《易》，皆伏羲、夏、商、文王、周公之旧典，于孔子无与，则孔子仅为后世之贤士大夫，比之康成、朱子尚未及也，岂足为生民未有，范围万世之至圣哉？章实斋谓集大成者周公也，非孔子也，其说可谓背谬极矣。然如旧说《诗》、《书》、《礼》、《乐》、《易》皆周公作，孔子仅在明者述之之列，则是说岂非实录哉？汉以来皆祀孔子为先圣也，唐贞观乃以周公为先圣，而黜孔子为先师。孔子以圣被黜，可谓极背谬矣。然如旧说，《诗》、《书》、《礼》、《乐》、《易》皆周公作，孔子仅在删赞之列，孔子之仅为先师而不为先圣，比于伏生、申公岂不宜哉？然以《诗》、《书》、《礼》、《乐》、《易》为先王周公旧典，《春秋》为赴告策书，乃刘歆创伪古文后之说也。歆欲夺孔子之圣而改其圣法，故以周公易孔子也，汉以前无是说也，汉以前咸知孔子为改制教主，知孔子为神明圣王。庄生曰："春秋经世先王之志。"荀子曰："孔子明智且不蔽，故其术足以为先王也。"故宰我以为贤于尧、舜，子贡以为生民未有也。孔子之为教主，为神明圣王，何在？曰，在六经。六经皆孔子所作也，汉以前之说莫不然也。学者知六经为孔子所作，然后孔子之为大圣，为教主，范围万世而独称尊者，乃可明也。知孔子为教主，六经为孔子所作，然后知孔子拨乱世致太平之功，凡有血气者，皆曰被其事殊功大德，而不可忘也。……

孔子所作谓之经，弟子所述谓之传，又谓之记，弟子后学展转所口传谓之说，凡汉前传经者无异论，故惟《诗》、《书》、《礼》、《乐》、《易》、《春秋》六艺为孔子所手作，故得谓之经，如释家佛所说为经，禅师所说为论也。……（《六经皆孔子改制所作考》）

既然以孔子为教主，为神明圣王，必申明其为教主、为神明圣王的原由。理由何在？因为六经皆孔子作。如仅事删赞只可比于汉之伏生、申公，何有于大圣！“学者知六经为孔子所作，然后孔子之为大圣，为教主，范围万世而独称尊者，乃可明也。”出于孔子手作者谓之“经”，弟子所述谓之“传”，一如释家，佛所说为“经”禅师所说为“论”。用这种方法来说明孔子的权威，并用以说明《六经》的权威。而六经乃用以改制，康有为遂有《孔子改制考》！

汉刘歆也曾造经，他造经的目的，也是为了改制。经既由人造，应当不分真伪，只分先后，或者分孔造经。刘造经。今文经是孔子造，时代在前，古文经是刘歆造，时代在后；他们造经的目的都是为了改制。但刘歆未具有孔子的权威，以致第二次造经被说为《伪古文经》。康有为说："王莽以伪行篡汉国，刘歆以伪经篡孔学，二者同篡，二者同伪，伪君伪师，篡君篡师，当其时一大伪之天下，何君臣之相似也。"（《新学伪经考》之《汉书刘歆王莽传辨伪第六》）篡君伪师不具备造经改制的权威，于是王莽改制不成而刘歆所造为伪经。康有为遂有《新学伪经考》！

孔子不仅造经而且造史，史而可造，何事而不可造？康有为说：

> 尧舜为民主，为太平世，为人道之至，儒者举以为极者也。然吾读书，自《虞书》外，未尝有言尧、舜者。《召诰》曰："我不可不监于有夏，亦不可不监于有殷。"又曰："我不敢知曰有夏服天命，惟有历年；我不敢知曰有殷受天命，惟有历年。"又曰："丕若有夏历年，式勿替有殷历年。"《多方》曰："非天庸释有夏，非天庸释有殷。"《立政》曰："古之人迪惟有夏，亦越成汤，（戚）〔陟〕丕釐上帝之耿命。"皆夏、殷并举，无及唐、虞者。盖古者大朝惟有夏、殷而已，故开

口辄引以为鉴。尧舜在洪水未治之前，中国未辟，故《周书》不称之。惟《周官》有“唐虞稽古，建官惟百”之言，然是伪书，不足称也。《吕刑》有三后矣，皇帝清问下民。古人主无称皇帝者，盖上帝也，则亦无称尧舜者。若《虞书·尧典》之盛，为孔子作，观《论衡》所述“钦明文思”以下为孔子作。皋陶有“蛮夷猾夏”辞，尧、舜时安得有夏？其为孔子所作自明矣。韩非谓孔、墨同称尧、舜，而取舍相反，尧舜不可复生，谁使定孔墨之真？由斯以推尧舜自让位盛德，然太平之盛，盖孔子之七佛也。《孝经纬》所谓“托先王以明权”。孔子拨乱升平，托文王以行君主之仁政，尤注意太平，托尧舜以行民主之太平，然其恶争夺而重仁让，昭有德，发文明，《易》曰：“言不尽意。”其义一也。特施行有序，始于粗粝而后致精华，《诗》托始文王，《书》托始尧、舜，《春秋》始文王终尧舜，《易》曰：“言不尽意。”圣人之意，其犹可推见乎？后儒一孔之见，限于乱世之识，大鹏翔于寥廓，而罗者犹守其薮泽，悲夫！（《孔子改制考·孔子改制法尧舜文王考》）

他说，孔子托尧、舜行民主立太平，托文王行君主之仁政。尧舜而行民主，由孔子造。孔子以民主为太平世之极致，康有为亦欲行民主，致太平。孔子要改制，康有为也要改制，而改制必须托古，以表明古圣先王之太平本如是也，作为历史根据。所以他说："荣古而虐今，贱今而贵远，人之情哉！耳目所不睹闻，则敬异之，人之情哉！……古之言莫如先王，故百家言多言黄帝尚矣；一时之俗也。当周末诸子振教，尤尚寓言哉！"（《孔子改制考·诸子改制托古考》）其实也就是理想一个社会，而托古圣先王已实行之而致太平。这个社会说古代实有是寓言，在康有为的思想中则拟将理想变作现实。他在把西方已经实行的民主政治现实，托诸于中国的现实，而把中国古代已经行过的太平世，取回来作为新中国的现实。在闭关的中国，不能说效法西洋，把西洋现代变作中国古代，使传统喜欢复古的人容易接受，因为人们本来是"荣古而虐今，贱今而贵远"。况且孔子大圣，是绝对权威。孔子《春秋》之始于文王，终于尧舜也是由小康到大同的过程。

孔子在造经造史，刘歆也在造经造史。刘歆盖与孔子分庭抗礼者，章太炎就是这样评价刘歆，而说刘歆之功大于孔丘。其实康有为也在造经造史，他通过造经造史以树立自己的权威，而达到在清廷变法维新的目的。孔子被称作教主、素王，而康有为号曰"长素"。孔子造经造六经，造史造尧舜；刘歆造经造古文经，造史造《世经》；康有为造经，造《新学伪经考》，造史造《孔子改制考》，所造经史不同，而其目的则一，都是为了改制。

康有为的政治理想不止于小康，“他一方面运用达尔文的进化论观点，把公羊家三世的学说和《礼运》大同、小康的学说融合在一起，建立了改良主义者循序渐进的历史进化论的思想，又一方面运用‘天赋人权’的观点和空想社会主义观点，画出了改良主义最高理想的社会轮廓——人人皆公的大同社会”。（见《中国历代哲学文选》康有为）这个说明指出康有为以新知益旧学的过程；但三世说的进化观点不必来自达尔文，三世说本身就是发展的历史观，原来的《公羊》三世说本来把太平世放在未来而不是过去。康有为以尧舜为太平世，是附合他的孔子改制说，而尧舜的太平，不过是孔子的“托古”，而现实的政治是把太平放在未来。《大同书》虽然带有空想社会主义色彩，但他描绘的大同世界，却是当时西洋的资本主义制度，比如他说去国界后的太平世公政府“若美国、瑞士之制是也”。他还分不清什么是资本主义，什么是社会主义。

汤志钧先生曾经对《大同书》的成书过程有过翔实的考证，他说：“《大同书》是康有为在1901—1902年避居印度时所撰，但并不意味他这时已经定稿，在此以后，康有为又曾屡次修改。”以下汤先生叙述了康书的修改过程，又说，“这些情况，正说明了康有为对《大同书》的不断增补，在《大同书》的稿本和印本中，都有上述迹象，疑《大同书》直至康有为逝世前，犹未最后定稿”。（见《康有为与戊戌变法》第117—122页）但康有为自己说在1884年即撰有是书，汤先生推测其倒填年月的原因道：“任何一个人的思想，总不是孤立发展的，随时会受到传统的、外来的思想影响，康有为却将自己装扮为‘冥心孤往’者，例如，他明明受了廖平的启示，从事《新学伪经考》、《孔子改制考》的撰述，却说是……自己创造发明的。”（同上第123页）这又回到我们谈过的问题——康有为讳言廖季平。

康有为在提出大同说前，是以大一统说为极致，大一统是一种政治概念，只是要求政治上及文化上的一统，而不及社会性质的改变，《大同书》的出现牵涉到社会性质的改变了。

汤志钧先生曾经提出康有为对《大同书》曾不断增补，直至他逝世前，犹未最后定稿。这也说明康有为根据他不断增长的新知而修改自己的学说，以期完善。对于一个学者来说，这是可取的，同时这也是公羊学派多变精神的反映，他的弟子梁启超也曾经说，不惜以今日之我攻击昔日之我，而同时的今文经师廖季平更是多变，以致有《六译馆丛书》。今文多变，不同于古文之保守，此可于晚清今古文大师康有为、章太炎之学术思想中，寻觅出来。

由康的弟子钱定安作序，1935年中华书局出版的《大同书》，可能是最后定稿了，钱在序中，归纳康的大同世界道：

> 夫大同之世，天下为公，无有阶级，一切平等。既无专制之君主，亦无民选之总统，国界既破，则无政府之可言。人民皆自由平等，更无有职官之任。男女既平等独立，则以情好相合……不名夫妇。三年怀抱，二十年教养……则其于父母无恩，孝道可废。及其老也，又有公共之养老院……考终，则有公共之考终院，则于子无靠，慈义可废。人民既受公共之教养二十年后，公家又给之职业……如此则永无失业之人。且既无家室，负担益轻，则其私产自无所用之……如此则私产制度废；资本主义，自烟消云散矣。且于斯时，人类既安居极乐……新器日多，新制日出，必有能代肉品之精华而滋养相同者，至是又不食鸟兽之肉而至仁成矣。……盖人与万物，在天视之，固同一体也，爱物为大同之至仁矣。于斯时也，人物平等，是之谓大同矣；此先生仁心之术也。

康有为多变亦勤学，有此学说，当受各国社会主义思潮之影响，而康本学佛，其中又有极乐及不杀生种种思想在内。在《大同书》原书中，我们看它的目录，也可以想象其详细内客。目录：

甲部：入世界观众苦

乙部：去国界合大地

丙部：去级界平民族

丁部：去种界同人类

戊部：去刑界保独立

己部：去家界为天民

庚部：去产界公生业

辛部：去乱界治太平

壬部：去类界爱众生

癸部：去苦界至极乐

在癸部："去苦界至极乐"章节中，我们选择几条所谓"极乐"如下：

① 大同之世，人人皆居于公所，不须建室，其工室外，则有大旅店焉。当时旅店之大，有百千万之室，备作数等，以待客之有贫富者。其下室亦復珠璣金碧，光彩陆

离，花草虫鱼，点缀幽雅。若其上室则腾天架空，吞云吸气，五色晶璃，云窗雾槛，贝阙珠宫，玉楼瑶殿，诡形殊室，不可形容，而行室、飞室、海舶、飞船四者为上矣。

② 大同之世，只有公所旅店，更无私室，故共饮食，列座万千，日日皆如无遮大会。……大同之世无奴仆，一切皆以机器代之。……

③ 大同之世，自发至须眉，皆尽剃除，五阴之毛，皆尽剃落，惟鼻毛以御尘埃秽气，则略剪面留之。盖人之身，以洁为主，毛皆无用者也。……文明之人剪发，太平之人，文明之至也，故一毛尽拔，六根清净。……惟无毛者，超然为最高明之人也。

④ ……太平之文明，必有妙药，一毛不留矣。……所谓文明者华洁也，故太平之世，人人皆色相端好，洁白如玉，香妙如兰，红润如桃，华美如花，光泽如镜。今世之美人，尚不及太平之丑人也。

⑤ 于时人皆为长生之论，神仙之学大盛，于是中国抱朴贞白丹丸之事，炼煞制气，养精出神，尸解胎变之旧学乃大光于天下。……隐形辟谷，飞升游戏，亦必有人焉。若是者可当大同之全运。……盖神仙者大同之归宿也。

以上我们只是选录几条，已可见康有为理想中之大同世界。全身无毛亦属文明，而从美妙如仙，白日飞升，神仙境界，皆属大同。以此言太平大同世，亦极幻想之能事，非仅空想矣。康有为在《大同书》最后总结说：“大同太平，则孔子之志，至于是时，孔子三世之说，已尽行。惟《易》言阴阳消息，可传而不显矣。盖病已除矣，无所用药，岸已登矣，筏亦当舍。故大同之世，惟神仙与佛学二者大行。盖大同者，世间法之极，而仙学者，长生不死，尤世间怯之极也。佛学者，不生不灭，不离乎世，而出乎世间，尤出乎大同之外也。……故大同之后，始为仙学，后为佛学。下智为仙学，上智为佛学，仙佛之后则为天游之学矣，吾别有书。”（《大同书·癸部：去苦世至极乐》）大同世界而极于仙佛。康有为公羊学者，其书亦多“非常异义可怪之论”，固本学派之传统。但公羊学究属中国中古哲学，非可语于当今。但康有为终以大同思想代大一统学说，大同当然包含有大一统思想在内，而大同世为社会性质之改变，不同于大一统之为政治上的统一；在经学思想上此为跃进。康有为之《大同书》多幻想而终于仙佛，纯属无法达到之境界，但大一统学说，固深入人心，乃千古不灭者！

十　历史的回顾

大一统的思想，三千年来浸润着我国人民的思想感情，这是一种凝聚力。这种力量的渊泉，不是狭隘的民族观念，而是内容丰富，包括有政治经济文化各种要素在内的实体。而文化的要素更占有重要地位。“华夏文明”照耀在天地间，使我国人民具有自豪感与自信心，因而是无比的精神力量。它要求人们统一于华夏，统一于“中国”；这“华夏”与“中国”不能理解为大民族主义或者是一种强大的征服力量。它是一种理想，一种自民族国家实体升华了的境界，这种境界具有发达的经济，理想的政治，崇高的文化水平，而没有种族歧视及阶级差别，是谓“大同”。当然这种境界是逐渐形成的，由大一统的政治统一过渡到社会性质的变迁。

华夏文明本来是夷夏文明之融合，夷夏是中国古代两个部族，而夏族本身也是多民族的复合体。在民族时代实行族外婚，因而有姬姜两姓，而姬姜两姓的始祖为黄帝、炎帝；黄帝是夏周始祖，而炎帝之后嗣为姜。黄帝轩辕氏亦号有熊。轩辕即天鼋，亦即玄鼋。《国语·周语》云："我姬氏出自天鼋"，而夏人崇拜玄鼋，《国语·郑语》云"夏之衰也，褒人之神化为二龙以同于王庭。……龙亡而漦在，椟而藏之……及厉王之末发而观之……化为玄鼋以入于王府"。褒姒姓，褒人之神化为二龙，而龙漦化为玄鼋。"玄鼋"据韦注即"象龙蛇者"。是知玄鼋即天鼋之别称，或因地区不同而有"天"、"玄"之别。在金文中多有玄鼋，特以过去未能识出，故古文字与文献记载，未能合符。在洛阳曾有出土的天兽器群，虽然没法判断天兽的种属，但就其形状看，说为熊，可以无误。结合文献，我们断定此天兽即有熊氏，黄帝号有熊，亦名轩辕，两者合一，说明姬姜两族之合一。《楚辞·天问》有云：

> 焉有虬龙，负熊以游。

龙负熊游，说明炎黄两族之结合，而"炎黄子孙"遂为中华民族大一统的象征。

大一统的社会是一种礼乐文明的社会，社会在发展，虞夏商周是中国阶级社会中最初的四代，而以周代具有最好的礼乐文明，所以孔子说“郁郁乎文哉，吾从周”。在宗周的时代中国古代的学术经典已经初步完成，《易》、《诗》、《书》、《礼》在当时的文化结构上都起了良好作用。集中国古典学术之大成而有新知的学者是春秋时代的孔子。司马迁在《史记·孔子世家》中指出：“古者诗三千余篇，及至孔子去其重，取其可施于礼义。……三百五篇，孔子皆弦歌之，以求合韶、武、雅、颂之音，礼乐自此可得而述，以备王道，成六艺。……孔子以《诗》、《书》、《礼》、《乐》教，弟子盖三千焉，身通六艺者七十二人。”经书本来不出于儒家，但自孔子后，以《诗》、《书》、《礼》、《乐》教弟子，而身通六艺者七十二人。此后经与儒家结合，经书遂为儒家之经典，以此教学并教育后人，是以华夏文明乃以儒家文化思想为中心，影响中国文化者两千余年，余风所及乃及东亚、西欧，称为中国儒家文化。糟粕精华取舍不同而表现亦异，如何评价这一伟大的文化体系，如今尚在探讨中，但其中之大一统思想固为千古不磨灭者！《公羊春秋》是发挥大一统思想最有力的经典著作。公羊为齐学，齐学、鲁学同属儒家。鲁学尊传统，而齐学贵创新，新的儒家乃多法家气息。故《公羊》在学术系统上虽继承孟、荀，在政治思想上则近于荀子，汉代公羊大师董仲舒亦复如此。《公羊传》在开宗明义中首创大一统，隐公元年有云："曷为先言王而后言正月？大一统也。"其实这是"文一统而实不一统"。春秋初年不是一个一统天下；相对一统，西周式的一统，已不存在，何况大一统。但公羊派在理想中，以为当有周文王统治下的一统。何休诂《公羊》一统实为真正之大一统，自公侯至于庶人，自山川至于草木昆虫，莫不系于正月，也就是系于"王纲"之政令。正月为王朝政教之始，统一于王朝者必奉王朝颁布之正朔与法令，而以周文王为大一统的象征，故《公羊》云，"王者孰谓，谓文王也。"

理想的大一统是王者无外，而王者无外属于"三世"说中的所见世。在《公羊》中以传闻世为据乱世，所闻世为升平世，而所见世为太平世。在据乱世，"中国"、诸夏、夷狄有别；在太平世才是"王者无外而夷狄进于爵"。

理想终于成为现实。项羽、刘邦灭秦后，项羽力强，实为天下盟主，但羽实一战将，无统一大志，起兵亡秦亦为个人富贵计，定天下后遂分天下，立诸将及起义者为诸侯王，而自立为西楚霸王，王九郡，都彭城。盖历史发展非直道而前，秦始皇以万钧之力，破灭关东诸侯而一统，死后不久天下乱，农民起兵，项羽继之，灭秦后又分裂天下为侯封，于是复乱。楚汉相争，刘邦居关中，既有甲兵，又富辎重，立于不败之地，垓下之战，项羽亡而刘邦王矣。刘邦都关中，逐渐削除诸异姓侯王，集权式的一统帝国初见端倪，而汉初大敌为匈奴，匈奴不服，汉将无以为家也。文景时代休息生养，为后来武帝之大一统事业建立下雄厚的物质基础。至武帝初七十年间，国家无事，非遇水旱，则人给家足，都鄙廪庾尽满，而府库余财。众庶街巷有马，仟佰之间成群，既富而后，外事四邑，内兴功利矣。

大一统必以夏变夷，使夷狄进于爵。而匈奴之文化传统与汉相去甚远。匈奴虽称夏裔，但久不与中国之朝聘，其民，士力能弯弓，尽为甲兵，其俗宽则随畜田猎禽兽为生业，急则人习战攻以侵伐。利则进，不利则退。适逢汉兴而匈奴亦强大，而冒毒单于挟虎狼之勇狠，汉庭益无宁日，白登之围，吕后之辱亦婉转忍受而已，武帝出，两强相遇，勇者胜，而形势大变。大将卫青霍去病之对匈奴，如唐代李靖苏定方之对突厥，以雷霆万钧之力，造成大一统之局面，汉唐遂称中国之极盛世。大一统局面非仅由马上定之，武功后必有文治，于是有汉武帝之天人三策而董仲舒出。

董仲舒思想有时近于巫，但其对策中的教化理论实多精彩。他第一对策的核心思想是劝武帝“更化”，以达到礼乐文明的理想世界。他的对策为武帝所欣赏。在第二策中他重点谈选贤与教育等问题。他以为汉继秦后，并有天下而功未加于百姓者，关键在于未能养士求贤。大学教育为了养士，而养士为了选贤，选贤为了充实各级政府，改良政治，这是三王之政。这是从根本做起，任何时代，任何一种社会，欲求政治清明，经济发达，文化昌盛，都必从选士开始，不选而任，贵者世袭，未有不亡者。而良士出自教育，教育为立国之本。董仲舒究竟是经学大师，是有思想的杰出人物。在第三策中他谈到“人受命于天……是其得天之灵，贵于物也”。乃是对于人生价值之重新估计，是对于“人”的重大发现。人乃万物之灵，贵于万物，因而不能自小。没有人就没有宇宙，没有人宇宙中就没有灿烂的文明。文明是人类的创造，为宇宙增加了生命与光彩。发现人，重视人，才有人文，才有文明。

董仲舒曾提出“天不变，道亦不变”的理论，为后人所诟病。董氏所谓天是礼义的天，这是不变的天，从儒家的立场言，这不能说错，因为天（宇宙）是善良的才能生长万物；如果是恶，不会有生机勃勃的宇宙。道不变而朝廷的政治可变。董仲舒以为三代为后世典范而不可变，另一方面又可以损益其间，这是可变。在《三代改制质文篇》中董仲舒又提出三统说：黑统，白统，赤统，作为传统说的补充，也是《公羊》

三世说的形而上学根据。在三统论的体系内，以《春秋》当新王，而新周、故宋，三王之上为五帝，五帝之上为九皇。而王者之制，一商一夏，一质一文；商质主天，夏文主地，《春秋》主人，是谓四法，四法如四时，周而复始，然后谈大一统。此所谓大一统亦“天人合一”之广义大一统。

司马迁也鼓吹三统，提倡三世。他也充分肯定了公羊学派大一统的学说，他在称赞秦代一统的时候说，“秦并海内，兼诸侯，南面称帝，以养四海。天下之士，斐然乡风，若是者何也？曰，近古之无王者久矣……令不行于天下，是以诸侯力政……兵革不休，士民罢敝，今秦南命而王天下，是上有天子也。既元元之民冀得安其性命，莫不虚心而仰上”。（《史记·秦始皇本纪》）对于暴虐的秦始皇而有如此赞美的评价，实在是称赞其大一统，上有天子，政令一统而元元得安其性命。

何休是汉末公羊学之总结者，有此总结遂使《公羊》中之非常异义可怪之论传于后世。在他的《春秋文谥例》中，他曾经归纳《春秋》的文例，说：

> 此《春秋》五始、三科、九旨、七等、六辅、二赞之义，以矫枉拨乱为受命品道之端，正德之纪也。

以上“三科、九旨”又是全书之主旨所在。何休说：“三科九旨者，新周、故宋，以《春秋》当新王；此一科三旨也。所见异辞，所闻异辞，所传闻异辞，二科六旨也。内其国而外诸夏，内诸夏而外夷狄，是三科九旨也。”而三科九旨又以“三世”说为核心。衰乱世，诸侯割据，未能一统，这是“内其国而外诸夏”的时代；升平之世，逐渐华夏一统，于是“内诸夏而外夷狄”；太平世是大一统，“夷狄进于爵”，而天下小大远近若一。

何休是东汉末年为前期公羊学派作总结的人。自战国以来公羊学有了许多变化与发展。在何休总结的时候，他理想的大一统已与汉末的实际情况背道而驰，这总结并无现实意义，而只能是书面总结。不过他究竟保存了公羊学派思想的精华，在淹没了千年之后，清代乾嘉时代终于发现了公羊学，也发现了何休的总结，因而引起晚清时代轰轰烈烈的公羊学！

宋代是一个肯用心思考而理学发达的时代，伴随着理学发达，春秋学亦大兴，他们不满于过去的三传，而有许多新传产生，程颐及胡安国都有新传。程氏《春秋传》未能完成，南宋初继作《春秋传》而影响较大者为胡安国。迫于时势南宋时无法谈大一统，胡传亦只能侈谈“尊王攘夷”。至朱熹出，遂于大一统论外，更谈正统说。朱子有《资治通鉴纲目》一书，全书完成由其弟子，但有关凡例则出自朱子，在凡例中首标正统与僭、弑之例。盖自有《公羊》大一统学说以来，浸入人心，遂无不以中国之一统为常，而以分裂为变。而时至南宋，四裔交争，而一统无存；朱子遂倡正统说，以补其不足，四裔虽有君，但非正统，正统之君实为大一统之负荷者。虽不一统而居于正统，此说亦深入人心，有助于大一统之实现。

宋代学者并没有重视《公羊》，也没有发现何休的总结；《公羊》又沉睡了几百年，清代乾隆年间常州学派崛起，于是公羊学复苏，至晚清而大盛，遂演成维新变法之洪流，是为公羊学之开花结果时代。常州学派始于庄存与，但他没有发现何休，以此他在公羊学上虽然起蒙，但无新义，至刘逢禄才回到何休的思想范畴内，他发现了何休的总结而注意到"非常异义可怪之论"，因而刘逢禄出，公羊学的思想体系为之丕变。刘逢禄论大一统：

> 自王纲不振，小雅尽废，强大兼并，君臣放弑，诸侯奔走，不得保其社稷者不可胜数。……厉幽之亡，不生孔子，天将以《春秋》之制统三正而正万世也。……夫子……于是受命制作，取百二十国之宝书，断二百四十二

年之行事，上诛平王而下及于庶人，内诛鲁公而外及于吴楚，虽冒万世之罪而不敢避。……小雅尽废，乱贼所以横行也。《春秋》欲攘蛮荆，先正诸夏；欲正诸夏，先正京师。欲正士庶，先正大夫。……欲正诸侯，先正天子京师；天子之不可正，则托王于鲁以正之。（《公羊何氏释例·诛绝例》第九）

他虽然没有正面提大一统问题，但三世义还是归结于大一统，其所谓“欲攘蛮荆，先正诸夏；欲正诸夏，先正京师……欲正诸侯，先正天子京师；天子之不可正，则托王于鲁以正之”。托王子鲁，是以鲁为象征性的大一统；或者是以《春秋》当新王；新王是大一统的新王，是王者无外的新王。刘逢禄说，“王鲁者即所谓以《春秋》当新王也。夫子受命制作，以为托诸空言，不如行事博深切明，故引《史记》而加乎王心焉”。孟子曰，“春秋者天子之事也”。（《公羊何氏释例·王鲁例》第十一）因为非王者不制度，不议礼，不制度，不考文，而《春秋》为新王立法，故以《春秋》当新王。

稍后于刘逢禄的公羊学者有龚自珍，他是一位具有思想体系的公羊学家。前此公羊学的社会基础是封建社会，他们中间的变革设想都在封建社会内，没有超出封建社会的蓝图，而龚自珍的思想具有近代风貌，也就是他跳出封建社会的樊笼而具有资本主义社会的因素。比如对于私有制的“私”字，他有不同于流俗的见解，他以为天地圣哲到寡妇贞女无不有私；圣人有私而庸夫俗子则以“公”作号召。因而说：“今曰大公无私，则人耶，禽兽耶！”（《定庵续集》、《论私》）只有在资本主义社会才能赤裸裸地提倡私字，歌颂私有，以“私有”为道德。这新的价值观念，是封建社会所不允许的，是违反传统道德体制的。他是善于思考而大胆的，他是中国封建社会末期敢于向传统价值观挑战的公羊学者，这是万马齐喑下的惊雷，章太炎詈之为儇薄小生，未免失言！

清末康有为出，公羊学派的思想遂有实施的机会，他的变法维新跳出封建社会的樊笼而向往着资本主义加上许多空想，遂名之曰“大同”！康有为究竟受有公羊学派传统的影响，为了变法维新，他知道应当树立思想上的权威；有了权威，以之作为工具，向当时守旧的封建社会挑战。他建立起公羊经学的权威和孔子改制的权威。梁任公先生说：“有为谓孔子之改制，上掩百世，下掩百世，故尊之为教主。误以欧洲之尊景教为治强之本，故恒欲侪孔子于基督，乃杂引谶纬之言以实之，于是心目中之孔子，又带有神秘性矣。”（《清代学术概论》二十三）以孔子为教主是最大的权威。但树立权威，不是轻而易举的事，于是他以为在中国历史上曾经有两次造经造史运动，一次是孔子，一次是刘歆，目的都是为了变法改制。而康有为实际也在造经造史，以树立自己的权威，以期其变法维新运动，可以完成。

康有为究竟失败了，但他的思想体系完整而恣肆，在中国近代思想史上是杰出的，在中国经学史上，是一个光辉的总结。虽然他的大同思想，包含有更广泛的大一统思想，但其中多幻想成分不要说空想了。清朝亡后，公羊学再也不能与政治改革联系在一起，脱离政治的公羊学，遂为古史辨派的史学方法的有力依据。顾颉刚先生是古史辨派的主将，他用《公羊》托古改制的理论而怀疑中国传统的古史体系，遂有“古史辨”的产生。在顾先生的思想体系中，我们也可以找到大一统的思想成分及各民族平等的进步思想。这也是公羊学的光辉下场！

后记

2011年仲春的一天，突然接到北京出版社莫常红先生的电话，说：出版社为普及社科知识，已于早些时候开始出版发行了一些名家大作，名之为“大家小书”。在他们今年的出版计划中，拟将收入先父杨向奎先生的《大一统与儒家思想》，征求我是否同意。我没怎么思索便一口答应了。因为我知道学术大家们呕心沥血所完成的著述，都是很严谨高尚且于国家社稷和当代的社会主义建设十分有益的科学成果。把这些东西再广泛地放回到社会中去，让更多的人阅读、领略，是一件很有益处的事情。

《大一统与儒家思想》是先父于1988年春天应张璇如、蒋秀松、郭建文等先生之约而写就的，1989年曾由中国友谊出版社出版。

父亲曾说：“中国的史学在世界上堪称首屈一指，有编年体的史书，有纪传体的史书，还有纪事本末体的史书。我们不仅有发达的史学，还有完整的历史哲学体系，主要表现在公羊学派的理论上。……在历史哲学上，影响最大的是《公羊传》。……《大一统与儒家思想》论述了大一统思想的缘起，公羊学的内容和发展历程。”[①] 这就把他之所以撰写此书缘由和主要内容交代清楚了。

父亲去世已十年又八个月了。如果他在天有灵，对于再行出版他的旧作一定会十分高兴的。我作为他的长女，只愿意分享他的这份快乐，而不愿意从中获得物质利益。所以，我主动放弃了出版单位意欲支付给我的版税。不论金额多少，都用以支持这项出版事业的持续发展。

杨永贤

2011年3月24日于唐山

---

① 《杨向奎学述》（杨向奎口述，李尚英整理），浙江人民出版社2000年1月版。

国家新闻出版广电总局
首届向全国推荐中华优秀传统文化普及图书

‖大家小书书目

经典常谈	朱自清　著
语言与文化	罗常培　著
习坎庸言校正	罗　庸　著　杜志勇　校注
鸭池十讲（增订本）	罗　庸　著　杜志勇　编订
古代汉语常识	王　力　著
国学概论新编	谭正璧　编著
文言尺牍入门	谭正璧　著
日用交谊尺牍	谭正璧　著
敦煌学概论	姜亮夫　著
训诂简论	陆宗达　著
金石丛话	施蛰存　著
常识	周有光　著　叶　芳　编
文言津逮	张中行　著
中国字典史略	刘叶秋　著

古典目录学浅说	来新夏　著
闲谈写对联	白化文　著
怎样使用标点符号（增订本）	苏培成　著
诗境浅说	俞陛云　著
唐五代词境浅说	俞陛云　著
北宋词境浅说	俞陛云　著
南宋词境浅说	俞陛云　著
人间词话新注	王国维　著　滕咸惠　校注
苏辛词说	顾　随　著　陈　均　校
诗论	朱光潜　著
唐诗杂论	闻一多　著
诗词格律概要	王　力　著
唐宋词欣赏	夏承焘　著
槐屋古诗说	俞平伯　著
词学十讲	龙榆生　著
词曲概论	龙榆生　著
中国古典诗歌讲稿	浦江清　著 浦汉明　彭书麟　整理

唐人绝句启蒙	李霁野　著
唐宋词启蒙	李霁野　著
古典文学略述	王季思　著　王兆凯　编
古典戏曲略说	王季思　著　王兆凯　编
唐宋词概说	吴世昌　著
宋词赏析	沈祖棻　著
道教徒的诗人李白及其痛苦	李长之　著
闲坐说诗经	金性尧　著
陶渊明批评	萧望卿　著
舒芜说诗	舒　芜　著
名篇词例选说	叶嘉莹　著
唐诗纵横谈	周勋初　著
楚辞讲座	汤炳正　著 汤序波　汤文瑞　整理
好诗不厌百回读	袁行霈　著
山水有清音 ——古代山水田园诗鉴要	葛晓音　著

门外文谈	鲁　迅　著
我的杂学	周作人　著　张丽华　编
论雅俗共赏	朱自清　著
文学概论讲义	老　舍　著
中国文学史导论	罗　庸　著　杜志勇　辑校
给少男少女	李霁野　著
鲁迅批判	李长之　著
英美现代诗谈	王佐良　著　董伯韬　编
三国谈心录	金性尧　著
夜阑话韩柳	金性尧　著
英语学习	李赋宁　著
漫谈西方文学	李赋宁　著
历代笔记概述	刘叶秋　著
笔祸史谈丛	黄　裳　著
古典诗文述略	吴小如　著
有琴一张	资中筠　著
鲁迅作品细读	钱理群　著
唐宋八大家——古代散文的典范	葛晓音　选译

红楼梦考证	胡　适　著
《水浒传》与中国社会	萨孟武　著
《西游记》与中国古代政治	萨孟武　著
《红楼梦》与中国旧家庭	萨孟武　著
《金瓶梅》人物	孟　超　著　张光宇　绘
水泊梁山英雄谱	孟　超　著　张光宇　绘
《红楼梦》探源	吴世昌　著
《西游记》漫话	林　庚　著
细说红楼	周绍良　著
红楼小讲	周汝昌　著　周伦玲　整理
曹雪芹的故事	周汝昌　著　周伦玲　整理
古典小说漫稿	吴小如　著
三生石上旧精魂——中国古代小说与宗教	白化文　著
《金瓶梅》十二讲	宁宗一　著
古体小说论要	程毅中　著
近体小说论要	程毅中　著
文学的阅读	洪子诚　著
中国戏曲	么书仪　著

中国史学入门	顾颉刚 著 何启君 整理
秦汉的方士与儒生	顾颉刚 著
三国史话	吕思勉 著
史学要论	李大钊 著
中国近代史	蒋廷黻 著
民族与古代中国史	傅斯年 著
五谷史话	万国鼎 著 徐定懿 编
民族文话	郑振铎 著
史料与史学	翦伯赞 著
唐代社会概略	黄现璠 著
清史简述	郑天挺 著
两汉社会生活概述	谢国桢 著
中国文化与中国的兵	雷海宗 著
两宋史纲	张荫麟 著
明史简述	吴 晗 著
北宋政治改革家王安石	邓广铭 著
从紫禁城到故宫——营建、艺术、史事	单士元 著
史学遗产六讲	白寿彝 著

司马迁之人格与风格	李长之　著
司马迁	季镇淮　著
唐王朝的崛起与兴盛	汪　篯　著
二千年间	胡　绳　著
论三国人物	方诗铭　著
考古发现与中西文化交流	宿　白　著
中国古代国家的历史特征	张传玺　著
艺术、神话与祭祀	张光直　著 刘　静　乌鲁木加甫　译
中国古代衣食住行	许嘉璐　著
中国古代史学十讲	瞿林东　著

黄宾虹论画	黄宾虹　著
中国绘画史	陈师曾　著
和青年朋友谈书法	沈尹默　著
中国画法研究	吕凤子　著
桥梁史话	茅以升　著
中国戏剧史讲座	周贻白　著
俞平伯说昆曲	俞平伯　著　陈　均　编

新建筑与流派	童寯 著
论园	童寯 著
拙匠随笔	梁思成 著 林洙 编
中国建筑艺术	梁思成 著 林洙 编
沈从文讲文物	沈从文 著 王风 编
中国画的艺术	徐悲鸿 著 马小起 编
中国绘画史纲	傅抱石 著
中国舞蹈史话	常任侠 著
海上丝路与文化交流	常任侠 著
世界美术名作二十讲	傅雷 著
中国画论体系及其批评	李长之 著
金石书画漫谈	启功 著 赵仁珪 编
吞山怀谷——中国山水园林的艺术	汪菊渊 著
中国古代音乐与舞蹈	阴法鲁 著 刘玉才 编
梓翁说园	陈从周 著
旧戏新谈	黄裳 著
民间年画十五讲	王树村 著 姜彦文 编
民间美术与民俗	王树村 著 姜彦文 编

长城史话　　罗哲文　著
中国古园林概说　　罗哲文　著
现代建筑奠基人　　罗小未　著
世界桥梁趣谈　　唐寰澄　著
如何欣赏一座桥　　唐寰澄　著
桥梁的故事　　唐寰澄　著
园林的意境　　周维权　著
万方安和
——皇家园林的故事　　周维权　著
现代建筑的故事　　吴焕加　著
中国古代建筑概说　　傅熹年　著

国学救亡讲演录　　章太炎　著　蒙　木　编
简易哲学纲要　　蔡元培　著
大学教育　　蔡元培　著
北大元培学院　编
老子、孔子、墨子及其学派　　梁启超　著
中国政治思想史　　吕思勉　著
天道与人文　　竺可桢　著　施爱东　编

春秋战国思想史话	嵇文甫　著		
晚明思想史论	嵇文甫　著		
新人生论	冯友兰　著		
中国哲学与未来世界哲学	冯友兰　著		
谈美书简	朱光潜　著		
中国古代心理学思想	潘　菽　著		
民俗与迷信	江绍原　著	陈泳超	整理
佛教基本知识	周叔迦　著		
儒学述要	罗　庸　著	杜志勇	整理
希腊漫话	罗念生　著		
佛教常识答问	赵朴初　著		
大一统与儒家思想	杨向奎　著		
孔子的故事	李长之　著		
西洋哲学史	李长之　著		
乡土中国	费孝通　著		
社会调查自白	费孝通　著		
经学常谈	屈守元　著		
墨子与墨家	任继愈　著		
汉化佛教与佛寺	白化文　著		
中西之交	陈乐民　著		

出版说明

“大家小书”多是一代大家的经典著作，在还属于手抄的著述年代里，每个字都是经过作者精琢细磨之后所拣选的。为尊重作者写作习惯和遣词风格、尊重语言文字自身发展流变的规律，为读者提供一个可靠的版本，“大家小书”对于已经经典化的作品不进行现代汉语的规范化处理。

提请读者特别注意。

北京出版社